पीली आँधी

उपन्यास

पीली आँधी

प्रभा खेतान

लोकभारती प्रकाशन

लोकभारती प्रकाशन
पहली मंजिल, दरबारी बिल्डिंग, महात्मा गांधी मार्ग
प्रयागराज-211 001

वेबसाइट : www.lokbhartiprakashan.com
ईमेल : info@lokbhartiprakashan.com

शाखाएँ : 1-बी, नेताजी सुभाष मार्ग, दरियागंज
नई दिल्ली-110 002
अशोक राजपथ, साइंस कॉलेज के सामने
पटना-800 006

पहला संस्करण : 2010
तीसरा संस्करण : 2023

मुद्रक : **बी.के. ऑफसेट**
नवीन शाहदरा, दिल्ली-110 032

PILI ANDHI
by Prabha Khetan

ISBN : 978-81-8031-597-8

मूल्य : ₹ 995

माचे पर लेटे-लेटे वृद्ध सेठजी ने करवट बदली और पास बैठी वृद्धा सेठानी की ओर देखा। सूत कातते हुए वृद्धा के हाथ रुक गए। सर का पल्लू ठीक करते हुए उसने चेहरा घुमाकर ध्यान से पति की ओर देखा। फिर सेठजी से पूछा—"क्या बात है? कुछ चाहिए क्या?"

"पानी!"

"छाछ पी लीजिए ना! पानी तो घड़े में थोड़ा कम ही है।"

"नहीं, मुझे पानी चाहिए। आज बार-बार पानी की जरूरत महसूस हो रही है।" वृद्ध ने पगड़ी के छोर से ललाट को पोंछा और सूखे होंठों को जीभ से तर करते हुए पूछा—"रामेसर और किशन की कोई खबर आई?"

"नहीं।" संक्षिप्त उत्तर था। ठंडी उसांस के साथ वृद्धा ने चरखे को परे सरकाते हुए फिर पति से कहा—"दिन भर आए-गयों का तांता लगा रहता है। बात करते रहेंगे तो गला नहीं सूखेगा? आज सुबह से चार बार तो पानी पी चुके हैं। थोड़ा छाछ से भी प्यास बुझाने की कोशिश कीजिए ना!"

"नहीं मुझे पानी चाहिए।" जिद्दी बच्चे की तरह मचलते हुए वृद्ध ने कहा।

बातचीत की आवाज सुनकर अब तक घर की छोटी बीणनी घूंघट काढ़े सामने आकर खड़ी हो गई। वृद्धा सेठानी ने लाड़ से अपनी इस छोटी बीणनी की ओर देखा। चटख रंग के गुलाबी घाघरे पर हरी लहरिये का ओढ़ना, जिस पर छोटे-छोटे सच्ची चांदी के कटोरी वाले तारे जड़े थे, आंगी की बांहों पर चौड़ा सुनहला गोटा चमक रहा था, पैरों में चांदी की बिछिया और कड़ा, कमर में सोने की भारी तगड़ी, गले में सोने का सतलड़ा हार, गोरी कलाइयों में

सोने-मीने की पछेली और लाल चूड़े से कोहनी तक भरी हुई थी। बोरला, फोणी, नाक का जड़ाऊ नथ घूंघट की झीनी आड़ से चमक रहा था। उन्होंने मन ही मन सोचा कि, बीणनी ने कौन-सा बोरला और खेंचा लगा रखा है? कहीं वह मोतियों वाला तो नहीं लगा लिया? और कहीं मोती की लड़ें टूट जाएं? मोती बिखर जाए तो? टाबर है, भोली है, कुल चौदह बरस की तो है। चार बरस पहले ही तो मुकलावा लेकर आई थी। उनको अपनी यह छोटी बीणनी बहुत ही प्यारी लगती। गोरा खुलता हुआ रंग, गोल मुखाकृति, स्थिर दृष्टि, कोमल हंसी और थोड़ा नाटा कद। बीस दिन हुए बीणनी के माथे में घी दबाकर मोम चिपका कर नेवगण सिर गूंथी करके गई सो वापस आने का नाम नहीं। आकर भी क्या करे? सिर नहाने का पानी कहां? नहाने के लिए अभी पानी की बरबादी करे भी कैसे? बर्तन तक तो बालू से रगड़कर चमका लेते हैं।

बीणनी के पैरों की ओर उन्होंने देखा। चांदी की बिछिया और चांदी का कड़ा। एक ठंडी सांस अजाने ही निकल गई। कहां गए वे पुराने दिन? इस बिचारी ने तो कुछ देखा ही नहीं। मेरी सासूजी और तायसजी तो पांवों में सोने के कड़े पहनती थीं, महाराजा गंगा सिंह जी के हुकुम से। ब्याह के बाद पहनाया तो मुझे भी गया था लेकिन खोल कर रख देना पड़ा।

उन्होंने अपने रेजा का कत्थई रंगवाला फूलपत्ती की छपाई के घाघरे की ओर देखा, और फिर उनकी आंखों के सामने मलमल और सिल्क के सुंदर रंग-रंगीले, रेशमी घाघरे घूम गए। पीले, पोमचा, लहरिया, सतरंगिया ओढ़नी पर कारचोबिये का काम होता, बेल-बूटी लगी होती, रंग-बिरंगी आंगियों की बांहों में चौड़ा गोठ किनारा रहता। सेठजी पचरंगी पगड़ी और लाल अचकन पहनते।

राजा साहब के यहां पर एक बार जलसे में सासूजी के साथ गई थी। वहां से तो जब भी बुलावा आता, मांजी तो गहने की पेटी खोलकर बैठ जातीं। उस दिन तो उन्होंने मुझे सच्चे मोतियों वाला सतलड़ा हार पहनाया था। मैं जब राणी साहिबा के सामने प्रणाम करने झुकी तो मोतियों की आब पर उनकी नजर ठहर गई। मांजी से वे पूछ ही बैठीं—

"यह मोतियों का हार तो बहुत सुंदर है। कहां से मंगवाया है?"

"जी मालवे की गद्दी पर कोई व्यापारी लेकर आया था। बड़े सेठजी ने खरीद कर रख लिया था कि, कावे-ढीचे पर काम आएगा। मेरी सासूजी ने मुंह दिखाई में इसको मुझे पहनाया। आज मैंने बीणनी से कहा, "तू पहन ले।"

बगल में बैठे पासवानजी ने फरमाया—"सेठानीजी, बीणनी आपकी बहुत सोणी, उस पर से यह फालसाई रंग का उसका ओढ़ना भी अच्छा लग रहा है।"

जब राणी साहिबा और पासवान की आंखें मुझ पर गड़ी रहीं तो ठकराणियों की तो क्या बात करें? वापस घर आकर मांजी ने पहले तो मेरी नजर उतारी और फिर काकोजी से सारी कहानी कह सुनाई। सुसराजी तो ठहरे स्याणे आदमी, तुरंत चूरू की गद्दी पर ओढ़ने का आर्डर भेजा गया, और मांजी से बोले कि, अपने को तो यह बेशकीमती हार राणी साहिबा को नजराने में देनी होगी। बात यह है कि, सेठाणी तुम समझ लो कि राणी की नजर जिस पर पड़े वही उसका नजराना होता है। मोतियों का कंठा लेकर सासूजी खुद गई थीं और ओढ़ना भेजा गया था पासवानजी के पास।

उन्होंने प्रत्यक्ष में पति से पूछा—"हां....जी! आपको वह मोतियों के कंठे की याद है ना?"

"तेरी मति कहां चली गई? मैं पानी के लिए छटपटा रहा हूं और तू कौन से कंठे का जिकरा लेकर बैठ गई?" सेठजी एकदम से झल्ला उठे।

छोटे बेटे किशन की बीणनी एक कदम और आगे बढ़ी, चुड़ले की आवाज सुनकर सास ने कहा—"बीणनी काकोजी पानी मांग रहे हैं, एक गिनौड़ा डाल देना, प्यास कम लगेगी।"

"दादी, मैं भी एक गिनौड़ा चूसूंगा.....!" बाहर से दौड़कर आते हुए माधो ने कहा।

"तू राम मारया! इत्ती लाय में बाहर क्या कर रहा था?"

"दादी तिबारे में ही तो था, भायलो के साथ गिल्ली-डंडा खेल रहा था।" अब वह वापस मचल रहा था—"दो....ना....दादी, गिनौड़ा दो....ना, तुम तो गिनौड़ा छुपा कर रखती हो।"

"दे बीणनी दोनों छोरों को एक-एक गिनौड़ा दे दे। चूसते रहेंगे तो प्यास कम लगेगी।"

"जी!" कहते हुए बीणनी, चौके की ओर वापस मुड़ गई। मांचे के पास जमीन पर बैठा खेलता हुआ बच्चा अपनी मां को यों पलटते देख जोर से चिंघाड़ उठा।

"अरे गीगा क्यों रो रहा है? ज्यादा रोएगा तो गला और सूखेगा।" सेठजी ने कहा।

"हो जाएगा चुप, अभी हो जाएगा।" कहते हुए उन्होंने बच्चे को गोद में बैठा लिया। उसके सर पर हाथ फेरते हुए वृद्धा सेठानी वापस अपने ख्यालों में खो गई—

छोटी बीणनी के पीहर वालों ने मुकलावा अच्छा दिया था। नवलगढ़ वालों की हैसियत अच्छी है। बस सासू की तील थोड़ी हल्की थी, लेकिन जाने दो क्या फायदा मन में शिकायत रखकर, बड़ी बीणनी के पीहर से तो वह भी नहीं आता। छोटकी के मुकलावे के दस दिन बाद ही तो दोनों बेटे दिसावर चले गए थे। कमाई के लिए जाना ही पड़ता। कोई उपाय भी तो नहीं, लेकिन अबकी यात्रा और लंबी थी—"रायबक्सगंज तक की। किशन तो साथ जाता ही। लेकिन किशन ने तो बस बेटा होने की खबर ही सुनी है, उस समय जो दोनों भाई गए तो फिर गांव लौटकर ही कब आए? अबकी तो आते ही दो काम बड़े करने हैं—एक तो खिचड़ी का नेग और दूसरे सालासारजी जाकर "गीगे" का जडुला (मुंडन) करवाना है, साथ में परोजन का भी नेग होता है। लेकिन दोनों नेग एक साथ करेंगे ना, तो किशन के सासरले सासू की तील हल्की कर देंगे। इससे तो अच्छा है कि जात-जडुला बाद में कर लेवें। इसी बहाने बेटों में रामेसर नहीं तो कम से कम किशन को तो गांव जल्दी ही आना होगा। गीगा तीन का हो गया, पांचवां लगते ही मैं तो जडुला करवा दूंगी। इसकी अभी से ही चोटी गूंथनी पड़ती है। बालों में खेलते-कूदते बालू ही बालू भर जाती है।

वृद्धा सेठानी की एक ठंडी सांस कमरे में फैली गर्म हवा के साथ ठहर गई। अपने-आप में मां की प्रतीक्षा थी—बेटों के लिए। जाते समय उन्होंने बेटे रामेश्वर से पूछा भी था, "क्यों बेटा मिर्जापुर नहीं जाओगे?"

"नहीं मां, वहां अब पहले वाली कमाई नहीं। हमें तो रायबक्सगंज से भी और आगे जाना होगा। कंपनी सरकार तक। देख नहीं रही हो कि, घर में खाने वालों की संख्या बढ़ती जा रही है।"

''एक ही तो पोता है, दस वर्ष का।'' प्यार से अपने बड़े पोते माधो के सर पर हाथ फेरते हुए उन्होंने बेटे से कहा था। दादी की ममता से माधो खिल उठा था।

''जी, दस महीने में छोटकी बीणनी के एक और आ जाएगा।'' घूंघट को सामने खींचते हुए बड़ी बीणनी ने कहा था।

''देखो लंगड़िया बाबा की किरपा होगी तो। कहां बेटे पड़े हैं, तुम तो दस बरस में एक ही पैदा करके थक गई।''

घूंघट के अंदर एक ठंडी सांस थी। बिना कुछ कहे भी वृद्धा सास इन उसांसों का अर्थ समझती थी। बड़ा बेटा रामेश्वर देश में रह ही कहां पाया? तीन-तीन बरस की लंबी दिसावरी। पति-पत्नी साथ रहें तब ना बच्चे हों! अफीम के कारोबार से सेठजी ने पैसा तो कमाया ही था। लेकिन अब उनका गिरता हुआ स्वास्थ्य और दिन-दिन भर अम्मल पानी के नशे में मांचे पर पड़े रहना। नाई, ब्राह्मण, यार-दोस्तों का जमघट लगा ही रहता।

''दादी प्यास लगी है।'' अब पानी मांगने की माधो की बारी थी।

''दिन भर उछल-कूद करेगा तो प्यास नहीं लगेगी? जा, चाची से मांग कर छाछ पी ले।'' फिर मानो अपने-आप से बोली—''गला तो सभी का सूख रहा है, लेकिन घर में पानी कहां?''

''क्यों?'' वृद्ध सेठजी की सफेद भौंहों में बल पड़ गए।

''बड़ी बीणनी दो दिन से बुखार में तप रही है, छोटी बीणनी की आंखें देर से खुली, तब तक गांव की लुगाइयां नोहर की ओर चली गई थीं।''

''लेकिन तू क्या कर रही थी? तू तो चार बजे उठ ही जाती है।'' वृद्ध के स्वर की रुक्षता से वृद्धा ने भी चिढ़कर उत्तर दिया—

''मेरा तो बुढ़ापे का शरीर ठहरा। गोड़े के दरद से तो मैं खुद परेशान हूं।''

''कितनी बार कहा, मेथी की फांकी ले लो।''

''मुझे नहीं भाता।'' नवोढ़ा की तरह ठुनकते हुए वृद्धा ने कहा।

''तो भागवान तू मेथी के लाडू बनवा लेती।'' वृद्ध के स्वर में लाड़ था।

''जी, अब आप चुप करिए तो, क्या जोर आया बोलने में? बीणनियां तो घर के काम में उलझी रहती हैं।'' वृद्धा रोते हुए बच्चे को फिर वापस थमकने लगी....और मानो पुनः स्वयं से बोली—

''बड़की बीणनी तो दिन भर नमक की डली-सी घुलती जा रही है। इतनी तो माड़ी हो गई। रोज शाम को हल्की बुखार चढ़ जाती है। लेकिन तब भी काम में फुर्ती है। काम अधूरा नहीं छोड़ती। यह तो छह-सात दिन से उसने एकदम खाट पकड़ रखा है। बुखार में बेहोश जैसी हो रही है। वैद्यजी का इलाज काम नहीं आया। कितना इलाज कराया था। जत्तीजी को भी दिखाया था, नाड़ी देखकर सर हिला दिए, बोले—''बहूराणी के लक्षण ठीक नहीं, मुझे तो राजरोग लगता है।''

मैंने तो पांव पकड़ लिए थे—''महाराज कोई दवा तो दीजिए। दस बरस का बेटा है, उसकी ओर जोहिए। आप क्या नहीं कर सकते? मावस की अंधेरी रात को चमाचम पूरणमासी में बदल सकते हैं। आपने तो महावीर स्वामी की इतनी बड़ी तपस्या की, महाराज कोई दवा

तो दीजिए। मैं तो बहुत रोई। बहुत गिड़गिड़ाई।''

वृद्धा सेठानी ने चर्खा अपनी ओर खींचा और वापस सूत कातने लगी—''घर-गृहस्थी में काम किए बिना कैसे सरे? बक्सा में काफी सूत जमा हो गया है। थोड़ी और जमा हो जाए, तब लीलगर को रंगने के लिए दे दूंगी। मुझे तो रेजे का यह कत्थई रंग जरा भी नहीं सुहाता। अबकी बार तो मैं उससे कहूंगी—भाया, जरा तेरी लुगाई से सलाह कर ले! मोटे सूत पर केशरिया रंग ठीक से नहीं खिले तो थोड़ा मिलता-जुलता रंग कर दिए।''

''रामू की मां तेरा तो माथा दिन पर दिन खराब हो रहा है। तू जत्तीजी की बात कर रही थी ना!'' सेठजी ने फिर पूछा।

''हां···हां·····कहा न मैंने कि, जत्तीजी ने नाड़ हिला दिया। बोले बीमारी बहुत बढ़ गई है, मेरे पास इलाज नहीं है। उन्होंने बीणनी को आशीर्वाद भी नहीं दिया।''

''ओ···हो, जत्तीजी ने आशीर्वाद नहीं दिया?'' अबकी चौंकने की बारी सेठजी की थी। ''वे त्रिकालदर्शी हैं, घणा तप किए हैं। उनकी बात गलत नहीं हो सकती, रामेसर की मां! कभी-कभी सोचता हूं तो कलेजा हिल उठता है।''

''बीणनी कह रही थी कि रतनगढ़ में एक अंग्रेजी पढ़ा हुआ डाक्टर है। दो रुपया फीस का लेता है।''

''रामेसर को आ जाने दो, उसका भी बंदोबस्त हो जाएगा। देखो, तकदीर का लेखा कोई नहीं मिटा सकता। लेकिन पाणी तो छोटी बीणनी भी कर कर ला सकती थी?'' पानी के बारे में सेठजी का पुनः प्रश्न था।

''ओ·····हो·····आपके तो कुचरनी बहुत लग जाती है। कहा न कि, छोटी बीणनी की नींद देर से खुली।''

भीतर, पैंडे में छोटी बीणनी ने घड़े के भीतर झांका, आधे से ज्यादा घड़ा खाली देखकर मन ही मन अपने को बरजने लगी—बास तो लगे मेरी नींद को। सूरज चढ़ने तक सोती ही रह गई। कागे की कांव-कांव से भी नींद नहीं खुली। लेकिन आज सुबह कागा मेरी खिड़की पर बैठा था। कौन आएगा? मुकलावे के बाद जिसके साथ मैं बस दस दिन ही रह सकी थी। उसके हृदय में एक हल्की-सी पीर उठी। एक कसक, एक रीती चीख·····क्यों आखिर क्यों हमारे पुरुषों को दिसावरी में जाना पड़ता है? और वह भी इतनी कम उमर में? गांव का नाई नहीं जाता, जोशी नहीं जाता, ठाकुर नहीं जाते, राजा साब नहीं जाते, फिर खाली हम बाणिये ही क्यों जाते हैं? जैसे उनका गुजारा होता है, वैसे हमारा भी क्या नहीं हो सकता? उसको याद आया—हां, यही तो मैंने चार साल पहले उस दिन, उस आखिरी रात को अपने पति से भी पूछा था—

''क्यों जी, क्या यहां अपने सुजानगढ़ में गुजर-बसर नहीं कर सकते? कोई दुकान खोल लीजिए।''

''तुम भी क्या बोलती हो? बाणिये का बेटा घर में मोदी की दुकान खोलकर बैठ जाए, दो सूखी रोटी में गुजारा कर ले·····तब तो हो चुका गांव वालों का भरण-पोषण। यह मत भूलो कि, तुम सेठ गुरमुखदास रूंगटा के पोते की बहू हो। दादाजी तो रतनगढ़ रहते थे। अफीम का बहुत बड़ा व्यापार था। जब मालवा, अजमेर, मिर्जापुर की गद्दियों से मुनीम-गुमाश्ते लौटते,

तब दादाजी बीकानेर महाराज के लिए अशर्फियों से भरा चांदी का थाल नजराने में ले जाते। यह तो कंपनी सरकार की वजह से अफीम का कारबार बंद हो गया। एक बार तो रुपये की चौकी बनाकर महाराज को उस पर बैठाया गया था। दादाजी ने महाराज का तिलक किया, इक्कीस तोपों की सलामी दी गई और नजराने में वे सारे नोटों की गड्डियां पेश की गई थीं।''

''आपको याद है? आपने महाराज गंगासिंहजी को देखा था?''

''मुझे तो उतना याद नहीं, लेकिन रामेसर भाया को रतनगढ़ की सारी बातें याद हैं। वे ही कभी-कभी बताया करते हैं। लेकिन तब भी अपने महाजनी में बहुत कमाई थी। राज घराने से रोज धन की मांग आती, आखिर हम भी कहां तक राजाजी को धन निकाल-निकाल कर देते? कितनी सदाव्रत खोलते? हम भूखे तो नहीं मर सकते थे। छप्पनिये के अकाल के बाद भी अपने देश में अकाल पड़ता ही रहता है। आए दिन के इन अकालों से हमारी तो हिम्मत टूटने लगी थी।

वह अपनी बाल-सुलभ चंचलता को भूलकर पति का चेहरा निहारती रह गई थी। उसने धीरे से मुस्करा दिया····उसकी आंखों के सामने पति का खूबसूरत चेहरा था—वह ध्यान से निहार रही थी। अपने पति का चौड़ा ललाट, बड़ी-बड़ी आंखें, ऊंची नासिका, लाल होंठों के ऊपर बारीक मूंछें, नुकीली ठुड्डी। ब्याह के समय पीहर में बड़ी भावज ने बड़ा हुलस कर गाया था····

''म्हारी ननदल बाई तौ सुकुमार ए नन्दोई म्हाने प्यारा लागो जी!''

मां ने कहा था—''देखो भगवान ने नाम का भी कैसा हिसाब बैठाया, अपनी राधा को साक्षात् कृष्ण कन्हैया ही मिले।''

शायद वह अपने आपसे कुछ और बातें करती। शायद वह फिर उस कागे के बारे में सोचती जो पिया के पास उसका संदेश लेकर जाएगा, शायद यह भी सोच लेती कि क्या पता दिसावरी करने गया हुआ उसका पति आज ही लौट आए और वह हल्के-हल्के गुनगुना उठी—

''उड़····उड़ रे····म्हारा काला कागला, जे म्हारा पीवजी घर आवे। खीर खांड को थाल परोसूं····थारी सोने चोंच मढ़ाऊं रे कागा····थारी····जलम····जलम····गुण गाऊं रे····कागा जलम····जलम····''

लेकिन तब तक वृद्धा सास की तेज आवाज थी····''हां, ऐ बीणनी कहां रह गई?''

आवाज से वह चौंकी। गिलास में पानी डालते हुए घबराहट में थोड़ा पानी बाहर छलक गया। अफसोस और गिला से उसका कलेजा उमड़ आया। इतना पानी तो बच्चा ही पी लेता। कब से रो रहा है। या फिर जिठाणीजी को पिला देती, बुखार से उनका शरीर तप रहा होगा, कंठ सूख रहा होगा। घूंघट को और थोड़ा नीचे खींच वह उठ खड़ी हुई। काकोजी कल ही तो मांजी को बता रहे थे····राम की मां, तुम तो छप्पनिये के अकाल की तो कल्पना नहीं कर सकती····ढोर-डांगर की तो किसको चिंता थी। चारों तरफ हड्डियों के, कंकाल के ढेर लग गए थे। प्यास से आदमी तड़फड़ाने लगे थे। भूख और गरीबी देखी नहीं जाए। दिन में एक बार बाजरे की लाप्सी मिल गई या किसी को दो टिक्कड़ खाने को मिल गए तो बहुत बड़ी बात थी। क्या करते लोग, रोजगार की खोज में सब निकले। सेठ, साहूकार निकले, उनके मुनीम-

गुमाश्ते निकले। कोई अजमेर, मालवा की ओर गया, कोई पंजाब की तरफ, तो कोई बंबई की ओर। बापूजी ने मालवा में अफीम का व्यापार तभी शुरू किया था। अपनी अफीम की पेटियां चीन और जापान तक जातीं। साथ ही बड़े ताऊजी ने चुरू में गद्दी खोली, महाजनी का काम बढ़ाया।''

''छप्पनिये की अकाल की तो मुझे ज्यादा बेरा नहीं, लेकिन यहां सुजानगढ़ में भी तो सेठ छेदीलालजी की जोहड़ भी सूख गई, पानी कहां? खाली कीचड़ ही कीचड़ दिखाई देता है। दो साल पहले जब बिरखा हुई थी तो जोहड़ कैसा लबालब भर गया था। गांव के सब लोग गोठ करने गए थे।''

''कहावत है ना, कि अपने देश में तो हर ''तीसरो सूखो, आठवों अकाल'' पड़ता ही रहता है।'' हताशा के स्वर में सेठजी ने कहा।

भीतर छोटी बीणनी ने अपनी फटी हुई एड़ियों की ओर देखा और सोचा, कितना भी घी लगाकर सोए, लेकिन पीली रेत पर कोसों का आना-जाना, जूती के भीतर तलवे जलने लगते हैं, एड़ियां फटने लगती हैं। उसने देखा, घड़े से जमीन पर गिरा हुआ पानी मिनटों में सूख गया। सुजानगढ़ की जमीन प्यासी थी।

सास-ससुर की बात सुनकर बीणनी को भी ख्याल आया कि, हां हमारे हेली के पीछे वाला कुआं भी तो सूख ही गया। कुआं तो मेरे ब्याह के बाद ही बनवाया गया था। जिस दिन पहली बार कुएं का पानी निकाला गया था, तब पानी चखने के लिए सारा गांव उमड़ पड़ा था। लंगड़िये बाबा के नाम का राती जुगा हुआ, चूरमे का परसाद किया गया था। कोई दो सौ आदमियों को तो जीमने बुलाया गया था। कुएं की सारण ढालू रखी गई ताकि बेचारे बैलों को मेहनत कम पड़े। कुएं की पास की बाड़ी में हरी साग-सब्जी होती। रामी दादी तो बिचारी जात की भंगन ठहरी, कभी कुएं के ऊपर नहीं चढ़ी, नीचे बनी खोलों से ही पानी ले जाती या फिर पास बनी गढ़ाइयों में ही अपनी पीतल की चमकती हुई गोल कलसी डुबाती। सबेरे-सबेरे माली काका पानी खींचने के लिए बैलों को जोत देते और भजन गाते, सुनकर मन निहाल हो जाता। शाम को हेली के पिछवाड़े सारा गांव जमा हो जाता, मेला लग जाता। लेकिन इतना अच्छा कुआं भी सूख गया। मांजी के मन में तो इसका विचार भी बहुत हुआ, कुआं सूखना अच्छा सगुन नहीं। कई बार जी नाराज करने लगती है, देख ऐ बीणनी कुआं कैसे सूख गया। देखो, रामजी की मरजी जो होसी सो होसी।

ठंडी सांसों के साथ छोटकी बीणनी ने मन ही मन कहा—लेकिन कुआं तो अंधा ही हो गया। अब तो पानी लाने के लिए पांच कोस, सात कोस आना-जाना पड़ता है। मैं तो रोज ही जाती थी। बस आज ही गलती हो गई। पास-पड़ोस की बहुएं और बेटियां तो सुबह पानी भर के ला चुकी होंगी। नोहर पर उगी थोड़ी बहुत हरी सब्जी मालण लाकर बेच भी गई। अब कौन जाएगा इतनी दूर····एकेले तो मैं जा नहीं सकती और न ही मुझे जाने दिया जाएगा, लेकिन घड़े में तो पानी नाम भर का है, किससे कहूं····अपने ही सोच में डूबी उसने पानी का गिलास सास को पकड़ाया और रोते हुए बच्चे को गोद में उठा लिया।

''लीजिए, पानी पी लीजिए।'' सेठानी पत्थर की दीवारों के पार देखते हुए अपने-आप से कहने लगी—''बाहर लाय पड रही है।''

"गाय-बछड़ों की ओर तो देखा नहीं जाता, उनकी पीठ पर जगह-जगह घाव हो गए हैं। उस पर अपनी धोलती गाय तो उठकर खड़ी नहीं हो पा रही। घाव पर मक्खियां भिनभिनाती रहती हैं। बिना चारे-पानी के वह कितने दिन जीएगी? उसकी पूंछ में ताकत ही कहां बची होगी कि, भिनभिनाती मक्खियों को परे सरकाए।" सेठजी मानों खुद से ही कह रहे थे। या अपनी सेठानी से? या चौखटे पर खड़ी छोटी बीणनी से?

"ऐ रामजी, सोच-सोचकर मेरा तो कलेजा मुंह को आता है। मेरी गोमाता को कुछ हो न जाए। अब गांव के वैद्यजी से कुछ पूछिए ना·····" वृद्धा सेठानी के स्वर में प्राणों की छटपटाहट थी।

"रामू की मां, तुम भी क्या टाबरपने की बात करती हो। पानी नहीं। गांव में कहीं पानी नहीं। हरी घास का तिनका नहीं·····कहां से इनके लिए चारा मंगवाऊं? क्या करूं? मेरी अपनी बुढ़ापे की लाचारी।"

"हे पीतर देवता, मेरी गोमाता की रच्छा करीयो।" सेठानी ने आंसू पोंछते हुए कहा—"ऐसा अशुभ नहीं हो जाए, अनर्थ हो जाएगा।"

"हवा के रुख से तो मुझे लगता है, आंधी आएगी।" पानी का खाली गिलास पत्नी को पकड़ाते हुए सेठजी बोले।

बच्चे को कंधे से सटाए-सटाए, छोटी बीणनी ससुर की बात सुनकर सहम-सी गई। रे मेरी मां, इतने कम पानी से कैसे काम चलेगा? पड़ोस की काकी सा से मांग कर ले आती हूं, उनके बंद कुंडे में तो पानी होगा, आधा घड़ा पालर मांगने में कोई वे मना थोड़े ही करेंगी? कल एक घड़ा और ज्यादा भर कर ला दूंगी। नहीं होगा तो कुएं पर दो बार चली जाऊंगी, चार-पांच घर ही तो बाणिये के हैं, जहां से पानी उधार लिया जा सकता है। राजा साहब के घर से या पासवानजी के घर से भी लिया जा सकता है, लेकिन सासूजी को पसंद नहीं। राजा साहब के घर से या पासवानजी के घर से भी यदि कभी कुछ खाने-पीने का सामान आ जाए तो मांजी बिना कुछ कहे परे सरका देती हैं—"किसी से कुछ कहना मत, लेकिन राजा साहब के घर तो भक्ष्य-अभक्ष्य सब कुछ बनता है। अपने उनका छुआ हुआ पानी भी नहीं पी सकते।"

बार-त्यौहार कभी जीमने का न्यौता आए तो बीणनियां चली जातीं, लेकिन सासूजी नहीं। कहतीं—"उनकी गढ़ी में रहते हैं तो इसका यह अर्थ तो नहीं कि अपना धरम भ्रष्ट कर लें।"

ब्राह्मण के घर कुछ खाने का सवाल ही नहीं पैदा होता। ब्राह्मण को अपने दान दें या फिर उससे लेकर खाएं और यही बात दूसरे छोटे लोगों पर लागू होती है।

"ले बीणनी, गिलास ले जा। गरमी के मौसम में भी अम्मलपानी (अफीम) का नशा करेंगे तो प्यास तो लगेगी ही·····तुम किसी सोच में डूबी हो?"

"जी घड़े में पानी नहीं है।" उसने धीरे से सास से कहा।

"बीणनी पानी तो कहीं नहीं है। ढोर-डांगर तड़फड़ा रहे हैं·····प्यासी धरती की छाती फटी जा रही है। कैसा तावड़ा तपता है कि आंख नहीं खुलती और आकाश से तो लाय बरस रही है, लाय! यह गांव सुजानगढ़ है भी ऐसा। वहां चुरू में तो कितने कुएं हैं। बीकानेर महाराजा गंगासिंहजी के नहर बनाने से तो काफी समस्या सुलझ गई।"

"तुमने फिर बीकानेर की बात छेड़ दी? तुमको यह गांव अच्छा नहीं लगता ना, भागवान ब्याह कर आए इतने बरस हो गए। रतनगढ़ से यहां सुजानगढ़ आकर बसे बीस बरस हो गए। लेकिन तू इस गांव की बुराई करने से नहीं चूकती।"

बीणनी के कान में सास-ससुर की बात पड़ी। उसने सोचा, पता नहीं क्या बात है कि, आजकल बात-बात में काकोजी और मांजी की लड़ाई हो जाती है। कहा-सुनी का अंत नहीं। क्या वजह हो सकती है? बुढ़ापा? नहीं, यह राम मारी गरमी के कारण। गरमी भी तो कैसी गरमी नस-नस को सुखा डाले, ऐसी लू चलती है।

कल तो पतरा देखकर पंडितजी बोल गए—"सेठजी ज्येष्ठ नक्षत्र है, पानी की आस छोड़ो, सावन-भादो भी सूख जाएगा। धरती खिले कैसे? अनाज हो कैसे....पाप करम तो बढ़ते जा रहे हैं। राजा शराब में डूबा रहता है, उसको प्रजा का ख्याल है कहां?"

"पंडितजी ठीक बोलते हैं। दो बरस से उनकी बात ठीक मिली है। कहां बारिश हुई?" सेठजी ने कहा।

सेठानी ने फिर सोचा—रतनगढ़ से तो हमको आना पड़ा। यहां सुजानगढ़ के राजा साब से इनके बापूजी को घणा आश्वासन दिया था कि, आप जैसे सेठ आकर हमारी गढ़ी को बसाओ....हम आप की रक्षा करेंगे....लेकिन यहां भी वही हाल, केशर देवजी कह रहे थे—"भाभी, ये सारे राजा-रजवाड़े एक-से हैं। गुलछर्रा उड़ाने के अलावा इनको और कोई काम नहीं।

सरौते से छलिया सुपारी काटती हुई वृद्धा सेठानी का बड़बड़ाना चालू था। केशरदेव का नाम सुनकर अफीम की पीनक से चौंककर लाल आंखों को खोलते हुए सेठ गुरमुख रायजी बोले—"केशर देव! केशर से तेरी कब बात हुई?"

"परले दिन सिंझा को आए थे, आप राजा साब से मिलने पासवानजी के घर गए थे।"

"क्या करूं रामू की मां, मुझे तो रतनसिंहजी के भी हाल-चाल अच्छे नहीं लगते। हमारा तो फरज है कि, राजा की आज्ञा का पालन करें, लेकिन पासवानजी के महल में जाना मुझे नहीं अच्छा लगता। वहां अंग्रेज हाकिम बैठा था। शराब की बोतलें खुली थीं......राजा साब के बगल में पासवानजी थे। हुकुम हुआ कि गुरमुख रायजी, रामेश्वर और किशन से कहकर शंघाई की जार्जेट मंगवा दीजिए। सिलक के कुर्ते का थान चाहिए, फ्रांस की ब्रोकेट चाहिए। और एक हजार अशर्फी की जरूरत पड़ेगी। हम लोग तो आप बाणिये से ही धन मांग सकते हैं। गांव में अकाल पड़ा है। कंपनी सरकार को नजराना भेजना होगा। हम किससे मांगने जाएं?"

"आपने क्या कहा?" वृद्ध सेठानी की बड़ी-बड़ी आंखों से आंच निकलने लगी, शायद यह आंच बाहर के तावड़े की आंच से तीखी थी...."जी हिये की यह जलन तो मेरे से भी बर्दाश्त नहीं होती। हमारे बेटे-पोते तो जंगल-जंगल भटकें, दिसावरी करें और राम मारा राज रुपया खोंस ले...."

छोटी बीणनी ध्यान से सास-ससुर की बात सुन रही थी, सास के कानों के पास मुंह ले जाकर वह धीरे से फुसफुसाई।

"लो, अब और सुनो। बीणनी के पास सबेरे-सबेरे पासवानजी की नायण आकर कह गइ

कि विलायती सेंट की दो शीशियों की जरूरत पड़ेगी और सुगंधी वाली बट्टी की।''

''लूट लो, साले गरीब बाणियों को चारों तरफ से लूट लो।'' उत्तेजना में गुरमुख रायजी माचे से उठ खड़े हुए। चहलकदमी करते हुए बोले—''मैं तो तंग आ गया हूं इन रोज-रोज की फर्माइशों से। मेरे पास पूरा हिसाब का पर्चा रखा है। बापूजी ने जमीन की एवज में जितना रुपया राजा उमंग सिंहजी से वादा किया था, उतना तो हम कब का दे चुके हैं। इसके अलावा हमने कुआं खुदवाए, बाबाजी के नाम की छतरी बनवाए, प्याऊ, धरमादे के काम में हम कभी पीछे रहते नहीं, लेकिन उसके ऊपर विलासिता के लिए धन कहां से आएगा? मुझे तो रतनसिंहजी का ढंग ठीक लगता ही नहीं।''

सेठानी ने और जोड़ा—''आप चाहे कुछ भी बोलिए, लेकिन कुंवर साहब भी कम बिगड़े हुए नहीं। बाप से बेटा सवाया है। संगत अच्छी नहीं।''

''रामेश्वर की मां, किशन तो उसका बचपन का भायला है। लेकिन किशन को उससे थोड़ा दूर रखना। जवानी में कुसंग अच्छी नहीं।''

''हंबा!'' कहते हुए सेठानी ने गहरी सांस छोड़ी। कब आएंगे मेरे राम-लक्ष्मण, मेरी आंख के तारे। ब्याह कर आई तब से····। और, उनको अपना अतीत याद आने लगा।

कहां गई हमारी वह रतनगढ़ की हवेली? अफीम का कितना बड़ा व्यापार फैला हुआ था। गद्दी पर रात-दिन लोगों की आवाजाही लगी रहती····पति, मां-बाप के इकलौते बेटे थे तो क्या हुआ? व्यापार के लिए चाचा, ताऊ के साथ अजमेर की गद्दी पर तो जाना पड़ता। साल-दो-साल में एक बार आते। हां, तब जरूर दो-तीन महीने के लिए रुकते। लेकिन मालूम नहीं, क्या बात हुई। बस, हमारे परिवार के लिए रतनगढ़ के राजा गुमान सिंहजी की नजर तिरछी हो गई। उन्होंने महाराजा गंगासिंहजी के कान भर दिए, झूठी चुगली थी। हमने कभी जकात के खिलाफ कोई बात ही नहीं उठाई, लेकिन बेमतलब हमारा नाम भी जोड़ दिया गया। वह तो कहो कि, बापूजी की दोस्ती सुजानगढ़ के राजा रतन सिंहजी के पिता उमंग सिंहजी से थी। उमंग सिंहजी तलवार के जोर पर निकाल लाए हम लोगों को। उमंग सिंहजी यही कहते, ''गुरमुख दासजी आप हमारी गढ़ी के सरताज हो, आप यहां पर बसो और लोगों को बसाओ ताकि सुजानगढ़ का नाम-जस बढ़े। प्रजा फले-फूले और, यहां सुजानगढ़ में था भी क्या? दस-बीस कच्चे घर थे। राजा साब की हवेली थी। यहां तो हम बाणियों का पैर क्या पड़ा कि, सुजानगढ़ की शक्ल बदलनी शुरू हुई।

''केशर आए तो जरा मेरे से बात करवाना जरूर। भूल मत जाना।'' सेठजी के स्वर में चिंता के अलावा और भी बहुत-कुछ था। एक अजानी आशंका।

सेठानी अतीत से वर्तमान में लौटी। लेकिन पति के स्वर में छुपी आशंका को पहचान वापस स्मृतियों को टटोलने लगी—ऐसे ही आशंकित स्वर में कभी, किसी दिन, वर्षों पहले बड़े सेठजी गुरुमुख दासजी ने बड़ी सेठानी के सामने कहा था। बिल्कुल ऐसे ही और बड़ी सेठानी ने पूछा भी था—''क्यों जी, क्या बात हो गई?''

''बात कुछ नहीं····व्यालू के बाद तुम्हारे बेटे को मेरे कमरे में भेज देना। राज से बैर मोल लेकर हम उसके राज में कैसे रह सकते हैं?''

उसके बाद ही रतनगढ़ की हवेली से पहले धन लेकर पुराने विश्वासी मुनीम-गुमाश्ते

निकले····निर्देश यही था कि यह धन पहले अजमेर की गद्दी में रखा जाए। यह अलग बात है कि, उस धन से खरीदी गई अफीम की पेटियां बिकी नहीं और रातों-रात सब कुछ पानी हो गया। लेकिन कंगाल थोड़े हो गए थे। गहना क्या कम था? या चांदी की सिल्लियां? बड़े सेठजी ने सुजानगढ़ के राजा उमंग सिंहजी को धन काफी दिया। हमारे ही धन से सुजानगढ़ बसता चला गया था।

"रामू की मां, तुमने मेरी बात ध्यान से सुन ली ना?"

सूत कातते हुए हाथ रुक गए। पीढ़े पर बैठी सेठानी ने चौंककर घूंघट की नोक से सेठजी की ओर निहारा, "बात क्या है? मेरे से कुछ छिपा रहे हैं क्या?"

"कुछ नहीं।" कहते हुए जरा-सी खिड़की खोलकर सेठजी ने बाहर देखा। रेत ही रेत····घर में भी रेत की महीन चादर-सी बिछी थी। हलक फिर सूखने लगा मगर अपनी प्यास को नियंत्रित करते हुए उन्होंने पानी नहीं मांगा।

× × × × ×

दूर कहीं से पीली आंधी चली आ रही थी। बालू के ढूहे उड़ रहे थे। और ऐसे मौसम में चार घुड़सवार गढ़ी से बाहर निकले····सफेद घोड़े पर राजा उमंग सिंहजी के पोते, राजा रतन सिंहजी के बेटे, कुंवर मान सिंह सवार थे।

गांव के जोशी हरि नारायणजी ने उन्हें देखा। बदरी नाई ने देखा। मंगलू कुम्हार ने देखा। सिमटो खाती ने देखा। रामी दादी ने देखा। सबकी आंखों में एक ही प्रश्न था इस आंधी में, इस समय कुंवर साहब कहां जा रहे हैं? और साथ में ये कैसे लोग?

ऐसा नहीं कि गांव वाले बाकी तीनों के चेहरे से परिचित नहीं थे, लेकिन इन धाड़ैतियों का नाम लेकर अपनी जबान गंदी करने से क्या फायदा?

दो साल से बिरखा हुई नहीं, फसल के नाम पर बाजरा, कीकर, कैर फली। इस बार तो मतीरे की बेल भी सूख चली, मतीरे नहीं फलेंगे, नहीं तो कार्तिक में खेत में जब मतीरे पकते तो एक वक्त तो मतीरों से ही पेट भर जाता था। गायों के थन सूखने लगे। दूध कम होने लगे। बछेड़े मांडे हो गए। किसान खेती करे तो किससे करे। सुजानगढ़ के राजा को प्रजा की ओर ध्यान देने की फुर्सत कहां? सेठ-साहूकारों ने भी कुआं नहीं खुदवाया। गरीबी, भूख और प्यास। सर के ऊपर लाय बरसाता हुआ सफेद उजला आकाश और हिवड़े की आस····शायद बिरखा हो····शायद कुएं-बावड़ी में पानी बढ़े, शायद लूट-पाट कुछ कम हो।

लेकिन सब कुछ बदल गया। बस अभी आंधी थम गई थी। बालू के ढूहे उखड़ कर इधर-उधर जा खड़े हुए थे। सास से अनुमति लेकर किशन की बीणनी एक घड़ा लेकर पड़ोस की काकीसा के पास जा पहुंची····

"आओ बीणनी!"

वह पगा लगने लगी····काकीसा के पैरों को वह अपनी गुदाज हथेलियों से दबा रही थी और परम तृप्ति के साथ वृद्धा काकीसा आशीर्वाद दे रही थी—"सिली हो, सपूती हो, सात पूतों की मां हो।"

"जी, पानी मांगने आई हूं।" काकीसा को समझने में देर नहीं लगी कि सुबह बीणनी की नींद देर से खुली थी...हंसकर पूछा—"रात सोई नहीं क्या? किशन की याद आ रही थी?"

किशन की बीणनी की आंखें भर आईं। अच्छा हुआ कि घूंघट की आड़ में उन बड़ी-बड़ी जलजली आंखों को काकीसा देख नहीं पाई...और देख भी लेती तो क्या दिखाई देता...बाणिये की लुगाई का यही तो भाग है...पति के विछोह में दो-दो, तीन-तीन साल काटने पड़ते हैं और कुछ लोग तो दस-दस बरस नहीं लौटते...देस तो तभी कोई लौटता, जब हाथ में पैसा होता। कुछ नहीं भी लौटते, वहीं परदेस में ही नया घर बसा लेते। काकीसा का नेह भरा मीठा बोल था—

"जाओ बीणनी, कुंडे से पानी ले लो। और किशन की बीणनी यों सई-सिंझा गांव में अकेली मत निकला करो। जमाना खराब है। पास के गांव से खबर आई—कोई धाड़ैती मंदिर से लौटती हुई बाणिये की लुगाई को उठाकर ले गया। हां...ऐ बीणनी...मैं सांची बात कह रही हूं...वह धाड़ैती नहीं था, ठाकुर का बेटा था...गांव देखता का देखता रह गया। बूढ़ा ससुर, अंग्रेज हाकिम के सामने बहुत गिड़गिड़ाया, बहुत रोया..."मालिक मेरा बेटा परदेश में है......मैं बेटे को क्या मुंह दिखाऊंगा? लेकिन कौन सुने? गरीब की पुकार इन लोगों के पास कभी पहुंचती है क्या? न्याय है कहां?

"लेकिन हम इतने कायर क्यों हैं काकीसा?" छोटी बीणनी पूछे बिना नहीं रह सकी......साथ ही उसकी दाहिनी आंख फड़क उठी। उसका सर्वांग सिहर उठा।

"बीणनी मैं लुगाई जात इन बातों का क्या जवाब दूं? मगर तेरे पीतसराजी (चाचा ससुर) कह रहे थे—"धी राणी, अपने को अब यह धरती छोड़नी पड़ेगी। बात इज्जत-आबरू पर आ गई है। ऐसा नहीं कि हम कायर हैं कि, तलवार नहीं उठा सकते। लेकिन व्यापार करें या इन बिगड़े रईसों के मुंह लगें। जा बेटा, जा? और उंवार मत ना कर।"

आधा घड़ा पानी लेकर वह वापस अपनी हेली में चली आई। घूंघट की आड़ से देखा, बाहर मांचे पर पीतसराजी बैठे थे। ससुरजी की आवाज कानों में पड़ी—"मैं कहता हूं केशर ऐसे कैसे चलेगा? हम गरीब बाणिये हाड़ तोड़ते रहें, मरते-पीसते रहें और ये राज-रईस इतने बिगड़ गए। पहले तो धन मांग कर लेते थे और अब तो फर्माइशी हुकुम आ जाता है।"

"आप ठीक कह रहे हैं, भाईजी। अपने तो दोहरी गुलामी झेल रहे हैं। एक ओर तो ये अंग्रेज सरकार और दूसरी ओर ये बिगड़े रईस, राजा-रजवाड़ों के बेटे। न इनमें शिक्षा की रुचि, न राज-काज की संस्कृति, सिर्फ शराब पीना और उद्धत भाव से कामुक जीवन बिताना ही इनके जीवन का सार है।"

"राजा उमंग सिंहजी में प्रजा के लिए लगाव तो था, लेकिन रतन सिंहजी तो प्रजा की रक्षा करने में सर्वथा अक्षम हैं, कुंवर मान सिंहजी......"

"धीरे बोलिए, भाईजी......जमाना बहुत खराब आ गया है......हां, रामेश्वर और किशन की कोई खबर आई?"

"खबर तो मिल गई थी कि, आजकल में आने वाले ही हैं। मैंने घर में रामू की मां को भी नहीं बताया।"

"आपने ठीक किया भाईजी। लुगाई की जात, पेट में बात पचेगी तो है नहीं और जमाने का हाल तो......"

"लो भाया, एक बीड़ी सुलगा तो।" केशरदेवजी समझ गए कि भाईजी बात बदलना चाहते हैं।

शाम ढलने लगी थी। आकाश नीला होता जा रहा था। रसोई उतार कर, छोटी बीणनी ने पहले दोनों बच्चों को भोजन कराया। इसके बाद सास-ससुर को भोजन करने के लिए कहलाया।

सेठ हरमुख रायजी पाटे पर जाकर बैठे। बगल में पंखा झलती हुई सेठानी बैठी थी। दोनों भाइयों की खुसुर-फुसुर देहरी की ओट से सेठानी ने सुन लिया था। उनका कलेजा मुंह को आ रहा था। चिंता, आशंका भय से सिहरती वे बार-बार अपने लंगड़िया बाबा को सुमर रही थीं। अब तक तो एक सौ एक बार उन्होंने हनुमान चालीसा का पाठ मन ही मन दोहरा लिया था। घर की जोशन को बुलाकर गुड़ की भेली, सरसों का तेल, काली तिल का चढ़ावा, भैरूजी के मंदिर में भेज भी चुकी थी। लेकिन फिर भी न जाने क्यों? इस क्यों का उत्तर किसी के पास नहीं था। उन्होंने पति की परसी थाली की ओर देखा—फोगले का साग, कढ़ी और हरे पोदिने की चटनी थी। बाजरे के टिकड़े में वे और घी उड़ेल कर चूर कर रहे थे। उमर हो रही है लेकिन अभी भी सेठजी एक बार में पाव भर घी और चार-चार टिकड़े खा लेते हैं। फिर सेठानी को अपने पर ही लज्जा आई......यह क्या मैं पति का भोजन गिन रही हूं। घर में घी-दूध की कमी है क्या? सेठजी ने मुंह में दूसरा कौर रखा ही था कि, बाहर दरवाजे पर जोरों की खट-खट हुई। सेठानी चौंक उठीं। थाली छोड़कर सेठजी चांदी की मूंठ वाली छड़ी लेकर उठ खड़े हुए। भीत गले से पूछा—"जोशी कहां पर है?"

"बगल में हेली पर काम से गया है।"

तब तक केशरदेवजी की आवाज आई......"भाईजी, दरवाजा खोलो......किशन आया है।"

दरवाजा खोलते ही चाचा के साथ किशन भीतर था। किशन सीधा बाप के कलेजे से लगकर फूट-फूटकर रो रहा था......काकोजी......गांव के बाहर ही धाड़ैतियों ने काफिला घेर लिया। रामेश्वर भाया गोली से मारे गए। सारा धन लूट लिया। अपने बरबाद हो गए काकोजी......अपने बरबाद......"

"राजा साहब को......" इससे आगे वे कुछ बोलें, इससे पहले ही केशरदेवजी ने उनके मुंह पर अपनी हथेलियां रख दीं......धाड़ैतियों में से एक थे—कंवर मान सिंह!

"मान सिंह......मैं नहीं छोडूंगा, मैं साले रांडका को जान से मार डालूंगा......" सेठजी अपनी दोनाली बंदूक उठाने दौड़े......

"अरे बेटा......अरे मेरा लाल", सेठानी के मुंह से चीत्कार था। लेकिन अब केशरदेवजी दृढ़ स्वर में कह रहे थे—"अन्यायी के राज में न्याय कहाँ भाईजी! बुद्धि से काम लो......किशन बेटा पीछे रो लेना, अभी तो तुरंत ऊंट की काठी पर गादी रखो। तुम और छोटी बीणनी और दोनों छोटे बच्चों को लेकर सुजानगढ़ की सीमा से रातों-रात बाहर हो जाओ। सब कुछ तो लुट गया। लेकिन फिर भी जो कुछ बचा है, वह ले जाओ। बूढ़े मां-बाप और रामेश्वर की

विधवा पीछे रह जाएगी······रामेश्वर का क्रिया-करम हम लोग करेंगे।''

''यह क्या? केशरदेवजी आप यह क्या बोल रहे हैं?'' सेठानीजी ने पूछा।

''हां मां! चाचा ठीक बोल रहे हैं, मैं अब इस धरती पर पांव नहीं रखूंगा।''

और वे चार जने ऊंट की सवारी पर रातों-रात निकल गए। पीछे छूट गए—बूढ़ा बाप।

पीछे छूट गई रोती हुई, मां।

पीछे छूटी······अनाथ असहाय, विधवा भाभी······

घर में रखवाली के लिए रह गया घर का जोशी।

घर में बची रह गई अनाज की दो बोरी। गुड़ की चार भेली।

भाभी और मां के बदन का जेवर। घर की तिजुरी में थोड़ा बहुत सोना······जो कि किसी भी समय लूटा जा सकता था।

वह कैसी रात थी। युवक किशन अपनी पत्नी और दोनों बच्चों के साथ, चमकती हुई उजली चांदनी रात में तेजी से अपने चीलिए ऊंट को दौड़ाए जा रहा था। सईस को साथ लेकर नहीं निकला गया। कहीं अंधेरे में उसकी नीयत नहीं बदल जाए।

लंबी टांगों वाला ऊंट रेगिस्तान का सबसे तेज दौड़ने वाला श्रेष्ठ धावक हुआ करता है। फिर इस ऊंट का तो नाम ही चीलिया था। चील की तरह उड़ता हुआ।

पत्नी ने गहना खोलकर सासू की दी हुई कोथली में रख लिया। एक पोटली में बाजरे की बाटी थी और गुड़ की भेली······झारी में पानी था······उपस्थित बुद्धि ने इतना ही समझा दिया था कि दो छोटे-छोटे बच्चे भूखे नहीं रह सकते।

''चाचा कहां चल रहे हैं?'' उनींदी आंखों से उस दस वर्ष के बालक ने पूछा—''चाचा, बापूजी नहीं आए?''

''चाल बेटा, चाल······अपने को अब यहां नहीं रहना है।'' आंसू झरती आंखों को पोंछते हुए बार-बार पीछे मुड़कर गांव की हेली को देखता जा रहा था। दूधिया चांदनी रात थी। नीला ठंडा आकाश था। सफेद चमकती हुई रेत थी। उसने पीछे मुड़कर एक बार फिर देखा—छत पर आशीर्वाद में हाथ उठाए मां खड़ी थी।

दौड़ता हुआ ऊंट अब थक गया था। पौ फटने लगी थी। किशन की पीठ से लगी हुई राधा बाई कि आंखें उनींदी हो चली थीं। दोनों बच्चे नींद में हिचकोले खा रहे थे।

यह चुरू का रास्ता है किशन इतना भर जानता था। लेकिन कितनी दूर और कितना चलना होगा? वह भी परिवार के साथ, अकेले। तीन बरस की सारी कमाई लुट गई। क्या हम कभी कहीं ठीक से नहीं बस पाएंगे? रतनगढ़ की हवेली तो मैंने देखी ही नहीं······रामेश्वर भाया बताया करते थे कि, दादाजी का कितना ठाट-बाट था। गरीब के लिए कितनी दया ममता थी। कमाई का दसवां हिस्सा दान खाते में जाता। रतनगढ़ में उन्होंने क्या नहीं बनवाया, न जाने कितने कुएं खुदवाए······दादाजी जो भी कुआं खुदवाते पानी मीठा ही निकलता। गांव कहता सेठ गुरमुख दासजी के धरम की कमाई है। जिस कुएं में धरम का पैसा लगता है उसका पानी मीठा निकलता है।

किशन ने सूखे पपडाए होंठों पर जीभ फेरी। जीभ पर यह कैसा गीला नमकीन स्वाद? उसको समझ में आया कि वह रो रहा है। तब क्या वह रामेश्वर भाया की याद में सारी रात

रोता रहा है। हां सारी रात। फिर यह सब वह कैसे सोच रहा था। रामेश्वर भाया की कही हुई बातें। रतनगढ़ से भाग कर आए, सुजानगढ़, वहां पर बसे लेकिन क्या वहां भी टिक पाए? आज की यह जघन्य घटना। उसकी आंखों के सामने फिर वह रेत का बवंडर घूम गया और आंधी थमते ही उन चार घुड़सवारों का काफिले से अलग दोनों भाइयों को घेर लेना। साथ के लोग जान बचाकर इधर-उधर भाग खड़े हुए।

''नहीं, मैं कभी नहीं वापस आऊंगा, यदि सुजानगढ़ मेरी मातृभूमि होती तो मेरे साथ इतना बड़ा अन्याय होता? उसको बार-बार उन चार घुड़सवारों में से एक सफेद घुड़सवार की याद आ रही थी और वह सोच रहा था......क्या ऐसा कभी हो सकता है? क्या कभी हुआ है? मेरे बचपन का भायला कंवर मानसिंह को धन की ऐसी क्या जरूरत पड़ गई, शायद रामेश्वर भाया को गोली लगती नहीं, लेकिन भाया ने पिस्तौल निकाल ली थी। और कड़कते हुए बोले थे—''कंवर मानसिंह यह पसीने की कमाई है, तुम दूर रहो।''

''लाओ इधर दो, कहां है सारा सामान?''

''रांड का जाया, तू मेरा धन छूकर तो देख, गोली दाग दूंगा।''

और फिर एक घायल चीख थी। जमीन पर पड़ी हुई रामेश्वर भाया की लाश थी। सामान लेकर धाड़ैती गांव से दूसरी दिशा की ओर भाग गए थे। और जाते-जाते किशन को संबोधित करती हुई मानसिंह की आवाज थी......''भाग भायला, तू अपनी जान बचाकर भाग, और किसी के सामने मुंह खोला तो मां कसम तेरी औलाद तक को नहीं छोडूंगा।''

दूर एक कुआं नजर आया, ऊंट को अपनी पसंद की सोनली झाड़ी दिख गई, वह रुकने को हुआ।

''चाचा भूख लगी है।'' बड़का कह रहा था। छोटका दूध के लिए रो रहा था। सबने कुएं पर जाकर हाथ-मुंह धोया।

''कहां से आ रहे हो?'' एक वृद्धा ने पूछा। सुजानगढ़ का नाम मुंह पर आते-आते किशन ने छापर का नाम बता दिया।

''दादी, टाबरी के लिए दूध मिलेगा?''

''हां बेटा दूध की कोई कमी।''

ग्राम देवता के सामने माथा नवा, बच्चों को लेकर वह वृद्धा के साथ हो गया।

अपनी कोठरी में पहुंचकर वृद्धा ने आसन-पीढ़ा दिया। बच्चों को दूध पिलाया। लेकिन किशन से कुछ खाया नहीं जा रहा था। हथेलियों से आंसू पोंछने के बहाने बार-बार आंखें मलता। वृद्धा से न रहा गया। पूछ ही बैठी—''क्या बात है बेटा तुम दोनों रो क्यों रहे हो?''

''नहीं दादी रो नहीं रहा, आंख में रेत किरकिरा रही है। यह बता सकती हो क्या चुरू कितनी दूर है?''

''गांव के मुखिया से पूछकर बता देती हूं।''

''अच्छा छोड़ दो। हमीं लोग पूछ लेंगे।''

''यह तो विदेसर गांव है। पास में ही धर्मशाला है। रुककर आराम कर लेते। लेकिन कलेवा तो करते जाओ।''

''कर लेंगे और थोड़ा दिन चढ़ने दो। अभी तो भोरे-भोरे जितनी दूर निकल जाएं अच्छा है

ना। चुरू पहुंच कर रेल पकड़नी है।''

''बेटा दिसावरी के लिए लुगाई टाबर को लेकर निकले हो।''

''किसके सहारे पीछे छोड़ता······'' कहते-कहते किशन की आवाज थरथरा गई। वे जो पीछे छूट गए हैं पता नहीं कैसे हैं? किसके सहारे हैं? जवान बेटे की मौत का सदमा। सब कुछ लुट जाने का सदमा। काकोजी बर्दाश्त कर पाएंगे? और भाभी? और मां? रात के अंधेरे में हवेली की छत पर विदा के वक्त आशीर्वाद देती मां। आह! किशन को लगा कोई उसके कलेजे को निचोड़ रहा है। जोर से, बहुत सख्ती से।

किशन ने चुरू स्टेशन पर आकर ही दम लिया। छापर की ओर वापस जाते हुए एक जाट को अपनी ऊंट थमा दी······''भाया इसको बेसी दौड़ाना मत, रात भर का थका हुआ है। बहला-फुसला कर ले जाओ। मैं तो दिसावरी पर जा रहा हूं।''

मुफ्त में मिली ऊंट को पाकर फिर भी उस आदमी ने पूछा—''कितना दाम लोगे? थोड़ा-बहुत दे दूंगा, ज्यादा तो मेरे पास नहीं है।''

''मैंने कहा न कुछ नहीं, बस तुम इसका ख्याल रखना।'' कहते हुए ऊंट के गले से लगकर किशन बिलख उठा। माधो रोने लगा—''चाचा अपने चिलिए को भी साथ ले लो ना, चिलिया परदेसी के साथ जाएगा नहीं। देखिए ना इसकी आंखों से पानी गिर रहा है। अपने इस पर सवारी करेंगे। रेल में नहीं चाचा मैं तो बस चिलिए के ऊपर बैठूंगा।''

खैर, किसी तरह ऊंट को विदा कर किशन स्टेशन पर पहुंच गया। चुरू का यह छोटा-सा स्टेशन। सिंगल लाइन की ट्रेन। स्टेशन पर भीड़ का ठेलम-ठेला, एक आदमी को पहुंचाने के पीछे दस आदमी विदाई में खड़े हुए। गठरी-मुठरी लिए लोगों की पंगत की पंगत बैठी हुई थी। दिन में गरमी थी और अब बेहद ठंडी रात। थके हुए चेहरे। कहीं दूर रात की खामोशी में रेल की सीटी की आवाज हुई। भीड़ का रोड़ा हुआ—''अरे रेल आ गई······रेल।'' अपनी-अपनी गठरी, बिस्तर बंद, बक्सा उठाए लोगों की भगदड़ शुरू हो गई। इसी बीच बाल्टी वाले चूल्हे को लिए ''गरम चा पी लो···चा···गरम चा।'' की आवाज लगाते हुए पंडित भैरोमल, किशन के पास से निकले। इससे पहले कि, किशन कुछ बोले, बाल्टी वाला चूल्हा उठाए पंडितजी वापस पलटकर किशन की बगल में आ खड़े हुए······''भाया मेरी आंख का भरम तो नहीं है, कहीं रतौंधी तो नहीं हो गई, तू दो दिन पहले तो यहां अपने भाई के साथ टेशन पर उतरा था, मैं ठीक बोलता हूं ना?''

''हां काका।''

''फिर इतनी जल्दी लुगाई-टाबरों के साथ वापस दिसावरी पर जा रहे हो, क्यों क्या बात हो गई? बाप से झगड़ा हो गया? भाई ने धन दबा लिया?''

''भाई नहीं काका, भाई नहीं? धाड़ैतियों ने हमारा सब कुछ लूट लिया और भाया को गोली लग गई······'' कहते-कहते किशन फूट-फूट कर रोने लगा।

''रो मत भाया रो मत, धीरज रख। यह तो आजकल की रोज की बात हो गई, सुनो जिसकी एक ही कहानी······महाराज के सामने एक बार कुछ दरियाफ्त तो करो······''

किशन एकदम चुप हो गया। महाराजा, सामंत, राज-रजवाड़े, कंपनी सरकार, उसका मन कैसा तो हो गया।

"चलो भाया चलो नहीं तो रेल छूट जाएगी।"

और अपना चूल्हा वहीं कोने में रखकर पंडित भैरोमल ने किशन का बिस्तरा उठा लिया।

खिड़की के रास्ते बच्चों को ढकेला गया, फिर राधा बाई को और अबकी किशन की बारी थी। थर्ड क्लास के डिब्बे के सामने ही ज्यादा भीड़ थी। भीतर थोड़ी जगह मिलते ही किशन ने बैठे हुए यात्री से कहा—"काका थोड़ा-सा सरको।"

उधर से और किसी की आवाज आई—"ओय मेरी जूती कहां गई?"

घूंघट से चेहरे को ढकने के कारण राधा बाई अंधेरे में किशन का हाथ टटोल रही थी। ऊपर की बर्थ पर एक सेठजी लंबी तान कर सो रहे थे। इतने शोरगुल में भी उनकी नाक बज रही थी, किशन ने उनका पैर हिलाते हुए कहा—"सेठा उठकर बैठिए, यह रिजर्व सीट नहीं है।"

"हूं......थौ......काई बोलो?" आंख मिचमिचाते हुए सेठजी ने पूछा—"यह कौन-सा टेशन आ गया?"

"अरे अभी रेल चलो कहां है? चुरू के स्टेशन पर तो खड़ी है।"

"ओ......हो! कद पूचगां दिल्ली?"

"कल भाईजी कल।"

"ला भायला एक बीड़ी तो सुलगा दे, माचिस नहीं है?" जाट ने पूछा।

"अरे वह चाय वाले पंडितजी से सूतली मांग लाओ ना।" जाट के दोस्त ने कहा।

"ये जाट रेजिमेंट कहां चली?" सेठजी ने वापस आंख मिचमिचाते हुए किशन से पूछा।

"अंग्रेजी सेना में भरती होने।"

"क्यों?" सेठजी ने फिर पूछा।

"जर्मन-जापान की लड़ाई अभी तो खतम हो गई ना।" किसी ने कहा।

"लेकिन सेना में भरती चल रही है।" और एक आवाज थी। "क्या करे, भूखे मरने से तो अच्छा है कि लड़ते हुए मरें। वहां सेना में खाना और गरम कपड़ा तो मिलेगा।" जाटों में से किसी एक जाट ने कहा।

"भूख और गरीबी......ओ...हो देस का क्या हाल हो रहा है?" सेठजी फिर बोले।

किशन ने मन ही मन कहा, मैं भी तो अब एक गरीब बाणिया हूं। पेट के लिए ही दिसावर जा रहा हूं। दोनों बच्चे सहमे-सिमटे बैठे थे। तब तक छोटके गीगे ने राधा बाई की गोदियो में मूत दिया। राधा बाई ने गुस्से में चपत लगाया तो वह रोने लगा। लोग डिब्बे में जैसे-तैसे ठुंसे हुए बैठे थे। बोरिया बिस्तर रखे हुए कुछ लोग जमीन पर भी बैठे थे। खाने-पीने का सामन उन लोगों ने टीन के पीपों में भर रखा था।

"चाची, गीगे को मुझे दो मैं गोदी में रखता हूं।" माधो ने सांवर को गोद में संभालते हुए कहा।

"टाबर छोटा है इतनी दूर क्यों ले जा रहे हो?" बगल में बैठे दूसरे सेठजी ने पूछा।

"जी लंबे समय के लिए जा रहे हैं। पीछे गांव में किसके भरोसे छोड़ते?"

"अपने तो गांव के गांव खाली होने लगे, मैं तो खुद नये काम की खोज में जा रहा हूं।"

किशन खामोश रहा। वह कुछ नहीं बोलना चाहता था। उसका मन बार-बार कह रहा था—सब कुछ देखो सुनो, अनजान बने रहो, अपने वंश का परिचय मत दो। यह कहने में क्या फायदा कि, हमारे बाप-दादा भी अफीम का बड़ा व्यापार करते थे। कि, हमारी भी गद्दी रतनगढ़ और चुरू से लेकर मालवा तक थी। यह कहने से क्या फायदा कि, कभी मेरी दादी और मां पैरों में सोने के कड़े और पायजेब पहनती थी। कि, हमारी रामगढ़ की हवेली देखने लायक थी। कि, मैं जनमा तो हमारी हवेली में महाराजा गंगासिंहजी आए थे।

किशन को याद आया कि, रामेश्वर भाया दादाजी के साथ एक बार महाराजा गंगासिंहजी का दरबार हॉल भी देखकर आए थे। भाया कहते थे—"किशना, रतनगढ़ के राजा साब की हवेली की तो मुझे भी पूरी की पूरी याद है, हवेली के बीचो-बीच पक्का ताल-कटोरा था। बिरखा के पानी से लबालब भरा हुआ, कितने बड़े-बड़े तो मगरमच्छ थे उसमें।"

किशन ने उल्टी हथेलियों से आंखों को रगड़ते हुए मानो पुरानी स्मृतियों को पोंछ दिया और मन ही मन सोचा—अतीत, अतीत होता है। बीता हुआ कल, बीता हुआ है। उसका जीकरा कूटने से फायदा? रामेश्वर भाया इस दुनिया में अब लौटने से रहे। और वस्तुस्थिति तो यह है कि, आज मेरे पास कुछ नहीं, जमीन में बैठे इस गरीब जाट और मेरी स्थिति में कोई फर्क नैंहीं।

पिछले सात दिन की यात्रा की थकान नसों में उतरने लगी थी। किशन को कलेजे में कुछ भारीपन-सा लगा। जैसे कुछ जम गया हो……हमेशा-हमेशा के लिए। मैं तो अब सुजानगढ़ कभी लौट नहीं पाऊंगा। परदेश में ही मर-खप जाऊंगा। उसके कानों में कंवर मानसिंह की चिंघाड़ गूंज रही थी……"किशनिया तू बचपन का भायला है इसलिए छोड़े दे रहा हूं, लेकिन मेरे खिलाफ कुछ भी बोला तो तेरा वंश मिटा कर रख दूंगा। यहां गढ़ी में रहना है तो मुंह बंद रखना समझ गया ना।"

किशन सोचने लगा ऐसा तो नहीं कि, मेरा देस हमेशा अकालग्रस्त रहेगा। वहां कभी बारिश होगी ही नहीं……लेकिन मैं नहीं रहूंगा। मैं अपने बच्चों को कभी वापस सुजानगढ़ आने नहीं दूंगा।

चुरू एक्सप्रेस की टाइम टेबुल कुछ नहीं थी, कितनी देर रुकेगी और कब चलेगी—स्टेशन मास्टर की मर्जी पर। और यदि कोई राजा रजवाड़े या अंग्रेज हाकिम जा रहे हों तो और आफत। उनके मुनीम-गुमाश्ते, सेकेन्ड क्लास में, नौकर-चाकर थर्ड क्लास में। किशन ने आंखें बंद करते हुए मन ही मन सोचा—कल सुबह तक ट्रेन दिल्ली पहुंचेगी, अठारह घंटे बाद।

दिल्ली स्टेशन पर उतरते ही किशन को समझ में आया कि यहां आए दिन मारवाड़ी भाई उतरा करते हैं। जिनमें पुरुषों की संख्या ही ज्यादा हुआ करती है। स्त्रियां तो नाम मात्र की रहती हैं। चूंकि वह पत्नी और बच्चों के साथ था, साथ में चले हुए सेठजी ने काफी सहायता की। पास बैठे हुए सेठजी ने किशन से स्टेशन का वेटिंग रूप कौन-सा होगा और स्टेशन से बाहर निकलकर किस हलवाई की दुकान पर चार आने में सेर भर बुंदिया और एक आने में दस पुड़ियां मिल जाएगी—यह भी बता दिया। दोपहर के भोजन के लिए मारवाड़ी बासा है। एक रुपए में चारों का पेट भर जाएगा। लेकिन उन्होंने किशन से कहा—

"तुम बुरा नहीं मानों तो मेरे साथ ही भोजन कर लो……मेरी लुगाई ने काफी सामान बांध

दिया है। सफर में कोई न कोई साथ मिल ही जाता है। मिलजुल कर खा लेंगे। तुम्हारे पैसे बचेंगे। मोठ बाजरे की रोटी के साथ केर-सांगर का आचार और मेथी की लूंजी है।''

किशन कुछ बोल नहीं सका। सहमति में सर झुका दिया। उसने यही सोचा दुनिया में आदमी भी बसते हैं, जानवर भी। कोई दूसरे मुंह का गासिया छीनकर खा जाता है और कोई अजनबी हाथ अपने मुंह में रोटी का गासिया तोड़कर खिला भी देता है। आखिर दुनिया में आदमी बसते हैं, सभी तो राजा रतनसिंहजी के बेटे कंवर मानसिंह नहीं हो जाते। कंवर मानसिंह को धन की क्यों जरूरत पड़ी? क्यों उसने भाया की हत्या की? कुकर्मों के लिए? शराब के लिए?

× × × ×

उसी दिन शाम को दिल्ली से कलकत्ते के लिए रवाना हुए। थर्ड क्लास के डिब्बे में एक सिरे से दूसरे सिरे तक संकरी बेंचों की तीन कतारें थीं। इसके बावजूद लोग अपनी-अपनी गठरी-मुठरी लिए जमीन पर बैठे थे। पंखे की व्यवस्था नहीं। पसीने से तर, गर्द, गंदगी और दुर्गंध से भरा हुआ लंबा सफर तय करना था। डिब्बे का दरवाजा बाहर की ओर खुलने वाला था। हर वक्त डर बना रहता कि, कहीं कोई बाहर गिर न जाए। खिड़कियों पर सीखचें नहीं थे, पखाने में नल नहीं था। बाहर आने-जाने के लिए लोग अपनी-अपनी खिड़कियों का इस्तेमाल करते। रेल चलते ही लोग सहज हो आए। आपस में बातचीत करने लगे। डिब्बे में लोटिया नहीं था, लटकी हुई लालटेन की रोशनी हिलती-डुलती अंधेरे को टटोल रही थी।

''टिकट दिखाओ।'' जमीन पर सोए हुए जाट को बूट से ठोकर मारते हुए काले साहब ने कहा। कांपते हाथों से तुड़े-मुड़े कागज को निकालते हुए जाट ने गिड़गिड़ाते हुए कहा—

''यह लो साबजी, हमारा टिकट और यह रहा हमारे भाई का टिकट, साबजी रेल से मत उतार देना। साबजी हम रोटी कमाने दिसावर जा रहे हैं, क्या करें साबजी देस में अकाल पड़ा है, खाने के लिए कुछ नहीं, ज्वार-बाजरा भी नहीं मिलता। मोठ-कीकर कब तक चबाएं? ढोर-डांगर तो सब मर गए। पीछे लुगाई-टाबरों को अकेले गांव वालों के भरोसे छोड़ कर आए हैं।''

उसकी बातों पर बिना ध्यान दिए गार्ड ने टार्च की रोशनी में टिकट देखा और आगे बढ़ गया। और लोग अपना-अपना टिकट दिखा रहे थे।

अचानक रेल अंधेरे जंगल में खड़ी थी। दूर-दूर तक कोई बस्ती नजर नहीं आ रही थी। काले आसमान में सितारे चमक रहे थे। बादलों की आड़ से कभी-कभी चांद निकल आता। आपस में खुसर-पुसर शुरू हो गई थी। किसी ने कहा—''सामने क्रांतिकारियों ने रेल की लाइन उड़ा दी है।''

''अरे क्या बकता है, साथ में अंग्रेज हाकिम जा रहा है। गोली नहीं दाग देता?''

''तब जरूर कोई धाड़ैतियों का दल होगा, आजकल इस इलाके में दिन-दहाड़े लूटपाट मची हुई है और यह तो अंधेरी रात है।'' किसी और ने कहा।

धाड़ैतियों के भय से किशन का कलेजा धक-धक करने लगा, उसने पास बैठे दोनों बच्चों

को समेट लिया, उसकी पत्नी राधा बाई का हाथ गहने की कोथली पर चला गया। यही तो आखिरी अमानत है, बाकी और बचा ही क्या? बड़ी वाली कंबल की गठरी में रखा ही क्या है? दो-चार लीतरे ही तो हैं।

"लेकिन इस जंगल में बब्बर शेर रहते हैं।" सामने वाली बेंच पर बैठे हुए किसी सेठ ने फिर कहा।

डब्बे में बैठे जाट ने कहा—"अरे सेठा काईं डरो? इतने आदमियों को देखकर शेर भी भाग खड़ा होगा।"

"मेरे समझ में यह विंध्याचल की घाटी है। यहां शेर जरूर रहते हैं।"

"अरे चुप करना यार। फालतू लोगों को डराने से फायदा?" बगल वाले सेठजी ने झिड़का।

एक धक्के के साथ रेल फिर चलने लगी। छक-छक की आवाज के साथ राहत की ठंडी सांसें घुल गईं। नींद के झकोले में पता नहीं चला कब पौ फटी। किशन को लगा कि रेल शायद किसी स्टेशन पर रुकी है। बाणियों का जत्था स्टेशन पर उतर गया।

किशन भी अपनी लुगाई टाबरों के साथ उतरा। राधा बाई को उसने जनाना शौचालय की ओर जाने का इशारा किया, साथ में चले गए दोनों बच्चे। वह एक किनारे खड़े होकर कुल्हड़ में चाय पी रहा था। उधर से एक सज्जन ने आकर पूछा, "क्यों भाई आप हिंदू हैं?"

"हां, क्यों?"

"तब यह मुसलमान के हाथ की चाय क्यों पी रहे हो? दिसावरी करने जा रहे हो तो क्या अपनी धरम-करम भी छोड़ दोगे?"

बात बदलने की खातिर किशन ने पूछा—"भाईजी रात को यह रेल जंगल में क्यों रुकी थी?"

"अरे भाया! दिल्ली से एक जाट चढ़ा था। गंजेड़ी था साला! बिना पूछे अंग्रेज साब बहादुर के डब्बे में चढ़ गया। बस फिर क्या था, वहां खड़े गार्ड ने जब देखा तो जोरों से धक्का दे दिया, लेकिन गिरते-गिरते भी जाट अपने साथ गार्ड को भी लेकर गिरा, दोनों रेल के पहिए के नीचे कट गए।"

"ओह! रेल इसीलिए रुकी थी?"

"हां और क्या? दिसावरी करने जा रहे हो?"

"जी हां।"

"पहली बार......उमर तो कम दिखाई देती है।"

"दूसरी बार जा रहा हूं।"

"कहां तक जाओगे? रायबक्सगंज?"

"सोच तो यही रहा हूं। वहां कपड़े की दुकान खोलूंगा।"

उधर से राधा बाई बच्चों के साथ आती दिखी।

"ओह तो लुगाई-टाबर को लेकर जा रहे हो, यानी बसने के लिए जा रहे हो।" साथी बाणिये ने पूछा।

"जी भाईजी यही समझ लीजिए। आप कहां के रहने वाले हैं?"

"मैं तो बिसाऊ का हूं। मेरी भी दुकान रायबक्सगंज में है, लेकिन आजकल मंदी का दौर है, बिक्री कम हो रही है।"

किशन का जी डूबने लगा। कंधे पर रखे गमछे से मुंह पोंछते हुए उस सज्जन ने कहा—"मेरी सलाह मानो तो बंगाल चले जाओ। अभी वहां ज्यादा बाणिये पहुंचे नहीं हैं और कम लागत में दुकान खोलो, कमाई अच्छी है। हां ज्यादा उधारी मत देना, रुपया डूब जाएगा।"

किशन को प्रौढ़ सज्जन की सधी हुई संतुलित आवाज से बहुत भरोसा मिला। उसका जी फिर उमड़ आया। यदि रामेसर भाया होते, तो न मालूम दोनों भाई क्या कुछ न कर लेते। वहां रायबक्सगंज की दुकान पर रात-दिन हम दोनों खटते थे। हमारा एक ही सपना था—दिसावरी करने निकले हैं तो वापस गांव में जाकर बाप-दादों की इज्जत बढ़ाएंगे। सुजानगढ़ वापस जाते समय रामेसर भाया ने कहा था—"किशना अबकी तो ठाड़ी कमाई लेकर चल रहे हैं। गांव में भागवत बंचवाएंगे। भंडारा करवाएंगे और देखो यदि तकदीर ने साथ दिया तो बड़े दादाजी के नाम से अगली बार ब्रह्मपुरी करवाएंगे, हेड़ा करवाएंगे। अपने परदादाजी का जब सुरगवास हुआ तो, काकोजी ने बताया—दादोजी ने ब्रह्मपुरी करवाई थी। सात गांव का हेड़ा था। इतने लोग आए थे कि, क्या बताऊं? फिर जोरों से हंसते हुए भाया ने कहा—"अरे किशनिया लोग बाग तो बकरी, मुर्गी, कौड़ी तक ले आए कि दक्षिणा ज्यादा मिल जाएगा। मणों लाडू बांटे गए। लेकिन गांव को सुहाया नहीं, राजा साब के कान भर दिए। उसी का तो नतीजा दादोजी को भोगना पड़ा जकात-वकात की बात तो, फालतू थी।"

"नहीं भाया अपने राजा रतन सिंहजी तो भले आदमी हैं, काकोजी की बात रखते हैं।"

"अरे रजवाड़ों का क्या भरोसा?" रामेसर भाया एकदम से गंभीर हो गए थे।

"भाया! कंवर मानसिंह तो मेरा भायला है, साथ-साथ गिल्ली-डंडा खेलते हुए, कबड्डी खेलते हुए बड़े हुए।"

"किशना तू भोला ठहरा। अभी दुनिया देखनी बाकी है। गांव से काकोजी की चिट्ठी आई है, वहां के समाचार ज्यादा अच्छे नहीं।"

किशन मानो फिर अपने-आप से बोला—"लेकिन इसके बाद भी रामेसर भाया ने सारा धन अपने बागे में क्यों छुपाया था? पगड़ी के भीतर सोने के तारों की पेंच क्यों कसी थी? और यह खबर मानसिंह को मिली कैसे? साथी यात्रियों के भीतर जरूर कोई भेदिया था। नहीं तो धाड़ैती सीधे रामेसर भाया पर क्यों झपटे? हम बाणियों में एका नहीं तभी तो ऐसा हुआ। जरूर किसी ने बैर निकाला, आखिर ऐसा भेदिया कौन हो सकता है?

"क्या सोच में खड़े हो भाया? लुगाई-टाबर को कुछ खिलाओ-पिलाओगे नहीं? बच्चों को कलेवा तो करा दो।" फिर उसी सेठजी ने कहा।

"जी भाईजी।" कहता हुआ किशन बच्चों का हाथ पकड़े-पकड़े वापस डब्बे की ओर चला गया। राधा बाई ने खाने की पोटली खोली घी से तर बाटियां निकालीं और साथ में चीनी का चूरा। एक-एक बाटी बच्चों के हाथ में पकड़ा कर पत्तल में बची दो बाटियां पति की ओर सरका दी।

"तू नहीं खाएगी?" किशन ने भरे-भरे गले से पूछा।

''जी यहां सब छुआछूत एकमेक है। मेरे से तो नहीं खाया जाएगा।''

''भूखी कब तक रहोगी? यहां परदेस में यह सब विचार रखने से फायदा?''

''ना! ना!'' उसने हाथों से बरज दिया। राधा बाई की चूड़ियों की खनक अच्छी लगी। अपने दोनों बच्चों को बाटी खाते देखकर संतोष हुआ। फिर चेहरे पर चिंता की लकीरें दौड़ गईं, कल क्या होगा? कहां जाएंगे? परदेस में इन लोगों को लेकर कैसे रहूंगा? वह मन ही मन गहनों का हिसाब करने लगा। कितने का सोना होगा? रकम तो तोड़नी होगी। लेकिन दूकान कहां खोली जाए? कलकत्ते में ही कौन सी कम पूंजी लगेगी। कलकत्ते के लिए तो रामेसर भाया बोला करते थे कि, कलकत्ते की कमाई कलकत्ते में ही रह जाएगी। नहीं कुछ और बात सोचनी पड़ेगी। पटना, भागलपुर, मुंगेर इधर भी तो मारवाड़ी भाई जा-जाकर बसते हैं। कहते हैं कि, उनके पास ज्यादा पैसा है।

किशन को फिर बड़े भाई की याद सताने लगी। आह! कैसा अनाथ महसूस कर रहा हूं। भाया तो मेरे से काफी ज्यादा पढ़े-लिखे थे। रोज सुबह गीताजी बांचते। स्वधर्म के बारे में सबों को समझाते। रात को जब दूकान बंद करके दोनों भाई हिसाब लिखन-बैठते तब थकान से चूर मुझे तो नींद का लटना आने लगता। रोटी भी ठीक से नहीं खाई जाती। रामेसर भाया अपने हाथ से गासिया तोड़कर मेरे मुंह में देते। हंसते हुए पूछते, ''किशन महाजन पथ किसको कहते हैं जानते हो? महाजन वह जो हमेशा हंसे और प्रसन्न मन से आगे बढ़े, कठिन परिश्रम में भी जीवन को आनंदित रखे। राह बदलनी है तो बदलो, संशोधन करो, मगर भटको मत।''

मैं तो हंसते हुए यही कहता—''भाया मैं तो आपके जितना पढ़ा-लिखा नहीं केवल पाटी गणित ही पढ़ा हूं और मूड़िया लिख लेता हूं। अपने सुजानगढ़ में संस्कृत की तो कोई पाठशाला थी नहीं।''

''किशना तू गुरुजी की चटशाला में गया भी कहां? एक दिन जो छड़ी की मार पड़ी तो घर आकर खाए-पीए बिना चार दिन तक पड़ा रहा, बुखार और हो गया। काकोजी बोले कि रामू की मां, किशनियां कभी पढ़-लिख कर निहाल नहीं करेगा।''

''भाया आप ठीक बोलते हैं, अपने माधो को चुरू भेजकर पढ़ाएंगे। सुनते हैं वहां की पाठशाला अच्छी है। अपने तो दोनों भाई आराम से चौपड़ पासा खेलेंगे।''

भाई की बातें याद कर-कर के किशन को लगा उसका सर तनाव और दर्द से फटा जा रहा है। ऐसे देवता जैसे भाई का अंतिम संस्कार तक नहीं कर सका। रातों-रात भागना पड़ा, काकोजी का क्या हाल होगा? मां तो रो-रोकर पागल हो जाएगी, खाट पकड़ लेगी। और भाभी......? पति गया और बेटे को मैं साथ ले आया, नहीं भाया की स्मृति माधो है। मेरे लिए माधो पहले और सांवर बाद में। उसने पास बैठे माधो को अपनी गोद में खींच लिया। उसकी आंखों से झर-झर आंसू बह रहे थे।

''चाचा रो मत, चाचा मैं तुम्हारा ख्याल रखूंगा।''

माधो की बात सुनकर किशन चौंक गया। यह क्या कह रहा है और उसने गौर किया कि, घर से चलते वक्त माधो ने अपनी मां से कहा था—''मां तू चिंता मत करना, मेरे किशन चाचा बहुत अच्छे हैं। बापूजी से भी ज्यादा।''

तब क्या माधो को भाया की मृत्यु के बारे में मालूम है? क्या वह इसीलिए इतना खामोश है? बिल्कुल बुजुर्ग-सा, बार-बार तीन साल के छोटे भाई सांवर को संभालता हुआ।

गाड़ी दूसरे दिन रात दस बजे जाकर धनबाद स्टेशन पर रुकी। और किशन चंद्र रूंगटा बिना कुछ सोचे-समझे अपने बीवी बच्चों के साथ गाड़ी से उतर पड़ा।

× × × ×

धनबाद का छोटा-सा स्टेशन। इक्के-दुक्के लोग नजर आ रहे थे। वे लोग मुसाफिर खाने की ओर बढ़ गए। मुसाफिर खाना क्या था, बस टीन की छाया थी। पत्नी और बच्चों को बैठाकर वह बाहर चहलकदमी करने लगा। स्टेशन मास्टर उधर से आते दिखाई दिए। किशन ने सोचा, कुछ पूछा जाए। फिर चुप रह गया, भाषा की दुविधा अलग थी। स्टेशन मास्टर आगे बढ़ गए।

किशन ने आकाश की ओर देखा, यहां का आकाश इतना लाल क्यों है? चांद-तारे कुछ भी नहीं दिखाई देते? इतनी देर में बिजली कड़की और बादलों की गड़गड़ाहट के साथ शोर मचाती हुई मोटी-मोटी बरसात की बूंदें पड़ने लगीं। मिट्टी की सोंधी महक, भींगी हवा……… सुधबुध भूलकर किशन बस खड़ा-खड़ा बारिश की धार को देखता रहा।

ओह! यहां कितना पानी है। पानी बरसता रहे, ऐसे ही बरसता रहे। काश! ये बरसते हुए बादल वहां हमारे देश सुजानगढ़ भी चले जाते। बारिश की बौछारों से बचते-बचते लोग स्टेशन की छपरी के नीचे जमा होने लगे थे। किसी ने कहा, ''आषाढ़ लग गया बारिश तो होगी ही।''

''लेकिन यह बारिश कब रुकेगी? क्या यहां ऐसी ही बरसात होती है?'' उसने पास खड़े एक बूढ़े से पूछा।

''का बाबू परदेशी हो क्या? जिंदगी में गरज-तरज के साथ बरसात नहीं देखे हो का?''

''नहीं काका, परदेसी हूं, बहुत दूर से आया हूं।''

''अकेले हो……?''

''नहीं लुगाई-टाबर हैं। वहां मुसाफिर खाने में।''

''कौन देस से आ रहे हो?''

''सुजानगढ़ से।''

''ई कहां पर है?''

''चुरू के पास।''

''तब ई कहो मारवाड़ी बनिए हो। अउर दुकानदारी की खोज में निकले हो।'' फिर थोड़ा रुक कर बूढ़े ने कहा—''एक बात पूछूं?''

''क्या?''

''तुम लोग अपना देस छोड़-छोड़ कर यहां इतनी दूर काहे चले आते हो?''

किशन बोलना चाहता था कि, वहां गरीबी है। भुखमरी है, राजा-रजवाड़ों की झूठी शान-शौकत है। कंपनी सरकार की चालबाजियां हैं। वहां कुछ भी सुरक्षित नहीं। ब्राह्मण

संस्कृत भूलने लगा है। राजा, प्रजा की रक्षा नहीं करता, लेकिन किशन चुप रहा। वह कुछ नहीं बोला। उसने बस इतना ही कहा—''काका! यह धनबाद कैसी जगह है?''

''अच्छी है। खेत-खलिहान हैं। कुछ कल-कारखाने हैं मगर है जंगल इलाका।''

''ठहरने का इंतजाम?''

''अपना झोपड़पट्टी बना लेना।''

''और दुकान कहां पर खोली जाए?''

''किस चीज की?''

''कपड़े की।''

''हां कपड़े की दुकान चलेगी, अब तो यहां के आदिवासियों को भी सफेद धोती पहनने का शौक हो गया। मजदूरों के हाथ में भी दो पैसे हैं।''

''लेकिन दुकान खोलूं कहां पर?''

''हम आपको ले चलेंगे लाला बिसेसर लालजी की कोठी पर। सुबह तक इंतजार करिए।''

किशन ने देखा बारिश रुक ही नहीं रही है। ऐसे आकाश टूटता है, यह तो उसने कभी देखा भी नहीं। और फिर बारिश इतनी मोटी धार।

''क्या यह बारिश रात भर बरसती रहेगी……'' उसने बूढ़े से फिर पूछा।

''अब इंदर देवता की मर्जी……अरे बाबू ई बंगाल है बंगाल। यहां पर दस-दस दिन तक बदरी के पीछे सूरज देवता छिपे बैठे रहते हैं, उनके दर्शन करने को अंखियां तरस जाती हैं।''

''चाचा, भूख लगी है। और चाची ने तो दो दिन से कुछ खाया ही नहीं है।'' पास खड़े हुए दस बरस के माधो ने किशन बाबू का कुर्ता खींचा।

''च्……च्……च्……बाबू यह क्या किए? बेटवा भूखा है।''

''लेकिन बरसात में……''

''देखिए हम कुछ बंदोबस्त करते हैं। टेसन मास्टर भले आदमी हैं, नहीं होगा तो उनसे छत्ता मांगेगे……कहीं न कहीं से लावा, खोई या सत्तू का जोगाड़ करना पड़ेगा, वैसे तो आप बनिए लोग हम नीची जात का छुआ खाते नहीं हो।''

''आपको कैसे मालूम?''

''क्यों तुम क्या पहले मारवाड़ी आए हो? रोज ही लोग आते रहते हैं। यहां सेठ बिसेसर लालजी की बहुत बड़ी कोठी है। बहुत बड़े रईस हैं वे। उनकी गद्दी पर मुसाफिर ठहरते हैं। जब तक कामकाज का हिसाब नहीं बैठ जाए लोग वहीं मुफ्त में खाते-पीते हैं। रहते हैं।''

''सेठजी काम क्या करते हैं?''

बूढ़ा हंसने लगा। जोर-जोर से……''लो बाबू आप भी……'' फिर पेट पकड़ कर और हंसा—''आप भी बाबू कैसी बात करते हो? अरे इतनी बड़ी जमींदारी है सेठजी की। उनको काम करने की क्या जरूरत? खेत में मजूर खटते हैं। सेठजी महाजनी का धंधा करते हैं। महाजनी का हिसाब उनके मुनीमजी रखते हैं।''

''चाचा……'' अबकी माधो रो पड़ा।

''रो मत बेटवा रो मत……हम अभी कुछ खाने के लिए लेकर आते हैं। और कुछ नहीं

तो टेशन मास्टर के पास बिलायती बिस्कुट जरूर होगा।''

''भैया हमको इन अंग्रेज म्लेच्छों की चीज नहीं खानी······चलो तुम्हारी चाची के पास अंदर चलो, दो-चार बाटी तो बची होगी।''

''रुको बाबू रुको। जात-पांत हम भी बहुत समझते हैं। हम दो मिनट में आए।'' बूढ़ा चला गया और वापस किशन माधो को समझाने लगा—''बेटा धीरज रखना चाहिए ना, ऐसे आंसू टलकाने से कैसे काम चलेगा?''

''लेकिन चाचा, चाची ने दो दिन से कुछ नहीं खाया। मैं अपने लिए नहीं, चाची के लिए रो रहा था।''

किशन ने माधो को गोद में उठाकर छाती से लगा लिया······उसका रोम-रोम पुलकित हो उठा। यह धरती प्यार के रस में भीगी हुई है। किशन ने देखा बरसता हुआ मेह जो घड़ी भर को थमा था अब जोरों से बरसने लगा था, झड़ी लगी हुई थी। किशन की आंखें गीली हो गईं।

बूढ़ा एक पोटली में भुने हुए चने और गुड़ ले आया।

''लो बाबू रख लो, मुंह जुठार लो, टेशन पर दूध मिल जाएगा। अब हम जाते हैं, सुबह आवेंगे।''

उन लोगों ने भुने हुए गुड़-चने खाकर पानी पिया। मुसाफिर खाने में कंबल बिछाकर किशन अपने परिवार के साथ लेट गया।

कहां से कहां आ पहुंचे······पत्नी और बच्चों की दुर्दशा······लेकिन इस परदेस में आधी रात को करूं भी तो क्या करूं?

''लेकिन आप कल क्या कीजिएगा?'' अंधेरे में उठकर बैठी हुई उसकी पत्नी राधा बाई ने धीरे से पूछा। हताशा में किशन ने केवल सर हिला दिया। किन्तु राधा बाई ने फिर कहा—

''हम लोग कायर की तरह भाग आए। हमें राजा साब से या फिर अंग्रेज हाकिम से शिकायत करनी चाहिए थी······उनसे बदला लेना चाहिए था।''

''माधो की चाची तुम जरा बात समझो। सौमनस्य से ही लक्ष्मी फैलती-फूलती है। विषम अवस्था में हम बाणिए नये ठिकाने जाकर बसना पसंद करते हैं। जहां तक राज भक्ति का सवाल है हमने अपनी ओर से तो कोई कमी रखी नहीं······सेवा तो वही राजा पा सकता है जिसकी आसक्ति प्रजा के प्रति हो। देख तो लिया राजा रतन सिंह के बेटे का कुकर्म। मेरी तो आसक्ति न राजा में रही न अंग्रेज सरकार में। यदि राजा बसने के लिए जमीन नहीं दे सके, हमें सुरक्षा और संरक्षण नहीं दे सके तो हम बाणिए लेन-देन की मंडी कैसे बनाएंगे?''

किशन ने देखा माधो बड़े ध्यान से सारी बात सुन रहा है।

''तुम ही सोच कर देखो रतनगढ़ से हम सुजानगढ़ आए, रामेसर भाया ने सोचा था कि, वहां मिर्जापुर में ही बस जाएंगे। लेकिन नहीं, परदेस······परदेस होता है। कमाकर धन वापस लाना चाहिए, अपने गरीब भाइयों का ख्याल रखना चाहिए। लेकिन देखो तकदीर की मार आज हमारी कैसी दुर्दशा हुई है, विदग्ध अवस्था में हम दर-दर भटक ही रहे हैं ना?''

''लेकिन क्यों? जैसे और लोग रहते हैं वैसे हम क्यों नहीं रह सकते अपने देश में, अपने गांव में।''

किशन की आंखों में लाल डोरे खिंच आए। उसने पत्नी से कहा—

"उस दिन, रात को घर से भागते समय मैंने यही निश्चय किया है कि, जब तक मेरी बांहों में शक्ति है, मेरी जंघाओं में बल है, मैं कमा कर दिखा दूंगा। देखो अभी रात है। लेकिन सुबह होगी ही, हमें सूरज की रोशनी कहीं तो दिखेगी।" कहते-कहते वह एकदम से खामोश हो गया। उसके रोम-रोम में कड़वाहट घुल गई, एक पूरा अतीत था। पत्नी से वह फिर कहने लगा—

"माधो की चाची, राजा रतन सिंहजी ने कभी सोचा नहीं कि, उनकी गढ़ी की बुनियाद में कौन लोग लगे हुए हैं। या जब हम उनके पास अशर्फियों का नजराना लेकर जाते थे तो कभी उन्होंने सोचा भी कि, आधे पेट खाकर, रात-दिन की कड़ी मेहनत से बचाया गया यह धन, शराब पीने के लिए नहीं है।"

पीछे छूटा हुआ गांव किशन को विकृत लगने लगा। ग्लानि से, किशन का मन उमड़ने लगा। कंवर मानसिंह, मेरे भाई की हत्या करे उसकी यह मजाल? मेरे पास जिस दिन पैसा होगा मैं सबसे पहले कंवर मानसिंह की गढ़ी खरीदूंगा, और उसको एक सार्वजनिक धर्मशाला बना दूंगा।"

नींद चाहे जल्दी आए या देर से, नींद सबकी आंखों में उतरती है। वहां वेटिंग रूम में किशन का परिवार भी सो गया।

"चाचा सबेरा हो गया, बाहर चलो जल्दी चलो...... बहुत सुंदर दृश्य है। चाचा सब कुछ हरा-हरा है। कहीं कुछ भी सूखा नहीं, पानी ही पानी। चाचा सब ओर इतना ज्यादा पानी कि, लोग तो बाल्टी भर-भर कर अपने बदन पर उड़ेल रहे हैं, वे लोग तो अपने ढोर-डांगर को भी नहला रहे हैं और कितने रंग-रंगीले फूल हैं। मालण टोकरी भर-भर के साथ ले जा रही है।

माधो खुशी से उछलता हुआ कहता जा रहा था। "चाचा तुम भी चलो ना बाहर......"

किशन को ख्याल आया—अरे माधो ने यह पहले-पहल परदेस की भूमि पर पैर रखा है। मैं और रामेसर भाया मिर्जापुर से आगे क्यों रायबक्सगंज में बसने की सोचते थे। क्यों...... इसी हरियाली के चलते, पानी के चलते, खेतों में लहलहाते गेहूं के चलते। हम दोनों भाइयों की आंखों में एक सपना था। भाया रात भर बैठे-बैठे हवेली का नक्शा बनाते रहते। मुझे दिखाते हुए कहते—

"देख ये सारे मकराने के खंभे बनाऊंगा और झरोखों की जाली बिल्कुल अलग डिजाइन की होगी। भाया दो-चार वर्ष जी तोड़कर मेहनत मजूरी कर लेवें अपनी पुरानी साख लौट आएगी। मैं खास आगरा से कारीगर बुलवाऊंगा, भीतर की हेली का सारा सामान दिल्ली जाकर खरीदूंगा, सुनते हैं वहां पर फ्रांस के झाड़-फानूस बहुत सुभिस्ते में मिलते हैं। बहुओं के लिए अलग कमरे बनवाऊंगा, बच्चे तो और भी होंगे। संतान नहीं होगी तो अपना व्यापार कैसे फैलेगा?" रामेसर भाया रोज की कमाई का दसवां हिस्सा गुल्लक में अलग से रख देते। कहते, "किशना, ये धर्मादे का रुपया है। कभी भूल से भी अपने काम में खर्च मत कर लेना, यह पाप सर पर मत चढ़ाना।"

"आप क्या बात बोलते हैं भाया। आपका भाई हूं, आपका खून। मैं इतना गया-गुजरा लगा क्या?"

रामेसर भाया के न जाने कितने सपने थे। कितनी आकांक्षाएं थीं। लेकिन सब स्वाहा हो

गया। सूखी रेत पर घायल पशु की तरह छटपटा कर उन्होंने दम तोड़ दिया। मैं तो उनकी मृतदेह भी उठाने की हिम्मत नहीं कर सका। अंधेरा होने पर छिपते-छिपते गांव में घुसा। नहीं मैं अब पीछे मुड़कर भी नहीं देखना चाहता। पीछे अतीत में कुछ नहीं, एक असह्य दयनीयता है। सदाव्रत में भंडारे के सामने खड़ी हुई भूखी औरतें और बच्चे, एक मुट्ठी मटर, एक मुट्ठी ज्वार-बाजरा और गुड़ की भेली। भला इससे किस-किस का पेट भरा जा सकता है? और ये नाई, ब्राह्मण, सदाव्रत की लाइन में खड़े तो हो जाते हैं, मगर हम बाणिए? हम किसके सामने अपनी गरीबी का रोना रोएं? किस-किस को अपनी जांघ उघाड़ कर दिखाएं?

लेकिन मेरी अपनी अपेक्षाएं क्या हैं? मैं इस अजनबी देश में क्यों आया? रोजगार की तलाश में? उसको फिर रामेसर भाया की आवाज सुनाई दी......"तब? तब आगे बढ़ो।"

रामेसर भाया के कहे हुए शब्द कानों में गूंजने लगे......"सौमनस्य रहो। मार्ग बदलो, दिशा बदलो, मगर भटको मत।"

"चाचा वह देखिए रात वाले बूढ़े बाबा।" माधो का उल्लसित स्वर था।

किशन ने देखा रात वाला बूढ़ा कुली चला आ रहा है। उसके हाथ में दूध से भरा लोटा था, "बाबू आप लोग के लिए लाए हैं, बाल-बच्चे भूखे होंगे।"

"बाबा अभी तो नहाना-धोना नहीं हुआ।"

"तो चटपट कर डालिए। टेसन के बाहर ही कुआं है। हां......हां जनाना क्वार्टर अलग है।"

"चाचा! मैंने आपसे बोला था ना कि, यहां पर बहुत भारी कुआं है। चारों तरफ पानी ही पानी है। हरियाली ही हरियाली। चाचा, इतने हरे पेड़ तो मैंने अपनी जिंदगी में नहीं देखे।"

"मेरे राजा तू कितना बड़ा हुआ ही है। जा अपनी चाची और भाई को बुलाकर ला।"

अब किशन ने बूढ़े से पूछा, "बाबा अब आगे का रास्ता बताओ।"

"कुछ नहीं। नहा-धोकर कलेवा कर लीजिए, फिर आपको ले चलते हैं सेठ बिसेसर लाल की कोठी पर। यहां गांव में दो ही जन आए-गयों का ख्याल रखते हैं। एक अपने टेसन मास्टर शील बाबू अउर दूसरे हैं—सेठ बिसेसर लाल। आपकी जाति के जितने भी लोग आते हैं ना, सब वहीं सेठजी की गद्दी पर ठहरते हैं, हम सुबह-सुबह सेठजी के हेड मुनीम को खबर करके आए हैं।"

कृतज्ञता के आंसू बड़े कीमती होते हैं। और बहुत कम होते हैं। आंसू के दो बूंद किशन के गोरे गालों पर लुढ़क पड़े।

"बाबा, आपका नाम क्या है?"

"सब भीखन कहते हैं, आप भी वही कहो।"

"नहीं हमारे तो आप बाबा ही हैं।"

"ठीक है, आज से तुम हमारे लरिका भए। तो चला जाए सेठजी की कोठी पर।"

"हां बाबा।"

आगे-आगे भीखन। उसके पीछे गोद में तीन साल के सांवरे को और दूसरे हाथ से माधो का हाथ पकड़े हुए किशन चंद रूंगटा ने चलना शुरू किया। किशन ने पीछे मुड़कर देखा, धानी रंग के घाघरे पर पीला ओढ़ना, घूंघट काढ़े राधा बाई नंगे पैरों चल रही थीं। मौसम में

हल्की ठंडक और भोर की हवा का भींगापन, रास्ते के झाड़ जंगल की खुशबू मन को बहुत भा रहे थे। घूंघट की आड़ से राधा बाई सिर्फ पति के उठते-गिरते कदमों को ही देख पा रही थी। अब वे लाल मिट्टी की चौड़ी सड़क पर थे।

लाला बिसेसर लाल की बड़ी कोठी थी। गेट के भीतर जाते ही दाहिने ओर गद्दी पर लालाजी बैठे हुए चांदी का हुक्का गुड़गुड़ा रहे थे। किशन को देखते ही बोले—"आओ...... आओ किशन बाबू।" साथ ही बगल में खड़े नौकर से कहा—"अरे ओ हरखू जरा बाल-बच्चों को बड़ी मालकिन के पास ले जाओ तो।"

"बैठो भाया बैठो। रुपया कमाने निकले हो?" कहते हुए लालाजी जोरों से हंस पड़े। फिर मसनद के सहारे अधलेटे होकर बोले—

"कौन से गांव से आए हो?"

"सुजानगढ़ से।"

"लगता है यहां बसने के ख्याल से आए हो। नहीं तो बाल-बच्चों को लेकर आते नहीं। जमापूंजी?"

किशन की आंखें जमीन से गड़ गईं। क्या कहा जाए सोच नहीं पाया, लुगाई के गहने बेचकर व्यापार करूंगा? छि......छि मन धिक्कार उठा। लेकिन हालात की मार......

तब तक लालाजी बोले—"संकोच मत करो, हालात अच्छे होते तो तुम इतनी दूर क्यों आते, अपनी जन्मभूमि कोई छोड़ता है क्या?"

"मेरी लुगाई के गहने हैं......"

"ठीक है। हमारा तो महाजनी का धंधा है, गिरवी रख देना, जब रुपया कमा लोगे तब छुड़ा लेना। ठीक है?"

"जी।"

"और करना क्या चाहते हो?"

"कपड़े की दुकान का मन था।"

"हां। यह बात ठीक रहेगी। ऐसा करो दुकान खास सड़क जीटी रोड पर ही खोलो। जमीन का बंदोबस्त करा देते हैं, सामने की कोठरी में दुकान खोल लो। पिछवाड़े लुगाई टाबर रह जाएंगे।"

"लेकिन यह सब कुछ बनाने में समय तो लगेगा, इस बीच......"

"मैं समझ गया। बिल्कुल समझ गया। जब तक तुम्हारा पक्का बंदोबस्त नहीं हो, हमारी धर्मशाला में रहो। हमारे अतिथि हो, एक मारवाड़ी भाई दूसरे मारवाड़ी भाई के काम कैसे नहीं आए? किशन बाबू आप तो यह समझ लीजिए कि, आज से आप हमारी जिम्मेवारी हुए। हम तो सहारा दे सकते हैं। बाकी मेहनत और तकदीर आप की।" पास खड़े नौकर की ओर मुंह कर उन्होंने कहा—"रे हरखू जरा पान लगाकर देना तो।" एक पान उन्होंने अपने मुंह में रखा और दूसरे पान की खिल्ली किशन की ओर बढ़ाई।

"लालाजी मैं तो पान खाता नहीं।"

"और सुपारी?"

"वह भी नहीं।"

"सौंफ इलायची कुछ तो लेते होंगे?"

"जी कुछ भी नहीं लेता, बस कभी-कभी हाजमा ठीक नहीं हो तो ग्वार पाठे का चूरण खा लेता हूं।"

"अच्छे आदमी हो, भले आदमी हो, हमें तो सारी बुरी आदतें लग गईं। पान मैं खाता हूं, तंबाकू का सेवन करता हूं, हां अम्मल पानी नहीं लेता। लेकिन कभी-कभार अंग्रेज हाकिम के साथ विलायती भी पी लेता हूं।"

"जी मेरे काकोजी को अम्मल पानी की आदत है। इसीलिए मेरी मां ने रामेसर भाया और मुझको इन सब चीजों की सौगंध कढ़ा रखी है।"

"तुम्हारे रामेसर भाया कहां हैं? वहीं सुजानगढ़ रह गए क्या?"

"जी उनका सुरगवास हो गया। दस दिन पहले धाड़ैतियों के हाथों मारे गए। हमें तो रातों-रात जान बचाकर भागना पड़ा।"

"ओ......हो......यह तो बहुत ही बड़ा अन्याय हुआ। अपने राजस्थान के राजा-रजवाड़ों से तो यहां की कंपनी सरकार अच्छी। कम से कम सुरक्षा तो देती है। यहां बंगाल में चुंगी की दर भी कम है। बस अंग्रेज हाकिम से मिलकर रहो धंधा चल निकलेगा।"

"आपको गहना संभला दूं। मेरी जोखिम हल्की होगी।"

"पीछे संभला देना। पहले, भोजन करो, आराम करो, बहुत लंबा रास्ता चलकर आए हो। हरखू......ऐ हरखू......हरखू भीतर मालकिन से बोलो भोजन परोसे। हमारे घर अतिथि ठहरेंगे।" फिर वापस किशन चंद्र रूंगटा की ओर मुड़ते हुए उन्होंने पूछा—

"एक बात बोलूं किशन बाबू?"

"बोलिए लालाजी......"

"आप दिल के भोले आदमी ठहरे, आपको मुझ पर इतनी जल्दी कैसे विश्वास हो गया कि आप जोखिम सम्हालने की जल्दी करने लगे।"

"जी इतनी बड़ी कोठी......"

"अरे मैं कोई ठग भी तो निकल सकता हूं कि, बड़ी दुकान सजाकर बैठा हूं, चिड़िया फंसाने के लिए......इतना बड़ा धोखा खाकर आए, खुद राजा के बेटे ने आपके भाई की हत्या कर दी, सब कुछ लूट लिया और आप यहां परदेस में एक अजनबी पर विश्वास कर रहे हैं?"

किशन तो ऊपर से नीचे तक बरफ हो गया, रोम-रोम सिहर उठा—"बात तो लालाजी आप ठीक कह रहे हैं, लेकिन किसी न किसी पर विश्वास तो करना पड़ता है।"

"विश्वास करो मगर निरखो-परखो। ऐसे सीधे-सीधे मीठी चिकनी-चुपड़ी बातों में कभी नहीं आना—बिणज के कुछ सिद्धांत होते हैं, अपन शाम को बैठेंगे तो चर्चा करेंगे।"

इतने में भीतर से माधो निकलकर आया......"चाचा आपने जीम लिया?"

"नहीं बेटा, अभी नहीं।"

"हम लोगों को तो भुआजी ने बहुत अच्छा भोजन कराया, जानते हैं चाचा, आज मैंने पूरे दो बरस बाद चावल-दाल, फुलके खाए हैं......लेकिन चाचा मुझे यहां का दूध नहीं भाया। अपने देस में दूध और पानी दोनों ही ज्यादा मीठे हैं।"

''तब अपने वहां वापस चलें।'' माधो को गोद में उठाते हुए किशन ने पूछा।

''नहीं चाचा नहीं। यह जगह बहुत अच्छी है। ठंडी-ठंडी हरी-हरी। वहां देस में तो खाली धूल का बवन्डर उड़ता है। यहां बगीचे में कितने तो फूल खिले हुए हैं, कितने फल...... !''

उसकी किलकारियों को अनदेखा करते हुए किशन ने लालाजी से पूछा—''लालाजी, आप यहां पर कितने बरसों से हैं? और किस गांव से आए हैं?''

''हम तो जयपुर से आए हैं लेकिन पीढ़ियों से यहां पर हैं। मेरे बड़े चाचा मुंगेर में हैं और मैं यहां हूं। मैं और बड़े चाचा तो जमींदारी देखते हैं असल सेठ तो मेरे ताऊजी ही हैं जो कलकत्ते की गद्दी संभालते हैं, वहां के नामी साहूकार हैं।

वे फिर कहने लगे—''किशन बाबू आपने वहां देस में देखा होगा अनावृष्टि और अकाल। यहां पर देखोगे बाढ़, खेत के खेत, गांव के गांव बह जाते हैं। वहां भी दुश्मन थे, प्राकृतिक दुश्मनों की कमी तो यहां भी नहीं।''

भोजन करते समय किशन को लगा कि, मानो वह महीनों से भूखा हो। वैसे गरम रोटी खाए तो बीस दिन से ऊपर हो गए, मिर्जापुर से चले थे उसके बाद......ठंडा, बासी तो खाते रहे। लेकिन बीस दिन में क्या से क्या घट गया। उजड़ गई, हमारी दुनिया तो पूरी तरह उजड़ गई उसके गले और रोटी नहीं उतर पाई। वह पानी पीकर उठ खड़ा हुआ।

''अरे यह क्या? इतना कम खाए?''

''सफर के थके-मांदे हो ना इसीलिए। भूख खुल जाएगी, धीरे-धीरे खुल जाएगी।'' घूंघट की आड़ से सेठानी ने कहा।

''किशन बाबू, आप थोड़ी देर विश्राम कर लीजिए।'' लालाजी ने गद्दी पर मसनद के सहारे अधलेटे होते हुए कहा। हरखू उनके सामने पानदान रख गया था। बगल में रखे चांदी के हुक्के की नली मुंह में रख वे कुछ सोचते हुए से बोले।

''एक बात मेरी समझ में यह नहीं आई कि, इस इलाके में ज्यादा मारवाड़ और उसके आसपास के इलाके के लोग ही क्यों आते हैं? उनका ही ध्यान क्यों व्यवसाय की ओर गया?''

''लालाजी मैं तो लाड कोड में बड़ा हुआ, सच्चो बात तो यह है कि, व्यापार में भी मेरा अनुभव कच्चा है। लेकिन रामेसर भाया चुरू में पढ़ते थे। हम लोगों की गद्दी रतनगढ़ में भी थी और चुरू में भी थी। बड़े बाबाजी चुरू रहते और हमारे अपने छोटे बाबाजी रतनगढ़ रहते। बड़े बाबाजी के लड़का था नहीं एक बेटी थी, हमारी वह छगनी बुआजी चुरू में ही रहती है। फूफाजी गद्दी के काम में बड़े बाबाजी की सहायता करते।''

बोलते-बोलते किशन ने देखा लालाजी की आंख झपक आई है और हुक्के की नली मुंह में रखे ही वे मसनद पर सो रहे हैं। किशन चुप हो असमंजस में पड़ गया कि क्या करे और क्या नहीं? तब तक खट से पलकें खोले लालाजी ने कहा—''हां......हां आगे कहो, चुप कैसे हो गए?''

''जी आपको नींद आ रही है।''

''मेरी दो आंखें सोती हैं। तीसरी आंख सब समय चौकस रहती है।......हां तो तुम्हारे बाबाजी ने उन व्यापारियों का साथ दिया होगा, जिन्होंने राजा गंगासिंहजी की जकात (टैक्स)

के खिलाफ आवाज उठाई थी। राज से बैर कभी नहीं करना चाहिए बेटा, कभी नहीं। इस झमेले में तो बड़े-बड़े सेठों को धक्का लगा। राजा गंगासिंहजी तो कंपनी सरकार के खिलाफ एक शब्द नहीं बोलने देते, यहां तो कलकत्ते के व्यापारियों में अंग्रेज हुकूमत के खिलाफ बातें होने लगी हैं। कई लोग तो खुल्लम-खुल्ला सुराजियों का साथ देने लगे हैं।''

''अच्छा! और कोई उन्हें मना नहीं करता।'' आश्चर्य से किशन का मुंह खुला हुआ था।

''लेकिन तू ठहरा गरीब बाणिया, खाना-कमाना है या जेल जाना है। कभी इन सुराजियों के चक्कर में मत पड़ जाना। हां और एक बात अपने बच्चों को अंग्रेजी मत पढ़ाना नहीं तो ईसाई हो जाएगा। जैसे तुमने पाटी गणित पढ़ रखी है और अपनी महाजनी भाषा में बही खाता लिख लेते हो बस उतना ही। बड़के को तो दुकान पर अभी से बैठाओ, अकेले से दुकान नहीं चलेगी।''

''जी!'' किशन मन के भीतर बात की गहराई से सोचने की चेष्टा कर रहा था। तब तक लालाजी बोले—''अच्छी बात है, बहुत अच्छी बात है। अच्छा किया है कि, धन कमाने निकल पड़े। अरे कहावत है ना—

''उपजे ज्योंही खाते हैं, कायर, क्रूर, कपूत।
औं परदेसां में खपे, सायर, न्यार, सपूत।''

शाम को भीखन आकर किशन को ले गया स्टेशन मास्टर शील बाबू के पास।

''आइए—आइए किशन बाबू, हमारी बंग भूमि में आपका स्वागत है।''

''शील बाबू क्रांतिकारी हैं, देस भक्ति के गीत लिखते हैं।'' भीखन ने किशन के कानों में धीरे से कहा।

किशन को लालाजी की बात याद आ गई। उसने मन में कहा, राज का कोप कितना महंगा पड़ता है यह तो अपनी आज की दशा बताती है। हां से, दर-दर भटकना पड़ रहा है। लेकिन शील बाबू से मेरे को काम है, अपना क्या बिगड़ता है दो मीठी बात करने में?

शील बाबू के साथ चलकर जमीन दिखा दी। उसी पर माटी की दीवार और फूस की झोपड़पट्टी थी।

''ऐसा करिए किशन बाबू इसको रहने के काम में लीजिए और बगल में एक पक्का कमरा और बना लीजिए। वह आपकी दुकान हो जाएगी।''

वहां सामने वाले मकान के पीछे पक्का कुआं नजर आ रहा था, घिरती हुई सांझ में कुएं के जगत पर दो-तीन औरतें खड़ी बातें कर रही थीं, पानी खींच रही थीं। औरतों का रंग सांवला था। नाक-नक्शा सुंदर। खुला मुंह। यहां इस प्रदेश में पर्दा नहीं है। लेकिन लालाजी की पत्नी ने तो छोटा-सा घूंघट काढ़ रखा था। मगर उन्होंने भी इन लोगों की तरह धोती पहन रखी थी। राधा की तरह घाघरा नहीं पहन रखा था।

''क्यों जगह पसंद आई किशन बाबू?''

''जगह तो ठीक है मगर दुकान बनाने में समय तो लगेगा और फिर यहां की बरसात...... फूस की झोपड़ी टपकने लगेगी।'' किशन ने क्षितिज पर फैलते काले बादलों की ओर इशारा किया।

''ओ! वह तो आप आश्विन से पहले कुछ नहीं कर सकते। भरोसा है क्या दामोदर नदी

का? पूरा का पूरा धनबाद का कस्बा ही दे, आप हम सभी डूब जाएं।''

किशन की फैलती डरी सहमी आंखों में झांकते हुए शील बाबू फिर जोरों से हंस पड़े......''घबड़ा गए किशन बाबू मैं तो मजाक कर रहा था। ऊपर वाला न्याय कब करता है। किसी को बहुत देता है तो किसी को कम। आपके राजस्थान में अकाल पड़ा हुआ है, क्योंकि बारिश नहीं होती, यहां कभी-कभी इतनी बारिश होती है कि खेत-खलिहान सब डूब जाते हैं। वैसे धनबाद ऊंचाई पर है यहां बाढ़ नहीं आएगी।''

''तब क्या करना चाहिए?''

''बाबू, हम बोलें। देखिए हम पढ़े-लिखे तो नहीं हैं, पर हमने दुनिया देखी है। धरमशाला में दो-तीन महीना रहिए और कलकत्ता से कपड़ा लाकर हटिया में बेचिए। अगल-बगल चार गांव के लोग आते हैं। धरमशाला हर समय भरा रहता है, खरीददारों की कमी नहीं होगी।''

''हां......हां......भीखम बिल्कुल ठीक कह रहा है। जो कमाई होगी उससे दुकान अच्छी बन जाएगी।''

गहरी सांस लेते हुए किशन ने सोचा—''यह कैसा परदेस है? कहां चले गए रामेसर भाया? काकोजी और मां की क्या हालत होगी? भाभी का इलाज तो कोई नहीं करवाएगा। वह तड़प रही होगी। और ये मेरे बच्चे मेरा माधो......हम सब......बेघर-बार......क्या कभी पुरखों ने सोचा भी था कि, यों हाट-बाजार में बैठना पड़ेगा? क्या दस दिन पहले भी सोचा था?

लेकिन शील बाबू की बात लालाजी को बहुत पसंद आई।

''भाया किशन। शील बाबू ठीक ही बोल रहे हैं। धीरे-धीरे कदम बढ़ाओ, और जो थोड़ा बहुत सोना है, उसको आफत विपदा के लिए रखो। दो सौ रुपया मैं उधार दे देता हूं, दो सौ रुपया कलकत्ते की गद्दी से उधार मिल जाएगा। वहां वाले गारंटी ले लेंगे......काम चल निकलेगा तब पीछे ज्यादा उधारी की भी व्यवस्था हो जाएगी। यह लो ठिकाना।''

लालाजी ने अपने बड़े भाई नाथूरामजी की गद्दी का ठिकाना दे दिया। अड़तालीस नंबर काली गोदाम, हैरिसन रोड। उनके घर का पता था—एक सौ बाईस नंबर, बड़तल्ला।

किशन बाबू और उनके परिवार की ठहरने की व्यवस्था लाला बिसेसर लालजी के धर्मशाला में हो गई। राधा बाई, पति और बच्चों के संपर्क में रहते हुए पिछले दिनों के परिताप से, शोक से, कष्ट से निकल आई थी। हल्का महसूस करने लगी थी। घर के पिछवाड़े इतना बड़ा पक्का कुआं, चार हाथ नीचे पानी, डोलची डालो और भरकर निकाल लो, चाहे जितना बदन पर उड़ेलो, चाहे जितना धोओ-पोंछो, मनमर्जी जितना नहाओ। किसम-किसम की सब्जियां। बहुतों का तो नाम ही उन्होंने जीवन में पहली बार सुना। उनको कैसे काटा जाए, कैसे बनाया जाए यह भी उन्हें नहीं मालूम था। भाषा की समस्या अलग थी। ठेठ मारवाड़ी के अलावा वह और कुछ समझ नहीं पाती, बांग्ला और भोजपुरी समझने का तो सवाल ही नहीं उठता। वहां देस में कितना काम लगा रहता था, पेट-परिवार के लोग, चार घरों में आना-जाना, वार-त्यौहार। सबेरे-सबेरे काकोजी का भजन और चाकी की धरड़-धरड़ सुनते ही वह मुंह-हाथ धोकर जल्दी-जल्दी आंगन में सासूजी के पास दौड़ती। तब तक तो दही बिलोकर जीठानीजी मक्खन की बाटली ओसारे पर रख रही होती। मक्खन-मिसरी की

गोली बच्चों के लिए बना चुकी होती। उनकी बरजती हुई आंखें उससे शिकायत करना नहीं भूलती कि, "हां ऐ.....सांवरे की मां, सिर पर तावड़ा तपने लगता है और तेरी नींद नहीं खुलती।" बड़ी का आशय समझ कर प्रतिउत्तर में मांजी कह बैठतीं—

"बडोरी बिणनी, तुम जब इसकी उमर की थी ना, तब तुमसे तो और भी उठा नहीं जाता था। कच्ची उमर है, खेलने-खाने के दिन हैं। भोरे में उठना सीख जाएगी।"

जिठाणीजी बिना कुछ कहे तीन घड़े सर पर और एक बगल में लेकर गांव की औरतों के साथ पानी भरने चली जाती। नहाने-धोने के लिए खारा पानी काम में लिया जाता। घर की टांक में, मीठा पानी ताले में बंद रहता। वक्त जरूरत के लिए। आड़े दिनों के लिए। फिर उसके जिम्मे रहता दूध गरम करने का काम, रसोई की तैयारी का काम सलटाना, चुनना फटकना। गृहस्थी में एक काम थे क्या? सौ काम रहते। मांजी कभी एक मिनट ठाली नहीं बैठती। और कुछ नहीं तो सूत कातती, कभी पुराने लुगड़ के सूता निकाल कर दरी बनाती, जिठाणीजी बेलबूटी का काम लेकर बैठती।

लेकिन इन दिनों जिठानीजी का शरीर टूटने लगा था। रोज शाम को बुखार हो जाता। उस दिन तो खांसते-खांसते खून भी निकल आया। वे खाट पर बेहोश हो गई थीं। वैद्यजी ने नाड़ी देखकर कहा था तपेदिक की बीमारी है। इलाज महंगा पड़ेगा। काकोजी ने यही कहा था कि, वैद्यजी चाहे जितना भी रुपया लगे, आप इलाज में कसर मत रखिएगा। हमारी बहू बहुत लाडली है। रामेसर के आते ही सारी समस्या सुलझ जाएगी।

अब कहां से पैसा आएगा? कौन उनका इलाज कराएगा? वे तो खून थूकते-थूकते मर जाएंगी। हे लंगड़िया बाबा! मेरे माधो की रच्छा करना, मां-बाप की यह अकेली निशानी है। माधो के प्रति राधा बाई के मन में अथाह प्रेम उमड़ आया।

माधो केवल राधा बाई का बेटा ही नहीं, उनका मार्गदर्शक भी था। सारे गांव की खबर लाता, नये-नये शब्दों का अर्थ समझाता, सांवरे को गोदी में उठाए-उठाए कहां-कहां घूमता-फिरता। पूछने पर राधा बाई और किशन बाबू यही कहते—"हमारे दो बेटे हैं माधो दास और सांवरमल।

पत्नी राधा बाई माधो की ओर देखती, उसके सर पर हाथ फेरते हुए अतीत में खो जाती, कभी पति से कहती—"जी उस दिन की बात तो मैं भूल ही नहीं पाती।"

"भूलने में ही स्यावफ है माधो की चाची।"

"मैं समझती तो हूं लेकिन कभी-कभी कलेजे में हूक उठने लगती। क्या से क्या हो गया। देखो तकदीर का फेर।"

एक दिन जीमते हुए किशन बाबू ने पत्नी से कहा—"कल भोरे-भोरे कलकत्ता जाऊंगा। लालाजी ने गद्दी का पता दिया है, वहां बड़े लालाजी से मिलना है।"

"रेल से जाइएगा?"

"और नहीं तो क्या....."

माधो ने बीच में कहा—"चाची यहां पर ऊंट थोड़े ही होते हैं। यहां पर तो सब तरफ रेल जाती है रेल गाड़ी, छक-छक करती हुई। काले इंजन से धुआं ही धुआं निकलता है।"

"मेरे को तो कोयले का धुआं बिल्कुल नहीं सुहाता। मेरा तो जी और घबराने लगता है।

आंख में रेत नहीं रड़कती थी जितनी कि, यह राम की मारी रेल का धुआं रड़कता है।''

राधा बाई की शिकायत सुनकर माधो ने फिर कहा—''लेकिन चाची अब अपना चिलिया तो यहां आने से रहा.....'' कहते हुए ऊंट की याद में माधो की आंखें भर आईं।

× × × ×

किशन बाबू रेल से हावड़ा स्टेशन पर उतरे। हाथ की पोटली में धोती, गंजी, गमछा और कुछ जरूरी सामान लटकाए पैदल ही पुल पार कर गए। पुल से उतर कर दाहिने हाथ पर गंगा घाट था, पंडे के पास पोटली, दरी रखी, गंगाजी में स्नान किया, बगल में हनुमानजी का मंदिर था, बाबा के दर्शन किए, फिर अपने झोले का सामान उठाए-उठाए आगे बढ़ गए। हैरिसन रोड का रास्ता तय करते हुए उन्हें लाला बिसेसर लालजी की बात याद आ रही थी—चलते वक्त लालाजी ने कहा था, ''भाया किशन, कलकत्ता आढ़्‌ी नगरी है। ''आढ़्‌य'' का अर्थ मालूम है?''

किशन ने नकार में सर हिलाया।

''आढ़्‌य का अर्थ हुआ अमित धन। कलकत्ता वह जगह है जहां बड़े-बड़े सेठ मिलजुल कर रहते हैं, यह सेठों की नगरी है। बड़ा व्यापारी बनने के लिए यह जरूरी है कि, इनसे परिचय बढ़ाया जाए। प्यार-मुलायजा रखा जाए। लेकिन अभी नहीं, अभी तो जाकर सिर्फ नाथू भाई के पांव छू लेना और उनके बड़े मुनीमजी म्हालीरामजी से संपर्क रखना। म्हालीरामजी तुम्हारा परिचय कपड़े के किसी थोक व्यापारी से करा देंगे। सारा कारोबार नगदी होता है। जो भी खरीदो उसका भुगतान रात तक कर दिया करना।''

किशन बाबू ने अड़तालीस नंबर काली गोदाम का पता पूछा आदमी ने कहा, ''बाएं मुड़कर सीधे चलते चले जाओ।''

उनको रास्ते में कांदा-कीचड़ बहुत लगा, चारों तरफ दुकान ही दुकान। एक हलवाई की दुकान पर रुककर उन्होंने पाव भर गरम दूध और चार जलेबियां खाईं और अड़तालीस नंबर काली गोदाम किधर पड़ेगा, यह पूछा। हलवाई बातूनी था। कहने लगा—''क्यों भइया कलकत्ता घूमने आए हो या व्यापार करने या रहने?''

''व्यापार करने।'' किशन का सपाट उत्तर था।

''तब ठीक है। रुपया कमा लोगे। लेकिन यहां कभी रहना नहीं। यह दोजख है दोजख। बड़ा बाजार में रहना भी कोई रहना है। एक-एक कमरे में चार-चार, छह-छह, लोग, बेटवा का ब्याह करेंगे तो उसी में पर्दा तानकर अलग कमरा बना लेंगे। सुबह पाखाने के लिए लोटा लिए लाइन में खड़े रहो, सड़ांध और बदबू.....आक्.....थू''...... कहते हुए उसने ठीक किशन के बगल में थूक दिया। ''हरे राम.....हरे राम, यहां खुली हवा के लिए तरस जाते हैं। गांव में थे तो माना कि, गरीब थे मगर.....''

''तब भाई हलवाईजी आप यहां क्यों आए?''

''पेट के लिए यह पापी पेट जो न कराए, सो अच्छा।'' अपनी तोंद पर हाथ मारते हुए उसने कहा।

गद्दी पर पहुंचते-पहुंचते आठ बज गए थे। म्हालीरामजी से मिलना हुआ, गंगाजी से नहाकर लौटे ही थे। कुछ लोग वहीं गद्दी पर बैठे-बैठे माला जप रहे थे। एक नौकर गद्दी की चांदनी बदली कर रहा था।

म्हालीरामजी ने सामान रखने की जगह दिखा दी और पूजा-स्नान वगैरह किया कि नहीं यह भी पूछा। किशन बाबू ने कहा—

"जी, आते ही मैंने गंगा स्नान कर लिया और नाश्ता भी।"

तब उन्होंने कहा—"साढ़े आठ बजे अपने बासे पर चलेंगे। अपने भोजन करके आ जाते हैं। सेठजी नौ बजे तक आ जाएंगे।"

मकान के ऊपर ही छत पर बासा था। लाइन में बैठे हुए लोगों की थाली में गरम फुलके म्हाराजजी घी से चुपड़ कर अपने आसन पर से ही बैठे-बैठे उनकी थाली में फेंकते जाते, गजब का सधा हुआ निशाना था। फुलका ठीक थाली के बीच में गिरता। नए अतिथि को देखते ही पूछा—

"क्यों म्हालीरामजी ये नए मेहमान कहां से आए?" और दो-चार लोगों की आंखें उठीं, आसन पर पाल्थी मारकर बैठते हुए म्हालीरामजी बोले—

"ला भायला पहले दो थाली परसो। अपने ये किशन बाबू हैं। धनबाद से आए हैं, कपड़े का व्यापार करेंगे।"

रोटियां सेंकते हुए नटवर महाराज ने किशन बाबू का आपादमस्तक निरीक्षण किया। फिर पूछा, "भाया कौन गांव से?"

"सुजानगढ़।"

"धनबाद क्यों रुक गए? कलकत्ता ही आते ना....."

"अरे नटवर महाराज, आप क्यों पंचायती करते हैं, यह इनका निजी मामला है।"

"वाह! म्हालीरामजी वाह! आपने खूब कही, यहां बड़े बाजार में कौन-सा मामला निजी है? आप लोग साथ गद्दी पर सोते हैं, सुबह उठकर सब लोग साथ-साथ गंगाजी नहाने जाते हैं। ननकू हलवाई के यहां सुबह का दूध-कलेवा साथ करते हैं, फिर मेरे बासे में साथ भोजन करते हैं, फिर अलग क्या हुआ? निजी मामला क्या? गांव अलग-अलग होगा, पर हैं तो यहां सभी परदेसी। क्यों माणकरामजी? मैंने ठीक बोला ना?"

थाली परोसते हुए भी नटवर महाराज का प्रवचन चालू था—"रात को भोजन करके वहीं गद्दी पर ताश-चोपड़ खेल लिए, पासा फेंक लिए और पड़कर सो गए। पांच बरस में यहां सारी जवानी ढल जाती है आदमी बुड्ढा हो जाता है। बुड्ढा!" म्हालीरामजी ने हामी भरते हुए कहा—

"बात तो ठीक ही बोलते हो, नटवर महाराज.....यहां हाजमा बिगड़ जाता है, बादी से बदन फूलने लगता है, वहां देस में इतनी तो भूख लगती है। मैं तो आधा सेर का बाजरे का टिकड़ा और पाव भर घी मजे में पचा लेता था। यहां तेरा यह पतला-पतला फुलकिया नहीं हजम होता।"

"लेकिन भाया नटवर महाराज, तू इस नरक में सड़ने क्यों आ गया?" उधर से माणकरामजी ने ठोला मारा।

"क्या करता भाईजी, ब्राह्मण का बेटा हूं। वहां देस में क्या करता आप लोगों के पीछे-पीछे चला आया। पहले कलकत्ता में मैंने भी सोचा था कि, व्यापार करूंगा, इसीलिए घी की दुकान लगाई थी। लेकिन घाटा हुआ, बणिए ने धोखा दिया, फिर घणा हाथ-पांव जोड़ा तब जाकर रुपए की अठन्नी निकली। मैंने सोचा चलो जो मिला सो ठीक, हलवाई की दुकान खोल लूं.....लेकिन लिछमी तो अपने मन की ठहरी। हमारी ओर तो आंख उठाकर भी नहीं देखती। अब सेठजी के बासे में रसोइया का काम करता हूं। देव का यह दुर्विपाक सर झुकाकर स्वीकारना अच्छा। संस्कृत जानता तो चार घर की जजमानी मिल जाती। लेकिन गांव में कहां तो पाठशाला कहां गुरुजी, सब करम का फेर है।" नटवर महाराज अपनी धोती से आंखों का कीचड़ पोंछने लगे। किशन का मन उमड़ आया।

लेकिन बाकी लोग नटवर महाराज पर हंस रहे थे। एक ने कहा—"चलो नटवर महाराज तुमको नत्थू गुरु की पाठशाला में भरती करवा दूं.....बस गुरुजी को दाल का सीरा अच्छा बनाकर खिला दिया करना, पंडित हो जाओगे।"

म्हालीरामजी ने झिड़का—"क्या यार, क्यों फालतू बात करते हो? नत्थू गुरु का पहाड़ा रटाते हैं या संस्कृत पढ़ाते हैं?"

"लेकिन क्यों किशन बाबू आपने संस्कृत तो पढ़ी होगी?" माणकरामजी ने पूछा।

"नहीं चाचा, मैं तो बस पाटी गणित तक रह गया और महाजनी लिख लेता हूं।"

"चेहरे से तो खानदानी आदमी नजर आते हो।"

"था कभी। अब तो सब कुछ खत्म हो गया।"

"हिम्मत मत हारिए, लिछमी तो आती-जाती रहती है। तकदीर साथ देगी तो कमा लेंगे। सेठजी से संपर्क रखिएगा, धनी-मानी आदमी हैं जबान नहीं गेरते.....काम आएंगे। हां अब उनकी उमर हो गई वे तो साठे का पाठा हैं।" माणकरामजी ने बातों का सहारा दिया।

"लेकिन सेठ नाथूरामजी कलकत्ता कब आए?" किशन ने वापस म्हालीरामजी से पूछा।

"बहुत पहले। १८३५-५० के आसपास। छप्पनियां का अकाल तो तुमने देखा नहीं होगा?"

"जी, सुना है मेरे दादाजी कहा करते थे।"

म्हाली चाचा ने मुंह में पान रखा, जरा-सा चूना और तंबाकू हथेलियों पर रखकर मसलते हुए बोले—"भाया किशन, यों तो मैं नाथूरामजी का प्रधान मुनीम हूं लेकिन हम लोगों का कोई आज का साथ नहीं है। हम लोग मां जाए भाई से बढ़कर हैं। साथ खेले हुए हैं। बचपन में जब हम लोग कबड्डी खेलते थे तो मैं हमेशा जीतता था। ये लोग पैसे वाले थे ठीक है। पर मेरे बापूजी अच्छा कमाते थे, हम लोग भी खाते-पीते लोग थे।"

"फिर?" किशन का प्रश्न था।

"वक्त की मार समझो। अकाल के बाद ही प्लेग की महामारी फैली, गांव के गांव उजड़ने लगे। एक दिन के अंदर हमारे गांव में तीस आदमी मर गए। उसमें मेरे मां-बाप भी शामिल थे। बड़े सेठजी के भी जब जांघ में गिल्टी निकली तब हम लोग रातों-रात बैलगाड़ी पर जरूरी सामान रखकर भागे, और गांव से दूर बालू के ढूहों के बीच छावनी डालकर पड़े रहे। १९०० के आसपास जब गरीबी बढ़ी तब सेठजी अपने दोनों छोटे भाइयों को लेकर गांव

से निकल पड़े। मैं भी साथ हो लिया। हम चारों की उमर क्या थी, सोलह से बाइस के बीच। दिसावरी को सभी निकल रहे थे। कोई मालवा गया तो कोई अहमदाबाद, कोई दिल्ली तो कोई आगरा। हम लोग भी अपनी पोटली में बाजरे की सूखी रोटी और गुड़ की भेली बांधकर निकल पड़े। पहले मिर्जापुर गए। फिर हिम्मत करके इधर मुंगेर में आ बसे। कारबार जब जमने लगा तब छोटे वाले भाई को धनबाद की गद्दी पर बैठाया मुझे लेकर नाथू भाईजी कलकत्ता आ गए। हममें जीवट था, व्यापार शुरू किया, मंदी में खरीदते और तेजी में बेचते हैं।''

किशन के मन में हजारों प्रश्न एक साथ घुमड़ने लगे—मैं भी तो खाली मुट्ठी, आंखों में अंधेरा लिए निकला हूं। पता नहीं, मुझे अब रोशनी दिखेगी। म्हालीरामजी अचानक खामोश हो गए। फिर पूछा—

''क्या सोच रहे हो भाया?''

''कुछ नहीं चाचा! अपनी भी एक जिंदगी है, कौन अपनी जमीन, अपने बाल-बच्चों को पीछे छोड़ना चाहता है?''

म्हालीरामजी उत्तेजित होकर कहने लगे—''लेकिन पीछे छूटा हुआ गांव उजाड़ हो जाता है। हम बाणिये तो कमाने निकले, कमाकर अपने देश ही जाएंगे ना और ये राजा रजवाड़े, ये सामंत? हमारा ही धन सोखेंगे। इनके मन में कोई ग्लानि? इनकी आंख में कभी तुमने आंसू की एक बूंद भी देखी है? अपनी विलासिता से, अपनी करनी से ये खुद्द हिजड़े हैं हिजड़े। लुगाइयों के घाघरे में छिपकर बैठे रहते हैं। मैं नहीं मानता कि, अंग्रेजी संगीन ने इनकी तलवारों को पराभूत और अर्थहीन बना दिया। अरे इन रजवाड़ों के पेट में रोटी है, सर पर छत है, इनको क्या पड़ी थी कि, लूटपाट मचाएं, हमें सताएं। दूसरों की इनको बिल्कुल चिंता नहीं।''

''यह तो मैं भी कहता हूं म्हाली चाचा कि, यदि ये हमें अपनी गढ़ी में बसाते हैं तो कोई एहसान नहीं करते, इनकी अपनी समृद्धि बढ़ती है।''

''हां और क्या? अपने मुंगेर वाले सेठजी हाल ही में चुरू गए, वहां अपने गांव में एक सामंत की गढ़ी खरीदी और उसको एक सार्वजनिक स्कूल और पुस्तकालय में बदल दिया। कितने तो कुएं खुदवाए हैं, प्याऊ बैठाते हैं। यहां कलकत्ते में भी घणा दान-पुन करते हैं।''

''अच्छा!'' किशन की आंखों में आश्चर्य था।

''हां और नहीं तो क्या। हमारी चुरू की हवेली को देखोगे तो देखते रह जाओगे। सुरग की अप्सरा की तरह सजी-संवरी खड़ी है। भाया मैं तो साफ कहता हूं, वह चाहे महाराज बीकानेर हो या सवाई जयपुर नरेश, बिना हमारी कमाई के, हमारी शक्ति के ये अपंग हैं, कुछ नहीं कर सकते। कुछ भी नहीं।

किशन को म्हाली चाचा की बातों में अकूत रस आ रहा था। जिस बात को वह भीतर ही भीतर एक लंबे अरसे से महसूस करता रहा, रामेसर भाया जिसकी प्रायः चर्चा करते मगर वह भी कितना डरते-डरते! गांव में काकोजी लोग भी अपने दोस्तों के बीच बस कभी-कभार दबी जबान से कुछेक शब्द मात्र उच्चारित करते। उन्हीं सब बातों को यहां कितने खुले ढंग से कहा जा रहा है।

"हमारी तो पाट की बेनियनशीप है।" म्हालीरामजी के स्वर में दर्प था। किशन के कानों में अब और कुछ नहीं उतर रहा था। वह कुछ नहीं सुन रहा था···बस एक बात समझ रहा था कि, वह अपनी उस पुरातनपंथी केंचुली और पारंपरिक परिभाषाओं के परकोटे से तो दिशाओं में बंद अपने जीवन के भाग्यद्वार को स्वयं अपने हाथों से खोलना होगा, यह प्रदेश ही मेरा अपना होगा। उसने संकल्प किया।

"अपनी गद्दी की चांदनी रोज बदली जाती है।" म्हाली चाचा इससे आगे कुछ कहें, किशन ने देखा कि दाहिनी ओर के दरवाजे से सेठजी आ रहे हैं। घुटने तक की धोती, बंद गले का कोट, चांदी की मूठ वाली छड़ी टेकते हुए वे धीरे-धीरे सीढ़ियों को पार कर गद्दी वाले कमरे में घुसे। चौक में खेलते हुए शोर मचाते बच्चे चुप हो गए। बारजे में झांकती घूंघट में लिपटी हुई औरतों के चेहरे सरक गए।

"सेठजी आ गए।"

"ताऊजी आ गए।"

"काकोजी····"

"बड़ा बाबू···ऐ···मुनिया···अरे ऐ ओमला···जरा गाड़ी से सामान उतार····"

तरह-तरह के गूंजते हुए संबोधन के बीच शांत होती हलचल, डगमग कदमों में छड़ी टेकते हुए सेठजी ने पहले गणेश-लक्ष्मीजी की फोटो के सामने प्रणाम किया। माथे की पगड़ी को ठीक करते हुए बोले—

"म्हालीरामजी बाजार का रुख किधर है? छापा आ गया? क्या समाचार है? कोई अतिथि आया है क्या?" उन्होंने किशन की ओर देखा।

किशन अपने में सिमट गया था। अब तक उन्होंने धीरे से कोट को उतारकर खूंटी पर टांग दिया। किशन ने देखा सेठजी ने दो घोड़ा मार्का बोस्की कमीज और महीन धोती पहन रखी थी। पैरों की जूतियां उतारकर उन्होंने पहले दाहिना पैर जाजिम पर डालते हुए कहा—

"म्हालीरामजी चांदनी रोज बदली करवा देते हैं ना?"

"जी सेठजी।"

बड़ी गंभीरता से उन्होंने कहा—"सेठाई की आब तो गद्दी पर बिछी सफेद चांदनी और माथे पर धुली हुई पगड़ी की पेंच से पता चलता है।"

गद्दी पर मसनद के सहारे बैठते ही उन्होंने सामने चांदी के पानदान में रखी हुई मघई पान में से दो पान उठाकर मुंह में डाला। फिर पास खड़े सेवक कालिए ने उन्हें हुक्के की नली पकड़ाई, एक लंबा कश खींचते हुए उन्होंने फिर पूछा—"अंग्रेजी छापे में कोई नया समांचार है?"

"सेठजी कपड़े में मंदी है, कुछ खरीदें या भाव और नीचे जाने दें·······चांदी के भाव में तेजी है।"

"दलाल क्या बोलता है? हाकिम का रुख किधर है? जहाज डक पर आकर लग गया क्या?"

"जी हां, जहाज तो आ गया।"

"तब खरीदने की बात क्यों करते हैं? बाजार तो और मंदा जाएगा?"

''कल से भी क्या? तब तो घाटा।''

''देखो, घाटा-नफा तो लगा रहेगा। अभी सुबह-सुबह घाटे की बात क्यों करते हैं? हां बोलो, भाया कहां से आए हो?'' किशन की ओर मुखातिब होकर उन्होंने पूछा। किशन ने देखा दोनों भाइयों के चेहरे में काफी समानता है। उसने अपनी कथा कह सुनाई।

सेठजी ने कहा, ''अच्छा किए वहां से चले आए। बात जब इज्जत आबरू पर आ जाए तो धरती छोड़नी पड़ती है। ऐसा मत सोचो कि, तुम कायर थे या हाथ में हथियार नहीं था। लेकिन, व्यापार करोगे या इन बिगड़े रईसों के मुंह लगोगे? जब सारी व्यवस्था खिलाफ हो जाए तो किस-किस के मुंह लगेंगे? यह झूठी राजपूती आन-बान किस काम की? अरे, न गरीब प्रजा को संरक्षण और न धरती को उपजाऊ बनाने की चेष्टा।''

''लेकिन सेठजी क्या हम स्वयं अपने सबसे बड़े दुश्मन नहीं हैं? हममें से दो-पांच परिवार भी विरोध में खड़े हो जाएं तो ये बिगड़े रईस क्या कर लेंगे हमारा? हम तो वहीं के वहीं ठहरे रहते हैं। जब देखो तब जरा से दबाव में राजा के सामने मूंछ नीची कर लेते हैं, जितना धन राजा मांगता है, उतना उठाकर दे देते हैं।''

''देखो मैं तुमसे सहमत हूं और नहीं भी। विरोध करना चाहिए लेकिन कब? जब हमारे पास शक्ति हो। पहले रुपिया कमाओ। बाणिये का स्वधर्म तो रुपया कमाना है। जब तक बाणिये के पेट में भोभर जलती रहेगी, वह कमाई के लिए एक स्थान से दूसरे स्थान दौड़ता रहेगा। पेट का यह भोभर ठंडा पड़ा न, लिछमी छम-छम करती हुई किसी और के यहां चली जाएगी।''

थोड़ा रुककर उन्होंने फिर कहा—''देखो, किशन यहां परदेस में दो बात की गांठ बांध लो, पाटी गणित पढ़ लो, ज्यादा पढ़ाई में क्या रखा है। और, बच्चों को अंग्रेजी तो पढ़ाना ही नहीं धरम भ्रष्ट हो जाएगा, ईसाई हो जाएंगे। दूसरी बात भाया अपने रुपया कमाने आए हैं अपने को राजनीति से क्या मतलब? यह तो मूरख जाट या राजपूत होता है जो बिना बात के किसी से उलझता है। मुझे तो यह बात-बात में खींचती तलवारबाजी से हृदय से घृणा है।''

किशन ने समझ लिया कि, इस इलाके में चाहे लाला बिसेसर लालजी हों या फिर नाथूरामजी, सभी शांतिप्रिय हैं। एक शांत आदमी ही अपने काम पर ध्यान दे सकता है।

करीब चार बजे उन्होंने कहा—''कलकत्ता घूम आओ, ट्राम में चढ़कर तो देखा।''

''कमाई?''

''उसका भी बंदोबस्त हो जाएगा। बाजार कल सबसे मंदा जाएगा। कपड़ा खरीद लेना.....नगद भुगतान कर देना। मंदी में खरीदो और तेजी में बेचो। नहीं तो पाट की दलाली कर लो.....''

''बाबू, मैं तो कपड़े की दुकान करना चाहता था। फिर वहां धनबाद में लालाजी ने कहा कि कलकत्ते से कपड़ा खरीद कर लाओ और कुछ दिन हटिया में बेच लो।''

''माने तुम खोमचा लगाओगे, सागवालियों के साथ डल्ला लेकर बैठोगे?'' सेठजी के चेहरे पर वितृष्णा एवं हैरानी का मिला-जुला भाव था। किशन को समझ में नहीं आया कि क्या कहे और क्या नहीं? और किस-किस के सामने अपना दुखड़ा रोए।

''बात यह है बाबू.....'' म्हालीरामजी ने डूबती नाव संभाली और कहा—''यह काम तो

चौमासे में सलट हो जाएगा, बाद में दशहरे का मोहरत करके दुकान खोल दिया जाएगा।"

"ठीक है।" सेठजी अपने सामने बैठे हुए दूसरे मुनीम से बात करने लगे।

"महाजन आदमी ठहरे। इन सब छोटी-छोटी बातों की ओर ध्यान नहीं जाता। फिर वैसे भी दुकान लगाना सेठजी को कभी पसंद नहीं आया। वे तो सट्टा खेलते हैं। अभी हाल ही में उन्होंने चांदी के सट्टे में लाखों रुपया कमाया है।" दिलासा के स्वर में म्हाली चाचा बोले।

बैठे-बैठे किशन की कमर अकड़ गई, लेकिन जाए भी तो कहां जाए। इस अजनबी शहर में उसका अपना कहने को कोई तो नहीं। लेकिन धनबाद में ऐसा नहीं लगा था.....वहां एक आत्मीय भाव था।

गद्दी के चार कोने में चार सेठ थे, उनके अगल-बगल उनका हेड मुनीम और रोकड़िया बैठा हुआ था।

"यहां काली गोदाम में ऐसी पचासों गद्दियां हैं।" म्हाली चाचा ने किशन को बताया।

शाम होते-होते गद्दी की चहल-पहल बढ़ने लगी। व्यापारी आने लगे। भुगतान किया भी जा रहा था और पहले दिन का बकाया वसूल भी किया जा रहा था। चांदी के सिक्कों के ढेर लगते जा रहे थे। उनको एक-एक गज लंबी थैलियों में भरा जा रहा था। नोटों की गड्डियां अलग थैलियों में रखी जा रही थीं। इतना रुपया किशन ने कभी अपनी जिंदगी में देखा नहीं था। इतना भारी लेन-देन। वैसे रामेसर भाया कहा भी करते, "अरे किशनियां तुमने सिवाय गरीबी के और देखा ही क्या है? बड़े बाबाजी की गद्दी के ठाट तो देखते ही बनता था। अपने भी एक दिन वैसा ही होगा।"

"नहीं, मुझे कुछ नहीं चाहिए—यह धन, यह दौलत, यह व्यापार? कोई मुझे मेरे रामेसर भाया को लौटा दे। कोई मुझे मेरे देस की हेली में सुरक्षित रहने दे। मां के हाथ की रोटी खाए बरसों हो गए। भाभी, दाल का सीरा कितना बढ़िया बनाती थी।" उसने घुटनों में मुंह छुपा लिया मन किया सुबक-सुबक कर रो ले। लेकिन रो नहीं पाया। इतने दिनों से रो नहीं पाया.....छाती में कुछ पत्थर की तरह है, जो जम गया है। आंखों के आंसू अब रेत बन किरकिराने लगे हैं। शायद यही सब सोचते-सोचते किशन की आंख लग गई थी। क्योंकि म्हाली चाचा के हिलाने से जब वह उठा तब उसने देखा कि बाहर सड़क पर लैंपपोस्ट से लटकता हुआ लालटेन जलाया जा रहा है।

"चाल भाया किशन जीम कर आ जाएं, सात बज गए। आठ बजे से फिर गद्दी पर बैठना है।"

"भोजन करने का मन नहीं था, भूख खत्म हो चुकी थी। पाव भर दूध पी लेता तो ठीक रहता। यहां कलकत्ते में लोग ज्यादा भोजन करते हैं।" लेकिन म्हाली चाचा ने नहीं माना—

"चलिए.....चलिए, भूखे पेट रात नहीं कटेगी।"

"मेरा काम भी तो कुछ नहीं हुआ।"

"हो जाएगा किशन बाबू! कल सबेरे माल खरीदेंगे.....और शाम को रेल से आप चले जाना।"

किशन को देखकर नटवर महाराज बड़े खुश हुए। बोले, "आओ सेठां.....पधारो।"

"भाया नटवर, तू भैली बात जरूर करेगा। अभी तो बिचारे एक पैर पर खड़े हैं, अपनी

जमीन भी नहीं।''

''नहीं म्हाली भाईजी, मैं तो माथे की लकीर पढ़ सकता हूं। खानदानी आदमी है।'' तब तक कुछ और नये लोग थे। म्हाली चाचा ने छेड़ते हुए कहा—

''क्यूं महाराजजी आज तो आपका बासा आसामियों से उफन रहा है।''

''तो हम किससे कम हैं भाईजी!'' चिमटा बजाते हुए नटवर महाराज ने कहा—

''अरे तीन बुलाया तेरह आया, भई राम की बाणी। राधे.....चेतन यूं कहें.....'' तब तक आगे का दोहा एक स्वर में दो-तीन लोगों ने कहा—''अरे ठंल दाल में पाणी।'' हंसते हुए, खिलखिलाते हुए एक पंगत जीम कर उठ खड़ी हुई।

हां, एक काम और हुआ गद्दी से एक और कोई मुनीम चुरू जा रहा था, किशन ने अपने कुशल-क्षेम की पाती लिख भेजी। साथ ही कलकत्ते की गद्दी का पता-ठिकाना भी। म्हाली चाचा ने पूछा भी—

''किशन बाबू कुछ सामान भेजना है क्या?''

किशन की खामोशी और कातर आंखें देख म्हाली रामजी को अपनी गलती का एहसास हुआ—''मेरी भूल-चूक माफ कीजिएगा किशन बाबू, मुझे तो ख्याल ही नहीं रहा कि अभी-अभी घर में गमी हुई है। आपका तो जवान भाई चलता रहा।'' देश जाने वाला गुमाश्ता भी समर्थन में सर हिलाने लगा।

लेकिन किशन कुछ और बोलना चाहता था। काकोजी के लिए एक बाघम्बरी कंबल जरूर खरीद कर भेजना चाहता था। और मां के लिए फर्दी की साड़ी। मगर पैसे कहां हैं? खाने को तो ठिकाना नहीं।

जब दोनों अकेले रह गए तब किशन ने कहा भी.....''म्हाली चाचा रामेसर भाया तो ऐसी जगह गए हैं जहां से कोई लौटता नहीं है। मेरी तो विवशता.....''

''भाया किशन बाबू, आपको बाजार में साख बनानी है ना?''

''हां चाचा।''

''तब गरीबी का रोना मत रोइए। बाणिया रूखी रोटी खा लेगा टाट-पैबंद बिछा लेगा लेकिन कोठरी में झुनझुना बजाकर सारे गांव को बोलेगा कि, मैं तो रेजगारी गिन रहा था। कोथली में सिक्का भर रहा था।''

''अरे कोथली में यह पैबंद क्यों लगा रखा है? देखने वाला पूछेगा नहीं?''

''कह दीजिएगा कि, क्या करूं भाया! कहीं मांगतोड़े, चोर-उचक्के हमारा धन लूट कर न ले जाएं, इसीलिए उनसे बचने के लिए टाट बिछाते हैं, गरीबी का स्वांग रचाते हैं। कोई रुपया कम है क्या? रुपिया को देखकर रुपिया आता है, चोखी आसामी देखकर ही कोई बाणिया पास में बैठेगा। नहीं तो यहां कलकत्ते में किसके पास इतना समय है?''

''लेकिन चाचा.....''

''देख भाया मैं तो यही जानता हूं, बिणज का सबसे मौलिक सिद्धांत तो यही है। अरे किशन बाबू धोती के भीतर तो सभी नंगटे हैं। लेकिन इसका यह अर्थ तो नहीं कि, बीच बाजार में आप धोती खोलकर खड़े हो जाओगे?''

''चाचा आपने लाख रुपये की बात कही, मैंने जब सेठजी से कहा कि, मैं कपड़ा हाट में

बेचूंगा तो उनकी नजर में उतर गया।''

''देखो किशन बाबू सेठजी की नजर से एक बार जो उतरा सो उतर ही गया समझो।''

''लेकिन इतना तो वे भी जानते हैं कि, बाणिया चौबारे, चौबारे नहीं तो तिबारे तो जरूर ही चढ़ेगा।''

''जो धन कमाने निकला है, हाथ-पैर मारेगा, पसीना बहाएगा, तो कुछ न कुछ तो कमाकर लाएगा ही और दो से चार, चार से आठ नहीं तो पांच ही सही। बाकी देखो इन हथेली की लकीरों को नहीं मिटा सकते। बुरा नहीं मानना, लेकिन जरा एक मिनट के लिए सोचकर देखो, तुम दोनों भाई धन तो कमाए थे ना! अब यह किसने सोचा था कि, रास्ते में लूट लिए जाओगे? बाबू ये तो करम का फेर है। इस पर किसी का क्या वश?''

× × × ×

कपड़े की गांठ लेकर किशन बाबू धनबाद वापस आ गए।

कपड़े के गट्ठर के साथ माधो भी गया। किशन बाबू को हटिया में बैठने में संकोच हो रहा था, मगर माधो के उत्साह का ठिकाना नहीं था। खैर, पहले हफ्ते ही कुछ कमाई हुई। दस-बीस रुपए का लाभ··· कुल मिलाकर महीने भर में समूचा कपड़ा बिक गया और दो सौ रुपये का लाभ हुआ। किशन बाबू और राधा बाई पाई-पाई बचाते और वे अपना पेट काट कर भी दोनों बच्चों की देख-रेख करते। किशन बाबू ने बचे हुए डेढ़ सौ रुपयों को लालाजी को वापस दे दिया।

वे कुछ दिनों बाद फिर कलकत्ता आए। वही लोहे की नावों पर बना हुआ पुल, गंगा में डुबकी लगाया, ननकू हलवाई के यहां पाव भर दूध पीना और म्हाली चाचा के साथ ऊपर बासे में जाकर भोजन करना। नटवर महाराज ने बातों ही बातों में अब समझ लिया था कि, किशन बाबू ठीक लाइन पर हैं·····''भाई, व्यापार करना हंसी-खेल है क्या और वह भी इस परदेस में लुगाई-टाबरों को लेकर रहना? हां तो कितनी कमाई हुई किशन बाबू?''

''ठीक-ठाक ही हुई म्हाराजजी···''

''तो इस खुशी में आज आपको रात को दिलखुशार की बर्फी बनाकर खिलाऊंगा।''

मगर आज म्हाली चाचा खामोश थे। यों भी भोजन करते समय म्हाली चाचा कम बोलते थे। उन्होंने देश से आई हुई चिट्ठी निकालकर किशन को पकड़ा दिया··और कहा—''बाद में धीरे सुस्ते पढ़ लीजिएगा। अभी तो व्यापारी आए हुए हैं, नीचे गद्दी में चलिए।''

चिट्ठी जेब में रह गई और व्यस्तता में ख्याल ही नहीं आया। रात को गद्दी पर अलग जमघट था। चौक में बड़ी-बड़ी पेट्रोमैक्स गैस लाइटें जल रही थीं। एक ओर काम-काज भी चल रहा था। तो दूसरी ओर लोग ताश खेल रहे थे। तो कोई गोटी-पासा फेंक रहा था।

अबकी सेठजी ने किशन का परिचय एक सप्लायर से करवा दिया, जो महीने में पांच सौ से हजार रुपए तक की उधारी देने के लिए भी तैयार हो गया। गद्-गद् कंठों से किशन ने सेठजी के पैर पकड़ लिए—

''मालिक असली अन्नदाता तो आप ही हैं।''

खैर, घर पहुंचने पर उसको चिट्ठी का ख्याल हुआ और जब उसने चिट्ठी पढ़ी, तब बिना किसी उत्तेजना के बड़ी शांति से अपनी पत्नी से कहा—"माधो की चाची, काकोजी नहीं रहे। और भाभी की हालत खराब है।"

चिट्ठी केशव चाचा ने लिखा था—

"भाया किशन, रामेसर के जाने का सदमा भाईजी बर्दाश्त नहीं कर सके। पागल जैसे हो गए। एक दिन बंदूक लेकर कंवर मानसिंह को मारने दौड़े···गोली किसको लगती यह तो तुम समझ ही सकते हो! मरते तो अपने बाणिये ही हैं ना। और एक बात, भाया घर में सोने का एक छल्ला भी नहीं बचा है। तुम्हारी भाभी तो बचने से रही, इलाज में सारा घर फूंक चुका, हो सके तो थोड़ा रुपया भेजना।"

मुंह में पल्ला ठूंसे राधा बाई रो रही थी, हिचकियों में टूट रही थी, लेकिन अपनी संवेदनहीनता पर किशन को आश्चर्य हो रहा था। वह अपनी चेतना को चिकोटी काट कर जगा रहा था, स्वयं से पूछ रहा था···यह क्या हो गया मुझे? मैं रो क्यों नहीं रहा? वह भी अपने पिता की मृत्यु पर? मेरा मन मुझे ही बराबर कह रहा है···मरने दो, सबको मर जाने दो। लेकिन क्यों?

दौड़ता हुआ माधो कमरे में घुसा। उसने देखा, चाची रो रही है—"चाची, क्या हुआ चाची को···क्या हुआ चाचा को···मुझसे बोलो ना···कहो ना चाचा···"

अब जाकर किशन की संवेदना लौटी और वह माधो को कलेजे से लगाकर जोरों से हुमक पड़ा—"हे मेरे रामजी, तू मेरी कितनी परीक्षा लेगा? एक-एक करके सभी तो भगवान के घर जा रहे हैं···"

"कौन चला गया चाचा? बोलो ना चाचा, भगवान के घर कौन गया?

"काकोजी···"

"और माँ? वह तो ठीक-ठाक है ना?"

"ज्यादा नहीं···"

खामोश। बिल्कुल शांत। दस वर्ष का वह बालक माधो न रोया, न हंसा···वह स्थिर होकर सोच रहा था कि, क्या करना चाहिए···सबसे पहले उसके नथुनों से दूध जलने की गंध टकराई और बरामदे में जाकर उसने जल्दी से दूध का टोपिया उतारा। अब उसकी आंखों के सामने एक ओर रखा हुआ कपड़े का गट्ठर था तथा खूंटी से लटकता हुआ चाचा का मैला कुर्ता था। वहीं पर नीचे बारिश में भींगा हुआ छाता, खुला पड़ा था। छोटा भाई सांवर चाची के गले से लगा हुआ रोता जा रहा था। और चाचा? वे तो धरती पर मछली जैसे तड़फड़ा रहे थे, घायल पशु की तरह आर्त चीत्कार कर रहे थे। आस-पड़ोस के कुछ लोग जमा हो गए थे। कमरे के दरवाजे पर—"क्या बात हो गई, किशन बाबू के यहाँ?"

"गांव में पिता का देहांत हो गया।"

"च्···च्···च्···क्या उमर रही होगी···?"

"भाई मालूम नहीं, उमर तो हो गई होगी···"

"धीरज रखिए किशन बाबू।"

"मां-बाप हमेशा नहीं बैठे रहते।"

"बेचारे को अब देश जाना पड़ेगा। इतना लंबा सफर।"

"अरे मजाक है क्या? दाल-रोटी का सवाल है, फिर वहां सुजानगढ़ पहुंचते-पहुंचते दस दिन लग जाएंगे। लुगाई-टाबर कहां पर रहेंगे?"

"खैर, लुगाई-टाबरों की चिंता मत करिए वह तो हम लोग संभाल लेंगे।"

"हां, यह बात तो है।"

"परन्तु रुपये का खर्चा?"

"बेचारे की अभी-अभी तो कमाई शुरू हुई थी दो पैसे घर में आने लगे थे।"

"हां यह बात तो है। दाल-रोटी तो कमाना ही पड़ेगा।"

"देखो जी जाने वाला तो वापस आएगा नहीं..."

"उठो किशन बाबू, अपने को संभालो। लुगाई टाबर की ओर देखिए।"

आवाजें, केवल आवाजें थीं।

खिड़की की सलाखों से धूप की तिरछी किरणें कमरे के लाल फर्श पर तिकोनी जगह घेरे हुए थीं। आंसुओं से तर-बतर चाचा-चाची की पिघलती आकृतियां। कमरे के दरवाजे पर आस-पड़ोस के लोगों का झुंड। चिड़िया के पंख। धूप-छायाएं, दूर कहीं हरे जंगल को छूकर आई हुई ठंडी हवा का झोंका। पतझड़ के सूखे उड़ते हुए पत्ते, एक-दो पत्तों का खिड़की के चौखट पर ठहर जाना। उड़ती हुई, ठहरती हुई, सबको दबोचती हुई रिक्तता में माधो ने अपने-आप को टटोला। वहां कुछ नहीं था, कुछ नहीं। वहां बस एक खाली सपाट भाव था। मन की पटी हुई दरारें थीं, घाव की सूखी पपड़ियां थीं।

"चाची, अपने को अब और क्या करना है?" उसने धीरे-से राधा से पूछा। राधा बाई और जोरों से बिलखने लगी।

लोगबाग आ रहे थे। गमी के बारे में पूछने के लिए। माधो ने देखा भीखन आया, अंगोछे से अपनी आंखों को पोंछते हुए।

स्टेशन मास्टर शील बाबू आए। डाक गाड़ी के चले जाने के बाद।

और अंत में लाला बिसेसर दयाल आए, अपनी पत्नी के साथ।

नाई को बुलाकर किशन और माधो ने बाल दिए। फिर कुएं पर ही स्नान कर लिया। उस दिन राधा बाई ने रसोई नहीं चढ़ाई। कोठी से बाईजी (लालाजी की पत्नी) ने सादी खिचड़ी बनवाकर भेज दी थी।

हटिया लगी। खरीददार आए लेकिन किशन अपने कमरे से बाहर नहीं निकला। बरामदे में खड़ा-खड़ा माधो हाट की चहल-पहल देखता रहा। हिसाब लगाता रहा कि, आज माल बेचने से कितना फायदा होता। और वह झल्ला रहा था, मन ही मन चाचा की भावुकता पर। उसको चाचा पर गुस्सा आ रहा था। अरे दादाजी तो यों भी बीमार रहते थे। लेकिन मां? हां, मां भी बहुत बीमार है। मां को कुछ हो जाएगा तब? उमड़ते आंसुओं को उसने रोका। नहीं, मुझे रोना नहीं चाहिए...चाचा की तरह कमजोर होने से काम नहीं चलेगा। कमजोर होने से हम लोग यहां प्रवास में जी नहीं पाएंगे।

दूसरे दिन माधो की नींद बहुत ही सुबह खुल गई। उठकर वह पिछवाड़े की पगडंडी से सीधे जंगल की ओर निकल गया। जंगली पौधों की सुगंध, परिचित खुश्क हल्की हवा के

साथ थिरकती हुई नथुनों से टकराई, पैरों के नीचे की भींगी हुई माटी की ठंडक उसे अच्छी लग रही थी। उसने एक ढेला उठाया और दूर की झाड़ी पर बैठे कौव्वों के झुंड की ओर दे मारा। "कांव-कांव" की आवाज ने सन्नाटे को चीर कर रख दिया। वह दाहिने ओर की अमराई की ओर मुड़ गया। आम का मौसम खतम हो चुका था लेकिन पेड़ पर अब भी गहरे हरे और कुछ-कुछ भूरापन लिए हुए पत्ते बचे रह गए थे। वह जल्दी-जल्दी आम के पेड़ की सबसे ऊंची डाली पर चढ़ गया, यहां से दूर बहती दामोदर नदी, धान के खेत, गांव की झोपड़ियों का झुंड और बल खाती सर्पीली गति से जाता हुआ जीटी रोड दिखाई पड़ रहा था। हरे जंगल के बीच लाला बिसेसरलाल की ऊंची लाल कोठी सुए की चोंच-सी मुंह उठाए खड़ी थी।

माधो ने देखा, रेल आई, चली गई। सीटी बजाती हुई, धुआं उगलती हुई, रेल जंगल के बीच ओझल हो गई। पीछे छूटा हुआ धुएं का काला गुबार धीरे-धीरे आकाश के साथ घुलने लगा।

साफ चमकता हुआ धुला-धुला उजला दिन और पीठ पर पड़ती हुई धूप की गर्माहट में माधो का दुखी मन शांत होने लगा। रात को नींद में भी रह-रह कर उसको चाचा की सिसकी सुनाई दे जाती। माधो के होंठ थरथरा रहे थे, लेकिन गहरे निश्वास के साथ उसने सब कुछ परे ढकेलने की कोशिश की। बापूजी के मरने की खबर सुनकर मैं नहीं रोया फिर आज ही क्यों? इस बेवकूफी से फायदा? माधो ने फिर खुद से कहा—क्या चाचा भी औरतों जैसे रोने बैठ गए। भावुक होने से कैसे काम चलेगा, रुपया कोई उड़कर तो आ नहीं जाएगा हमारे पास। कमाई तो करनी होगी, कल भी हम लोग हटिया में नहीं गए, रोटी खर्चा कैसे चलेगा। सारी जिम्मेवारी एक अकेले चाचा की नहीं, मेरी भी है। मैं भी तो बड़ा हो रहा हूं।

माधो बहुत देर तक सोचता रहा, सूंघता रहा जंगल की खुशबू। महसूस करता रहा अपना दुख। चाचा का? नहीं पूरे परिवार का। उसने फिर कहा—दादाजी भी तो नहीं रहे। वहां गांव में दादी अकेली है। मां बीमार है। क्या करना चाहिए? रुपया कमाना होगा बिना धन के कोई इज्जत नहीं, कहीं कोई सुरक्षा नहीं। धन होता तो यों अपना घर-बार छोड़ना पड़ता, यों दर-दर भटकना पड़ता? धन होता मैं मां को अपने पास नहीं ले आता। शील बाबू तो कह रहे थे कि, कलकत्ते में बड़ी-बड़ी बीमारी का इलाज होता है, न जाने कितने तो अंग्रेज डाक्टर हैं, फिर विलायत पढ़ कर लौटे हुए बंगाली डाक्टर भी हैं। हां, पैसा होने से सब कुछ ठीक हो जाता।

पैसा होने से चाचा को कभी किसी के सामने हाथ नहीं फैलाना पड़ता।

चाची कहा करती हैं,"अपने खानदान में किसी ने नौकरी नहीं की⋯"लेकिन नौकरी करने में हर्ज क्या है? शील बाबू भी तो नौकरी करते हैं, कितने ठाट से रहते हैं। एक दिन भीखन दादा के साथ उनके क्वार्टर में गया था। शील बाबू की पत्नी ने दो रसगुल्ले भी खाने के लिए दिए थे।

रसगुल्लों की याद आते ही माधो को भूख लग आई, उसको याद आया, सुबह से उसने कुछ खाया नहीं है। चाची खोज रही होगी⋯लेकिन धन चाहिए, धन की जरूरत है। किसी तरह, कैसे भी।"

घर पर चाची अकेली थी। नाश्ते में रात की रखी हुई बासी पूड़ी और एक कटोरा दही

का रखते हुए पूछा—''चीनी लेगा या नमक-मिर्च?''

''चीनी दे दो चाची।'' वह दही में चूर कर धीरे-धीरे उन बासी पूड़ियों को स्वाद लेकर बड़ी देर तक खाता रहा था।

राधा बाई ध्यान से माधो की ओर देख रही थी। मेरा माधो बहुत सुंदर लड़का है। माधो की बड़ी-बड़ी, गहरी काली आंखें। क्या है इन आंखों में? पीड़ा, दर्द, होंठों पर एक विद्रूप भरी मुस्कान। बेरुखी से चौड़े ललाट पर आए हुए बालों के गुच्छे को पीछे ढकेल देना। कुछ करेगा, मेरा यह बेटा जरूर मेरे लिए कुछ करेगा···मगर क्या? राधा बाई के पास शब्द नहीं थे। ज्यादा सोचने की उन में क्षमता नहीं थी। राधा बाई से आंख मिलते ही माधो ने कहा—

''चाची जानती हो, इस हफ्ते बिक्री नहीं हुई।''

''क्या किया जाए, तुम्हीं बोलो···''

''मेरे गुल्लक में तो एक रुपए की रेजगारी है।'' माधो का चिंतित स्वर था।

''मैं क्या बोलूं बाबू? तू ही कोई उपाय सोच।'

माधो ने बड़ी खामोशी से सर हिलाया और खा-पीकर भीखन दादा के पास स्टेशन चला गया। बातचीत में उसने पूछा—

''दादा, यहाँ अगल-बगल क्या और कोई बाजार नहीं लगता?''

''लगता क्यों नहीं···अढ़ाई कोस पर गोविंदपुर या फिर पास ही बरबड्डा बाजार।''

''काका मेरी एक मदद करोगे?''

''क्या?''

''क्यों नहीं तुम मेरे साथ हटिया चलो। तुम कपड़े की गठरी उठा लो मैं हिसाब रख लूंगा और ग्राहक से बातचीत भी कर लूंगा।''

''सो तो ठीक है। लेकिन हमारा यह पापी पेट···'' भीखन की आंखों में कौतुक था।

''अपन ऐसा करते हैं—लाभ में आठ आना चाचा का, चार आना मेरा, और चार आना तुम्हारा।''

''अरे वाह माधो बाबू, बड़े हुसियार बुद्धि के हो। ठीक है, इसी हफ्ते चलेंगे। मगर हम रोज-रोज नहीं जा सकते।''

गोविंदपुर के बाजार में बिक्री ज्यादा हुई। कारण, भीखन की भोजपुरी भाषा और कपड़ा मापने में माधो की त्वरित गति और कपड़े का रंग दिखाने में माधो की पटुता। अढ़ाई कोस पैदल आना-जाना भारी पड़ रहा था। लेकिन इसके लिए फिर माधो ने एक बैलगाड़ी वाले से बात कर ली। अब वह कपड़े बैलगाड़ी पर लाद कर ले जाता।

सारा माल बिक गया। एक हफ्ते के अंदर बिक्री दोगुनी हो गई। किशन बाबू को लगा कि उनका भतीजा होनहार है, रुपया कमा लेगा।

ग्यारह साल का माधो भीखन दादा से अनवरत आस-पास के इलाकों के बारे में, वहां के लोगों के बारे में सवाल करता रहता।

किसी और के द्वारा निर्धारित सीमा, सीमा नहीं होती अपनी सीमा हम स्वयं बनाया करते हैं। माधो को लगता अच्छा हुआ कि, देश से यहां भाग आए।

''तुम्हीं बताओ भीखन दादा, वहां उस बालुई जमीन में क्या रखा है? और दिन-रात की

उड़ती हुई उस धूल में कौन-सा सुख था? पीने को पानी तो पेट भर कर नहीं मिलता था।''

''अच्छा···!''

''और क्या···जब प्यास लगती तो दादी कहती ले छाछ पी ले। मुझे तो यहां बहुत अच्छा लगता है।''

उसकी इस बात का उत्तर भीखन के पास नहीं था। लेकिन शील बाबू के पास था। शील बाबू इस लड़के से घंटों बातें किया करते। शील बाबू ने ही उसे बताया कि अगल-बगल के और इलाके कौन-कौन से हैं। यानी एक और हाट का पता चला—''पुरुलिया के इलाके में रेल से जा सकते हो।''

''टिकट?''

शील बाबू ने हंसकर कहा—''वह मैं मुफ्त में भेज दूंगा। पास बना दूंगा। तुम जाओ तो, व्यापार तो करो।''

माधो की उपस्थित बुद्धि ने तुरंत पूछा—''तब चाचा के लिए पास बना दीजिए ना। कलकत्ता आने-जाने का खर्चा बचेगा। और एक बार मैं भी चला जाउंगा।''

''एक शर्त पर कि, जितनी बार कलकत्ते जाओगे, केसी दास का रसगुल्ला खरीद कर लाना होगा।''

''बिल्कुल शील काका। हम जरूर लाएंगे।''

परिहास, कौतुक के बीच पनप रही थी एक उपस्थित व्यावहारिक बुद्धि। शील बाबू को केवल एक ही दुख होता कि, यह लड़का पढ़ता-लिखता क्यों नहीं? स्कूल जाने की उमर में दुकानदारी कर रहा है।

माधो का उत्तर हुआ करता—''शील काका, आप मेरे घर की परिस्थिति तो समझिए। हम अभी तक अपना कर्जा नहीं चुका पाए हैं। और चाचा कह रहे थे कि कर्जा चुकाए बिना बाणिए को सुरग में जगह नहीं मिलती।'' शील बाबू हल्के-से मुस्कुरा देते।

लेकिन इतनी मेहनत के बाद भी कमाई नहीं हो पा रही है। प्रथम महायुद्ध के बाद का समय था। बाजार मंदा जा रहा था। किशन बाबू सोचते इससे तो रायबक्सगंज का बाजार अच्छा था। फिर यह सोचकर संतोष कर लेते कि चलो पेट तो भर जाता है···कुछ न कुछ बचा ही लेते हैं। उससे धीरे-धीरे कर्जा चुका देंगे। लेकिन इन सब के बीच समय बीतता जा रहा था, कभी धीरे, कभी बहुत जल्दी।

पति के सामने राधा बाई की कुछ बोलने की हिम्मत नहीं होती थी। यों भी पिछले दो वर्षों में वे पति की उदासी और गिरती सेहत से चिंतित थीं। एक और चिट्ठी आई-केशर चाचा की। चिट्ठी से पता चला कि माधो की मां भी दुनिया से चल बसी। यह बात मालूम पड़ने के बाद भी माधो रोया नहीं। बस, इतना ही कहा था—''चाची तू है ना मेरी मां! गांव जाकर क्या होगा? वहां है ही क्या? अपने दादी को यहीं बुला लेते हैं।''

''दादी नहीं आएंगी। वे हेली खाली नहीं छोड़ेंगी।''

''लेकिन वहां दादी का ख्याल कौन रखता होगा?''

''केशर दादा।''

राधा बाई को माधो का शांत स्वभाव, बड़े-बूढ़ों की तरह बतियाना सब कुछ अजीब भी

लगता और सकून भी देता।

राधा बाई को पहले पानी का उच्छृंखल बहाव अच्छा लगा। अब सूखी हवा की याद आने लगी। राधा बाई चिड़चिड़ाने लगती, जब देखती कि, मरी बरसात दस-दस दिन तक रुकने का नाम नहीं लेती, सूरज निकला धरती थोड़ी तपी नहीं कि उमस बढ़ी···और फिर वापस वही काले-काले बादल···घूम-घूम कर, नाच-नाच कर बरसते हुए, पेड़ का पत्ता-पत्ता टपकता हुआ, मेढ़कों की टर्र···टर्र, सांप-बिच्छुओं की भरमार। बाजरा तो आंख से नहीं दिखता। कैर-सांगर को बचा-बचाकर बना लेती। अगल-बगल दो-चार मारवाड़ी परिवार बस गए थे। उनको याद आता सावन का हिंडोला, लेकिन यहां पर मैं कहां जाऊं? किस हिंडोले पर झूला झूलूं? गांव में पर्दा होते हुए भी आने-जाने की छूट थी। कम से कम कुएं पर तो हम औरतें चली जातीं सबेरे-शाम। कुएं पर तो एक मेला ही लग जाता था। किसी के पीहर से यदि कोई नयी ओढ़नी आई तो वह जरूर ओढ़कर आती, कोई अपने चूड़े का मुठिया दिखाती। इस देस में तो और बड़ा बंधन है। पति-पत्नी दोनों दुखी रहते। माधो अपने में व्यस्त और छोटा सांवर खेलने-कूदने में या फिर मां की गोदिया तोड़ता।

× × × ×

पक्की दीवारों के ऊपर टीन के छप्पर की दुकान बन गई थी, पीछे वैसी ही कोठरी। आंगन और गली बरसात में कीचड़ से भरे रहते, दीवारों में सीलन आ गई थी। चौमासे के भींगेपन से, सीलन से, राधा बाई का जी घुटने लगता। रात को मच्छरों के मारे सोना हराम हो जाता। उनको अपने देस की हेली याद आती—कहां तो वह सूखी हवा, खुला माहौल, पक्के मकान और सुनहरी बालू में धंसते हुए कदम और कहां यह कीचड़-कांदा टीन के छाजन, काल बैशाखी का तूफान उठता तो छज्जे कड़कड़ाने लगते। ऐसा लगता मानो सबो ले उड़ेगा। और बरसात में अनवरत टपकता हुआ पानी।

घुटने तक की धोती और मैली गंजी पहने हुए किशन बाबू दुकान पर बैठे-बैठे अपने बही-खाते में खोए रहते, इन दिनों ग्राहक आता तो माधो ही कपड़ा नाप कर दे देता। किशन बाबू को जैसे किसी से कोई सरोकार नहीं था। माधो सोचता कि चाचा बिना बात के क्यों बहियों को उलटते-पलटते हैं? एक दिन उसने बहियों के पन्ने उलटे तो देखा चाचा ने खर्चे का हिसाब लिख रखा है। १९३०, धनबाद में मंदी। घर खर्चे का हिसाब। गेहूं—तीन रुपया मन, चना, मोठ, बाजरा—डेढ़ रुपया मन, मूंग, उड़द अरहर—ढाई से तीन रुपया मन। बहुत कीमती बासमती चावल—दस रुपया मन। एक रुपया सेर घी। देशी चीनी चार आने सेर, दूध रुपए में सोलह सेर, काजू—तीन आना सेर, धोती जोड़ा सवा रुपए से डेढ़ रुपए तक मलमल और लट्ठा—आठ आना गज, रेशमी बोस्की सवा बारह आना गज। अच्छी गाय का खरीद दाम पच्चीस रुपया से चालीस रुपया तक। माधो को समझ में नहीं आया कि चाचा ने इन महंगी चीजों का भाव क्यों लिख रखा है। बादाम, पिश्ता, मिठाई खाए तो वर्षों हो गए। दीवाली के दिन ही चाची दाल का सीरा बना पाती है। उसका मन किया कि, हिसाब में लिख दे, जोड़ दे—दो जोड़ा धोती, दो कुर्ता जिसको चाचा ने डेढ़ साल चलाया था। चाची ने दो साड़ी दो कब्जा,

लहंगा साल भर। मेरे दो हाफ पैंट एक साल चले फिर वे छोटे हो गए तो सांवर ने पहना। जूता छोटा हुआ तो सांवर के लिए सहेज कर रख दिया गया। बर्तन मलने के लिए दो रुपए महीने की दाई। इसके अलावा घर के तमाम खर्चों का ब्यौरा।

माधो ने पूछा, "चाचा, अपने तो घर में दस सेर आटा नहीं लगता और आपने ढाई मन गेहूं का हिसाब लिख रखा है, यह बात जरा मेरे कम समझ में आई। और फिर यह पिश्ता-बादाम का भाव, गाय का भाव।"

"माधो, आने वाली पीढ़ी हमारे बेटे-पोते हमें गरीब नहीं समझें, परिवार में बेटे-पोतों के सामने यही कहानी रखना कि हमारे दादाजी बहुत रईस थे। कि, घर मुनीम-गुमाश्तों से भरा रहता था। घर में दूध-दही की कमी नहीं थी, मुफ्त का बासा चलता था।"

माधो ने कुछ नहीं कहा, बस खामोश नजर से चाचा की ओर देखता रहा। कम से कम आधा मिनट यानी तीस सेकेंड, क्षणों का यह गुच्छा अनंत में विलीन हो गया। इसके बाद माधो ने पीठ घुमा लिया और वापस पहाड़ा याद करने लगा—एक ऊंटा दो··· दो ऊंटा चार···"

माधो की स्मृति तेज थी। किशन बाबू उसे गत्ते पर मात्रा विहीन सुंदर अक्षरों में मुड़िया (महाजनी भाषा) लिखवाने का अभ्यास करवाते।

लेकिन माधो को एक और आदमी भी चुपचाप पढ़ाता जा रहा था—रोज सबेरे मुंह अंधेरे उठकर वह शील बाबू के क्वार्टर में चला जाता। शील बाबू अपने इस छात्र को लेकर घूमने निकलते, टहलते हुए दुनिया-जहान की बातें करते जाते। फिर उनके घर की एक कप चाय और दो बिस्कुट खाकर छह बजते-बजते माधो घर पर हाजिर हो जाता।

एक दिन लालाजी के घर शामियाना लगाया गया। ढेरों इंतजाम किए गए। बड़े साहब के लिए। दो-चार लोग और भी आए कलकत्ते से। सुनने में आया कि, लाला बिसेसर दयाल को "रायबहादुर" की पदवी दी जाएगी। रायबहादुर जगन्नाथ मुखर्जी भी आए। विलायती भी खोली गई। शील बाबू ने देखा, माधो भी काम में लगा हुआ है। उसको लेकर शील बाबू हाकिम के सामने हाजिर हुए।

माधो का परिचय करवाया। माधो ने अंग्रेजी में अपना नाम बताया और साथ ही यह भी कहा—"आई एम एन इंडियन।"

जलसा खतम हो गया। हाकिम चले गए। लाला रायबहादुर हो गए। घर-घर में मिठाइयां बांटी गईं। इसकी चर्चा भी खूब जमकर हुई। एक शील बाबू के यहां मिठाई नहीं भेजी गई।

माधो को याद आया, वहां धनबाद में प्रायः दुकान पर कोई न कोई उसकी उमर का लड़का उसे "मेड़ो" कह जाता। उसने एक दिन मेड़ो का अर्थ शील बाबू से पूछा। क्योंकि मेड़ो कहलाना माधो को बहुत ही खराब लगता। हमें मारवाड़ी कहो, यह मेड़ो कहने का क्या अर्थ हुआ? और हम लोग मेहनत-मजदूरी करने वाले लोग, क्या रखा है हमारे पास जिसके कारण तुम लोग हमसे इतना चिढ़ते हो?

वह सोचता शील बाबू भी तो बंगाली हैं, लेकिन फिर उनका व्यवहार हमारे साथ इतना अच्छा क्यों है? वे क्यों मुझे इतना चाहते हैं? बिना शील बाबू की सहायता के तो चाचा दुकान भी नहीं बना सकते थे। जमीन तो शील बाबू ने ही दी थी और वह भी बस पांच रुपए भाड़े

में। क्यों किसलिए? क्या शील बाबू समझदार नहीं हैं?

और शील बाबू तो स्वयं ही इन सामंती बंगालियों से चिढ़ते हैं। शील बाबू का लेक्चर अगर शुरू हो जाता तो रुकने का, कहीं ठहरने का वे नाम नहीं लेते। वे तो कहते हैं—

"अरे यह बंगाली बड़े मासूम हैं। लगातार पीढ़ियों तक अंग्रेजी हुकूमत ने इनका शोषण किया। इनको अंग्रेजी पढ़ाकर क्लर्की करना सिखा दिया। बंगाल का कितना उन्नत व्यापार था। जूट की बेनियनशीप तो पहले बंगालियों और खत्रियों के पास थी। लेकिन हम बंगाली लोग मेहनत करेंगे नहीं, जमींदार और बड़े जोतदार विलासिता में डूबे रहेंगे, तब स्वाभाविक है कि बेनियनशीप दूसरों के हाथ में जाएगी ही। बंगालियों का ऐश्वर्य देखना है तो कभी मेरे साथ कलकत्ता चलो। एक-एक राजबाड़ी दिखाऊंगा, उनका वैभव और ऐश्वर्य देखोगे तो आंखें खुली रह जाएंगी।"

"लाला बिसेसरलाल की कोठी से भी बड़ी कोठी है?" माधो की मासूमियत पर शील बाबू हो-हो कर हंसते चले जाते।

"अरे बेटा माधो, लालाजी की कोठी जैसी कोठियां तो उन रईस के सरकार बाबू और मुनीम-गुमाश्तों की हैं। उंह लालाजी क्या खाकर इनकी बराबरी करेंगे?"

"शील काका, लेकिन चाचा मुझे अंग्रेजी पढ़ने से क्यों मना करते हैं? कहते हैं, धर्म भ्रष्ट हो जाएगा, ईसाई हो जाओगे, और उस दिन लालाजी भी कह रहे थे—देखो इन बंगाली अफसरों को और हाकिमों को, अंग्रेजियत की दौड़ में अपनी पहचान भूलते जा रहे हैं।"

"लेकिन हमें तो अंग्रेजी पढ़नी पड़ेगी, जरूर पढ़नी चाहिए।" शील बाबू का स्वर गंभीर था। माधो तुम देख नहीं रहे कि कैसे हमारी अज्ञानता का फायदा ये अंग्रेज बनिए उठा रहे हैं। अंग्रेजी के अक्षर से ये झूठा इतिहास लिख रहे हैं। ये लिखते हैं कि बंगालियों का शोषण मारवाड़ी कर रहे हैं। झूठे हैं। बिल्कुल झूठे हैं, लोग काम करेंगे नहीं, रईसी करेंगे…जानते हो आज से पचास साल पहले कलकत्ते के एक बंगाली रईस ने अपनी बिल्ली का ब्याह रचाया था और उसमें एक लाख रुपया फूंक दिया।"

"बिल्ली की शादी में?"

"हां…रे बाबा…बिल्ली की शादी में, बिल्ली के पैर में सोने का घुंघरू बांधा गया था। कम से कम मारवाड़ी यह सब फिजूल खर्ची तो नहीं करता, न वह राजनीति से मतलब रखता है। बस अपने काम से काम। इसीलिए न वह इतना धन जोड़ पाता है।"

"हां शील काका, चाचा राजनीति से बहुत दूर रहते हैं। वे तो कहते हैं अपने को किसी से क्या मतलब? रोटी कमाने आए हैं, रोटी कमा रहे हैं। सुविधा नहीं मिलेगी तो कहीं और जा बसेंगे। जब हमने अपना देश छोड़ा तो बंगाल छोड़ने में कौन-सी बड़ी बात है। ऐसा तो है नहीं कि दुनिया में जाने के लिए हमारे पास और जगह नहीं है?"

"कहां जाओगे, जरा सुनूं तो?"

"क्यों आसाम जाएंगे। रंगून, बर्मा जाएंगे। लेकिन लोग हमसे चिढ़ते क्यों हैं? कहते हैं, तुम लोग खाली अचार रोटी कैसे खा लेते हो?"

माधो घुमा-फिरा कर शील बाबू से अपने मन की दुविधा के बारे में पूछ ही बैठता।

"हूं…" कहते हुए शील बाबू गंभीर हो जाते। फिर कहते—"समस्या यह है माधो कि,

तुम्हारे पास पढ़ाई-लिखाई का वक्त नहीं, मेरी इन मोटी-मोटी किताबों में जो कुछ भी लिखा है वे सारी बातें मैं तुमसे कैसे बताऊं? अक्षर जोड़-जोड़ कर अंग्रेजी पढ़ना भी तो तुम सीखना नहीं चाहते।"

"शील बाबू मैं अंग्रेजी समझने और बोलने तो लगा।"

"पढ़ना होगा। समझे माधो। बिना ज्ञान के कुछ नहीं।"

"लेकिन दुकान कौन चलाएगा?"

"यही तो समस्या है। आ···हा···रे इस अवस्था में दुकान में बैठना।"

माधो संकोच से कह नहीं पाता कि यदि वह देस में रहा होता तो अब तक उसकी शादी हो गई होती और यहां भी चाचा-चाची को एक यही चिंता सताए जा रही है कि, माधो का ब्याह किसी अच्छे घर-घराने में हो, ताकि वक्त जरूरत पर लोग काम आ सकें।

दस दिन बाद किसी एक सुबह माधो चुपचाप शील बाबू से मिलने गया। केबिन में वे अकेले ही थे, माधो को देखते हो बड़ी संक्षिप्तता से उन्होंने कहा—"आओ माधो, आओ बैठो।" शील बाबू के स्वर की उदासी माधो से छिपी नहीं थी। माधो ने शील बाबू से कहा कि चाचा कलकत्ते से लौटकर किसी गांधी बाबा का जिक्र कर रहे थे और यह भी कह रहे थे कि सुराजियों के संपर्क से अपने को दूर रहना है। माधो ने फिर तुरंत शील बाबू से पूछा—"अच्छा ये सुराजी कौन हैं? सरकार उनको फांसी की सजा क्यों देती है?"

"कारण वे स्वतंत्रता चाहते हैं। स्वराज चाहते हैं। अंग्रेज बाहरी व्यक्ति हैं। उन्होंने हमें गुलाम बनाया।"

"लेकिन हमारे सुजानगढ़ के राजा साब तो अंग्रेजों को नजराना पेश करते हैं और फिर उस दिन लालाजी को रायबहादुर की पदवी मिली।"

"दूर! दूर!! मैं ऐसी पदवियों पर थूकता हूं। ये राजा-रजवाड़े ही तो हमारे असली दुश्मन हैं। अपने को इनसे लड़ना होगा, असली संघर्ष तो हमारे सामने यही है।"

"लेकिन लालाजी ने रायबहादुर की पदवी क्यों स्वीकारी? वे तो इतने समझदार हैं।"

"लोभ! समझे माधो, यश का लोभ! लेकिन इस बनिये ने जरूर किसी के बारे में खुफिया विभाग के कान भरे हैं।"

"कौन हो सकता है वह व्यक्ति?"

"क्या मालूम?" कह कर वे बिल्कुल चुप हो गए। इतने चुप कि, माधो के उठने पर भी कुछ नहीं कहा। उन्होंने माधो से रसगुल्ला खाने के लिए भी नहीं कहा।

और आज सबेरे पुलिस आकर शील बाबू को पकड़ कर थाने पूछताछ के लिए ले गई। माधो को भी बुलाया गया। भयभीत किशन बाबू तो अंग्रेज अफसर के पैरों पर गिर पड़े।

"मालिक मेरा बेटा बेकसूर है। एकदम नादान है।"

"यह शील बाबू के पास क्यों आता-जाता था?"

"रसगुल्ला खाने।" माधो ने बड़ी शांति से सीधे अफसर की आंखों में देखते हुए कहा।

इतनी देर में लालाजी आ गए थे। किशन बाबू अब तक जमीन पर लोट रहे थे—"आप बचाइए भाईजी, आप बचाइए। मैं तो आपकी काली गाय हूं। मेरी रक्षा तो आप ही कर पाएंगे।"

खैर, माधो बच गया। जाते-जाते शील बाबू ने नारा लगाया—"इन्कलाब जिंदाबाद!"

माधो वहीं खड़ा था। मन किया कि वह भी जोर से कहे—"भारत माता की जय!" लेकिन उसने तत्काल अपनी जीभ काट ली। मुंह पर हाथ रख लिया। चाचा का झुका हुआ सिर, चेहरे पर दैन्य...हम मारवाड़ी इतने असहाय क्यों हैं? उसका अंतरमन चीख-चीख कर पूछ रहा था। और जाते-जाते शील बाबू ने माधो को गले से लगाया और कहा—"रायबहादुर की पदवी मेरी कीमत पर वसूली गई है। लालाजी को भी बंगाली जमींदारों का रोग लग गया है। समझे माधो।"

उस दिन घर लौटने पर चाचा ने जिंदगी में पहली बार माधो पर हाथ उठाया। माधो ने कुछ नहीं कहा, बस खामोश पिटता रहा। किशन बाबू पर तो मानो कोई भूत सवार हो गया था। वे मारते ही जा रहे थे। मगर माधो "हां की ना" कुछ नहीं बोला। यह चाचा के मन का भीतरी आतंक है जो मुझे मार रहा है, ऐसा माधो जानता था। वह भी कहना चाहता था कि चाचा मैं कभी नहीं भूल सकता, सुजानगढ़ की उस आखिरी रात को, जब शरणार्थियों की तरह हमें रातों-रात भागना पड़ा। और, चाचा मैंने तुमको बताया नहीं, लेकिन आते वक्त मां ने मेरा माथा चूमते हुए कहा था—"बेटा, आज से तेरे मां-बाप तेरे चाचा-चाची हुए और सांवर तेरा मां जाया भाई हुआ। चाचा! मैं तुम्हारे आंसू नहीं भूल सकता, मुझे तुम्हारा रोना-कल्पना खूब याद है।" माधो को पीटते-पीटते किशन बाबू थक गए और खुद ही रो पड़े। फिर उसको गले लगाते हुए बोले—"मैं क्या करूं बेटा, तू ही बता। मैं क्या कहूं? आज यदि तेरे कुछ हो जाता तो मैं तो मुंह दिखाने लायक ही नहीं रहता।"

खामोश माधो ने चाची की गोद में मुंह छुपा लिया था। चाची काफी देर तक माधो के सर पर हाथ फेरती रही और रोती रही। अंत में माधो ने ही कहा—

"चाची रोओ मत। चाचा ने तो मेरी भलाई के लिए ही मुझे मारा है ना।"

धनबाद की यह खबर कलकत्ता में भी पहुंच गई। म्हाली चाचा ने किशन से कहा—"भाया, छोरे पर नजर रखो कहीं गलत संगत में न पड़ जाए। ऐसा करो, उसको कलकत्ते में मेरे पास छोड़ दो।"

अंत में माधो को कलकत्ते की गद्दी पर काम सिखाने के लिए रख दिया गया। पंद्रह रुपया महीने की तनख्वाह पर। अब वह म्हाली चाचा के बगल में बैठा-बैठा "पड़ता" तैयार करता और कभी कोई गलती हो जाती तो म्हाली चाचा पूरी बही की नकल दोबारा करवा लेते।

म्हाली चाचा की अनुभव की आंखों ने एक बात जरूर देख ली थी कि इस तरुण बालक में गजब का आत्मविश्वास है। काम के प्रति अद्भुत निष्ठा है और कठोर परिश्रम से यह भी नहीं घबड़ाता। माधो दुकान के लिए कपड़ा भी खरीद कर भेज देता। लेकिन कमाई मंदी पर ही थी। मुश्किल से पेट भर पाता। तनखा बढ़ाकर पच्चीस रुपए कर दी गई। माधो धीरे धीरे पाट का काम भी सीखने लगा। हां, वह अंग्रेजी अच्छी तरह समझता और बोल सकता है, इस बात को उसने एकदम गुप्त रखा। फिर भी अकेलेपन में किशोर मन उदास हो जाता। सुजानगढ़ याद नहीं आता, लेकिन सांवर की याद आती। दुकान पर चाचा अकेले खटते हैं, यह सोच कर आंखें भर आतीं। चाची के हाथ की बनी रसोई याद आती। माधो को कलकत्ता

अच्छा नहीं लगता, कभी नहीं लगा। हालांकि वहां गद्दी पर उसके परिचय का दायरा बढ़ता जा रहा था।

× × × ×

सुबह उठते ही गद्दी पर शोर-गुल, म्हाली चाचा की पुकार शुरू हो जाती—"अरे ओ माधिया! उठ भाया, गंगाजी नहीं चलना क्या?"

फिर वहां घाट पर म्हाली चाचा की नसीहतें—"अरे सात डुबकी लगा और यह जल लो, सूरज देवता को अर्घ्य दो।" साथ के लोगों का भी यही काम हुआ करता, नहाकर निकलने पर हनुमान मंदिर में म्हाली चाचा बोल उठते, "बोल सियावर रामचंद्र की जय! संकट मोचन श्री हनुमान की जय!"

बासे में म्हाली चाचा के साथ जाकर भोजन कर आता। दिन भर वही बही-खाते पर झुका रहता। शाम को कभी भूख लगी तो आने-दो आने का नाश्ता कर लिया। रात को वहीं बासे में खाना। और वहीं गद्दे पर पड़कर सो जाना। अब तो वह धोती के ऊंपर कमीज पहनने लगा था। वह रविवार के दिन मैदान में घूमने निकल जाता। सावन में देखता गंगा का पाट चौड़ा हो गया है। जिधर देखो, उधर लहराता हुआ जल, जहाज आते और चले जाते। माल उतारा जाता, माल चढ़ाया जाता।

माधो को याद आता कि बच्चे लोग सावन में डोलर हींडा (झूला) और चरख-चूड़ी पर चढ़ते। दादाजी दो पैसे देते, मां के लिए वह बचाकर मिठाई ले आया करता था। मां-बाप, दादा सब चले गए। वह लंगड़िया बाबा के सामने प्रार्थना करता—बाबा, मेरे चाचा को ठीक रखना, चाची मेरी मां हैं, मेरा छोटा भाई खूब फले-फूले।

वह सोचता—दादाजी को सेठजी कहा जाता था। चाचा को लोग किशन बाबू कहते तो हैं और उनकी मैली कमीज, मैली पगड़ी से सभी परिचित होते जा रहे हैं। लेकिन मुझे तो बस माधो के नाम से ही लोग जानते हैं। लेकिन क्या मेरी कोई सामाजिक उन्नति नहीं होगी?

दो-तीन महीने में चाचा आकर मिल जाते, धनबाद जाना मना था। कहीं वह फिर सुराजी के चक्कर में आ जाए तो क्या होगा? म्हाली चाचा कड़ी निगरानी रखते।

माधो प्रायः व्यापार के बारे में सोचा करता—कैसे चल रही होगी कपड़े की दुकान? कर्ज और घर के खर्च के दोनों पाटों के बीच चाचा की जिंदगी पिस रही है। उसने पांच महीने में सत्तर रुपए बनाए। लेकिन सत्तर रुपए से क्या हो सकता था? इससे तो कोई तेजी-मंदी नहीं खेली जा सकती थी। हां, यह अलग बात है कि, बड़े सेठजी खेलते हैं। कभी कमाते हैं, कभी खोते हैं। व्यापार के लिए पूंजी चाहिए। पूंजी कहां से आएगी? दुकान बनाने में तो चाची का सारा गहना बिक गया। बस एक सोने का गलपटिया और दो बाजूबंद, दो कंगन रखे हैं। चाची उसको हाथ लगाने नहीं देती। चर्चा उठाते ही झिड़क देगी—"तेरा ब्याह करूंगी तो बिणनी को कुछ नहीं पहनाऊंगी क्या? सब कुछ तो खत्म हो गया।"

माधो सोचता, मैट्रिक की परीक्षा में बैठ पाता तो कितना अच्छा रहता। किशन बाबू से उसने कहा भी था—

"चाचा, मैट्रिक का सर्टिफिकेट मिलते ही मुझे कहीं अच्छी नौकरी मिल जाएगी।"

वे साफ नट गए—"माधो, मैंने पहले भी तुझसे कहा था, नौकरी की बात मत उठाओ। अपनी तो सात पीढ़ी में भी किसी ने आज तक नौकरी नहीं की।"

एक साल और बीता और वह भी इतनी जल्दी कि, माधो को अंदाज ही नहीं लगा। बस अचानक उसको समझ में आया कि घर में पहनने के लिए उसके दोनों हाफ पैंट की लंबाई छोटी हो गई है। एक सफेद धारी-वाली कमीज फटने पर आ गई है। नीली वाली कमीज चलेगी, लेकिन सफेद चूड़ीदार और कुर्ता कुछ ज्यादा ही छोटा लग रहा है, प्रायः टखनों से दो इंच ऊपर। तेरह साल का किशोर माधो लेकिन अपने को किसी बुजुर्ग से कम नहीं समझता था। गर्मियां खत्म हो गई थीं, और अब आषाढ़ की झमाझम वर्षा थी। सावन-भादो की झड़ी और कीचड़-कांदा में ताल-तलैया उफनने लगे। गंगाजी का पाट और चौड़ा हो गया माधो को नया कुछ भी नहीं लगा, प्रकृति की ओर ध्यान देने की उसको फुर्सत ही कहां थी। कब सांझ होती, कब सूरज डूबता···इसकी परछांई तो उसके बही-खातों पर नहीं पड़ती थी। हां, जब चौक में खेलते हुए बच्चों का शोर कम होने लगता, गद्दी में एक-एक कर बत्तियां जलने लगतीं, आए-गए मेहमान व्यापारियों के सामने नाश्ते की छन्नियां रखी जातीं, तब माधो को लगता कि शाम हुई है।

लेकिन माधो के उठने-बैठने में, हाव-भाव में न बचपन की चंचलता थी, न कैशोर्य की गरमाहट। सब कुछ बड़ा ही शांत और नपातुला था। महीने भर बाद दो गुमाश्ते देश जाने वाले थे। वे लोग अपने टीन के बक्से में सामान इकट्ठा कर रहे थे। अबकी साथ नटवर महाराज भी जाने वाले थे। उन्होंने म्हाली रामजी के सामने माधो से पूछा—"पांच बरस के बाद अपनी जन्मभूमि को देखना कैसा लगेगा, तू ही बता माधो?"

माधो खामोश ही रहा। उसने एक शब्द भी नहीं कहा। बस, नीची नजर से उसने सोचा—उसकी कोई जन्मभूमि नहीं है। अपनी कोई जगह नहीं है। किशन चाचा किसी भी हालत में देश जाने को तैयार नहीं थे और न ही माधो को भेजना चाहते थे। तब यह बंगाल? क्या हम हमेशा यहीं रहेंगे? क्या बंगाल हमें अपनाएगा?

दिन बीत रहे थे। माधो के ब्याह की बात उठी। उसको अब पंद्रहवां लग गया था। देस से आए हुए कितने दिन हुए? राधा बाई उंगलियों पर गिनती। किशन बाबू सोचते कि संबंध ऐसा करना चाहिए जिससे व्यापार में मदद मिले। समधी सुख-दुख में खड़ा होने लायक हो। लेकिन अपने यहां लड़की देगा कौन? राधा बाई पति से पूछती—

"बस दुकान से रोटी-खर्चा चल जाता है। छोरा गद्दी पर अब पच्चीस रुपया महीना कमाने लगा, बस इतना ही?" राधा बाई को अपना पीहर याद आता। चुरूवालों के कितना ठाट-बाट है, माधो के मामा भी सरदार शहर के नामी आसामी हैं। लेकिन उनका पैसा अपने क्या काम आए? बेचारे चाहें तब भी दूर बैठा आदमी कितनी मदद कर सकता है?

माधो सोचता, क्या उसकी स्थिति औरों से अच्छी है? या फिर वह स्वयं कुछ भिन्न प्रकृति का व्यक्ति है। लेकिन धीरे-धीरे उसने अपनी जीवन पद्धति को स्वीकार लिया।

बीच में छह महीने बाद एक बार धनबाद गया था। घर में दरवाजे पर घूंघट काढ़े चाची

खड़ी थी। माधो ने क्षण भर में सब कुछ देख लिया। समझ गया कि चाची को आंसुओं और अकेलेपन ने जकड़ रखा है।

राधा बाई मोटी भी काफी हो गई थीं। उनका गोल चेहरा और गोल हो गया था। आंखों के नीचे तक चर्बी की परत। वे हंस रही थीं और उनकी आंखें बरस भी रही थीं। माधो ने मुस्कुराते हुए अपने छोटे भाई सांवर की बांह भर ली।

''देखने दो, मुझे अपने बेटे को ध्यान से देखने दो!'' कहते हुए दुकान से उठकर चाचा आ गए थे। माधो ने पांव छुआ। उसको हृदय से लगाते हुए किशन बाबू ने कहा—''माधो, तू कितना दुबला हो गया है।''

''और इसका चेहरा तो देखिए, कितना फीका हो रहा है। मेरी बनाई रोटी याद आती थी ना माधो? तू कलकत्ता फिर वापस चला जाएगा?'' फिर पति की ओर पलटते हुए राधा बाई ने कहा—''छोरे को कुछ दिन तो मेरे पास रहने दीजिए। देखिए ना, कैसे हाड़-हाड़ निकल आए हैं।''

पंद्रह दिन बाद माधो कलकत्ता लौट आया। चाची ने म्हाली चाचा के लिए सुहाली और पेठा बनाकर भेजे थे, नींबू-मिर्च का अचार भी था। सुहाली-पेठा खाते हुए म्हाली चाचा की आंखें भर आईं। बोले—

''बेटा, इतने स्वादिष्ट सुहाली और पेठा तो अपने देश में ही बनता है।''

माधो की सबसे बड़ी परेशानी थी—म्हाली चाचा की कड़ी निगरानी। वह चाहता, कलकत्ते की गलियों में घूमे-फिरे, नई-नई चीजों को देखे-सुने। उसे भोला बाबू की बातें याद आतीं, बंगाल के रईसों के बारे में कहना—''अरे बंगाल के शत्रु अंग्रेज नहीं, ये बंगाली हैं। इन जमींदारों की आपसी फूट, बिगड़े हुए रईसों के खोटे करम।''

माधो देखता, सेठजी तेजी-मंदी खेलने के अलावा और कुछ भी नहीं करते। या फिर इन लोगों का रुपया ऊंचे ब्याज पर राजा-महाराजाओं के और बंगाली रईसों के पास जमा रहता। यानी महाजनी का धंधा। और उनका तीसरा काम था अंग्रेज हाकिमों के सामने गिड़गिड़ाना, या फिर किसी बिचौलिए को पटाकर रखना। लेकिन मेहनत कहां? मेहनत तो मुनीम-गुमाश्ते करते हैं। चाहे रायबहादुर लाला बिसेसर लालजी हों या नाथूराम जी, इनके पास तो बैठे-बैठे लक्ष्मी आती हैं।

माधो सोचता, मेरे पांस कब पैसा होगा? क्या कभी होगा? चाचा के तो नाममात्र की कमाई है।

वह ध्यान से पाट के भाव सुनता रहता। खाता लिखते-लिखते नजर उठाकर आए-गए को पहली नजर में तौल लेता। स्वराज आंदोलन, समाज सुधार की बातें प्रायः होतीं। बड़े सेठजी पुराने ख्याल के थे, सनातनी थे और सुधारक मारवाड़ियों से बुरी तरह से चिढ़ते भी थे। जबकि माधो को समाज सुधार की बात बहुत भाती। लेकिन बड़े सेठजी के पास पूंजी है और माधो के पास कुछ नहीं। लेकिन बिना पूंजी के व्यापार कहां से करे?

लेकिन माधो के सपने कुछ और थे। ख्याल कुछ और थे, विचार कुछ और थे। और यह सब कुछ मानो उसने अपने हृदय के किसी अंधेरे कोने में संजोकर रख दिया था। वह अपने आपसे कहता—मेरे सपने मेरा धन है, भला कोई बाणिया अपनी तिजोरी सबके सामने

खोलकर अपना धन किसी को दिखाएगा?

एक दिन एक बड़े पारसी दलाल से सेठजी सौदा कर रहे थे। दलाल पाट खरीदने को बोल रहा था। जबकि, माधो को लगा कि सलाह गलत दी जा रही है। भाव तो और नीचे जाएगा। क्षण भर वह दुविधा में पड़ा रहा। फिर धीरे से उसने म्हाली चाचा से कहा—"चाचा आज यह पाट नहीं खरीदा जाए तो अच्छा है।"

म्हाली चाचा बिगड़ उठे, कहने लगे—"तू काल का जाया छोरा, तुझे इतनी बड़ी बात की क्या समझ जो बीच में बोल रहा है।"

म्हाली चाचा की ऊंची आवाज, और अपमान से झुकता हुआ माधो का सर। सबने देखा। साथ ही सेठजी ने भी देखा। सौदे के लिए "हां" करते-करते वे म्हाली चाचा से पूछ ही बैठे, "यह माधो क्या बोल रहा है?"

म्हाली चाचा ने कहा—"कुछ नहीं सेठजी। यह तो सदा का ऐबी है। इसीलिए तो किशन बाबू इसको अपने यहां छोड़ गए हैं।"

"लेकिन यह बोलना क्या चाहता है?" सेठजी ने फिर जोर दिया।

"मालिक आप इसी से पूछिए। बोल रे माधिया, तू क्या बोलना चाहता था?" म्हाली चाचा के स्वर में निहित आक्रोश और घबराहट माधो से छुपा नहीं था। डर के मारे माधो का रोआं-रोआं चिनक रहा था। लेकिन फिर भी उसने कहा—"सेठजी मेरी समझ में तो पाट का भाव और मंदा जाएगा, इसलिए अपने को आज तो यह सौदा नहीं करना चाहिए।"

"और यदि तेज चला गया तो? जानते हो लाखों का घाटा हो सकता है।" म्हाली चाचा और दलाल दोनों एक साथ बोल उठे।

"भाव मंदा जाएगा, तेज नहीं।" कहकर माधो चुप हो गया।

"मालिक आप इसकी बात पर मत जाइए। टाबर-टीगर से पूछकर तो अपने सौदा करेंगे नहीं।"

दलाल ने कहा—"सेठजी, आप माल खरीदिए। मैं अच्छी तरह जानता हूं भाव ऊंचा जाएगा।"

नाथूराम जी असमंजस में पड़ गए, उड़ती निगाह से उन्होंने एक बार फिर माधो की ओर देखा, वह अपने बही-खाते में डूबा हुआ था। कुछ क्षणों के पश्चात् सेठजी ने कहा—"ठीक है, माल खरीद लो।"

रात को बासे पर भोजन करते समय म्हाली चाचा माधो पर बुरी तरह नाराज हुए। कहने लगे—"माधिया साला, तू अपने लक्षणों से बाज नहीं आएगा। बीच में बोलने की तुझे क्या जरूरत हुई?"

"गलती हुई चाचा।"

"बीच में बोलते वक्त इतना तो ख्याल रखते कि कल न तुम्हारे बोलने से सेठजी को घाटा लग जाए तो क्या हालत हो? साला, तेरी नौकरी तो जाएगी, साथ में तेरे चाचा की दुकान भी चलने से रही और मैं भी इस बुढ़ापे में कहीं का नहीं रहूंगा।"

"लेकिन चाचा, मैं तो अब भी कहता हूं कि आप देख लेना, बाजार कल और मंदा जाएगा और अपने को घाटा लगेगा।"

"ऐसी खोटी बात तू क्यों बोल रहा है? और इस लाइन के बारे में तू कितना जानता है?"

माधो ने कुछ नहीं कहा। अमरस में फुलका डुबा-डुबा कर खाता रहा।

जैसा कि माधो ने कहा था, दूसरे दिन सच में बाजार मंदा गया। सेठजी को तगड़ा घाटा लगा। दलाल का मुंह उतर गया। म्हाली चाचा ने कहा—"माधो तो पहले ही बोल रहा था कि बाजार मंदा जाएगा।"

लेकिन माधो ने कुछ नहीं कहा। निर्विकार भाव से खाते पर झुका हुआ वह पड़ता तैयार करता रहा।

दो दिन बाद सेठजी ने माधो को अपने सामने बुलाया और पाट के भाव के बारे में पूछा। जितना माधो को अपना ज्ञान था, उतना उसने बोल दिया। सेठजी ने कह भी दिया कि ठीक है, तेरी दलाली एक आना रहेगी। पहले महीने माधो ने दलाली में तीन सौ रुपए कमाए।

अब दलाली से दो पैसे आने लगे थे। माधो का मन था कि वह अपना अलग व्यवसाय करे। लेकिन व्यवसाय के लिए ज्यादा पूंजी की जरूरत थी...पूंजी के नाम पर घर में कुल आठ-दस हजार रुपए जमा हो पाए थे।

शहर में सब समय सब कुछ मिलता है, गद्दियों में पाट का, सूते का, किराणे का, कितनी रकम का काम होता है। कितनी चीजें तो खरीदकर चौक में रखी रहतीं, बही-खातों में सर झुकाए मुनीम-गुमाश्ते काम करते रहते। सेठजी कोट खोलकर बैठ जाते, लेकिन पेंचा या टोपी कभी नहीं खोलते।

सभी लोग एक स्वर में कहते—अंग्रेजों का सूरज कभी अस्त नहीं होता, पश्चिम से पूरब तक उनका राज है। गद्दी पर सब सोए रहते। माधो अकेला पड़ा-पड़ा सोचता रहता। गांधीजी कौन है? लोग कहते हैं कि वे एक बहुत बड़ा महात्मा है। उनके तेज और प्रताप से जेल के फाटक अपने-आप खुल गए और जैसे कृष्ण भगवान को लेकर वासुदेव जी चले, वैसे ही गांधीजी भी अपने-आप निकल आए। लेकिन स्वतंत्रता किसे कहते हैं? स्वतंत्रता का अर्थ क्या होगा? अपना राज यानी स्वराज। तब ये छोटे-छोटे राजा-रजवाड़े नहीं होंगे? सामंत नहीं होंगे? क्या हमारे महाराज गंगा सिंहजी का भी राज चला जाएगा?

हां-हां सबका! मैंने कहा न, सबका। हम एक होंगे बंगाली, बिहारी, मराठी, मारवाड़ी। और फिर शील बाबू कैसे-कैसे तो गीत गाते थे। उन गीतों का अर्थ पूछते ही शील बाबू कहा करते थे...."आ...हा...रे बेचारा पढ़ना-लिखना नहीं जानता, इतनी कम उमर में काम में लग जाना कोई अच्छी बात तो नहीं।"

लेकिन शील बाबू गांधीजी की इतनी बुराई क्यों करते थे? वे तो कहते थे, हमें अपनी आजादी छीन कर लेनी होगी, हिंसा की बात से माधो का हृदय कांप जाता। नहीं-नहीं, जीवहत्या पाप है। दादी तो कीड़ियों के लिए भी घर के कोने में चीनी रख देती, सबेरे पंछियों के लिए मुट्ठी भर दाना बिखेरती, फिर गो माता की सेवा में लग जाती। जीव हत्या पाप है और नर-हत्या करने वाले को तो घोर नरक में जाना पड़ेगा। लेकिन स्वतंत्रता? बेकार की बात है। भला अंग्रेज हाकिम इतना ठाट-बाट छोड़कर क्यों वापस इंगलैन्ड जाएगा? और, महाराज गंगासिंहजी भला अपना सिंहासन छोड़ेंगे? कभी नहीं!

× × × ×

माधो घूमता रहता। हरीसन रोड, पगियापट्टी, बांसतल्ला, सुतापट्टी, मालापाड़ा। सटे-सटे मकानों को देखता। और उनमें बसते जा रहे थे ढेरों मारवाड़ी भाई। शाम होते ही गलियों में रंग-बिरंगे साफे पगड़ी की झलक और टोपियां दिखाई पड़तीं। कोर्ट, कचहरी, महकमा, अंग्रेजी सरकार की आफिस और कुछ इलाकों में प्रवेश निषिद्ध था। कितने आदमी, कितनी जातियां और कितने लोग। माधो चमकती हुई बग्घियों को जाते देखता तो सोचता, क्या कभी मेरे पास भी होगी? चार घोड़ों वाली बग्घी। सारे घोड़े देखने में एक-से। फिर हवा गाड़ी, अपने-आप चलती है। न घोड़े की जरूरत, न ऊंट की। यहां शहर में नाटकघर है, विलायती सिनेमा दिखाया जाता है। धनबाद में चाची ने पूछा था—"रे माधो, वहां कलकत्ता में औरतें घर पर क्या करती हैं?"

"औरतें....वे तुम लोगों की तरह थोड़े ही हैं कि सुबह हुई नहीं कि चाकी लेकर बैठ गईं, तो फिर बिलोना है, तो रसोई चढ़ाना है, या दिन भर टांका करना है। कलकत्ते में उनके यहां ढेरों नौकर-चाकर हैं।"

"तब वे क्या करती हैं? खाली बैठी रहती हैं?" चाची की आंखों में अपार कौतूहल रहता।

"नहीं-नहीं, अपनी इच्छा से वे गाना गाती हैं। बाजा बजाती हैं या फिर किताबें पढ़ती हैं।"

"क्या बोलता है? इसके अलावा वे लोग कुछ नहीं करतीं? तब तो सब महारानियां हैं।"

"हां......हां मैंने कहा न, इसके अलावा कुछ नहीं करतीं। बस, शाम होने पर फिटन गाड़ी में पति के संग नाटक देखने जाती हैं, घूमने जाती हैं।"

ठंडी सांस भरकर राधा बाई कहती, "तो हम लोगों को तो कुछ होने से रहा। यहीं इन्हीं कोठरियों में पड़े रहना है। हम लोगों को कलकत्ता तो कोई दिखाएगा नहीं। ठीक है, तू ही देखकर अपना ज्ञान बढ़ा ले।"

माधो गंभीर होकर कहता, "चाची बहुत जल्दी ही अपने को कलकत्ता रहना पड़ेगा। दुकान में कोई बिक्री तो है नहीं? फिर सांवर की पढ़ाई का सवाल है। मैं लिखना-पढ़ना नहीं जानता तो क्या हुआ? अपने छोटे भाई को तो ऊंची पढ़ाई पढ़ाऊंगा।"

इसके कुछ दिनों बाद ही म्हाली चाचा से बात की गई और किशन बाबू सपरिवार कलकत्ता आ गए। बड़तल्ला में चालीस रुपए महीने में दो कमरा लेकर रहने लगे। सांवर को विशुद्धानंद सरस्वती विद्यालय में भर्ती करा दिया गया। वह पढ़ने के लिए स्कूल जाने लगा। किशन बाबू इधर-उधर थोड़ा फाटका करते या रेस के मैदान में जाते। चाचा की इन हरकतों को देखकर भी माधो अनदेखा करता।

लेकिन काम? गद्दी पर अब वह जमकर काम करने लगा। एक दिन गद्दी में सूते के एक बड़े दलाल आए। नाम था मांगीलालजी टिबड़ेवाल। समझ में आया कि कलकत्ता के पुराने बाशिंदा हैं, सूता पट्टी में रहते हैं, अच्छा पैसा है। उनके साथ उनका एक भांजा भी था। यही कोई चालीस पैंतालीस साल का। वे दोनों कुछ देर तक माधो को ध्यान से देखते रहे। पीछे धीरे-धीरे सेठजी से बतियाते रहे, उनके जाते ही सेठजी ने कहा—

म्हालीरामजी, माधो का तो भाग ही खुल गया समझो। ये मांगीलालजी टिबड़ेवाल के

साथ उनके भांजे आए थे। इनकी ब्याह-वनसार बेटी है। रुपया चोखा लगा भी देंगे। आप किशन बाबू से बात कर लीजिए और संबंध पक्का करिए।''

दूसरे दिन सुबह-सुबह टिबरेवालों की जोशन संबंध लेकर चाची के पास आई।

''लड़की कैसी है?''

''घर सारूं है, रंग थोड़ा दबता है, बाकी दान-दायजे में अगले कोई कमी नहीं रखेंगे। लड़की के मां-बाप तो ढाका रहते हैं, कर्ता-धर्ता तो मामा ही हैं। मांगीलाल जी का नाम कौन नहीं जानता।''

जोशन के साथ चाची लड़की देखने गई। बहुत खातिर तवाजा हुआ, लौटने पर राधा बाई ने पति से कहा—''और तो सब कुछ ठीक है बस जरा रंग दबता हुआ है।''

''कितना दबता हुआ?''

''अपने घर तो दबते रंग की ऐसी बहू आई नहीं।''

चाचा ने जब म्हाली चाचा से कहा तो म्हाली चाचा एकदम गरम हो गए...''भाया किशन, तुम्हारे में बिणज बुद्धि का अभाव है। थोड़ी सांवली है, तुम्हारी लुगाई ने कह दिया और तुम पसर गए। अरे यह क्यों नहीं सोचते कि माधो को आगे चलकर व्यापार में कितना सहारा रहेगा।'' सेठजी ने भी समझाया।

माधो बैठा-बैठा सारी पंचायत सुन रहा था। उसने मन ही मन सोचा—यानी इसका मतलब यह हुआ कि मुझे अपने भविष्य के फैसले का कोई अधिकार नहीं? यह कैसा समाज और ये कैसे मायत? इसके बाद ब्याह से पांच दिन पहले हल्दात का नेग हुआ। माधो को चौकी पर बैठाया गया। बगल के कमरे में रहने वाले बेणीरामजी ने राधा बाई के धरम भाई का कर्तव्य निभाया। सबने माधो को हल्दी लगाया, उबटन किया, इसके बाद बेणी मामाजी ने माधो को चौकी से उतारा। स्नान के बाद अब माधो बिंद राजा था। वह गुलाबी या पीले कपड़े पहनता, कानों में मोती की बालियां, बांहों में सोने का अणंत, लोहे की पतली छड़ी की गेड़िया हाथों में और उसकी गोजिए में मेवा-मिश्री भरा रहता। गले में गोप और हाथों में सोने का कड़ा रहता। ये सारे गहने भुआजी (लाला बिसेसर लाल जी की पत्नी) से राधा बाई ने मंगवा लिए थे। ब्याह मंडते ही भुआजी कलकत्ता आ गई थी। भुआजी यानी लाल बिसेसर लालजी की पत्नी को ही राधा के ननद की सारी भूमिकाएं निभानी थी। जिस दिन धनबाद में किशन बाबू ने उनके चौके में पहले-पहल भोजन किया था, उसी दिन से वे किशन बाबू की धरम बहन बन गई थीं। और हर साल किशन बाबू को राखी पहनाती थीं। राधा बाई अपने औकात के अनुसार तीज-सिनधारे का नेग भेजना नहीं भूलतीं।

माधो बिंद बना, उसके पीछे-पीछे बिनायक बना सांवर घूमता रहता। जैसे सबका लाडकोड होता है वैसे ही माधो का भी हुआ। ब्याह हाथ में लेने के बाद घर में आस-पड़ोस की औरतें आ जातीं और रोज बधावा गातीं, बनड़ा गातीं। माधो को सबका गला कैसे तो बेसुरा लगता, स्वर-ताल विहीन। लेकिन वहां देश में तो मां जब कुएं पर पानी भरने जाती तो वह भी साथ हो लिया करता, सब औरतें मिलकर कितने सुरीले स्वर में गीत गाती थीं। सुबह-सुबह चाकी पर अनाज पीसते हुए दादी का गाया हुआ भजन कानों में मिश्री घोल जाता। बार-त्यौहार के दिन गीतों से हेली गूंजने लगती।

नेगचार शुरू हुआ, मिलनी देने लड़की वालों की तरफ से बीस-पच्चीस औरतें आईं, सबने भारी-भारी ओढ़ने ओढ़ रखे थे। चोखी मिलाई दी। चाची कहती रही यदि यह ब्याह देश में होता तो कितना अच्छा होता पूरा गांव जमा हो जाता, यहां तो समझ में नहीं आता कि किसे बुलाएं और किसको नहीं। मिजमानी आई, जीमनवार हुआ, पूरी बाड़ी के लोगों को जीमने बुलाया गया था। नई मिठाई में, चाची को, सगे के घर से आया हुआ केशरिया कुम्हड़पाक सबसे अच्छा लगा। चाचा दिलखुशहार की चक्की की खूब बड़ाई करते रहे। सब कुछ ठीक-ठाक हुआ। घोड़ी अच्छे से सजाई गई, घोड़ी का गहना और चांदी का छत्तर सेठजी के घर से मांग लिया गया।

माधो के साफे में लगी हुई जड़ाऊं, किलंगी, गले का मोतियों वाला भारी कंठा, अनंत, अंगूठी इन सारी चीजों की भी व्यवस्था भुआजी ने ही की थी। बाड़ी के लोगों का उत्साह देखते ही बनता था। निकासी के समय माधो को लाल बागा पहनाया गया। मखमल में मढ़ी म्यान में रखी एक छोटी-सी कटार कंधे से लटका दी गई। कमर में गुलाबी कपड़ा लपेट कर एक नारियल बांध दिया गया। माथे पर बड़ा सुंदर तिलक लगाया गया।

बारात बड़तल्ला से बंशीधर जी की धरमशाला में पहुंची। आधी रात को फेरा था। राधा बाई को पहली बार लगा कि बंगाल की उमस और गरमी में ओढ़ना, ओढ़ना और मुंह ढंके रखना बड़ी आफत का काम है।

चौक में फेरा बैठा। एक गज लंबा घूंघट काढ़ी हुई दस बरस की बालिका बीनणी को उसका मामा गोदी में उठाकर ले आया और फेरे में बैठा दिया। सब कुछ ठीक ही चल रहा था, बाराती मजे से खा-पीकर झपकी ले रहे थे, माधो के हमजोलियों की टोली ताश, चोपड़ में रमी हुई थी।

फेरा लेने बीन और बीनणी उठकर खड़े हुए, तीसरे फेरे में बीनणी तो बेहोश होकर गिर गई, माधो हक्का-बक्का रह गया। पंडितजी का मंत्र आधा ही पढ़ा गया। क्या हुआ जी···क्या हुआ?'' का शोर के बीच लड़की के मामा ने कहा—

''लगता है टाबर गरमी से घबड़ा गई।''

औरतों ने लड़की को घेर लिया, उसके जबड़े कसे हुए थे और मुंह से झाग निकल रहा था। मुंह पर पानी के छींटे दिए जाने लगे, माधो के कान में आवाज पड़ी···''बीनणी को नजर लग गई।''

''नहीं जी आपने देखा कैसा कमेडा आ रहा है।''

''मुंह से झाग क्यों निकल रहा है?'' यह सुनते ही लड़की की मां ने रोना शुरू कर दिया—''अरे···मेरी छोरी पर जिठानीजी ने टोटका कर दिया रे···ऐसा घर-बर तो किसको सुहाता है, और वह तो ढाका में रहती है, काला जादू जानती है।''

तब तक लड़की वालों में से एक औरत ने जोर-जोर से झूमना शुरू कर दिया। उसके पास बैठी हुई औरत ने पूछा—''आप कौन हैं···''

वह और जोर से झूमने लगी, घूंघट से ढंका हुआ मुंह···हाथ जोड़ कर लड़की की मां ने पूछा···''थे बोलो थे कुण हो? म्हारी कोई गलती हुई?''

अब एक जोर से कड़कड़ाती हुई आवाज थी···''जा पूछ तेरी सगी से, बींद की मां बन

कर बैठ गई, भूल गई मुझे एकदम भूल गई।''

पीतराणीजी की चूड़ा चुनड़ी बोले कि नहीं? पीतरेशर की पहरानी अलग निकाला गया था क्या? लड़की वालों की तरफ की औरतों में आपस में बातें शुरू हो गईं।

''जी हां। कंवर जी की मां के नाम की अलग तील रखी गई थी। मीजमानी की रसोई का छूता भी ठीक से निकाला गया था।'' किशन बाबू ने कहा।

''जीजाजी! बाई से कहकर एक और निकाल दीजिए।'' बेणी मामा ने कहा। एक छोरा, माधो की चाची राधा बाई के पास खबर लेकर दौड़ा।

खबर सुनकर अब तक घर की दो-चार औरतों के साथ राधा बाई पहुंच चुकी थी। लड़की की बड़ी मामी ने राधा बाई से कहा—''सायणजी आपकी पितराणीजी बोल रही हैं।''

और वह औरत खड़ी होकर और जोर-जोर से हाथ-पैर पटकने लगी, राधा बाई पैरों पर गिर पड़ी—''छिमा करो जिठाणीजी, हमें छिमा करो, बोलिए क्या चाहिए····?''

''एक तील और चाहिए, लाल कसूमल रंगी की····''

लड़की की मां हांफते-हांफते एक ओढ़ना और लेकर आई—''आप इसे स्वीकारो।''

राधा बाई ने हाथ जोड़कर कहा—''मुकलावे के समय, आपकी धूमधाम से सत्कार करेंगे।''

''करोगी ना?''

''हां···जी···अब आप जाइए।''

उस औरत को शांत होने में कुछ वक्त और लगा। बीनणी थोड़ी देर में उठकर बैठ गई। बाराती और घराती दोनों ने राहत की सांस ली।

माधो को शील बाबू की बात याद आ गई। शील बाबू कहा करते—''संस्कार और कुसंस्कार में फर्क होता है। मैं संस्कार विहीन होने को नहीं कहता, मगर कुसंस्कारों से मुक्ति तो वैज्ञानिक शिक्षा से ही संभव है।

दूसरे दिन सजनगोठ के बाद पहरावनी हो गई। घोड़ा गाड़ी से बीन-बीनणी को राधा बाई ने गोद में उठाकर उतारा। आरती के बाद देवी-देवताओं के धोक दिलाया। और रात में बहू को अलग कमरे में लेकर साथ आई छोटी बहन और नेवगन सो गई।

सुबह कलेवा लेकर जब राधा बाई बीनणी के कमरे में पहुंची तो वह घूंघट निकाले बैठी थी। बड़े प्यार से दूध का ग्लास और मिठाई पकड़ाते हुए उन्होंने कहा—''लो खा लो बीनणी और मेरे सामने ज्यादा लंबा घूंघट निकालने की जरूरत नहीं है। घर में अपने दो ही तो हैं····सास-बहू के बीच कैसी शरम।''

होशियार नेवगण ने कहा—''सायण जी, अभी से सर पर मत चढ़ाइए। मुकलावे के बाद ही घूंघट कम करवाइएगा।''

उस दिन रात को माधो ने घूंघट उलटा। उसके सामने एक काली बदसूरत सी बालिका थी। माधो के मन में पहला ख्याल यही उपजा कि, चाची को यह कैसे पसंद आ गई। वह मुंह फेर कर सो गया। दस वर्ष की बालिका भी पसवाड़ा बदलकर सो गई।

दूसरे दिन पूठ मोढ़े का नेग हुआ। सासू ने चार तील और एक सोने का सेट दिया, ससुराल से विदा होकर बीनणी अपने भाई के साथ घोड़ा गाड़ी में बैठकर पीहर चली गई।

माधो का मन उदास हो गया। हिवड़ा रोने लगा... यह कैसी जीवनसंगिनी... इतनी बदसूरत... साथ ही साथ आज गद्दी पर एक दूसरा दलाल, जो लड़की के मामा टिबड़ेवालजी का प्रतिद्वंद्वी था, माधो के कान में एक और बात बताया—"लड़की को तो मिरगी का दौरा भी पड़ता है।"

इस एक छोटे से वाक्य ने माधो के जीवन में विशाल प्रश्न खड़ा कर दिया। यानी फेरे के समय उसको मिरगी का दौरा पड़ा था लेकिन तब उस औरत में कौन-सी शक्ति आई थी? क्या मेरी मां की आत्मा? मेरी मां, जो मुझे इतना प्यार करती थी, मेरे फेरे के समय ऐसा विघ्न क्यों उपस्थित करेगी? क्या एक लाल कसूमल की चुनड़ी के लिए? अजीब बात है। तब यह सब कुछ लड़की वालों ने स्वांग रचा था। लेकिन क्या ऐसी लड़की मेरी जीवनसंगिनी होने लायक है? सब कुछ स्वीकारा जा सकता है मगर अस्वस्थ स्त्री, स्वस्थ संतान की मां कैसे बनेगी? यों ही हमारे परिवार में संतान कम है।

मिरगी की बीमारी की बात सुनकर किशन बाबू के होंठ सूख गए और राधा बाई के गोड़े दुखने लगे। किशन बाबू ने तो लड़की वालों को बहुत कोसा, घणी गाल मैल निकाली।

"माधो की चाची अपने साथ धोखा हुआ, अपने को तो आगले बाणिये ने बीच गंगा में डुबा दिया।"

जितनी मुंह, उतनी बातें। सब अपना-अपना मत दे रहे थे।

सेठजी ने कहा—"अब यह कैसे समझे के वे ऐसे खोटा रुपया पकड़ा देंगे।"

म्हाली चाचा ने कहा—"मुझे तो पहले एक बार शक तो हुआ था कि जरूर कहीं दाल में काला है, लेकिन किशन तेरी लुगाई तो बीनणी को देख आई थी।"

राधा बाई ने कहा—"मैं तो जब लड़की देखने गई तो बीनणी की सगली मामिया मेरी आवभगत में ऐसी जुटी, ऐसी जुटी कि मैं तो खुद ही भिरमा गई।"

किशन बाबू ने कहा—"अरे किस-किस को दोष दें, अपना तो करम ही माड़ा है।"

सभी दुखी, सभी का उमंग-उछाव फीका पड़ गया, किन्तु अपने माथे पर कोई दोष नहीं ले, बस एक दूजे के माथे पर ओलमा मांडने की कोशिश करे। लेकिन अब हो भी क्या सकता था।

माधो का हिवड़ा तड़पने लगा, उसको न दिन में चैन पड़े और न रात में, नींद तो अंग-अंग से ही गायब हो गई।

चाचा-चाची का भी वही हाल। किशन बाबू की बालाजी में पूरी श्रद्धा थी। उन्होंने अरदास की...."हे बाबा! मैं ठेठ सालासार आकर सवामणी प्रसाद कर दूंगा, तू मेरे माधो की जिंदगी सुधार दे। बीनणी की बीमारी ठीक कर दे।"

राधा बाई ने मन ही मन जिण माता का सिमरन किया—"हे माता मेरी गलती माफ करना, मैं ठेठ देश आकर तेरे मंदिर में अपने बेटे-बहू को जोड़े से भेजूंगी, रातिजुगा करवाऊंगी। चांदी का कलश चढ़ाऊंगी, तू मेरे बेटे की ओर देख, इसका दूसरा ब्याह करवा दे।"

किशन बाबू हताश पत्नी से पूछते—"रोगली लुगाई से कैसे घर चलेगा?"

राधा बाई कहती—"यह सब करम का लेख है। बेचारे माधो की तकदीर में सुख नहीं,

मां-बाप तो पहले चल बसे अब लुगाई भी ऐसी आ गई।"

"मुझे तो पहले ही मन में खटका हुआ था कि यह बड़े घर की छोरी झोपड़ी में क्यों?"

"लेकिन इस बेचारे माधो का इसमें क्या दोष? उड़ती बात तो मेरे भी कानों में पड़ी थी कि छोरी माड़ी भोत है। लेकिन यह कैसे समझता कि रोगली है।" किशन बाबू कहते।

राधा बाई अपने गालों पर हाथ रख कहने लगी—"तब क्या आपने जानबूझ कर यह संबंध किया? धन के लालच में?"

परिवार में उठते-बैठते माधो की बीनणी के बारे में रोज ही कोई न कोई बहस छिड़ जाती, माधो से किशन बाबू ने पूछा—"यदि तुम कहो तो इसको पीहर भेज देते हैं। और तुम्हारा दूसरा ब्याह कर देते हैं। चारों ओर छोरियों की पलटन खड़ी है। घणी ठेलम-ठेल है।"

इस बीच लड़की वालों की तरफ से मंगसीर में मुकलावे की बात होने लगी।

लड़की वालों के यहां और एक अलग बखेड़ा। उस औरत में अबकी फिर पीतरानी जी कड़क कर बोली—"बीनणी को इसके सासरे भेजो, भेज दो, मैं सब ठीक कर दूंगी।"

सुनकर माधो को बड़ा अटपटा लगा। मगर धर्मभीरु चाचा-चाची ने यही कहा—"बेटा पीतर देवता का मजाक नहीं करना चाहिए। वंश की रछा तो ये ही लोग करते हैं।"

म्हाली चाचा ने एकांत में किशन बाबू से कहा—"भैया किशन क्यों चिंता करते हो, नहीं ठीक होगी तो इस खोटे रुपए का अपन क्या करेंगे? फेंक आएंगे इसके मां-बाप की ड्योढ़ी पर। माधो तो सजीला जवान है, रुपए कमाएगा ही, कोई लुगाई की कमी होगी क्या? दूसरा ब्याह कर देंगे।"

किशन बाबू ने बात को संभालते हुए कहा—"नहीं म्हाली चाचा, हमारी सात पीढ़ी में किसी की दूसरी लुगाई नहीं आई, लंगड़िया बाबा की दया से बीनणी ठीक हो जाएगी।"

म्हाली चाचा, "जो राम करे सो होय!" कहते हुए उठ गए। माधो ने बाद में किशन बाबू से कहा—"चाचा माना कि यह अपने घाटे का सौदा हो गया है मगर कांदे में भाटा फेंकने से क्या फायदा?"

राधा बाई ठंडी सांस भर कर रह गई। बीनणी सीधी थी। चुपचाप कमरे के कोने में बैठी-बैठी आंसू ढलकाती रहती।

माधो कभी ऊपर बासे पर जाता, या कभी वहीं नीचे गद्दी पर रह जाता। बड़ा बाजार का मकान और वह गंदी बाड़ी में दो कमरे...... । सीढ़ियों के आसपास हमेशा अंधेरा रहता।

बाड़ी की औरतें काम करतीं—पापड़ बेलती, मेंगोड़ी चूटती, एक तल्ले से दो तल्ले, दो से तीन, एक बात, बतरस का लावा फूटता रहता।

"फलानचंदजी की बेटे की बहू को देखा, अरे वह तो चलते-फिरते बेहोश हो जाती है।"

"हां ऐ बाई सांची कहूं, कल तो नाले के पास गिर गई थी, मुंह से झाग निकल रहा था।"

"मिरगी है क्या?"

"अब मालूम नहीं।"

"कामकाज में तो भाटा है।"

"मायतो की बुद्धि देखो, हीरा जैसे बेटे के गले यह पत्थर बांध दिया।"

"इनके भी क्या पड़ा है? विधाता ने जोड़ी जमा दी। सोढ़ा घर सांखली और सांखली घर सोढ़ा। दो घर डूबते उससे एक ही घर डूबा।"

"अरे चाचा तो दमड़ी-दमड़ी का लोभी है। दायजे से खोला भर गया, अब चाहे अगले बाणिए की बेटी पड़ो खाड में। मैं तो कहती हूं यह गाडा बेसी दिन चलेगा नहीं, बिचारे माधो बाबू का क्या होगा?"

"होगा क्या? जोड़ी तो कोई हालत में नहीं जमती। रोगली लुगाई······।"

"भले ही रोगली है पर अपने घर में राम राजी है। बैठी राज करती हैं।"

राधा बाई को लगता—ये औरतें बातों से चूंटिया भर रही हैं, कुंटिया काढ़ रही हैं, और अंगूठा बता रही हैं। गहरी उसांसों के साथ वे भी सोचतीं—यह बीनणी क्या बात करती होगी? कैसे माधो का मन मोहती होगी?

माधो के सासरले बड़े व्यापारी और आढ़तिए थे। इसलिए इन दिनों नारायणगंज तो कभी चटगांव में रहते, यों भी गरीब जंवाई की ओर देखने की उनकी फुर्सत नहीं थी। बस नेगचार पर सासू की तील भारी भेजते। बेटी का गहना कपड़ा अच्छा भेजते। राधा बाई, बेटे के सासरे का दायजा देखकर खुश भी होती और कभी माधो से इसकी चर्चा भी करती तो माधो का एक ही उत्तर होता—"चाची इन सब चीजों में क्या आनी-जानी है।"

म्हाली चाचा कहते—"देखो विधाता की लीला, ऐसे चांद से लड़के के पीछे किसको बंधवाया।"

नाथू सेठ कहते, "भाया म्हालीरामजी मैं तो यही कहूंगा—दान दायजा······बजा, छाती कुट्या रह जा।"

बात करने वाले बात बनाते रहे, माधो बाबू की गृहस्थी की गाड़ी गुड़कती रही। दिन बीते, महीने बीते, बरस बीत गए। बाड़ी के लोग, सोचते कैसे निभ रही है? लेकिन निभ ही रहा था। बाड़ी के लोग ताली बजाने बैठे थे, लेकिन मौका नहीं मिल रहा था।

बाड़ी के सामने चबूतरे पर बैठी चंडाल चौकड़ी चबूतरा तोड़ती रहती। औरतों की गिटपिट चलती रहती। फिर सारी बात धीमी पड़ गई। सगले हार-थक कर बैठ गए। जनमत बदलने लगा।

राधा बाई की पड़ोसन मूलिए की नानी कहने लगी—"बाई मिनख-मिनख में फरक होता है। आपका बेटा समझदार है, सतपुरुष है।"

माधो की बिनणी सासू के सामने दान-दायजा भी अच्छी लाती, लेकिन मिरगी के दौरे पर तो किसका वश चले। चलती-फिरती कहीं भी गिर पड़ती। एक बार चौखट की चोट से माथा भी फूट गया। एक बार रसोई करती हुई बेहोश हो गई। मूलिए की दादी ने बाड़ी में सबसे कहा—"वह तो कहो बगल में राधा बाई बैठी थी इसलिए बीनणी जलते-जलते बची, नहीं तो आज सब कुछ स्वाहा हो जाता।"

मगर राधा बाई ने मन ही मन कुढ़ते हुए कहा—"मर जाती तो अच्छा था, इस भाटे की मैं कब तक पूजा करूं? मुकलावा लेकर एक बरस हो गया, अभी तक तो गोद नहीं भरी। क्या पता पोता हो जाता तो हमलोगों का मन का दुख हल्का होता।"

माधो ने कहा—"चाची आप इससे रसोई नहीं करवाइए।"

"तब?" राधा बाई का प्रश्न था।

"एक मिसरानी रख लेते हैं।" माधो ने कहा।

"पांच रुपया महीना कहां से आएगा?" किशन बाबू ने पूछा।

"मैं कमा रहा हूं ना।" माधो का संक्षिप्त उत्तर था।

"सामने खर्चा भी बहुत है। दो बरस में सांवर का ब्याह करना है, पहले का कर्ज चुकाना है और तुम्हारे चाचा का दिन पर दिन स्वास्थ्य गिरता जा रहा है। बेटा तेरे ब्याह के बाद से तो इनके चेहरे पर हंसी नहीं है।" राधा बाई ने कहा।

माधो और उदास हो गया। कहने लगा—"चाची मैं सगली बातें सहन कर सकता हूं, लेकिन यह बात नहीं सहन होती। चाचा के अलावा मेरा है कौन?"

लेकिन अब माधो गद्दी पर और समय गुजारने लगा। कभी काम खतम करते-करते रात बारह एक बज जाते तो वहीं पड़कर सो जाता।

किशन बाबू जल्द से जल्द अमीर हो जाएं इसके लिए फाटका के चक्कर में पड़े रहते। माधो ने फाटका नहीं करने की सौगंध खा ली। इधर किशन बाबू आए दिन रुपया खोते। माधो बिना किसी विरोध के, बिना किसी विवाद के चुपचाप गद्दी में भुगतान कर देता। माधो का न कोई दोस्त, न कोई भायला। सेठजी की गद्दी में सुबह आठ से रात बारह एक बज जाते। सेठजी का माधो पर अगाध विश्वास जमता जा रहा था। अगल-बगल के दूसरे सेठ-साहूकारों की नजर पड़ती, माधो की सारी संवेदना, इच्छा-आकांक्षा, बही-खातों में, आंकड़ों में सीमित होती जा रही थी।

एक दिन किशन बाबू ने बड़ा घाटा दिया। गद्दी में जमा सारे रुपए मिनट में खतम हो गए, ऊपर से कर्जा और हो गया। माधो ने फिर भी कुछ नहीं कहा। अपने इस पितृ तुल्य चाचा को वह दुख नहीं देना चाहता था। मगर किशन बाबू को गहरा सदमा लगा और वे घर से निकल गए। कहां गए, किस ओर कुछ पता नहीं चला। जितना सामर्थ्य था उतना खोजा गया। दस दिन बाद किसी जान-पहचान के व्यापारी ने उनको धुबड़ी में देखा बढ़ी हुई दाढ़ी, भीतर धंसी हुई आंखें, मैले-कुचैले वस्त्र और पागलों के जैसे अबाल-तबाल बोलते हुए। किशन बाबू कैसे तो लग रहे थे। माधो को खबर की गई, म्हाली चाचा के साथ वह धुबड़ी गया लेकिन किशन बाबू ने न माधो को पहचाना और न ही म्हाली चाचा को, वे तो बस एक ही वाक्य दोहरा रहे थे-

"रुपया, मेरा रुपया खो गया। सब खो गया......अब नहीं आएगा......कुछ नहीं आएगा।"

समझा-बुझा कर कलकत्ता लेकर आए और डाक्टरों को दिखाया गया, लेकिन इलाज की कोई सूरत नहीं बैठी। अतः उनको एक कमरे में बंद करके रखना पड़ता, मार्फिन की सुई दे कर शांत करना पड़ता।

माधो सोचता......मेरे पिता की हत्या डाकुओं ने कर दी थी। दादाजी इसी शोक में चलते रहे, मां शायद मेरा मुंह देखकर जी लेती, लेकिन राज रोग का इलाज करवाने की हमारी हैसियत ही कहां थी? पिता और दादा की मृत्यु ने चाचा को हमेशा के लिए कमजोर बना दिया है। माधो सोचता......लक्ष्मी का तो क्रमिक विकास ही होता है।

लेकिन किशन बाबू ने ही सोचा था ना कि, रातों-रात पैसा क्यों नहीं आता? और एक दिन सुबह-सुबह पागल किशन बाबू चार तल्ले से चौक में कूद गए। पत्थर की चोट सर में कहां से सहन होती, तत्काल मृत्यु हो गई। चाचा भी चले गए और पीछे छोड़ गए कर्जा! माधो ने खामोशी से सोचा—खैर, कर्जा तो मैं पाई-पाई चुका दूंगा, लेकिन इन रिसते घावों को क्या करूं जो जीवन संघर्ष में अपनी उपयोगिता खोते जा रहे थे।

माधो को कलकत्ते में घुटन होती, इन छोटे-छोटे कमरों में तो और भी, गद्दी पर भी दिन-प्रतिदिन आदमियों की भीड़ बढ़ती जा रही थी। रोज एक नयी गद्दी खुलती और नये-नये व्यापारी आते।

इस बीच एक और हादसा हुआ जिससे कलकत्ते का मारवाड़ी समाज हिल उठा। सुराजियों के चक्कर में दो-तीन मारवाड़ी युवकों को पुलिस पकड़ कर ले गई और एक किसी भारी पैसे वाले मारवाड़ी के यहां बम के गोले मिले, बारूद की पेटियां मिलीं। हां वह युवक घर में नहीं था, कलकत्ते से बाहर था। लेकिन यह सब क्यों? नाथूराम कहते—

"हम बाणिये की सरासर गलती है। अंग्रेजीराज के कारण तो हमने पैसा कमाया, उसके कारण तो हम यहां प्रवास में टिके हैं। राज से बैर नहीं करना चाहिए।"

माधो का मुंह कसैला हो जाता, उसको बार-बार शील बाबू की याद आती, कहां हैं शील बाबू? कौन से जेल में? वह उनसे जाकर कहता, देखिए, शील बाबू हमारे समाज में सभी राय बहादुर बिसेसर लाल नहीं हो गए। हम लोग भी कुछ कर रहे हैं।

लेकिन माधो कि जिंदगी में एक और घुमाव आया, जिससे सेठ नाथूरामजी, म्हाली चाचा, सभी मानो सहम गए। डकैतों ने बिसेसर लालजी की कोठी लूट ली और गंडासे से उनका गला काट कर फेंक दिया। सुबह से यह खबर आग की तरह फैल गई।

मारवाड़ियों का एक जत्था अंग्रेज हाकिम के पास गया। यहां प्रवास में हमारा जीवन सुरक्षित नहीं है। नाथू सेठ के पास, गद्दी पर एक उड़ती हुई खबर आई कि, यह एक पुराने बैर का बदला लिया गया था। कहने को वे डकैत थे पर वे सब क्रांतिकारी थे।

"भाया इसलिए तो हम कहते हैं कि, राजनीति से दूर रहो। माधो सोचता कि, दूर कौन रह पाता है? अनजाने ही तो लोग घसीटे जाते हैं। और राज का समर्थन करते रहने का क्या अर्थ? माधो को समझ में आ गया कि, यह काम तो शील बाबू के गुट के लोगों ने किया है। रायबहादुर की पदवी की कीमत चुकानी पड़ी।

वृद्ध सेठजी को भाई के जाने का बहुत बड़ा गम रहा। वहां धनबाद में सुरक्षा नहीं इसलिए कोठी बेच दी गई और बिसेसर लालजी के दो बेटों में से एक बेटे सुंदरलाल को नाथूरामजी ने गोद लिया, उसको गद्दी संभलाई और दोनों पति-पत्नी काशी जाकर रहने लगे। हां बिसेसर लालजी की विधवा अपने बड़े बेटे के पास कलकत्ते में ही रहने लगी।

माधो राजनीति के दांव-पेंच समझता जा रहा था और यह भी समझ रहा था कि, राजनीति से वही दूर रह सकता है जो इसकी समझ रखे और अपने तरीके से दुश्मन को भी पटा कर रखे।

सेठजी के चले जाने के बाद फर्म का नया नाम रखा गया "नथमल सुंदरलाल।" सुंदरलाल को व्यापार की जानकारी बहुत कम थी। वहां जमींदारी के माहौल में बड़ा हुआ

था। गद्दी पर आकर बैठता जरूर था। मगर काम जरा भी नहीं समझता। हां, रुपया जरूर मुट्ठी में बांधे रखता, दमड़ी-दमड़ी का हिसाब मिला लेता। लेकिन पिता ने जितना सिखाया,, उतना तो उन्होंने सीख ही लिया था। पाट की दलाली में माधो की पांती एक आना ही थी। सेठ सुंदरलालजी उमर में माधो से पांच-सात बरस ही बड़े थे। कलकत्ते में सूरज कब उगता है यह तो गंगा स्नान करते समय माधो देखता मगर गंगा की लहरों में सूरज कैसे अस्त होता तथा पश्चिम का आकाश कितनी देर तक लाल रंग की आभा लिए हुए धीरे-धीरे सांवलाता है यह उसने कभी नहीं देखा। बस जिस दिन निमतल्ला घाट पर चाचा की चिता जलाई तब उसने देखा था......आकाश का लाल रंग, चिता की लाल लपटें और पिछले जीवन के इतने वर्ष जहां पिता के लाल खून के छींटे थे। लाल खून थूकती हुई मां थी। जब से सुजानगढ़ से आए थे, कर्जे का बोझ कुछ बढ़ा ही है। घटा नहीं। घट जाता, काफी रुपए कमा लिए थे, लेकिन चाचा का फाटका करना......यही लोभ था न कि रातों-रात पैसा आ जाए, कर्जे से मुक्ति मिल जाए......बाल-बच्चों को लेकर मैं भी ठाट-बाट से रहूं। चाचा की गलती क्या थी? बस सपने देखने की चेष्टा?

× × × ×

चाचा की मृत्यु के छह महीने बाद कार्तिक में, दीवाली के बाद माधो सुजानगढ़ गया। बालू के टीबों को देख उसका मन पुलक से भर उठा, मन किया अभी इसी बालू में लोट-पोट लगाए। गांव वैसा का वैसा था। कहीं कुछ नहीं बदला था। बस इस साल बारिश हुई थी, इसीलिए खेतों में बाजरे का सिट्टा लहरा रहा था। मतीरे के ढेर लगे हुए थे। किसानों के चेहरे पर खुशियां थीं। गांव के कुएं पर औरतों की भीड़ थी......कुएं से हटकर इमली के पेड़ के नीचे बैठे हुए लोग तंबाकू पी रहे थे। सुख-दुख की बातें कर रहे थे।

दादी मांचे पर बैठी हुई थी। माधो को उन्होंने पहचाना नहीं, केशर दादा ने दो-तीन बार हेला मारा, समझाने की चेष्टा की—"भाभी माधो आया है।"

दादी सूनी आंखों से न मालूम किसको खोज रही थी। केशरदेवजी ने कहा—"इनका तो माथा दिन पर दिन सूना होता जा रहा है।"

माधो केशर दादा से बात करता रहा......रात को उन्हीं के घर खाना खाया।

"रावले का क्या हाल है?" माधो ने पूछा।

"वही पुरानी बातें हैं। राजा रतनसिंह चलते रहे, उनके बेटे मानसिंह जागीर संभाल रहे हैं और कंपनी सरकार का दबदबा है।"

"यहां स्वराज का आंदोलन कैसा चल रहा है?"

"प्रजामंडल का विरोध रजवाड़े करते हैं। लेकिन जनता सहयोग दे रही है।" और फिर बात बदलते हुए केशर दादा ने पूछा, "तू यहां कितने दिन ठहरेगा?" केशर दादा के स्वर में छिपी हुई भीत को समझने में माधो को देर नहीं लगी। उसने यही कहा—

"कल भोरे-भोरे निकल जाऊंगा। दादी की हालत यदि जानता तो चाचा को खबर चिट्ठी में लिख देता, आने की जरूरत नहीं थी।

''तू सालासार जी चला जा , बाबा का परसाद कर दे। रतजगै का मैतव घणा है।''

''ठीक है।'' माधो का संक्षिप्त उत्तर था।

माधो ने देखा, जब शाम हुई, अंधेरा घिर आया तो दादी ने लालटेन चासी और जाकर तिबारे में रख आई और उसके बाद यंत्रवत् उन्होंने चूल्हा सुलगाया। केवल अपने लिए यंत्रवत् दो टिक्कड़ सेंके और घी में डुबाकर गरम दूध में चूर कर खा लिए। फिर उठकर धीरे-धीरे अपने बर्तन साफ कर लिए और मांचे पर आ लेटी। उनके लिए मानो माधो का कोई अस्तित्व ही नहीं था। मांचे पर लेटी-लेटी अपने आप से बातें करती रहीं थीं—दोनों छोरे आएंगे, आज कल में ही आएंगे, रात के अंधेरे में कहीं गली में ठोकर नहीं लग जाए, मेरी छोटकी बीनणी तो मेरे कलेजे की कोर है, उसकी आवाज सुनते ही मेरा तो जी सोरा हो जाता है। फिर हेला मारते हुए बोली, ''हां ऐ, छोटकी बीनणी मोतियों वाला गलपटिया पहन लेना और तुम्हारा मोतियारंग की मलमल का घाघरा, किशन को गहने-कपड़े का बहुत शौक है। देखना, मेरा बेटा तुम्हारे लिए मिर्जापुर से सेंट, पावडर, सुगंधी बट्टी, क्या-क्या नहीं लाएगा। कुएं पर बात मत करना, तुम भोली हो, टाबर हो, पराए घर की हो, तुमको इस गांव का पता नहीं, ठाकराणियां जल मरेंगी। नजर लग जाएगी।

अरे ऐ! बड़की बीनणी का बुखार कम हुआ क्या? घबरा मत, रामेसर के आते ही सब ठीक हो जाएगा। रुपया है तो सब है। सारा इलाज हो जाएगा। उसके ब्याह के पंद्रह बरस हो गए, एक माधो ही जनमा, अरे कहां बेटे पड़े हैं।

माधो की आंखें भर आईं। बात बदलते हुए केशरदेवजी ने पूछा—

''माधो तेरी दादी को न तेरे आने का पता चला न विदा होने का, न दादी ने कुछ बनाकर खिलाया, न किसी का हालचाल पूछा।''

उमड़ते आंसुओं को माधो ने रोका, और वह केशर दादा से ही बातें करता रहा।

सालासार जाकर सवा मण का चूरमा करवाया, रतजगा हुआ और वापस चुरू पहुंच कर रेल पकड़ी। पीपे में चूरमे का परसाद, सूखी केर फली, सांगर की पोटली, लाल मिर्चा की पोटली, केशर दादा को जो जी में आया बंधवा दिया था।

मन बोझिल था, सबसे असंपृक्त और कटा हुआ। राजपूताना, मरुकातर, क्या यह मेरी जन्मभूमि है? कंवर मानसिंह के डर से अभी भी निकलना पड़ा। मगर क्यों? इस क्यों का उत्तर किसी के पास नहीं था। रेल में बैठे-बैठे माधो अतीत के बारे में सोचने लगा। सीटी बजाती हुई, धुआं उगलती हुई रेल पटरियों पर दौड़ती जा रही थी, इसी रेल से कभी हम लोगों को सुजानगढ़ छोड़कर भागना पड़ा। केशर दादा ने तो यह भी कहा कि, राजा रतनसिंहजी को बेटे की करनी का बहुत खेद रहा। बहुत माफी मांगे, यहां तक कहा कि मैं किशन को अभयदान देता हूं, उससे कहिए परदेस से धन कमाकर गांव भेजे।

लेकिन माधो को तो गांव में ऐसा विशेष कुछ परिवर्तन नहीं नजर आया। गांव में वही उकरड़ा, वही कांदा-कीचड़, वही बड़ के कांटों से घिरे हुए झोपड़े, वही मैले थाण के कपड़े में घूंघट काढ़े, हिलती-डुलती बहुएं। लेकिन सुनते हैं चुरू बहुत बदल गया। मामा का गांव सरदार शहर भी बदल गया है। चुरू में तो स्कूल, कॉलेज, अस्पताल सभी खुल गए हैं। सेठों की बड़ी-बड़ी हवेलियां बन रही हैं।

लेकिन ज्यादा लोग वापस नहीं आये। केशर दादा ने कहा, ''जो गए वे लौटकर यहां रहना नहीं चाहते। क्या पड़ा है? व्यापार के रास्ते नहीं, उजड़ी हुई मंडियां, कंपनी सरकार की बढ़ती हुई सख्तियों और प्रजामंडल के खिलाफ रजवाड़ों का रवैया।

''प्रजामंडल तो स्वराज चाह रही है।'' डब्बे में ही बैठे किसी बाणिए ने कहा।

''भाईजी गांधीजी की एक-एक मीटिंग में लाखों की जनता उमड़ती है।''

''मगर महाराजा गंगासिंहजी क्यों, सवाई राजा जयपुर नरेश भी तो दिन-रात लंदन जाते हैं।''

''अरे सब म्लेच्छ हो गए हैं। धरम भ्रष्ट हो गया है। मंदिरों की हालत देखी है? तीर्थों की दुर्दशा देखी नहीं जाती।''

''हम बाणिए तो कमाकर दान भी करते हैं, लेकिन ये लोग......''

''किसी को यदि धन कमाना है तो कलकत्ता या बंबई जाकर बसे, लिछमी बरसती है।''

माधो ने सोचा, मेरे पर लिछमी जी की कृपा कब होगी? इतने बरस में रुपया कमाया, भी लेकिन चाचा की फाटके की आदत, एक दिन में ही सब कुछ स्वाहा हो गया ।

× × × ×

माधो को अब जितना स्नेह अपने छोटे भाई सांवर से था और किसी से नहीं। सांवर को वह सब कुछ देना चाहता। भाई को वह एक मिनट अपने से अलग नहीं करना चाहता, पत्नी के प्रति वह अपनी जिम्मेवारी समझता, उसको मान-इज्जत से रखता। लेकिन यह मिरगी की बीमारी।

माधो को जिंदगी से कोई शिकायत नहीं थी। बस एक इस गद्दी की संस्कृति के अलावा। उसको कलकत्ते में घुटन होती, बार-बार धनबाद याद आता, बहुधा सोचता क्यों नहीं वहां कोई काम किया जाए। सेठजी लेकिन धनबाद के नाम से चिढ़ते। उन्हें कलकत्ते की रौनक भाती। जकरिया स्ट्रीट, सेन्ट्रल एवेन्यू पर सेठों की बड़ी-बड़ी कोठियां और धरम-शालाएं बनने लगी थीं।

माधो सेठजी के बगल में बैठता, साथ काम करता। मगर इतना महसूस कर रहा था कि, जितनी भी बराबरी का दावा किया जाए, नौकर और मालिक के बीच एक झीना-सा परदा है। गद्दी की सफेद चांदनी वह आवरण है जो समाज की बहुत-सी कुरीतियों, कुसंस्कारों को ढंके हुए है।

माधो सोचता—आखिर सेठ सुंदरलालजी शाम होते ही क्यों छटपटाने लगते हैं? उनकी खूबसूरत बग्घी सेन्ट्रल एवेन्यू पार कर बंगाली रईसों के मुहल्ले को पार करती हुई सोनागाछी से थोड़ा इधर कहां पर रुकती है? मेहरजान के बंगले पर। बंगला भी सेठजी का, बगीचा भी सेठजी का, मेहरजान जिसको बड़े लाड़ से सेठ सुंदरला कहते थे......''हे म्हारी गवरजा।'' और वहां वह रास-रंग।

बेहिसाब पैसा आ ही रहा था। पैसा पानी की तरह बह रहा था। पैसे की ओर देखने की

उन्हें फुर्सत नहीं थी।

ईमानदार म्हाली चाचा की झुकी हुई कमर, हिलती हुई नाड़ और पकी हुई आंखें, कभी माधो की ओर देखती, कभी शाम ढले सेठजी की सूनी गद्दी को देखती। कभी वे कहते........ ''बेचारी सेठाणी सती—लिछमी है, दिन-रात धरम-करम में डूबी रहती है। उसी के पुण्य-प्रताप से, उसके तप से लिछमी ठहरी हुई है।''

सेठजी की अनुपस्थिति में सारे सौदे माधो तय करता, भुगतान करता, लाभांश के रुपए उठाकर तिजोरी में रखता। और महीने के अंत में माधो के हाथ में गिनकर तीन सौ रुपए म्हाली चाचा रख देते, म्हाली चाचा की खुद की तनखा भी तीन सौ थी। माधो को मिलने वाली दलाली के एक आना की भागीदारी का हिसाब साल के अंत में रामनवमी के दिन हो जाता। सेठजी का धन बढ़ता ही जा रहा था। धन की कमी नहीं थी। धनिक कोई और था, धन कमा कर देने वाला कोई और था। म्हाली चाचा कहते—

''सुंदरलालजी के दो बेटियां हैं, बेटा है नहीं। एक बेटा हो जाता तो वंश आगे चलता, ऐसे वंश बेल कैसे बढ़ेगी? इतना धन कौन संभालेगा?''

माधो बहुत कुछ कहना चाहता था। किसी अपने बहुत करीबी दोस्त से, मगर आसपास दूर-दूर तक उसको कोई नजर नहीं आता, दोस्ती जैसी चीज पर से उसकी आस्था हट गई थी, विश्वास मर गया था। जीवन का यह पक्ष बालू के ढूहों के नीचे दब गया था। उसका मन उसी से बात करता—चाचा के दोस्त थे ना कंवर मानसिंह, धाड़ैतियों के साथ थे ना मानसिंह बाबूजी के हत्यारे थे ना मानसिंह......मेरे बाप-दादाओं का क्या अपराध था? कोई बताए कि क्या अपराध था कि, यों हमें अपना घर-बार छोड़ना पड़ा कि, हमारा सब कुछ स्वाहा हो गया।

पुरखों में किसी ने नौकरी नहीं की, लेकिन मैं नौकर हूं। सेठ सुंदरलाल की गद्दी का अदना-सा मुनीम हूं। क्या इससे अच्छा यह नहीं होता कि मैंने पढ़ाई की होती, कम-से-कम किसी अंगरेजी कंपनी में नौकरी तो अच्छी मिलती। मेरे पास पूंजी भी नहीं है और फाटका नहीं करने की मैंने कसम खाई है......तब? तब क्या मैं जीवन भर मुनीमी करूंगा? मेरा भाई, मेरे बेटे-पोते, बस किसी सेठ की गद्दी के नौकर होकर रह जाएंगे? आह! कहां गए शील बाबू? शील बाबू ने मुझे कितना कुछ सिखाया था और मैं सारे ज्ञान को समेटे रेशमी कीड़े की तरह अपने खोल में बैठा हुआ हूं।

इधर देश में चारों ओर आग लगी हुई थी। स्वतंत्रता आंदोलन जोर पकड़ रहा था......साथ ही हिंदू-मुस्लिम का वैर भाव भी। गद्दी पर खबरें आती रहती थीं, लेकिन माधो ऊपर से अनजान और असंपृक्त बना रहता। अपने प्रति अपरोक्ष में मानो उसने किसी असंभव शर्तनामे की तख़्ती झुला रखी थी। उसका निर्णायक वह नहीं कोई और था......कौन? प्रवासी मारवाड़ी भाइयों का छोटा-सा समूह या एक वृहत्तर मानव समाज? इसका उत्तर माधो के पास नहीं था। मगर इतना वह जरूर समझ रहा था कि, साधारण गरीब बाणिए की पीड़ा का, त्रासदी का कोई अंत नहीं। सेठ-साहूकारों ने जूट की गांठों की तरह, कपड़े की बेल की तरह, तिलहन और तीसी के भाव की तरह......एक झूठा आईना समाज के सामने रख दिया था।

माधो इन सब स्थितियों के बारे में कई-कई दिनों तक लगातार सोचता। रातों को सोचता

दिन-प्रतिदिन पत्नी की गिरती हुई सेहत को देखकर सोचता। छोटे भाई के बारे में सोचता।

माधो अपने-आप से प्रश्न करता—आखिर मैं क्यों इस झूठे आईने के अनुकूल दिखने की कोशिश करता हूं। क्यों नहीं इस आईने की प्रामाणिकता के प्रति सवाल उठाता। उसका अंतरमन चीत्कार कर उठता......बदल डालो माधो तुम जिंदगी के इस आईने को बदल डालो......साहस करो, उठो......! चाचा कहा करते—

"दिशा बदलो, मगर आगे बढ़ो!" माधो अपने-आप से कहता—तुम्हारे आसपास तुम्हारे ही जैसे जड़ से उखड़े हुए लोगों का समूह है। कभी किसी पौधे की जड़ से खून रिसता है, कभी कहीं मवाद बहता है, कभी कोई सूखता पौधा हाहाकार करता हुआ चीत्कार करता हुआ पूछ बैठता है, मेरी जमीन कहां? मेरा देश कौन-सा? मैं कहां जाऊं...? वहां रेत का बवन्डर है, खाली धूल उड़ती है धूल। धूल में कुछ नहीं उगता। उग नहीं सकता। हमें भी गेहूं की रोटी चाहिए, और पीने के लिए पानी। माधो सोचता पहले मैं आदमी की तरह जी सकूं, तब न समाज के बारे में सोचूंगा। अभी नहीं।

मेरे लिए धनबाद ही ठीक रहता। वहां से इसीलिए आना पड़ा ना कि क्रांतिकारी शील बाबू के साथ मेरा नाम अंग्रेज हाकिम के सामने उछल गया था। लालाजी को रायबहादुर की पदवी मिली थी, और शील बाबू को जेल की सजा। माधो को याद आता चाचा का रो-रोकर लाला बिसेसरलाल के पैरों पर लोटना...... "बचा लीजिए सेठजी, मेरे भाई की अकेली निशानी है, आपका जनम-जनम का करजदार रहूंगा। इसको बचा लीजिए...यह कुछ नहीं जानता टाबर है...नादान है...भोला बच्चा ठहरा।" और फिर लालाजी की हिकारत भरी दृष्टि से माधो की ओर देखना। माधो जानता है कि प्रत्येक गरीब को हर सेठ इसी प्रकार हिकारत की नजर से देखता है। यह एक ऐसा सच है जो नित नए नामों से उछाला जाता है। लेकिन स्वयं म्हाली चाचा का भी उस दिन यह कहना—"यह मादिया भाई, सबसे ज्यादा जान खाते हैं।"

"चाचा मादिया भाई माने?"

"अरे जो बीमार है...धन से माड़े हो। बाणिए के पास धन नहीं तो कुछ नहीं।"

और वयोवृद्ध म्हाली चाचा, वर्षों से इकसार दिखाई देने वाले म्हाली चाचा टुकड़ों में टूटने लगे थे।

"माधो, मैंने भी कोई जिंदगी जी क्या? इस परदेस में दो टुकड़ा रोटी के लिए पड़ा रहा, मेरी अपनी कोई जरूरत नहीं थी भाया! एक बेटी थी जो ब्याही गई, तेरी चाची को सुरग सिधारे वर्षों हो गए। बस चुरू में एक मेरे छोटे भाई की विधवा लुगाई है, उसके चार बेटियों के पीछे एक बेटा है, तीन बेटियों का तो ब्याह मुकलावा सब सलट गया। अब यह आखिरी बेटी बाकी है। बारह बरस की हो गई, ब्याह-मुकलावा करना है। वह भी हो जाएगा।"

"और आपको आपके भाई का बेटा?"

"बेटे को तो अफसर बनाऊंगा। अभी तो चुरू में पढ़ रहा है। उसको ऊंची डिग्री दिलवाऊंगा। हमारे वंश की एक ही तो निशानी है। बेटियां तो अपने घर ही ठीक हैं। वे क्या निहाल करेंगी? बस दो-चार बरस की खटनी और..."

समस्याओं को अलग-अलग टुकड़ों में नहीं तोड़कर बल्कि सामूहिक रूप से देखते हुए माधो सोचता—आखिर क्यों हमने स्वयं को तोड़ा है? असहनीय पीड़ा एवं अपनी तमाम

निराशाओं को धीरे-धीरे जुगाली करता रहता, चबाता रहता और सोचता रहता। क्यों आखिर क्यों मैं इतना कायर हूं? और जन्म से आज तक मैंने क्या सीखा? यही ना कि सहन करो।

म्हाली चाचा फिर कह रहे थे—''भाया सोचकर देख, आखिर इतने वर्षों में इस परदेस में ऐसी कौन-सी कमाई की? सुंदरलालजी भी करज दे देंगे, लेकिन मांगने से। मगर मैं मांगूं क्यों? उनको दीठता नहीं? अरे मेरे बुढ़ापे की लकड़ी तो मेरा भतीजा है। अंगरेजी पढ़ता है, मोटी-मोटी किताब पढ़ता है। तू माधो, उसकी चिट्ठी देख, प्यार की खूशबू से भरी है। मैं तो उससे बोलता हूं पढ़ ले बेटा, जरूर से पढ़ ले।''

''डिग्री का फायदा तो है ही म्हाली चाचा। देखिए ना, बंगाली अफसरों को, वकील, डाक्टर को, कैसे धड़ाधड़ अंग्रेजों के साथ आगे बढ़ रहे हैं।''

''भाया माधो बात तो तू ठीक ही कहता है। धरम की बात सेठज़ी लोग सोचें अपने गरीब क्या सोचेंगे?''

''चाचा अंग्रेजी पढ़कर यदि आप किसी अंग्रेज के नौकर हों तो कोई हरज है क्या?'' माधो की आंखों के सामने फिर शील बाबू का चेहरा घूम गया और उनकी वह सलाह—

''अरे माधो तुम ज्ञान के पथ पर चलोगे ना, तब सब लोग तुम्हें हतोत्साहित करेंगे, क्योंकि ज्ञानी जन अपने कुसंस्कारों से मुक्त हो जाते हैं। जात-पात, छुआछूत, अरे यह सब असली लड़ाई है। गरीबी से लड़ना सीखो।''

प्रत्यक्ष में माधो ने कहा—''और इसमें बुराई क्या है? हम अंग्रेजी पढ़ें तो कहा जाता है हमारा धरम भ्रष्ट हो गया, लेकिन फिर सेठजी लोग हाकिमों के पास क्यों जाते हैं?''

''भाया समरथ के पास सारा न्याय है। हमने तो जनम से बस सुनी-अनसुनी सगली बातों के लिए हुंकारा देना सीखा।''

''चाचा मैं जब छोटा था ना तब दादी के साथ सोता। दादी कहानी कहती और फिर बीच-बीच में टोक-बैठती—''माधिया सो गया क्या? मैं बोलता—''नहीं दादी!''

''तब दादी कहती—हुंकारा भर!''

''मैं कहता—हां दादी!''

दादी कहती—''बेटा यह कहानी नहीं है, जीवन का सच है...इससे बहुत कुछ सीखेगा।''

''क्या सीखा तुमने दादी से?'' म्हाली चाचा पूछते।

''एक बात कहूं म्हाली चाचा, आप बुरा तो नहीं मानेंगे?''

''नहीं, कहो-कहो।''

''सच्ची।''

''अरे हां भाया, सोगन खाऊं।''

''यही कि, गरीब का साथ कोई नहीं देता और रुपए से बड़ी और कोई चीज नहीं।''

''तू क्या बात कर रहा है माधो? रुपिया से क्या सब कुछ खरीदा जा सकता है?''

''हां चाचा प्राय: सब कुछ। आप हम कितने भी अकलमंद हों, लेकिन आने वाला तो सेठ सुंदरलाल जी की ओर जोहता है।''

''हां यह बात तो है।''

माधो ने फिर कहा—"चाचा मुझे तो बस रुपया कमाना है।"

"मगर कैसे?"

"सोचूंगा... लिछमी की आराधना करूंगा, वर मागूंगा... आएगी हमारे घर भी आएगी... क्यों नहीं आएगी?"

माधो की दृढ़ता से म्हाली रामजी चौंक उठे, माधो की आंखों में कोई सपना था, ऐसा सपना जिसको कोई नाम देना संभव नहीं था।

व्यापारी आते, दलाल आते, परदेसी आते, गद्दी की संस्कृति क्रमशः विकसित हो गई थी। यह एक समूह की संस्कृति थी, कुछ लोगों की प्रवासी बाणियों की संस्कृति थी। राजपूताने से जुड़े होकर भी मानो प्रवास जनित परिस्थितियां निरंतर नाभी-नाल पर प्रहार किए बिना नहीं रहता, वक्त का तकाजा था कि लोग अपने को बदलें। धन के साथ-साथ स्थानीय लोगों से भी संपर्क बढ़ता जा रहा था। बंगाल के सुधारवाद का प्रभाव मारवाड़ियों पर भी पड़ रहा था।

आपसी झगड़े, वैमनस्य, रुपए-पैसे का कलह, गद्दी संस्कृति ने बड़े धनिक सेठों को सरपंच्च बना दिया था। वे दोनों पक्ष की बात सुनते और अपना मत दे देते। मामला-मुकदमा, कानून, राजनीति इससे सभी दूर रहना चाहते।

समाचारों का बाजार गरम रहता, इन समाचारों के माध्यम से ही मानो वहां बसे हुए लोगों के अस्तित्व का, जीवित रहने का, होने का औचित्य स्थापित होता। और जब बाहरी दुनिया का कोई समाचार नहीं रहता तब मुनीम, गुमाश्ते अपने-अपने परिवारों की, गांव की किस्से-कहानियों की बातें करते।

और जो बदलना नहीं चाहते थे, इसके बीच आचार-विचार की खाई बढ़ती जा रही थी। उस दिन सुबह ही सुबह गद्दी पर बैठे-बैठे सेठ लोगों में तकरार हो गई। सुन्दरलालजी से मिलने आए थे, माणीरामजी और ओंकारमलजी जुगलिया के साथ में कोई दलाल भी था।

"भाया ओंकारमलजी! आप बोलिए, अपने ऐसे कैसे सारा धरम-करम छोड़ दें?"

"ठीक कहते हैं सुन्दरलालजी, यहां परदेस में तो अपने रीत-रिवाज का ही साथ है ना, कल तो ये लोग कह देंगे कि, तुम बंगाली हो जाओ, उल्टा-सीधा भोजन करो तो क्या हम लोग कर लेंगे?"

"कभी नहीं भाईजी! कल तो फलान चंदजी के बेटे के ब्याह में गया था..."

"अच्छा तो क्या-क्या हुआ जरा बताइए। बड़े सुधारक लोग हैं।"

"अरे छोड़िए भाईजी, सब दिखावा है। लड़के वाले बारात में बैंड बाजा लेकर नहीं गए, मत जाओ। भाई हमको क्या, लेकिन जब बिणनी खुले मुंह फेरे में बैठी तो हमलोगों का तो शरम से सर नीचा हो गया। मैं तो उठकर चला आया।"

"अच्छा! बिना पर्दे का ब्याह? यहां अपने बड़ा बाजार में बहू-बेटियां बिना पर्दे के निकल जाएं क्या?"

"पर्दा न भी करें तो घर से बाहर ओढ़ना ओढ़ कर तो जाना ही पड़ेगा।"

"देखो बाबू! जमाने के लाने कुछ तो बदलना पड़ेगा ही..." पास बैठे हुए एक दलाल ने कहा।

"चुप रह हजुरिया, ज्यादा सुधारक पार्टी का साथ दोगे ना तो दलाली के पैसे काट लूंगा। मैं तो कहूं तू जा उन्हीं लोगों की गद्दी में जा और अपना धंधा कर।"

"ना बाबू ना! मैंने यह बात थोड़े ही कही।"

"मेरी लुगाई तो बिना घूंघट के निकले तो मैं तो चीर कर दो टुकड़ा कर दूं।" ओंकारमलजी जुगलिया ने कहा।

"अरे कोई इज्जतदार सेठ की बहू-बेटियां बिना पर्दे के भला निकल सकती हैं? उसको क्या बाजार में नाचना है?" सुन्दरलाल जी ने समर्थन के लिए इधर-उधर देखा।

"देखो सेठजी अब ज्यादा नहीं बोलिए।" हजुरी दलाल ने कहा।

"क्यों···क्यों नहीं बोलूं? तेरे क्या बलत लगी है? कोई तेरी लुगाई के लिए तो हमने कुछ नहीं कहा।"

"ठीक है यदि कोई बिना घूंघट के घर से बाहर जाएगी तो आप क्या कर लेंगे?" अब हजूरी दलाल भी तेवर में था।

"हम तो उसे रंडी कहेंगे।"

"आपकी इतनी हिम्मत? यह मजाल!!"

"अरे आप लोग फिजूल झगड़ा बढ़ा रहे हैं, मैं तो बस यह कह रहा था···हम लोग ऐसे अपने धरम-करम को नहीं छोड़ सकते!"

माधो को लगा कि समाज में बदलाव आवश्यक है। फिर माधो ने सोचा कि, अच्छा होगा ठीक वक्त का इंतजार किया जाए। बेकार गाल बजाने से फायदा?

साथ वाले बुजुर्ग से सुन्दरलालजी ने कहा—"तुम लोग ऐसे अपने संस्कारों के साथ तमाशा करोगे तो हम बाणियों का वंश ही नहीं बचेगा। हम जात-कुजात में ब्याह करने लगेंगे। भक्ष-अभक्ष्य खाने लगेंगे, यों जाति भ्रष्ट होने से जरा सोचकर देखो हमारे पितरों को कितना कष्ट होगा? लिछमी ठहरेगी नहीं।" समर्थन में उपस्थिति लोगों ने सर हिलाना स्वीकार किया।

परिस्थिति के दबाव में आकर सभी को झुकना पड़ता है। चूंकि कहने वाले सुन्दरलाल थे, माधो ने कुछ नहीं कहा, मगर एक असफल दांपत्य जीवन को वह स्वयं झेल रहा था। दूसरे सांवर का ब्याह करना था। उसने मन ही मन सोचा—इन सनातनियों के कहे-कहे मेरी तो जिंदगी बर्बाद हुई मगर मेरे भाई की नहीं हो सकती।

इस बीच सांवर के विवाह के लिए संबंध बंबई से आया। संबंध बताने वाले मारवाड़ी भाई ने कहा—"भाया माधो बाबू, बंबई के कानोड़िया को कौन नहीं जानता, प्रगतिशील विचारों के हैं। लड़की कलकत्ते में अपनी नानी के यहां आयी हुई है।"

माधो बाबू लड़की देखने गए साथ में राधा बाई भी गई। राधा बाई ने कहा—

"नाक-नक्श सुंदर है, बस लड़की जरा ज्यादा उठाऊं है।"

"उमर तो तेरह वर्ष की है।"

"मुझे तो दो-तीन वर्ष बड़ी ही लगती है।"

"स्वास्थ कैसा है?" माधो बाबू को सबसे बड़ी चिंता अच्छे स्वास्थ की थी। उनके अपने ब्याह के इतने वर्ष बाद भी संतान नहीं हुई थी और पत्नी को बाहर लेकर निकलना ही

मुश्किल हो गया था। माधो बाबू बार-बार एक ही बात कहते सबसे जरूरी है अच्छे स्वास्थ्य की। स्वस्थ माता-पिता स्वस्थ संतान को जन्म देते हैं।

ब्याह हो गया, लड़की वाले बंबई से कलकत्ता आए, बैठा ब्याह था। बारात में बंबई किसको लेकर जाते? सुजानगढ़ की हालत माधो बाबू जानते थे, वहां से किसी को बुलाना व्यर्थ था। दादी विक्षिप्त थी। नब्बे की उम्र में उन्हें किसी बात का होश ही नहीं था, केशव चाचा और चाची, दादी को छोड़ कर आना नहीं चाहते थे। चुरू में पेट-परिवार के लोग-बाग थे, भाईबंद थे, छगनी भुआजी थी। मगर माधो बाबू की व्यापारिक बुद्धि ने यही सोचा कि इतनी दूर का मामला है, कहां से सबको बुलाएंगे? और कहां ठहराएंगे? फिर भी चाची ने जिद किया तो अन्ततः छगनी भुआजी अपने बेटे-बहू के साथ आईं। फूफाजी की तबीयत खराब रहती है। भुआजी ने यही कहा—"भाया तेरे फूफाजी से न उठा जाए न बैठा जाए इतनी दूर का सफर उनके वश का नहीं था। मेरे से बोले, "जा भतीजे के ब्याह का तुमको चाव लगा है, तू ही चली जा माल-ताल लाने।"

ब्याह हो गया, जैसे माधो का हुआ था। बस माधो बाबू एक बात पर अड़ गए—खुला पर्दा ब्याह होगा। चाची को और भुआजी को, म्हाली चाचा को, उनकी यह बात माननी पड़ी।

सेठ सुंदरलालजी ने कहा—"माधो बाबू आपने यह काम गलत किया।"

माधो बाबू खामोश रहे। अब उनकी अपनी उमर हो रही थी। क्या गलत और क्या सही वे समझने लगे थे।"

× × × × ×

छोटे भाई की बहू आई, बड़े घर की बेटी थी, दान-दायजा सासू के सामने भी काफी लाई थी। फिर आते ही साल भर में एक लड़का हो गया, इसके दो बरस बाद एक लड़की फिर नवें महीने एक और लड़का।

जिंदगी पुनः पुराने ढर्रे पर घूमने लगी। लेकिन रहने के लिए घर के नाम पर बड़तल्ला में वही दो कमरे थे। एक कमरे में छोटे भाई सांवर का परिवार रहता, दूसरे कमरे में आधे हिस्से में गद्दा बिछा हुआ था। रात को पर्दा तान देने से वह माधो बाबू का कमरा हो जाता। दिन में उसी पर एक कोने में बैठी उनकी पत्नी कढ़ाई करती रहती, सलमे सितारे टांकती रहती, आए-गए को उसी पर बैठाया जाता।

कमरे का तीसरा कोना चाची का था, सुबह वे वहीं पर पूजा करती...रात को वहीं सोडिया बिछा कर सो जाती। दमे की मरीज चाची की जब सांस उठती, तो रात-रात भर उठकर बैठी रहती, खांसती रहती।

कमरे के दरवाजे के पास वाले कोने में लीप-पोत कर चूल्हा बना दिया गया था, वहीं रसोई थी, बगल में पानी की कूड़ी चौकी पर पड़ी रहती, चाची या सांवर की बहू वहीं दहलीज के किनारे बैठ रसोई करती।

पेशाब घर, पाखाना, नहानघर सब कुछ एक सिरे में, सबके सांझे में था। सुबह चार बजे से पाखाना जाने वालों की लाइन लग जाती...हाथ में पीतल का लोटा लिए हुए, कान पर जनेऊ

चढ़ाए मोट्टयारों की लाइन। नहाने वालों की लाइन। रोते हुए टाबरियों की उंगली पकड़े, घूंघट निकाले लुगाइयों की लाइन।

बाड़ी के आधे से ज्यादा लोग तो नित्यकर्म से निवृत होकर गंगाजी नहाने चले जाते। घर में तो एक बाल्टी से ज्यादा पानी मयस्सर नहीं होता।

मकान का तंग सीलन भरा गलियारा, अंधेरी सीढ़ियां, उठती हुई सड़ांध बदबू, चौक में कूड़ा-करकट का ढेर।

एक दिन चाची रसोई बना रही थी। उन्होंने पीपे में से पत्थर कोयला निकाला और चूल्हे में झोंकते हुए बोली—"माधो चाहे तू कुछ भी बोल, लेकिन पत्थर कोयले पर उतारी हुई रसोई में स्वाद नहीं होता। और बेटा, इससे धुआं भी बहुत होता है।"

"चाची, लकड़ी जलाने से भी तो धुआं होता है।"

"हां, यदि लकड़ी गीली हो, वरना सूखी लकड़ी तो चटक-चटक कर जलती है। और बेटा रोटी अच्छी सिंकती है।"

माधो बाबू बिना कुछ कहे कमरे से बाहर आ गए और बारजे से झांक कर नीचे देखने लगे।

एक ठंडी सांस लेते हुए चाची ने सोचा—माधो बड़ा हो गया है, व्यापार की, काम-काज की चिंता बढ़ती जा रही है। इसीलिए पहले जितनी बात किया करता था उतना नहीं करता। चाची ने एक उड़ती निगाह पास बैठी हुई माधो बाबू की पत्नी पर डाली। कैसा संयोग है कि ऐसे मनिए गुणिये मिनख के पीछे ऐसी रोगली लुगाई मिली, लेकिन कौन सुनेगा मेरे हिए की पीड़ा? फिर अपने दूध को पतला कहने से फायदा?

माधो बाबू नीचे चौक की ओर झांक रहे थे। अपना कहने के नाम पर माधो बाबू के पास और कुछ नहीं बस काम था। और उनको केवल अपने काम से ही मतलब था। लेकिन ऐसे भी क्षण आते जब मन टीसने लगता। जैसे आज सुबह...जब अचानक उनको अपने भीतर एक अजीब तरह का खालीपन लगा। उन्होंने स्वयं से कहा—"नहीं यह खालीपन नहीं है बल्कि खामोशी है, मरा नहीं है बल्कि सब कुछ जैसे ठहर गया है, लेकिन अपने से बाहर मैं जीवन का उमंग और उछाव कहां खोजूं? प्रयास करना व्यर्थ है, सुख के लिए प्रयास नहीं किया जाता। जो है, जैसा भी है उसको स्वीकार लो। अब नया कुछ तो शुरू होने से रहा।

नीचे चौक में झांकते हुए माधो बाबू के होंठों पर हल्की हंसी तैर गई, आंखों में कौतुक और पीड़ा दोनों थी, उन्होंने सोचा सेठ सुंदरलालजी का पैसा मेरा तो नहीं, किसी और की उपलब्धि को मैं अपना कैसे मान लूं? उन्होंने ऊपर की ओर ताका, बित्ता भर आकाश नजर आया। झरोखों में बैठे हुए कबूतर गुटरगूं कर रहे थे। चौक में पेटियों का, गांठों का ढेर लगा हुआ था। चौक ऊपर लोहे की जाली थी, जिस पर जूठे पत्ते, कूड़ा-कचरा, लीरा-लुगगड़, खाली शीशियां क्या नहीं फेंका हुआ था। पूरी बाड़ी में एक रोला था, गड़गड़ाहट, लोगों की चहल-पहल। कितने परिवार बसते जा रहे हैं...यह दो-दो, एक-एक कमरे में रहना कोई रहना है...उन्होंने बारजे से नीचे झांकते हुए फिर ऊपर की ओर देखा...दो तल्ले और हैं। छत पर गद्दियों का बासा चलता है। इतने में ऊपर के तल्ले वाली मूलिए की मां ने गीली धोती पसारी। हवा के झोंके के साथ गीली धोती का एक सिरा माधो बाबू के मुंह से लिपट गया।

ओह···हो! लोग अपने तल्ले से कपड़ा हमारे तल्ले तक क्यों पसार देते हैं? कुर्ते की बांह से मुंह पोंछते हुए वे अंदर जाने को हुए मगर अब तक राधा बाई पास आकर खड़ी हो गई थी।

"ले आज तू अपनी आंख से देख ले, मैं तो रोज झकती रहती हूं···मालूम नहीं···किस-किस रांड का पूरपल्ला लटकता रहता है, यहां तो छुआछूत सब कुछ एकमेक है।"

"ओह···हो! चाची तुम भी राई का परबत बनाने बैठ जाती हो, ठीक है जाने दो···" कहते हुए माधो बाबू भीतर मुड़ने को हुए। मगर उनकी बांह पकड़े राधा बाई ने जोर गले से हेला मारते हुए ऊपर वाली पड़ोसन को सुनाकर कहा—

"अरे ऐ···मुलिए की मां! तेरी हिए की फूटी है क्या? तुझे दीठता नहीं? लुगाई की गीली धोती मोट्टयारों के मुंडे से लग जाए, घिरना नहीं आएगी···यह कोई ढंग में ढंग हुए?"

तब तक प्रतिउत्तर में ऊपर से सामने बारजे से मूलिए की दादी ने कहा—"हां···ऐ सेठानी तू अपनी बात अपने पास रख। मेरी बीनणी तो ठीक से ही गीली धोती पसार रही थी। तेरे बेटे को वहां से हट जाना चाहिए था, लेकिन उसकी तो नजर खराब है—तब से ऊपर की ओर मूंडा किए न जाने किसको आंख फाड़ रहा था।"

"मेरा बेटा ऐसा नहीं!"

"हां···हां···तू और तेरा बेटा, खूब समझ लिया मैंने कुंती और उसके युधिष्ठिर को। उसकी लुगाई तो रोगली ठहरी, टाबर हुए नहीं, बाड़ी की लुगाइयों पर बुरी नजर डालता है, ताक-झांक करता रहता है।"

"क्या बोली रांड···जबान संभाल कर बात कर नहीं तो मैं तेरा मूंडा तोड़ दूंगी, मेरा बेटा कोई छैल भंवर नहीं, मेरी बीनणी घणी सुखी, घणी सोरी।"

माधो बाबू अंदर आकर चुपचाप गद्दे के सहारे बैठ गए।

घमासान वाक्ययुद्ध जारी था, अब तक घर की बहुएं भी मैदान में उतर गई थीं। आस-पास के लोग तमाशा देखने जुट गए थे।

तब तक नीचे चौक में से गिरधारी लाल सोनी ने ताल ठोंकते हुए कहा—"अरे कहां है वह माधिया। अपन ऐसे लुच्चे लफंगों को बर्दाश्त करेंगे तो बहू-बेटियों की इज्जत खत्म हो जाएगी···"

मूलिए ने ऊपर से चीखते हुए कहा—"निकल साला बाहर निकल! अंदर कमरे में लुगाई के घाघरे में क्यों छिपकर बैठ गया···"

पूरी बाड़ी में हल्ला था, शोर था, चीख चिल्लाहट थी। बिना किसी आकार के, शब्द उछाले जा रहे थे। लेकिन यह तो एक असहाय, अर्थहीन, युक्तिहीन, विवेकहीन चीख-चिल्लाहट है। केवल गालियां उछल रही हैं, माधो बाबू को लगा अपमान की इस पीड़ा को क्यों सहा जाए? इसको सहने की यह कैसी अनिवार्यता···क्यों किसलिए···?

जो माधो बाबू आज तक कभी नहीं रोए, जो जीवन की प्रत्येक त्रासदी और पीड़ा का कारण खोज कर अपने मन को समझा लिया करते थे, वे आज अपने को नहीं संभाल सके। बच्चों की तरह फूट-फूट कर रो पड़े। कंटीली झाड़ियों से बेर की तरह उनकी बड़ी-बड़ी आंखों से आंसू की मोटी-मोटी बूंदें टप-टप हथेली पर गिरने लगीं। होंठ कांपने लगे, डील थरथराने लगा, कुर्ता भींग गया।

"भाईजी, यह क्या बात हुई? अपने बाद में देख लेंगे।" छोटा भाई सांवर का व्याकुल स्वर था।

मैं बाद में सोचूंगा, लेकिन कब? सोनी का वाक्य, मूलिए की मां का आरोप, मूलिए की ताल ठोंकते हुए गाली देना, हवा में बस एक वाक्य झूलता हुआ उस गीली दीवार के साथ लिपटे हुए चीख रही थी···निकल साला बाहर निकल, कमरे में लुगाई के घाघरे में क्यों छिपा हुआ बैठा है।

माधो बाबू ने सोचना नहीं चाहा, मगर फिर भी सोच रहे थे—इस सोच का न कोई अतीत था और न भविष्य···सोच के साथ यह वाक्य, उनकी नस-नस को निचोड़ रहा था।

घंटे भर बीत गए, मगर फिर भी माधो बाबू दीवार के सहारे सर टिकाए बैठे थे। गोद में रखे तकिए को सीने से लगाए हुए उन्होंने कस कर भींच रखा था। उनकी चेतना में एक तीखी चीत्कार करती हुई, हाहाकार करती हुई, पीड़ा धंसती चली जा रही थी···आह! इस पीड़ा का कोई अंत नहीं। लेकिन अपनी इस पीड़ा से अपनी इस कातरता से, खामोश दैन्य से उन्हें मन ही मन एक गहरी जुगुप्सा हो रही थी, क्रोध के बदले अपने-आप से गहरी घृणा हो रही थी।

कुछ क्षणों के बाद वे स्वस्थ हुए। वे सीधे होकर बैठ गए, झुका हुआ सर उठाते हुए उन्होंने स्वयं से कहा—सोचना होगा, इस परिस्थिति के बारे में···मगर क्या सोचूं? क्या इसका कोई निदान संभव है? कोई विकल्प हो तो चुनाव किया जाए? यहां तो मौन समझौते और स्वीकृति के अलावा चुनाव की कोई संभावना नहीं।

दोनों हाथ पीठ पीछे बांधे वे उठ खड़े हुए···कमरे से बाहर जाने के लिए कदम बढ़े मगर भय, आतंक, नहीं शर्म से कदम वापस लौट आए और वे कमरे में अपने गद्दे के सामने चहलकदमी करने लगे। उन्होंने मानो अपने आपसे कहा—ठीक है माधो तुम और किसी लायक नहीं बस इसी तरह पीठ पीछे हाथ बांधे चहलकदमी करते रहो। इससे अधिक तो और कुछ करना संभव नहीं। जीवन का क्या इतना भर उद्देश्य बचा है? फिर कुछ भी बदलने का दावा मत करो।

छोड़ दो, रहने दो, जो जैसा भी है, उसे वैसा का वैसा रहने दो। मेरे ही पड़ोसी! बरसों से साथ रहते हैं, क्या वे मुझे जानती नहीं? फिर चरित्रहीन होने का उन्होंने यह कैसा फतवा दिया। बिना किसी से पूछे? उन्होंने मुझसे कुछ पूछा भी नहीं, प्रतिवाद में मुझे कुछ कहने का मौका भी नहीं दिया? क्या उनका मेरे प्रति कोई उत्तरदायित्व नहीं? ऐसी चोट मारी कि मैं जिंदगी भर के लिए अपंग हो गया। वर्षों से रात-दिन के संघर्ष में, तिल-तिलकर घुलते हुए, अपने खून को बूंद-बूंद कर पसीने में टपकाते हुए, मैंने अपने को, अपनी इज्जत को बचाए रखा था। और आज बीच बाजार में मानो मुझे किसी ने नंगा कर दिया।

उन्होंने सर झटका और स्वयं से कहा—बहुत हो चुका, अब सोचना बंद करो। इतनी भद्दी बात है, इतनी अर्थहीन कि इस पर वक्त क्यों गंवाया जाए। यह पाप है, इस पाप को हम समझते नहीं, और कोई ऐसा करता है, इसके बारे में कम-से-कम मेरी तो सोचने की क्षमता नहीं।

माधो बाबू को भीतर बहुत खाली लगा। वे जानते थे कि शाम तक उनका मन एकदम ठीक हो जाएगा। लेकिन आज आंसू बहे थे। मगर क्यों? मैं जो माता-पिता से भी प्रिय अपने चाचा की मृत्यु पर नहीं रोया, फिर आज क्यों कातर हुआ?

उन्होंने बारजे से नीचे चौक में झांका, दोपहर की निस्तब्धता पसरी हुई थी, चौक की सफाई हो गई थी और पानी के छिड़काव के कारण दीवारें भींगी हुई थीं।

आखिर मैं इतना कायर क्यों हूं? माधो बाबू ने फिर सोचा। उन्हें पता था पिछले घंटे भर से गद्दे के एक कोने में सांवर बैठा है, बनती हुई रसोई को बीच में छोड़ चाची बैठी हुई उसको एकटक निरख रही थी। हां, मुझे भी सहानुभूति की जरूरत है। अपनी पीड़ा के बारे में, इस भयंकर अपमान के बारे में मैं भी किसी बहुत ही निजी व्यक्ति से कुछ कहना चाहता हूं। मगर मेरा अपना कौन है? जिसके सहारे चाहे क्षण भर को सही, मैं पीठ टेक लूं…जिसके कंधे पर सर रख कर रो लूं…जिससे पूछ सकूं अपनी इस औचक पीड़ा का कारण…। लेकिन इन लोगों को परेशान नहीं कर सकता। उन्होंने बस इतना भर कहा—

"सांवरा अब अपने को इस बाड़ी में नहीं रहना, कमरा बदलना पड़ेगा।"

"भाया सुनी को अनसुनी कर दो, बात को आई-गई करो, गांठ बांधने से कोई फायदा नहीं!" चाची ने कहा।

"भाईजी अपने जाएंगे कहां? जमाने का हाल तो देख ही रहे हैं……चारों तरफ मारकाट मची हुई है।" सांवर ने कहा।

म्हाली चाचा ने जब सुना तो उन्होंने बस यही कहा—"अरे माधो तू इतना मणिया-गुणिया होकर यह क्या लुगाइयों की पंचोल में लग गया। अरे जिसको जो कहना है कहने दो। तू तो अपनी छाती कड़ी रख और मेहनत मजूरी कर।"

माधो ने सोचा—इतना कुछ झेलने के बाद किसकी छाती कड़ी नहीं हो जाएगी। अब तो काल का झपीड़ा भी मुझे नहीं तोड़ सकता। हां रुपया कमाना है, ताकि किसी भी तरह इस दोजख से निकल सकूं।

औरों के लिए बाड़ी में झगड़े वाली बात आई-गई हो गई, लेकिन माधो इस बात को भूल नहीं पाते थे। प्राय: सोचा करते।

माधो बाबू को लगा कि वे सब कुछ स्वीकार सकते हैं, भला-बुरा, ऊंच-नीच, तीखे से तीखे बोल, खारे से खारा वचन, लेकिन उन्हें दया नहीं चाहिए, कभी किसी की कृपा नहीं। उन्होंने मानो स्वयं से पूछा—क्या सच में मेरी स्थिति यानी व्यक्तिगत जीवन इतना दयनीय है कि, मेरे ऊपर चरित्र हीनता का लांछन लगा? जिस पत्नी का चुनाव मैंने नहीं किया, मानता हूं वह मुझे पसंद नहीं, लेकिन वह निर्दोष है। उसकी क्या गलती? कम से कम उसका प्राप्य अधिकार तो उसको मिलना चाहिए। और फिर ऐसी घटनाएं घट जाया करती हैं। चाचा-चाची का भी दोष नहीं…उनकी नियत में खोट कहां था? धोखा देने वालों ने हमें धोखा दिया। परिस्थितियों के सामने व्यक्ति असहाय हो जाता है।

मन ने फिर उन्हीं से पूछा, लेकिन तुम्हारा अपना जीवन? बोलो माधो, क्या तुमको अकेलापन नहीं चुभता? अपनी हिए की पीर को तुम मुंह पर आने नहीं देते, लेकिन मन का भीतरी कोना तो हर वक्त टसकता रहता है। तुम अपने पौरुष से जब इतना बड़ा व्यापार संभाल

सकते हो तो क्यों नहीं अपना जीवन सुधार सकते? मिनख का जीवन तो एक बार के लिए मिला है। उन्होंने खिड़की के बाहर देखा—वहां अंधेरे में झाड़ियों के ऊपर जुगनू चमक रहे थे और बस केवल हवा थी···ठंडी पछुआ हवा।

× × × ×

एक दिन उकताया सा माधो गद्दी के बाहर टहल रहा था। हालांकि ऐसा विशेष कुछ विचार नहीं था लेकिन फिर भी वापस लौटकर वह करनीरामजी की गद्दी पर बैठ गया। वहां एक बंगाली सज्जन बैठे थे, वे अपना गहना गिरवी रखने आए थे, ब्याज के दर को लेकर दलाल बहस कर रहा था। ऐसी बातें तो रोज हुआ करती हैं, यही सोचकर माधो वापस उठ खड़ा हुआ और वापस जाकर अपने ही बही-खाते में डूब गया। उसका आना और जाना करनीरामजी ने नहीं देखा, मगर दलाल पारसी था और अंग्रेजी में उसने बंगाली से कुछ कहा, माधो ने दोनों की बात सुनी-अनसुनी कर दी···वह दलाल बंगाली से कह रहा था—"यह नाथूराम सुंदरलाल की गद्दी का हेड मुनीम है, इतनी छोटी उमर का है···तेज लड़का है।"

दूसरे दिन सुंदरलालजी की गद्दी पर वही दोनों लोग आए इनमें से एक बर्द्धमान महाराजा का गुमाश्ता सेन बाबू थे। कहने लगे—"मेरे पास झरिया इलाके की जमींदारी है, आप चाहो तो कोलियारी के लिए जमीन ले सकते हो, मुझे दस हजार रुपए तुरंत चाहिए।" उन्होंने आगे कहा—"चूंकि यह जमीन देवहत्ते की है, इसलिए यह जमीन आपको बेचा नहीं जा सकता, लेकिन हम इसे आपको पट्टे पर दे सकते हैं।"

सेठजी तैयार नहीं हुए। तब माधो ने सेठजी के सामने और उस बंगाली के सामने प्रस्ताव रखा कि, इस काम को वह करना चाहता है। कुछ क्षणों की खामोशी रही, फिर सेठजी ने कहा—

"क्या करोगे वहां जंगल में जाकर? दिमाग खराब हुआ है क्या?

माधो चुप हो गया, सेठजी के सामने बोलने की हिम्मत नहीं हुई, लेकिन मन के अंदर एक अंकुर फूटा—मुझे अपना स्वतंत्र व्यापार करना चाहिए, महाजनी और दलाली के धंधे में कुछ रखा नहीं है।

❑❑❑

माधो बाबू ने बर्द्धमान महाराजा के गुमाश्ते से सारी बातें तय कर लीं। और वे लोग दोनों झरिया के लिए रवाना हो गए।

वहां झरिया में गुमाश्ते सेन बाबू के साथ माधो बाबू एक ऊंचे टीले पर खड़े होकर दूर-दूर तक फैली हुई जमीन को देख रहे थे। और सोच रहे थे, कल्पना कर रहे थे कि, इस धरती के गर्भ में कितना बड़ा खजाना है। ऐसा खजाना जो कभी खत्म नहीं हो सकता। वे फिर पास खड़े हुए सेन बाबू से सब बातें पूछ रहे थे—कोयले का वजन, दबाव सहन करने की गुणवत्ता. निकलने वाली गैस, खुदाई कहां से करना चाहिए? किस दाम में बिकेगा? वैगन कहां मिलेगा?

माधो बाबू ने फिर मन ही मन सोचा कि, अच्छा होगा कि मैं पहले रानीगंज के बाजार में ही आढ़तियों के हाथ बेच आऊंगा। बिना रुपया जमा हुए तो मजदूरी चुकानी मुश्किल हो जाएगी। रोज की चार टोकरी का कितना वजन हुआ? कितने में बिकेगा? लागत क्या होगी? कितने का पड़ता पड़ा…

और वे सब कुछ भूल गए थे। बगल में खड़ा हुआ सेन बाबू, अन्य सभी समस्याएं, सारे लोगों को वे पीछे छोड़ चुके थे। पूरे अतीत को भूल चुके थे। दिमाग में कोयले के अलावा और कुछ नहीं था। कोयला कैसे निकालूं? अधिक से अधिक और जल्दी से जल्दी इस कोयले को कैसे बेचा जाए? दो से चार, चार से आठ…इतना रोमांच उन्हें कभी जीवन में महसूस नहीं हुआ था। उन्होंने झुककर एक मुट्ठी काली धूल उठा ली और गौर से देखते रहे थे। हथेली पर फैले हुए, धूल को बड़े प्यार से देखते हुए भरे-भरे गले से उन्होंने सेन बाबू से कहा—

"सेन बांबू इस धूल में सत्तर फीसदी कोयले का चूरा है। यहां मिट्टी बेचकर सोना कमाया जा सकता है। हां, व्यक्ति में निष्ठा और लगन का होना जरूरी है।"

"लेकिन इस खुले मैदान में आप रहेंगे कैसे? रानीगंज शहर तो यहां से दूर है।" सेन बाबू ने पूछा।

इसके बाद सेन बाबू ने वहीं एक स्थानीय निवासी ओझाजी से माधो बाबू का परिचय करवा दिया। ओझाजी भी कोयला खदान में मजदूरी करते थे। और माधो बाबू ने अपने रहने का इंतजाम एक झोपड़ी में कर लिया। उस अंचल में आग की कमी कहां थी? दिन-रात अलाव में कोयला सुलगता रहता। उस पर ओझाजी दो टिक्कड़ सेंक दिया करते। रात के अंधेरे में मजदूरों की झोपड़ी में ढीबरी धुंधाती रहती। ओझाजी रामायण की, खासकर सुंदरकांड की चौपाइयां गाते हुए पढ़ते और माधो विभोर होकर कह उठते—"बोलो सियावर रामचंद्र की जय! पवनसुत अंजनीकुमार की जय···!!"

झरिया में, माधो बाबू प्रसन्न रहने लगे। सारी समस्याओं, चिंताओं को परे ढकेल कर वापस अपने सहज स्वभाव में लौट आए। अचानक उनके लिए पत्नी या भाई या परिवार की किसी भी समस्या का कोई महत्व नहीं रहा। पैसा कमाना है और अधिक कमाना है। उन्होंने स्वयं से कहा—कम से कम कमाई के नशे में मैं अपना व्यक्तिगत दुख तो भूले रह सकता हूं। घंटों जब वे खान पर ओवरसीयर के साथ खड़े रहते, कोयला काटते हुए मजदूरों की टोकरियों को गिनते रहते, वजन होते हुए कोयले को देखते तब उनका मन एक अद्भुत पुलक से भर जाता। और अंततः वे यही कहते, व्यक्ति में निष्ठा और लगन हो तो वह क्या नहीं कर सकता।

लेकिन बीमार पत्नी, उसको तो अकेले यहां लाया नहीं जा सकता वैसे उनका असफल दांपत्य क्रमशः अकेले और अकेले होते जाने की यंत्रणा को झेलना आखिर कब तक? क्या इसका कोई निदान संभव है? मगर माधो बाबू के पास इसका कोई उत्तर नहीं था।

किसी काम को अधूरा छोड़ना माधो बाबू के स्वभाव में नहीं था। उन्हें तर्क संगत बात ही अच्छी लगती। मगर कामनाओं का ज्वार, कभी-कभी संयम के सारे बांध तोड़कर हाहाकार करने लगता, माधो बाबू को इसका कोई कारण समझ में नहीं आता, क्या पुरुष अपने शरीर के सामने इतना अवश है कि वह एक रुग्ण स्त्री का उपभोग करे। पत्नी की मौन और खामोश स्वीकृति, समर्पण, पति को प्रसन्न रखने की अत्यधिक तत्परता। इसके बावजूद माधो बाबू अच्छी तरह जानते थे कि, उनका मन अकेला है। पत्नी से उन्हें कहीं कोई लगाव नहीं है। वे जी नहीं रहे···इस उपलब्धि के बाद भी उनके भीतर स्वयं अपने प्रति उठती हुई विरक्ति, क्रोध और तिक्तता थी। वे अपने आप से नफरत करते, अपनी चाहत के इस पाशविक पक्ष का दमन करते, करना चाहते···महीनों बीत जाते, काम की अत्यधिक व्यस्तता में कुछ ख्याल भी नहीं रहता···लेकिन फिर वही वासना का अंधा प्रवाह···सारे संकल्पों को तोड़ता हुआ, आत्मा के टूटे टुकड़ों को लेकर बहता हुआ, उनकी जिजीविषा को निचोड़ता हुआ। वे पत्नी से दूर भागते, औरत मात्र से उन्हें चिढ़ उठती। खान में, धूप में कोयला काटते हुए मजदूरों के साथ खुद भी गईंता लेकर चट्टानों को तोड़ने लगते। महीनों कलकत्ता नहीं जाते·····कलकत्ते से हरकारा आ-आकर लौट जाता, बस जब म्हाली चाचा बुलावा भेजते तो ना

नहीं कर पाते। वे म्हाली चाचा से कहते—

"चाचा पदार्थ से लड़ाई चल जाती है, वहां जीत जाता हूं लेकिन अपनी संवेदना, इच्छा, आकांक्षा और चाहत के सामने हार जाता हूँ।

"समझता हूं बेटा। तेरी सारी बात समझता हूं। अपने से लड़ाई करके कितने दिन जीएगा? मेरा कहा मान......दूसरा ब्याह कर ले। अपने समाज में दूसरा ब्याह नहीं है क्या? जिनकी भली-चंगी जोध जवान लुगाई है वे ही दूसरी लाए बिना नहीं मानते।"

माधो बाबू सोचते और कहते—"चाचा दूसरों की गलती की सजा उस बेचारी को क्यों मिले?" फिर मन ही मन सोचते मेरी पत्नी ने कभी किसी बात का विरोध नहीं किया, उसकी अपनी कोई जरूरत भी नहीं; दो रोटी खाती है......तबीयत खराब हो तो कोने में पड़ी रहती है। नहीं तो सांवर के टाबरी को सार-संभाल करना, चाची की सेवा करना, परिवार की जरूरत के हिसाब से ही तो उसने अपने को ढाल लिया है। फिर उसको क्यों व्यर्थ कष्ट दिया जाए।

हालांकि पत्नी के प्रति माधो में कोई चाहत नहीं बची थी, वह चाहत तो कब की खतम हो चुकी थी......उनके मन में क्या बचा था? जुगुप्सा? हां, पुरुष की इस पाशविक शक्ति के प्रति घृणा से अधिक उसके मन में और कुछ नहीं था।

उनको लगता, हां उन्होंने देखा भी था कि, कैसे कुछ लोग बाहर से आधी रात को लौटकर चुपचाप गद्दी का दरवाजा खटखटाते थे। सबेरे उस व्यक्ति की आंखें नीची रहतीं...... कोई बुजुर्ग गुमाश्ता कह भी देता—"भाया मरद की जात क्या करे? पास में जब लुगाई नहीं हो तब?" पत्नी के साथ संभोग करते हुए माधो बाबू को भी बहुत कुछ वैसा ही महसूस होता। हांफ कर थक कर जब वे शिथिल शरीर लिए चुपचाप बिस्तरे में लेटे रहते तो उनको लगता...... आखिर मुझमें और पशु में अंतर कहां?

नहीं मेरा हृदय खदान की जमीन है। कोई इसी को आधार मान कर बोरिंग करता चला जा रहा है, करता चला जा रहा है, बिना यह देखे कि खून रिस रहा है या नव निर्माण के लिए ऊर्जा पैदा हो रही है।

× × × ×

माधो बाबू के दिन बीत रहे थे। पास में पहले दो गईंता और चार टोकरियां थीं। एक साइकिल थी, इसी साइकिल पर कोयला लाद कर मीलों का सफर तय कर वे झरिया से रानीगंज के बाजार में माल बेचने जाते। फिर वापस लौटते। उनके पांवों में गट्टा पड़ गए थे, एडियां सूज गई थीं, वे रातों को पैर के तलुओं में कड़ुआ तेल का चोपा देते और पुवाल बिछी दरी पर पड़कर सो जाते।

मजदूरों की संख्या हर सप्ताह बढ़ रही थी। वे उत्पादन बढ़ाते जा रहे थे। बचे हुए पैसों से गईंता और झूड़ी खरीदा जा रहा था। मजदूरों का हफ्ता वे जरूर चुका देते। माधो बाबू की झोपड़ी के सामने कोयले का ढेर बढ़ता जा रहा था और अबकी सप्ताह कोयला बैलगाड़ी पर लादा गया, साथ में ओझाजी चले।

माधो बाबू ने सोचा……अस्तित्व की इससे बड़ी सार्थकता और कुछ नहीं हो सकती। व्यापारिक सफलता का सबसे बड़ा रहस्य है, जब एक रास्ता और नये दस रास्ते खोले। उन्होंने सामने फैली हुई क्वारी को ध्यान से देखा। "ओझाजी यह जो सामने वाली क्वारी है ना, जरा ध्यान से देखिए। अरे उधर नहीं इधर……हां……हां अब जरा सोचिए यदि इस जमीन के ऊपर वाली दस इंच परत की भी यदि एक मील तक कटाई की जाए तब कितना कोयला होगा? और भाव? नहीं ओझाजी नहीं। लोगों को इस अमित धन का अंदाज नहीं है। नहीं तो सेठ सुंदरलालजी मुझसे कभी नहीं कहते कि, क्या करेगा उस काली धूल में जाकर। अब इस महाराजा के गुमाश्ते का भी कोई जवाब नहीं, कैसा बेवकूफ है। दस हजार में इतनी बड़ी जमीन का पट्टा मेरे पास गिरवी रख गया।"

एक विरक्ति के साथ ओझाजी ने कहा—"हां बाबू आप ठीक कहते हैं। शराब और औरत में डूबा व्यक्ति लक्ष्मी का आदर नहीं कर सकता।"

दूर-दूर तक खाली मैदान था। इक्के-दुक्के पेड़ और झोपड़ियां बरसात के साथ काली कीचड़। जगह-जगह सीम को तोड़कर निकलती हुई गैस, पानी, पहाड़ी से नीचे उतरते हुए रेल की बिछी हुई लाइनें। कतार-दर-कतार खड़े हुए वैगन, जिनमें बड़ी कोलियारी का माल लदता है। वैगन उनके लिए पहले से बुक है। देश स्वतंत्र हो रहा है। वैगनों की कमी है। ये वैगन तो स्टील मिल के हैं। जमशेदपुर, बर्नपुर की स्टील मिलें रोलिंग मिलें……

वे घंटों सेन बाबू से सलाह-मशविरा करते रहते। "मि० सेन जमीन तो मैं सारी की सारी उपाड़ लूं, कोयले का पहाड़ लगा दूं। बड़ी-बड़ी कंपनियों में बहुत लेवाल हैं। अच्छा माल दूंगा तो दाम भी ऊंचा लूंगा। लेकिन वैगन, अब बैलगाड़ी में लादकर कोयला बेचने से रोजी-रोटी का जुगाड़ भले हो जाए, लेकिन प्रगति तो नहीं होगी।

"तब क्या बाबू हम लोग वैगन भी बनाएंगे?"

शायद कभी बनाना पड़े।" माधो बाबू के होंठों पर एक स्मित मुस्कान रहा करती। भ्रम नहीं कल्पना नहीं, बिल्कुल ठोस गणना पर ही वे भविष्य में होने वाली आर्थिक प्रगति का हिसाब कर रहे थे।

इस बार जब वे कलकत्ता गए तो छोटे सांवर ने पूछा भी—"भाईजी, आप कोयले के अलावा और किसी चीज के बारे में कभी कुछ सोचते नहीं?"

"नहीं……" माधो बाबू का संक्षिप्त उत्तर था।

"लेकिन दुनिया में और भी तो बहुत सी चीजें हैं, जिन पर ध्यान दिया जाना चाहिए।"

"मेरे बदले तुम लोग सोच लो।" सांवर चुप हो गया था। उसने फिर कहा—"भाईजी, कैसा तो आपने शरीर कर लिया। गोरा रंग धूप में तप कर काला हो गया।"

"सांवरा……तू भी कैसी बात कर रहा है। अरे मैं कोई लुगाई की जात हूं जो रूप की चिंता करूं?"

"लेकिन आपके जीवन में सिवाय व्यापार के, रुपया कमाने के और कुछ भी क्यों नहीं? जीवन का उद्देश्य?"

"रुपया कमाना, अधिक से अधिक……"

"लेकिन एक दिन तो अपने पास इतना हो जाएगा कि, आराम से रह सकें।"

"जिस दिन तुम लोग आराम से रहना सीख जाओगे ना बस इतना समझ लेना, कि कमाई कम हो जाएगी।"

"आप भी भाईजी कैसी बात करते हो।"

पलट कर उन्होंने गद्दे पर बैठे छोटे भाई से कहा—"सांवर तुम सोचते हो ऐसे लोग जीवन का आनंद ले रहे हैं? तुम्हारी धारणा गलत है, उद्देश्यहीन और अर्थहीन भोग हमें कहीं का नहीं रखता······" कहते-कहते माधो बाबू एकदम से चुप हो गए। क्षणों के अंतराल में उनकी आंखों के सामने अपने परिवार का समूचा भविष्य कौंध गया। उन्हें कुछ समझ में नहीं आया। उनको लगा जैसे उनकी छाती पर कोई बोरिंग कर रहा है। दिन-रात अनवरत······और आज सांवर के इस तर्क से, डाइक के हजार टुकड़े थे। उन्हें हर टुकड़े में कोयला नजर आया······लोग कहते हैं यही कोयला हीरा बनने की संभावना रखता है।

सांवर चुपचाप अपने बड़े भाई का चेहरा निहारता रहा था। वहां एक निश्छल सात्विकता थी। अभाव का कोई दैन्य नहीं था, और न सुख से वंचित होने की कोई ग्लानि थी। नहीं, भाईजी जीवन के सच्चे योद्धा हैं। और सांवर ने अपने इस देवता जैसे भाई को मन ही मन प्रणाम्म किया। नहीं भाईजी के लिए घर-परिवार, समाज, इनका कोई महत्व नहीं······भाईजी ने आंख उठाकर कभी किसी की ओर देखा तक नहीं······क्या मिला उनको? लेकिन कोई शिकायत भी नहीं।

माधो बाबू ने फिर पूछा—

"सांवर सबसे बड़ी चारित्रिक भ्रष्टता क्या है जानते हो?"

"आप बोलिए, भाईजी, मैं आपसे सुनना चाहूंगा।"

"वह जो पशु की तरह खाता और सोता है। बिना किसी उद्देश्य के सुख में रमण करता है। उद्देश्यहीन व्यक्ति से ज्यादा गया-बीता कोई नहीं।"

"लेकिन केवल रुपया कमाना ही तो जीवन का उद्देश्य नहीं······" माधो बाबू ने देखा सांवर अपने बच्चों के साथ लूडो खेल रहा था।

"क्यों नहीं?"

"लेकिन भाईजी रुपया केवल रुपए के लिए नहीं जोड़ा जाता। धन तो भोगने के लिए है।

"यह शिक्षा तुमको किसने दी? सांवर, रईसी तो भूखी नागिन है जो आगे या पीछे जैसा समय पड़े वैसी गति कर सकती है। रईसी अकेले नहीं भोगी जा सकती उसके लिए तुमको दरबार लगाना होगा। दूसरे तुम्हारी छत्रछाया में फायदा उठाएंगे। मगर तुम, सांवर तू मेरी बात को गांठ-बांध ले—रईसी करने वाले आदमी की अपनी छाया के नीचे की जमीन बंजर हो जाती है। उसके लिए वहां घास का एक तिनका भी नहीं बचता।

"लेकिन भाईजी समाज में चार लोगों के बीच में उठे-बैठे नहीं, आज सेठ सुंदरलालजी की जान-पहचान वाइसराय तक से है······"

"बड़े साहब की कृपा अर्जित करना आइसीएसो अफसरों को दावत खिलाना और इन दावतों में कीमती सूट पहन कर जाना मेरी समझ में तो पैसे और समय दोनों की आहु.ते हो रही है।"

"भाईजी जान-पहचान का फायदा तो होता ही है, आदमी अपने बराबर वालों में ही उठ

बैठ सकता है।

सांवरा, ये ओछेपन के झूठी शान-शौकत वाले रईस कब से तेरी बराबरी के हो गए? माधो बाबू के चेहरे पर हैरत और जुगुप्सा के भाव देख, सांवर बिल्कुल चुप हो गया था। लेकिन माधो बाबू के मन में तूफान उठ खड़ा हुआ। क्या पैसा इसलिए कमाया जाता है······ चोर-लुटेरों पर फूंकते रहो। किस अफसर को कितने की डाली भेजी जाए और उसमें कौन सी कीमती शराब की बोतल रखी जाए······धिक्कार है ऐसे आचरण पर।'' माधो बाबू उठ कर कमरे से बाहर चले गए।

सांवर, घर की औरतों के सामने बड़बड़ाने लगा, ''भाईजी तो कहां की बात कहां ले जाते हैं······मेरा इरादा उनको दुखी करने का थोड़े ही था, लेकिन चाची तू सोचकर देख—अपने को समाज में कौन जानता है? कल इन बेटे-बेटियों का ब्याह करेंगे तो पूछ-ताछ नहीं करेंगे कि, भाई इस परिवार का उठना-बैठना कैसे लोगों में है? भाईजी की तो दोस्ती किसी से होती नहीं······खान पर अकेले रहते-रहते और चिड़चिड़ाने लगे हैं। ले-देकर आगे-पीछे वही ओझाजी।

चाची ने कहा—''क्या करे माधो बिचारा। उसने कोई सुख देखा है क्या? उसकी कमाई तो डाक्टरों के पीछे फुंक जाती है······लुगाई भी कैसी आई। माधो बाबू की पत्नी का सर और झुक गया। चाची आगे कहे जा रही थी—''ओझाजी कह रहे रहे थे कि, यहां से कोई दस मील दूर कोई बाबाजी रहते हैं······उनके झाड़-फूंक से मिरगी का दौरा कम हो जाता है। ऐ बेटा सांवर तू अपने भाईजी से कहकर देख।

''चाची! मैंने तो उनसे कहा था।''

''क्या बोले?''

''कहने लगे सांवरा यह सब कुसंस्कार है फालतू बात है। अंधविश्वास है।''

चाची फिर कहने लगीं—''तब बेटा अपने भाई से कहो यदि यह बीमारी ठीक नहीं होती तो वह दूसरा ब्याह कर ले।''

''चाची मेरी तो हिम्मत नहीं होती।''

''ठीक है मैं कहूंगी।''

और जब माधो बाबू रात को चाची के सामने भोजन करने बैठे तो वे कहने लगीं—''बेटा माधो! बिणनी तो ठीक होने से रही। चलते-फिरते कब कहां गिर पड़ेगी कौन जाने? बेटा रोगली लुगाई और बंजर जमीन पर फसल कैसे होगी?''

''तो?'' हाथ में निवाला लेते हुए माधो बाबू ने कहा।

''बेटा मैं तो कहती हूं तू कहे जिससे तुझे परणाय दूं, एक नहीं दो-दो से परणाय दूं। गांव में कोई छोरियों की कमी है? लेकिन तू भला क्यों सुनने लगा? बेटा तेरी तो हालत देखकर मेरा तो जी दुखी हो जाता है।''

वहां बैठी, सास के वाक्य वाणों को झेलती हुई मूक-बधिर गाय-सी माधो बाबू की पत्नी को केवल अपने पति का दिया हुआ एक ही वचन याद आ रहा था······''तुम निश्चिंत रहो, तुम्हारे रहते मैं दूसरा ब्याह नहीं करूंगा।''

''लेकिन मैं तो आपको सुख नहीं दे पाती।''

"सुख देना तुम्हारे हाथ में है क्या? अपनी-अपनी तकदीर है। और अब तो ऐसे जीवन की मुझे आदत पड़ गई है।"

न पत्नी ने उनसे कभी कुछ फर्माइश की, न कुछ मांगा और न माधो बाबू कभी कुछ लेकर आए। चाची ने जो पहनने को दिया वही उनकी पत्नी ने पहना। बस एक बार वे पत्नी को लेकर मूनलाइट थिएटर में कृष्ण लीला दिखाने ले गए थे। चाची भी साथ थी। सारे समय माधो बाबू को यही डर लगा रहा कि पत्नी कहीं भीड़ में बेहोश न हो जाए। कुछ घंटों का वह तनाव इतना अधिक था कि उनको लगा इससे तो अधिक निश्चिंत और हल्के वे अपनी गद्दी पर रहते हैं। और उन्होंने निश्चय कर लिया था, हमेशा-हमेशा के लिए निश्चय कर लिया था कि कभी सिनेमा-थिएटर नहीं जाएंगे।

माधो बाबू ने फिर प्रत्यक्ष में कहा, "चाची समय बीतते देर लगती है क्या?"

"हां बेटा कितने बरस बीत गए......देश गए एक जमाना हो गया। धनबाद फिर कलकत्ता और अब झरिया।"

"देखो चाची हमने रुपिया कमाया, रुपिया खोया, फिर रुपिया कमा रहे हैं। बीत जाएगा, यह समय भी बीत जाएगा।"

कितना तो परिवार फैल गया है। चार टाबर तो सांवर के हो गए। सांवर को तो अब काम में बैठना होगा। उसका काम में मन थोड़ा कमती लगता है। माधो बाबू, भाई के बारे में भीतर ही भीतर चिंतित हो उठे। मगर प्रत्यक्ष में कुछ कहा नहीं। वापस झरिया लौट आए।

इस बार जब वे कलकत्ता आए तो उन्होंने फिर सांवर के सामने झरिया रहने की बात उठाई।

"सांवर, वहां झरिया में अब मैं अकेले नहीं रह सकता हूं, तुमको भी काम में हाथ बंटाना चाहिए। मैट्रिक, बी०ए० की परीक्षा, तुम्हारे इस फेल-पास से कोई फरक नहीं पड़ने वाला।"

पास बैठी हुई चाची ने भी कहा—"रे बेटा माधो! यह सांवरा सारे दिन लुगाई के लारै-लारै फिरता रहता है, बैठा-बैठा मुफ्त का टुकड़ा तोड़ता है। यह तो नहीं कि बड़े भाई के काम में हाथ बंटाए। अपना भाई काम करता तो देख कर तुम्हारा भी कितना जी सोरा होता।"

बात ढंकने की कोशिश करते हुए माधो बाबू ने ही कहा—"चाची आड रा बच्चा नै तिणो कुण सिखावै? वे तो जनमते पाण मत्तेई सीख लेते हैं। तुम इस बाबत चिंता मत करो। मेरा सांवरा पढ़ा-लिखा है, मेरे सवाया ही निकलेगा, उसको मैंने अंगरेजी भी पढ़ाई है।"

"बेटा तू जाने और तेरा काम। मैं तो नचिंती हूं।"

सांवर ने पहली बार बड़े भाई के सामने मुंह खोला—"भाईजी मैं बस बी०ए० पास कर लूं। चार-पांच महीने की बात है।"

"ठीक है। लेकिन सांवर तुम जो किस्सा-कहानी पढ़ते हो, सिनेमा देखते हो, इनका व्यापारी जीवन में कोई उपयोग नहीं।"

सांवर का चेहरा बुझ गया। माधो बाबू ने सोचा—चाची ठीक ही कह रही थीं।

गद्दी पर म्हाली चाचा मिले, म्हालीरामजी कहने लगे—"मेरी तो तबीयत ढीली चलती है बेटा, अब मैं ज्यादा दिन नहीं।"

"नहीं चाचा! इस गद्दी पर तो आपके बैठे रहने की शोभा है। गद्दी की साख तो आप ही हैं।"

"बेटा मैं तो पका पान हूं, अब गिरा तब गिरा। बस मेरे पणिए का ब्याह हो जाता। लेकिन उसने जिद् पकड़ रखा है अफसर बनूंगा। पिलाणी जाकर इंजीनियरिंग पढ़ूंगा। दूसरे, सबसे छोटकी बाई का ब्याह करना है। आज मेरा छोटा भाई जीवता रहता......"

"चाचा मैं हूं ना आपका बेटा। बोलिए क्या करना है?"

"बेटा तेरी तो बोली का सहारा है। तुमने तो खुद अपने जीवन में घणा दुख देखा है और आज भी......बेटा माधो......"

"हां बोलिए चाचा।"

"कुछ नहीं......बस तेरी चाची कह रही थी कि, म्हालीरामजी माधो का दूसरा ब्याह करवा दीजिए। रोगली लुगाई का कैसा साथ?"

"देखा जाएगा।"

× × × ×

माधो बाबू कलकत्ता से वापस झरिया लौट आए। उस रात माधो बाबू सोए-सोए सोच रहे थे। चटख चांदनी पसरी हुई थी भीतर कमरे में, बाहर आंगन में, आंगन से परे खुले मैदान में। हल्की हवा और हरे पत्तों का थिरकना किसको नहीं अच्छा लगता। वे सोचने लगे—यह झरिया है, एक ओर रानीगंज दूसरी ओर धनबाद। मैं जब दस साल का था तब चाचा के साथ धनबाद के स्टेशन पर ही तो उतरा था। उस रात कैसे जोरों की आंधी थी। पूरी रात हवा झांझड़ बजा रही थी। चाचा-चाची मुझे और नन्हें सांवर को छाती से चिपकाए किसी न किसी तरह रात बिताने की चेष्टा कर रहे थे। अंधेरे में हाथ को हाथ नहीं सूझ रहा था और न ही कान में पड़ी आवाज सुन रहा था। घुप्प अंधेरे में स्टेशन से बाहर बादलों को फटकारती आंधी के साथ बिजलियां पलकें झपका रही थीं। झाड़ी से बेर झड़े कैसे ही टलक-टलक पानी के मोटे-मोटे छांट स्टेशन के टीन के छाजर पर पड़ रही थी। मैं खाली एक ही बात सोच रहा था......इतना पानी और ऐसी बरसात? इस तरह की भींगी हवा यदि हमारे सुजानगढ़ में होती तो हमें क्यों भटकना पड़ता।

माधो बाबू की नींद उचट गई, वैसे भी अभी रात के नौ बजे होंगे। वे उठकर अपनी कोठरी से बाहर निकले......और टहलते हुए......थोड़ी दूर पर एक टीले पर बैठ गए। बैठे-बैठे माधो बाबू ने कलकत्ते में अपने परिवार के बारे में फिर सोचा......क्या करूं? उन लोगों को यहां ले आऊं? दो पक्की कोठरी बनाने में कितना लगेगा? लेकिन उस रुपए से तो खान के लिए कुछ सामान खरीदा जा सकता है। बाजार में तेजी है।

उन्होंने झाड़ियों की ओर देखा, आस-पास खड़े दो-चार पेड़ों को देखा, मौसम बदल गया था। पेड़ों पर नए पत्ते थे। बिहार की पुरवैया से परिचित थे। नहीं यह सुख कलकत्ते में नहीं। अच्छा मेरी अपने-आप से क्या अपेक्षा है? बहुत स्पष्ट नहीं......लेकिन उनको अपने भीतर एक तरावट महसूस हो रही थी। जो धीरे-धीरे उनकी नसों में फैलता जा रहा था। थकान नहीं

थी, बस एक अलसाया सा भाव। पास ही गईंता चलाते हुए मजदूर कुछ गा रहे थे। माधो बाबू अब थोड़ी-थोड़ी उनकी भाषा समझने लगे थे, मगर ज्यादा नहीं।

माधो बाबू बहुत समय तक खामोश बैठे रहे थे, बिल्कुल निस्तब्ध...... उनकी हथेलियां जमीन पर टिकी हुई थीं। और सब कुछ सारे माहौल से कटा हुआ, चांदी के थाल जैसे चांद पर उनको अपना भविष्य नजर आया कि, उनके पास एक नहीं और भी बहुत-सी खानें होंगी। वे इस इलाके के सबसे बड़े रईस होंगे। उनका बहुत बड़ा मकान होगा। लेकिन इस सारे सपने और सोच का निष्कर्ष। एक हल्की मुस्कान के साथ उन्होंने सोचा...... निष्कर्ष को तौलना मेरे वश में नहीं। वह रामजी जाने।

वे उठ खड़े हुए। धीरे-धीरे टहलते हुए काफी दूर पश्चिम की ओर निकल गए। बस्ती पीछे छूट गई थी। चांदनी के कारण एक हल्की उजास धरती पर ठहरी हुई थी। वे वापस लौट पड़े अपने ठिकाने पर।

कोठरी के सामने मूंज की खटिया पर बैठ कर उन्होंने हरजस गाना शुरू किया...... न जाने क्यों आज उन्हें अपने दादाजी सेठ गुरुमुख दासजी की याद हो आई। दादाजी ऐसी चांदनी रातों को हरजस गाया करते थे...... और उन गानों को याद करते हुए माधो बाबू भी तन्मय स्वर में गाने लगे—

"ग्वालीड़ा थूं काईं जाणै पीर पराई,
हाथ लकुटिया कांधै कमरिया,
बन-बन धेनु चराई......"

एक-एक कर लोग आकर बैठते जा रहे थे। जात-पात का, ऊंच-नीच का भेद नहीं था। आधी रात हो रही थी...... राग सोरठ में विभोर होकर गाते हुए माधो बाबू की आंखों से अविरल अश्रु धारा बह रही थी। ओझाजी ने ढोलक पर थाप दी और अब फिर माधो बाबू ने गाया—

"जब म्हारा मोती पीवण लाग्या, तो सोने के रंगतार...... हो राम......
जद राधा, हरि ने मोती पैराया, तो चंद्रसखी जस गाया...... हो राम......"

उनके साथ ओझाजी ने फिर जोरों से ढोलक पर थाप मारी...... उपस्थित मजदूर टोली ने स्वर मिलाया और कहा...... "हो रामा......"

माधो बाबू अर्थ समझा रहे थे—"राधा जी मोतियों की खेती कर रही थीं, क्योंकि हरि को मोतियों की माला पहनानी थी। आप लोग सोचकर देखिए राधाजी का यह भाव कैसी अंतस की सरलता और तन्मयता का द्योतक है।"

लोगों ने सहमति में स्वर मिलाया और अब साथ-साथ ओझाजी ने भी स्वर मिलाया। माधो बाबू को लगा, वे अकेले नहीं हैं।

कोई एक कोमल भावना थी जो माधो बाबू अभिव्यक्त करना चाहते थे, पर कर नहीं पा रहे थे। सारे दिन की मेहनत के बाद की थकान, यह थकान नहीं थी, क्षणों की तात्कालिकता का दबाव था। मगर बड़ा मीठा-सा दबाव, सुख से और अधिक गहरी संवेदना, झुका हुआ आकाश मानो कोलियारी पर आशीर्वाद था और ऐसे जगत के स्वामी माधो बाबू थे, हां वे ऐसी ही एक दुनिया में रह रहे थे। उनके अनुसार इससे अधिक महत, दुनिया में और कहीं कुछ

हो नहीं सकता, होंठों पर मंद स्मित लिए वे सोचते रहे थे, खिड़की से झरती हुई रोशनी और हल्की शुष्क हवा।

धीरे-धीरे आधी से अधिक रात ढल गई, संगीत खतम हो चुका था, कुछ लोग उठ कर चले गए थे, कुछ उठने की तैयारी में थे। ढोलक समेटते हुए ओझाजी ने कहा—"बाबू सोने नहीं जाइएगा?"

"आप लोग अपने-अपने ठिकाने पर चलें, मैं अभी थोड़ी देर और बैठूंगा।"

माधो बाबू हाथ पीछे टिकाए चुपचाप नीले आकाश से झरती चांदनी को पी रहे थे, होंठों पर मंद स्मित लिए उन्होंने गहरी सांस लेकर फेफड़े में, ताजी हवा को भरा और मानो स्वयं से कहा⋯⋯वहां कलकत्ते में, बड़े बाजार में हवा नाम की मुफ्त की इस चीज के लिए भी तरस जाते हैं, देखो विधि की कैसी विडंबना है।

यों तो परिवार बीच-बीच में कलकत्ते से यहां आता-जाता रहता है, लेकिन अब अच्छा होता कि सबको यहीं पर बुला लिया जाए। सांवर भी काम में लग जाएगा। बाणिये की सफलता का एक ही रहस्य है—ठीक वक्त पर ठीक काम करना। ऐसे क्षणों में फिर हील-हवाला करने से फायदा नहीं।

उनकी दृष्टि दूर खड़े वैगनों के कतार पर अटक गई। वे सोचने लगे—वैगनों की शार्टेज की समस्या पर। उत्पादन बढ़ाया जा सकता है, ऊंचे दाम पर माल बेचा भी जा सकता है। मगर वैगनों की कमी। बड़ी स्टील कंपनियों की तो अपनी खान है, अपने वैगन हैं⋯⋯हमारी जैसी छोटी कंपनियों का नंबर सबसे पीछे रहता है। मैं तो उस अंग्रेज अफसर को लेकर होटलों में नहीं जा सकता, सांवरा जा सकता है। उसके ऊपर सूट-बूट जंचता भी है। मैंने उससे कहा भी था कि साहब बहादुर को पटाकर रखो।

लेकिन सांवरे का जवाब, "भाईजी वह तो पकड़ाई में नहीं आता।" कहकर सांवर ने एक लंबी उबासी भी ली और फिर कहा था—"गर्मी में सूट पहनना भी कितनी आफत का काम है। घंटे भर तक तो साहब के आफिस के सामने बैठा रहा। तब कहीं जाकर उसने भीतर बुलाया।"

"अरे जाते ही अर्दली के हाथ में चवन्नी रखनी चाहिए थी ना! वह मत्तेई भीतर बुला लेता।"

भाईजी यह बात तो मेरी समझ में नहीं आई। ऐसा करने से साहब पहले भीतर बुला लेते हैं।"

मेरा तो एकदम से मन बुझ गया था। मैं तो बस यही सोचता हूं कि, हे रामजी गृहस्थी की गाड़ी कैसे पार पड़ेगी।" चांदनी वैसे ही बरस रही थी। हवा की ठंडक से माधो बाबू को लगा कि, अब उठना होगा। लेकिन उठते-उठते उन्होंने फिर सोचा—यह एंड्रू यूल का आर्डर कहीं रद्द न हो जाए। दो बार तो मैं उनसे समय मांग चुका। अबकी तो ठीक टाइम पर कोयला पहुंचाना होगा। साहब कह रहा था—"मिस्टर रूंगटा हम और समय नहीं दे सकते।"

"अरे, वह ऐसे ही आपको डरा रहा था।" सांवरा तो बस गोली दाग देता है।

"जाएगा कहां? बाजार में कोयले की इतनी कमी है।" ओझाजी को भी ऐसा कहने में क्या जोर आया? सब ऊंट के धसियें हैं। लोग इतनी जरा सी बात नहीं समझ पा रहे कि कमाने का मौसम है, जितना कमाना है, कमा लो। और फिर उन्होंने सोचा—मेरे हाथ में चार बड़ी-बड़ी

कंपनियों का आर्डर है। टाइम पर कोयला नहीं पहुंचेगा तो उनका भी काम नहीं होगा। अपने कारण ग्राहक को नुकसान हो, यह बात तो ठीक नहीं। बाजार में बदनामी और हो जाएगी।

× × × × ×

परिवार झरिया आकर रहने लगा। माधो बाबू ने "राई डांगा" में नयी कोलियरी ली। वहीं उसी अहाते में विशाल कोठी बनवाने के लिए सोचा गया। वे सांवर से कहने लगे—

"सांवर अपने लोगों ने तो रामगढ़ वाली हवेली कभी देखी ही नहीं, लेकिन चाचा बोला करते थे...... माधो संगमरमर की वह सफेदी......"

"भाईजी आप भी कौन-सी पुरानी याद लेकर बैठ गए। अपने को तो बिल्कुल अंग्रेजी ढंग का मकान बनवाना चाहिए।"

"ठीक है, जो करना है सो करो।" और माधो बाबू ने देखा कि छोटे भाई का ध्यान काम से और हट गया है तथा रात-दिन वह मकान बनाने वाले उस बंगाली इंजीनियर से माथापच्ची इस मकान को बनवाने में कर रहा है, उसका दसवां हिस्सा भी व्यापार में लगाता। उस दिन खान की मशीन की टाप गियर टूट गयी थी, सांवर को चिंता भी नहीं हुई। उसको तो झाड़-फानूस खरीदने कलकत्ता जाना था। सो चला गया। उन्होंने पत्नी के सामने इतना भर कहा—

"बंगाल के जमींदारों और रईसों का रोग अपने समाज को भी लग गया।"

आजादी का संघर्ष अपने चरम पर था। कोयले की खानों से हीरा खरीदा जा रहा था, धन बरस रहा था। मकान का (गृह प्रवेश) हुआ, भोज हुआ, सब कुछ ठीक ही तो चल रहा था। लेकिन एक सुबह चौके में दूध गरम करने माधो बाबू की पत्नी गई और वहीं चूल्हे के पास मिरगी का दौरा पड़ गया। वह बुरी तरह जल गई। रानीगंज ले जाते समय रास्ते में ही खतम हो गई। घर में और कोई रोया नहीं, यह तो मालूम नहीं हो सका। मगर सांवर के दोनों बड़े-लड़के-लड़की मोहन और रेवा अपनी इस बड़ी मां के लिए बहुत रोए।

माधो बाबू ने दुखी स्वर में बस इतना भर कहा—"चाची, इसको चौके में जाने ही क्यों दिया?"

"भाया! मैं तो टाबरी के लिए दूध गरम करने खुद ही जा रही थी, बीनणी ने कहा—मां जी आप बैठिए मैं जाती हूं, मुझे क्या पता उसको निगलने के लिए वहां काल बैठा है।"

ओझाजी ने राधा बाई से कहा—"मां जी बाबू को मकान रास नहीं आया, छह महीने में बहू जी चलती रहीं।"

माधो बाबू के मन भी यह बात बैठ गई, हालांकि उन्होंने प्रत्यक्ष में इसका जिक्र नहीं किया। हां, यह जरूर हुआ कि पत्नी की तेरहवीं होते न होते चाची और बुआजी ने माधो बाबू पर पुनर्विवाह का दबाव डालने लगीं।

राधा बाई ने कहा—"भाया, अभी तेरी उमर ही क्या हुई है? तेरे जैसे मणिए-गुणिये को कौन नहीं अपनी बेटी दे देगा?"

इस बीच चुरू से छगनी भुआजी की चिट्ठी आई जिसका सारांश था कि अब वे कलकत्ता शायद ही जा सकें। पेट में कोई फोड़ा है, भयंकर दर्द रहता है, बस एक बार यदि माधो बाबू आकर मिल जाते।

चिट्ठी पढ़कर माधो बाबू ने चाची से कहा—"चाची, देश तो जाना पड़ेगा, भुआजी बीमार हैं।"

"सुजानगढ़ में अपनी हेली भी संभाल लेना।"

"चाची, वहां अब क्या पड़ा है? दादी रहीं नहीं, केशो दादा रहे नहीं। मकान के खिड़की-दरवाजे तक तो साबुत नहीं बचे होंगे।"

माधो बाबू देश रवाना हो गए। चुरू में माधो बाबू छगनी भुआजी के घर ही ठहरे।

उन्होंने म्हालीराम को, छगनी भुआजी को तथा गांव के और अन्य धर्मादे के काम में मोकला रुपया दिया। घर के जोशी से भुआजी ने कहा—"बड़ा बाबू दिसावर से आए हैं, घणा दान-पुण्य कर रहे हैं, लेकिन वे भीतर से उदास हैं।"

"गांव में बात तो फैल गई है कि, सेठजी का घर खाली हुआ है, लेकिन सर पर बाप नहीं।" छगनी भुआजी ने कहा।

"घर के कर्तम-कर्ता वही हैं, आखिर अपने ब्याह की बात वे कैसे उठाएं? गांव क्या कहेगा?"

अन्ततः भुआजी ने पतवार संभाली—"भाया, माधो अच्छा होता तू किसी बाणिये की बेटी का उद्धार करता।"

और एक दिन तड़के भुआजी के पड़ोसी मनसुख दासजी, माधो बाबू के पास अकेले ही मिलने आए। आते ही उन्होंने अपनी मैली पगड़ी माधो बाबू के पांवों पर रख दी और कहने लगे—"मालिक मेरी नाव आपके हाथ में है। बेटी चौदह बरस की हो गई, अभी तक कहीं हिसाब नहीं बैठा सका। आप इसकी रक्षा करो।"

माधो बाबू ने पूछा—"देखने में कैसी है? बुद्धिमान है कि नहीं? आलसी तो नहीं?"

"मालिक, छोरी की मां नहीं है। दादी की तो उमर हो गई, घर-बाहर का सारा काम मेरी छोरी ही करती है।"

"वह क्या करती है?" माधो बाबू ने फिर सवाल किया।

मनसुख दासजी इसका ब्यौरा देने लगे।......"गाय-बकरी दुहना, बिलौना करना, सूत कातना, टांका लगाना। आप एक बार चलकर छोरी को देख तो लीजिए, बोलिए तो यहां लाकर दिखा दूं?"

माधो बाबू ने कहा—"मैं नहीं देखूंगा, भुआजी को दिखा दो।"

लड़की देखकर छगनी भुआजी ने माधो बाबू से कहा—"माधो, छोरी तो रूप-गुण में साक्षात् लिछमी है।"

बस दो दिन बाद ही "आखा तीज" के दिन छगनी भुआजी की हेली में ही तोरण बांधा गया, चंवरी रची गई। तोरण मारकर माधो बाबू चंवरी में आए, मुनीमजी ने बेटी का हाथ बड़े बाबू के हाथ में दे दिया। गठजोड़ बांधा। ढम-ढम ढोल बज रहे थे। लुगाइयां गीत गा रही थीं। नेग-दस्तूर करते हुए आधी रात हो गई। दूसरे दिन देवी-देवताओं को पूजकर गाड़ी में बैठे, विदाई की घड़ी भी आ गई। वह बहुत रो रही थी मगर छगनी भुआजी ने कहा—

"बीनणी, रोओ मत। तुम तो राजरानी होकर जा रही हो, वहां तो दाल-चुरमा जीमोगी, "हाजर-हाजर" करती नौकरानियां, तुम्हारे आर-बार फिरेंगी। सातों सुख पाओगी। सासू का

सुभाव बहुत अच्छा है। माधो के पास दुख नहीं पाओगी।''

माधो बाबू ने जब पहले-पहल घूंघट उठाया तो उस अपूर्व रूपसी चेहरे को देखते रह गए। उसकी उन निंबोली-सी बड़ी-बड़ी आंखों में झांकते हुए उन्होंने बस इतना भर कहा—''आज से तुम्हारा नाम पद्मावती हुआ।''

और वह करनी बाई से पद्मावती देवी हो गई।

रेल में बैठे-बैठे वे यही सोच रहे थे कि, जिंदगी कहां से कहां ले जाती है·······मेरा कभी दूसरा ब्याह होगा यह तो मैंने सपने में भी नहीं सोचा था।

लेकिन जिस दिन माधो बाबू अपनी नयी दुल्हन को लेकर मोटर से उतरे, राधा बाई के तन-बदन में आग लग गई। कलेजे में ईर्ष्या की एक कटार चुभती चली गई। उन्होंने इस चुभन को रोकना चाहा था। मुस्कराने की बहुत चेष्टा की थी·······मगर सफल नहीं हो सकी। ऐसी रूपवती बीनणी? अरे ऐसा रूप तो झरोखे से झांके तो चील झपटकर ले जाए। बोलती है तो मानो कोयल टुहका लेने लगती है। यह तो सुरग की अपसरा है। इसके कामण जादू से तो कोई बच नहीं सकता। घर में यह अब किसी की क्या चलने देगी। नवें महीने तो बेटा तैयार है। फिर मेरे सांवर के टाबरी को माधो थोड़े ही पूछेगा। छगनी बाईजी का भी माथा खराब था। अरे, घर सारू लड़की खोजती तो ठीक था। सांवर की बीनणी अपनी नयी जिठाणीजी का मुंडा निरखती रही थी, निहाल होती रही थी। मगर सास के तेवर देखकर, बढ़कर नयी जिठाणी के पगा लगने की हिम्मत नहीं हुई।

नयी बीनणी को बैठने के लिए बोरा दिया गया। वह बैठ गई थी। खाने के लिए मोटे-मोटे रोट थे, फुलके नहीं परोसे गए। उसने गासिया पानी के सहारे गटक लिया। पीने के लिए दूध और छाछ के बदले काली चाय दी गई थी, उसने काढ़ा समझकर घूंट भर लिया था।

साथ आए हुए बक्सा को परे सरकाते हुए राधा बाई ने सांवर की बीनणी से कहा—''क्या देखना पड़ा है। बक्सा को टांड पर रखवा दो। मावड़ी तो है नहीं, गरीब बाप ने पूर पल्ला दिया होगा।''

रात को वह जब कमरे में सोने गई तो पीछे-पीछे मोहन और रेवा को भेज दिया गया। दोनों बच्चों को अगल-बगल लिटाकर नयी बीनणी सो गई थी।

माधो बाबू रात को कमरे में आए। सोई हुई पत्नी का चेहरा निरखते रहे। और इसके बाद वे भी मोहन के बगल में गद्दे पर लेट गए।

सुबह मोहन ने कहा—''बड़ी मां, हम आपके हाथ से ही दूध पीएंगे।''

रेवा ने कहा—''बड़ी मां, मेरी चोटी कर दीजिए।''

राधा बाई ने दो वर्ष की छोटी उमा को गोद में देते हुए कहा—''ले बीनणी, इसको तो तू ही पाल। छोटकी के तो छह महीने की एक छोरी और है। साथ ही तीन महीने का पेट है, उल्टियां करती-करती घायल हो जाती है। एक छोरा और हो जाता·······लागौ-लाग बेटियां होती जा रही हैं। अरे कहां बेटे पड़े हैं?''

और नयी बीनणी ने कुछ नहीं कहा। बस, उस किशोरी ने एक बार अपने अधेड़ निःसंतान पति की ओर देखा, वृद्धा सास को देखा, देवर-देवरानी का स्वभाव समझा, घर की बेतरतीब व्यवस्था को देखा और मन ही मन सोचा, जैसे पति की सेवा करना मेरा धरम है,

वैसे ही सास की आज्ञा मानना मेरा फरज है।

वह कब चौके में जाकर चूंटिया घी से फुलका चुपड़कर देवर और पति को देने लगी, किसी को पता नहीं चला। कब बच्चों को बड़ी मां दूध में बादाम-पिश्ता और मलाई देने लगी, किसी को समझ में नहीं आया। कब वह राधा बाई के सर बादाम रोगन का तेल लगाने लगी, खुद राधा बाई को ही पता नहीं चला। बस, राधा बाई को अपनी इस नयी बीनणी की नरम गुदाज हथेलियों की तेल-मालिश बहुत अच्छी लगती। जरूरत से ज्यादा सुहाती। रात को जब वह उनके गोड़े में आक के पत्तों का सेंक करती तो आशीष दिए बिना उनसे रहा नहीं जाता।

वह सर झुका कर पति की बात सुनती। उनके सिद्धांतों को समझती, बहस नहीं करती थी। मगर यह भी समझ गई थी कि, माधो बाबू को कभी सुख नहीं मिला है। उनका कभी किसी ने कुछ नहीं किया है। वह जितने प्यार से मोहन को गोदिया में थपकी देकर सुलाती, उतने ही प्यार से पति का भी पैर दबाती थी, माथे में तेल लगाती थी।

और अब वह देवरानी के जापे की तैयारी कर रही थी। होने वाले बच्चे के लिए उसने टोपले सिलाई किए। माधो बाबू के पुराने धोती कुर्ते को फाड़कर लंगोटी बनाई, छोटे-छोटे झबले सिलाई की। अजवायन साफ किया, धोकर धूप में सुखाकर रखा। सोंठ पीसा, दसमूल के काढ़े की पुड़िया तैयार किया। दिन बीतते क्या देर लगती है। फागण में देवरानी के गीगा हो हो गया। राधा बाई ने चांदी का थाल बजाया। गांव में रसगुल्ला बंटवाया और साथ ही माधो बाबू से कहा—"छह महीने तो तेरे ब्याह को हो गए.......देखो, रामजी कब पोते का मुंह दिखाएंगे।

और करनी बाई से परिवर्तित पद्मावती देवी अपनी घर-गृहस्थी में रमती चली गई, पीछे छुटे हुए देश में वह कभी लौट नहीं पाई। उसके वृद्ध पिता तीन-चार बरस बाद परलोक सिधारे तो माधो बाबू ने उससे इतना भर कहा—

"क्या करोगी उस अंधेरी कोठड़ी में जाकर? दीवाल से सर फोड़ोगी क्या?"

उसने चुपचाप अपने आंसुओं को गटल लिया। उजली जिंदगी का अंधेरा पक्ष था कि, गोद नहीं भरी। ठंडी सांसों के साथ राधा बाई का ताना चलता रहता—"कहां बेटे पड़े हैं। यह दूसरी भी कोरी रह गई।"

माधो बाबू की पत्नी को लगता कि पति तो रेत के भोभर की तरह उड़ते रहते हैं, आज यहां, कल वहां। आखिर इतनी मेहनत की जरूरत? घर में सब कुछ तो अनाप-शनाप है। फिर इस उमर में भाग-दौड़।

वह अपने पति के हाथों की ओर देखती, लंबी उंगलियां, गुलाबी नाखून, मगर किसी न किसी नाखून में जरा-बहुत कोयले की कालस जमी रहती। एड़ियों में भी वही कोयले की सांवली सी झांई पड़ी रहती। उसका मन करता, गरम पानी और साबुन से रगड़-रगड़कर ये दाग छुड़ा दे। लेकिन संकोच में कह नहीं पाती। हां, हरखू से जरूर कहती......."हरखूजी, बाबू हड़बड़ी में ठीक से नहाते नहीं हैं। देखिए उनका गोरा रंग कैसे संवलाता जा रहा है। आप थोड़ा तेल-पानी का ख्याल रखा करिए। बड़े बाबू के उबटन तो लगा दिया कीजिए। उनको तो काम में होश ही नहीं रहता।"

''जी बहूजी।'' सर झुकाकर हरखू चला जाता। नौकरों की मजलिस में—ऐसी सती नारी कहां मिलिहैं! अरे, बड़ा बाबू पर जान छिड़कत हई।''

ओझाजी कहते—''बच्चों को कैसा संभाला है!''

म्हाराजजी कहते—''बड़ी बहूजी से तो मैं रसोई सीखता हूं।''

वह चुपचाप हर दोपहर को, जब घर में और लोग सो रहे होते, रेवा के ब्याह के लिए बेल-बूटे काढ़ती रहती। अपने हाथों से आंगी सिलती रहती। काम में उसके बराबर कोई नहीं था।

और रूप? माधो बाबू कभी-कभी एकटक देखते रहते और कह बैठते—''पद्मावती...... तुम्हारे कारण मेरे जीने की इच्छा बढ़ गई है।''

× × × ×

देवरानी फिर नहाई रह गई थी। और नवें महीने अबकी फिर बेटा हुआ।

राधा बाई ने माधो बाबू के सामने बात उठाई कि वे इस बेटे को गोद ले लें।''

और उसने पहली बार प्रतिवाद किया, ''नहीं मांजी, मेरे तो छहों टाबर अपने हैं, एक को गोद लेने से वह अपना होगा या नहीं, यह तो मालूम नहीं। लेकिन बाकी और सारी टाबरी पराई हो जाएगी।''

राधा बाई बहुत देर तक गौर से अपनी इस नयी बीनणी को देखती रही थी। वे समझ नहीं पा रही थीं, अपनी इस बीनणी को वे बिल्कुल नहीं समझ पाती थीं। यह इतनी कम उमर में इतनी स्याणी बात कैसे कर लेती है? और सारा घर इसके वश में कैसे होता जा रहा है। माधो को तो दो ही चीजें अच्छी लगती हैं क्या तो अपनी मोटर गाड़ी और नहीं तो अपनी लाड़ी। उन्होंने एक नजर खिड़की के पास खड़े माधो बाबू पर डाली वे शाम के झपकते हुए धुंधलके में दूर कहीं किसी जलते कोलपीट को देख रहे थे। वे बहुत देर तक खामोश खड़े रहे, उनके चेहरे पर तनाव भरी सख्ती थी। एक ऐसा भाव था जो राधा बाई ने पहले-पहल देखा। एक असहाय क्रोध के वशीभूत उन्होंने पलट कर राधा बाई से कहा—

''चाची यह ठीक ही बोलती है। और आगे से अपने घर में इन बातों की चर्चा नहीं होनी चाहिए।''

''भाया जैसी तेरी इच्छा! मैंने तो अपना फरज निभाया था। गांव यह नहीं कह दे कि चाची ने अपने बेटे-बहू की चिंता की, जिठानी के बेटे की......''

''ओफ......हो! यह सब क्या फिजूल की बात कर रही हो, चाची मेरी तो मां तुम हो और बाप भी।''

किन्तु राधा बाई की आंखों से चौसारा चलने लगा था। उन्होंने बस इतना भर कहा— ''भाया, अब तुम लोग अपनी-अपनी गृहस्थी संभालो। अब तो तुमने मोकला रिपिया कमा लिए, मैं तो काशीवास लेना चाहती हूं।''

''वहां अकेली कैसे रहोगी?''

''अकेली क्यों रहूंगी? साथ में बाईजी (सेठ सुंदरलाल जी की मां) भी चली जाएंगी।

यहां तो बेटे ने उनकी दशा से कुदशा कर रखी है। गांव में कर्जा बढ़ता जा रहा है। कभी बाईजी ने अपने को सहारा दिया था, आज अपना भी धरम है कि, उनकी सार-संभाल करें। तो ठीक है, भाया, मेरा तो बनारस में इंतजाम करवा दो।''

''चाची सुंदरलालजी की गद्दी में रुपया तो मेरा भी जमा है।''

''भाया, वह रुपया तो नहीं आने का।''

''मालूम है चाची। लेकिन मैंने उनका नमक खाया है, आज तकलीफ के समय में कैसे उनको और तकलीफ दे दूं?''

बेटे से बहस होने के बाद, अपने कमरे में गद्दे पर बैठी-बैठी माला जपती हुई सोच रही थी······माधो कमा रहा है, रात-दिन की मेहनत है। रुपया भी आ रहा है। लेकिन सांवर जितनी फेल-फितूरी न करे, उतना थोड़ा है। मेरे से तो सहन नहीं होता। यह यदि ऐसे रूलपट हो जाएगा तो चल चुका गृहस्थी का गाडा।

माधो से तो मैं मन की बात कह ही दी, लेकिन सांवरिये से मैं क्या कहूं? माधो भी ठीक ही बोला कि चाची सांवर कोई टाबर तो है नहीं, बराबरी में मोट्ट्यार जवाण है। उसको कुछ बोलूं और बात उल्टी पड़ जाए तो सगला गुड़-गोबर होना हो जाएगा। मैंने तो अपनी ओर से कहा भी भाया माधो, सांवर का ढंग छिपा हुआ है क्या? ''ऐसा कुपातर आगे चलकर क्या निहाल करेंगे?''

''नहीं चाची, ऐसी बात नहीं है।''

माधो तो सीधा बहुत है, बात समझता ही नहीं। वह तो मैं कलकत्ते बाईजी को देखने गई, तब मालूम पड़ गया, नहीं तो क्या मालूम पड़े। मैंने तो सांवर से बस इतना ही पूछा था—

''हां रे सांवरिया, यह कोई तेरा ढंग हुआ·······''

चाची, दो-चार भायलो के साथ ताश ही तो खेल रहा था।''

मेरे से नहीं रहा गया, मैं तो पूछ ही बैठी—''हां रे, तू सूखी ताश खेलता है या आली?''

''सूखी ताश खेलने में क्या मजा आए? और यार-दोस्तों के साथ घड़ी दो घड़ी का मौज-शौक भी आप को नहीं सुहाता?''

''रे बेटा, अपना इतना पुराना घराणा। भायला रखो तो चोखा देखकर रखो।''

''चाची, भलाई का जमाना बीत गया। आजकल तो दस नंबरिया ही ज्यादा मौज करते हैं।''

''मैं क्या बोलती उससे? मेरी तो अक्ल ही नहीं काम करती। वह तो कहो माधो से डरता है। उसका लिहाज करता है, नहीं तो यह जो भी न करे, सो थोड़ा।

अब अपने सुंदरलाल जी का ढंग किसी से छिपा है क्या? सारा गांव जानता है। नाथूराम जी और उनकी लुगाई का तो वृंदावन में ''सुरगवास'' हो गया। बाईजी (सेठ सुन्दरलालजी की मां) बेचारी एकली लुगाई क्या कर ले। बड़के बेटे बहू से पटरी नहीं बैठती थी तो यहां छोटके सुंदरलाल के पास आ गई लेकिन यह क्या निहाल करने का? कितना तो करज हो गया, ब्याज चढ़ता जा रहा है, ब्याज का भी कोई मौसम होता है क्या? ब्याज तो न दिन देखता है और न रात। सुंदरलालजी तो अब घर का गहना और निकाल-निकाल कर बेचने लग गए हैं। आय थोड़ी खरच घणा, एक उस रांड मेहरजान के पीछे सारी गोठ उजड़ गई।

वह तो कहो उस दिन मैं बाईजी से मिलन चली गई थी। बाईजी का डील खीरा-सा बल रहा था। माथे पर हाथ रखकर मैं बोली—"बाईजी, आपके तो बुखार है।"

"हां भाभी मामूली-सा है, चिंता मत करो, मत्तेई ठीक हो जासी।"

"मतेई कैसे ठीक होगा। डाक्टर को तो बुलाना पड़ेगा।"

"भाभी मैं विलायती दवाई नहीं लूंगी। तू क्यों मेरा धरम भ्रष्ट करवा रही है।"

"ठीक है, आप वैद की पुड़िया ले लो।"

"कौन करेगा पछ परहेज?"

"क्यों? सुंदरलालजी की बीनणी......"

"कर दिया निहाल। इतना बड़ा मकान खायं-खायं करता है। सासू नीचे कमरे में अकेली पड़ी-पड़ी डुसका मारती रहे और बेटे की बहू उपर टंगी रहे। उसका अपना दुख है, मैं उससे क्या बोलूं?"

मैंने ही कहा था—"बाईजी, म्हालीरामजी बोल रहे थे कि सेठजी ने तो रात को घर आना ही छोड़ दिया। गद्दी पर लिछमी कब तक ठहरेगी? माधो था तो संभालता था।"

"लेकिन भाभी, माधो भी कब तक कमाकर देता? उसका अपना परिवार है। अच्छा है, कोयले का धंधा शुरू कर दिया।"

बाईजी, अपना भी क्या ठिकाणा। अपने तो पाका पान हैं, छिन में चिणक जाएंगे। लेकिन म्हालीरामजी ने मुझसे कहा था—"माधो की चाची, मैं तो आप पचासी का हो गया। गोड़ा करड़-करड़ करने लगे। लेकिन देखो, कैसी मजबूरी तिजूरी की चाभी संभाले हुए, गद्दी पर बैठा रहता हूं। मुझे याद ही नहीं आता कि, कब कलकत्ता आया था। पर सांची कहूं, मैंने तो कभी एक सिनेमा भी नहीं देखा। ट्राम में भी नहीं बैठा। कलकत्ता कितना बड़ा है, यह भी नहीं जानता। बस छत पर बासे में जीमना और नीचे गद्दी में बैठे-बैठे पराए धन की रूखाली करना। दो-तीन बरस में एक बार देश चला जाता हूं। बस, अब की जाऊंगा तो दोनों छोरा-छोरियों का कावा ढीचा सलटाना है। माधो भी बोल रहा था--चाचा रुपये की जरूरत हो तो मेरे से ले लेना।"

बाईजी ने भी कहा—"सौ कुपातर से तो एक सुपातर ही घणा। अपना माधो सरवण कुमार है, नहीं तो भाभी तुमने जमाने को देखा? कैसा बदल गया है, मेरे सुंदरिये जैसे अनजोगी संतान किसको निहाल करेगी?"

बाईजी ठीक ही कह रही थीं। जमाना तो बदलता ही जा रहा है। सोचते हुए राधा बाई ने माला उठाकर रख दी और गद्दे पर लेट गई। सोये-सोये बीते दिनों को याद करने लगी। विगत जीवन को कितना, सुखी परिवार था। हंसी-खुशी में रूखी-सूखी खाकर बीत रहे थे। जिंदगाणी के प्रवाह में किसने भाटा फेंका......ये तो बिचारे कुछ नहीं कर पाए। राधा बाई की आंखों के सामने सुजानगढ़ की हेली घूम गई। काकोजी तो राजा साब के भेंट चढ़ गए। मां जी बेटे की प्रतीक्षा में बैठी रह गईं। रात में अंधेरे में लालटेन लिए सूनी हेली के कोने-कोने घूमती रह गई। उनकी आत्मा तो अब भी वहीं भटक रही होगी। माधो से कहकर "गया जी" करवाना जरूरी है।"

और, फिर खुद राधा बाई की आंखों के सामने चौक में पड़ी हुई किशन बाबू की

चिथड़ा-चिथड़ा खून से लथपथ लाश दिखायी पड़ने लगी।

एक ठंडी सांस अकबका कर निकल गई। उन्होंने सोये-सोये माथे पर पल्ला खींचा। और फिर सोचने लगीं—

कैसा जमाना आ गया? मिनख, मिनख का बैरी हो गया। कहां गया उसका मिनखपना? कहां गया भाईचारा? पहले आपस में भी कभी कोई मनमुटाव नहीं होता था, सगले हिलमिल कर आराम से रहते। होली-दीवाली सावणी, तीज, आखा तीज, जन्माष्टमी का त्यौहार मनाते। गले लगते। धोंक खाते। बहुएं बड़ी-बुढ़ियों के पगा लगतीं मन में किसी तरह का लाग और खोट नहीं था। च्यारूमेर आनंद, उछाव और हंसी-खुशी का फुहारा-सा छूटता।

लेकिन अब यह कैसा बदलाव आ गया? कहां गए वे मिनख? म्हालीरामजी भी अबकी देश जाएंगे तो अब वापस आएंगे नहीं। उनकी साख के बिना कैसे गद्दी संभलेगी? उनके जैसा मिनख मिलना मुश्किल है।

× × × ×

ओझाजी से माधो ने बनारस में जमीन खरीदने को कह दिया। विशाल कोठी भी बन गई। राधा बाई और बाईजी वहीं रहने लगी थीं। बीच-बीच में बहुएं सास के पास चली जातीं। सांवर भी जाता। माधो बाबू बहुत कम जा पाते, माधो बाबू तो टिककर दो रात भी झरिया में नहीं रह पाते। रात-दिन की यह भाग दौड़।

माधो बाबू की पत्नी अपने पति का चेहरा देखतीं और सोचतीं, कैसे तो चेहरा बुझता जा रहा है। माना कि उमर हो रही है, लेकिन ऐसी भी क्या उमर हुई है। इनके चेहरे पर कोई चमक नहीं, न कोई आनंद। एक कठोर संकल्प शक्ति जरूर है। मानो बड़े से बड़े बोझ के नीचे वे अडिग और अटल खड़े रहेंगे। लेकिन आंखों में यह आहत भाव? क्या संतान नहीं होने की वजह से? सारी गलती मेरी ही है। और उसका सर झुका जाता।

माधो बाबू ने कहा—"पद्मावती, तुम्हारे साथ मैंने बहुत बड़ा अन्याय किया। तुम मुझसे उमर में इतनी छोटी हो। नहीं, मुझे यह ब्याह नहीं करना चाहिए था।" फिर व्याकुल होकर कहते……"तुम्हें किसी चीज की कमी तो नहीं है ना? सब तुम्हारा आदर-सम्मान तो करते हैं ना?"

उसकी बड़ी-बड़ी आंखें जलजली हो जातीं। आंचल के छोर से आंखों की कोर पोंछती तो काजल फैल जाता। कुछ कहने के लिए मुंह खोलती तब तक ऊधम मचाते, दौड़ते हुए छोरे-छोरी आकर पैरों से लिपट जाते……"बड़ी मां की गोद में पहले मैं बैठूंगा……मैं……मैंने पहले बड़ी मां को छुआ था……"

"चल हट……मैं बड़ा हूं……मैं बैठूंगा……"

विभोर होकर माधो बाबू कहते—"सेठानी तुम्हारी गोद में तो और किसी के लिए जगह बची है क्या?"

वह शर्म से लाल हो जातीं। साड़ी का पल्लू सामने खींचते हुए वह कहती "जी, आज आप कैसी बात कर रहे हैं?"

एक दिन माधो बाबू ने मुस्कराकर पत्नी की ओर देखा। उसके शांत चेहरे पर शांति और पीड़ा एक साथ थी। भीतर कहीं दर्द था। मगर वह दर्द से आक्रांत नहीं थी। होंठों के बीच एक झीनी-सी मुस्कान कैद थी। दोनों लड़के उसके दोनों घुटनों पर बैठे थे। पीछे खड़ी रेवा बार-बार पल्ला खींचते हुए कह रही थी—

"सर उधाड़िए ना बड़ी मां, मैं आपकी चोटी करूंगी।"

माधो बाबू ने सोचा, सुखी कौन है? जो जिंदगी की पीड़ा और अभाव को कभी गंभीरता से नहीं ले!

माधो बाबू ने फिर सोचा—समस्या तो यह है कि मैं अकेला पड़ता जा रहा हूं। सांवर को कोयला खान के संबंध में जरा भी सोच नहीं। हाड़-तोड़कर कैसे पैसा कमाया जाता है, इससे वह बिल्कुल अनभिज्ञ है। वह तो कभी यह जानने की चेष्टा भी नहीं करता कि रुपया कहां से आता है? बस मेरे प्रति एक बाल-सुलभ शिशुवत समर्पण है। उसके अनुसार तो—भाईजी हैं ना! अपने ही सब कुछ संभालेंगे, भाईजी के रहते भला हम लोगों को कोई हाथ लगाने से रहा। अंग्रेजी की सारी पढ़ाई-लिखाई धूल में गई। टाई की गांठ बांधने, ब्राइल क्रीम लगाकर बाल संवारने में ही तो घंटा भर लग जाता है। मैं मना नहीं करता। खर्च करो, जरूर करो। मौज-शौक भी करो। मगर धन की पकड़ तो हो। धन को ऐसे परनाले में तो मत बहाओ। जहां समूचा का समूचा मूल ही खत्म हो जाए।

चौंककर उन्होंने सर उठाया, चांदी के ग्लास में गरम केशरिया दूध लिए माधो बाबू के सामने खड़ी थी। माधो बाबू उसकी खामोशी से झुंझला उठे……"पद्मावती, तुमसे कितनी बार कहा कि, मेरे सामने चांदी के बर्तनों में भोजन मत परोसा करो। मैंने कौन-सी चांदी देखी है। जो अब यह सब चोंचला दिखाया जा रहा है?"

"जी, चांदी के बर्तन में भोजन करने से स्वास्थ्य अच्छा रहता है। लक्ष्मी ठहरती है।"

माधो बाबू तरल आंखों से पत्नी की ओर देखने लगे। पद्मावती सुलक्षणा है, घर में उसके पैर क्या पड़े कि, बस लिछमी बरस ही रही है। उसके बिना न मालूम मेरा क्या हाल होता? कौन मेरी सार-संभाल करता? लेकिन पहली पत्नी भी बुरी नहीं थी। बेचारी! उसने तो सुख के दिन देखे ही नहीं? माधो बाबू ने आंखें बंद कर धीरे से अपने सर को तकिये पर टिका लिया।

× × × ×

राधा बाई जब भी काशी से आतीं, उनको घर में एक नया बदलाव नजर आता। उनकी नजर में दो मुख्य अपराधी थे। एक तो सांवर, जो किसी अंग्रेज साहब बहादुर से कम नहीं था। दूसरी माधो की यह नयी बीनणी, जो कि प्रतिदिन घर में अनुशासन की सख्ती बढ़ाती जा रही थी। राधा बाई कहतीं—"क्या फरक पड़ता है, यदि टाबरी थोड़ी देर से नहा ले…… लेकिन नहीं……सुबह उठते ही पहले बीनणी का यही रोला शुरू हो जाता है। अरे किसी टाबरी का मन चल गया और मिठाई ज्यादा खा ली तो क्या आफत हो गई। नहीं, उसको तो रोटी जीमनी पड़ेगी। वे माधो बाबू के सामने कहे बिना नहीं रह पातीं—"भाया तेरी बीनणी का

सुभाव तो बहुत कड़ा है।''

माधो बाबू कुछ नहीं कहते, खामोश रहते। मां सुलभ चाची के सामने आज तक मुंह नहीं खोला तो अब क्या कहना। किन्तु छोटे भाई के बारे में प्राय: चिंतित रहते।

सांवर बंगाली जमींदारों के महलनुमा मकानों से प्रभावित था। उसको वह जमींदारी जीवन शैली बहुत भाती थी। विक्टोरियन शैली के फर्नीचर, इस्ताम्बुल के गलीचे, फ्रांस के स्नेंड ग्लास की खिड़कियां, इतालवी मूर्तियां, भोजन की मेज-कुर्सी।

बहस शुरू हुई कि, म्हाराजजी भोजन परोसेंगे कैसे?

राधा बाई ने कहा—''भाया, मैं तो चौके में ही रोटी जीमूंगी।''

''लेकिन टेबल पर भोजन परोसेंगे कैसे? भोजन तो सामने से परोसा जाता है, पीछे से नहीं। और बहू-बेटियों......'' बड़ी बीनणी ने कहा।

सांवर ने युक्ति निकाली......''भाभी अपने इसको ''यू'' शेप कर दिया जाए। जमीन पर पंगत में बैठने के बजाए सब लोग साथ कुर्सी पर बैठ जाएंगे। सामने परसी हुई थाली रखी जाएगी। म्हाराजजी बीच में जाकर परोस सकते हैं।'' घर में सब प्रसन्न थे। बच्चे खुश थे।

रोटी जीमते समय पत्नी, रेवा की सगाई के बारे में कह रही थी—''रेवा बड़ी हो गई। लड़का खोजना चाहिए......दो बरस में चाहे मोहन और उमा को भी ब्याह दें......ओड़ले-जोड़ले तीनों टाबरी ब्याहने लायक हैं......गहना भी बनवाना होगा। मां जी आप तो बच्चों के ब्याह के बाद ही बनारस रहतीं तो अच्छा रहता ना। और......''

लेकिन माधो बाबू के कानों में कुछ नहीं पड़ा। वे केवल कोयले के बढ़ते हुए दाम के बारे में सोच रहे थे। बीच में सांवर ने हंसकर कहा......

''भाभी, तुम किससे बात कर रही हो? भाईजी का ध्यान ही कहीं और है।''

शायद यह सच भी था। उस क्षण उत्पादन और अधिक उत्पादन, ज्यादा संख्या में वैगनों की उपलब्धि के अलावा माधो बाबू कुछ और सोच नहीं पा रहे थे। पिछले दस-दिनों से रात-दिन सोते-बैठते उनको एक यही चिंता खाए जा रही थी।

भोजन करके उठने पर आज उन्होंने विश्राम भी नहीं किया। कुर्ते के बटन लगा रहे थे......माथे पर टोपी रखी और हरखू ने हांक लगाई।

''अरे डरेवरजी......गाड़ी लाइए, बड़ा बाबू बाहर जाएंगे।''

''भाई जी! अभी इस तावड़े में आप कलकत्ता जा रहे हैं?''

''हां!'' उनका संक्षिप्त उत्तर था। घर से निकलते हुए उन्होंने एक उड़ती हुई नजर पत्नी पर डाली और मन ही मन सोचा—मैंने इसके प्रति बहुत अन्याय किया। सब को सब कुछ दिया, इसको कुछ नहीं दे सका। यह तो रीती ही रह गई। मेरे से उमर में यह आधी है, मुझे इससे ब्याह नहीं करना चाहिए था। एक गलती सौ गलतियों को जन्म देती है। गलतियों का सिलसिला चालू हो जाता है। गाड़ी में बैठने के बाद उन्होंने फिर सोचा......मेरे भीतर वैगन को लेकर जितनी हलचल मचती है, उतनी पत्नी की, घर की समस्या के बारे में क्यों नहीं? एक और खान खरीदने की बात चल रही है, उसके ख्याल मात्र से ही सारे बदन में सिहरन होने लगती है, एक अद्‌भुत आनंद की अनुभूति......यह आनंद किसी और बात में क्यों नहीं मिलता?

और नहीं मिलता, तो मैं क्या करूं? रुपया कोई मैं अपने पर तो खर्चा करता नहीं? मुझे क्या चाहिए? मैं तो वही दो रोटी खाता हूं, जो दस वर्ष पहले खाता था......इन लोगों के मौज-शौक में मैं कभी किसी बात के लिए टोका-टाकी करता नहीं। नहीं मेरे में और कोई ताकत बची है......किसी और को देने के लिए मेरे पास कुछ नहीं। उनके रोम-रोम में थकान महसूस हो रही थी। इन दिनों यह थकान और अधिक बढ़ जाती जब लोग व्यापार के अलावा किसी और मुद्दे पर उनसे बात करना चाहते। रात को बिस्तरे में गहरी नींद सो लेने की शरीर को जरूरत रहती। पत्नी को देखकर भी वे अनदेखा करते......नजर चुराते हुए उसके सर पर हाथ रखकर कहते—सो जाओ, तुम भी थकी हुई हो!''

उन्हें याद आया कि आज कलकत्ता पहुंचकर एक बार सुंदरलालजी से मिलना है। काम में हाथ बंटा सके ऐसा आदमी रखना होगा। मगर विश्वासी आदमी मिलते नहीं। सुन्दरलालजी से ही कहूंगा, उनकी गद्दी पर काम की खोज़ में लोग आते ही रहते हैं। माधो बाबू के आंखों के आगे सेठ सुंदरलाल जी का चेहरा तिर गया। सेठजी धोती के ऊपर शेरवानी पहनते हैं। उसमें सोने की गिन्नियों में हीरे के बटन लगे रहते हैं। दाहिने हाथ की कनिष्ठा में हीरे की अंगूठी, सोने की पाकेट घड़ी का चेन बाहर लटकता रहता आंखों पर सोने के फ्रेम का चश्मा और उनकी वह रोल्स रायल्स गाड़ी। यार-दोस्तों के साथ मेहरजान के बंगले पर मुजरा और मजलिस।

माधो बाबू के मन में वितृष्णा हुई। बेचारे म्हालीराम चाचा ने इनकी सेवा में सारी जिंदगी बिता दी। अब की जो देस गए तो लौटे ही नहीं। एक बार सेठजी का हाल-चाल पूछने मुझे तो जाना चाहिए। आखिर हैं तो हमारे मालिक। उनका कितना बड़ा एहसान है हमारे ऊपर।

× × × ×

चुरू में म्हालीरामजी को रात-दिन बेटी के ब्याह की चिंता सता रही थी। कलकत्ता से आए छह महीने हो गए थे। बेटी के संबंध का जुगाड़ कहीं हो नहीं रहा था। उनको रात-दिन चिंता लगी रहती। कहावत है ना, कि बेटी के ब्याह की चिंता जितनी उसके घरवालों को नहीं होती, उतनी गांव वालों को हो जाती है। घूंघट की आड़ से छोटे भाई की विधवा पत्नी भी बोल सुनाए बिना नहीं मानती।

पन्नालाल जब पिलाणी में प्रथम वर्ष इंजीनियरिंग की परीक्षा देकर चुरू वापस आया तो म्हालीरामजी अपने इस होनहार भतीजे को देखकर फूले नहीं समा रहे थे। सारे गांव में उसको लिए-लिए डोल रहे थे। माणकरामजी ने कहा भी, ''म्हालीरामजी, ऐसा मनिए-गुणिया बेटा है, आपको तो इसके लिए मोटा आसामी मिल जाएगा और उस दायजे से बेटी को विदा करिए।''

मगर म्हालीरामजी ने कहा—''माणकराम तुम कैसी बात कर रहे हो! मेरा बेटा क्या बिकाऊ है?''

पन्नालाल ने कहा, ''ताऊजी, अभी तो मैं इंजीनियरिंग पास कर लूं, फिर विलायत जाऊंगा ऊंची डिग्री लेने।''

''लेकिन घर में तो जोध-जवान बेटी को क्यों बैठाकर रखे हुए हैं? सारी गली में घोड़ी सी खूंदती फिरती है। कलकत्ता से तो आप बेटी के ब्याह के लिए रुपया भी लेकर आए थे।''

माणक रामजी ने फिर टोका।

म्हालीरामजी उत्तर नहीं दे सके। कुछ रुपया तो महाजन का कर्जा चुकाने में चला गया और बाकी रुपयों की पन्नालाल को जरूरत पड़ेगी, यह सोचकर पास में रख लिया।

लेकिन बात कहीं से कहीं जा पहुंची। आज जब ताऊ और बेटे दोनों रोटी जीमने बैठे तब, टिकड़ा परोसते हुए पणिए की मां ने कहा—"पणिया तेरे ताऊजी से बोल दे भाया कि आज सबेरे कुएं पर काकी-सा पूछ रही थी—हे ओ! रतनगढ़ वाले देखने आए थे ना! छोरी के रूप-गुण की घणी सराहना कर रहे थे। उनका कोई समाचार आया?"

म्हालीरामजी सर झुकाए बाजरे की रोटी को दही में चुर रहे थे। पणिए की मां मानो स्वयं से बात कर रही थी। उन्होंने सबको सुनाते हुए फिर कहा, "मैंने तो काकी-सा से यही कहा कि, क्या करूं काकी-सा, रतनगढ़ वालों ने कहलाया है कि, एक बेटी हमारे गांव से जाएगी, तब एक बेटी हम आपके गांव की लाएंगे। रतनगढ़ वाले कहते हैं—दायजा नहीं दे सकते तो कोई बात नहीं। लेकिन किसी गरीब बाणिये की सहायता तो करिए। आपका छोरा पन्नालाल भोत मेधावी, स्यामीजी उसकी भोत बढ़ाई करते हैं। सुनते हैं इंजीनियर बनेगा, बड़ा अफसर होगा। मुझे तो समझ में ही नहीं आया कि क्या जवाब दूं? गांव का ओलमा सुनते-सुनते थक गई हूं। जहां जाती हूं, वहीं एक ही बात। देख, बीरा कैसा जमाना आ गया। फलां चंदजी को देखो, छाती पर जवान घोड़ी जैसी बेटी को बैठा रखे हैं, घर में पैसा नहीं, यह बात तो समझ में आती है लेकिन रतनगढ़ वाले क्या गलत बोले कि आपकी बेटी हमारे गांव, हमारी आपके गांव।"

"तुमने बोला नहीं कि, मेरा बेटा अभी पढ़ता है। बड़ा अफसर बनेगा।" म्हालीरामजी ने झटके से सर उठाया।

"जैसे मेरी बात वहां कोई सुनने बैठा है।" इसके बाद घूंघट की नोक को दाहिने करते हुए पणिये की मां ने कहा—"इस पणिये की तो पढ़ाई खत्म होने से रही। इसको घर-बार की चिंता नहीं। मेरी तो रात-दिन काया जलती है। स्याणी समझणी, जोध-जवान सोलह बरस की बेटी घर में कुंआरी बैठी है, और ताऊ-बेटे को कैसे तो भूख-तिरस लगती है और कैसे नींद आती है? गांव मुझको रात-दिन मोसा मारता है। अपने तो मनसुखदासजी ही स्याणे निकले। देखो, कैसे अपनी बेटी को माधो बाबू के घर में पहुंचा दिया। बेटा पणिया, तेरे ताऊजी को अब थोड़ा घणा विचार करना होगा।

म्हालीरामजी के हाथ का कौर हाथ में और मुंह में रह गया। वे एकटक लकड़ी से उठते हुए धुएं को देखते रहे। फिर किसी तरह पानी के सहारे मुंह का गासिया गीट कर हाथ धोकर उठ खड़े हुए। पणिये की मां कहती रह गई—"बेटा , तेरे ताऊजी ने यह क्या किया? रोटी तो जीम लेते परसी हुई थाली यूं की यूं छोड़ दी? ऐसे कैसे काम पार पड़ेगा?"

"पणिया, तेरी मां को समझा दे कि, चोखा घर-वर के लिए चोखा रुपया खरच करना होगा। मेरी अंटी में तो अठन्नी भी नहीं, सेठ का करज अलग है। लाऊं तो कहां से घर-वर लाऊं? और द्विजबर की बात फिर कभी उठाई तो मेरे से बुरा कोई नहीं होगा।"

पणिया कुछ बोल नहीं सका और तेजी से उठकर बाहर तिबारे पर जाकर बैठ गया।

म्हालीरामजी ने पास आकर कहा—"बेटा मेरी बात मान ले। ब्याह पीछे भी पढ़ाई हो

जाएगी, नहीं होगा तो मैं सुंदरलालजी से और रुपया उधार ले लूंगा। लेकिन दुनिया से जाते-जाते तुम्हारा भी घर-बार देख तो लूं, एक यही तो साध बची है।''

पन्नालाल खामोश रहा, चुप रहा, कुछ बोल नहीं सका। पितृतुल्य ताऊ की कातर आवाज सुनकर उसकी आंखें भर आईं। सर झुक गया। लेकिन ऐसे पढ़ाई बीच में छोड़कर ब्याह करना, ''हां'' भी तो नहीं किया जा सकता था। वह वापस पिलाणी आ गया। और फिर कालेज में एक दिन सुबह-सुबह माणक चाचा......

''रे पणिया, सोच जरा शांति से सोच! घर में कमाऊं एक, और खाऊं कितने? चिंता-फिकर से भाईजी सूख-सूख कर ''खेलरौ'' हो गए। घोड़ा दौड़-दौड़कर मरता जाए और सवार को होश ही नहीं। भाईजी के जाबड़ा बैठ गए, आंखें धंसती जा रही हैं, छाती में दरद उठता है तो इतना भयंकर कि, पसीना-पसीना हो जाते हैं। यदि इनको कुछ हो जाएगा तो पीछे वाली यह कीड़ी की लकीर कैसे जीवेगी?''

पन्नालाल कुछ बोल नहीं सका। खामोश खड़ा पैर के नाखून से धरती खुरचता रहा। दिन ढला, छह बजे, सात बजे, सुबह के भूखे-प्यासे माणक चाचा होस्टल के दरवाजे पर धरना दिए बैठे रहे। मन में संकल्प-विकल्प का रेतीला तूफान, कोमल आवेगों में खारापन भरने लगा। बात माननी पड़ी।

कालेज की पढ़ाई बीच में छोड़कर माणक चाचा के साथ वह चुरू आ गया।

गाजा-बाजा और रीत-भांत के साथ पन्नालाल की छोटकी बाई विदा हुई। बाई को पहुंचाने म्हालीरामजी, गांव के और दो-चार लोग तथा पन्नालाल, रामगढ़ गए। वहां उसका भी फेरा हो गया, बीस साल के युवक का तेरह साल की कन्या से।

''लड़की बालिग भी नहीं, माणक चाचा मुझसे इन लोगों ने झूठ क्यों बोला?''

थावस बंधाते हुए माणक चाचा ने कहा, ''घबरा मत! तेरी काकी-सा तो नौ वर्ष की थी, जब मेरे घर आई। लुगाई की जात काचर-सी पकती है। ससुराल का पानी पड़ा न और लुगाई की जात पकी ना।''

अपनी सुहागरात के दिन पन्नालाल ने गद्दे पर बैठी हुई उस गुलाबी गठरी की ओर देखा। मन ही मन खीझ उठा—तेरह वर्ष की बालिका मुझसे इसका बालपन क्यों छुपाया गया? और मैं तो आगे पढ़ना चाहता था। उसने पत्नी की ओर आंख-उठाकर भी नहीं देखा। देखने की जरूरत भी नहीं समझी।

बस उसके मन ने कातर होकर पूछा—और मेरे ये सपने? मैंने सपने ही तो देखे थे। सपने देखकर कौन-सा गुनाह किया? वहां कोई उत्तर नहीं था। दस दिन बाद वह वापस होस्टल आ गया था। पढ़ना जारी था।

लेकिन भगवान ने शायद यह निश्चय कर लिया था कि, उसके एक भी सपने पूरे नहीं करेगा, नहीं तो चुरू से माणक चाचा का यह तार नहीं आता कि, ''भाईजी एक्सपायर्ड। कम सून।''

ताऊजी नहीं रहे। पन्नालाल, माणक चाचा के गले से लगकर बिलख उठा—''चाचा, मैं तो उनके दर्शन भी नहीं कर सका।''

''पणिया! धीरज रखो, मन मजबूत करो। बेटा, काली गाय सी अपनी मां और लुगाई की

तरफ देखो। कल की रोटी कहां से आएगी, इसकी चिंता करो।"

"तीन दिन बाद उठावना, सारे गांव का जमा होना, सब कुछ यंत्रवत् हो गया। अब आगे? आगे क्या होगा? ताऊजी का करज कैसे उतारूंगा? यहां तो काम नहीं। नौकरी नहीं······ भूख और गरीबी, मां की बरसती आंखें। पन्नालाल ने सोचा, साल भर की पढ़ाई और है, ठीकरे बेचकर तो रुपए आएंगे नहीं। मां के पास तो सोने का छल्ला भी नहीं। दूर से आती हुई मां दिखी। काले घाघरे में मां कैसी तो लगती है। लुगाई ने उस दिन, रात को उसके सामने अपनी सोने की पछेली रख दी। छिः छिः उसका मन धिक्कार उठा, पौरुष चीत्कार कर उठा, पन्नालाल तू इतना नीच है कि, अपनी लुगाई के गहने बेचकर पढ़ेगा? नहीं! नहीं पन्नालाल, समझौता करो! यह जो सामने खड़ी है तुम्हारी जीवनसंगिनी है, इसका त्याग-तपस्या तुम्हारा बल है। इसके मूक मौन समर्पण को स्वीकारो।

और पन्नालाल सुराणा ने कलकत्ता जाने का निश्चय कर लिया।

पहले दिन गांव से निकलने लगा तो सामने गांव का सोनी पड़ गया। मां की ममता ठहरी, उन्होंने उसे जाने नहीं दिया—"सुनार का मुंह देखना यात्रा के लिए अपशकुन है।" वह घर लौट आया।

खर्ची के लिए मिले हुए रुपये से और दस दिन गुजर गए। मगर अब तो जाना होगा। जिस दिन जाना था, उस दिन मां के सामने दोपहर को खाना परोसते हुए पत्नी के हाथ छलक कर घी लुढ़क गया—"पणिया बेटा यह तो अपशकुन है आज तो तुम नहीं जा सकते!"

पन्नालाल सच में नाराज हो गया—"भला यह भी कोई बात हुई। कुसंस्कारों की कोई सीमा तो हो?" लेकिन रात को बांहों में पसीजती हुई आंसू भरी आंखों से पत्नी ने कहा—

"घी तो मैंने जानबूझकर लुढ़काया था। काकी-सा की गाल-मैल से क्या फरक पड़ता है। आप तो मिल गए ना!"

खैर, गांव छोड़कर रोजगार की तलाश में रेल में बैठना ही पड़ा।

रेल में पन्नालाल सोच रहा था—नौकरी मिलेगी? बिल्कुल मिल जाएगी। माणक चाचा ने दिलासा देते हुए कहा है कि सेठजी अपनी गद्दी पर काम दे देंगे और फिर तू तो अंग्रेजी पढ़ा हुआ है।

आह! फिर वही कचोट। हृदय के भीतर चुभते हुए झरबेरी के कांटे······क्यों पढ़ाई की मैंने? किसलिए? बस केवल बही-खाता लिखते-लिखते लिखने के लिए? दो पीढ़ी तो बही-खाता लिखते-लिखते सेठों की हुंडी संभालते हुए, ब्याज उगते हुए चल बसी। क्या मेरी भी वही नियति होगी? वही गद्दी, सामने बही-खाते पर लिखते हुए झुकी हुई कमर वाले मुनीमजी। बगल में बैठा हुआ रोकड़िया और उसके पीछे रखी हुई भारी तिजूरी।

"क्यों पणिया, तू तो कहा करता था कि इंजीनियर बनूंगा! विलायत जाएगा। ले बन गया न इंजीनियर······!" स्टेशन पर पहुंचाने आए किसी भायले ने ठोला मारा। असह्य पीड़ा से पन्नालाल का सर झुक गया। वह कुछ भी कहने में असमर्थ था।

× × ×

हावड़ा स्टेशन पर रेल रुकी। भीड़ का रेला उतरा...... कलकत्ता तो बहुत ही बड़ा शहर है। जेब से ११८ नंबर काली गोदाम का पता निकाला और पैदल ही रास्ता पूछता हुआ पुल पार कर गया। आती-जाती ट्राम, बसें और गाड़ियां, अद्‌भुत, सब कुछ कितना मोहक, एक नई दुनिया, नई जिंदगी की शुरुआत, यहां बालू के टीबे नहीं हैं, बल्कि हरे-भरे आम्रकुंज हैं, नारियल के पेड़ हैं, फूलों के बाग-बगीचे हैं। हुगली के दोनों किनारों पर बसे हुए शहर को देखते-देखते पन्नालाल सुराणा ११८ नंबर काली गोदाम, सेठ सुंदरलाल की गद्दी पर पहुंच गया।

हरीसन रोड पर उसने देखा कि स्वराजियों का जुलूस जा रहा था। ''भारत छोड़ो'' का नारा था। चारों ओर धर-पकड़ लगी हुई थी, दुकानें थीं, जिनके ऊपर साइन बोर्ड गायब थे।

लोग शहर छोड़कर भाग रहे हैं। मकान के मकान खाली हो गए हैं। ऐसी स्थिति में भाया तू यहां कलकत्ता क्यों आया?'' गद्दी पर बड़े मुनीमजी ने पूछा था।

''रोजगार की खोज में। ताऊजी चलते रहे।''

''ओह......हो! भले आदमी थे, लेकिन उमर हो रही थी।''

''मुझे नौकरी मिल जायेगी?''

''......हां-हां, गद्दी पर तुरन्त नौकरी मिल जाएगी......मुनीम-गुमाश्तों का टिकना मुश्किल हो रहा है......सब काम छोड़-छोड़कर भाग रहे हैं।''

''लेकिन मैं मुनीमी नहीं करूंगा।

''तब क्या करेगा? धूल चाटेगा?'' स्वर का आक्रोश पन्नालाल से छुपा नहीं था, मगर चूंकि कहने वाले स्वयं सेठ सुंदरलालजी थे। उसने उत्तर नहीं दिया। बस, सर झुका लिया।

''म्हालीरामजी तो स्याणे समझदार आदमी थे, सेठजी के विश्वास पात्र थे। उनकी जगह तुम ले सकते हो, अंग्रेजी भी पढ़े हुए हो।'' बड़े मुनीम जी ने फिर समझाया।

''इसीलिए तो कहता हूं कि, मैं यह मुनीमी वाली नौकरी नहीं करूंगा।''

''भाया, बाणिए के बेटे के लिए और काम ही क्या है? हाकिम बनने के लिए डिग्री चाहिए और वह तुम्हारे पास है नहीं। चार लोगों में उठोगे-बैठोगे तो कोई न कोई धंधा समझ में आ जाएगा।'' एक और गुमाश्ते ने कहा।

खामोश! पन्नालाल उठकर बाहर निकल गया।

दो-चार दिन और बीत गए। गद्दी पर दो-एक बुजुर्गों ने समझाया भी......''रे पणिया, बाणिये का छोरा होकर फोकट की रोटी खा रहा है!''

पन्नालाल की आंखों में आंसू थे, जबान पर ताला जड़ा हुआ था और धड़कता हुआ हृदय हाहाकार करता चीखता हुआ पूछ रहा था—आखिर इसमें मेरा क्या कसूर है? इस जिंदगी का चुनाव क्या मैंने किया था?

सेठजी ने दो-चार दिन बाद एक और नया काम सुझाया—''जान पहचान में कोई परिवार कलकत्ता छोड़कर जसीडीह जा रहा है, पीछे उसकी कपड़े की दुकान है, विश्वासी आदमी की जरूरत है जो पूरी निगरानी रखे। हालत ठीक होने पर वे लौट आएंगे।''

''जी, मैं दुकानदारी नहीं करूंगा। मेरा मन नहीं है।''

गुस्से और अपमान से सुंदरलालजी का चेहरा लाल हो गया। उन्होंने एक हिकारत भरी नजर पन्नालाल पर डाली और कुछ नहीं कहा।

लेकिन उसी दिन शाम को झरिया से माधो बाबू सुंदरलालजी से मिलने आए। बड़े मुनीमजी ने वहां कोने में बैठे पणिये की तरफ चवन्नी उछालते हुए कहा—"जा भाया पणिया, जरा जल्दी से हलवाई की दुकान से समोसा और रसगुल्ला लेकर तो आ!"

माधो बाबू की आंखों में पणिए के प्रति प्रश्न था। उत्तर में उन्हें समझाया गया कि, "यह छोरा म्हालीरामजी के छोटे भाई का लड़का है। पिलाणी में इंजीनियरिंग पढ़ रहा था, छोड़ना पड़ा।"

"क्यों?"

"म्हालीरामजी चलते रहे ना!"

"अरे! मुझे खबर ही नहीं मिली।" और अचानक माधो बाबू की आंखों के सामने अपने स्वयं का अतीत का टुकड़ा-टुकड़ा तैरने लगा। हां, यही तो वह गद्दी है जहां पर कभी म्हाली चाचा के पास बही-खाता लिखने, कैसे पड़ता तैयार किया जाता है—यह सीखने के लिए मुझे भी बैठाया गया था।

"म्हालीरामजी चलते रहे।"

जब उनके पास मैं देस गया था तब तबीयत तो ढीली चल रही थी लेकिन......

"उमर हो गई थी। एक दिन तो जाना ही था।"

"यह उनका भतीजा है क्या? महली चाचा इसके बारे में प्राय: बातें किया करते थे। इसका क्या काम करने का इरादा है?" माधो बाबू ने फिर पूछा।

"इरादा क्या? बिल्कुल बिगड़ैल छोरा है। कहता है मैं मुनीमी नहीं करूंगा, पन्नालाल के ये चिटकते हुए शब्द, उसकी बड़ी-बड़ी आंखों से निकलने वाली लपट की स्मृतियां अभी भी सुंदरलालजी को परेशान कर रही थीं। सेठजी ने पन्नालाल की आंखों के भीतर ऐसा कुछ देखा था जिसको वे समझ नहीं पा रहे थे—एक नई ताजा चाहत थी......लेकिन क्या ऐसी चाहतों को जीवन में स्थान दिया जाना चाहिए? नहीं, कभी नहीं।......फिर सेठ सुंदरलालजी को ख्याल आया कि यह तो बाणिए का छोरा है और वह भी स्वर्गीय म्हालीरामजी का, इसके प्रति अपना भी तो कोई फरज बनता है। माधो बाबू के सामने इसकी बुराई करने से फायदा? बात और गले में घल जाएगी। लेकिन मुंह में पान रखते हुए उनसे रहा नहीं गया, वे फिर कहने लगे—"माधो तू ही सोचकर देख, अरे अपने परदेस में हैं, राज अपनी तरफ तो कभी देखता नहीं। इस छोरे ने दो अक्षर अंग्रेजी क्या पढ़ लिए, मिजाज सातवें आसमान पर चढ़ गया है। कहता है, बही-खाता लिखूंगा नहीं, किसी की दुकान पर बैठूंगा नहीं। तो मैंने तो अंत में हारकर कहा—"भाया, दलाली कर ले......तो मुझे क्या बोला जानते हो?"

"क्या?" प्रश्न में माधो बाबू की उठती आंखें थीं।

"सेठजी, दलाली भी कोई धंधा है?" अब और तो इसको मैं क्या समझाऊं? काम करने में फांकी, खाने में डाकी, फोकट का टुकड़ा तोड़ता है। माधो बाबू खामोश थे। उन्होंने कुछ नहीं कहा।

नाश्ता खरीदकर वापस लौटते हुए पन्नालाल सोच रहा था कि अच्छा होता यदि मैं

किसी गाड़ी के पहिए के नीचे आ जाता। जेब में आखिरी चांदी का सिक्का बचा है। और मैं कहीं भी समझौता क्यों नहीं कर पा रहा हूं। आखिर मैं इतना नालायक क्यों हूं। लेकिन ऐसा कुछ नहीं हुआ। बस, वापस गद्दी पर पहुंचकर उसने चांदी की दो छन्नियों में नाश्ता सजाया और दोनों सेठजी लोगों को छन्नियां पकड़ा अपने परिचित कोने में जाकर दोनों घुटनों को समेट कर बैठ भी गया।

नाश्ता खतमकर माधो बाबू ने एक भरपूर नजर पन्नालाल सुराणा पर डाली फिर पूछा—"तुमने थोड़ी-बहुत तो इंजीनियरिंग पढ़ी है?"

"जी हां।"

"कोयले की खान पर सुपरवाइजर का काम करोगे? तुम्हारे जैसे शिक्षित नवजवानों को हमारे समाज को जरूरत है। बस, एक बात की जबान देनी होगी। मेरे मन में म्हाली चाचा और मेरे किशन चाचा में कभी कोई फरक नहीं रहा। म्हाली चाचा सुख में, दुख में हर समय हमारे साथ रहे। उनका मुझ पर बहुत एहसान है......मुझे जिंदगी भर के लिए एक विश्वसनीय हाथ चाहिए और वह हाथ तुम हो सको तो मुझे अच्छा लगेगा।"

"बाबू, इसकी गारंटी तो मैं लेता हूं। पक्का विश्वासी छोरा है।" बड़े मुनीमजी का उत्साहवर्द्धक स्वर था।

"तब आज जो सुपरवाइजर है, ओवरसीयर है, वह कल खान का मैनेजर भी हो सकता है।" सुंदरलालजी ने समझाने के अंदाज में कहा।

भाईजी सब कुछ संभव है, यदि आदमी निष्ठावान हो। अपने समाज में अंग्रेजी शिक्षा का अभाव है इसलिए प्रोफेशनल लोगों को दूसरे समाज से उधार लेना पड़ता है। लेकिन पराया, पराया होता है और अपना, अपना। भाईजी, अब गद्दी पर बैठे-बैठे महाजनी के धंधे में ही मत लगे रहिए। मिल कारखानों की ओर भी नजर दौड़ाइए। बहुत जल्दी ही देश स्वतंत्र होगा।"

"अभी तो जोरों का आंदोलन चल रहा है। उस दिन हिल्टन साहब कह रहे थे, आप लोग बेकार के बहकावे में मत आइए, अंग्रेजों से कोई जीत नहीं सकता। मैंने तो कहा, हाकिम, हमको इससे क्या फरक पड़ता है कि, अंग्रेज जीते या कोई और जीते! हमको तो वक्त पर सरकार से अपना ब्याज मिल जाए, हम तो इसी में राजी हैं।"

"नहीं, फरक पड़ता है। फर्क कैसे नहीं, हमारी अपनी सरकार होनी चाहिए। देश स्वतंत्र होगा, तभी हमारे उद्योग-धंधे आगे बढ़ेंगे।"

सुंदरलालजी ने मुंह घुमा लिया और पान की जुगाली की गति तेज हो गई, होंठों के पास टपकता हुआ पीक उन्होंने रूमाल से साफ किया। रूमाल हटते ही माधो बाबू की नाक में तेज इत्र की ख़ुशबू धंसने लगी। उन्होंने मन ही मन सोचा सुंदरलालाजी का यह कैसा तो वेश हो गया है? बाणिये की रूमाल से बेला-चमेली की खुशबू? माधो बाबू का जी मिचलाने लगा। कैसी तो मन में घिरना उपजी, लेकिन किसी तरह मन को वश में करके उन्होंने पूछा—

"अच्छा भाईजी, यह बताइए कि रुई की कितनी गांठें गोदाम में हैं?"

"मुनीमजी, खाता देखकर जरा बताइए तो!" सुंदरलालजी ने प्रधान मुनीम को वहीं पर खड़े-खड़े हेला मारा। माधो बाबू को लगा......ऐसी शिथिलता से तो कमा चुके आप। फिर भी

प्रत्यक्ष में उन्होंने कहा—

"स्टॉक करते जाइए, जितनी गांठें मिलें उतनी खरीदिए। अरे, रोज जब हिल्टन साहब के पास जाते हैं तो थोड़ा व्यापार क्यों नहीं समझते।"

"भाया माधो, मुझे तो उतनी अंग्रेजी आती नहीं और न ही उतना व्यापार समझ में आता है। एक वह ईरानी है जो रोज नयी स्कीम लेकर आता रहता है।"

"ईरानी के पास रुपए काफी हो गए हैं क्या?"

"पूछो मत माधो, अभी उस दिन आया तो गद्दी की देहली पर खड़ा बोलने लगा—"बाबू, आपका दलाल हूं, नौरंग ईरानी!"

"अरे ईरानीजी आप क्या बात कर रहे हैं? भीतर आइए, तब कहने लगा, बाबू, लाख रुपिया जमा करना है सो आपकी गद्दी में जमा करा दूं? ब्याज थोड़ा और आकरा सेंक कर दीजिएगा।"

"अच्छा, उसके पास इतने रुपए हो गए?" माधो बाबू ने हंसते हुए पूछा।

"हंबा! उसने तो मोकला धन कमा लिया है। उसकी जान-पहचान अच्छी है। बंगाली बैरिस्टरों के पास भी चला जाता है।"

"ईरानी के बारे में सुना तो मैंने भी है लेकिन मुझे उस पर भरोसा नहीं। ऐसे आदमियों से जरा सजग रहना चाहिए। भाईजी, इसीलिए मैंने कहा न कि अपने समाज को शिक्षित बनाइए। अरे, उधार की पूंजी से कहीं काम होता है?"

"ठीक है भाया, ध्यान रखूंगा।"

"माधो बाबू ने मन ही मन सोचा, क्या खाक ध्यान रखेंगे? गद्दी पर बैठे-बैठे ब्याज जोड़ने और तगादा वसूलने के अलावा आपने कभी कुछ सीखा भी है? हां, इन अंग्रेज हाकिमों की पगचंपी करना आपको खूब आता है और यह दलाल ईरानी? इसके चेहरे से धूर्तता टपकती है। यह रुपया लेकर जाता तो है लेकिन रुई की गांठ खरीदता भी है क्या? आपने कभी काशीपुर जाकर देखा भी है क्या कि वहां गोदाम में क्या रखा है? कितनी गांठें हैं? लेकिन मेरा बोलना ठीक नहीं, मुझसे बड़े हैं......मैंने इनका नमक खाया है, सांची बात खारी लगेगी......प्रत्यक्ष में उन्होंने फिर कहा—

"ठीक है पन्नालाल, कल तैयार रहना। भोरे-भोरे निकल चलेंगे।"

"जी बाबू।"

पन्नालाल सुराणा ने सोचा, दोनों व्यक्तियों में कितना अंतर है। एक की दृष्टि मोतियाबिंद से पक गई है, दूसरा खुली आंखों से सुंदर भविष्य को देख रहा है।

× × × × ×

पन्नालाल को माधो बाबू की आत्मीयता, खुला व्यवहार और सौजन्यता बहुत भाया। माधो बाबू ने कहा—"पन्नालाल, तुम्हारी व्यथा मैं समझता हूं कि तुम इंजीनियर नहीं हो पाए, लेकिन नियति के साथ समझौता करना सीखो, सुख पाओगे। अच्छा मिले तो हाथ पसार कर लो, दुरा मिले तो सर झुकाकर विपदा की लहर को गुजर जाने दो।"

पन्नालाल ने आंख उठाकर ध्यान से माधो बाबू की ओर देखा। छह फुट का कद्दावर शरीर, गोरा रंग, सुनहली फ्रेम वाली चशमे से झांकती हुई बड़ी-बड़ी गंभीर आंखें, नाप-तौल कर बोलना, सफेद मलमल की धोती. रेशमी कुर्ता, सर पर टोपी।

पन्नालाल के रहने का बंदोबस्त बड़ी कोठी के आउट हाउस में कर दिया गया। माधो बाबू के चौके से परस कर थाली आ जाती। कब आंखें खुलतीं और कब बंद हो जातीं, पन्नालाल को ख्याल ही नहीं आता। उसको लगता, वह नित नयी चीजों को देख और समझ रहा है। अपने मालिक माधो बाबू के प्रति पन्नालाल की आंखों में कृतज्ञता का स्थाई भाव छलकता रहता।

उस दिन घर में सबने देखा कि माधो बाबू ने खद्दर पहना हुआ है और गले में सोने के बदले तुलसी की माला थी। लोग कुछ पूछते, इससे पहले ही उन्होंने कहा—"तुम लोगों को मेरे इस पहनावे पर आश्चर्य हो रहा है, लेकिन मैं आज कलकत्ता जा रहा हूं कुछ कांग्रेसी कार्यकर्ताओं से मिलने। अब बड़ी जल्दी देश आजाद होगा। नये हाकिमों के सामने गांधी टोपी लगानी चाहिए।"

"बाबू, आप स्वतंत्रता आंदोलन में भाग लेंगे?" पन्नालाल के स्वर में छलकता हुआ उल्लास माधो बाबू से छुपा नहीं था।

उन्होंने बस इतना कहा—"पन्नालाल भावुक मत बनो। हमें राजनीति से क्या लेना-देना? यहां प्रवास में रुपया कमाना है, कोई जुलूस में तो शमिल होना नहीं है। हां, जरा वह दस हजार की थैली तो देना! जाऊंगा तो दान-दक्षिणा तो देनी ही पड़ेगी।"

एक दिन माधो बाबू ने तिजूरी की चाभी पन्नालाल को देते हुए कहा—"पन्नालाल, तिजोरी की चाभी आप अपने पास रखो। साथ में इसमें पांच हजार से लेकर पच्चीस हजार तक की अलग-अलग थैलियां तैयार रखना। कब किसको पकड़ाना पड़े, क्या मालूम? और देते वक्त भला कहीं रुपया गिनकर दिया जाता है!"

पन्नालाल ने कहा—"लेकिन बाबू इतनी बड़ी जिम्मेवारी...... तिजूरी की संभाल तो छोटे बाबू रखते तभी अच्छा था।"

"पन्नालाल, तुम भी कुछ सोचकर बोला करो। अब सांवर को इन छोटी-छोटी बातों के लिए क्यों परेशान किया जाए? तुम दिन भर बैठे-बैठे क्या करोगे? रुपए का हिसाब सुबह-शाम कर लिया करना। भला इसमें कितनी देर लगती है।"

पन्नालाल कुछ बोल नहीं सका। समझ नहीं पाया कि क्या बोले और क्या नहीं? पता नहीं, इस बात को छोटे बाबू किस रूप में स्वीकारें? यह भी तो सोच सकते हैं कि, आते ही आते यह आदमी तो सर पर बैठ गया।

माधो बाबू ने फिर कहा—"किस सोच में पड़े हो, पन्नालाल! मैं तुमसे मुनीमी नहीं करवा रहा हूं। तुम मेरे दाहिने हाथ हो। काश, तुम्हारे छोटे बाबू भी अपनी पढ़ाई-लिखाई के साथ बिणज बुद्धि रखते। कुछ नहीं करता है, कुछ नहीं!!"

पन्नालाल की उठती आंखों ने माधो बाबू की आंखों में झांका, वहां एक अबूझ पीड़ा थी। एक ऐसी असहाय आकुलता जिसको वह नाम नहीं दे पाए। बस उनको इतना जरूर समझ में आने लगा था कि बड़े बाबू की महत्वाकांक्षा की डोर छोटे बाबू नहीं पकड़ पाते हैं।

एक कर्मयोगी है तो दूसरा केवल भोगना जानता है। एक देवाल है, खाली देता चला जाता है, दूसरा आत्मकेन्द्रित लेवाल है, उसको किसी से मतलब नहीं—एक अपने सिवा।

एक दिन शाम को आफिस से उठते हुए वे कहने लगे—"पन्नालाल, तुमको पाकर मैं तो निहाल हो गया......कभी मुझे छोड़कर चले तो नहीं जाओगे?"

पन्नालाल सुराणा ने उनके पांव पकड़ लिए और भरे-भरे गले से कहा—"बाबू, आप यह क्या कह रहे हैं? आपके सिवा मेरा कौन है?"

माधो बाबू का आश्वासन भरा हाथ पन्नालाल के सर पर था, उसकी आंखें झर रही थीं।

कुछ ही दिनों में माधो बाबू को "काली पहाड़ी" पर एक और कोयला खान "सब लीज" पर मिल गई। ओझाजी ने कहा—"बाबू, अबकी इसका नाम "हीरा खान" रखा जाए।" माधो बाबू ने समर्थन में सर हिला दिया। कुछ महीने रात-दिन की भाग दौड़ रही।

सावन-भादो की झड़ी लगी हुई थी। पन्नालाल सुराणा को लगा, यहां बंगाल में कैसी गजब की हरियाली है। लेकिन फिर भी देस की बात अलग है। मोरिये की केका ध्वनि सुनने को कान तरस गए। यहां कहां? वह तो राजस्थान में नाच रहा होगा। उन्हें अपनी मां की, पत्नी की, होने वाले संतान का ख्याल आया, लेकिन मन मसोसकर रह जाना पड़ा। उसने सोचा, पत्नी को छठा महीना चल रहा है, दीवाली तक एक संतान हो जानी चाहिए। पहले लड़का हो जाता तो अच्छा था। नहीं तो एक लड़के चलते लड़कियों का तांता लग जाएगा। लेकिन यह कैसा समाज है और मेरा मानस? मैं तो गांधीजी को पढ़ता हूं, श्री अरविंद को, राजा राममोहन राय, ईश्वरचंद्र विद्यासागर......देश के स्वतंत्रता आंदोलन में बंगाल की स्त्रियां कितनी आगे रही हैं......तब वहां हमारे राजस्थान में स्त्रियां इतनी क्यों पिछड़ी हुई हैं? बाल-विवाह, पर्दा प्रथा......और पन्नालाल सोचता चला जाता......कंपनी के हेड इंजीनियर मुकर्जी मोशाय और उनकी पत्नी व बारह साल की बेटी। कितना सुखी परिवार। अभी उसी दिन तो बुलाया था, मुकर्जी मोशाय ने कहा था—

"सुराणाजी एक बार हमारा घर भी पवित्र कीजिए। असली घी का शुद्ध शाकाहारी भोजन परोसूंगा, मेरी मां अपने हाथ से बनाएगी। हां......हां......मैं बिल्कुल ठीक कह रहा हूं, मां के चौके में बनेगा, मछली की बू तक नहीं आएगी।"

मुकर्जी मोशाय के घर भोजन करते हुए पन्नालाल को लगा, इतना स्वादिष्ट भोजन उसने जीवन में नहीं चखा। इतनी रक़म की सब्जियां, छेने के संदेश, रसगुल्ले का पायस और फिर उनकी बेटी का मधुर स्वर में रवीन्द्रनाथ का भजन गाना—"तुमी केमोन कोरे गान करो, हे गुणी।"

वह अवाक सुन रहा था और सोच रहा था। हमारी लड़कियां कब ऐसे खुले गले से गा सकेंगी? मैं पूरी पढ़ाई नहीं कर पाया, मेरी पत्नी अशिक्षित है। बड़ा बाबू से बात करनी पड़ेगी, बच्चों की पढ़ाई-लिखाई पर और अधिक ध्यान दिया जाना चाहिए।

पन्नालाल का परिवार से इतने अधिक लगाव का कारण माधो बाबू की सौजन्यता और आत्मीय व्यवहार था।

हीरा खान खरीदने की खुशी में आज सुबह-सुबह पन्नालाल को पांच हजार की थैली पकड़ाते हुए माधो बाबू ने कहा—

''पन्नालाल, अपने ताऊजी का करज चुका दो। ऋणी व्यक्ति को सपने में भी सुख नहीं मिलता। और सुनो, खान की कटाई पर जरा और नजर रखनी होगी। सारी बातें इस बंगाली इंजीनियर मुकर्जी मोशाय पर छोड़ने से नहीं होगा कुछ तुम भी समझना शुरू करो। आज विल्किनसन साहब आएंगे, जरा उसको पटा लेना। लगता है, उसको किसी ने हमारे खिलाफ भड़काया है। साहब का माथा बहुत गरम हो रहा है।''

''लेकिन किस बात से बाबू? हम लोगों से कोई गलती हो गई?''

''पन्नालाल जरा राज की बात समझो।'' और फिर बिल्कुल धीमे स्वर में कान के पास मुंह ले जाकर माधो बाबू ने कहा—''पन्नालाल, बात यह है कि जितना कोयला काटने का आर्डर रहता है, हम तो कहीं उससे ज्यादा काटते हैं। अब बिना इसके तो काम चलने से रहा। और हां, ओझाजी की उमर हो गई, उनको भगवत पूजा में ही रमे रहने दो······सारी बातों का भेद उनको भी समझ में नहीं आना चाहिए······मजदूरों के इन ठेकेदारों को भी पटाकर रखो······ओझाजी समझते नहीं, बिना बात के ठेकेदारों से झक-झक कर लेते हैं।''

पन्नालाल जवाब नहीं दे सका। मगर क्यों?

सीधी निगाहों से उसकी ओर देखते हुए माधो बाबू ने फिर कहा—''पुराना बंगाली इंजीनियर मुकर्जी मोशाय तो और आदर्शवादी है। एक बार मैंने उसको समझाया था कि, मलाई की ऊपरी परत रहने देना, जो नीचे का माल है, उसको निकालते रहो।''

''लेकिन इससे तो खान धंस सकती है।''

''धंसने दो। थोड़ी जान-माल की हानि होगी और क्या! मैंने कहा था, लेकिन वह मानता ही नहीं।''

सुराणाजी ने वैसा ही किया जैसा कि, माधो बाबू ने समझाया था। वे पैसा कमाते और थैलियां मालिक को पकड़ा देते। मालिक को खुश करना ही उनके जीवन का एकमात्र ध्येय था।

× × × ×

उसी साल माघ के महीने में राधा बाई का बनारस में देहांत हो गया। बड़ी भाग्यशाली स्त्री थीं। पूरा परिवार ही काशी में था। दोनों बेटे—माधो और सांवर, उनकी पत्नियां, बच्चे, ओझाजी सभी तो वहां पर बैठे ही थे। राधा बाई परिवार के एक-एक सदस्य का हाल पूछ रही थी। फिर उन्होंने कहा—माधो अपने सुराणाजी तो सयाणे आदमी ठहरे।''

''हां बहुत ठाया हिसाब है। उनके रहते टाबरी की चिंता नहीं करनी पड़ती।'' माधो बाबू की पत्नी ने उत्तर दिया।

''अपने सुराणा जी की तो बात ही अलग है। दुनिया का ऐसा कौन-सा काम है, जो वे नहीं जानते······'' छोटे बाबू ने कहा।

''हां।'' सांवर की बीणनी ने कहा।

''भाया मोहन! सुराणाजी से कहकर अपनी कोठी में एक मंदिर तो बनवा लो। बाबा विश्वनाथ का।'' चाची ने बड़े अरमान से कहा।

''बाबू, विश्वनाथ बाबा की सेवा करने तो हम हमेशा यहां पर रहने लगेंगे''—ओझाजी ने ऐलान किया। चाची हंसने लगी थी।

सब लोग वृद्धा चाची को घेरे, मगन हुए बैठे थे।

और फिर चाची ने दूध मांगा। माधो बाबू ने देखा एक वृद्धा का शरीर…खट्ट से दरक गया। गई हुई सांस लौटी ही नहीं।…दूध का कटोरा हाथों से छलक गया…बात समझने में, रोने में वक्त लगा।

माधो बाबू ने सोचा, क्या कोई ऐसे ही मरता है? इतनी आसानी से? जिंदगी से बिना किसी शिकायत के? चाची ने तो जब जो मिलता रहा, उसे स्वीकार लिया था। चाची सब कुछ लिए-लिए झेलते हुए जीती रही थीं। उनमें जीने की अद्‌भुत लालसा थी। लेकिन मृत्यु के सामने भी वे उतनी ही सहज रहीं। माधो बाबू ने अस्फुट स्वर में कहा—

"अरे, कोई ऐसे भी चला जाता है? और वह भी हमेशा के लिए?"

"भैया अपने अनाथ हो गए।" छोटे भाई बिलख रहे थे।

"देवरजी हिम्मत रखिए। मायत हमेशा सर पर नहीं रहते।" माधो बाबू की पत्नी ने कहा था।

"जिठाणीजी मांजी ऐसे छोड़ जाएंगी…" सांवर की बिणनी पछाड़ खा रही थी।

"अरे पुण्यात्मा थीं…काशी में ऐसी सद्‌गति किसको मिलती है? ओझाजी ने करुण स्वर में रोते हुए कहा।

"रे मेरी भाभी ऐ…" भुआजी हेला मार रही थीं। जमीन पर लोट रही थीं।

सब हुआ, सब क्रिया-कर्म किए गए। चाची अंतिम बुजुर्ग थीं, वे भी चली गईं। माधो बाबू को लगा अब सबसे बड़े वे हैं…पचास की उम्र में उनको लगा—जगह खाली नहीं पड़ी रहती… मैंने न जाने कितने जन्मों की यात्रा पूरी कर ली है। मृत्यु हां, मृत्यु को ही तो देखता आ रहा हूं। सब चले गए एक-एक कर। फिर भी बगीचे में बहार बची है, फूल हैं, पत्ते हैं… खेलते हुए सांवर के बच्चे हैं। क्या केवल परिवार के सदस्य विदा होते हैं? नहीं, पैदा भी होते हैं।

माधो बाबू ने अनाथ, असहाय पंख-सी घायल चिड़िया की तरह भुआजी को छटपटाते देखा। सेठ नाथूरामजी और उनकी पत्नी वृन्दावन से आ नहीं सकते थे। तब भुआजी कैसे रहेंगी? किसके पास?

"हम हैं ना बाबू। भुआजी को मणिकर्णिका घाट पर पहुंचाकर ही जाएंगे।" ओझाजी ने कहा। हां, ओझाजी क्या लगते हैं हमारे? जिस दिन से झरिया आए, वे हमारे साथ हैं। बीस वर्ष में परिवार कहां से कहां आ पहुंचा। कितनी कोलियारी, कितना धन? लेकिन यह माया है, लिछमी चंचला है, उसका क्या भरोसा। कब कहां रहे? माधो बाबू को याद आया—उस दिन कलकत्ते में सुंदरलालजी को देखा था—उनके मुंह से अनायास ही निकल गया था—अरे, यह क्या सुंदरलालजी हैं? सुंदरलालजी बस स्टाप पर खड़े हुए थे। एक बार माधो बाबू ने गाड़ी रुकवाना चाहा—लेकिन फिर ड्राइवर से कहा—

…नहीं…नहीं चलो…हां चलो। माधो बाबू को संभालने में वक्त लगा था…बस स्टाप पर गाड़ी रोककर सुंदरलालजी को लज्जित कराना ठीक नहीं लगा। लेकिन बात यहां तक आ पहुंची कि सेठ सुंदरलाल ने गद्दी उठा दी, घोड़ागाड़ी और मोटरगाड़ी बेच दी। पैदल बस-ट्राम में यात्रा करते हैं…आजीविका के लिए लोगों की गद्दियों में धार्मिक पुस्तकें बेचते हैं। तब क्या सुराणाजी की खबर ठीक थी? कलकत्ते से लौटकर सुराणाजी ने ही कहा था—

''बाबू सेठ जी की हालत एकदम खराब है। पैसे-पैसे की तंगी है।''

''और वह रांड मेहरजान कहां गई? माधो बाबू का बौखलाया हुआ स्वर था।

''बाबू, सेठजी उसी के पास रहते हैं। मगर उसका धन छूते नहीं। कहते हैं, जो मैंने दे दिया, वह दान की वस्तु है......पिछले जनम का करज उतार रहा हूं......अब अगले जनम का बोझ क्यों लूं? वेश्या का छुआ धन तो मैं अपने ऊपर खर्च नहीं कर सकता। लेकिन बाबू सेठजी के ताऊजी के पास मुंगेर में तो काफी पैसा है। इनके सगे छोटे भाई ने भी धनबाद में अच्छी साख जमा ली।'' सुराणाजी ने क्षेपक जोड़ा था।

''पन्नालाल! दूसरे का पैसा क्या काम आए? यदि अपना करम माड़ा हो तो......'' कहते हुए उन्होंने फिर सोचा—''हे भगवान्, यह नौबत आ गई?'' इन शब्दों के साथ माधो बाबू को समझ में आया कि अब उनके और सुंदरलाल के बीच निराशा, खामोशी और अनुत्तरित प्रश्नों की दीवार है। जिसे कभी लांघा नहीं जा सकता। ऐसी दूरी है जिसे कभी पार नहीं किया जा सकता। क्रमशः चौड़ी होती हुई खाई है......क्या मैं कभी सेठजी की गद्दी पर काम किया करता था? माधो बाबू ने गहरी सांस ली और उनके मुंह से पुनः निकला—''हे भगवान! तू आदमी को कहां से कहां ले जाता है? क्या इसे ही भाग्य कहें? नहीं, उनके करम खोटे थे...... रंडीबाजी, शराब, जुआ, सेठजी के सारे ही तो करम खोटे थे। फिर लक्ष्मी कैसे टिकती?

× × × ×

राधा बाई की मृत्यु के बाद रूंगटा परिवार की व्यवस्था में कोई फर्क नहीं आया था। सब कुछ जैसे चलता था, वैसे ही चल रहा था। बस सुराणाजी पर माधो बाबू की निर्भरता बढ़ती चली गई थी। सुराणाजी की पत्नी और बच्चे भी हमेशा के लिए वहीं रहने लगे। मां नहीं आई और न ही सुराणाजी ने उन्हें बुलाया। देश की बालुई जमीन से अपनी मां का लगाव सुराणाजी जानते थे। अंततः उन्होंने यही सोचा, जब मेरा मन राजस्थान के लिए इतना छटपटाता है, तब मां की ललक मैं ठीक ही समझ सकता हूं।

चाची के देहान्त के बाद सांवर बाबू ने अब कलकत्ते में कोठी बनवाने की बात उठाई— ''भाईजी अपने को वहां कलकत्ते के समाज में रहना पड़ेगा। अपने यदि वहां नहीं रहें, चंदा-चिट्ठा नहीं दें तो अपने को कौन जानेगा। अच्छी सामाजिकता तो होनी ही चाहिए......अपने यदि चार जनों में उठेंगे-बैठेंगे नहीं......तब कैसे काम चलेगा। यहां झरिया में क्या पड़ा है?''

''क्यों यहां कुछ नहीं?'' आश्चर्य के साथ माधो बाबू ने पूछा। फिर वे चुप हो गए थे। अपने भाई का, उसकी पत्नी का, बड़े बच्चों का ख्याल वे जानते थे। सभी कलकत्ता में रहना चाहते हैं। कलकत्ते का जीवन अच्छा है।

अलीपुर में एक बंगाली जमींदार की तैयार कोठी खरीद ली गई। सांवर बाबू का उत्साह देखते बनता था, मगर माधो बाबू की एक ही शर्त थी......बच्चे कलकत्ते नहीं रहेंगे, बिगड़ जाएंगे। बच्चों को यहीं उनकी बड़ी मां के पास रहने दो।

माधो बाबू प्रायः कहा करते—''सुराणाजी रुपए से क्या नहीं होता? बच्चों की पढ़ाई के लिए अच्छा से अच्छा मास्टर रखिए।''

"सुराणाजी बच्चों को सब जगह साथ घुमाने ले जाइए।"

"सुराणाजी, मोहन बड़ा हो गया है। एक टीचर अलग से रखिए।"

सुराणाजी और बच्चे, सुराणाजी की पत्नी और बच्चे। सब कुछ बड़ा सहज था।

× × × ×

लेकिन चाची की मृत्यु के दो साल भी नहीं हुए थे......और अब यह परेशानी।

आधी रात बीत चुकी थी। और माधो बाबू अब भी अपनी मेज पर बैठे हुए थे। अचानक उन्हें डाक्टर का कहा याद आया—लंग कैंसर, हां फेफड़े का कैंसर। उन्होंने स्याही में डूबी हुई कलम की नीब को धीरे से पोंछकर मेज पर रख दिया। फिर अपनी दोनों हथेलियों से दाहिने हाथ के फेफड़े को मसलने लगे, एक तीखी चुभती हुई पीड़ा, ऐसी चुभन जिसकी गहराई का अंदाज लगाना मुश्किल था। यह एक ऐसी यंत्रणा थी जो सीमा को पार करती जा रही थी। डूबती हुई सांस को वापस संतुलित करते हुए उन्होंने फिर सोचा......यह बीमारी? आह! यह बीमारी मुझे कैसे हो गई? और इसका इलाज? कैंसर का भी कोई इलाज हुआ करता है? तब क्या मैं मर जाऊंगा? लेकिन मैं तो जीना चाहता हूं और उन्होंने मेज पर अपना वक्षस्थल टिकाकर दोनों हाथों को सामने फैला दिया......अन्य सारी बातों से बिल्कुल बेखबर उनकी चेतना के केन्द्र बिन्दु में केवल उनका अपना दर्द, अपनी पीड़ा, इस बीमारी से मिलने वाली यंत्रणा थी। लेकिन मुझे और कितने दिन जीने की मोहलत मिलेगी? और कितने दिन? मृत्यु से क्या कभी किसी को मोहलत मिली है?

लेकिन मुझे यह किसका श्राप झेलना पड़ रहा है? मालूम नहीं।

लंबी आयु न मां को मिली न बाबू को। न चाचा को और न मुझे। चाहे कारण अलग-अलग हों, मगर परिणाम एक-सा ही रहा। मैं जो स्वस्थ था, अचानक कैसे इतना असहाय हो गया?

जीवन में उन्नति करते हुए माधो बाबू ने कभी सोचा था, अपने मन से कहा भी था—नहीं मुझे रुकना नहीं है......बस एक कदम बढ़ते ही दूसरा कदम उठाना है......मुझे चलना है, कंपनी को आगे बढ़ाना है। किशन चाचा बोला करते थे—"रुको मत, सोचो मत। जो है उसको सलटाओ। वे यदि कभी कहते—चाचा गलती हुई तो उनका सधा हुआ जवाब रहता—कोई बात नहीं बेटा! जो बात हो गई, सो हो गई। कल की सोचो।

लेकिन मैं जीना चाहता हूं। सच कहा जाए तो जिंदगी तो जीने लायक अब हो रही थी और उनकी आंखों के सामने अपनी पत्नी का हंसता-मुस्कुराता चेहरा घूम गया।

मेरी बीमारी। हां, इस कैंसर की बीमारी के बारे में उसको पता नहीं, लेकिन उससे कैसे कहूं? मेरे बिना वह कैसे रहेगी? उसको कौन संभालेगा? ओफ्फ! मैं उसको संतान न दे सका......मेरे से वह उम्र में इतनी छोटी है। उसका क्या होगा? वह किसके सहारे जीएगी? सांवर के बच्चे उसके अपने हैं, लेकिन फिर भी हमारे समाज में औरत कितनी असहाय है। यंत्रणा की एक लहर फिर उठी......माथे का पसीना पोंछते हुए माधो बाबू समझ नहीं पाए कि यंत्रणा शरीर की है या फिर मन की?

कुछ क्षणों में दर्द कम हो गया सर उठाकर वे उठ बैठे। कुर्सी से पीठ टिकाए हुए उन्होंने सोचा......आखिर बीमारी की इस समस्या के बारे में क्या किया जा सकता है? केवल

सोचने का और केवल चिंतन का महत्व ही कहां रहा? यदि आप उस दिशा में कुछ कर ही नहीं पाए। बीमारी के कारण या मेरे जीवन में अब किसी विकल्प की आशा बची है? माधो बाबू को लगा कि कोई उनकी जिंदगी का टुकड़ा-टुकड़ा नोंचता जा रहा है।

माधो बाबू धीरे से उठकर चलते हुए अपने कमरे में पहुंचे।

पत्नी ने पूछा—"क्यों तबीयत ठीक है ना?"

"हां……हां।"

"लेकिन चेहरे पर बहुत थकान लग रही है। इतना काम मत किया कीजिए।"

"क्या करूं पद्मावती?"

"थोड़ा काम देवरजी को भी संभालने दीजिए।"

"उसका काम में मन लगता तो रोना ही क्या था?"

"रोटी जीम लीजिए।"

"नहीं, भूख नहीं है।"

"क्यों?" उसके स्वर में चिंता गहरा गई।

"हरखू से कहो, मुझे दूध ला दे।"

"हरखू सो गया, काफी उंवार हो गई है। मैं लाती हूं।"

तब तक कमरे में सांवर आ गया था, "भाईजी रोटी जीम लिए क्या?"

"नहीं, आपके भाईजी दूध पी रहे हैं।"

"क्यों?"

"शाम को नाश्ता कर लिया था।"

"भाईजी, रुपया चाहिए।"

"क्यों?"

"कलकत्ते में काम है।"

"पहले वाले रुपए का हिसाब दो।"

"भाईजी, यह पैसे-पैसे का हिसाब रखना मेरे वश का नहीं। वहां कलकत्ता गया था, घूमने-फिरने में खर्च……"

"मेरे पास रुपए नहीं हैं।" बड़ी खामोशी से माधो बाबू जाते हुए सांवर की पीठ घूरते रहे। अनचाहे एक ठंडी सांस निकल गई। हताश होकर उन्होंने पत्नी की ओर देखा……मानो पूछ रहे हों……मैं क्या करूं पद्मावती?

"बाबू! देवरजी ने आपसे कुछ रुपया मांगा था?"

"हां, क्यों?"

"और आप सगे भाई को जरा-सी सहायता देने से नट गए?"

"क्या बात कर रही हो, पद्मावती? सांवर को सहायता……"

"मैं दूध लाती हूं।" कहती हुई पत्नी उठकर कमरे से बाहर चली गई।

माधो बाबू ने कमरे से बाहर जाती हुई पत्नी को मानो सुनाकर जरा उत्तेजित स्वर में कहा—"क्या केवल सहायता की जाती है? क्या आत्मा को अपनी कोई जरूरत नहीं? स्वाभिमान का कोई मूल्य नहीं? धन की भीख मांगी जाती है? मांगने से कभी धन मिलता है?

धन तो अर्जित करना पड़ता है। ठीक वैसे ही, जैसे हम लोग खेतों में ज्वार-बाजरा उगाते हैं।''

दूध का गिलास थामे हुए, लौटी हुई पत्नी के चेहरे का भाव देखकर माधो बाबू चौंक गए...... उनकी पत्नी ने बस इतना भर कहा—''अपने बेटा नहीं है, देवरजी बेटे की तरह हैं...... उनके लिए इतनी कड़ाई? कौन-सा धन छाती पर लादकर ले जाना है, सब कुछ तो......''

''ओह, तुम भी यह सब तर्क दे रही हो? किसने सिखाया तुम्हें बोलो...... मुझसे बोलो......''

उसकी आंखों से टपकते आंसू माधो बाबू को लगा कि, कहीं कुछ बेहद गलत हो गया है। नहीं तो पद्मावती की आंखों में इतनी जल्दी आंसू नहीं आते।

''वह आपके भाई हैं, उनकी स्थिति सबसे मजबूत होनी चाहिए थी। उनको यह भावना आपसे क्यों मिलती है कि वे किसी लायक नहीं?'' पत्नी फिर कह रही थी।

''लेकिन सच कहूं पद्मावती, तुम्हारे लाडले देवर की बाजार में दो टके की कीमत नहीं मिलेगी।''

''क्या सब कुछ रुपए से तौलना चाहिए?'' पत्नी का एक सीधा प्रश्न था। वह सीधी नजरों से उनकी ओर देख रही थी।

''चाहिए नहीं। चाहिए का सवाल नहीं उठता, पद्मावती। लेकिन सब कुछ रुपए से ही तौला जाता है और यही तो जीवन की वास्तविकता है।''

''यानी रुपए के अलावा आप किसी और विषय पर सोच ही नहीं सकते?'' वह फिर पूछ रही थी। उसने पति की ओर देखा, वहां पर क्या था? हिकारत...... गहरी हिकारत और वह भी सगे भाई के प्रति। सहमकर उसने दूसरी ओर मुंह घुमा लिया।

माधो बाबू अपना अपराध समझ नहीं पा रहे थे...... उन्होंने फिर कहा—''ओह...... हो, मुझे गलत मत समझो। भाई का प्यार अपनी जगह है और रुपया अपनी जगह। रुपए के साथ खेल नहीं खेला जा सकता। सब लोग लक्ष्मी का सम्मान करना जानते भी नहीं।''

और अब उनकी पत्नी उन्हें समझाने के अंदाज में कह रही थी......''बाबू, कोयले की खान क्या हो गई, धन के कारण अपना भाई भी दुश्मन हो गया।''

''पद्मावती, सांवर रुपया नहीं संभाल सकता। हिसाब रखना भी नहीं जानता। लेकिन मेरी धर्मबुद्धि? मेरी नैतिकता? मेरी जिम्मेवारी? केवल सांवर के प्रति नहीं तुम सबके प्रति है।'' कहते हुए माधो बाबू को ख्याल आया कि, बीमारी की बात जानकर उन्होंने वकील साहब से कहकर भीतर ही भीतर सारे कागज बदल दिए थे। और सुराणाजी से कहा था—

''पन्नालाल, सारी जायदाद में आधी पाती तुम्हारी बड़ी बहूजी की रहेगी......''

''बाबू, अपन ऐसा करते हैं। बड़ी बहूजी के नाम ट्रस्ट बना देते हैं।''

''नहीं......!'' एक चीख थी और माधो बाबू ने आर्त स्वर में कहा था—''पन्नालाल तुम? तुम भी वही कहने लगे पन्नालाल? बिना यह सोचे-समझे कि सब कुछ कितना गलत हो रहा है।'' सुराणाजी तो चुप हो गए थे। लेकिन वे पत्नी से क्या कहते! ये बातें तो पत्नी की समझ से परे की चीज है। फिर भी प्रत्यक्ष में उन्होंने पत्नी से कहा था—''पद्मावती! सांवर को

मैं और रुपए नहीं दे सकता। मेरे पास फिजूलखर्ची के लिए, नाले में बहाने के लिए रुपया नहीं।''

उनकी पत्नी का चेहरा सफेद हो गया था। नहीं, माधो बाबू ने कभी किसी बात का विरोध नहीं किया था। फिर आज क्यों? वह भी पत्नी के सामने।

पत्नी ने इतना भर कहा—''बाबू मेरी गलती हुई। मैं जिकरा कूटने बैठ गई।'' वह उठ गई। एक ओर उनका झुका हुआ सर कंधों से छू रहा था। और कुछ बेहद कड़वे शब्द उछलकर माधो बाबू की छाती को छीलते हूए आर-पार हो गए थे।

''बाबू, आपका हिया पत्थर का हो गया है। दया-माया कुछ रही नहीं......भाई के प्यार के लिए आदमी अपना सर्वस्व त्याग देता है और आप रुपए का विचार करने बैठ गए। गांव क्या कहेगा!''

''पद्मावती, तुमको पता नहीं कि तुम क्या कह रही हो......तुम्हारे प्रति मेरी भावना को ठेस मत पहुंचाओ।'' लेकिन पत्नी का थका-हारा हुआ चेहरा पीड़ा से आरक्त था, उसकी वे कातर आंखें......पलंग पर लेटने के बाद भी माधो बाबू की स्मृति से वे आंखें खतम नहीं हुईं......किसी को मेरी जरूरत नहीं? सबको धन की जरूरत है। विधि के सामने मेरी अब कोई आवाज नहीं। कहीं कोई बचाव का रास्ता नहीं। चला-चली की बेला तो मेरी आ गई। माधो बाबू को अपनी असहाय अवस्था पर बड़ा आश्चर्य हुआ। आश्चर्य चकित हो उन्होंने सोचा, मैं जो कभी किसी भी स्थिति में भयभीत नहीं होता, इस बीमारी के सामने कितना दयनीय हूं। जिस शारीरिक ताकत के कारण मैं हर चुनौती का सामना कर लिया करता था......आज? आज मुझे लगता है औचक ही मेरी सांस बुझ जाएगी......लेकिन माधो बाबू का मन पुनः आतंक से सिहर उठा......क्या होगा? पद्मावती का क्या होगा, वह कैसे जिएगी? उसको कौन संभालेगा? माधो बाबू का मन पुनः एक गहरे अपराध बोध से भर गया......दोनों हाथ बांधे वे वापस अपने ही बनाए हुए कटघरे में खड़े थे। अपनी इस पीड़ा से बचना चाह रहे थे। कम से कम इतना भर आश्वासन चाह रहे थे कि उनकी अनुपस्थिति में कोई पद्मावती को संभाल सके।

उन्होंने उठकर बैठते हुए बगल में लेटी हुई पत्नी की ओर देखा। क्या करूं? अभी कहूं, नहीं क्या जल्दी है। सुबह कह दूंगा। लेकिन तब तक उनकी पत्नी की आंखें खुल चुकी थीं। हड़बड़ा कर उठते हुए कहा—''क्या बात हुई? बाबू? आप अभी तक सोए नहीं?''

''नहीं। यहां पर आओ पद्मावती। यहां बैठो मेरे पास।'' और, माधो बाबू ने पत्नी को बैठने का इशारा किया।

''कुछ बोलना है।''

''हां, लेकिन पहले तुम सौगंध खाओ, मेरी सौगंध कि रोओगी नहीं, परेशान नहीं होगी।''

''क्या बात है बाबू......''

''कुछ नहीं, कुछ नहीं बस जरा-सी बीमारी......''

''ठीक हो जाएगी, रुपया है तो सब कुछ का इलाज है।''

''नहीं पद्मावती, सब कुछ रुपए से नहीं खरीदा जा सकता, इस बीमारी......'' लेकिन वे कहते-कहते रुक गए थे। एकदम से खामोश हो गए थे। बड़ी देर तक दीवार का उखड़ा

प्लास्टर घूरते रहे, दाहिनी ओर की दीवार भी चटखी हुई थी। प्लास्टर क्यों उखड़ जाते हैं? मैं यों अचानक क्यों बीमार हो गया? नहीं, इसका उत्तर मेरे पास नहीं।

धड़कते हुए पलों को संभालते हुए वहां एक खामोशी ठहरी हुई थी। माधो बाबू के मन में भीतर से कुछ उमड़ आया, वर्षों से दबा ढंका ख्याल·····एक भींगा हुआ अतीत, पुटुस की झाड़ियों पर ओस की चमकती हुई बूंदें, कोयला खान की बंजर जमीन। जगह-जगह कोयले के ढेर जलाए जाते हुए·····कच्चा कोयला धुंधुआता रहता है, जहरीली गैस छोड़ता है मगर लाल अंगारा बनाने के लिए उसको जलाना पड़ता है, गैस निकल जाने के बाद ही कोयला काम में आने लायक होता है। माधो बाबू ने सोचा मेरे भीतर एक गहरी धंसी हुई आग है। व्यापार में, जीवन में कुछ कर दिखाने की कुछ बनने की चाहत है। लेकिन मेरी इस जान लेवा बीमारी के बारे में किसको पता था?

किसी को भी नहीं। वे उठकर खिड़की पर आ गए। सलाखों पर माथा सटा दिया। सामने बड़ी कोठी का आहाता पूरा का पूरा दिख रहा था। पीली रंग की कोठी के दोनों भुजाओं से दो हिस्से और बीच का हिस्सा पोर्टिको, उस पर छज्जा·····फैली हुई सीढ़ियां, घर से बाहर निकलता हुआ कोई भी व्यक्ति सीधे दिख जाता था। नहीं, यहां खड़े होना ठीक नहीं और वे हटकर पीछे वाले बरामदे की ओर चले गए। वहां से दूर-दूर तक चांदनी रात में कोलफिल्ड को देखा जा सकता था। कोयले के पहाड़ नहीं, टीबे थे मगर बालू के टीबों की तरह बंजर नहीं थे। माधो बाबू ने धीरे से पास खड़ी हुई पत्नी से कहा—"पद्मावती ये चांदी के सिक्कों के टीबे हैं।"

"बाबू चलिए सो जाइए।"

"नहीं मुझे काम है। और सर झटककर वापस वे अपनी मेज पर आ गए। उन्होंने सामने पड़ी रिपोर्ट को पढ़ने की कोशिश की। मगर मन नहीं लगा। और वे पास रखी आराम कुर्सी पर अधलेटे हो गए। पत्नी ने कहा, "बाबू! इन बातों पर ज्यादा मत सोचिए।"

माधो बाबू का अपना ही मन उनको गीले कपड़ों-सा पछाड़ने लगा। पानी में भिंगो-भिंगो कर निचोड़ने लगा·····उनको लगा, जीवन की सारी अर्थवत्ता को व्यापार जगत में ही खोजते रहे। काम के अलावा उन्हें और कुछ नहीं चाहिए। यह रोज-रोज का काम और पद्मावती का साथ। बस वह मिल जाए।

माधो बाबू ने आईने में खुद को निरखा, अपनी ही आकृति को आंखों के सामने उकेरने की चेष्टा की। सोचा मैं अट्ठारह की उम्र में कैसा लगता रहा हूंगा। गौर वर्ण, तनी हुई मांसपेशियां, तेज चलते कदम, जीत के नशे में झूमता शरीर·····ऐसी स्पष्ट दृष्टि जो संपर्क में आने वाले हर व्यक्ति का आर-पार तुरंत देख लेती थी, उसको क्षण भर में समझ लेते थे। और सांवर? नहीं सांवर तो हमेशा मेरी बगल में खड़ा हुआ एक प्रौढ़ शिशु की तरह लगता रहा है। उसकी अपनी व्यर्थ की हंसी, दोनों हाथ बांधे व्यर्थ की मुस्कुराहट के साथ खींसे निपोरते हुए, एक ही संवाद सबसे कहता हुआ, "मुझे कुछ नहीं बोलो। मुझसे काम नहीं होता, तुम लोग संभालो·····जैसे कहते हो करता हूं।" सांवर के पास प्रत्येक बात का एक उत्तर हुआ करता है मुझे पता नहीं·····मालूम नहीं·····मैं तो किसी बात में हां कि ना बोलता नहीं·····बस यदा-कदा सैर सपाटों में या खरीददारी में मन ज्यादा बहक जाता है तो क्या करूं। तुम लोग

इसे मेरी कमजोरी समझकर अनदेखा करो। अब इस उम्र में अपने-आप को बदल पाना संभव नहीं।''

सुराणाजी के कारण इतना सब कुछ संभल जाता है। सुराणाजी जैसा मिनख नहीं होने का। माधो बाबू को आज पहले-पहल समझ में आया कि वे सुराणाजी को कितना चाहते हैं उन पर कितने निर्भरशील हैं। मगर साथ ही साथ अपने आप पर भी चौंक गए, अपनी एक भावना से वह क्या? क्या मैं सांवर से नफरत करता हूं? हां, उसके इस निकम्मेपन से, उसकी स्थूल इच्छाओं से।

माधो बाबू ने बात को दबाना चाहा......मन में उठती नफरत को लपटों को बुझाना चाहा मगर बिल्कुल असमर्थ थे। उनको लगा दुनिया में बहुत से पाप हैं जो अनकहे हैं, नामहीन हैं, लेकिन जिनका हमारे ऊपर असर जरूर होता है, और जिससे हम चाहकर भी ऊपर नहीं उठ सकते। बीमारी के कारण मैं कितना कमजोर हो गया हूं। कितना शिथिल। अब तो सारी बातों को समझते हुए भी मुझमें क्रोध की क्षमता नहीं बचेगी।

लेकिन क्या मैं सांवर से घृणा करने में समर्थ हूं? नहीं......शायद। और फिर दो-तीन सप्ताह में माधो बाबू सहज होने लगे। वे पुरानी बातें, पुरानी घृणा फिर उभरकर सामने नहीं आईं।

× × × ×

पलंग पर लेटे हुए या फिर आराम कुर्सी पर बैठे-बैठे न जाने कितनी खाली शामों के बीच आने वाले भविष्य की आशंका से माधो बाबू चौंक उठते। मैं नहीं बचूंगा। लेकिन उसके बाद भी जलते हुए अंगारे के साथ दहकती हुई आशा पीछा नहीं छोड़ती। क्या पता, शायद ठीक हो जाऊं। कोई जड़ी-बूटी, कोई भस्मी। कोई जादू-मंतर। माधो बाबू स्वयं पर लज्जित हो उठे थे। यह मुझे क्या हो गया है? मैं असंभव को संभव करने की कल्पना करता हूं। मौत के सामने कभी किसी का भी वश चलता है? कोई जीत पाया है? फिर हमारी तुम्हारी बिसात क्या? लेकिन ऐसी खुशहाल जिंदगी छोड़कर कोई जाता है?

उस दिन शाम को कमरे में सभी लोग थे, पायताने सुराणाजी बैठे हुए थे। माधो बाबू ने सुराणाजी की ओर से आंखें हटा......दूर दृष्टि डाली......कोयले के ढेर पर अब भी ललाई बची थी। कोयला खान गरम-गरम उसांसें ले रहा था......कनवेयर बेल्ट पर दनादन कोयला फेंका जा रहा था......वाशरी में कोयला धोया जा रहा था। वैगन में कोयला लदाई हो रहा था। स्थान की दूरी होते हुए भी सब कुछ हृदय के कितना करीब था......हवा के साथ एक लपट भभक उठी और इधर-उधर नाचने लगी......औचक उन्हें डाक्टर का ख्याल आया। डाक्टर ने यह समझा दिया है कि अब ज्यादा समय नहीं है। कैंसर फैलता चला जा रहा है। जलते हुए कोलपीट को देखकर माधो बाबू ने सोचा अब और इसको कितनी देर जलाया जाएगा, गैस तो निकल गई......वैसे ज्यादा जलने में कोई हर्ज नहीं हुआ करता। एक हल्की मुस्कुराहट फैल गई। आंखें बंद करते हुए उन्होंने सर तकिए पर टिका दिया......बीमार हूं, लोग कहते हैं थोड़े दिन के लिए बनारस हो आइए। मन बदल जाएगा। नहीं, मुझे यहां रानीगंज में ही अच्छा

लगता है। यहां से पड़ा-पड़ा अपनी कोयला खान देखता रहता हूं····· इतना पैसा इतनी ठाट-बाट।

सुराणाजी ने कहा, "बाबू, मोहन का संबंध आया है।"

"कौन है?"

"बंबई के कानोड़िया हैं।"

"ओह!"

"लड़की का रंग जरा दबता हुआ है।"

"भाभी के सामने तो सभी का रंग दबता हुआ लगेगा।" सांवर ने कहा।

"आज मेरी तबीयत ठीक नहीं।" सब चौंक उठे थे····· बात अधूरी रह गई थी। बड़ी बहूजी ने चिंतित होकर एक बार बाबू की ओर देखा। फिर वापस खड़ी रेवा और मोहन को। दोनों बच्चों का ब्याह हो जाता। मगर बाबू की तबीयत संभले पर नहीं आ रही। इलाज की तो कमी नहीं रखी जाती। लेकिन बाबू की जिद वे यहां कोलियारी से बाहर कहीं नहीं जाना चाहते। यहां बाबू को कुछ हो गया तो? क्या ऐसी संभावना है? बाबू को मालूम है। सबको मालूम है, फिर मैं क्यों नहीं स्वीकार पाती? इस झूठी आशा को कैसे मान लूं, जब तक सांस है तब तक आस है।

और बड़ी बहूजी ने सुराणाजी से पूछा, "डाक्टर ने क्या बोला सुराणाजी? बाबू ठीक हो जाएंगे ना?"

"..............................।"

"आप चुप क्यों हैं सुराणाजी? आप बोलते क्यों नहीं?"

"..............................।"

"सुराणाजी, आप तो अंग्रेजी पढ़े हुए हैं। आप तो सारी रिपोर्ट समझते हैं। किसी और बड़े डाक्टर को बुलाइए, विलायत ले चलिए····· जो करना हो करिए ना, बाबू का अनमोल शरीर ठीक हो जाएगा ना। बाबू का शरीर है तो सब कुछ है सुराणाजी, उनके बिना यह राजपाट किस काम का?"

आंखों में आंसू लिए सुराणाजी उठकर कमरे से बाहर चले गए।

दूसरे दिन माधो बाबू ने सांवर से कहा, "सांवर तू छोटा था न····· माधो बाबू सीधे भाई की आंखों में देख रहे थे। मगर सांवर की आंखें झुकी हुई थीं। माधो बाबू कह रहे थे—

"सांवर जब तू छोटा था ना····· तुझे सर्दी-खांसी बहुत हुआ करता। सांस उठ जाता तो मैं रात-रात भर तेरे सिरहाने बैठा रहता। चाची गुस्सा भी बहुत होती थीं।" कहते हुए उन्होंने फिर देखा, छोटे भाई की आंखें झुकी हुई थीं। लेकिन उन्होंने अपना कहना जारी रखा, "मैं हंसकर चाची से कहता—बात यह है चाची तू तो मेरी और इसकी दोनों की मां है ना लेकिन मैं तो भाई हूं न····· बड़ा हूं, घर का रखवाला हूं····· सच कहता हूं सांवरा घर की जिम्मेदारी मुझे कभी बोझ नहीं लगी। मैंने तो सब कुछ हंसते-हंसते संभाल रखा था। मैं तो यही चाहता था कि, कुछ दिन अपने सब लोग और साथ रहें लेकिन संयोग देखो, अपने परिवार में लंबी आयु किसी को नहीं मिली·····"

"भाईजी आप ऐसे मत बोलिए। अपन अच्छे से अच्छा इलाज करा रहे हैं न। इस बार

कलकत्ते चले चलते हैं।''

''ना.....ना.....सांवर घर फूंकने से कोई फायदा नहीं। इस बीमारी का कोई इलाज नहीं मैं यह जानता नहीं क्या? मैं कोई टाबर हूं?'' और सांवर बाबू बिलखने लगे थे।

''ना.....ना.....सांवरा! तू रो मत। कलेजा कड़ा रखो। भाया हिम्मत रख अब तो तुमको ही सब कुछ संभालना है और सांवरा तेरी भाभी.....''

''मुझे कुछ पता नहीं भाईजी। मुझे कुछ नहीं पता। मैं किसी को संभाल नहीं सकता। आपके बिना मैं एकदम अनाथ हूं.....'' और सांवर बाबू रोते हुए उठकर कमरे से बाहर चले गए।

माधो बाबू पलंग पर लेटे हुए थे। बीच-बीच में धौंकनी की तरह सांस फूलने लगती। उनके सामने बैठे हुए सुराणाजी धीरे-धीरे कही जाने वाली बातों को ध्यान से सुन रहे थे। माधो बाबू के सामने सुराणाजी की अपनी कोई भूमिका नहीं रहती थी। और न ही दोनों के बीच कभी कोई परायापन था।

खिड़की पर झुकी हुई आम की डालियों से हवा धीरे-से टकराई। एक पत्ता टपका। एक पत्ता धरती से टकराया। एक आवाज थी। बड़ी हल्की, चमकदार बासंती आवाज।

सुराणाजी के लिए माधो बाबू का मन उमड़ आया। उन्होंने सोचा सुराणाजी मेरे छोटे भाई हुए। खून एक नहीं हुआ तो क्या हुआ? म्हाली चाचा के आंसू और मेरे आंसुओं का खारापन एक है। हमारी जड़ें एक हैं, वहां उसी बालुई जमीन से। और म्हाली काका का करज तो मैं तीन जनम में भी नहीं चुका पाऊंगा। सुराणाजी का यहां कोई नहीं, एक हम लोगों के सिवा। मगर सांवर के साथ इनकी पटरी कम बैठी है। गलती सुराणाजी की नहीं, उनसे मैं क्या पूछूं? पूछने वाला व्यक्ति खुद ही गलत हो जाएगा।

माधो बाबू ने फिर दूर फैले हुए सन्नाटे की ओर देखा। दामोदर की निस्पंद लहरों के ऊपर ठहरी हुई उजास रेखा, उन्होंने फिर मन ही मन कहा—धन क्या बढ़ा मेरे जीवन के छोटे-छोटे सुख खतम हो गए। एक अरसा बीत गया दामोदर में नहाए हुए। पुराना कहीं छूट गया। नया जुड़ा भी, लेकिन.....वे फिर प्रत्यक्ष में सुराणाजी से कहने लगे, ''सुराणाजी कभी सड़क पर चलते हुए मैंने गाड़ी की कल्पना की थी, चार घोड़ों की बग्घी नहीं। एक मोटरगाड़ी की। हमारी पुरानी मौरिस तो चलते-चलते चौराहे पर रुक जाती थी। मैं और सांवरा उतरकर धक्का देते। देखिए, आज अपने डॉज और स्टुडीबेकर है। इतना सब लाव-लश्कर है, लेकिन अब कुछ भोगने की ताकत नहीं बची।

सुराणाजी ने माधो बाबू के शांत चेहरे को देखा। वहां एक गंभीर रूखापन उभर आया था। लेकिन आंखों में वही व्यावहारिक खोज ठहरी हुई थी, जो संपर्क में आने वाली प्रत्येक बात को नाप-तौल लिया करती। और खराब परिस्थिति को स्वयं के अनुकूल ढालने में देर नहीं करती थी। मगर यह बीमारी? अब क्या होगा?

पलंग से उतरकर माधो बाबू ने कमरे में धीरे-धीरे टहलना शुरू कर दिया। और एक झटके से रुककर उन्होंने ध्यान से पसरी हुई खामोशी को पकड़ने की चेष्टा की। फिर धीरे-धीरे कहने लगे, ''सुराणाजी! उद्देश्य को बस रुपए में सीमित कर मैंने कितना बड़ा जंजाल जीवन में खड़ा कर लिया था। मगर तब इसकी जरूरत थी। मुझे जीने का सहारा चाहिए था।

वही जीवन आज मुझे छोड़कर जा रहा है।'' उन्होंने दीवार पर लगी हुई किशन बाबू की तस्वीर की ओर देखा, फिर आर्त स्वर में मानों किसी को पुकारते हुए कहा,

''आखिर अब यों बीमार होकर जीवन को घसीटने से फायदा? मुझे तो अब मेरे किसी भी कर्म का उद्देश्य समझ में नहीं आता।''

अचानक कमरे की देहरी पर हल्की सरसराहट हुई, जब तक माधो बाबू की नजर वहां पड़ती, उनकी पत्नी के कंधे वापस जाने को मुड़ चुके थे। उन्होंने वहीं खड़े-खड़े कमरे के दूसरे कोने से पत्नी को पुकारा। शब्दों से अधिक उनमें निहित, आवाज की थरथराहट सुनकर वे रुक गई थीं। माधो बाबू की पुकार के भीतर डूबता हुआ एक बोझिल पल था। एक ऐसे व्यक्ति की अंतर्ध्वनि थी, जो अब तक अपने आत्मसम्मान को बचाए हुए युद्धरत् था। किन्तु अब उनके पास इस अनिवार्य, शर्तहीन समर्पण के अलावा दूसरा कोई उपाय नहीं बचा था।

माधो बाबू कह रहे थे, ''पद्मावती! इधर सुनो! तुम मुझे चाहती हो ना!''

माधो बाबू की ओर पलटते हुए उनकी पत्नी ने कहा, ''बाबू, आज आप ये कैसी बातें कर रहे हैं? क्या मेरे स्वधर्म के बारे में आपको संदेह है? आप मेरा एक मात्र आधार, एक मात्र सहारा......'' वह स्थिर दृष्टि से उनकी ओर देख रही थी।

माधो बाबू ने ठंडी सांसों के साथ हल्के और स्पष्ट रूप से कहा,

''नहीं मैं बस एक बात के लिए तुम्हारी स्वीकृति चाहता हूं। इस बीमारी के बारे में तुम भी जानती हो, मैं और ज्यादा दिनों का नहीं। मैं बचूंगा नहीं, लेकिन पति-पत्नी के इतने वर्षों के साथ का क्या महत्व? यदि मेरी अनुपस्थिति पर तुम रो-रोकर दिन काटो। तुम्हें तो ऐसे ही हंसते-खेलते दिन काटने चाहिए। जैसे जी रही हो वैसे ही जीना चाहिए। मैंने तुम्हारा सारा बंदोबस्त कर दिया है।''

''बंदोबस्त? किस बात का इंतजाम? आप कहां जा रहे हैं?''

''क्या तुम स्वीकार कर पाओगी? सच कह दूं? नहीं, मैं कह नहीं पा रहा। अच्छा पद्मावती! तुम्हारी वह हंसी कहां गई? तुम जब ब्याह कर आई थी न! तब दिन-रात हंसती रहती थी, खिलखिलाती रहती थी।''

''बाबू...... !'' कहते हुए उनकी पत्नी चुप हो गई। पति की दृष्टि बचाकर अपनी कनिष्ठा अंगुली से उन्होंने डबडबाई हुई आंख के कोरों को पोंछ लिया।

माधो बाबू भरे-भरे गले से पूछ रहे थे, ''पद्मावती, सांवरा तुम्हारा ख्याल रखता है ना? उसकी बीनणी गृहस्थी का सार-संभाल ठीक से करती है न? स्टेट की चाभी सुराणाजी के पास ही रहने देना। मैं तुम्हारे लिए बहुत धन छोड़कर जा रहा हूं। तुम्हें किसी चीज की कमी नहीं रहेगी। लेकिन खुश रहना, सुखी रहना। मेरा शरीर नहीं रहेगा तो क्या हुआ मेरी आत्मा तुम्हारे आस-पास मंडराती रहेगी।''

लेकिन अब वह रो पड़ी थी। हिचकियों में टूट रही थी। कह रही थी, ''बाबू मैं जानती हूं मुझे ऐसे अपना जी नाराज नहीं करना चाहिए। जो होना है होगा और वह तो होकर रहेगा। लेकिन क्या करूं बाबू! आप के बिना मेरा जीना कोई जीना होगा?''

सुराणा जी चुपचाप उठकर कमरे से बाहर चले गए। वहां सांवर बाबू और उनकी पत्नी खड़े थे। आपसी दृष्टि विनिमय में हताशा के अलावा और कुछ नहीं था। सांवर बाबू कमरे में

जाने को हुए मगर सुराणाजी ने हाथ के इशारे से रोक दिया। भीतर की बात रात के सन्नाटे में बाहर स्पष्ट सुनाई दे रही थी। बड़ी बहूजी कह रही थी, ''बाबू......आपके बिना कौन मेरी साज-संभाल करेगा? मेरी बस एक इच्छा है।''

''क्या? कहो पद्मावती।''

''बनारस वाली कोठी खाली पड़ी है। मेरा बंदोबस्त वहां कर दीजिए।''

''नहीं पद्मावती! कभी नहीं! यह घर नहीं संभलेगा। टाबरी नहीं संभलेगी। सब के सामने अपनी जांघ नहीं उभाड़ी जाती। सब कुछ अपनी कमजोरी, सांवर का टाबरपन तो तुम जानती हो।''

उनके आंसू सूख गए थे। पल्लू से आंखें पोंछने हुए उसने पति की ओर देखा। वे फिर कह रहे थे, ''अपने सुराणाजी ठास आदमी हैं। उनकी बात कभी टालना नहीं। तुमको और सांवर को इतना जरूर ध्यान रखना चाहिए कि आने वाले जमाने में कमाकर देने वाला आदमी दुर्लभ हो जाएगा। हम बाणिए एक-दूसरे के प्रति तो बस इतनी भर निष्ठा रखते हैं। परदेश में इस आपसी लगाव का ही तो भरोसा है। ज्यादा लंबी-चौड़ी बात करने में कुछ नहीं रखा। मैं तो बस इतना भर जानता हूं कि खिलाने वाले हाथों को काट खाना अच्छी बात नहीं, मनुष्यता नहीं।''

''आप ठीक कह रहे हैं बाबू!'' पत्नी ने बात को टालते हुए कहा। फिर पूछा, ''बाबू मौसमी का रस लेंगे या फिर बेदाना छीलकर ला दूं।''

माधो बाबू ने प्यार भरी दृष्टि से पत्नी की ओर देखा। धीरे से अपना हाथ उसकी ओर बढ़ाया। जीवन का यह क्षण एक पूरा अनुभव था, अपने आप में पूरी घटना। पति के चेहरे पर कुछ ऐसे भाव थे जो पत्नी ने पहले कभी नहीं देखा। कुछ ऐसे शब्द थे, जो पहले नहीं सुने गए थे और तमाम शब्दों के परे अभिव्यक्ति से परे, एक ठहरा हुआ, खामोश पल था। अपने में परिपूर्ण।

माधो बाबू ने फिर कहा, ''पद्मावती, तुम सुंदर हो! बहुत सुंदर! तुम्हारा शरीर ही नहीं मन भी सुंदर है।'' शांत खड़ी उनकी पत्नी ने धीरे से अपना हाथ छुड़ा लिया और बाहर चली गई।

× × × ×

खिड़की पर बहती हुई हवा कमरे के सन्नाटे को नोंचने लगी। पलंग पर लेटकर आंखें बंद करते हुए माधो बाबू ने आहिस्ते से मानो स्वयं से कहा—ऐसी सुंदर दुनिया को छोड़कर जाने के लिए बड़े साहस की ज़रूरत है। मैंने यह दुनिया अपने हिसाब से सजाई थी। मैं इससे अलग भी कुछ कर सकता था लेकिन धन कमाने के अलावा कभी मैंने कुछ भी नहीं किया। शायद हम बाणियों के लिए रुपया कमाने से बड़ा अन्य और कोई काम है भी नहीं।

हवा की गुनगुनाहट के साथ कन्वेयर बेल्ट के चलने की आवाज आ रही थी। नीले आकाश की परछाई में खड़ा हुआ शैफ्ट का चक्का धीरे-धीरे घूम रहा था। माधो बाबू फिर से सोचने लगे, बिना रुपए के आदमी कैसा? लेकिन क्या केवल रुपए ही काफी हैं? इसको भोगने

की मेरी तो शक्ति खत्म हो चुकी। और अचानक उनको लगा, पहली बार लगा, मानो वे इन सारे झंझटों से मुक्ति चाहते हैं। इससे आगे वे कुछ भी सोचने में असमर्थ थे। सबको सब कुछ मालूम है। सब कुछ कह दिया है। लेकिन नस-नस में व्याप्त होती हुई नंगी पीड़ा, चीखती हुई कह रही थी……समझ लेने दो सबको समझ लेने दो कि मैं मर रहा हूं……मर जाऊंगा। कुछ भी मेरा नहीं। मैंने कुछ भी अपने लिए बचाकर नहीं रखा। तिल-तिल कर घुलता हुआ शरीर, मेरी मुट्ठी में कैद जीवनी शक्ति को खाली करता जा रहा है। लेकिन यह कैसा खालीपन है? कैसी पीड़ा? जिसको न मैं सहन कर पा रहा हूं और न ही नियंत्रित। मन में पीड़ा की उपस्थिति मानो उन्हीं से कह रही थी—माधो, क्या यह तुम्हारा शरीर है। अपने शरीर पर तुम्हें भरोसा है?

उन्होंने आकाश में टंगे हुए स्थिर चमकते हुए चांद को देखा। उनका मन किया कि कहीं दूर टहलते हुए चले जाएं। अब तक कमरे में घर के सदस्यगण आ चुके थे, पलंग के पायताने रखी कुर्सी पर सुराणाजी बैठ गए। भरी-भरी आंखों से माधो बाबू ने उनकी ओर देखा और कहा—

''सुराणाजी मैं तो कलाकार नहीं, कोई चित्रकार नहीं। लेकिन मेरी यह खान? क्या यह भी किसी सृजन से कम है? बाणिए के पेट में भोमर (आग) जलता रहता है और इस आग को लिए वह भागता रहता है। सारी दुनिया को चुनौती देकर खड़ा हो जाता है। अपने-आप पर कितना जबर्दस्त भरोसा रखना पड़ता है। क्यों? मैं ठीक बोल रहा हूं न सुराणाजी।'' उन्होंने मसनद के सहारे उठते हुए फिर पूछा।

''अच्छा सुराणाजी आप ही बताइए, भला अपनी कमाई से प्यार होना भला गलत कैसे हुआ?''

''नहीं बाबू, गलत तो कुछ भी नहीं।''

''लेकिन आप इतने सुस्त क्यों हैं? पागल कहीं के। सुराणाजी आप तो जानते हैं कि, रुपया कमाने के लिए कितना तनाव झेलना पड़ता है। कैसा संयम साधना पड़ता है। किसी नये काम को खड़ा करने के लिए कैसे-कैसे भगीरथ प्रयत्न करने पड़ते हैं। विचारों की कितनी स्पष्टता रखनी पड़ती है। केवल हमारे चाहने भर से, इच्छा से, कल्पना से, तो रुपया नहीं बरसने लगता। केवल कल्पना के सहारे तो कोयले की यह खान नहीं खरीदी गई। बात यह है सुराणाजी कि, रुपए कमाने के लिए स्वयं को, अपनी सारी व्यक्तिगत् इच्छा-अनिच्छा को दुनिया के माया जाल में क्यों बंधना पड़ता है? आप अपने लिए कुछ भी बचाकर नहीं रख सकते। कुछ भी नहीं। अपने से बाहर धन से संपर्क स्थापित करना बहुत कठिन है।''

बाबू मैं तो सोचता था कि धन आपका है। लेकिन बात उल्टी निकली। देखिये अब चला-चली की बेला में, धन कैसे आपसे अलग खड़ा हुआ, आपको ही मुंह चिढ़ा रहा है।''

''बात यह है सुराणाजी कि, धन को तो हमेशा गोविन्दा का समझना चाहिए। वह जहां चाहे वहां खर्च कराए जैसा चाहे वैसा कर देना चाहिए।''

माधो बाबू ने पलंग के पास पीढ़े पर बैठी पत्नी को देखा। माथे का पल्ला थोड़ा सरक गया था। आंखें झुकी हुई थीं। पलंग के पास खड़े हुए सांवर बाबू सर नीचा किए हुए खड़े थे।

"आज तो बहुत थकान लग रही है। अब कामकाज तो तुम लोग संभालो। अच्छा कोलियारी की बैलेंशशीट तैयार हो गई है क्या?"

"मैं अभी लेकर आता हूं।" सुराणाजी ने कहा।

"नहीं कल ले आना। अभी तो आराम करूंगा।"

माधो बाबू आस-पास बैठे लोगों से फिर कहने लगे, "हम लोग जब यहां झरिया आए थे तो यहां घनघोर जंगल था।"

सांवर बाबू ने कहा, "भाईजी आपको याद है क्या एक दिन मैं अपने कमरे में सोया हुआ था तो गीदड़ चला आया था। मेरे तो रोंगटे खड़े हो गए थे। घर में मुश्किल से बिजली का लोटिया जलता। मजदूरों की झुग्गी-झोपड़ी में ढिबरी धुंधुआती रहती।"

"सांवर रात को मेरा हरजस गाना याद आता है क्या?"

"हां भाईजी! आज फिर गाइए ना!"

"देखो, यदि आवाज निकले तब……"

लेकिन नहीं संगीत के बदले वहां एक हिचकी थी। और फिर माधो बाबू की बोली बंद हो गई।

"भाईजी आप कुछ बोलना चाह रहे थे।" सांवर बाबू ने तड़पकर कहा।

"सुराणाजी ये कुछ बोलना चाह रहे थे। जल्दी डाक्टर साहब को बुलाइए। सुराणाजी, बाबू कल भी कुछ कहना चाह रहे थे। मैं ही गृहस्थी में उलझी रह गई। उनके पास जाकर बैठने का भी वक्त नहीं निकाल सकी।" बड़ी बहूजी की कातर आवाज थी।

सुराणाजी कुछ कह नहीं पाए। बिल्कुल नहीं कह पाए कि बड़े बाबू जीना चाह रहे थे। बड़े बाबू ने कल कहा था, "मैं जानता हूं, कैंसर की इस भयानक बीमारी का इलाज नहीं है। लेकिन पन्नालाल मैं जीना चाहता हूं। कोई उपाय करो। बस थोड़े दिन की और मोहलत मिल जाती। रेवा और मोहन का ब्याह हो जाता।"

मगर सब कुछ खत्म हो चुका था। सुराणाजी की आंखें बरस रही थीं। पतझड़ के उस मौसम में, एक अकेला पत्ता, हिलता-डुलता खिड़की की सलाखों पर टंगा हुआ था। कार्निस पर बैठी हुई चिड़िया ने लोगों को दिलासा देना चाहा। हवा के साथ जलते हुए कोयले की गंध नथुनों से टकराई और सुराणाजी को ख्याल आया कि, मालिक नहीं रहे। सारा स्थायित्व क्या इतना क्षण-भंगुर है? मृत्यु इतना अनिवार्य क्यों है?"

हवा के थपेड़ों में उलझी हुई रह-रहकर थरथराती हुई टूटी शाखा की तरह बड़ी बहूजी खड़ी थीं। उनसे लिपटा हुआ मोहन था। बगल में आकर खड़े हुए रेवा और राजू थे तथा रोती हुई उमा……कुछ नहीं समझती हुई। सबको रोते देखकर छोटी बहूजी की गोद में कुसुम थी, और जमीन पर पसरा हुआ चिंघाड़ता हुआ, बड़ी मां के गोद में जाने को मचलता हुआ छोटा वाला गीगा, गौतम था। भाई की संतान अपनी ही संतान है। माधो बाबू हमेशा यही कहा करते।

सांवर बाबू ने आंसू भरी आंखों से बिलखते हुए सुराणाजी की ओर देखा। सुराणाजी ने किसी तरह अपनी बहती आंखें पोंछते हुए सामने देखा—माधो बाबू के चेहरे पर एक अद्भुत शांति थी। बाबू मेरे क्या लगते थे? क्या कहूं उन्हें? बड़े भाई? म्हाली चाचा से भी अधिक।

पूरब वाली खिड़की के बाहर बड़ का पेड़ कांप रहा था। और फिर हवा के साथ झड़ते हुए पत्ते जमीन पर बिछते चले गए। एक उदास धुएं से भरी हुई रात ठहर गई थी। हवा ने सिसकी लेकर फिर वापस बहना शुरू किया। धमनियों में रेंगता हुआ खालीपन था। बहता हुआ दुख कुछ रुक गया था। कमरे के फर्श पर बाहर की उजास रोशनी बिछी हुई थी। विदाई के समय कुछ सांवले बादल कुछ और छितर गए थे। और फिर बढ़ता हुआ अंधेरा, सबको अपनी बांहों में समेटता हुआ अंधेरा था। सब कुछ कितना निःशब्द और खामोश हो गया, क्योंकि बस अभी-अभी एक आदमी बिल्कुल साधारण आदमी सबके बीच से उठकर हमेशा के लिए चला गया।

❑❑❑

कहानी को यहीं विराम देना पड़ रहा है। इसलिए कि इतनी भर कहानी मैंने अपनी अम्मा से सुना था। मां की धर्मबहन थी—राधा बाई। उस लिहाज से राधा बाई के दोनों बेटे, माधो दासजी रूंगटा तथा सांवरमलजी रूंगटा उनके भानजे हुए। होली दीवाली, बार-त्यौहार आना-जाना लगा रहता। बचपन में प्राय: मैं झरिया वाले रूंगटा परिवार की चर्चा सुनती। उन लोगों की जब कलकत्ते में अलीपुर वाली कोठी बनी तब अम्मा वहां गई थी। लौटकर अम्मा घंटों अलीपुर की उस कोठी का वर्णन करती रही थी—"मकान क्या इंद्रपुरी है। रजवाड़ों का ठाट है। लाख रुपया महीने की पैदा है। कोयले में काले धन की कमी है क्या?"

यह पचास का दशक था और उस समय लाख रुपया महीने की पैदा बहुत बड़ी बात थी। फिर एक दिन अम्मा ने कहा—"झरिया वाले माधो बाबू रूंगटा चलते रहे। बहुत ही कच्ची उमर थी। भला यह भी कोई जीने की उमर हुआ करती है। लेकिन कैंसर की बीमारी से भला कोई जीत पाया है?"

कोलियरी का जब राष्ट्रीयकरण हुआ, तब मैंने फिर अम्मा से सुना—"देखो, बेचारों के साथ कैसा अन्याय हुआ। धनतेरस के दिन सरकार ने कोलियरी ले ली। अम्मा फोन पर माधो बाबू की पत्नी से घंटों बातें करती रही थीं। इंदिरा गांधी के समाजवाद को कोसती रही थीं। और अम्मा ने अंत में हम लोगों से यही कहा था—"बेटा, राज के सामने किसी का वश नहीं चलता।" तेरे बाबूजी बोला करते थे—"सेठानी, राज से दूर रहना चाहिए। न दोस्ती, न दुश्मनी। राज कभी किसी का नहीं होता।"

अम्मा भी नहीं रहीं। उम्र की एक दहलीज ऐसी हुआ करती है, जहां से बाहर निकला हुआ पैर भीतर नहीं आ सकता।

लेकिन दुनिया कितनी छोटी है, मेरे कालेज में अंग्रेजी के प्राध्यापक थे—सुजीत सेन और उनकी पत्नी थीं—सोमा सेन जो सिटी कालेज में पढ़ाती थीं। हम लोग रहते थे लेक रोड में। बस स्टॉप पर मिलते-मिलते मेरी और सोमा सेन की दोस्ती हो गई। सोमा मारवाड़ी है, यह बाद में पता चला। अरे! तब आपने बंगाली से शादी की?

''नहीं, केवल बंगाली से शादी ही नहीं, बल्कि प्रोफेसर सेन से मेरा यह दूसरा विवाह है।'' हंसते हुए सोमा ने कहा था।

''तब पहली शादी कहां हुई थी?''

''कोई मारवाड़ी था।'' इससे अधिक सोमा ने कुछ नहीं बताया था। और बात कुरेदने की मेरी इच्छा नहीं थी।

फिर एक दिन भाभीजी ने फरमाया—''बाई, राधा मौसी थी ना उनके बड़े बेटे माधो बाबू की पत्नी पद्मावती भाभी का स्वर्गवास हो गया, टेलीफोन आया था, गंगाजी जाना पड़ेगा।''

''कितनी उम्र थी?''

''अरे पद्मावती भाभी की उम्र हो गई थी। वे तो सोने की सीढ़ी चढ़कर गईं।''

''ठीक है जाओ। निभाती रहो, यही सब तो करना है।''

''आप भी एक दिन बैठने चली जाइएगा।''

''अरे, मैंने कभी उनको देखा नहीं।''

''देखा, कैसे नहीं। हर साल दीवाली पर तो माँ जी के पगा लगने आती रही थीं। बस जब से माँ जी नहीं रहीं, तभी से तो उन्होंने आना छोड़ दिया।''

''ठीक है।''

रूंगटा हाउस से लौटकर भाभीजी ने कहा—''आज वहां पर मैंने एक महान आश्चर्य देखा।''

''क्या?''

''आपकी दोस्त सोमा सेन हैं ना, वह कभी रूंगटा हाउस की छोटी बहू रही थीं ''और इस प्रोफेसर सेन के साथ तो बाद में रहने लगीं।''

''अरे.....?''

अब आगे की कहानी पाठक पढ़ें......

ऊपर हॉल के गेट पर चप्पल खोलते हुए सोमा क्षण-भर को ठिठक गई। सामने रखे हुए पीढ़े पर घर की बहुएं एक-एक कर बैठतीं और उठ जातीं। सबसे पहले नागपुर वाली चाचीजी बैठी थीं। फिर बड़े जेठ मोहन की पत्नी। इसके बाद राजू भैया की पत्नी लता। और अब, सोमा का हाथ पकड़कर निमली बाई कह रही थी—''आओ छोटी बीणनी, एक बार पीढ़े पर बैठकर उठ जाना।''

सोमा ने कहा—''निमली बाई, आखिर मैं किस अधिकार से पीढ़े पर बैठूं? मैं तो ताईजी को रोता-बिलखता छोड़कर चली गई थी।''

''नहीं! नहीं!! ऐसा कैसे होगा? सुहागण लुगाई को तो एक बार पीढ़े पर बैठना ही

होगा, नहीं तो अपशकुन होगा!''

पीढ़े पर बैठी हुई सोमा का समूचा शरीर ही मानो पत्थर हो गया। वह न हिल सके, न डुल सके। बिल्कुल अचल। वह डबडबाई आंखों से सामने पड़े हुए छोटी तिपाई पर रखी हुई अपनी ताई सास की तस्वीर को निरखती रही थी।

सोमा को लगा—ताईजी, अब अभी-अभी हल्के कदमों से हाल में चहलकदमी करने लगेंगी। उनकी वह सफेद साड़ी-ब्लाउज पहने, लंबा छरहरा शरीर, गले में तुलसी की माला, गोरा चंपई रंग, तीखे नाक-नक्श, माथे पर वैष्णवी तिलक, आधे काले, आधे सफेद बालों को खींचकर बांधी गई चोटी। हाथों में मीने की चूड़ियां। सोमा पंद्रह वर्ष बाद भी अपनी इस ताई सास को भूल नहीं पाई थी।

ताईजी के बिना यह घर कितना सूना है। समूचे घर की उम्मीद तो ताईजी पर ही टिकी रहती थी।

बगल में बैठी हुई नागपुर वाली चाचीजी कह रही थीं, ''जिठानीजी तो सातों तिरथ थीं। बड़े देवरजी का सुरगवास हुआ तो उनकी उमर ही कितनी थी? मेरी जिठाणी जी ने तो मां के संग-संग बाप का भी फरज पूरा किया है। बाई इतना निभाना और करना-कराना सोना नहीं।''

''जी हां चाचीजी। बड़ी मां ने तो हंसते-हंसते अबखायां झेली, पर अपने औलाद की होंठों की मुलक कभी ओछी नहीं होने दी।'' बड़ी भाभीजी कह रही थीं।

रेवा बाई ने लाल सूजी हुई आंखों को पोंछते हुए कहा, ''मेरी बड़ी मां तो अपने जबान पर कभी कोई मनस्या दिखाती ही नहीं थी। लेकिन उनकी आंखों में अपनी टाबरी के लिए सपनों का समंदर हबोला लेता हुआ जरूर नजर आ जाता।''

अबकी जाकर निमली बाई के होंठ खुले उन्होंने फिर कहा, ''इन दिनों तो बाईसा भोत बार कहती—निमली अब तो सब बड़े हो गए, घरू जिम्मेवारी बेटे उठा लेंगे। बेटियां अपने-अपने यहां सुखी। मैं तो नचिंती हुई।''

''लेकिन क्या हुआ? कौन सी ताईजी निश्चिंत थी? उनका तो जी घुटता ही रहा। हम लोगों ने तो अपने-अपने सुख-मौज में ताईजी का दुख ही बढ़ाया।'' लता भाभी की कटाक्ष भरी दृष्टि औरों के ऊपर से फिसलती हुई सोमा के चेहरे पर टिक गई।

आंखें नीची किए हुए सोमा ने सोचा—ताईजी सच कहा करती थीं—ऐ बीणनी मैं तो पुरबलै जलम का करज चुका रही हूं। कौन कहता है कि, बेटे-बेटी अपने होते हैं? अरे सबके सब पुरबलै जलम के दुश्मन होते हैं। करज उगाने तुम्हारे पेट से पैदा हो जाते हैं। तीनों बेटों में से कोई न कोई हंसते हुए पूछ ही लेता—बड़ी मां लारलै जलम की बात आपको याद भी है क्या? ताईजी बड़े भाई साहब (मोहन) के दाहिने गाल के लसण को छूकर कहतीं—

''बेटा मोहन तेरे गाल पर यह लारलै जलम का निसान है। मांवड़ी को रोते बिलखते तू अधबीच में छोड़ आया। बेटा अब तो मेरे साथ ऐसा धोखा मत करना, मुझे तो ठीक से पहुंचाकर आना।''

कहते-कहते ताईजी का गला रुंध जाया करता। आंखों में पानी आ जाता। पास बैठी या गोद में सोए हुए किसी बच्चे के सर पर हाथ फेरते हुए सबकी लंबी उमर की अरदास करती।

बड़ी भाभीजी ने लता भाभी की हां में हां मिलाते हुए कहा—"ठीक बात है। आजकल तो पढ़ी-लिखी लुगाइयां और चार कदम आगे हैं। उनके बारे में सोचकर मेरे तो मन में घिरना उपजती है। जरा-सा दुख पड़ा न कि, सारे गांव में हल्ला मचाकर रख देंगी। कोई घर की इज्जत का ख्याल थोड़े रखती हैं।

"लेकिन बड़ी मां कभी किसी की चर्चा-बुराई नहीं करती थीं।" कुसुम बाई ने कहा।

"कहावत है ना कि, बांझड़ी काई जाणै जापै री पीड़।" लेकिन जिठाणीजी तो इस कहावत को झूठा कर गई हैं। आज के जमाने में बेटे-बेटी को संभालना, बड़ा करना आसान है क्या?" नागपुरवाली चाचाजी फिर कह रही थीं।

"ऐ बीरा! जैसा पद्मावती बाई ने निभाया वैसा तो कोई क्या निभाएगा......." पास बैठी हुई किसी प्रौढ़ा ने कहा।

"निभा चुकी।" बड़ी भाभीजी ने मन ही मन सोचा।

"कर दिया निहाल! अभी तक तो यह मालूम नहीं कि उनके धन का बंटवारा कैसे होगा?" लता भाभी की ऐसी बड़बड़ाहट सुनकर निमली बाई ने कहा—"राजू की बीणनी, भला यह क्या बोली हुई? फिर सोमा की ओर देखते हुए मानों उन्होंने सबको सुनाकर कहा—"यह बिचली बीणनी तब से आड़ी बोल मार-मारकर सबका कलेजा चूंट रही है।"

"जरूर कलेजा नोचूंगी, मैंने कोई आपका करज खाया है। मैं क्यों भला चुप रहने वाली? आप लोगों को तो मेरी साची बात खारी लगती है। सबको मुझ पर ही रीस आता है। धन क्या अकेले मुझे मिलेगा?"

सोमा का जी धक् से हो गया। उसकी आंखें अपनी मंझली जिठानी से टकराईं। इस दुख की बेला में भी वहां आग की लपटें थीं। बड़ी ननद रेवा बाई धीरे-धीरे कह रही थीं, "क्या हो गया लता भाभी को? समय का भी कोई ख्याल नहीं।"

नागपुर वाली चाची ने बात को समेटने की गरज से कहा, "ठीक है लता, पुरानी बातें उकेरने से फायदा? घणी लुगाई में कभी राजीपौ और कभी मनमुटाव तो होता ही रहता है। गृहस्थी का गाड़ा ऊबड़-खाबड़ भी चलता रहे तो यही सोचो पुरखों का पुण्य काम आया। सोमा टाइम पर आ गई, जिठाणीजी का मन रह गया।

"देखिए चाचीजी मेरे से तो आप लोगों की तरह मुंह देखी बात होती नहीं। सोमा ने कब पुरखों का ख्याल किया? उसने कौन-सी घर की इज्जत रखी?"

सोमा की आंखों के सामने उस रात की स्मृतियां तैरने लगीं। उस रात जब वह ताईजी के सामने धड़धड़ाती हुई घर की सीढ़ियां उतर गई थी। उसने तो पीछे पलटकर भी नहीं देखा था। और ताईजी की बरजती हुई रुंआसी आवाज, "अरे छोटी, ऐसे घर की देहरी नहीं लांघते। रे छोटी, ऐसे पुरखों की पगड़ी, मत उछालो.... !" लेकिन क्या सोमा रुक पाई थी? रुकती भी कैसे? क्या ताईजी से कुछ भी छुपा था?

सोमा और गौतम का जीवन, सोमा का दुख, ताईजी को तो सोमा की जिंदगी का हर कोना मालूम था। रूंगटा हाउस से निकले हुए पंद्रह वर्ष हो गए। सोमा को न कभी ताईजी दिखीं और न ससुराल के अन्य किसी सदस्य ने सोमा की खबर ली। आज भी परिवार के अलग-अलग सदस्य अपनी अलग-अलग राय परोस रहे थे। जिसके बारे में राय दी जा रही थी, वह

खामोश, सर झुकाए बैठी हुई थी।

सोमा को लगा हक अदायगी का यह सिलसिला न जाने कब खतम होगा।

नहीं! सोमा के लिए न पीहर अपना हुआ और न ससुराल। हां, किसी और ने सोमा को सहारा दिया था। लेकिन क्या उसका घर सोमा को हो सका? हां। तब इस रूंगटा हाउस में? यहां क्या करने आई हो? सोमा का मन स्वयं से ही पूछ रहा था। उत्तर था—शायद कभी यह मेरा घर रहा होगा, लेकिन कितना कुछ तो बिखर गया।

"छोटी बिणनी! लो शिकंजी पी लो, सुबह से भूखी हो। भूखे पेट सरद-गरम हो जाएगा।" ख्यालों के झटके से सोमा एकदम से चौंक गई। उसके सामने निमली बाई खड़ी थी। हाथ में शिकंजी का गिलास लिए।

सोमा ने सोचा—निमली बाई भी कितनी ढलान पर लग रही हैं। कितनी उमर होगी? मालूम नहीं, लेकिन उमर हो गई। निमली बाई की उमर कोई नहीं जानता, उमर पूछने से निमली बाई बोला करती—

"क्या मालूम कितनी उमर है? हम तो साठे का पाठा हैं। हिसार का असली घी खाया है। भोत जोर है शरीर में। पंजा लड़ाकर देख लो, अब भी उठाकर पटक देंगे।"

क्या ताईजी के बाद निमली बाई में वही ताकत रह जाएगी? क्या रूंगटा हाउस भी वैसे का वैसा रह जाएगा?

सोमा ने विचार किया कि जब से वह आई है घर के किसी पुरुष सदस्य ने सोमा से कोई बात नहीं की, निमली बाई नहीं होती तो शायद वह ताईजी के आखिरी दर्शन भी नहीं कर सकती थी।

दर्शन का अधिकार? और क्या सोमा को रूंगटा हाउस आना चाहिए था? आखिर इन लोगों की नजरों में तो वह परिवार की कलंक ही थी।

लेकिन सोमा आई थी, क्योंकि उसे बुलाया गया था। ताईजी के सिरहाने वह बैठी हुई थी……क्यों आखिरी सांस गिनती हुई ताईजी ने उसका हाथ पकड़ रखा था?

× × × ×

बड़ी दोनों जिठाणियों ने उसे किसी न किसी बहाने ताईजी के पास से उठाना ही चाहा था। सोमा खुद भी उठना चाह रही थी। मगर ताईजी ने उसका हाथ पकड़ रखा था। सोमा के बड़े जेठ मोहन बाबू डाक्टरों के साथ जब कमरे में आए तो सोमा को देखकर उन्होंने मुंह घुमा लिया। उठकर प्रणाम करने की जरूरत सोमा ने भी महसूस नहीं किया। रेवा बाई, उमा, कुसुम सब हां-हूं करके अगल-बगल से निकल गईं।

कमरे के बाहर हॉल में बैठे हुए उसके पूर्व पति गौतम ने ऊंची आवाज में सबको सुनाकर कहा, "मेरी समझ में नहीं आता कि एक मरती हुई बुढ़िया की सनक को इतना महत्व ही क्यों दिया गया?"

"गौतम बाबू आप तो अपनी बड़ी मां को देखने कमरे में कभी फटके ही नहीं।" निमली बाई का जवाबी हमला था।

जवाबी हमले में गौतम ने मंझले भैया से यही कहा, "राजू भैया बड़ी मां के साथ अपने निमली बाई को भी पहुंचा आते हैं। क्यों ठीक रहेगा ना?"

सोमा ने सोचा, गौतम का बेहयापन गया नहीं। बाहर हॉल में बैठे जोर-जोर से बोल रहे हैं। क्या यहां सुनाई नहीं दे रहा है? और मरता हुआ व्यक्ति यदि इसे सुने? निमली बाई से आंखें मिलते ही सोमा का सर झुक गया। लेकिन निमली बाई भला चुप रहने वाली, कमरे के भीतर से वे चीखीं, "अरे ऐ गौतम बाबू निमली बाई को पहुंचा आओगे तो तिजोरी कौन खोलेगा? बाई साहब की स्टेट की चाभी तो मेरे ही पास है।"

अबकी मोहन भाई साहब ने ही गौतम को डांटा, "तू भी यार गौतम फिजूल की बात लेकर बैठ जाता है, जबान पर लगाम नहीं।"

भाई साहब की डांट-फटकार से एक बार सब खामोश हो गए। लेकिन बैठे-बैठे लोग करें भी क्या? बुढ़ापे का शरीर न मालूम कब प्राण निकल जाए किसी को पता भी नहीं चलेगा। उपस्थित परिवार के सदस्यों के मन में, सबके मन में एक ही चिंता, तीनों बेटों के मन में—गांव क्या कहेगा कि, पास में एक बेटा भी नहीं था कि मुंह में गंगाजल और तुलसी देता।

राजू बाबू भी बंबई से आ गए हैं। आजकल बंबई में एक और केमिकल फैक्ट्री लगाने जा रहे हैं। पहले वाली केमिकल फैक्ट्री तो जोरों से रुपया कमा रही है।" निमली बाई कह रही थीं।

पता नहीं निमली बाई किसको यह सब सूचित कर रही थीं। क्योंकि सोमा का ध्यान परिवार के सदस्यों पर था।

मोहन बाबू के लड़की-लड़कों में संगीता का ब्याह तो सोमा के सामने ही हो गया था। पांच साल पहले अरुण की भी शादी हो गई थी। अरुण की पत्नी बड़े ध्यान से अपनी इस प्राक्तन पीतस (चचेरी सास) की ओर देख रही थी। उसकी बड़ी-बड़ी आंखों में अपार कौतूहल छुपा था। उसकी यह चाची सास? आखिर कौन है? सच में बड़ी बोल्ड रही होगी।

माना कि, आज समाज बहुत बदलता जा रहा है लेकिन उस जमाने में इस तरह घर छोड़ने का साहस? अरुण की बहू ने सोमा के पैर नहीं छुए और न ही सोमा को किसी से कोई अपेक्षा थी। सभी के व्यवहार में एक ठंडक भरी दूरी थी। गौतम लोग, कुल मिलाकर छह भाई-बहन हैं, सबसे बड़ी रेवा बाई फिर भाई साहब, राजू भैया, उमा बाई, कुसुम बाई और गौतम। गिनती करते हुए सोमा मन ही मन हंसी क्या उसकी सास केवल बच्चे पैदा करने में लगी रही? और बड़ी मां निःसंतान, सबको पालने-पोसने में।

सोमा ने देखा—रेवा बाई के आधे से ज्यादा बाल सफेद लग रहे हैं। उम्र की छाप चेहरे पर आ गई है। लेकिन सोमा भी कहां छोटी रही? सोमा की शादी के कुछ साल बाद ही तो रेवा बाई विधवा हो गई थी। रेवा बाई के पति का अचानक हार्ट फेल हो गया था। सोमा ने बड़ी मां (ताई सास) को रोते हुए बहुत कम बार देखा था। मगर उस दिन वे किसी के संभाले नहीं संभल रही थीं। उनका वह आत्म क्रंदन—"अरे रामजी····मुझे क्यों नहीं उठा लिया रे!······अरे मेरी छोरी का सुहाग यूं उजड़ गया रे!······मेरी चिड़ोकली अनाथ हो गई।"

"ताईजी रोइए मत हम लोग हैं न! आप क्यों चिंता करती हैं?" बहू-बेटे संभाल रहे थे। और भाई साहब, भाभीजी, ताईजी के साथ उसी दिन शाम की फ्लाइट से दिल्ली गए। और एक दिन बाद दोनों बंच्चों को लेकर ताईजी वापस भी आ गईं। छमाही के बाद रेवा बाई जब पीहर आईं तब इसके बाद वापस दिल्ली अपने ससुराल कभी नहीं गईं।

ताईजी का कहना था, "मैं नहीं इसको वापस भेजने की। वहां क्या रखा है? जिंदगी भर मेरी छोरी दाई की तरह देवर-जेठ की गृहस्थी खटती रहेगी। न यह कुछ कर पाएगी और न इसके बच्चे।"

हां एक बुद्धिमानी का काम जरूर किया गया। रेवा बाई को भाई साहब ने धीरे से समझा दिया था कि ससुराल से आते वक्त अपने जितने गहने ला सको ले आना, वह तुम्हारा स्त्री-धन है। उसको वहां मत छोड़ना। गहनों के इस गबन कांड से रेवा बाई के ससुराल वाले काफी नाराज हुए। पेट-परिवार में थुक्कम-फजीयत भी हुआ, कुछ दिनों तक बोल-चाल बंद भी रही। फिर सब कुछ वैसा का वैसा हो गया।

सोमा ने ध्यान से देखा, राजू भैया के दोनों बेटे मनीष और अरविन्द भी बड़े-बड़े हो गए। अरविन्द तो सोमा के सामने ही हुआ था। ताईजी का मन था कि सोमा अरविन्द को गोद ले ले। मगर गोद लेने का न सोमा का मन था और न ऐसे त्याग के लिए लता भाभी तैयार हुईं। "पराया भी कभी अपना हुआ है?" सोमा को निमली बाई ने ही समझाया था और ऐसे कठिन मुद्दे पर, बाद में स्वयं ताईजी भी सहमत हुई थीं।

गौतम और बड़े भैया की उम्र में काफी फरक था। ताईजी से पूछने पर वे कहा करतीं, "भई पहले तो ब्याह भी जल्दी हो जाता था। मोहन हुआ तब उसकी मां चौदह वर्ष की तो थी ही। सबसे छोटे गौतम को साल भर की उमर में ही छोड़कर वह तो अगली चलती रही। अच्छा हुआ जो भाग्यशाली थी।"

"अच्छा क्यों?"

"और क्या? क्या पड़ा है संसार में? दुख ही दुख है।"

सोमा ध्यान से उनकी बड़ी-बड़ी आंखों में छलकते भावों को पढ़ने की कोशिश करती··· मगर एक तरल वाष्प के अलावा वह कभी कुछ समझ नहीं पाई। ताईजी दुनिया से जाना चाहती है, क्या उन्हें जीने का शौक नहीं है?

"ताऊजी का स्वर्गवास हुआ तब उनकी उम्र कितनी थी ताईजी?"

पुराने दिनों को याद करती हुई ताईजी कहीं खो जातीं। फिर चौंककर कहतीं, "बड़े बाबू यही कोई पचास-पचपन के रहे होंगे। मैं तो उमर में उनसे काफी छोटी थी ना।"

"उमर में इतना फर्क क्यों ताईजी?" सोमा से पूछे बिना नहीं रहा जाता।

"मेरे से पहले तेरी एक और ताई सास थी ना। बेचारी मिरगी की बीमारी में चलती रही······तेरी दादस तब जिंदा थी।"

"ताईजी आजकल तो मिरगी की बीमारी ठीक हो जाती है ना!"

"उस समय कहां इतना इलाज निकला था, अब तो एक से एक इलाज निकल गया है। तेरे ताऊ के बच्चे थे नहीं, सो कुछ दिनों में मैं आ गई। पर तकदीर देखो मुझसे भी बच्चा नहीं हुआ।"

''ब्याह के समय मेरी उमर चौदह बरस की थी।''

''इतनी छोटी?''

''नहीं रे, छोटी कैसी? उस जमाने के हिसाब से तो उमर बड़ी ही थी, लेकिन दहेज के बिना गरीब बाणिए की बेटी को कौन ले जाता? तकदीर देखो, कहां तो मैं गांव में ढोर चराती, कुओं से पानी खींचती, कहां राजरानी बनकर आ गई। तेरे ताऊजी तो मेरी सुंदरता से रीझ गए। वहां अपने चुरू की हवेली में ही फेरा हो गया था। तेरी पहले वाली ताई सास बड़े घर की बेटी थी। कानोड़िया को कौन नहीं जानता? लेकिन बेटी के गुजर जाने से अगलों ने संबंध नहीं रखा। रखते नहीं हैं क्या? लोग रखते तो हैं ही। पर उन लोगों ने भी मुझे कभी बुलाया नहीं। बच्चा हुआ नहीं कि, भात परोजन में कोई का चेहरा दिखता। बड़े बाबू होशियार आदमी थे। समाज में सरपंच थे। जैसी कद-काठी वैसा ही रोब। अपनी आधी पाती मेरे नाम में कर गए। ऐसे थोड़े ये छोरे ताईजी-ताईजी करते हैं? अरे धन के जोर पर मैं हुकुम चलाती हूं।'' पारिवारिक स्मृति पुराण की व्याख्या करने में ताईजी को अधिक मन लगता।

कैसे होंगे ताऊजी? सोमा की आंखों के सामने दीवार पर टंगे ऑयल पोर्ट्रेट को छूकर लौट आई। सोमा फिर एकटक ध्यान से उस ऑयल पेंटिंग को देखने लगी। सफेद शेरवानी पर गिन्नियों का बटन लगा हुआ था, जेब घड़ी से मोटी सोने की चेन लटक रही थी। छड़ी की मूठ को पकड़े हुए सख्त कसी हुई उंगलियां और एक उंगली पर चमकती हुई हीरे की अंगूठी, सोने के फ्रेम का चश्मा, गुलाबी पगड़ी, धोती, पैरों में काली चमकती हुई जूती। ताईजी ने ही कभी सोमा को बताया था—

''तेरी दादस भोत भोली थी। घर तो मैंने ही आकर संभाला। मैं तो सदा से भोत हुसियार थी। और तेरी सासू को मौज शौक से और बच्चे जणने से ही फुरसत नहीं मिलता था। घर-गृहस्थी, कावा-ढीच्चा सब मैं ही करती। तब तो अपनी रानीगंज और झरिया की चारों कोलियरी थी ना, राईडांगा वाली कोलियरी से सटा हुआ मकान था। अरे मकान की क्या बात की जाए, कहने को महल था। महल! छोटी बिणनी तुम सोच भी नहीं सकती कि, कैसा ठाठ-बाट था।''

''ठाठ-बाट तो अब भी है ताईजी।'' सोमा कहती।

''अरे अब क्या है? रुपिए में एक आना नहीं है।''

''क्यों यह अलीपुर की कोठी?'' सोमा की आंखें, फर्श के इटालियन मार्बल को टटोलती हुई मजूमदार के बनाए हुए पैनल तनजोर की बड़ी-बड़ी पुरानी पेंटिंग, हॉल के कोने में रखा हुआ आदमकद पोर्सिलीन के वास आदि को टटोलने लगती।

''यह? अरे इसमें क्या रखा है असी-असी तो चार कोठी समा जाए उसमें। और नौकर-चाकर, मुनीम-गुमाश्तों से घर भरा रहता, रुपिया हम अपने हाथ से बोरी में भर-भरकर रखते थे। चांदी की सिल्लियां ऐसे ही कमरे में पड़ी रहतीं। सोने का मोटा-मोटा छड़ मैं गिनकर तिजोरी में रखती थी।

फिर पलटकर पास बैठी हुई अन्य बहुओं से ताईजी कहती—

''अरे ऐ बिनणियो! तुम लोग यदि पुराने दिनों की भागवत सुनने बैठ जाओगी तो चल चुका गृहस्थी का गाडा।''

वर्तमान क्षणों में, अतीत के स्मृति पटल पर ओस की बूंदों-सी घटनाएं झर रही थीं। सोमा खामोश निगाहों से ताईजी के कोठरी की ओर देखने लगी।

इसी कमरे से सटा हुआ और एक छोटा कमरा, उस कमरे के दरवाजे पर हमेशा बड़ा-सा गोदरेज का ताला झूलता और इसकी चाभी निमली बाई के पास रहती। घर की बहुएं कभी-कभी ही उस कमरे में जा पातीं। बड़ी-बड़ी गोदरेज की आल्मारियां एक किनारे में लोहे की बड़ी-बड़ी भारी तिजोरियां। कमरे के भीतर बनी हुई टांड पर बक्सों का ढेर, तीनों बेटों के ससुराल से, सास के लिए जो कुछ भी नेग में आता इसी कमरे में रखा जाता। बेटियों के नेग में यदि देने के लिए कुछ कम पड़ता तो वह सामान भी ताईजी इसी कमरे से निकालतीं। ताईजी की भरी-भरी कोठरी देख कभी-कभी भाई साहब बोलते भी, "बड़ी मां आप इसमें क्या रखती हैं क्या नहीं, हमें कुछ पता नहीं। कभी इनकम टैक्स वाला आएगा न, तो जान आफत में आ जाएगी।"

"क्या आफत हो जाएगी? अरे असल माल तो तुम लोगों ने सब ले लिया। राममारी गोर्मेंट मेरा आधा मन तो सोना हड़प गई। बाकी गहना तुम लोग डिक्लयेर करवाना चाहते हो। मैं नहीं तुम लोगों के फेर में आने वाली। तेरा इनकम टैक्स वाला मेरी कोठरी में घुसकर कुछ समझ तो ले।"

"बड़ी मां आजकल बहुत रेड हो रही है।" भाई साहब के माथे पर चिंता की लकीर उभरतीं।

"मुझको इस राममारी गोर्मेन्ट का डर मत दिखाओ तो। मरूंगी तो यह सारा धन मैं कोई छाती पर लेकर जाऊंगी क्या? तुम्ही लोगों का है, हजारों तो मेरी गिन्नियां थीं, सबकी सब तुम लोगों ने गोर्मेन्ट का डर दिखा-दिखाकर बेच दिया।"

लता भाभी बीच में टपकती, "ताईजी डिक्लेयर तो एक तिजोरी का सामान ही किया गया। दूसरी वाली तो......?"

"ऐ बिचली बिणनी। मुझे यह टोका-टाकी पसंद नहीं। मेरा धन है मैं चाहे जिसको दूं, मरते समय मेरी आंखों के सामने जो बहू रहेगी उसी को दूंगी।"

शर्म से सोमा की आंखें झुक जातीं, लता भाभी कैसे यह सब कह लेती हैं, वह भी ताई सास के सामने? और इस घर में हमेशा धन के बारे में और केवल धन के बारे में ही बातचीत क्यों हुआ करती है? या ताईजी से और किसी विषय पर बातचीत नहीं की जा सकती?

शांतिप्रिय भाई साहब बीच में ही बोल पड़ते, "आप तो खामखा नाराज हो रही हैं बड़ी मां हम भी तो आपके हैं।"

वैसे ताईजी अपने बड़े बेटे मोहन से ज्यादा खुश भी रहती। मोहन बाबू मधुर भाषी थे। स्वभाव से छल-कपट कम था साथ ही उनके सामने बड़ी होती अपनी बेटी नजर आती। उन्होंने कोलियारी के उजले दिन भी देखे थे। उनका ससुराल भी कोई नामी घराना था। क्या फर्क पड़ता है यदि उनकी पत्नी का रंग सांवला, थोड़ी नाटी हो, थोड़ी मंद बुद्धि हो, बड़ी बिणनी का स्वभाव तो खोटा नहीं था। ताईजी ही तो पसंद करके लाई थी। ताईजी का अपने देवर यानी सांवर बाबू से कहना था, "देवरजी पहला संबंध घराने का होना चाहिए। अपने को घर सारू लड़की चाहिए। अच्छा स्वभाव चाहिए। नहीं तो कल देवर, ननदों का हक और

दबाकर बैठ जाएगी।''

सांवर बाबू ठिठोली करके कहते, ''भाभी तू तो मेरी हक कोनी दबाई?''

''सांवर बाबू मेरी तो अपनी संतान नहीं। भागवत् में कहानी है ना कि संतान की माया बड़ी कठिन होती है। यह तो किसी का प्रारब्ध ऊंचा होता है कि नि:संतान रहता है ताकि अपना ध्यान पूजा-पाठ और सत्कर्म में लगा सके।''

ताईजी की ढेरों पारिवारिक कथाएं सोमा को याद आ रही थीं। उनके पास इस घर का पूरा इतिहास था। उनके अनुसार रूंगटा परिवार की प्रत्येक दस या पंद्रह साल में एक न एक बड़ी घटना जो भी घटती रही है बस शनिवार के दिन ही।

''ताईजी ये बड़ी घटनाएं कौन-कौन सी हैं? कौतूहलवश सोमा पूछ बैठती।

''जैसे मेरा ब्याह होना, बड़े सेठजी का स्वर्गवास, तेरे सास-ससुर का बाद में एक ही साथ महीने भर के भीतर ही दुनिया से जाना। ऐन दीवाली के दिन गोर्मेन्ट का कोलियारी को हथिया लेना। सब कुछ शनिवार के दिन। अरे वह दिन भी कोई दीवाली थी? मैंने तो पहले ही कहा था कि, शनिवार की मावस है, भारी पड़ेगा।''

''वह कौन-सा साल था ताईजी?''

''अब यह तो हमको याद नहीं। छोटी बिणनी पूरी बात सुनो। बीच में टोको नहीं। हां तो अब पूछो क्या पूछ रही थी? तुम बीच में टोक देती हो ना मेरा ध्यान उलट-पलट हो जाता है। हम तो जब बोलते हैं ना तब सिनेमा की तरह पुराने दिनों को अपनी आंखों से देखने लगते हैं।''

''नहीं मैं बस पूछ रही थी कि, कौन-सी घटना किस साल में घटी थी?'' सोमा अपने प्रश्न को और अधिक स्पष्ट करते हुए ताईजी को समझाती।

''अरे एक के बाद एक जैसे-जैसे कुछ घटा वही तो सुना रही हूं। लेकिन मैं कोई पढ़ी-लिखी तो हूं नहीं। छोटी बिणनी और मुझे तो अंग्रेजी भी नहीं आती कि, अंग्रेजी के साल गिन सकूं। तुम लोग तो न जाने क्या फिक्टी-सिक्टी लगाए रहते हो।''

उनके फिक्टी-सिक्टी पर सोमा को जोरों की हंसी आई। मगर सोमा को बरजते हुए वे कहतीं, ''हां तो एक बार की घटना सुनो।'' सरौते से छालिया सुपारी काटते हुए ताईजी ने कहा। घर-गृहस्थी की उबाऊ जिंदगी में सोमा का भी इन सब कहानियों में मन लगता।

''कलकत्ते में हल्ला हुआ कि पार्टी फेल हो गई, देनदारी अलग है। महाजनी का इतना बड़ा कारोबार। दलालों का फोन आने लगा कि पार्टी रुपया वापस मांग रही है। कोलियारी की कोठी छोड़कर हम लोग यहां कलकत्ते तो आ ही गए थे। एक दिन सबेरे पहले अपने रुपए के दलाल मोहताजी का फोन आया, पार्टी अपना सात लाख रुपया चौबीस घंटे में मांग रही है। मोहन तो रोने लगा। मैंने तो कड़ककर फोन पर ही कहा—''मोहताजी चौबीस घंटा क्यों? आप शाम को आकर रुपया ले जाइए।'' मोहन तो हक्का-बक्का होकर मेरा मुंह देखने लगा, ''बड़ी मां यह आपने क्या बोल दिया? सात लाख रुपया कहां से आएगा?''

''सब आ जाएगा। तेरी बहू का गहना तो खुलवाऊंगी नहीं।''

''लेकिन बड़ी मां आप अपना गहना मत दीजिए।''

''मेरे पास क्या खाली गहना है? तू आ तो सही मेरे साथ।''

मैंने निमली से कहा—"निमली चलो कोठरी खोलो और वह चांदी की झारी निकालो।"

चांदी की झारी सात लाख की? हां, ताईजी? सोमा अपने आश्चर्य को नियंत्रित नहीं कर सकी।

"ऐ छोटी बिणनी फिर तुमने टोका। हां तो चांदी की झारी को मोहन को देते हुए मैंने कहा, यह ले झारी। सोने की है ऊपर चांदी का परत चढ़ा हुआ है। सर्राफे बाजार में मुनीम जी को भेजना। तुम मत चले जाना। बाप-दादों की टोपी उतर जाएगी। और मुनीम जी से कहना कि, बड़ी सेठाणी जी ने रुपया मंगवाया है। उनको अपने गुरुजी के पास धर्मादे का रुपया भेजना है।"

"इतनी भारी थी सोने की झारी कि, मैं क्या बताऊं?" दोनों हथेलियों से हवा को तौलते हुए ताईजी ने कहा, "रुपया घर में शाम तक आ गया। मोहताजी ने तो मेरा पैर पकड़ लिया। मैंने तो मोहताजी को इतनी गाल-मैल निकाली कि, मैं क्या बताऊं? बोलिए मोहताजी किस-किस का रुपया अभी चुकाना है? पचास लाख रुपया तो मेरी तिजोरी में अलग से नकदी पड़े रहते हैं। आज सेठजी नहीं हैं तो इन बच्चों को सूना समझ लिया है क्या? इनकी तो मां भी मैं ही हूं और बाप भी।"

मोहताजी के मुंह से बोली नहीं निकली। हां सेठाणी, हां सेठाणी जी बोलते रह गए। मैं चुप थोड़े ही रही। मैंने तो यही कहा, "अरे मोहताजी बाणियां बाजार में साख नहीं खोता। ऐसे थोड़े जबान गिराई जाती है? महाजनी का धंधा है कम ब्याज में लेते हैं, ज्यादा ब्याज में चलाते हैं तो कोई पाप करते हैं? बैंक भी तो वही करती है। हम अकेले ही रुपए का कारबार करते हैं क्या?"

ऐ बाई! छोटी बिणनी, मोहताजी की यह बात गांव में आग की तरह फैल गई। दूसरे दिन से ही राजू के लिए एक्र से एक सम्बंन्ध आने लगे। मैं तो बस एक ही बात कहती—"भाया मोहन हमें तो साथ ही साथ अपनी रेवा का भी ब्याह करना है। अपने को तो घरू लड़की और मोटी आसामी चाहिए। और इससे बेसी सयाणी छोरी लाकर क्या करेंगे? अपनी रेवा को कौन ले जाएगा? इसका भी तो रंग सांवला है।"

"हां तो राजू का भी सम्बन्ध करोड़पति घराने में हुआ। मैंने तो बम्बई वाले शाहजी से कहा, "जी मैं तो सारा नेग करूंगी। गांव यह नहीं कह दे कि, बच्चों के सर पर "मायत" नहीं। तो छोटी बिणनी सब कुछ खूब धूमधाम से हुआ। और अपने तो दस दिन में रेवा की भी सगाई हो गई। सुन्दर, स्मार्ट लड़का, खानदानी घर। मिठाई के थाल राजू के ससुराल से आता और दूसरे थाल में तुरंत सजा-बजा कर हम लोग रेवा के ससुराल भेज देते। पहले राजू का फेरा हुआ। सास के लिए जितना सामान आया उतना हाथ का हाथ मैंने रेवा की तैयारी में रख दिया।"

× × × ×

छोटी बिणनी, चलो रोटी जीम लो!" निमली बाई के झंकृत स्वरों के कारण अचानक सोमा वर्तमान में थी। मन के भीतर अपरिचित भाव।

"निमली बाई, मैं अब अपने घर जाना चाहूंगी।"

"गंगाजी नहाकर आई हो, थाली पर तो बैठना ही होगा! और, क्यों यह तेरा घर नहीं है? भूखी-तीसी को मैं नहीं जाने दूंगी।"

"निमली बाई, मैं तो अब पराई हूं। इस घर को तो मैं छोड़ चुकी। निमली बाई देखिए, न, मुझसे तो एक बच्चा भी बात नहीं करता।"

"सब करने लगेंगे! चलो, खा लो। कम से कम आज तो इतने बरस बाद आई हो, मेरी इतनी सी बात रख लो।"

"चलो भाभी, खाना खा लो!" बगल में खड़ी रेया बाई ने पहली बार कहा। असमंजस में सोमा फिर चौंक उठी। अपने भीतर का द्वंद्व वह समझती थी। वह फिर सोचने लगी—आखिर क्या किया जाए? ये लोग कभी मेरे रहे होंगे। कभी यह मेरी ससुराल थी, मगर अब तो नहीं। किन्तु बार-बार यह अपनत्व की बातें।

"चलो सब बहुएं जीमने तो चलो।" नागपुर वाली चाची जी कह रही थीं।—"गौतम की बीणनी, तुम भी आ जाओ!"

गौतम की बिणनी! अजीब हैं चाचीजी। क्या उनको कुछ भी पता नहीं चला वह तो मैंने मान लिया। कुछ नहीं कहा। लेकिन मुझसे अब यह नाटक नहीं होगा। मैं तो इस घर की बहू नहीं रही। मैंने तो पंद्रह वर्ष पहले इस परिवार को छोड़ दिया। किसी और के साथ रहती हूं। गौतम ने कानूनी रूप से तलाक नहीं दिया। ताईजी ने ही नहीं देने दिया और प्रोफेसर सुजीत सेन के साथ मैं ऐसे ही रहने लगी। बच्चा भी हो गया। पिछले पंद्रह वर्षों में सब कुछ तो बदल गया।

सुजीत यादवपुर विश्वविद्यालय में अंग्रेजी के प्रोफेसर हैं। सोमा स्वयं भी सिटी कालेज में पढ़ाती हैं। छोटी-सी गृहस्थी। एक बच्चा। हां, सुजीत की पहली पत्नी चित्रा, सोमा के आने पर अपनी चार साल की बेटी मुनमुन के साथ घर छोड़कर बिना कुछ कहे चली गई थी। यह चित्रा का ही फ्लैट है, जिसमें मैं और सुजीत रहते हैं। महीने की तनख्वाह के रुपए सुजीत मेरे हाथ रख देते हैं। गांव का मकान, खेत सब कुछ उन लोगों ने चित्रा के नाम कर दिया है। शायद कभी चित्रा भी लौट कर आ जाए या फिर मुनमुन। और ऐसी शांत जिन्दगी में फिर किसी ने अलीपुर से ढेला फेंका। एक दिन सुबह-सुबह सफेद कांटेसा गाड़ी सामने खड़ी थी और उसमें से उतरी थीं, निमली बाई। सोमा के गले लगते ही बुक्का फाड़कर रोने लगी।

"रे छोटी···यह क्या दशा कर ली तुमने अपनी? इतना छोटा-सा फ्लैट और.....?"

"निमली बाई, हमें छोटा मत कीजिए। सुख से शांति भली। यह बताइए, आपका आना कैसे हुआ? वह भी इतने बरस बाद?"

"बाईसा की आखिरी घड़ी है।"

"ताईजी बीमार हैं?"

"और नहीं तो क्या? तुम्हारे पास ठाकराजी को भी भेजा था।"

"सच कहूं निमली बाई। मैं तो ठाकराजी की बात पूरी तरह समझ नहीं पाई। मैंने सोचा था कि, ताईजी का बुढ़ापे का शरीर ठहरा। वे बस बीमार हैं। एक दिन जाकर देख आऊंगी।"

"तब फिर आई क्यों नहीं?" निमली बाई के स्वर में आक्षेप था।

"सच कहूं, निमली बाई मैं किस मुंह से आती? मैंने तो ताईजी को दुख ही दुख दिया।"

"बोकी कहीं की! बाईसा की ममता नहीं समझी? चलो, अभी चलो, उनके प्राण तुम्हारे लिए अटके हुए हैं।"

अब तक सुजीत भी आ गए थे। उन्होंने झुक कर निमली बाई को प्रणाम किया। फिर सोमा से कहा—"चली जाओ तुमको दर्शन तो करके आना चाहिए।" और सोमा भी उन्हीं कपड़ों में निमली बाई के साथ आ गई थी। सोमा ने देखा—पिछले पंद्रह वर्षों में "रूंगटा हाउस" की समृद्धि बढ़ी है, घटी नहीं। वही बड़ा-सा मकान, लेकिन सजावट बदल गई थी। उसके मन ने कहा—क्या यह कभी मेरी ससुराल थी? इतना समृद्ध और इस समृद्धि के पीछे क्या कुछ नहीं छुपा हुआ? अनचाहे उसका मन कड़ुवा हो गया।

गाड़ी में बैठे-बैठे निमली बाई ने ही सोमा को बताया था, "बाईसा तो बहुत ही तकलीफ पा रही हैं, क्या मालूम किस में प्राण अटका हुआ है? क्या पता अब और किससे सेवा लेनी बाकी है? दस दिन से तो खाना-पीना छोड़ रखा है, बीच-बीच में बस कभी-कभी दो-एक बात बोल देती हैं।"

लेकिन बाईसा तो कुछ बोलते ही नहीं। गीता पाठ चला रखे थे, सो परसों बाईसा ने वह भी बंद करवा दिया। उन्होंने मेरे से कहा, निमली मुझे शांति चाहिए। यह सब क्या हो-हल्ला लगा रखा है। भेजो, इस पंडित को बाहर भेजो।"

सोमा ने धीरे से झुककर निमली बाई से पूछा—"अच्छा निमली बाई मुझे बुलाने की बात कैसे आई?"

"छोटी बीणनी, मैं झूठ नहीं बोलूंगी। इन दिनों बाईसा कई बार तुम्हें याद करती। कहती, "निमली, एक दिन मुझे छोटकी से मिलाकर तो ला! ऐसे कोई सम्बन्ध टूटा करते हैं क्या?"

"क्या इसीलिए ठाकराजी को भेजा गया था?"

"वह तो मैंने चुपचाप घर का पता लगाने के लिए भेजा था। ठाकराजी के वापस आने पर बाईसा कितनी देर तक तुम्हारे बारे में पूछती रहीं। ठाकराजी ने ही बताया था कि, तुम्हारा छोटा-सा फ्लैट है। तुम रसोई बना रही थी। हाथ में तुमने क्या पहन रखा था? एक-एक बात बाईसा पूछती रहीं। पीछे तो वह बहुत ही रोई थी मेरे सामने मेरे से बोली, "निमली यह छोटकी की गलती नहीं। यह तो हम लोगों की गलती थी। जब अपना सिक्का खोटा था, तब पराई बेटी पर हम लोगों ने क्यों लांछन लगाया।" सोमा ने देखा उनकी आंखों से चौसारा चलने लगा। टप-टप पानी गिरता रहा। कहती रही—"यह गोतमिया तो सदा का नालायक था। उस छोरी ने तो कभी मुंह नहीं खोला। यह खानदान ही ऐसा है। अपनी गलती कोई नहीं मानना चाहता। पिलम गए बेचारी नादान चिड़ोकली पर। ऐसी तो तेरी मावड़ी ठहरी कि, ब्याहने के बाद कभी घूमकर पूछा नहीं कि, बेटी जीती है या मरी।"

"इन पुरानी बातों को उलीचने से क्या फायदा? आप मन शांत करिए।"

"हां, आज सबेरे चार बजे बाईसा आंखें खोलीं। मैं तो सारी रात उनके बगल में बैठी जप करती रहती हूं। उन्होंने मुझे इशारे से पास बुलाया। और दो ही अक्षर कहा, "निमली, छोटी

को बुलाकर ला।'' सच कहती हूं छोटी बिणनी मेरा तो कलेजा धक् से रह गया। आने-जाने वाले लोगों से सारा घर भरा रहता है। इतना बड़ा तो अपना परिवार। मैं कैसे तुम्हारे बारे में बोलूं। कैसे तुम्हें लेने जाऊं? तुम तो अपने ससुराल में मर्दों का स्वभाव जानती हो। सब के सब निर्मम बहुत हैं। मैंने तो डरते-डरते बड़ी बिणनी से कहा—

''बड़ोरी बिणनी, मोहन बाबू को बोलो। बाईसा की यह आखिरी इच्छा है। जब तक छोटी नहीं आएगी, उनके प्राण नहीं निकलेंगे।''

''फिर आपस में सलाह-मशविरा हुआ। नागपुर वाली चाचीजी·····'' ''कौन चाचीजी, निमली बाई?''

''अरे अपनी छगनी भुआजी को नहीं जानती? उनके बेटे की बहू·····भुआजी का परिवार तो नागपुर बस गया न....

सोमा को कुछ भी ख्याल नहीं आया। इतना तो उसे याद था कि उसके ससुर लोग, ये लोग बस दो भाई थे·····सांवरमलजी और उनके बड़े भाई माधोदासजी। दादा ससुर का नाम था किशनचंदजी रूंगटा। इससे अधिक सोमा ने कभी जानने की चेष्टा नहीं की। दुनिया जहान के सम्बन्ध, ताईजी के पास आया-गया कोई न कोई बैठा रहता। किस-किस को याद रखा जाए। खैर, प्रत्यक्ष में वह निमली बाई से सुन रही थी—

हां तो नागपुर वाली चाचीजी ने ही कहा—''क्या हरज है बुलाने में? ऐसे वक्त में तो दुश्मन भी आ सकता है। वह तो इस घर की बहू है।''

''घर की बहू है? इसका भला क्या अर्थ हुआ? यह कहिए कि वह कभी थी।'' राजू की बीणनी ने कहा। तुम तो बिचली बीणनी का स्वभाव जानती हो। बात-बात में ऐसा भाटा मारती है कि जी उमड़ता है। वह तो मैंने ही कहा—ठीक है, बहू नहीं सही तो वह बेटी की तरह आएगी। क्यों नहीं आएगी? मैं जाती हूं उसको लेने।''

ओफ्फ! इस घर में उसको कभी वापस लौटना पड़ेगा, सोमा ने कभी यह सोचा नहीं था। लेकिन मरते हुए आदमी की आखिरी इच्छा और वह भी ताईजी की। जैसे-जैसे रूंगटा हाउस करीब आ रहा था सोमा की धड़कन बढ़ती जा रही थी। और माथे पर पसीने की बूंदें। सीढ़ियां चढ़ते हुए उसको लगा कि वह चक्कर खाकर गिर पड़ेगी।

सामने हॉल में गद्दे पर बड़ी भाभीजी, लता भाभी, रेवा बाई, कुसुम बाई सभी बैठे थे। सोमा को देखकर उठी नहीं। बस निमली बाई सोमा का हाथ खींचते हुए उसको ताईजी के कमरे में ले गई। सारे घर की सजावट बदली हुई होने के बावजूद ताईजी का कमरा वैसा का वैसा ही था। वही कोने में निवार की खाट, उस पर रुई का गद्दा बगल में नीचे बिछा हुआ दीवान, रोज पहनने वाले कपड़े की गोदरेज वाली आलमारी। बगल से साइड टेबल पर दवाइयों का डब्बा। चांदी की सुराही तथा गिलास। पलंग पर लेटा हुआ ठठरी-सा शरीर, क्या यह शरीर ताईजी का है? पंद्रह साल पहले ताईजी की पीठ बिल्कुल सीधी थी। काले बालों में दो एक ही सादे बाल दिखते थे। चेहरे की चमक मुरझाई नहीं थी। वही पैनी आंखों से देखना, हल्के पैरों से चलना। ओह! ताईजी को यों मरणासन्न देख सोमा एक दम रो पड़ी थी। सोमा को लगा, उसकी मां उसको छोड़कर जा रही है। ''ताईजी·····'' वह एकदम से उनके पैरों से लगकर बिलख उठी—

"आंखें खोलिए ताईजी! ताईजी! एक बार मुझसे बस एक बार बात कर लीजिए। बस कह दीजिए आपने मुझे माफ कर दिया। ताईजी जिस दिन ठाकराजी गए मुझे उसी दिन आना चाहिए था। मेरी गलती हो गई, मुझे क्या पता था कि आप ऐसे जाने की तैयारी कर लेंगी!"

लेकिन सोमा इतना क्यों रो रही थी? और वह भी इतना फूट-फूट कर? पता नहीं, उसे खुद भी होश था या नहीं। वह बस सारी प्राण-शक्ति लगाकर एक ही बात भगवान से कह रही थी, भगवान एक बार ताईजी मुझे देख लें, बस एक बार और सोमा ने देखा। उस कमरे में उपस्थित सभी व्यक्तियों ने देखा, धीरे-धीरे उस मृतप्राय शरीर में एक हलचल-सी हुई। ताईजी आंखें खोले एकदम सोमा को देख रही थीं। होंठ फड़के, कुछ अस्फुष्ट से स्वर, "कौन""छोटी बीणनी""अपनी ताईजी को एकदम भूल गई बेटा""?"

"नहीं ताईजी, मेरी गलती हुई मुझे माफ कर दीजिए।" सोमा फिर रो रही थी।

"नहीं रह जा। तू यहीं इस घर रह जा।"

"हां ताईजी, मैं यहीं रहूंगी, आप शांति से जाइए।"

"नहीं तू झूठ बोल रही है। मुझे मालूम है, तू यहां पर नहीं रहेगी।"

अब सोमा एकदम अचकचा गई। क्या बोले, इस मरती हुई वृद्धा के सामने। अगल-बगल दोनों जिठानियां खड़ी थीं। उनके बदन की आंच से सोमा का रोम-रोम झुलस रहा था। बात निमली बाई ने ही संभाली।

"ठीक है बाईसा, आपकी सारी बात मैंने छोटी बीणनी से कह दिया।"

"जल""" अब ताईजी गंगाजल मांग रही थीं। मुंह में चम्मच से गंगाजल डालने लता भाभी आगे बढ़ीं। ताईजी ने हाथ झटक दिया।

"छोटी बीणनी, तुम पिलाओ। देखो, शायद तुम्हारे हाथ से गंगाजल ले ले।" चाचीजी ने कहा। ताईजी ने धीरे-धीरे सोमा के हाथ से तीन-चार चम्मच पानी पीया और फिर बेहोश हो गईं। सोमा समझ नहीं पाई कि वह क्या करे और क्या नहीं? आखिर वहां कब तक बैठा जा सकता है? और वह भी ऐसी नफरत के बीच।

कमरे से बाहर निकलकर उसने निमली बाई से कहा, "निमली बाई, मैं चलूं?"

"जाओगी? लेकिन छोटी बीणनी, बाईसा तुमको फिर याद करेंगी तो मैं क्या जवाब दूंगी? मरते हुए आदमी की आत्मा तो नहीं दुखानी चाहिए।"

"ठीक है निमली बाई, ताईजी जब बुलाएगी, तब मैं आ जाऊंगी।"

"आज रह जाओ, छोटी बीणनी। आज तो पूर्णिमा है। आज का दिन बीमार के लिए भारी होगा। बाईसा तुमसे मिल चुकी हैं, अब वे नहीं ठहरेंगी।"

"तब तक भाई साहब आकर बोले, "निमली बाई, सोमा को जाने दीजिए। प्राण कब निकलेंगे, किसी को पता है क्या?"

सोमा सर झुकाए सीढ़ियां उतर गई थी।

लेकिन अपने घर में वह घंटे भर भी नहीं टिक पाई। ठाकराजी दौड़ते हुए सीढ़ियां चढ़ रहे थे"""जल्दी चलिए छोटी बीणनीजी, बड़ी मांजी की नब्ज छूट रही है।"

वह उन्हीं कपड़ों में वापस उल्टे पैरों लौटी। ताईजी को अब जमीन पर उतार दिया गया था। सारा घर खड़ा था। उसको देखते ही निमली बाई लपकी—

''चलो छोटी बीणनी, कान में बोल दो। जो कुछ भी बोलना है।''

''लेकिन मैं क्या बोलूं? और वह भी इतने लोगों के सामने?'' लेकिन ताईजी को देखते ही फिर वही उमड़ता हुआ आवेग, वही फूटती हुई रुलाई……

''ताईजी मत जाइए, ताईजी……''

''ना बेटा ना, रो मत। जाने वाले को शांति से जाने दो। माया के बंधन में मत बांधो……ले गंगाजल पिला और जरा तीरथ चटा दो।'' नागपुर वाली चाचीजी कह रही थीं।

मुंह में गंगाजल जाते ही ताईजी ने फिर आंखें खोलीं। पता नहीं, सोमा को यही लग रहा था कि अब सब लोग ताईजी से उकता गए हैं और चाहते हैं कि बस सारा नाटक खत्म हो।

किसमें प्राण अटका है, समझ में नहीं आता?'' बड़ी भाभी ने कहा। ''जी धर्मादे का रुपया बोल दिए क्या?'' उन्होंने फिर वापस पलटकर पास खड़े मोहन भैया से पूछा।

''अरे बाबा, सब कुछ तो बोल दिया।'' भाई साहब दबी जबान से बोल रहे थे।

सोमा ने देखा, ताईजी के होंठ हिल रहे हैं और वे आंखें खोले एकटक फिर सोमा की ओर देख रही हैं। सोमा ने धीरे-से कान के पास मुंह ले जाकर कहा—''ताईजी! मैं सोमा, आपकी छोटी बीणनी, आप कुछ कहना चाहती हैं……''

''निमली……निमली को बुलाओ……'' निमली बाई साड़ी के पल्ले से आंखें पोंछती हुई आगे बढ़ी।

''हुकुम बाईसा।''

''निमली मेरी चाभी?''

निमली बाई ने तुरंत पल्लू से बंधी हुई कड़े सहित चाभी निकालकर ताईजी के हाथ में दिया। सबकी नजर इस चाभी पर गड़ी थी। इस घर का बच्चा-बच्चा इस चाभी को पहचानता है। हां, यह चाभी तो ताईजी की कोठरी की थी। वे कुछ क्षण मुट्ठी बंद किए पड़ी रहीं फिर उन्होंने धीरे से कहा—

''मोहन!''

''हां बड़ी मां!''

''बेटा, यह चाभी छोटी बीणनी को दे रही हूं।''

''जैसी आपकी मर्जी बड़ी मां!''

''यह कैसी बात हुई?'' लता भाभी चीखी।

''सोमा क्या अब इस घर की बहू है?'' बड़ी भाभीजी कह रही थीं।

''शांति रखो, शांति रखो। बाईसा कुछ और बोल रही हैं। मोहन बाबू आप जरा मुंह के पास कान ले जाकर सुनिए तो!'' नागपुर वाली चाचीजी ने कहा। कमरे में फिर सन्नाटा छा गया। खाली सांसों की टकराहट थी……और ताईजी साफ शब्दों में धीरे-धीरे कह रही थीं—

''व्यापार में मेरी आधी पाती थी, जो तुम लोगों ने सारे कागज सही करवा कर रख लिया, मैंने अपने लिए कभी कुछ नहीं मांगा।''

''लेकिन ताईजी, सोमा को इस घर की चाभी कैसे मिलेगी? वह तो इस घर को छोड़ चुकी है, गौतम बाबू आप बोलिए ना। सोमा तुम क्यों चुप हो? बोलो।''

''ऐ लता, थोड़ी शांति रखो……उनकी बात तो सुनो……'' नागपुर वाली चाचीजी फिर कह

रही थीं।

ताईजी ने फिर आंखें खोलीं और पानी मांगा। निमली बाई के इशारे से सोमा चम्मच मुंह के पास ले गई। वे फिर धीरे-धीरे कहने लगीं—

"इस मकान में मेरा आधा हिस्सा था वह भी तुम लोगों ने ले लिया। मेरे पास अब जो कुछ भी है, मेरा धन है और वह छोटी बीणनी का है। छोटी बीणनी इस घर की बहू नहीं तो क्या हुआ, मेरी बेटी तो है। क्या मेरी बेटी को तुम लोग इतना भी नहीं दोगे?"

"नहीं बड़ी मां, देंगे कैसे नहीं? जरूर देंगे।" भाई साहब कह रहे थे।

"नहीं, मुझे कुछ नहीं चाहिए ताईजी। मुझे कुछ नहीं चाहिए। आप सब कुछ इन्हीं लोगों को दे जाइए।"

"बड़ी अजीब बात है! तुम लोग चुप क्यों नहीं रहती? जाने वाले की बात तो सुनो। रोती रहना बाद में।" अबकी नागपुर वाली चाची फिर जोरों से बिगड़ीं।

"हां तो मोहन, मेरी कोठरी का सारा सामान सोमा का है।"

"और यह नहीं ले तो······" उफ्फ! भाई साहब ने क्या उपस्थित व्यापारिक बुद्धि का परिचय दिया।

"सोमा मेरा अपमान नहीं करेगी। हां, इसमें से यदि कोई चीज इसको अपने जरूरत की नहीं लगे तो वह निमली से पूछ लेना, इन चीजों को वह ठीक से सलटा देगी।"

"अब निमली बाई कहां से आ गई? निमली बाई यह सारी जाल-साजी आपकी है।" लता भाभी बिना बोले कैसे रह सकती थीं। लेकिन निमली बाई भी क्यों चुप रहने लगी—

"ऐ बिचली बीणनी! फालतू बात करके मेरा अपमान मत करो। तुम्हारे धन को मैं चिटली उंगली से भी नहीं छुऊंगी। मैं तो सारा सामान छोटी बीणनी के घर रखकर आऊंगी। किसी में दम हो तो मुझे रोक कर देखो।"

"ओ······हो······तुम लोग बहस कर रही हो और इधर जिठाणीजी चलीं। चाचीजी फिर चीखी······"अरे! मुंह में गंगाजल-तुलसी तो डालो।"

लेकिन अब क्या गंगाजल और क्या तुलसी। बढ़ते हुए रात के अंधेरे में ताईजी फटी-फटी आंखों से मानो सूने आकाश में किसी को खोज रही थीं।

चाचीजी ने रोती हुई सोमा से कहा—"लो चंदन लगा दो। आत्मा यहीं कहीं होगी। अभी तो कमरे से बाहर नहीं गई होगी।"

सोमा ने खिड़की से बाहर सांवले आकाश में कुछ तलाशना चाहा। बचपन में कभी पढ़ा था—प्रत्येक आत्मा अपनी पहचान बनाए रखने के लिए सितारे की खोज करती है। और यदि उसको अपना सितारा मिल जाए तो वह कभी पृथ्वी पर वापस नहीं लौटती और यदि नहीं मिले तो जनम-मरण का चक्कर लगा रहता है। ताईजी को अपना सितारा जरूर मिल जाएगा, वे अब नहीं लौटेंगी और सोमा फिर बिलख उठीं।

इसके बाद सबसे पहले छाती पीटकर निमली बाई रोई······"अरे! मेरी मां चली गई रे! अरे······मैं तो अनाथ हो गई।"

सभी रो रहे थे। लेकिन सच कहा जाए तो निमली बाई के अलावा और कोई अनाथ नहीं हुआ था। पता नहीं, इस घर में कब निमली बाई आई थी। निमली बाई ने तो ताईजी को

छोड़कर घर से बाहर कभी पैर भी नहीं रखा। कभी अपने सगे बेटे के पास बंगलोर भी नहीं गई। जहां ताईजी, वहीं निमली बाई, काशी, वृंदावन, मथुरा, बद्रीनाथ, कैलाशनाथ सभी तीर्थ तो वे ताईजी के साथ जाती रहीं। और उनकी यह दिन-रात सेवा।

रात दस बज गए थे मुनीमजी लिस्ट लेकर बैठे थे, किस-किस को फोन करना है। इतना बड़ा परिवार, नाते-रिश्तेदार। ताईजी सोने की सीढ़ी चढ़कर गई हैं। भरा-पूरा पांच पीढ़ी का परिवार पीछे है। पड़पोता हो गया, बैकुंठी तो धूमधाम से निकाली जाएगी। अभी स्याले की रात बारह बजे लोगों को तकलीफ देने से फायदा? सुबह दस बजे का टाइम दो।''

नागपुर वाली चाचीजी बेटों को समझा रही थीं।

दो-चार दोस्त, रिश्तेदार और आ गए थे।

''बैकुंठी में क्या-क्या सामान लगेगा?''

''दुशाला भारी ओढ़ाएंगे·····?''

''कोई फायदा नहीं·····इतना फूल ढंका रहता है कि मालूम नहीं पड़ता।''

''अरे हाथ की अंगूठी निकाली की नहीं? मीने की चूड़ियां तो निकालो।''

''निकल नहीं रही, हाथ फूल गया·····''

''थोड़ी चेष्टा करो, निमली बाई।''

''मुझसे नहीं होने का।'' और निमली बाई फिर फूट पड़ी।

''जिसको चाभी मिली है, वही निकाले ना।'' लता भाभीजी की आवाज थी।

सोमा खिड़की पकड़े मुंह फेरे खड़ी थी। नागपुर वाली चाचीजी कह रही थीं—''तुम बीणनियां की अकल को क्या हो गया? अरे, इन गहनों को भट्ठी में झोंकना है क्या? समझती नहीं हो? वहां डोम-चमार और आफत मचाएंगे। पहले निकाल लेना चाहिए था न! अच्छा रहता।''

''मैंने तो कितनी बार कहा लेकिन निमली बाई·····''

''रे बिचली बीणनी, मैं क्या करती? मुझे क्यों दोष देती हो? बाईसा बेहोशी में भी अंगूठी छूते ही हाथ झटक देती थीं। कहीं ''नरस'' या ''दाई'' रांड अंगूठी सरका नहीं दे, मैं तो इसी की निगरानी करती रह गई।

फिर रोना·····कोलाहल·····चाचीजी झिड़कते हुए कह रही थीं—''चुप रहो·····चंदन लगाओ·····''

खींच-खींचकर किसी तरह अंगूठी और चूड़ी निकालने का प्रयास किया गया—''ले अंगूठी तो निकल गई।'' राहत की सांस लेते हुए चाचीजी बोलीं।

''ठीक है तब चूड़ियां रहने दीजिए।'' बड़ी भाभी ने कहा।

''चेष्टा करो, पागल हुई हो? दस भरी सोने का दाम मालूम है?''

''हां और क्या? सुख-शैया पर दान में दे देंगे।'' लता भाभी ने कहा।

''बड़ी बीणनी धीरे·····हां, जरा अंगूठा दबाओ, लाओ मैं निकालती हूं। थोड़ा धीरज से करो। तुम लोग दादी-नानी हो गई, पर स्याणफ का लेना-देना नहीं।''

''चाचीजी हथेलियां नहीं छिल जाएं।'' रेवा बाई पिघली।

''अरे बाबा मुझे मालूम है। शरीर में घाव करके मुझे नरक में जाना है क्या? मैं तो अपना

कर्तव्य निभा रही हूं।''

''ऐ निमली बाई! क्या बच्चों की तरह हिचकी ले रही है। यह तो नहीं कि चाचीजी का साथ देती।'' लता भाभी फिर चीखी—''चाचीजी ताईजी के गले की कंठी का क्या करूं?''

''ओफ्फ....ओ! कितनी बार कहूं कि सोने का सारा गहना निकाल लो एक ही बात बार-बार पूछती हो। और लो, यह तुलसी की माला पहना दो। एक साफ धोती लपेट दो।''

''और यह तूश का दुशाला चाचीजी?'' लता भाभी सामान गिन रही थी। आज के दिन यह तो कम से कम लाख-डेढ़ लाख का होगा।''

''हां तो हरज क्या है? इसके बदले कोई हलका वाला ओढ़ा दो, क्योंकि यह सब तो अपने स्नान कराएंगे तो फेंका जाएगा ना।''

''धूप जला दो, और हटाओ यह सब दवा, गैस सिलेंडर। छोटी बीणनी, यह आखिरी सेवा है। तुम भी हाथ बंटाओ, पीछे रोती रहना।''

''रात बारह बज गए हैं, तुम लोग थोड़ा सो जाती तो अच्छा रहता।'' बड़ी भाभी ने कहा—''लेकिन घर में मुर्दा पड़ा हो तो किससे सोया जाएगा?

सोमा ने देखा, हॉल वाले गद्दे पर कुछ लोग लेट गए हैं।

''बीणनियां सब अपने-अपने कमरे में जाओ, रात तो मैं जाग लूंगी। निमली बाई मेरे साथ रहेगी।'' चाचीजी ने कहा।

''मैं अपने घर जाऊंगी। सुबह आ जाऊंगी।'' सोमा ने कहा।

''अरे, पागल हुई हो? मुर्दे को छूकर बिना गंगा-स्नान किए कैसे जाओगी,दोष लगेगा। अब तो सुबह ही जा सकती हो। फोन कर देते हैं।'' चाचीजी ने कहा।

''नहीं मैं....''

''छोटी बीणनी, चलो अपने कमरे में।'' निमली बाई कह रही थी। निमली बाई! जो न जाने किन-किन बातों की साक्षी रही हैं। क्या यह अब भी मेरा अपना कमरा है? सोचते हुए सोमा चौंक गई। उसका कमरा....? मेरा कमरा, वह कमरा....

''आओ भाभी।'' सहमते हुए रेवा बाई ने सोमा का हाथ पकड़ा।

''सोमा ने देखा, उसका कमरा बिल्कुल वैसा का वैसा था। जैसा वह छोड़कर गई थी। कहीं कुछ भी तो नहीं बदला था।

''छोटी भाभी, तुम्हारे जाने के बाद गौतम को बड़ी मां ने नीचे स्टडीरूम में रहने भेज दिया था। वह कभी ऊपर आया भी नहीं। न कभी बड़ी मां ने उससे कोई बात की।'' रेवा बाई कह रही थी।

''बाईसा इस कमरे को तुम्हारा ही कमरा कहते, रोज झड़वा-पुंछवा कर चाभी अपने पास रखती। मेरे से कहती, निमली छोटकी वापस एक दिन जरूर आएगी। ऐसे कोई घर छूटता है। वह कुछ लेकर नहीं गई। इन लोगों ने उसको कुछ नहीं दिया। उसका सारा हक दबा लिया।''

मृत्यु की गंध, धूप की गंध और इन सबको छोड़कर उसके अपने कमरे की एक चिर-परिचित पुरानी गंध। सोमा सोच रही थी—आत्मा की कोई पहचान नहीं। मृत शरीर, वह पंचतत्व में विहीन हो जाएगा।

''भाभी, तुम सुबह के लिए अपने कपड़े निकाल लो। और अपना एक भारी शाल।''

''गंगाजी कौन-कौन जाएगा? मुझे मत पीछे छोड़िएगा।'' निमली बाई, रेवा बाई से कह रही थी।

''उसकी पंचायती आप बाद में करिएगा। पहले चाभी तो लाइए।''

आलमारी में सब कुछ वैसा का वैसा ही रखा हुआ था। हैंगरों में झूलती हुई साड़ियां, मैचिंग के ब्लाउज। अपने छोटे ब्लाउज को देखकर सोमा को अपना बढ़ा हुआ शरीर याद आया।

''रेवा बाई, आप अपना एक ब्लाउज दे दीजिए ना।''

''भाभी, तुम सुहागण हो, गंगाजी नहाकर मेरा ब्लाउज मत पहनो, मैं बड़ी भाभी का लाकर दे देती हूं।'' सोमा को लगा कितनी सहजता से स्त्री, खासकर विधवा स्त्री अपनी हीन स्थिति को स्वीकार लेती है।

''लो पलंग पर लेट जाओ। सो जाओ थोड़ी देर।'' रेवा बाई ने तकिया ठीक करते हुए कहा।

''रेवा बाई, मैं आपके कमरे में सो जाती हूं।''

''भाभी, वहां और अपने समाज की औरतें जमा होने लगेंगी। तुमको देखकर और दुनिया भर की पंचायत शुरू हो जाएगी, इधर तो कोई आएगा नहीं। सामने अरुण की बहू का कमरा है।''

''हां थोड़ी आड़ी हो जा, कमर दुख रही होगी। लो, मैं हाथ फेर देती हूं।'' निमली बाई की ममता की लहरें ताईजी के अभाव में नया किनारा खोज रही थी।

''निमली बाई, आपको भी विधाता ने फुर्सत से गढ़ा है। कैसी नासमझी की बात करती है। चुपचाप जाकर ताईजी के कमरे में बैठिए तो। अच्छा लगेगा क्या कि, नागपुर वाली चाचीजी अकेली बैठी रहें और अपने सब इधर-उधर डोलती फिरें।''

''रेवा बाई वहां ताईजी के कमरे में मैं बैठ जाती हूं। मैं उन्हें देखना चाहती हूं। जितनी देर तक देख सकूं, उतनी देर तक। कल के बाद.....'' और सोमा वापस हिचकियां ले रही थी।

''नहीं भाभी, कुछ लोग सगे-सम्बन्धी तो रात को ही आने लगेंगे। तुम्हारा वहां बैठना ठीक नहीं। भाभी, किस-किस को क्या समझाया जाएगा।''

सोमा को बार-बार अपने प्रति भाभी का संबोधन बड़ा अजीब लग रहा था। उसने धीरे से कहा—''बाईजी, आप मुझे सोमा ही कहिए ना, यों भी आप से छोटी हूं।''

वे खामोश हो गई, स्थिर आंखों से सोमा की ओर देखा और कहा—

''भाभी, सम्बन्ध क्या ऐसे टूटते हैं? लड़ाई तुम्हारी और गौतम की है......!''

इसी बीच निमली बाई बोली—''देखो, रेवा! बिचली बीणनी ने क्या कहा....देखिए चाचीजी मैं साफ कह देती हूं, सोमा, ताईजी के शरीर को हाथ नहीं लगा सकती। मैंने तो जवाब में यही कहा—बिचली बीणनी अब तू हाथ लगाती रह, जो गया, सो चला गया। जीवती की तो सेवा की नहीं, अब अपना बहूपना दिखा रही है। बाईसा ने तो सुरग में जाते-जाते भी छोटी बीणनी के हाथ से गंगाजल ले ही लिया। ऐसे समय में भला कोई दुश्मनी साधी जाती है?''

"निमली बाई आप चलिए बाहर चलिए। अभी पंचायत का वक्त नहीं। छोटी भाभी, तुम लेट जाओ।" कहती हुई रेवा बाई और निमली बाई दोनों ही कमरे से बाहर निकल गई।

सोमा पलंग पर लेटी हुई थी। अतीत की स्मृतियां कह रही थीं—सोमा, यह तुम्हारी पलंग है।

सुबह पांच बजे से लोग उठने लगे थे। हॉल खाली कर दिया गया था। हाथ-मुंह धोकर एक-एक कर अपने-अपने कमरे से घर की बहुएं निकल रही थीं।

"लाइन से बैठो···ऐ छोटी बीणनी वहां कोने में नहीं···लता के साथ।"

यह कैसा नाटक? सोमा धक् से रह गई, उसके जमे हुए सीमेन्ट के पैर ऊपर नहीं उठ रहे थे।

"भाभी तुम जितना अलग-अलग रहोगी उतनी बात उठेगी। सबके साथ रहो।" रेवा बाई ने धीरे से कहा।

लता भाभी ने कंधा घुमा लिया और बड़ी भाभी से कहा—"इस घर में सदा ढकोसला चलता रहा है, क्या जरूरत थी सोमा को बुलाने की? और अब यहां पर यह गांव में दिखावा। हम सबके साथ बैठेगी।"

"अब मैं क्या जानूं?" नागपुर वाली चाचीजी कह रही हैं।

"उनका क्या बिगड़ा, पहले तो यह सब करवाएगी, फिर पीठ पीछे पंचायत करेगी। कुसुम बाई, आप बाहर जाकर अपने भइया से कहिए ना, सोमा का यह सब नाटक यहां पर नहीं चलेगा।"

"तुम भी भाभी ज्यादा सेंसेटिव हो, तुम्हारा क्या बिगड़ रहा है? छोटी भाभी बैठी ही तो हैं।"

सोमा का रोम-रोम जल रहा था। सब कुछ सर झुकाकर सुनना और बर्दाश्त करते जाना, मगर फिर वही ताईजी की बात याद आने लगी।

तब तक नागपुर वाली चाचीजी ने कहा—"ऐ छोरियों···उमा, कुसुम तुम लोग जरा उठकर चाय बनवाओ तो।"

"चूल्हा कैसे जलेगा? घर में मुर्दा पड़ा है···"

"अब चाय तो लोग पीएंगे ही, बिना चाय के माथा दरद करने लगेगा।"

"चाय बनवाने का इंतजाम हो गया।"

"हां छत पर हो गया।"

"अरे मर्दों के पास तो चाय भेजिए।"

"बेचारे भाई साहब तो रात भर गद्दी वाले कमरे में बैठे काम कर रहे हैं, फोन कर रहे हैं।"

"बच्चों को दूध पिलवाओ। अरे नान्ही टाबरी भूख से···अरे मैं तो कहूं छोटे बच्चों को उनकी दाइयों को संभलाओ, उस समय भीड़ में होश ही नहीं रहेगा।"

बड़ी भाभी मैं कौन-सा शाल निकालूं? मैं तो अपना वाला शॉल लाना भूल गई।"

"कुसुम तुम तो बेटी हो। अरे, तुमको शॉल ओढ़ने की जरूरत है क्या? बेवकूफ कहीं की। बेटा-बेटी की मां हो गई, तब भी अकल नहीं आई।" रेवा बाई ने झिड़की दी। फिर सोमा की

ओर मुड़ते हुए कहा—

"छोटी भाभी तुमने अपना शॉल नहीं निकाला। लाओ चाभी दो, मैं निकाल कर लाती हूं।"

"रेवा बाई, सबसे महंगा वाला शॉल लाइएगा, रूंगटा हाउस की इज्जत का सवाल है।" लता भाभी ने ताना मारा।

व्यावहारिक बुद्धि, व्यवहार के साथ सिद्धांतों का समागम। असंभव! जिन्दगी इससे अधिक बेतुकी नहीं हो सकती। सोमा सोच रही थी।

"अरे कीर्तन करो बीणनियों, बात पीछे कर लेना।" चाचीजी ने फिर झिड़की लगाई।

"नेवगण जी, आप से तो कुछ होता नहीं। शीतला माई-सी बैठी हैं।" लता भाभी अब नेवगण जी की ओर मुखातिब थी।

बड़ी भाभीजी ने कहा—"सारी रात तो नेवगणजी सोती रही थीं। काम तो कुछ होता नहीं। सुख-शैया का धन जरूर जोड़ने बैठ जाएंगी······"

फुसफुसाहट····फिर कुछ अन्य औरतों का आना—"कब शरीर शांत हुआ जी? बैकुंठी कब उठेगी? ठीक दस बजे? तो फलां जगह और फोन कर दो।"

"राम धुन गाओ। अरे ओ नेवगण जी, इतने बेसुरे गले से नहीं।"

"अब जैसा हमको आता है वैसा ही तो गाऊंगी।"

जमीन पर सब औरतें बैठती जा रही थीं।

"ऐ रेवा बाई, जरा अरुण की बहू से कहिए टेप रिकार्डर लगा दे, टेप चलता रहेगा, जिसको स्वर मिलाना होगा गा लेना। मेरा तो खुद गला बैठा हुआ है।" बड़ी भाभी ने फिर कहा।

"अरुण की बीणनी मुन्ने को दूध पिला रही है।"

"चंद्रा तू लेकर आ। अरे अरुण की बीणनी के कमरे में ही टेप रिकार्डर पड़ा है। टेप का डब्बा कहां पर रखा हुआ है?" रेवा बाई ने पूछा।

"मैंने सब एक जगह ही रखा तो था। बड़ी मामीजी आपके पास है?" उन्होंने हामी में सर हिलाया।

टेप रिकार्डर गा रहा था····राधेश्याम कहो, कृष्ण नाम कहो।

"ऐ चंद्रा! थोड़ा धीरे करो ना, कोई कुछ पूछता है तो सुनाई नहीं देता" लता भाभी ने कहा।

"मामीजी लोग कितनी बात करती हैं!" चंद्रा ने रेवा बाई से कहा।

"तुमको सबका सुभाव तो मालूम ही है।"

"अपनी छोटी बीणनी के मुंह में बोली नहीं।" निमली बाई ने कहा। सोमा ने उधर से अरुण को आते देखा—वह कह रहा था—"बड़ी चाची, इधर आइए।"

"चाचा का कपड़ा तो मैं निकाल कर आई हूं।"

"अरे बाबा कपड़ा नहीं, वे ब्रीफकेस में रखे हुए रुपए मांग रहे हैं।"

"क्यों?"

"अब हमको क्या मालूम?"

"बिचली बीणनी तुम हिसाब-किताब पीछे कर लेना।" चाचीजी ने झिड़का।

बेमन से लता भाभी उठीं, मगर कहते हुए—"भाइयों बीच तो ये बस मक्खन हो जाते हैं, इन्हें दीन-दुनिया का होश नहीं रहता।"

"लता भाभी अभी से रुपया गिन रही हैं।" उमा ने कहा।

"गिनने से क्या होगा? खर्च में तो सब भाइयों का बराबर का लगेगा। कौन-सा खाली उन्हीं का रुपया लगेगा।"

"चाचीजी! ताईजी की हीरे-पन्ने वाली अंगूठी किसके पास है?" वापस आकर बैठते हुए लता भाभी ने पूछा।

"मैंने तो सब निमली बाई को संभलाया था। निमली बाई ने रेवा की आलमारी में अंगूठी रखवाई है। देखो सब चीज समझ लो। मैं तुम लोगों की पंचायत में नहीं।"

"निमली बाई एकदम मंथरा निकलीं।" लता भाभी ने किसी से कहा। दो-चार आंखें सोमा की ओर उठीं।

"सारी पेंच उन्होंने लड़ाई है। और क्या? नहीं तो ताईजी को सोमा की याद भी नहीं आ सकती।"

"हां, भाभी हम लोगों के सामने तो बड़ी मां ने कभी छोटी भाभी का जिक्र ही नहीं किया।" कुसुम बाई ने समर्थन में कहा।

"रात-दिन का साथ था, पता नहीं क्या-क्या कान में भरती रही।" रुदन नहीं, शोक नहीं, दुख नहीं.....सोमा धरती में गड़ती जा रही थी।

"तुम लोग बातें बंद करो और......" बड़ी भाभी ने कहा।

"अरे कीर्तन करो। आठ तो बजने को आए।

"चाची जी कमरे में चलिए। दादी मां को नीचे ले जाना है।" अरुण ने आकर कहा।

"लो उठो बीणनियां। नेवगणजी! आपने सारा सामान नीचे भिजवा दिया था ना?"

अब ताईजी का शव कमरे से बाहर ले जाया जा रहा था। रुलाई का फूटना, बिखरना, फिर एक शांत नीरवता का उस खाली कमरे में धूप की किरणों के साथ पसर जाना। सब कुछ कैसे घट गया? और वह भी इतनी जल्दी।

"बाकी लोग बाद में नीचे जाना। पहले हम लोग तो चली जाएं।"

कमरे में अब तक पचासों औरतें थीं। परिवार की बहुओं ने शाल ओढ़ रखी थी। किसी बड़ी-बूढ़ी ने कहा—"बेटियों का क्या काम नीचे? नहीं, तुम लोग ऊपर रहो।"

"छोटी बीणनी तुम भी नीचे चलो।" चाचीजी कह रही थीं। फिर मानो सबको, घरवालों को और खासकर लता भाभी को मानो उन्होंने सुनाकर और समझाकर कहा—"मैं जाती हुई जिठाणीजी की आत्मा को दुखी नहीं करूंगी छोटी बीणनी, तुम तो अपनी तरफ से हाथ भी लगा देना। बीचली जो बोले बोलने देना। उसकी तो सदा से आदत है.....तुम तो जाती हुई ताईजी का आशीर्वाद ले लो। आत्मा तो शव के आस-पास घूमती रहती है, वह सब कुछ देखती, सुनती है।"

नीचे एक ओर सफ़ेद कपड़ा ताना हुआ था। चंदन, गोरोचन और तुलसी की नयी वाली माला। तने हुए पर्दे के पीछे, भीतर चाचीजी के साथ बड़ी भाभी और लता भाभी के साथ सोमा

को भी जाना पड़ा। साथ में, अरुण की बीणनी भी थी। रेवा बाई और निमली बाई भी थी। अन्य सभी स्त्रियों को बाहर ही रोक दिया गया।

ताईजी के शव को गंगाजल से स्नान कराया गया। फिर नये वस्त्र पहनाए गए। सब कुछ चाचीजी कर रही थीं। साथ ही उनके आदेश भी जारी थे।''

''ऐ छोटी बीणनी, माथे पर गोरोचन लगा दो। अरे गले में तुलसी की माला तो पहनाओ। और हां वह भागवत गीता की छोटी वाली किताब सिरहाने के पास जरूर से रख देना, भूलना मत।''

''अरे सजाकर भेजो। अगली भरे-पूरे घर से गई है।''

''देख ऐ छोटी बीणनी, बाईसा की काया अब भी कितनी चमक रही है।'' निमली बाई ने कहा। किसी ने कोई उत्तर नहीं दिया।

''फूल-माला आ गए क्या?''

''बहूजी आप लोगों का काम हो गया?'' घर का जोशी परदे से बाहर खड़ा हुआ पूछ रहा था।

''थोड़ी देर और रुकिए जोशी जी।''

''चाचीजी जल्दी करो।'' परदे के बाहर से एक पुरुष की आवाज थी। अब सब स्त्रियां बाहर थीं।

अर्थी पर शव रखा जा चुका था। फूल और झंडियां सजाई गईं।

''अरे गीता रखना मत भूलना। मैं कब से कह रही हूं।'' चाचीजी कह रही थीं।

''निमली बाई! ओ निमली बाई....'' रेवा बाई पुकार रही थी।

''निमली बाई में तो धूल का दाना नहीं, आज तक कोई माठपने का काम किया है जो आज करेगी।'' बड़ी भाभीजी कह रही थीं।

नाऊ से सर मुड़ाकर, एक-एक कर तीनों बेटों ने सर पर कोरे कपड़े की पट्टी बांधी। नंगे बदन पर धोती-कुर्ता पहने अब फेरी देने का सिलसिला था। सोमा ने देखा बड़े और बच्चों को मिलाकर कम से कम पचास-साठ तो लोग थे ही, सब एक-एक कर ताईजी की अर्थी को प्रणाम कर रहे थे और पैरों के पास नारियल रखते जा रहे थे। फिर स्त्रियों का सिलसिला शुरू हुआ। सबसे आगे चाचीजी, बड़ी मां, लता भाभी, सोमा....

सोमा को लगा मानो इस दुख की घड़ी में भी सारी आंखें उस पर लगी हुई हैं।

''राम नाम सत्य है....'' की आवाज के साथ....''लो जरा उठाओ संभाल कर।'' जोशी जी आगे-आगे थे।

शव को अब हिन्दू सेवा सत्कार की गाड़ी में रखा जा रहा था।''...चलो तुम सब अपनी-अपनी गाड़ियों में बैठते जाओ। जिनको गंगाजी नहीं जाना है, वे ऊपर चली जाएं।''

औरतें फिर भी वहीं खड़ी थीं, बस, आदेश सुन लिया गया था।

''भाभी हमारे ससुराल में तो कोई गंगाजी नहीं जाता।'' कुसुम बाई कह रही थीं।

''ऐसे भी बेटियों का कोई दस्तूर तो नहीं।'' बड़ी भाभी ने कहा।

''विवाद मत उठाओ कुसुम, तुम्हारी सास जो कहे वही करो।'' वहां औरतों की भीड़ में खड़ी हुई कुसुम बाई की सास सब कुछ भूल, केवल सोमा को घूरे जा रही थी....फिर

अचानक वे सोमा से पूछ बैठीं—

"आप जिनके साथ रहती हैं वे भी आए हैं क्या? और आप की संतान?"

सोमा उनकी ओर देखकर भी नहीं देख सकी। शर्म, अपराध बोध? नहीं लेकिन जिसके साथ इतने वर्षों से रह रही हूं? क्या वह मेरा पति नहीं? और क्या जिसके साथ सात फेरों का आज भी बंधन है, कानूनी रूप से तलाक नहीं हुआ वही मेरा पति हुआ? पति नाम का वह पुरुष क्या कभी मेरा अपना हो भी सका था? तब तुम यहां क्या कर रही हो सोमा?

अर्थी उठ चुकी थी। गाड़ी धीरे-धीरे सरक रही थी। रेवा बाई चाचीजी के कंधों पर हिचकियां ले रही थीं—"चाचीची! बड़ी मां, चली गईं।"

"रो मत! जिन्दगी भर मायत सर पर थोड़े बैठे रहते हैं? जिठाणी जी तो पुण्यात्मा थीं, समय रहते चली गयीं। अच्छा हुआ ना! खाट पर पड़े-पड़े कोई जीने में जीना होता क्या?"

"जी हां, अपने तो अपने स्वार्थ को रोते हैं, जाने वाले को तो मुक्ति मिली।"

"लेकिन छोटी भाभीजी, मां को नानीजी के बिना बहुत खाली लगेगा।" रेवा बाई की बेटी चंद्रा, सोमा से कह रही थी।

सम्बन्ध नहीं बदले। छोटी बीणनी, भाभी, मामीजी, चाचीजी ये सारे संबोधन····तब क्या केवल सोमा ही बदल गई।

"चलो गाड़ियों में बैठो।"

"तीनों बिणनियों को एक गाड़ी में भेजो।"

चाचीजी आप मेरे साथ चलेंगी?" रेवा बाई पूछ रही थी। और निमली बाई?····सोमा ने निमली बाई की ओर देखा। असहाय, अनाथ अकेली, कटी हुई डाल-सी निमली बाई।

"पीछे कौन रहेगा? सारा घर तो खुला पड़ा है। वैसे मुनीमजी हैं।" चाचीजी ने घर की बहुओं की ओर देखा।

"पीछे भी तो इतना काम है····निमली बाई आप पीछे रहिए।" लता भाभी ने कहा।

"नहीं मैं गंगाजी जाऊंगी।" वे बच्चे की तरह रिरिया रही थीं।

"मैं और कुसुम हैं ना।" कुसुम बाई की सास ने आगे बढ़कर कहा।

"उमा! तुम भी रह जाओ, बेटियों का गंगाजी जाने का ऐसा कोई दस्तूर नहीं और चंद्रा तुम भी।" रेवा बाई ने आदेश दिया।

"आओ छोटी बीणनी।" निमली बाई ने सोमा का हाथ पकड़ा। सफेद कांटेसा में वे तीनों पीछे और निमली बाई सामने।

वहां गंगा घाट पर लता भाभी ने कहा—"इतनी कड़ाके की ठंड है, मेरे से तो नहाया नहीं जाएगा।"

"बीणनीजी, आप हाथ-मुंह धो लीजिए और छींटा मार लीजिए।"

"अरे बाबा कितनी गंदगी है। कैसे कोई पानी में उतरे?"

"मैं तो जाती हूं डुबकी लगाने। तुम लोग खड़ी पंचायत करती रहो····" बड़ी भाभीजी कह रही थीं।

"और नहीं तो क्या, मैं तो अपनी जिठाणी जी के नाम से सात डुबकी लगाऊंगी। अगली भरा-पूरा घर छोड़कर गई है।"

"आओ छोटी बीणनी....." निमली बाई ने फिर हाथ पकड़ा।

सरल शिशुवत् भाव सोमा को अच्छा लगा।

और अब निमली बाई जबर्दस्ती सोमा को खाने की मेज पर बैठा गई। और कहा—"मैं मानती हूं कि, तेरे से खाया नहीं जाएगा, लेकिन जरा-सी परसादी तो ले लो।"

लेकिन सोमा के गले से एक कौर भी नहीं उतर रहा था। आस-पास के लोग भोजन करके उठ भी चुके। हाथ धोकर वापस लौटते हुए बड़ी भाभी ने कहा—"सोमा तुम्हारे भाई साहब ने कहलवाया है कि, ताईजी का सामान आज शाम को ही संभाल लो। फिर बार-बार तो तुम्हारा आना होगा नहीं।"

"भाभीजी मुझे कुछ नहीं चाहिए।" सोमा की आंखें फिर टपकने लगीं।

"तब तक लता भाभी ने कहा, "हां और क्या वायु में आकर आदमी कुछ भी बोल देता है।"

"कुछ भी कोई कैसे बोल देता है? मेरे पास तो वकील का कागज भी है। बाईसा की अंगूठे की छाप लगी है।" निमली बाई ने कहा।

"यह कहां से हुआ? कब हुआ?" लता भाभी फिर चीखने लगीं।

"उस दिन जब वकील साहब मिलने आए थे, तब। बाईसा ने अपने मन की बात पहले ही वकील साहब से कह दिया था। और बिणनियों, एक बात सुन लो। छोरियों, तुम लोग भी सुन लो। हमारी बाईसा को तुम लोगों का सुभाव पता था। वे सब पक्का काम करके गई हैं।"

"तो सारी जालसाजी पहले ही हो गई। हम ही उल्लू बन गए हैं।" लता भाभी फिर खनक रही थी।

"ऐ बीचली बीणनी! ज्यादा बात मत बनाओ तो! हम सब साक्षी हैं। बाईसा भरा-पूरा घर तुम लोगों को देकर गई हैं। छोटी बीणनी को उन्होंने अपनी दो-चार चीजें दे भी दीं तो क्या हुआ?"

"अरे आप लोग अभी से क्या लड़ाई कर रही हैं? कुछ तो इज्जत का ख्याल कीजिए।" रेवा बाई का झुंझलाया हुआ स्वर था।

"हां, आप क्यों नहीं बोलेंगी रेवा बाई। आपको तो ताईजी ने पहले ही बहुत कुछ पकड़ा दिया था।"

"लता, तुम बोले बिना नहीं मानोगी क्या?" बड़ी भाभीजी घुड़क रही थीं।

"नहीं! मैं नहीं मानूंगी। बुढ़िया का दिमाग खराब हो गया था। सोमा को चाभी पकड़ा दी। क्या लगती है सोमा हमारी? खुद घर की देहरी लांघ गई,पराए मरद के साथ रहती है, उस भड़ुए के बच्चे की मां है और उसको हम अपने घर का धन निकाल कर दे दें! मैं फिर कहती हूं वे वायु के विकार में थीं।"

"लता भाभी मुझे कुछ नहीं चाहिए। मैं सच कहती हूं, मुझे कुछ नहीं चाहिए। निमली बाई प्लीज! आप चाभी इन लोगों को दे दीजिए। मैं आपके हाथ जोड़ती हूं। मुझे आप जाने दीजिए।"

"कोई काट डाले तब भी मैं चाभी नहीं देने की। मुझे सब मालूम है कि कहां क्या रखा है। जरा भी किसी ने कुछ इधर-उधर किया न, मैं वकील साहब से बोले बिना नहीं मानूंगी।

पंचायत बैठाए बिना नहीं रहूंगी। बिचली बीणनी क्या करोगी इतना धन लेकर? कमती धन तो नहीं है तुम्हारे पास?"

छि: छि:, मैं भी कहां फंस गई? सोमा का मन फिर ग्लानि से धिक्कार उठा। सुजीत सुनेंगे तो क्या कहेंगे? सुजीत, जिन्होंने कभी मेरे अतीत को नहीं उधेड़ा। कभी कुछ नहीं मांगा, कोई शिकायत नहीं की। हम लोग शांति से कमाते-खाते हैं। जिन्दगी का सुख हीरे-मोती से नहीं तौला जाता। सोमा चुपचाप आगे बढ़ गई और कहा—"भाभीजी मैं जा रही हूं।"

"हां जाओ, नीचे सिंहजी ड्राइवर होंगे, कहना तुम्हें छोड़ आएंगे।"

निमली बाई शायद चौके में थी। सोमा ने उनसे कुछ कहना उचित नहीं समझा। उसने सोचा—उसकी आत्मा इन सबसे अलग है। लेकिन इन सबकी भी तो अपनी-अपनी आत्मा है, मन है, बुद्धि है, अहंकार की अलग-अलग प्रतिक्रिया है। खुद मेरा अपना अहम नहीं क्या? और यह अहम ही तो हमें बचाता है। इसी अहम के संघर्ष के कारण तो हम जीवित हैं।

सोमा नीचे उतरी तो सीढ़ी के पास ही मोहन बाबू मिल गए। बगल में खड़े मुनीमजी को कुछ समझा रहे थे। सोमा को देखते ही उन्होंने पूछा, "सोमा तुम जा रही हो?"

"जी भाई साहब।"

"लेकिन तुम्हारा सामान?"

"भाई साहब मैं क्या करूंगी इस धन का?"

"नहीं ताईजी की इच्छा थी। उनकी इच्छा का ख्याल तो रखना है ना।"

"भाई साहब मैंने तो हमेशा आप लोगों को दुख दिया है अब और कलह का कारण क्यों बनूं?"

"नहीं कलह क्यों होगा? यह तो तुम्हारे ऊपर निर्भर करता है।"

"मैं समझी नहीं भाई साहब?"

"देखो तुम्हारा सामान है। अब उसको लेकर तुम्हारा मन जिसको दो, तुम एक मिनट के लिए ठंडे दिमाग से जरा-सी महीन बात समझ कर देखो। बड़ी मां को तो हम लोगों से भी प्यार था। मेरी तो फैक्टरी घाटा दे रही है। गांव की उधारी है। भीतर ही भीतर तो सब अलग हो गए हैं। बस बड़ी मां के कारण चौका एक था। अब वह भी ऊपर-नीचे हो जाएगा। राजू के तो धन बरस रहा है। फिर भी उसकी लुगाई रुपए की हाय-हाय करती रहती है। और गौतम का हाल तुम जानती ही हो। वह कोई लायक होता तो तुम क्यों घर छोड़ कर जाती।"

सर झुकाए सोमा चुपचाप सुनती जा रही थी। यानी भाई साहब यह धन अपने परिवार के लिए चाहते हैं। ठीक है, मैं उन्हीं को दे दूंगी। अचानक सोमा की आंखें उठीं। ऊपर वाली सीढ़ी पर लता भाभी थीं।

"ठीक है भाई साहब, मैं चलूं। उसने हड़बड़ाकर कहा। भाई साहब बगल में कमरे की ओर मुड़ गए, उनके कंधे झुके हुए थे और मुंह पर चोरी वाला भाव था।

लौटते समय गाड़ी में बैठे-बैठे सोमा का जी मिचलाने लगा। उसने फिर सोचा—यह परिवार कहां से आ पहुंचा? कहते हैं सारा स्टेट ताऊजी ने ही बनाया था, एक के बाद एक कोयले की खानें वे खरीदते रहे थे।

× × × ×

एक बार सोमा को लेकर ताईजी धनबाद गई थीं—"यह देखो छोटी बीणनी अपनी

सबसे बड़ी कोलियारी। आज से दस बरस पहले महीने में पांच लाख रुपए की पैदा थी। उस समय सोना भी सस्ता था। तेरे ताऊजी मोहर और गिन्नी से भरी थैलियां ऐसे ही लुटा देते। और यह देखो छोटी बीणनी यह रहा अपना मकान।''

सोमा, मकान के बदले ताईजी की आंखों में झांकने लगी थी। वहां एक पूरा का पूरा अतीत था। इंद्र धनुष की सतरंगी घटाओं के साथ।

''ओह····हो! सरकार ने कितनी गंदगी मचा रखी है।'' ताईजी ने फिर कहा, ''यह देखो मेरा इतना प्यारा बगीचा कैसे उजाड़ हो गया। मैंने एक-एक पेड़ गिन रखा था। मैं ब्याह कर आई न तब अपनी यह बगल वाली छोटी कोठी बन ही रही थी, उस समय तुम्हारे ताऊजी ने सारे मकान में दीए जलवाए थे। मकान और बगीचा ऐसे चमचमा रहा था कि क्या बताऊं। सासूजी तो मुंह फुलाकर बैठ गई थीं कि, दूसरी शादी में इतना क्या लाड़? लेकिन तेरे ताऊजी बोले, ''इसका तो पहला ब्याह है इसके अरमान क्यों अधूरे रहें?'' लेकिन भई मेरी देवरानी यानी तुम्हारी सास का सुभाव तो भोत ही अच्छा था। वह मेरे बीच कभी हां की ना नहीं बोलती। घर में आते ही उसने तो तुरंत तिजूरी की चाभी मेरे हाथ में दी। बोली, ''जिठाणीजी आपका हक है, आप ही संभालो।''

''ताईजी आप ताऊजी से इतनी छोटी थीं, आपको कभी अखरता नहीं था?''

''तू छोरी भोत कुरेद-कुरेद कर बात पूछती है। चुप कर नहीं तो लगाऊंगी एक चट्टू।''

ताईजी की भौंहों में बल पड़ते देख सोमा हंसकर दूसरी ओर देखने लगी। निःसंदेह किसी जमाने में बहुत बड़ा ठाट-बाट था।

''वह जमाना ही कुछ और था। बस जो मौज कर लिये सो कर लिये।'' ताईजी की आवाज मानो दूर किसी अंधेरे कोल-पीट से आ रही थी।

''उनको क्या बीमारी हुई थी ताईजी?''

''बीमारी कुछ पकड़ाई में नहीं आई। कहते हैं कैंसर हुआ था। डाक्टर तो एक से बढ़कर एक आए। लंदन से भी अंग्रेज डाक्टर को देवरजी ने बुलाना चाहा था। लेकिन होनी को कौन टाल सकता है? बस एक बार जो खाट पकड़े तो उठकर खड़े ही नहीं हुए। हालत गिरती ही चली गई। उनको शायद अपनी मौत नजर आ गई थी इसलिए सारी चीजों में मेरी आधी पांती कर गए। अपना सब कुछ मेरे नाम में लिख कर गए। मुझे बहुत मानते थे। हमेशा यही कहते—''बड़ी सेठाणी तुमको किसी का मुंह नहीं देखना पड़ेगा।'' लेकिन भई देवरजी भी मेरा बहुत ख्याल रखते थे। उनसे तो बस काम नहीं होता था। मौज-शौक और गलत दोस्तों की संगत। ऐसे मुट्ठी खोलने से भला कहीं धन टिकता है। हल्ला तो था ही कि, कांग्रेस की सरकार कोयले की खान जब्त कर लेगी। लेकिन बस किसी ने ध्यान नहीं दिया। वह भी कैसी दीवाली थी। धनतेरस के दिन मैं यम का दीया जला ही रही थी कि, पुलिस के साथ एक साहब सीधे धड़धड़ाते हुए नीचे वाले हॉल में चले आए, पीछे-पीछे ठाकराजी दौड़ रहे थे। कौन हैं? आप लोग कहां जाता है? देवरजी कुछ बोले कि उसके पहले कोर्ट का कागज सामने था। सरकारी आर्डर के कारण सुबह पहले बंगला खाली करना पड़ा। देवरजी तो धक्का संभाल ही नहीं सके। तुरंत हार्ट अटैक हो गया। दस दिन में तो चल ही बसे।

चारों ओर कोयला ही कोयला नजर आ रहा था। दूर कहीं कोयले की खान से लाल लपटें

निकल रही थीं।

"ताईजी वह देखिए कोयले की खान कैसे जल रही है।"

"हां बेटा, खान तो जलती रहती है।"

"ताईजी बाबूजी जब काम नहीं करते थे तो काम कौन करता था?"

"बस मुनीम-गुमाश्ते के सहारे चलता था। अपने मैनेजर थे सुराणाजी। सोमा ने निमली बाई की ओर देखा। तब तक निमली बाई ने कहा—"बाईसा, जल पी लीजिए, गला सूख रहा होगा।"

ताईजी और निमली बाई टखनों से ऊपर साड़ी किए-किए झाड़ियों के पीछे गईं और कुछ ही देर में निकल भी गईं। ताईजी कुल्ली करके पानी पी रही थीं।

"छोटी बीणनी पेशाब करना है तो उधर चली जाओ।" ताईजी ने पेड़ के पिछवाड़े की ओर इशारा करते हुए सोमा से कहा।

"वहां कहां ताईजी? चारों तरफ तो खाली मैदान नजर आता है।"

"तब तो तुम बैठी रहो। रानीगंज के पहले मैं गाड़ी नहीं रुकने दूंगी।"

अजीब बात है, यह लोग तो झाड़ी के पीछे खड़ी थीं। फिर क्या खड़े-खड़े.....

सोमा को जोर से हंसी आ गई।

"ऐ छोटी! किस बात पर हंस रही हो?"

"कुछ नहीं ताईजी कुछ नहीं।"

"मैं जानती हूं तुम हम लोगों पर हंस रही हो। अरे हम लोग ठहरी गांव-देहात की, तुम शहरी लड़कियां.....।"

"ताईजी आप और देहात की? आप तो सबसे स्मार्ट हैं।"

"देख लगाया न मस्का।" और ताईजी देर तक हंसती रही थीं। दोपहर की जाड़े की धूप में उनका चेहरा कितना सुन्दर लग रहा था।

× × × ×

गाड़ी, सोमा के घर के सामने रुक गई। गेट खोले सिंहजी खड़े थे। पूरे अतीत को पीछे धकेलकर गाड़ी से उतरते हुए सोमा ने देखा सुजीत बरामदे में खड़े हैं।

कमरे में जाते ही सोमा निढाल बिस्तरे पर पड़ गई। रोम-रोम थक कर चूर हो रही थी। पास मैं बैठते हुए सुजीत ने पूछा—"क्या सब कुछ ठीक से हो गया?"

"हां।"

"बहुत थकी हो?"

"हां।"

"चाय पीओगी?"

"हां।"

"अरे यह क्या हां-हां लगा रखी हो.....आइ एम सॉरी सोमा, लेकिन कुछ तो बोलो, मैं क्या तुम्हारा दुख नहीं जानता?"

"सुजीत मैं अब वहां नहीं जाऊंगी।"

"हां तो मत जाना। अब जाने की जरूरत भी क्या है?"

"सुजीत, ताईजी अपना सारा गहना, सोना-चांदी यानी अपनी कोठरी की चाभी तक मुझे पकड़ा गई हैं। यानी मैं अब उनकी वारिस हूं।"

"माने?"

"हां मैं ठीक बोल रही हूं।"

"तुमको इसका नतीजा मालूम है? जिन लोगों को तुम छोड़ चुकी उनके धन से हमे क्या लेना देना? कहीं तुम चाभी तो लेकर नहीं चली आई?

"नहीं वह निमली बाई के पास है।"

"ठीक है, बस आराम करो। अब वहां जाने की जरूरत नहीं है।"

सुजीत उठकर बाहर चले गए। शायद वे आहत हैं। नहीं ऐसा लगा तो नहीं। लेकिन इससे अलग सोमा कुछ सोच नहीं पा रही थी। एक कटा हुआ अतीत जैसे अचानक वर्तमान के आकाश पर चांद के फलक-सा टंग गया। वह तो उस परिवार को भूल ही चुकी थी। एक पुराना संस्कार कहेगा—वे लोग अब भी मेरे हैं, एक नया वर्तमान कहेगा, तब कानून ने तलाक की व्यवस्था क्यों बनाई और चलो यह मान भी लिया जाए कि मेरा तलाक नहीं हुआ, मगर सुजीत और मैं साथ-साथ पति-पत्नी की तरह रहते हैं। हमारा बेटा अर्जुन है, हमारे अपने प्यार का प्रतीक अर्जुन सेन के नाम से जाना जाता है। क्या मैं अर्जुन के अस्तित्व को नकार सकती हूं। मेरा तो जो कुछ भी है वह अर्जुन का है। वक्त के साथ मैं और सुजीत भी, ताईजी की तरह चले जाएंगे पीछे अर्जुन की नसों से हमारा ही प्यार बहेगा, क्या संतान के माध्यम से व्यक्ति नैरंतर्य को खोज निकालते हैं? लेकिन ताईजी की तो कोई संतान·····

ओफ्फ! मैं अब और ताईजी के बारे में नहीं सोचना चाहती। सोमा सर पकड़कर बैठी हुई सोचती रही थी—बस नाटक था, जिसका आखिरी पर्दा गिर चुका है। लेकिन ताईजी·····फिर वही बात। सोमा फिर अपने को झिड़कती है, लेकिन ताईजी के बारे में सोचे बिना रह नहीं पाती।

× × × ×

बीस साल की उम्र में सोमा की शादी हुई थी, फिर वह सुहागरात जिसके बारे में याद करने लायक धरोहर के नाम पर कुछ भी नहीं। हां, बस "पति" नाम का एक बच्चा सोमा को मिल गया था। बेल्हम देहरादून से पढ़ी हुई सोमा, एक खूबसूरत शोख, प्रखर दिमाग लड़की और गौतम हिन्दी हाई स्कूल, फिर सिटी कॉलेज से बी०काम० पास किया हुआ युवक। सोमा की पहली प्रतिक्रिया थी—"पापा, लड़का अंग्रेजी अच्छी नहीं बोलता।"

"अरे तो क्या हुआ जो अंग्रेजी नहीं जानता इससे भला क्या फर्क पड़ता है? तुम दोनों की शिक्षा का स्तर अलग-अलग है।"

"लेकिन मम्मी लड़का स्मार्ट तो हो।"

"मैं इस नखरों पर ध्यान नहीं देने वाला·····" पापा ने यही कहा था।

फिर आगे कह रहे थे—"देखो सोमा मैंने सब पता लगा लिया है। घर-घराने का तो पूछना ही क्या? करोड़ों की असामी है। रजवाड़ों का ठाट है। लड़का व्यापार में बहुत तेज है। मैं तो उससे आफिस में मिलकर आया हूं।"

पापा के जिगरी दोस्त गुप्ता अंकल ने कहा, "अरे भाभीजी उनके यहां तो करोड़पति लाइन लगा कर बैठे हैं।"

"तो अपने किसी करोड़पति से कम हैं? हम तो बीस लाख बोल ही चुके हैं, अगले चाहे जैसे ले ले।"

"हां, हां और क्या? कहें तो दस का चेक भेज दें। तीन बेटियों का बाप हूं तो क्या? बेटियों के भाग से आज मैं भी करोड़पतियों के बीच उठता-बैठता हूं।"

"अरे यार! सम्बन्ध तो एक-दूसरे के पूरक होते हैं, तुम्हारे नया पैसा है उनकी पांचवीं पीढ़ी करोड़पति है। सौ बरस पुराना फॉर्म है। घराने का हिसाब-किताब ही अलग होता है। उनके पुराने समधियों को देखा। घर में एक पार्टी होती है तो घर के सामने मर्सिडीस और टॉयोटा की लाइन लग जाती है।"

"तो क्या हमारे यहां पार्टी में आपको मिनिस्टर....."

"अरे भाभीजी! आप नहीं समझेंगी। मिनिस्टर तो साला आज है, कल नहीं। वह क्या आपके परिवार में काम आएगा। मिनिस्टर की तो गंध सूंघते रहिए। जरा-सा वह सूखा नहीं कि, उठाकर फेंक देना पड़ेगा। सूखी हुई असामी अपने किस काम की। घराने का असली पता तो बेटे-बेटी कहां ब्याहे गए इससे मालूम पड़ता है।"

सोमा वहां चुपचाप बैठी हुई थी। उसकी मां को यह घराने का जिक्र अच्छा नहीं लग रहा था। कारण सोमा भी जानती थी। मिसेज अगरवाल के भाई यानी सोमा के मामाजी लोग की वहीं-कहीं इलाहाबाद में कपड़े की दुकान है, बड़े मौसाजी किसी की चीनी मिल के यहां मैनेजर हैं। मिस्टर अगरवाल तो अपने साले लोगों से हैलो कैसे हो, आदि बातों के अलावा कुछ बात ही नहीं करते। यदि ड्राइंगरूम में कोई वी०आई०पी० हो तो मामाजी लोगों का परिचय तक नहीं कराया जाता। मिसेज अगरवाल को बुरा लगता है, लेकिन पति का उत्तर हुआ करता—

"आप भी मैडम, कैसी बचपने की बात करती हैं, अरे आपके भाई हैं हमारे रिश्तेदार हैं, ठीक है। आप अपने भाइयों का लाड़ करिए ना, हमने कब मना किया? मगर यहां ड्राइंगरूम में उनका क्या काम?"

मिसेज अगरवाल कुछ क्षणों के लिए चुप हो जातीं। फिर कहतीं—"वैसे मेरे भाइयों का परिवार बेगूसराय, मुजफ्फरपुर से लेकर इटावा, आरा कहां-कहां नहीं है?"

"ठीक है.....ठीक है। लेकिन भाई लोगों धोती-कुर्ता पहने हुए क्यों चले आते हैं? कितने तो सब मोटे-मोटे हैं। फिर हर समय पान चबाते रहना। लॉन में कहीं न कहीं पिच्च से थूक देना, मैं ही क्यों, आपको भी नहीं सुहाता। इन बच्चियों को भी अच्छा नहीं लगता।"

"लेकिन सगे भाई लोग हैं, मना भी कैसे करें?"

प्रतिउत्तर में अगरवालजी बोले मानते नहीं। "अरे! थोड़ी रईसी सीखो रईसी। नहीं तो बेटियों को ठिकाने का घर-वर कहां से मिलेगा।" शायद यही कारण है कि, मिस्टर

अगरवाल ने बेटियों की परवरिश में कहीं कोई कसर नहीं छोड़ी। उन्होंने बड़ी दोनों बहनों को वेल्हम दून में आगे बढ़कर भेजा।

"जी ये लोग बिगड़ न जाएं?" उनकी पत्नी जब भी चिंतित हुआ करती अगरवालजी का सधा-सधाया उत्तर होता—"मैडम! आप भी अजीब बात करती हैं। आधुनिक पैसे वाले की लड़कियां तो सभी वेल्हम दून या फिर शिमला-मसूरी के कान्वेंट में पढ़ती हैं। सोमा की अंग्रेजी सुनो क्या फर्राटे से बोलती है। कोई इसको देखकर कह दे भला कि मारवाड़ी की लड़की है?"

"तो क्या पंजाबी की तरह लगती है?"

"हां तो क्या हर्ज है? इसी अंग्रेजीयत के चलते पंजाबी जितनी जल्दी किसी को पटा लेता है, मैं तो नहीं पटा सकता। अब वही फ्रेंच कोलाबरेशन वाली घटना ही को लो, मिस्टर कूजा को साले कपूर ने ऐसा पटाया, ऐसा पटाया कि क्या बोलूं। उस कंबख्त, अंग्रेज के बच्चे ने मेरी ओर आंख उठाकर देखा तक नहीं। भई इन पंजाबियों का खाना-पीना, तौर-तरीका इतना अधिक विदेशियों से मिलता है कि क्या कहा जाए? विदेशी इनसे बड़ी जल्दी घुलमिल जाते हैं। अब मिसेज कपूर को देखो ना, इस उमर में पैंट पहनकर किस शोखी से क्लब जाती हैं।"

"बस-बस अब अपना लेक्चर बंद करिए तो।" मिसेज कपूर, मिसेज अगरवाल की दुखती रग थीं। मिसेज अगरवाल ठहरीं इलाहाबाद की लड़की। हिन्दी में विशारद होने से क्या हुआ? अंग्रेजी तो वे ठीक से बोल नहीं पाती थीं। और मिस्टर अगरवाल की नजरों में अंग्रेजी बोलना सभ्यता की पहली निशानी थी। मगर पत्नी के संस्कार भी आड़े आते। ऊपर से कितना भी अपने को आधुनिक कहें, लेकिन भीतर ढंका रहता वही दकियानूसीपना। बेटियों को अपनी मां की इसी हिप्पोक्रेसी से बेहद चिढ़ होती। पिता पारंपरिक करम-कांड में बिल्कुल विश्वास नहीं करते। लेकिन मिसेज अगरवाल बेटियों से कहतीं—

"संतोषी मां का व्रत करो, सोलह सोमवारी करो·····अच्छा घर-वर मिलेगा।" सोमा देखती घर में सुबह से शाम तक अजीब हाल है। मिस्टर अगरवाल के लिए टोस्ट, आमलेट तो मिसेज रात की रखी ठंडी पूड़ियां और अचार खातीं। कान्वेन्ट संस्कृति में बड़ी होती हुई तीनों बहनों का स्वभाव अलग। इधर अगरवालजी के दोस्तों में कपूर अंकल, गुप्ता अंकल इसके घर में अलग नजारा।

खैर, मिस्टर गुप्ता ने, अगरवालजी को एक ही बात समझाया कि, देखो नरेश पहली लड़की बड़े घराने चली जाए न तो आगे के लिए लाइन क्लीयर समझो। उनको सुन्दर, पढ़ी-लिखी लड़की चाहिए। और अपने को पैसा।"

"क्यों हम लोग बीस लाख का दायजा भी दे रहे हैं।" मिसेज अगरवाल फिर खनक उठीं।

"फिर वही बीस लाख, अरे भाभीजी! उनके यहां तो वह फतेहपुरिया है न धरना दिए बैठा है, रुपया बीस लाख नगदी निकाल कर रखने को तैयार है। बाकी सामान और खातिर तवाजा अलग से।"

"तो वे लोग वहीं पर सम्बन्ध क्यों नहीं करते?"

"फिर वही बात। अरे फतेहपुरिया की लड़की सांवली जो ठहरी और उनके यहां उनके

बड़े दोनों बेटों की पत्नियां भी सांवली हैं। अब तक तो उन्होंने घराना और धन ही देखा है। यह तो पहली बार है कि वे सुन्दर और पढ़ी-लिखी लड़की चाहते हैं।

"लड़के के मां-बाप तो हैं नहीं और ताई का स्वभाव सुनते हैं बहुत कड़ा है। बहुत ही खोटी है।"

"अरे ताईजी? वाह भाभीजी आपने भी खूब कही, मुझसे कुछ छुपा है क्या? मैं तो मोहन के साथ ही स्कूल में पढ़ा हूं। बड़ी मां जैसी तो लुगाई होने की नहीं।"

"यार गुप्ता! तुमने सब पता लगा लिया है ना!"

"नरेश भैया आप भी तो सब देखकर आए हैं।"

"तो ठीक है कलकत्ता फोन कर दो कि आकर लड़की देख जाएं।"

अतः कलकत्ता फोन कर दिया गया। भाई साहब और गौतम देखने आए। वे लोग घर पर ही आए थे। आधुनिकता की चकाचौंध और अंग्रेजी में बात करने वाली लड़की, बस तुरंत हां कर दिया गया। सोमा की पहली प्रतिक्रिया थी—"मम्मी लड़का बड़ा बच्चा-बच्चा लगता है, यानी बहुत ही फेमिनिन....."

"माने?" मां की त्यौरियों में बल थे।

अब सोमा अपनी मां को माने तो क्या समझाती। और न ही उसके पापा, मम्मी समझने के लिए तैयार थे। सब लोग हां करके चले गए। दो दिनों बाद ही सोमा का परिवार कलकत्ता पहुंचा। मिस्टर गुप्ता के घर ही ठहरे थे। हालांकि मिस्टर अगरवाल की इच्छा थी कि, ग्रैंड होटल में ठहरा जाए। लेकिन पता नहीं उनकी पत्नी ने कुछ सोचकर होटल के लिए मना कर दिया। कहने लगी कि, लड़के की ताईजी और भाभियां और बहनें देखने आएंगी और सुना है कि, ताईजी ने आज तक किसी होटल में पैर ही नहीं रखा। और असल व्यक्ति तो लड़के की ताईजी हैं। उन्हीं की हां, ना पर सब कुछ निर्भर करता है।"

"अजीब बात है तब वह लड़का मुझे देखने क्यों आया? अपनी ताई को ही भेज देता।"

सोमा तू चुप रह तो।" मां ने झिड़की पिलाई।

भीतर कमरे में सोमा और भावना काफी देर तक गुपचुप करते रहे।

"क्या स्टुपिडिटी है! नहीं दीदी?"

"हां। लेकिन मैं नहीं केयर करती, आई विल डू व्हाट आई लाइक"

"रियली! लेट्स सी।"

"ओ० के! देख लेना।" सोमा साड़ी पहन चुकी थी, बस चोटी गूंथ रही थी। तब तक गुप्ता आंटी भीतर आईं—"वाह! हमारी सोमा बेटी तो बड़ी खूबसूरत लग रही है। बस बेटे, एक काम करना, वह लड़के की ताईजी है ना, जरा पुराने ख्यालों की हैं। थोड़ा सोच-समझ कर बोलना और हां, मोहन भैया का फोन आया था। कह रहे थे कि, बड़ी मां के सामने जरा-सा सर पर पल्ला ले लेना।"

"क्या? सर ढकूं? वह भी सगाई से पहले? ओह नहीं आंटी बिल्कुल नहीं।"

"दो दिन बाद ढंकेगी तो अब ढंक ले।"

"आंटी मैं तो बाद में भी नहीं ढंकने वाली।"

सोमा के पास खड़ी भावना मुंह बना रही थी और सोमा की आंखों में आंसू छलक आए

थे। तब तक मिसेज अगरवाल भीतर आ गईं—"क्या हुआ? अभी तक तैयार नहीं हुई? वे लोग तो आ गए। क्या बात है?"

"भाभीजी, आप जरा सोमा को लेकर आइए। मैं बाहर उन लोगों को बैठाती हूं।" कहती हुई गुप्ता आंटी बाहर निकल आईं।

सोमा ने पैर पटकते हुए कहा—"मम्मी, आंटी कह रही थीं कि सर ढंक कर बाहर निकलना।"

"हां, ठीक ही तो कह रही थीं।"

"क्या आप भी? नहीं मम्मी हम सर नहीं ढकेंगे।"

"चुपचाप जो कहती हूं कर, नहीं तो मेरा गुस्सा तू जानती है ना? सब इनकी गलती है। बेटियों को सर पर चढ़ा रखा है। कहां ऐसा घराना मिलेगा?"

मिसेज अगरवाल जब अपने पति की आधुनिकता पर चालू हो जातीं तब उनकी बेटियां तुरंत आत्मसमर्पण कर देतीं। वे जानती थीं कि उन्हें जितनी भी स्वतंत्रता और सुविधा मिली है, वह पिता के कारण।

"दीदी एक काम करना, बुढ़िया को देखते ही सर उघाड़ लेना।"

"क्या····!" कहती हुई सोमा हंस पड़ी।

ड्राइंगरूम में जाते ही सोमा को जिन्दगी में पहली बार घबराहट हुई। जिस लड़की को खेल-कूद से लेकर डिवेट तक में कहीं कोई संकोच नहीं हुआ, कोई घबराहट नहीं हुई आज उसी के हाथ-पैर ठंडे हो रहे थे। घबराहट से उसकी तो आंखें ही नहीं उठ रही थीं।

"आओ! आओ बेटी इधर बैठो।"

यह किसकी आवाज हो सकती है। सोमा ने सोचा। सामने सफेद साड़ी में लिपटी हुई एक महिला थी। उनका सुन्दर चेहरा, पीतवर्णी रंग, माथे पर तिलक, गले में तुलसी की माला, हाथ में मीने की चूड़ियां और एक उंगली में बड़ी-सी हीरे की अंगूठी। सोमा को लगा हीरे की अंगूठी बहुत ही बड़ी है। ऐसा हीरा तो कभी नहीं देखा। वह मन ही मन सोच रही थी।

खैर जो भी हो, वह पैर छूकर बैठ गई। सर का पल्ला कंधे पर सरक आया था। उसकी आंखें अपनी मां की आंखों से मिलीं। सोमा को वे इशारे से सर ढंकने के लिए कह रही थीं। लेकिन सोमा भी कम ढीठ नहीं थी उसने देखकर भी अनदेखा कर दिया। अब मिसेज अगरवाल से नहीं रहा गया। बेटी को झिड़कते हुए उन्होंने कहा—"सोमा, सर पर पल्ला तो रख बेटी।"

"जो कोई बात नहीं, टाबर है, बाद में ठीक हो जाएगी।" ताईजी का स्वर था, सबको आश्वस्त करता हुआ। सब लोग हंसने लगे।

"घर का कामकाज आता है?" ताईजी ने पूछा।

"जी घर में तो मैंने कभी कोई काम किया ही नहीं।"

"खाना बनाना आता है?"

"हां! हां!" अबकी सोमा के बदले मिसेज अगरवाल का घबराया हुआ स्वर था।

"क्या-क्या बना लेती हो?" ताईजी वापस सोमा की ओर पलटीं।

''टोस्ट सेंक लेती हूं या फिर कभी आमलेट बना लेती हूं।'' सोमा का ढीठ स्वर था। अब यह बुढ़िया मुझसे पूछेगी, ''तुम रामायण, भागवत बांच लेती हो ना!'' उसने सोचा।

''क्या?'' ताईजी की दबी हुई चीख थी। मिस्टर अगरवाल का चेहरा सफेद पड़ गया था। मिसेज अगरवाल दांत पीस रही थीं। और सोमा को अपनी गलती का अहसास अब हो रहा था। बात गुप्ता अंकल ने संभाली।

''बात यह है कि ताईजी कि बोर्डिंग में रही है ना, तो वहां के संगत में बच्चे.....''

''ऐसे कैसे कोई खा ले? राम-राम! भक्ष्य-अभक्ष्य का तो ध्यान रखना चाहिए। शादी के बाद बेटी, यह सब कभी मत छूना।''

''जी ताईजी।'' सोमा मंत्रमुग्ध-सी बोल रही थी।

''ताईजी, आपने तो शादी की बात उठा ली। अभी तो सगाई भी नहीं हुई।'' गुप्ता अंकल सौदा पटाना जानते थे।

''सगाई में कितनी देर लगती है? आओ बेटी, इधर हाथ करो तो!'' और उन्होंने एक बड़ी-सी हीरे की अंगूठी ढीली-ढीली, अलसाई-सी सोमा की नाजुक उंगलियों में पहना दी।

''मुंह मीठा करवाइए जी! सोमा धोक खाओ अपनी ताईजी के।'' मिसेज अगरवाल एकदम ढोल-ताशे सी बज उठीं। सांझ की उस बेला में क्या वह आरती का स्वर था? हां, हां, शंख बज उठा था। मंगलध्वनि या फिर युद्धारंभ की सूचना.....?

और अबकी तो सोमा ने भी अच्छे से सर ढंका। झुककर ताईजी के गोरे-गोरे पैरों का स्पर्श किया। ताईजी ने कलेजे से लगा लिया। वहां ममता का सागर लहरा रहा था। सोमा के होने वाले जेठजी मोहन भाई साहब ने कहा—''बड़ी मां, यह तो आपकी बेटी लगती है। रंग-रूप सब कुछ आपसे मिलता है।''

''चल हट! अपनी ताईजी से ही मसखरी करता है। मैं तो साफ-साफ कहती हूं जी, बहू-बहू होती है और बेटी-बेटी। बीणनी कोई मेरी रेवा के जैसे थोड़ी हो जाएगी? आप ही बोलिए क्या उसके मन में मेरे लिए वही ममता आएगी?''

इतने सीधे जवाब की आशा वहां उपस्थित लोगों में किसी को नहीं थी। सब चुप थे—जैसे किसी ने ताला जड़ दिया हो। बस एक ताईजी का भाषण चालू था।—''भाया मोहन, शाहजी से कह देना कि अपने तो पुराने ख्यालों के हैं। सारा नेगचार करवाएंगे। मैं तो दे-लेकर सारे अरमान पूरे करूंगी। बेटा ब्याह रही हूं, कोई चोरी कर रही हूं क्या? अपने यह सब सुधार वाला कारबार नहीं चलने का।'' मिस्टर अगरवाल का चेहरा सफेद था। लेकिन पतवार गुप्ता अंकल ने संभाली—

''बड़ी मां, आपका धन है, चाहे जैसे खर्चा करवा लीजिए। मैं तो बस कह रहा था, कई बार फिजूलखर्ची के कारण लड़की के हाथ में कुछ नहीं रहता।''

''तो कोई कंगले भिखारी के घर जा रही है क्या जो इसे पैसे की कमी होगी? हम कुछ मांग तो रहे नहीं, आप जितना देंगे, सर-माथे पर लेंगे? सबसे छोटे का ब्याह कर रहे हैं। मैं तो सबको खूब दे-लेकर मन का चाव पूरा करूंगी।''

अगरवाल जी का चेहरा संवलाता जा रहा था और उनकी पत्नी रूमाल से माथे का पसीना पोंछ रही थीं। गुप्ता अंकल ने बात संभालने की आखिरी कोशिश की, ''बात यह है बड़ी मां

कि ऐसे धन बिखेरने में·····?"

ताईजी बीच में ही उठ खड़ी हुईं। उनके साथ पूरा परिवार खड़ा हो गया। एक अजीब सहमी हुई खामोशी बल्ब की रोशनी के साथ सब लोगों के बीच ठहर गई। अंत में गला खरखराते हुए अगरवाल जी बोले,"जी आप जैसा कहेंगी वैसा ही होगा। देखिए, मैं तो मोहन बाबू की उम्र का हूं। मेरी पहली बेटी का व्याह है। कहीं कोई भूल-चूक हो तो अपना बेटा समझ कर माफ कीजिएगा।"

"देखिए अगरवाल जी, समधी ही समधी की इज्जत रखते हैं। मैं तो साफ कहती हूं आप हमारी ढंक कर चलिए, हम आपको ढंकेंगे। लेकिन गांव में "लाडू" बांटें, बहन-बेटियों को नेग नहीं मिले, जिठाणियों की तील नहीं आए, मुझे तो यह सब पसंद नहीं। मुझसे बर्दाश्त नहीं होगा। यह जो सुधारक पार्टी है ना, सब बेकार का रोड़ा करते हैं। मैंने बहुत देखे ऐसों को। भीतर सारा दायजा गटक जाते हैं और ऊपर से कहेंगे, जी हमने तो कुछ लिया ही नहीं। इस लोक दिखावे की क्या जरूरत?"

"शायद ताईजी का लेक्चर कुछ समय और चलता लेकिन बीच में मोहन भैया बोले—"ठीक है बड़ी मां, बात हो गई ना। आपसे पूछे बिना कुछ नहीं होगा। क्यों गुप्ताजी, अब हम लोग चलें।"

बाकी लोग आपस में एक-दूसरे से विदा ले रहे थे। लेकिन ताईजी तो फ्लैट से बाहर लिफ्ट की ओर जा रही थीं। सीधी पीठ पर पल्ले की तह जमी हुई साड़ी के भीतर से दिखती हुई चोटी से एक काला साटन के फीते का फूल लटक रहा था। खैरियत थी कि, गुप्ता आंटी की नजर उन पर पड़ गई। वे सोमा का हाथ खींचते हुए ताईजी के पीछे जल्दी-जल्दी दौड़ीं।

"सोमा, ताईजी को प्रणाम करो बेटा।" सोमा ने दोनों हाथ जोड़े।

"सुखी रहो।" लेकिन शायद उनकी इच्छा थी कि सोमा फिर से उनके चरणस्पर्श करे। उनकी आंतरिक इच्छा भांपते हुए सोमा ने मन ही मन कहा—"मेरी बला से।"

सबके जाने के बाद कमरे में फिर एक सभा बैठी। गुप्ता अंकल ने कहा, "सोमा बेटी, जरा अंगूठी दिखाना। भाईजी, अंगूठी का हीरा तो सोलह रत्ती से कम का नहीं होगा और बिल्कुल बेल्जियम कट है।"

अंगूठी अब मिसेज अगरवाल के हाथ में थी। अगरवालजी "हां-हूं" करते रहे। फिर उन्होंने कहा—"यार गुप्ता, इस बुढ़िया से अपन कैसे निभेंगे? और रोब देखो, हमारी-तुम्हारी उमर के इसके बेटे-बहू हैं, लेकिन किसी की चूं-चां भी नहीं सुनाई दी। तुमने देखा, कैसे मोहन बाबू की बहू और रेवा बाई पत्थर की मूरत की तरह बैठी थी, हां-ना कुछ कहा ही नहीं।

मिसेज अगरवाल ने गुप्ता आंटी से कहा—"भाभीजी, यह तो घराने का कायदा हुआ ना। बड़ी मां के सामने बीच में कचर-कचर बोलती हुई बहू-बेटियां क्या सुंदर लगतीं?"

मिसेज अगरवाल बड़े प्यार से अंगूठी पर उंगलियां फिराने लगीं।

"अब क्या करना है?" अगरवालजी का थका हुआ स्वर निकला।

"जाता हूं रूंगटा हाउस। पहले उनका क्या-क्या नेगचार करवाने का मन है, सब टटोल

लूं। फिर सुबह अपन दोनों चलेंगे।''

''लेकिन ऐसे पैसा पूरा करवाना, थोड़ी देर बाद जाओ ना यार! वे तो सगाई के समय कह देंगी, इक्कीस जगह प्याला-छन्नी लेंगे।''

''अरे ताईजी की स्पीड के बारे में तुमको मालूम नहीं है। अभी जाकर यदि ब्रेक नहीं लगाया और सगाई तथा मुद्दे के लेन-देन की बात नहीं की तो वे मोहन भैया से कहेंगी, ''भाया मोहन, अपन कहां फंस गए।''

''नहीं-नहीं गुप्ता साहब, आप जरूर जाइए।'' मिसेज अगरवाल के हाथ में अब भी अंगूठी थी, जिसको पति की ओर बढ़ाते हुए उन्होंने कहा—''इसका जरा भाव लगाइए तो।''

''बाद में।'' कहते हुए अगरवालजी उठ खड़े हुए। उनका मूड बिल्कुल उखड़ चुका था और वे सामने बरामदे में खड़े नीचे झांकते हुए पता नहीं क्या सोच रहे थे।

''सोमा तू जा, कपड़े बदल ले।''

''जी, मम्मी।''

कमरे में घुसते ही भावना गले से झूल गई, ''बधाई दीदी।''

''बकवास। एकदम पिद्दी-सा लड़का है। वहां दिल्ली में देखते ही हां कर दिया। दुबारा यहां आया ही नहीं। उसके बदले दैट ओल्डी होली काऊ? ओह! हाउ आई हेट हर।''

''हां दीदी। बाप रे! वे तो एकदम हिटलर हैं। जस्ट इमेजिन, दीदी उन्होंने किसी से कुछ पूछा भी नहीं, बस एक चमकीला पत्थर तेरी उंगलियों में फंसा दिया।'' अब तक कमरे में अगरवालजी आ चुके थे। उनके चेहरे पर खासी मुर्दनी छाई हुई थी।

''क्या बात है बेटी?''

''पापा मैं शादी नहीं करूंगी।''

''क्यों?''

''मुझे लड़का नहीं पसंद आया।''

''क्या?''

''हां, और आप लोगों ने मेरी राय के बारे में मुझसे पूछा तक नहीं।''

''क्या नहीं पसंद आया इसको?'' मिसेज अगरवाल अपने तरंग में कमरे के अंदर घुसीं।

''दीदी को लड़का पसंद नहीं आया।'' भावना ने जोर देकर कहा।

''क्या?''

''कह तो रही हूं मम्मी कि, मुझे लड़का बिल्कुल पसंद नहीं आया। एक ही बात कितनी बार दुहराऊं?'' सोमा दूध के फेनिल झाग-सा उफन रही थी।

और मिसेज अगरवाल का वही उत्तर, वही बात, जो शायद हर मां अपनी बेटी से कहती होगी—''मति मारी गई है? हम लोग बेवकूफ हैं? तेरे पापा और गुप्ता अंकल पहले कलकत्ता आकर सब कुछ पता लगाकर गए थे। क्यों जी, आप चुप क्यों हैं? बोलते क्यों नहीं?''

''क्या बोलूं? अगरवालजी ने हताश स्वर में कहा—''मुझे तो सारा काम हड़बड़ी में लग रहा है। लड़के-लड़की आपस में दुबारा बात तो कर लेते। एक बार और मिल लेते। मगर नहीं, लड़के वालों ने इसकी कोई जरूरत ही नहीं समझी। बस खट् से अंगूठी पहना दी।

"लड़का तो एक बार दिल्ली आकर सोमा को देख ही चुका था। सोमा तूने उस समय कुछ क्यों नहीं कहा?"

"मम्मी, मैंने आपसे कहा था कि लड़का "मैनली" नहीं लगता। आपने देखा मम्मी, उसकी कमर कितनी पतली है? आपने कुछ सुना ही नहीं।"

"मैडम, यह बात तो आपको मुझे बतानी चाहिए थी ना।" अगरवालजी मम्मी की ओर पलटे।

"क्या बताती? अरे लड़का इक्कीस बरस का ही तो है। उमर के हिसाब से ज्यादा तो नहीं है। आपको अभी देखकर कोई कह सकता है कि अपने ब्याह के समय कितने दुबले थे? और अब?"

"लेकिन मम्मी, उसकी वह ताईजी।" सोमा ने बीच में ही टोक दिया।

"अरे बुढ़िया की तो उमर हो गई है। पांच-सात बरस में अपने-आप चुप हो जाएगी। कब तक अपना हुकुम चलाएगी?"

"कैसे?" अगरवालजी ने आशा भरी नजरों से अपनी पत्नी की ओर देखा।

"अब सारी पंचोल अभी से करनी है क्या? आप तो बच्चों के साथ और भी बच्चे हो जाते हैं। अभी तो पहली बेटी ब्याही जा रही है। दो और बाकी हैं।"

"तो मैं क्या करूं? लड़का हो जाता तो तीसरी का नंबर ही नहीं आता।"

"यह भी मेरी गलती है ना!"

× × × ×

दोनों बहनें चुपचाप कमरे से निकलकर बालकनी में आ गईं। नीचे कैमक स्ट्रीट पर कतार-दर-कतार गाड़ियां आ-जा रही थीं। मौसम भी कैसा गीला हो रहा था। सोमा का मन अजीब तरह उदास हो आया। उसने गौतम के बारे में सोचने की चेष्टा की। उसका चेहरा, पोशाक, पता नहीं क्यों कुछ भी याद नहीं कर पाई सोमा। उसको अपनी स्मरण शक्ति कुछ अजीब लगी। होने वाले जीवन साथी का चेहरा भी याद न रहे।

लड़के वालों ने फिर जन्मपत्री की मांग की, वह भी सगाई के एक दिन पहले। अगरवालजी ने नहीं दिया। कहला दिया—"हम लोग तो जन्मपत्री में विश्वास ही नहीं करते।"

उसी दिन शाम को ही गुप्ता अंकल ने मुद्दे के नेग की लिस्ट बनानी शुरू की थी। कितने टोकरे फल-मिठाई के जाएंगे, और नेग पर क्या सामान दिया जाएगा। यानी बहन-बेटियों के लिए इकत्तीस चांदी के कटोरे या फिर बेटी वालों का मन हो तो चांदी का बना हुआ मेवे का डिब्बा, दोनों बड़ी जिठाणियों को तील यानी साड़ी ब्लाउज आदि फिर उन्होंने मुड़कर पास बैठी हुई मिसेज अगरवाल से पूछा—

"और भाभीजी आप बताइए सोमा की तायस के लिए क्या जाएगा?" क्योंकि भाभीजी, इस मामले में अगली चुप थी। लेकिन मोहन ने गाड़ी में बैठते हुए मुझे सुना दिया था—"हमारी बड़ी मां के लिए गले में सोने का भारी चेन बनवा देना। छोटे बच्चों की पोशाक

अलग से। मुद्दे के दिन ही शाम को हरा-भरया का नेग होगा। इक्कीस खुमचें समूचे फल के, इक्कीस लड्डू के, पांच मेवे के और एक लाख इक्यावन हजार नगदी। साथ ही पुरुषों की मिलनी भी होगी।''

''खैर उसमें तो ज्यादा नहीं लगेगा।'' मिसेज अगरवाल ने कहा।

''वह तो अपने समाज में चार रुपया का आदान-प्रदान है। लेकिन औरतों की मिलाई में रुपया लगेगा।'' मिसेज गुप्ता ने कहा।

''हां यह बात तो है।'' और गुप्ता अंकल हिसाब लगाने लगे थे।

''मूड़ दो साले बेटी वाले को। उल्टे उस्तरे से मूड़ दो।'' अगरवालजी झल्लाकर चीख उठे।

मिसेज अगरवाल खुद घबरा गई थीं। फिर भी बात संभालने की गरज से कहा—''गुप्ताजी, इतना खरचा शुरू में होगा तो बाद में पहरानी में हम लोग क्या देंगे? और बेटी को क्या बक्सा में अखबार के कागज भरकर दे दूं?'' मिसेज अगरवाल ने पुनः पति का समर्थन करते हुए कहा—''और गुप्ताजी, यह भी तो सोचिए, कितनी तैयारी तो हमने पहले से ही कर रखी है। भारी साड़ियां, शाल-दुशाले, विलायती सामान, आज उनका भाव लगाइए तो मालूम पड़ जाएगा।''

''उसमें से कुछ तो आप भावना के लिए रख दीजिए।'' गुप्ता अंकल ने कहा।

''फैशन बदल जाता है।''

''नहीं भाभीजी, विलायती सामान का क्या फैशन बदलेगा? अरे कैशमेयर के स्वेटर का दाम तो दिन पर दिन बढ़ता जा रहा है।'' अब उन्होंने बचाव में जिरह शुरू की।

''भाई साहब, थोड़ी व्यावहारिक बुद्धि रखिए। अभी तो अगले जैसा बोलते हैं, करते जाइए।'' मिसेज गुप्ता ने कहा।

''और बाद में?''

''सोचेंगे। अभी तो सगाई का नेग खत्म करिए।''

''यार! बात हमको जमी नहीं।'' अगरवालजी ने कहा।

''क्या करना है बोलो। अभी क्या बिगड़ा है, अपन सगाई तोड़ दें। कोई बहाना लगाकर ना कर दें।'' गुप्ता अंकल पूछ रहे थे।

''आप भी गुप्ता भाई साहब क्या बात कर रहे हैं?''

''तो मैं क्या करूं? अरे बाबा, बेटी ब्याहना आसान काम है क्या? आप अपनी कमजोरी क्यों नहीं देखते?''

''क्या कमजोरी है हममें?'' अगरवालजी थोड़ा गरजे।

''सोमा के भाई नहीं। अरे आप लोग क्या जिंदगी भर बैठे रहेंगे? पीहर तो भाइयों के नाम से चलता है।'' अगरवालजी एकदम चुप हो गए थे। मिसेज अगरवाल का सर ऐसे झुक गया मानो सारा अपराध उन्हीं का है। भावना वहां से उठ गई। और सोमा? सोमा के मन में इस ताईजी नाम की बुढ़िया के प्रति नफरत का पहला बीज उसी क्षण उग आया। लेकिन उसी समय गेट पर घंटी बजी। रूंगटा हाउस से ठाकराजी आए थे।

''बड़ी मांजी ने बीणनीजी के पेटीकोट और ब्लाउज का माप मंगवाया है। दर्जी को

सिलने देना है।''

गुप्ता अंकल ने गहरी दृष्टि से अगरवालजी की ओर देखते हुए पूछा—''बोलो क्या करना है?''

''जनम, मरण और परण कोई नहीं टाल सकता।'' हुलसकर मिसेज अगरवाल ने कहा और बेटी का ब्लाउज, पेटीकोट लाने जल्दी से भीतर चली गईं। सगाई के नेग के लिए जाते वक्त सोमा को उसकी मां ने सख्त हिदायतें दी थीं, ''यदि जरा भी ना-नुकुर किया तो वापस घर में चपत ही लगेगी।''

''आप इसको इतना डरा क्यों रही हैं भाभीजी?'' गुप्ता आंटी ने कहा।

''अरे मैं कहां डरा रही हूं, मुझे तो इसकी तायस का डर लगता है। कहीं कोई बोल न मार दे। और देख सोमा, धीरे-धीरे उठना-बैठना। बछेड़ी की तरह कुलाचें मत भरना।''

''ठीक है मम्मी।'' सोमा की आंखों के सामने बार-बार पापा का चिंतित चेहरा घूम जाता।

सोमा ने जब पहली बार अपनी ससुराल की देहरी पर पांव रखा तब उसे लगा, मकान कितना सुंदर है। सामने का लॉन छोटा है। दाहिने ओर रॉक गार्डेन, झरना, पीछे वाला लॉन शायद बहुत बड़ा है......सब कुछ मिलाकर बेहद सजा-सजाया।

सोमा को सीधे दो तल्ले पर लता भाभी के कमरे में ले जाया गया। पलंग पर लाल पेटी में भारी साड़ी, ब्लाउज और पेटीकोट सब कुछ सजाकर रखा हुआ था। गुलाबी टीशु का ब्लाउज और बढ़िया गुलाबी पोपलीन का पेटीकोट पकड़ाते हुए लता भाभी ने कहा—''चलो जल्दी से ब्लाउज, पेटीकोट बदलो।''

''कहां चलूं?'' सोमा ने पूछा।

''कहां क्या? यहीं पर बदल लो।''

''आप लोगों के सामने?'' आगे कुछ पूछने की सोमा की हिम्मत नहीं हो रही थी। शर्म से उसकी गर्दन झुकी हुई थी।

''और नहीं तो क्या, हम लोग क्या पराए हैं?'' लता भाभी खनकीं।

''अच्छा तो हम लोग मुंह घुमाकर खड़े हो जाते हैं। लेकिन जल्दी करो।'' रेवा बाई ने कहा। वे दोनों दरवाजे की ओर मुंह घुमाकर खड़ी हो गईं। लेकिन सोमा भी तब तक दीवार की ओर घूमकर झिझकते हुए ब्लाउज उतार रही थी। ब्लाउज का बटन बंद करते हुए उसको लगा कि ब्लाउज की लंबाई कुछ जरूरत से ज्यादा है और शायद दर्जी ने गला भी काफी छोटा कर दिया है। माप के लिए उसका अपना ब्लाउज तो लो कट का दिया गया था।

''ब्लाउज पहनना अभी खत्म नहीं हुआ क्या?'' रेवा बाई के स्वर में उकताहट थी।

''लाइए रेवा बाई, साड़ी मुझे दीजिए। मैं पहनाती हूं। इस स्पीड से तो काम हो चुका और हां, गहने कहां रखे हैं?''

''ताईजी के पास।''

''ओफ्फ ओ......आपने गहने पहले लाकर क्यों नहीं रखा?''

''अब भाभी, मैं क्या करूं? कहा तो था ताईजी से, लेकिन ताईजी का हुकुम है, गहना ठीक टाइम पर निकालना। छोरियां कहीं खो नहीं दें।''

"तो जल्दी लेकर आइए ना।"

"तुम साड़ी तो पहनाओ। अभी दरवाजा खोलूंगी तो सारी टाबरी भीतर आ जाएगी।"

और वह टीशू की भारी बनारसी साड़ी कम-से-कम पांच-सात सेर वजन का तो होगा ही। इतना भारी पल्ला। दस मिनट तक रेवा बाई और लता भाभी में यही सुलह-मशवरा चलता रहा कि, पल्लू सीधे रखा जाए यानी मारवाड़ी स्टाइल में या फिर उल्टा यानी बंगालिनों की तरह बाएं कंधे पर।

भाभी आजकल तो सभी उल्टे पल्ले रखते हैं। अभी तो मेरे देवरजी की सगाई हुई थी। अपने यहां तो कुछ ज्यादा ही पुरातनपंथी है।" रेवा बाई कह रही थी।

"सो तो है।" लता भाभी सोच रही थी। सोमा का मन किया कि वह कुछ बोले, लेकिन फिर मम्मी की आंखें तरेरती हुई आवाज कानों में बजने लगी......सोमा एक शब्द भी वहां बोलोगी ना, तो मुझसे बुरा कोई नहीं होगा।"

वह माटी की मूरत-सी खड़ी थी और लता भाभी साड़ी समेटती जा रही थी। उन्होंने साड़ी का पल्लू चुनकर बाएं कंधे पर डाला। तब तक रेवा बाई बोली—"ऐ भाभी! पल्ला जरा छोटा करना तो।"

"सर भी तो ढंकना है।"

"फिर भी थोड़ा ज्यादा लटक रहा है।"

"तब बाईजी, आप ही पहनाइए न।" कहती हुई वे साड़ी छोड़कर अलग हट गईं। भारी पल्ला जमीन सूंघ रहा था।

"नहीं तुम पहनाओ। मैं गहना लेकर आती हूं।"

"रेवा बाई प्लीज, दो मिनट रुक जाइए।" लता भाभी ने कहा।

मगर सच कहा जाए तो अब सोमा का धीरज जवाब दे रहा था।अब तक तो लता भाभी और रेवा बाई, दोनों ने मिलकर सोमा को उलट-पलट कर काफी सेंक दिया था। वह पसीना-पसीना हो रही थी। अब तक तो वह खुद ही साड़ी पहन लेती उसने धीरे से अपना हाथ बढ़ाया और साड़ी की तहें समेटकर पल्लू को सीधा किया और दबे गले से कहा—"मेरा ब्रोच कहां पर है?"

सोमा को थकान हो रही थी। एक तो कल शाम को दो घंटे मेंहदी लगाती रही। फिर सुबह सात बजे से गुप्ता आंटी चेहरा रगड़ती रही, बाल खींचती रही, चार साड़ियों के बाद पांचवीं का चुनाव किया गया और यहां पर आते ही साड़ी खोलो, ब्लाउज खोलो, अजीब तमाशा है। "वहां भेज दिया होता तो मैं पहन कर आ जाती।" सोमा बोले बिना नहीं रह सकी।

"अपने यहां रिवाज नहीं है। पहला कपड़ा ससुराल में ही पहनाया जाता है।"

"अच्छा रेवा बाई सोमा का मेकअप कैसा किया जाए?"

"लाओ मैं करती हूं।"

"नहीं मैं करती हूं, कोई पूछेगा तो आपका नाम बता दूंगी।" और लता भाभी ने फाउन्डेशन की गुलाबी परत चढ़ाया, फिर उस पर गुलाबी पावडर, काजल की मोटी लाइनें, लिपस्टिक तीन बार लगाई गई। तीन बार ताईजी के डर से पोंछा गया, फिर हिम्मत करके रेवा

बाई ने सोमा के गुलाबी होंठों को लाल लिपस्टिक छू भर दिया।

तब तक दरवाजे पर जोरों की दस्तक थी।

"रेवा! अरे ऐ रेवा! दरवाजा खोलो।"

"खोलते हैं निमली बाई, गहना लेकर आइए।"

"लेकर आई हूं तभी तो दरवाजा खटखटा रही हूं। खोल जल्दी।"

निमली बाई धड़धड़ाती हुई अंदर घुसी। हाथ में गहने की लाल रंग की पेटी थी।

"ले रेवा संभालकर पहनाना।"

पेटी खोलते ही लता भाभी का चेहरा एकदम से बुझ गया।"

"रेवा बाई गहना आप पहनाइए। मेरे को तो न मालूम क्यों चक्कर आ रहा है।"

"सुबह से कुछ खाई तो हो नहीं। पित्त चढ़ गया होगा। शिकंजी बनाकर लाऊं?" निमली बाई ने पूछा।

"नहीं!" और लता भाभी वहीं पलंग पर धम्म से बैठ गईं। सोमा ने देखा वे एकटक गहनों को देखे जा रही हैं। रेवा बाई ने पहले कान में चवन्नी साइज के लौंग पहनाए, फिर कहा—"जरा इधर हाथ करो तो। भाभी जरा चूड़ियां देना।"

"कौन सी?" लता भाभी की गहरी डूबती हुई आवाज थी।

"अजीब बात करती हो कौन-सी? पेटी में हीरे की चूड़ियां नहीं रखी हैं क्या?"

"लो मैं देती हूं। बिचली बीणनी तो जरा से काम से निढाल हो जाती हैं।" निमली बाई ने मोटे-मोटे हीरे की चार चूड़ियां निकालते हुए कहा—"ले रेवा। अब जल्दी से इसको नेकलेस पहना।"

"हीरे की नेकलेस अपने अभी पहना रहे हैं क्या?" लता भाभी ने पूछा।

"हां!"

"ताईजी से पूछ लिया था न।" लता भाभी कह रही थीं।

"बाईसा के हुकुम के बिना मैं कभी कुछ करती हूं......" अब रेवा बाई सिंगल डायमंड की नेकलेस सोमा को पहना रही थीं। "लो, यह हीरे-पन्ने की साड़ी पिन और मोतियों वाली तगड़ी रखी है। उसको ठीक से कमर में लगा दे। मैं जरा दोनों, बिणनियों के लिए शिकंजी लेकर आती हूं।"

"निमली बाई, मैंने कहा न कि मेरे से कुछ नहीं खाया जाएगा।"

रेवा बाई ने जिन नजरों से लता भाभी की ओर देखा था, उसका रहस्य तो सोमा को बहुत बाद में पता चला।

अब गले में फूलों की माला झुलाई जा रही थी। बच्चों का झुंड, उमा बाई, कुसम बाई सब एक-एक कर कमरे में घुसते चले गए। पता नहीं चला।

"चाची कितनी सुंदर लग रही है।" मोहन भाई साहब की बड़ी बेटी संगीता कह रही थी।

"लो देखो भाभी, अपने-आप को शीशे में देखो।" रेवा बाई, सोमा को खींचकर ड्रेसिंग टेबल के सामने ले गई। हाय राम! यह क्या मैं हूं? कैसे तो अजीब तरह से बुफे स्टाइल में बाल संवारे गए हैं। और मेकअप की यह परत, उस पर से बहती हुई पसीने की नहरें।"

"ऐ हटो। हटो तो जरा।" एक कड़कदार आवाज कमरे की दीवारों से टकराई। सारा कोलाहल शांत हो गया। रेवा बाई ने कहा—

"बड़ी मां आ रही हैं। भाभी धोक खा लेना।" तब तक ताईजी सामने खड़ी थीं। सोमा का आपादमस्तक मुआयना करने के बाद उन्होंने बड़े ही शांत स्वर में पूछा—

"किसने सजाया इसको?"

"रेवा बाई ने बड़े उत्साह से कहा—ताईजी मैंने।"

"और यह पावडर, गाल लाली किसने लगाया? होंठ किसने रंगा, तुमने या लता ने?"

"क्यों बड़ी मां, अच्छा नहीं लग रहा? आजकल तो सभी लगाते हैं।" रेवा बाई बोली।

"यह सब तुम अपने ससुराल में चलाना। पोछों इसका चेहरा। ऐ निमली। खड़ी-खड़ी क्या देख रही है? गमछा भिंगाकर ला। बिचली बिणनी तुम क्या कर रही थी तबसे? और यह पल्ला ऐसे कैसे कंधे पर रखा गया है? सीधा पल्ला क्यों नहीं किया गया? और यह सर का पल्ला ठीक करो। माथा ठीक से ढंको।"

"बड़ी मां, तुमने तो पूरा सर ही ढंक दिया, अच्छा नहीं लगेगा।"

"सब अच्छा लगेगा। और साड़ी पिन ठीक से लगाना, पल्ला सरके नहीं, समझी। और वह हीरे पन्ने वाली ब्रोच ठीक से लगा देना, कहीं गिर न जाए।"

"बड़ी मां, ऐसे अच्छा नहीं लगेगा। यह क्या पुरानी स्टाइल हुई?" रेवा बाई फिर से जिद् कर रही थी।

लता भाभी गहनों को देख-देखकर रुआंसी हो रही थीं। अब तो उनकी आंखें बरसने लगीं। बिना लता भाभी की ओर देखे ताईजी उल्टे पैरों वापस चली गईं। निमली बाई जल्दी मचाने लगी और इधर सारी कवायद फिर से शुरू हो गई और अब तो दर्शक वृंद भी सामने थे।

उधर लता भाभी का बड़बड़ाना जारी था। "अपने यहां तो किसी बात का हिसाब नहीं। सारे गहने अभी से पहना देंगे, तब फेरे के समय कौन सा गहना डालेंगे?"

"भाभी तुम जानती नहीं क्या बड़ी मां का स्वभाव? वे कभी किसी से पूछकर कुछ करती हैं?"

"लेकिन रेवा बाई गहने के बारे में पूछना चाहिए था? बड़ी मां नहीं पूछेंगी?"

"क्यों पूछें अगली के हाड़ में जोर है, तब तक तुम सबको चुप रहना पड़ेगा।" निमली बाई की सपाट आवाज थी। "और गहना संभालकर डब्बे में रख दिया न। रेवा, मुझे गहनों की लिस्ट मुनीमजी को पकड़ानी है। बीणनी के पीहर का गहना कहां है? सोमा के पीहर का पहनाया हुआ हीरे का सेट, चूड़ियां सब गिनकर धीरे-धीरे निमली बाई ने पेटी में बंद कर दिया। और रेवा बाई सोमा को लेकर धीरे-धीरे बाहर हॉल की ओर बढ़ गई। पीढ़े के ऊपर सोमा पत्थर की मूरत-सी बैठी रही। लोग आते रहे······अच्छी-खासी भीड़ थी। गोद भराई के समय ताईजी ने किमख्वाब की लाल थैली में से सोने की इक्यावन गिन्नियां निकालकर नागपुर वाली चाची को पकड़ा दिया और चाचीजी ने सोमा को। मोहन भैया कहते रह गए। "बड़ी मां, अबकी तो गोद भराई का नेग आप कर दीजिए।"

"ना, ना यह काम तो सुमंगली लुगाई का है। चाचीजी का परिचय भी ताईजी ने दिया,

अपने देस में छगनी भुआजी थी उनके बेटे की बहू हैं। मेरी देवरानी हुईं। ये लोग नागपुर ही रहते हैं। अब सबको प्रणाम करना था। अरे बाप रे! झुकते-झुकते सोमा की कमर में अच्छा-खासा दरद हो गया था।

उसी दिन शाम को गाड़ी लेकर गौतम आया। सोमा को घुमाने ले जाने। कैमक स्ट्रीट से पहले गाड़ी विक्टोरिया की ओर मुड़ चुकी थी। गौतम ने पूछा—

''यू लव मी?''

''हां।''

''देन कम नीयर।''

''नहीं।''

''कम आन, आई वांट टु किस यू।''

और फिर गौतम के ये चुंबन। सोमा के मन पर घृणा की पहली परत पड़ी थी। न मालूम क्यों, सोमा का मन एकदम से कैसे गिलगिला गया। गौतम के मुंह में खट्टी दुर्गंध थी। सोमा को वह एक वयस्क बालक लगा था, जो अपने को पुरुष प्रमाणित करने की चेष्टा में लवलीन था।

घर लौटने पर अगरवालजी ने बेटी को छेड़ा भी था, मिसेज अगरवाल के चेहरे पर एक भेद भरी मुस्कान थी। गुप्ता अंकल के ड्राइंगरूम में सोमा की ससुराल से आया हुआ सामान, अलग-अलग डगरों में अब भी वैसा का वैसा सजा हुआ रखा था।

मिसेज अगरवाल हीरे का सेट गुप्ता अंकल को पकड़ाते हुए कह रही थीं, ''भैया, यह तो अगली की जोखम उनके पास ही भेज दीजिए।''

''लेकिन भाभीजी, अंगूठी तो इसके हाथ में रहने दीजिए। दिल्ली में भी अपना परिवार है।'' गुप्ता अंकल ने कहा।

''भाई साहब। सोमा में बचपना है। कहीं गिरा-उरा देगी तो लेने के देने पड़ जाएंगे।''

''हां, हां और क्या?'' पत्नी के समर्थन में अगरवालजी ने भी आगे बढ़कर वही कहा।

''अब इनकी हैसियत छुपी है क्या किसी से? अरे आपने सुबह रूंगटा हाउस में सगाई के वक्त देखा नहीं, कैसे मर्सिडीज की लाइनें लगी हुई थीं। खाली करोड़पतियों की टोपी नजर आ रही थी।'' अगरवालजी स्थिति का मुआयना दे रहे थे।

''भाई साहब, अब आपकी समझ में आया? हम लोग तो पहले से ही कह रहे थे।'' गुप्ता अंकल ने कहा।

सोमा अपने कमरे में कपड़े बदलने चली गई। भावना ने उससे लिपटते हुए पूछा—''हाय दीदी। कैसी रही आउटिंग?''

''सो-सो।''

''माने?''

''माने क्या? कुछ भी नहीं।''

''जीजाजी ने कोई हरकत नहीं की?''

''अब तुम इक्कीस बरस के लड़के से क्या एसपेक्ट कर सकती हो?''

''तुमको वह लड़का लगे?''

"और नहीं तो क्या?"

"बीस की उम्र में तू अपने को बहुत बड़ी समझती है! ना दीदी?"

"हां, मैं एक औरत हूं। बीस बरस की।"

"और वह?"

"कहा न! बच्चा है। अच्छा, अब मुझे सोने दो। सब लोगों को सुबह जल्दी उठना है। दिल्ली की फ्लाइट साढ़े छह बजे की है।"

बस सब लोग वापस दिल्ली लौट गए थे।

× × × × ×

शादी दिसंबर में हुई। नेगचार, खातिर-तवाजे में अगरवालजी की जेब खाली हो गई। बीस लाख के बदले बाईस लाख का खर्चा हुआ। लेकिन क्या फिर भी लड़के वाले खुश हुए? अगरवालजी को लगा, शायद नहीं हुए। लेकिन क्या किया जा सकता था?

पहरानी में अगरवालजी ने कुल ग्यारह हजार रुपए चांदी के कचोले में दिए। जंवाई का तिलक कर एक मोहर पकड़ा दिया गया। फेरे से उठने के बाद से ही हर जगह रुपए में कटौती की जा रही थी। इस षड्यंत्र में गुप्ता अंकल भी शामिल थे। उन्होंने ही अगरवालजी को समझाया भी—"भाई साहब, पहले टूटकर खर्चा कीजिए और जहां सात फेरे हों, उनका धन उनको सौंप दीजिए। पहरावनी में रुपया कम दें और ज्यादा दें, बहू को तो वे लोग छोड़कर नहीं जा सकते।"

"लेकिन यदि बाद में सोमा को तकलीफ दें तो?"

"वह नहीं होगा। ऐसा कहीं होता है? मैं गांव में इनकी पगड़ी उछाल दूंगा और हां, जितना खर्चा लगा है, उसका पाई-पाई हिसाब का पर्चा मोहन बाबू को पकड़ा दूंगा। अरे भाई साहब! बीस बोलकर बाईस लगा रहे हैं, कोई मजाक है?"

"गांव में बात फैल जाएगी तो बाद में क्या होगा। अभी तो दो और ब्याहने को बाकी हैं।" मिसेज अगरवाल का चिंतित स्वर था।

"आप भी मैडम क्या बात कर रही हैं? मैं किस मर्ज की दवा हूं? भावना के ब्याह में अपन पचीस लाख का ऐलान करेंगे। आप घबड़ाइए मत सब ठीक हो जाएगा।"

विदाई हो गई। ससुराल की देहरी पर सोमा ने पैर रखा। दहेज का सामान ताईजी के कमरे में ही खोला गया। ताईजी एक-एक चीज उलट-पलट कर देखती रहीं। शाल और दुशाले हल्के थे, गिनती में बहुत कम।

"ताईजी अपने लोगों ने कुसुम बाई को ग्यारह दुशाले दिए थे ना। करीब-करीब मैचिंग के सारे रंग थे। तूश की दो जोड़ी अलग से थी।" लता भाभी ताईजी से कह रही थीं।

"मेरे बक्सा में शाल-दुशाले ज्यादा पड़े थे ना। एक तो पहले के दिनों में बिना शाल-दुशाले के हम घर से बाहर नहीं निकल सकते थे। फिर "बड़े बाबू" को शाल खरीदने का

शौक भी बहुत था।'' ताईजी कह रही थीं।

साड़ियों की गिनती बहुत कम थी। काफी विलायती सामान सोमा की तैयारी में से उसकी मां ने भावना के लिए अलग से निकाल दिया था।

''साड़ियां हल्की बहुत हैं।'' बड़ी भाभीजी की आवाज चटख रही है।

''लेकिन च्वायस अच्छी है।'' रेवा बाई न जाने क्यों पहले दिन से ही सोमा के प्रति हमदर्द थीं। सोमा का दिल धक-धक कर रहा था। सर झुकाए पीढ़े पर बैठी वह और झुकती जा रही थी।

''बाईसा आपने देखा क्या?''

''क्या चीज?''

''आपको मालूम नहीं! यह विलायती टेबुल घड़ी सोने की बनी है।''

''हां, इसकी मां ने चोखी चीजें दी हैं।''

''सोमा ''हां-ना'' में जवाब दे रही थी। मसलन, कैशमेयर के स्वेटर के लंदन में कितने पाउंड लगे? या दिल्ली में इंपोर्टेड सामान मिलती है?

''क्यूं बड़ी मां, दायजा पसंद आया?'' दरवाजे पर खड़े मोहन भैया के स्वर में एक दबी हुई उत्कंठा थी।

''बेटा, शाहजी ने तो रुपया चोखा लगाया है।''

''किसमें रुपया खर्च हुआ है?'' लता भाभी बीच में बोल उठीं—''इक्कीस बक्सा सामान में ऐसा क्या रखा हुआ है?''

''ऐ बीचली। तुम बहुत बोलती हो। साड़ियों का रुपया नहीं लगता क्या? बीणनी की मां स्याणी बहुत है। पहनने लायक कपड़ा दिया है। कौन-सी तुम लोग भारी-भारी साड़ियां पहनकर निकला करती हो। लपेट-लुपेट कर बक्सा में पड़ी रह जाती हैं।''

''हां, यह बात तो जिठाणी जी आप ठीक कहती हैं।'' नागपुर वाली चाचीजी हमेशा ताईजी का ही पक्ष लेतीं और नहीं लेती भी कैसे? सुबह मंदिर जाने के समय ताईजी ने चाचीजी को ही आगे किया था। सुहाग थाल के समय भी ताईजी ने कहा था—

''उमेश की मां, सास का सारा नेग तुम्हीं करो।''

''जिठाणीजी, यह काम तो मोहन की बीणनी को करने दीजिए।'' सास और जिठाणी में कोई फर्क नहीं होता।''

''होता कैसे नहीं! और बडोरी तो पत्थर है पत्थर! उसको अकल होती तो रोना ही क्या था?''

बाप रे! यह कैसी भाषा? सोमा ने कनखियों से बड़ी भाभीजी की ओर देखा, वहां कोई शिकन न थी, बस जरा-सा होंठ टेढ़ा था। हां, तो बात खतम हुई। दहेज देखा जा चुका था। तीनों ननदों को ''बक्सा-खुलाई'' के नेग में सोमा ने एक-एक साड़ी दी।

''साड़ी बहुत ही सुंदर है।'' रेवा बाई कह रही थी।

''थोड़ी हल्की है······नहीं?'' उमा बाई पूछ रही थी।

''हल्की क्या, इतनी आर्डिनरी है। फिर मेरी सास को तो शायद ही पसंद आए।'' कुसुम बाई ठुनक रही थी।

"तुम्हारी सास की बात रहने दो।" रेवा बाई ने कहा।

"अच्छा ऐ छोरियों! पंचायत बाद में कर लेना। पहले बीणनी का सामान आलमारी में सजा दो। ऐ रेवा! यह काम ननदों का है। खाली माल लेना नहीं चाहिए, कुछ काम भी करो। उमा, कुसुम तुम भी उठो।"

"ताईजी, मेरे सर में तो इतना दरद हो रहा है, इतना दरद कि, क्या बताऊं?" नाजुक-सी कुसुम बाई ने कहा।

"कुसुम बाई हमेशा टसकती रहती है। खासकर नेगचार के समय तो क्या मजाल है कि वे किसी काम में हाथ लगा लें। और उनको बिगाड़ने में निमली बाई सबसे आगे।" लता भाभी कह रही थीं।

"देखो बड़ी मां, कुसुम अभी भी निमली बाई की गोद में सर रखे इतरा रही है।" रेवा बाई ने शिकायत की।

कुसुम बाई ने इतराते हुए कहा, "निमली बाई, थोड़ा-सा टाइगर बाम लगा दीजिए ना। आपका हाथ कितना नरम है।"

निमली बाई ने कहा—"अपनी कुसुम तो सदा से सेहत की कमजोर ठहरी। बाईसा ने तो रुई के फाहे में रखकर पाला है इन्हें। इसको "माता-माई" निकल आई थी ना! उन दिनों तो......"

"बस-बस, अब फिर से कथा मत शुरू कीजिए तो!" रेवा बाई ने झल्लाकर कहा—"अच्छा उमा, अपने सजा देते हैं। आलमारी में कपड़े रखने में कितनी देर लगेगी?"

लेकिन वहां उमा बाई हो, तब न कोई साथ जाए। कहां है उमा? खोज करने पर पता चला, उसका मुन्ना रो रहा था। वे उसे दूध पिला रही हैं।

"आप चिंता मत कीजिए ताई जी। मैं ही सजा दूंगी। इस सब काम में कितनी देर लगती है?" हार कर रेवा बाई ने कहा।

"यह मेरी छोरी बहुत ही सुधी है। बीणनी का अब पुठ मोढ़े का नेग है, बस एक बार तो पीहर आएगी। क्यों मोहन?"

"हां बड़ी मां! और रात को उन लोगों ने जंवाई को जीमने बुलाया है।"

"ठीक है। घर के सब लड़के, जो गौतम से छोटे हैं, उसके साथ जाएंगे। फोन कर देना।"

"लेकिन बड़ी मां, उन लोगों ने तो खाली गौतम के लिए ही कहा है। और आप सारी पलटन भेज रही हैं। अच्छा नहीं लगेगा।"

"सब अच्छा लगेगा। बीणनी के बाबूजी थकान में बोलना भूल गए होंगे। ऐसा मौका कब आएगा?"

कब रात घिर आई, पता ही नहीं चला। सोमा की जिंदगी में सुहागरात भी एक नेगचार की तरह ही खत्म हुआ। रिचुअल। हां, यदि जिंदगी की डोर दूसरे थामे रहे तो इससे अधिक और क्या हो सकता है? रूमानी सपनों के रंगीन बुलबुले, हवा के साथ उड़े और फूट गए। पहली रात एक चोट थी—शरीर पर। लेकिन महीने भर में शरीर को चोट सहने की आदत पड़ गई। लेकिन मन? यह भी एक अद्भुत चीज है। किसी भी बात को सहन करने की एक

अद्‌भुत क्षमता हम इसमें पाते हैं। शायद सोमा को भी गौतम से पहले शारीरिक चोट ही लगी। फिर उसकी कमजोरियों को सहने की आदत पड़ गई। एक वक्त ऐसा भी आया जब सोमा उन कांच के किरचों का कोलाज बनाती रही और उसमें अपनी जिंदगी का चेहरा ढूंढ़ती रही। मगर वहां कभी एक सफल दांपत्य जीवन का कोई चेहरा उभरा ही नहीं। कम से कम गौतम के साथ तो नहीं। और सारी गलती क्या गौतम की थी? शायद नहीं! रूंगटा हाउस की परंपरा, व्यवस्था, कायदे-कानून, न जाने किन-किन शैवालों के जाल में सोमा के पैर उलझते चले गए। गौतम इक्कीस का था, सोमा बीस की। कुल एक साल का अंतर। शायद घर की बड़ी लड़की होने के कारण वह जल्दी पक गई थी। शायद घर का सबसे छोटा लड़का होने के कारण गौतम का किशोर मानस वहीं का वहीं अटका हुआ था।

सुहागरात के दूसरे दिन ही सोमा को रूंगटा हाउस की कठोर व्यवस्था का पहला सबक निमली बाई, बड़ी भाभी जी, रेवा बाई और गौतम सब ने अपनी-अपनी तरह से पढ़ाया था।

बात यह हुई थी कि दो-तीन रात की थकान की वजह से सुहागरात के दूसरे दिन सोमा की नींद साढ़े सात बजे खुली। वह भी गौतम के झकझोरने से—''सोमा, ऐ सोमा! उठो, जल्दी उठो।''

''गौतम, मुझे सोने दो! बहुत थकान लग रही है।'' और उसने चद्दर कानों तक खींच लिया।

''अरे साढ़े सात बज गए।''

''तो क्या हुआ! एक दिन आदमी देर तक नहीं सो सकता?'' और वह करवट बदल कर फिर सो गई।

अबकी रेवा बाई कमरे में आई—''ऐ छोटी भाभी! जरा उठो तो!''

रेवा बाई की आवाज से सोमा हड़बड़ाकर उठ गई, ''क्या हुआ बाईजी!''

''कुछ नहीं, बस जल्दी से तैयार हो जाओ। अपने यहां नास्ते की मेज पर सबका आठ बजे बैठना जरूरी है।''

''लेकिन बाई जी, साढ़े सात के ऊपर तो हो गया। मुझे कम से कम एक घंटा लग जाएगा।''

तब तक कमरे के भीतर बड़ी भाभी जी थीं, ''यह क्या! सोमा तैयार नहीं हुई?''

सोमा ने अपनी जिठाणियों की ओर देखा। वे नहाई-धोई एकदम स्वच्छ लग रही थीं। माथे पर केसरिया चंदन का तिलक लगा हुआ था।

''भाभी जी, एक कप चाय भिजवा दीजिए, मैं तुरंत तैयार हो जाती हूं।''

''क्या? बासी मुंह चाय पीएगी! तुम्हारा माथा खराब हुआ है क्या?'' रेवा बाई ने कहा।

''क्यों, मैं तो दिल्ली में हमेशा ''बेड टी'' लेती थी।''

''अरे राम! यहां नाम मत लेना। बिना ठाकुरबाड़ी में जाकर पूजा किए और चरणामृत के बिना कभी गलती से मुंह में कुछ मत डाल लेना। बड़ी मां कच्चा चबा जाएंगी। चलो उठो, जल्दी करो।'' रेवा बाई ने कहा।

हालांकि अब तक सोमा पलंग से नीचे उतर चुकी थी। लेकिन थी वह अपनी नाइटी और गाउन में।

''बीणनी, ऐ बड़ी बीणनी! कहां पर हो भाई।'' हुंकारती हुई निमली बाई आ पहुंची। लेकिन सोमा को नाइटी में यों जिठाणी और बड़ी ननद के सामने खड़े देखकर वे मानो चढ़ते हुए काफिले के साथ अचानक लड़खड़ा गईं।

''अरे राम जी! छोटी बीणनी तुम अभी तक नहाई भी नहीं। और यह क्या? जिठाणी-ननद का कोई लिहाज नहीं? यह सब कपड़ा गौतम के सामने पहनो। वहां तक तो ठीक है, लेकिन ऐसे सबके सामने! तुम्हारी मां ने क्या यही सिखाकर भेजा है?''

''मेरी मम्मी के बारे में बोलने वाली आप कौन होती हैं?''

''मैं? हां मैं कौन होती हूं? मैं तो तुम्हारी कुछ लगती थोड़े ही हूं। मेरी गलती हुई जो मैं तुमसे कुछ कहने चली।''

और निमली बाई धोती के पल्ले से आंखें पोंछ रही थीं। बड़ी भाभी जी धीरे से सरक चुकी थीं......और अब रेवा बाई, निमली बाई का पल्ला खींच रही थी, ''तुम भी निमली बाई, कहां से कहां बात ले जाती हो। छोटी भाभी नयी है ना, धीरे-धीरे सब मालूम हो जाएगा।''

धीरे-धीरे क्यों, सोमा को उसी दिन निमली बाई की हैसियत का पता चल गया। तैयार होकर वह नीचे नाश्ते की मेज पर नौ बजे तक पहुंची। बड़े से हॉल में सोलह कुर्सियों वाली डाइनिंग टेबल, यू शेप की। बीच में नौकर घूम-घूम कर सबके सामने से परोस सकता था। सोमा को लगा, अंग्रेजी और हिन्दुस्तानी तरीके का अच्छा मिक्सचर है। पीछे से कैसे कोई परोसे? कहीं बहू-बेटियों का कंधा छू गया तो? बारह कुर्सियां खाली हो चुकी थीं, यानी नाश्ता करने वाले नाश्ता करके जा चुके थे। दो कुर्सियों पर बगल-बगल दो जिठाणियां थीं। और एक पर रेवा बाई। मेज के पास कुर्सी डालकर ताईजी बैठी हुई थीं।

''आओ भाभी, कलेवा कर लो। ऐ रामू! छोटी बीणनी जी का कलेवा लाओ।''

रामू प्लेट में चार सुहाली, छेने के संदेश, नींबू के अचार का टुकड़ा और स्टील के गिलास में गरम दूध लाकर रख गया। सोमा ने धीरे-से रेवा बाई से कहा—''रेवा बाई, मेरे से सुहाली नहीं खाई जाएगी। टोस्ट मंगवा दीजिए।''

''यह क्या बोल रही है?'' ताईजी पूछ रही थीं।

रेवा बाई कुछ बोले, इसके पहले लता भाभी ने बड़े कायदे से सारी बात ताईजी के सामने परोस दी।......''बात यह है ताईजी, छोटी तो दिल्ली की लड़की है ना......''

''तो इससे क्या हुआ?''

''नहीं, इसको सुहाली नहीं अच्छी लगती। इसको टोस्ट भाता है।''

''चुपचाप जो बना है खा लो। समझी, छोटी बीणनी। यहां यह सब अलग-अलग कानून नहीं चलेगा। और कल से ठीक आठ बजे नहा-धोकर, पूजा करके नीचे डाइनिंग रूम में आ जाना। अपने यहां पहले बच्चे कलेवा करते हैं। फिर घर के मोट्यियार लोग और सबसे बाद में बहुएं।'' कहती हुई ताईजी कमरे से बाहर हो चुकी थीं। सोमा ने देखा, निमली बाई डाइनिंग रूम के कोने में आसन पर बैठी माला फेर रही थीं। लेकिन उनके कान उन्हीं लोगों के बीच फड़फड़ा रहे थे।

सोमा ने सोचा—अजीब बात है! यह कैसी तानाशाही? एक आदमी खाना भी अपने मन से नहीं खा सकता।

''क्या हुआ? खा लो भाभी'' रेवा बाई ने मनुहार किया।

''बाईजी, मुझसे तो यह सब इतना तला-वला नहीं खाया जाएगा।''

''अच्छा, आज तो मेरे कहने से खा लो। रात की ट्रेन से मैं तो अपने ससुराल जा रही हूं, दिल्ली। इसके बाद जो मन हो सो करना।''

''बाईजी, चाय के बिना मेरा तो सर दरद कर रहा है।'' सोमा ने फिर कहा।

''अच्छा, महाराजजी से बोल देती हूं कि, दूध में चाय की पत्ती डालकर उबाल देंगे।''

''नहीं, मुझे दूध की चाय नहीं भाती। मुझे पानी वाली चाय चाहिए।''

''ताईजी सुनेंगी ना तो इतना गुस्सा होंगी, इतना गुस्सा होंगी कि क्या बताएं?'' ताईजी कहती हैं, चाय पीने से ''हाड़का'' गल जाते हैं।''

''अब हाड़ गले तो गलने दीजिए। मुझे तो ''लिकर'' वाली चाय चाहिए। उसके बिना मेरा पेट साफ नहीं होता।'' सोमा का रुंआसा स्वर था।

''ठीक है रेवा बाई। जैसा इसका मन हो, वैसा पीने दीजिए ना।''

पहली बार सोमा को लगा कि लता भाभी शायद उतनी बुरी नहीं, जितना वह सोचती है। रेवा बाई उठ चुकी थी। और अब लता भाभी धीरे-धीरे सोमा को घर का नियम-कानून समझा रही थीं।

''अपने घर में ठीक आठ बजे नहा-धोकर नीचे आ जाना पड़ता है। हां, मंदिर जाना मत भूलना। वैसे ताईजी खुद नहीं जातीं।''

''क्यों?''

''वे अब किसी कर्मकांड में विश्वास नहीं करतीं।''

''तब हम लोगों से इतनी आशा क्यों करती हैं?''

''यह तो वही जानें। खैर, इस बात को अभी रहने दो। हां, तो मैं कह रही थी, नाश्ते के बाद ये लोग तो आफिस चले जाते हैं और बहुओं की पारी बंधी हुई है। जैसे एक महीने भंडार घर मैं संभालती हूं। एक महीने भाभी जी। भंडारघर से सारा सामान निकालकर घी, तेल नापकर महाराजजी को संभला देना पड़ता है। सुबह लंच में एक सूखी सब्जी आलू की और एक हरी सब्जी रसे वाली। दाल, चावल, फुलके और दही का रायता और सलाद। बस। दस बजे से एक बजे तक गद्दी वाले कमरे में ताईजी के सामने बैठकर सिलाई करनी पड़ती है। एक बजे के करीब ये लोग घर जीमने आते हैं। सबको खिलाते-पिलाते दो-ढाई बज ही जाते हैं। ऊपर कमरे में आराम करने के लिए बस एक घंटे की छुट्टी मिलती है। साढ़े-तीन से पांच बजे तक फिर वही सिलाई-कढ़ाई। कभी दर्जी आ गया तो कभी सुनार। कभी शापिंग का काम निकल आया तो कभी मैं और भाभी जी ''न्यू मार्केट'' चले गए। लेकिन शाम छह बजे नहा-धोकर सज-संवर कर नीचे ताईजी के पास बैठ जाना पड़ता है। आफिस से लौटकर सब सीधे ताईजी के पास ही जाते हैं······शाम का नाश्ता भी नीचे वहीं गद्दी वाले कमरे में करते हैं। रात का खाना ठीक आठ बजे खा लेना पड़ता है। नौ बजे सब अपने-अपने कमरे में। हां, एक-एक बहू की पारी बंधी होती है कि, वह ताईजी को रात में सुलाकर अपने कमरे में आए।''

''रात में सुलाने का मतलब?''

''यानी ताईजी को दवा दे दे। दूध पिला दे। चद्दर ओढ़ा दे और पैर दबा दे।''

"यानी बहुओं को पैर भी दबाना पड़ता है? हमारे यहां मम्मी तो कभी हम लोगों को पैर में हाथ ही नहीं लगाने देती थीं। कहती थीं—लड़की दुर्गा का रूप होती है।"

"लेकिन तुम बेटी नहीं, बहू हो। ताईजी पैर दबवाती नहीं और न ही सर में तेल ही डलवाती हैं। उनका यह सब काम तो निमली बाई ही करती हैं। लेकिन जिस दिन निमली बाई का व्रत-उपवास रहता है, उस दिन तो देखो करना ही पड़ता है। व्रत किए हुए व्यक्ति से तो ताईजी पांव दबवाएंगी नहीं।"

लता भाभी धीरे-धीरे समझाती जा रही थीं और सोमा सुनती जा रही थी। हां, उसके मन के भीतर जैसे पहाड़ से लुढ़कती चट्टानों का भूचाल आ गया था। यह घर है या वेल्हम का बोर्डिंग हाउस। और फिर सर दबाना, पैर दबाना, यह सब व्यक्तिगत् काम तो आया भी कर सकती है। अजीब नियम है। घर की बहू अपनी शाम पति के साथ गुजारे या फिर सास की सेवा करे?"

"कहीं घूमने-फिरने जाना हो तो बस शनिवार या रविवार। पीहर महीने में एक दिन के लिए।"

"लेकिन आपका पीहर तो बंबई में है ना भाभी जी!"

"बंबई कैसे? मेरी बड़ी भाभी तो यहां रहती हैं और कौन-सा बंबई रोज जाने के लिए मिल जाता है। बच्चों की गर्मियों की छुट्टियों में, साल में एक बार। बस बीस दिन के लिए हो आओ। अभी दो महीने पहले मेरी छोटी भाभी को मुन्ना हुआ। इतना फोन आया लेकिन ताईजी साफ ना कर गईं। कहा—हमारे यहां तो खुद ब्याह का झमेला है।"

"बीणनी जी, साढ़े दस तो बज गए और अभी तक आपने भंडारघर से सामान नहीं निकलवाया है। हम कब रसोई बनाएंगे?" सामने महाराज जी खड़े थे।

"अरे मेरी मां! मैं तो एकदम भूल ही गई थी। अभी निकाल कर देती हूं। रामू! कहां पर हो? सामान निकालो।" कहती हुई लता भाभी भंडारघर की ओर लपकीं।

अचानक सोमा को न जाने सब कुछ कैसा तो लगने लगा। इस पूरे घर को जैसे पंजे में दबोचे हुए ताईजी उन्मत्त अट्टहास करती हुई घूम रही हैं। एक औरत की इतनी क्षमता। सोमा ने सोचा मम्मी बेचारी तो पापा की एक घुड़की से रो देती हैं। उसने मन ही मन निश्चय किया-नहीं, विद्रोह करना होगा। पहले दिन से, आज से, अभी से, इसी क्षण से। बुढ़िया जो बोलेगी, उसका उल्टा करूंगी। देखूं, वह मेरा क्या बिगाड़ लेती है?

इतने में उसकी नजर कमरे के कोने में पड़ी। निमली बाई सुबह से वहीं बैठी हुई उसी तरह माला जप रही थी। आंखें चार होते ही उन्होंने मुंह घुमा लिया। "मेरी बला से" सोमा ने होंठ बिचकाए।

सोमा को लगा कि उसका फिर चाय पीने का मन कर रहा है। ऐसे भी जाड़े की ठंड है। मगर किससे कहे? सामने से रामू आता दिखा।

"रामू आप एक कप चाय पिला सकते हैं?"

"नहीं, यों तो संभव नहीं।" वह जोरों से सर हिला रहा था।

"क्यों संभव नहीं?" सोमा ने पूछा।

"इसीलिए कि आपन हिंया रसोई बैठाने के बाद भगवान जी का भोग लागत है। एकरा

बीच चुल्हा में जूठ नाहीं डालल जा सकत।''

''और किसी को सच में जरूरत पड़ जाए तो?''

''उ बड़ा मांजी का हुकुम बिना नहीं हो सकत। अरे इ का? निमली बाई हियर्यैं बैठल हइन? अउर सारे घर में सुरसतिया निमली बाई को गुहार रही है। ऐ निमली बाई! तोहे बड़ा मांजी खोज रही हइन।''

बिना जवाब दिए निमली बाई और जोरों से माला फेरने लगी।

''निमली बाई सुरग में आपन फस्ट क्लास सीट पक्का कर राखिन हइन। हमीं लोगन के लाइन में जोहले पड़ी।''

रामू की बात सुनकर सोमा एकदम से खिलखिलाकर हंस पड़ी। लेकिन मुंह आधा खुला हुआ वहीं का वहीं ठहर गया। सामने दरवाजे से खट-खट करती ताई जी की खड़ाऊं चली आ रही थी।

''छोटी बीणनी, यहां अकेले कैसे बैठी हो? चलो, गद्दी वाले कमरे में चलो।''

''जी ताईजी।'' कहते हुए वह उठ खड़ी हुई। अब उनकी नजर कोने में बैठी निमली बाई पर पड़ी।

''निमली बाई, सारा धरम-करम एक दिन में ही कर लेगी क्या? और कोई काम नहीं है क्या? रेवा बाई ससुराल जाएगी।''

''तो हम क्या क्या करें?''

''क्या बात हो गई? म्हराज जी से फिर माथा फोड़ लिया क्या?''

''हम कौन होते हैं? हमारी क्या हिम्मत? हम तो सुरसतिया से भी गए-गुजरे हैं। वह तो अपना हिसाब लेकर जा सकती है, लेकिन हम कहां जाएं?''

''लगता है, आज तो कोई बड़ी बात हो गई। चलो, मेरे कमरे में चलो।''

''बाईसा हम नहीं जाएंगे। पहले फैसला करिए।''

''किस बात का?''

''हम आपके क्या लगते हैं?''

''तू तो मेरी जीवन संगिनी है। मेरी मां जाई भैण से भी अधिक है। तुमसे किसी ने कुछ कह दिया क्या?''

''पूछो अपनी छोटी बीणनी से। आज सबेरे पहले हमको कितनी गाल-मैल निकाली है।''

''निमली बाई! मैं और गाली? आप झूठ बोल रही हैं? आप एकदम झूठी हैं।''

''हुकुम बाईसा, देख रही हैं ना! कैसे जबान चला रही है?''

''आप झूठ बोलेंगी तो क्यों नहीं विरोध करूंगी?''

''ऐ छोटी बीणनी, जरा शांत रहो तो।''

''नहीं ताईजी! मैं एकतरफा इल्जाम नहीं बर्दाश्त कर सकती।''

''मैं इल्जाम लगा रही हूं? आज तक किसी ने जो नहीं कहा, वह तुमने कहा कि आप कौन होती हैं हमारे बीच बोलने वाली?''

''छोटी बीणनी जाकर निमली बाई के पैर छुओ और माफी मांगो।''

''मैं नहीं माफी मांगूंगी।''

''क्या?'' ताईजी के विस्फारित नेत्रों में लपट थी।

''हां! मैं क्यों जाऊं उनके पास? जब मेरी गलती नहीं है।''

''हुकुम बाईसा, देख लिया ना! पूत का पैर पालने में ही समझ में आ जाता है। और आप इधर मेरी गलती निकाल रही हैं।''

''छोटी बीणनी, तुमने क्या कहा निमली बाई से। सच-सच बताओ।''

''ताईजी, मैंने निमली बाई से यही तो पूछा था कि आप हमारी क्या लगती हैं?''

''सुन लो बाईसा! हमको तो आप हमारे बेटे के पास ही भेज दो। अपने मुंह से कुछ नहीं कहा, अब तक मैंने घणा बर्दाश्त किया।''

''निमली, तेरी रबड़ की जबान फिसलती रहती है। टाबर है, इसको क्या मालूम? चलो मेरे कमरे में। और छोटी बीणनी, तुम ऊपर जाकर रेवा के पास बैठो।''

निमली बाई चुपचाप उठकर ताईजी के पीछे-पीछे चली गई। सोमा खड़े-खड़े सोच रही थी कि वह कहां गलत हो गई? निमली बाई का क्या रिश्ता है इस परिवार से? किसी नेगचार में कहीं भी तो इनका परिचय नहीं दिया गया। उसने तो निमली बाई को बस हमेशा किसी न किसी काम में व्यस्त ही देखा।

भंडार घर से निकलते हुए लता भाभी ने कहा, ''जाओ छोटी, ऊपर जाओ। ताईजी का हुकुम है ना। लेकिन महान आश्चर्य है कि निमली बाई किसी की शिकायत करे और ताईजी चुप रह जाएं। बाबा, मैं तो निमली बाई से पांच कोस दूर रहती हूं। पूरी मंथरा है मंथरा!''

''मंथरा? तो क्या निमली बाई नौकरानी हैं या वे ताईजी के पीहर से आई हैं?'' सोमा फिर पूछे बिना नहीं रह सकी।

''तुम्हारी बात उनके कान में पड़ जाएगी तो आकाश टूट पड़ेगा, धरती डोल जाएगी और हिमालय? हिमालय क्या फिर नहीं पिघलेगा?''

''मैं समझी नहीं? आप जरा साफ बोलिए। हिमालय यानी क्या हमारी शुभ्रवस्त्रा ताईजी?''

''बाप रे! छोटी बीणनी हिम्मत की दाद देती हूं। तुमने ताईजी को भी उपाधियों से विभूषित कर दिया। ''शुभ्रवस्त्रा'' कहा। अच्छा, चलो ऊपर चलो।''

रेवा बाई बीच वाले कमरे में बैठी अपना बक्सा सजा रही थी। चारों तरफ सामान बिखरा पड़ा था। बच्चे अलग ऊधम मचा रहे थे। सोमा वहीं चुपचाप बगल में बैठ गई। सोमा को देखते ही वह बोली—''कैसी हो भाभी? ताईजी ने कहीं कुछ डांटा तो नहीं?''

''नहीं बाई जी। लेकिन अभी तक मुझे किसी ने बताया नहीं कि निमली बाई हमारी क्या लगती हैं?''

''सभी कुछ लगती हैं।''

''कैसे?''

''मैं बताती हूं। अपनी कोलियारी के मैनेजर थे पन्नालाल जी सुराणा। निमली बाई उनकी पत्नी हैं।''

''पन्नालाल जी कहां पर हैं?''

''कोलियारी में एक बार मजदूरों का बलवा हो गया और मजदूरों का जो मुखिया था न, उसने सुराणा जी को जलते हुए कोलपिट में झोंक दिया था।''

''क्यों?''

''कोई आपस में कहा-सुनी हो गई थी। यह घटना ताऊजी के स्वर्गवास के सात-आठ साल बाद घटी थी। तब मां और बाबू जिंदा थे। लेकिन बाबू से तो काम होता नहीं था। जो संभालते थे, वह सुराणाजी ही संभालते थे। सुराणाजी के मरने के बाद बाबूजी से कोलियारी संभली कहां? घाटे पर घाटा लगता गया। कोयले का दाम तो सरकार बढ़ाने नहीं दे। कोयला बेचने का दाम था नौ रुपये मन। मजदूरी ही नहीं चुक पाती। इस पर ये पुरानी मशीनें, जो लोग चालाक थे वे तो जोरों से ब्लैक में रुपया पीट रहे थे। लेकिन बाबू को तो काम करना ही नहीं आता था। बड़ी मां तो हमेशा बोला करतीं—''काम ठीक से मैनेज नहीं हो पा रहा है।'' मोहन भैया छोटे ही थे। सब कुछ तो सुराणा जी ही संभालते थे। दो बरस के भीतर ही तो सरकार ने कोलियारी ले ही ली।''

''आपने सुराणा जी को देखा था क्या?''

''हां भई! उनकी गोद में तो मैं बड़ी हुई। मोहन भैया को कंधे पर बैठाए सुराणा जी कोयले की सब खान दिखाते—देखो मोहन बाबू, बड़े होकर, पढ़-लिखकर आपको ही सब कुछ संभालना है। मोहन भैया और राजू भैया को कलकत्ते के स्कूल में सुराणा जी ही भरती करा आए थे। हम लोगों का सगाई-ब्याह भी तो सुराणाजी ने ही करवाया था।''

''जब सुराणाजी की मृत्यु हुई, तब निमली बाई कहां पर थी?''

''धनबाद में ही थी। वैसे निमली बाई को बीच-बीच में रतनगढ़ भी जाकर रहना पड़ता था। सुराणा जी अपनी मां के अकेले बेटे थे। बेटे की मौत की खबर सुनकर तो बुढ़िया मां कुएं में कूद गई।''

''और निमली बाई?''

''बस, उसके बाद ही निमली बाई और उनके दोनों लड़के-लड़कियों को बड़ी मां अपने घर में ले आईं। हम लोगों में और निमली बाई के बेटों में बड़ी मां ने कभी कोई फर्क किया ही नहीं। बड़ी मां, निमली बाई को अपनी सगी बहन से ज्यादा प्यार करती हैं। इसलिए तुम भी निमली बाई से कभी उलझना मत। वह जो कहें, ''हां'' कर दिया करो। निमली बाई बात ज्यादा करती हैं लेकिन दिल की बुरी नहीं हैं।''

रेवा बाई रात को कालका मेल से दिल्ली चली गईं। उमा बाई और कुसुम बाई की ससुराल तो कलकत्ते में ही है। एक-एक कर शादी में आए मेहमान वापस लौटने लगे।

× × × ×

सोमा को गौतम अब बहुत अपना भी लगने लगा, लेकिन इसके बावजूद दोनों के बीच कहीं कोई दूरी थी·····कुछ ऐसी, जो सोमा समझ नहीं पा रही थी। सोमा की मम्मी ने फोन पर पूछा—''हनीमून पर कहीं जा रही हो क्या?'' सोमा का उत्तर था कि, अभी तक तो कोई चर्चा नहीं उठी।

"क्या करती हो सारे दिन?"

उसने अपना रूटीन बता दिया। मिसेल अगरवाल ठंडी सांस खींच कर रह गईं।

लेकिन ताईजी के प्रति विद्रोह करना लाजिमी है। ऐसे कैसे सर झुकाकर उनकी यह खब्ती तानाशाही स्वीकार ली जाए। भला कोई बात हुई। रोज सुबह-सुबह घुड़दौड़ शुरू हो जाती है। जल्दी-जल्दी नहा लो, कहीं देर न हो जाए। सात बजे से निमली बाई नीचे मंदिर में पुजारी भैया के पास जाकर बैठ जाती हैं। घर का कोई भी सदस्य, चाहे वह छोटा हो या बड़ा, बेटा हो या बहू, बिना पूजा किए, बिना ठाकुरजी का चरणामृत लिए मुंह में पानी भी नहीं डाल सकता। और, पुजारी भैया के अपने रंग-ढंग हैं। प्रत्येक सोमवार को शंकरजी पर जल चढ़ाना होगा, लेकिन लाइन से। अब यदि बड़ी भाभीजी पूजा कर रही हैं तो उनका टंट-घंट आधे घंटे से पहले खत्म ही न हो। खड़े रहिए, बोर होते रहिए। सोमवार को व्रत के अलावा सबके साथ शिवजी की आरती गाना जरूरी है। बड़ी भाभीजी सधे हुए गले से पुजारी भैया के साथ महिम्न का पाठ करेंगी। लो सुनो बैठकर। बीच में उठ जाओ तो निमली बाई ताना मारे बिना नहीं मानेंगी—"छोटी बीणनी, धरम-करम का सिद्धांत रखा करो, खाली अंग्रेजी पढ़ने से कोई आदमी नहीं हो जाता।"

सोमा का मन करता कि उनसे पूछे—"निमली बाई, आप यह कौन-सा धरम निबाह रही हैं? हाथ में तो माला और नाम जपने के बदले लगातार बकर-बकर बोलती रहेंगी और फिर ठीक ताईजी के सामने बोल देंगी—

"बाई, अपनी छोटी बीणनी का मन जरा पूजा-पाठ में कम लगता है।"

"टाबर है। समय के साथ सब कुछ सीख जाएगी।" ताईजी का ठंडा शांत उत्तर होता।

लेकिन ताईजी खुद भी मंदिर में नहीं जाती थीं। छह बजे उठकर आधे घंटे बगीचे में टहलना, फिर नहा-धोकर वे तो अपने कमरे में मुंह करके बैठ जातीं। उनकी गोद में लाल कपड़े में लिपटी कोई पोथी रहती।

"ताईजी यह रामायण है क्या?" एक दिन सोमा ने पूछ ही लिया था।

"नहीं भागवत गीता है। लेकिन इसको कभी खोलना नहीं।"

"क्यों ताईजी?"

"यह मेरे गुरुजी ने दी थी। उनको पूरी गीता कंठस्थ थी।"

ठीक आठ बजे नीचे डाइनिंग हॉल में ताईजी का रूटीन शुरू हो जाता—"ऐ निमली! बुलाकर ला सबको। ऐ, वह गोतमिया कहां रह गया? सोया हुआ है? भाया मोहन! गौतम क्या कमाकर निहाल करेगा? आठ बजे तक सोकर नहीं उठता।"

"ठीक हो जाएगा बड़ी मां! आप चिंता मत करें।"

लेकिन ससुराल का नाश्ता सोमा के गले से नहीं उतरता। यह क्या सबेरे-सबेरे कभी साग-कचौड़ी, तो कभी सुहाली और बादाम का हलवा खाना, वह भी साथ में भरा हुआ गिलास दूध का। बच्चों के टिफिन में तली हुई पूड़ियां और आलू की सूखी सब्जी। साथ में आम या नींबू का अचार। कम खाना हो तो कम खा लो, ज्यादा खाना है तो ज्यादा खा लो। लेकिन बनेगा वही। सब कुछ एक-सा बंधा-बंधाया। बहुओं को चौके में जाने की मनाही। कुछ कहना है तो देहरी पर खड़े-खड़े महाराज जी से कह दो। खैर, दूध का गिलास तो जैसे-

तैसे गले से उतरने लगा, ''बेड-टी'' की भी आदत छूट गई। लेकिन यह दस बजे से एक बजे तक की कसीदाकारी! ओह ना! यह मुझसे नहीं होगा। सोमा ने सोचा—लेकिन अभी नहीं बोलती हूं। दिल्ली जब जाऊंगी, तब मम्मी से ही पूछूंगी, क्या करना चाहिए? नहीं, कपूर आंटी से पूछूंगी।

महीने भर बाद सोमा ने एक दिन ताईजी से डरते-डरते कहा—मम्मी का फोन आया था, वे कह रही थीं कि कुछ दिनों के लिए दिल्ली आ जाओ। मन बदल जाएगा। और, इनके लिए भी कह रही थीं।''

''तेरी मां को अकल-वकल नहीं है क्या? वह तो बोल दी और तुम जाने के लिए तैयार भी हो गई। अभी तो मैं जिंदा हूं, मेरे से पूछे बिना ही सब कुछ हो जाएगा क्या?''

सोमा की जीभ तालू से सट गई।

ताईजी ने और जोड़ा—''मुझे रेवा की सास को चार बार कहना पड़ता है, यहां कलकत्ते से भाइयों में से कोई लेने जाता है तब रेवा आ सकती है।''

''लेकिन ताईजी, मेरे घर में भाई नहीं। मम्मी इसीलिए कह रही थी कि तुम प्लेन में आ जाती।''

''प्लेन में? क्यों ट्रेन में क्यों नहीं? पैसा नहीं लगता क्या? टिकट क्या फोकट में आता है?''

''लेकिन प्लेन में तो अकेले में भी जाया जा सकता है।''

''ठीक है गणगौर के सिंधारे पर चली जाना। पीहर में उजमन तो करना ही पड़ेगा।''

''ताईजी मैंने तो अभी तक कभी गणगौर की पूजा ही नहीं की।''

''क्या?'' ऊंचे आकाश से बाज पड़ा हो जैसे। लेकिन वे तुरंत संभल गईं, ''ठीक है, तब यहीं पर गणगौर पूज लेना। अभी तो मलमास है। फिर तारा लग जाएगा। अपनी मां से कह दो कि होली के बाद वैशाख में ही जा सकोगी।''

सोमा को लगा जैसे वह न जाने कितने नये-नये शब्दों को सुन रही है। ऐसा नहीं कि मिसेज अगरवाल ने कभी अपनी बेटियों से गणगौर की पूजा करवाना नहीं चाही थी। लेकिन दिल्ली के नवधनाढ्य एलिट समुदाय से जुड़ने की होड़ में अगरवालजी को शायद मारवाड़ियों के हर रीति-रिवाज से चिढ़-सी थी। अतः विरासत में मिले खिचड़ी संस्कारों के कारण सोमा का किशोर मानस, खिचड़ी में कितने चावल हैं और कितनी दाल, इसी को गिनने में उलझ कर रह जाता। फिर उसने जो कुछ भी पढ़ा था वह अंग्रेजी में और उसकी वे वेल्हम की अत्याधुनिक दोस्तें.....उनकी तो पूरी चेष्टा रहती कि वे अपनी भारतीयता को नकार दें।

गॉड, रियली माई गॉड, आई स्वेयर।'' सोमा सोचती—कभी तो किसी ने भगवान का नाम नहीं लिया फिर यहां?

हां! यहां ससुराल में रोज एक न एक देवता की पूजा, व्रत और उपवास। माघ के महीने में करवा चौथ का व्रत था। पहले दिन रात को ताईजी ने बुलाकर कहा कल सुबह से ही कुछ नहीं खाना है। पानी भी नहीं पीना है। शाम को सूरज ढलने के बाद चौथ माता की कहानी सुनकर पानी पीने को मिलेगा और रात को चांद उगने के बाद अर्घ्य देकर भोजन करना होगा। यह व्रत अमर सुहाग रहे, इसीलिए किया जाता है।

''ताईजी, आप भी करती थीं क्या?''

''हां करती थी ना! मैं तो पूरे नेम-धरम से चारों चौथ करती थी।''

''चार चौथ कौन-कौन सी?''

''ऐ बीणनी! तुम्हारी मां भी चौथ का व्रत नहीं करती है क्या?''

''नहीं, पापा नहीं करने देते। मम्मी छुपकर कभी करती हों तो पता नहीं।''

''हरे राम! हरे राम! यह भी कोई बात हुई भला। सुहागण लुगाई चौथ माता का व्रत न करे।''

''लेकिन ताईजी, इतने नियम-आचरण के बावजूद आप कैसे विधवा हो गईं और देखिए ना निमली बाई को और फिर रेवा बाई को।''

''क्या?'' और ताईजी अपनी इस बड़बोली बहू की बातें सुनकर एकदम चुप हो गई थीं। सोमा उल्टे पैरों अपने कमरे में वापस लौट गई थी।

नहा-धोकर सोमा ठीक आठ बजे डाइनिंग हॉल में उतरी और रामू से कहा कि चाय बनाकर ले आए। उसने सोचा, ठीक है, चौथ का व्रत है अतः नाश्ता नहीं करना है, नहीं करूंगी। लेकिन चाय पीने में क्या हर्ज है? मेज पर बच्चे बैठे थे। भाभीजी लोग अभी उतरी नहीं थी। आज तो ताईजी भी नहीं दिख रहीं। हां, बड़े भैया और गौतम थे। गौतम ने सोमा को टोका भी, ''आज करवा चौथ का व्रत है ना।''

''हां।''

''तब चाय क्यों पी रही हो?''

''क्यों, कोई हर्ज है?''

''तू यार औरतों के पचड़े में क्यों पड़ता है? ये जाने इनका काम।'' कहते हुए भाई साहब, गौतम को लेकर उठ गए। सोमा ने चाय का गिलास मुंह से लगाया ही था कि कमरे में ताईजी का पदार्पण हुआ।

''यह क्या छोटी बीणनी, तुम चाय पी रही हो? आज करवा चौथ का व्रत है ना? मैंने कल तुमसे कहा था न?''

''हां, ताईजी कहा तो था।''

''फिर?'' ताईजी की तनी हुई भृकुटियों को अनदेखा करते हुए सोमा ने चाय की एक बड़ी-सी घूंट सुड़की।

''छोटी बीणनी तुमने जवाब नहीं दिया।''

''ताईजी, मैं खाए बिना रह जाऊंगी, लेकिन चाय के बिना खाली पेट नहीं रह सकती।''

''क्यों नहीं रह सकती? एक दिन चाय नहीं पीओगी तो क्या प्राण निकल जाएंगे?''

''आप ऐसा ही समझिए।''

''तुम्हारी इतनी हिम्मत?'' अब तक सोमा चाय का गिलास खाली करके खड़ी हो चुकी थी। सोमा ने देखा, ताईजी के पीछे निमली बाई भी खड़ी थी। ताईजी का गोरा चेहरा गुस्से से लाल हो रहा था। ''मेरी बला से'' सोमा मन ही मन बड़बड़ाई और उठकर वहां से चल दी। कमरे से बाहर निकलते हुए उसने ताईजी की आवाज़ सुनी—

''निमली, यह छोटी बीणनी बेलगाम की घोड़ी है। अभी से लगाम नहीं रखेंगे तो पीछे

यह काबू में नहीं आएगी।''

''बाईसा इसकी हिम्मत तो देखो।''

उसके आगे उन लोगों में क्या बातें हुईं, सोमा को पता नहीं चला। बस उस दिन घर में सोमा से सब लोग दूर-दूर रहे। उसकी दोनों जिठाणियां भी कतरा कर निकल गईं। चूंकि व्रत था इसलिए आज सिलाई-कढ़ाई की भी जरूरत नहीं थी।''

शाम को चार बजे कमरे में बड़ी जिठाणी की लड़की संगीता आई।

''चाची। दादीजी पूछ रही हैं कि आप चौथ माता की कहानी सुनेंगी क्या?''

''हां क्यों नहीं?''

वह दौड़ती हुई गई और फिर दौड़ती हुई आकर बोली कि ''चलिए, जल्दी चलिए। सब लोग आपका इंतजार कर रहे हैं। मां, बड़ी चाची सब लोग।''

सोमा तुरंत संगीता के पीछे-पीछे ताईजी के कमरे में चली गई। लेकिन अभी एक और विस्फोट होना बाकी था।

''यह क्या तुमने कपड़े नहीं बदले? चुनड़ी नहीं ओढ़ी? नथ नहीं पहना?'' लता भाभी पूछ रही थीं।

''जाओ, जल्दी से साड़ी बदल कर आओ।'' बड़ी भाभी ने कहा। ताईजी एक शब्द नहीं बोलीं। बिल्कुल खामोश थीं। सोमा फिर वापस जल्दी-जल्दी लौटी, पीछे-पीछे संगीता आई—

''चाची, मम्मी ने कहा है आप भारी जरी की साड़ी पहनिएगा और ब्याह के टाइम पर जो चुनड़ी ओढ़ी थी ना वही। हां, नथ पहनना मत भूलिएगा।''

''संगीता, बेटा जरा-सा मुझे हेल्प कर दो। तुम ताईजी से पूछकर आओ कि क्या हीरे की स्प्रिंग वाली नथ पहन लूं? ब्याह वाली नथ तो नाक में आएगी नहीं।''

लौटकर संगीता ने कहा—''चाची? दादीजी तो आप पर एकदम गुस्सा हैं। बस उन्होंने इतना भर ही कहा—''उसका जो मन आए, सो करे। मम्मी ने कहा है कि, चाची से कहो कि जैसे भी हो ब्याह वाली नथ पहनकर आएं। हां चाची नथ पहनना जरूरी है, बहुत ही जरूरी। चाची आज सबेरे के बाद से दादी जी बहुत गुस्सा हैं। आपको चाय नहीं पीनी चाहिए थी।''

''हां.....सच में? तुम्हें कैसे पता?''

''नहीं, जब वे ज्यादा गुस्सा होती हैं ना, तब कुछ भी नहीं बोलतीं। क्या बात है चाची? आपने चाय क्यों पी थी?''

''पता नहीं संगीता।''

''मम्मी और बड़ी चाची आपस में बात कर रही थीं कि चौथ के व्रत पर तो आपको चाय नहीं पीनी चाहिए थी ना? फिर आपने सवेरे-सवेरे दादीजी से भी कुछ कहा था कि वे तो व्रत करने के बाद भी विधवा हो गईं।

''हां क्यों?''

''चाची। आपने दादीजी से रेवा बुआजी के बारे में क्या कहा। मम्मी और बड़ी चाची भी आपसे नाराज हैं। निमली दादीजी बहुत रो रही थीं।''

''लेकिन मेरा किसी को नाराज करने का तो इरादा नहीं था।'' कहते-कहते सोमा का

गला भर आया और ब्याह वाली नथ पहनते हुए नाक के दर्द से आंखों में आंसू। खैर, जाकर भाभीजी लोगों के साथ बैठ गई। सामने मिसरानीजी चौथ माता की कहानी सुना रही थीं।—

एक साहूकार के सात बेटे, एक बेटी थी। सातों भाई, बहन के साथ ही रोटी जीमते। भाइयों को भूख लगी उन्होंने बहन से कहा—"आओ बहन रोटी जीम लो।" बहन ने कहा—"मैं तो चांद के उगने की प्रतीक्षा करूंगी, आज मेरा करवा चौथ का व्रत है।"

भाइयों ने आपस में सलाह की और दीया चास कर छलनी से ढंका और बहन से कहा—"लो चांद उग गया।" बहन ने अरग दिया और भाइयों के साथ जीमने बैठ गई।

"ऐ बीणनियों हुंकारा दो। चुपचाप मत बैठी रहो।" ताईजी ने कहा।

"हां ताईजी......"

सोमा ने देखा संगीता बड़े ध्यान से चौथ माता की कहानी सुन रही है। मिसरानीजी कह रही थीं—"बेटी को विदा करते समय मां ने आंचल में सोने की गिन्नी बांध दिया और कहा जो तुम्हें सुहाग की आशीष दे उसके ही तुम पैर लगकर यह गिन्नी पकड़ा देना।"

रास्ते में बहुतेरी लुगाइयां मिलीं......" सोमा ने फिर देखा संगीता उकताकर चंद्रा से खुसर-पुसर कर रही थी। मिसरानीजी की आवाज स्पष्ट नहीं आ रही थी......और उनकी गड़गड़ाती हुई आवाज का अर्थ सोमा को समझ में नहीं आ रहा था। हां इतना समझ में आया कि साहूकार की बेटी को ससुराल की देहरी पर छोटी ननद मिली और उसके पैर लगते ही सुहाग के आशीर्वादों की झड़ी थी। लेकिन उसका पति तो मर चुका था तब?

मिसरानीजी कह रही थीं......मंगसिर की चौथ आई और उसने साहूकार की बेटी से कहा—"करवो ले करवो ले—भायां की प्यारी करवो ले—दिन में चांद उगानी करवो ले—घणी मुखानी करवो ले।

उसने चौथ माता के पैर पकड़ लिए—हे चौथ माता मेरी बिगड़ी को तो आप ही बनाएंगी, सुहाग वापस दीजिए......मंगसिर की चौथ माता ने कहा मुझसे बड़ी चौथ, अगले महीने है......और इसी तरह वह लुगाई चौथ का व्रत करती रही। महीने बदलते रहे और अंत में कार्तिक की चौथ आई, साहूकार की बेटी ने कार्तिक चौथ माता के पैर पकड़ लिए।"

सोमा को लगा कि सच में चाय पीकर उससे भारी भूल हो गई। इतने गंभीर मसले पर उसने सोचा नहीं था। यह तो सुहाग का मामला ठहरा। चौथ माता ने साहूकार की बेटी से कहा, "पापिनी, हत्यारिणी छोड़ मेरा पग।" लेकिन बहुत मिन्नत के बाद वे राजी हो गईं। उन्होंने अपनी आंखों से काजल निकाला और चिटली उंगली से छींट दिए......उसका मरा हुआ पति उठकर बैठ गया......

"हे चौथ माता, जैसा साहूकार की बेटी को सुहाग दिया, वैसा ही सुहाग सबको देना......" मिसरानीजी ने करवा चौथ का महत्व बताया। कहने वाले को, सुनने वाले को, हुंकारा भरने वाले को, अपने सारे परिवार को ताईजी कह रही थीं। सोमा ने कनखियों से ताईजी के गंभीर चेहरे की ओर देखा......क्या सच में ये कहानियां विश्वसनीय हैं। शायद......

तीनों बहुओं ने बायना निकाला। और अब वे लोग अपना-अपना करवा लेकर उठ गईं। निमली बाई, भाभीजी लोगों से पानी के लिए पूछ रही थीं। लेकिन सोमा से कुछ नहीं पूछा गया। फिर रात को पौने आठ बजे चांद उगा।

''अरे चांद उग गया। बीणनीजी सब अरग देने छत पर चलो।'' मिसरानीजी की आवाज थी। छत पर अरग देकर तीनों बहुएं नीचे उतरीं। बड़ी भाभीजी, ताईजी को करवा पकड़ा कर उनके पैर लग रही थीं। आशीर्वाद में ताईजी कह रही थीं—

''बुढ़ सुहागण हो, सात बेटा-पोता की मां हो। चौथ माता थारी सुहाग की रच्छा करियो।'' फिर लता भाभी। जब सोमा का नंबर आया तो ताई जी ने पैर सिकोड़ते हुए कहा—

''छोटी बीणनी, तुम बड़ी बीणनी के पैर लग लो।''

''क्यों ताई जी?''

''नहीं, तुमको सुहागण लुगाई का आशीर्वाद मिलना चाहिए ना।''

वह ऊपर से नीचे तक कट कर रह गई। उसने आगे बढ़कर ताईजी के पैर पकड़ने चाहे—लेकिन यह क्या? ताईजी मेरा सुहाग नहीं चाहतीं? यह कैसे हो सकता है? नहीं, ताईजी ने दोनों पैर सिकोड़ लिए थे। सोमा को लगा कि जरा सी गलती के लिए इतनी बड़ी सजा और ऐसी बेइज्जती। यह औरत इतनी निर्मम हो सकती है कि अपनी बड़ी दोनों बहुओं को तो आशीर्वाद दे और मुझसे कहे कि तुम अपनी जिठाणी के पैर लग लो। लेकिन किसी तरह अपने को संभालते हुए उसने कहा—

''ताईजी मुझे माफ कर दीजिए। मेरी गलती हुई। मुझे चाय नहीं पीनी चाहिए थी।'' लेकिन ताईजी उठकर अपने अंदर वाली कोठरी में जा चुकी थीं। सोमा की आंखों से झर-झर आंसू बह रहे थे।

''बहस से कोई फायदा नहीं सोमा, तुम बड़ी भाभीजी के पैर लग लो लता भाभी ने कहा। वह मशीन की तरह बड़ी भाभीजी के पैर लगी, बायना पकड़ाया और कमरे में चली आई। सोमा ने खाना भी नहीं खाया। भूखी सो गई। संगीता भी कहने आई कि, ''मम्मी नीचे बुला रही हैं।'' मगर उसने कह दिया कि उसे भूख नहीं है। रात में गौतम ने पूछा भी—

''क्या बात हो गई। चलो, खाना खा लो।''

''मुझे नहीं खाना।''

''लेकिन बात तो बताओ।''

''कुछ नहीं।''

दूसरे दिन गृहस्थी की रेल वापस पटरी पर दौड़ रही थी। ताईजी का व्यवहार बिल्कुल सहज था। लेकिन सोमा के मन में उनके लिए दहशत और नफरत की भावना जड़ पकड़ चुकी थी।

चौथ पूजा के बाद जनवरी में मकर संक्रांति के समय सोमा की मां ने एक सौ रुपए, घेवर और लड्डू के लिए भेज दिए थे और फोन पर सोमा को सुना भी दिया था।

''सोमा तू तो अपने पापा का स्वभाव जानती है। यह रोज-रोज का फिजूल का लेना-देना हम लोग नहीं कर सकेंगे।''

ताईजी ने कुछ नहीं कहा। हां, संक्रांति पूजने के बाद पैर जरूर लगने दिया और आशीर्वाद की झड़ी बरसाती रही थीं। होली पर फिर मम्मी ने मिठाई के बदले एक सौ रुपया भेज दिया और ढूंढ का नेग नहीं आया। जबकि बड़ी भाभी के पीहर से शादी के इतने साल बाद भी पांच सौ एक और लता भाभी के पीहर से ग्यारह खुमचें मिठाइयों का आया। रेवा बाई

के ससुराल ताईजी ने सास के लिए ग्यारह सौ रुपए भेजे। उमा बाई और कुसुम बाई के ससुराल खोमचें भर-भर कर मिठाइयां भेजी गईं। लता भाभी के पीहर से आई हुई मिठाई जान-पहचान वालों के यहां बांटी गई। हां, इसके बाद गणगौर का सिंधारा था। सोमा के बचाव में ताईजी ने औरों के सामने कहा—"अब बैशाख लगते ही यह पीहर जाएगी, तब इसकी मां साथ में सिंधारा भी कर देगी।"

लता भाभी के होंठों पर व्यंग्य भरी तीखी मुस्कान थी। वे फिर कहने लगीं—"ताईजी, दिल्ली वाले लगता है, मारवाड़ी नहीं हैं। चलो, मैंने मान भी लिया कि आप सास का नेग नहीं लोगे, यह कोई भी तो सोच सकता है कि भई अपनी सास तो है नहीं। लेकिन बेटी तो उनकी अपनी है। क्या उसका भी सिंधारा नहीं करेंगे? अजीब बात है, बिल्कुल अजीब।"

"बाई, सबका अपना-अपना सुभाव होता है। पराई चर्चा से क्या फायदा।" ताईजी ने बस इतना भर ही कहा।

× × × ×

गणगौर के सिंधारे के बाद ही बीच में दस दिनों के लिए सोमा को अपने पीहर जाना पड़ा। छोटी बहन भावना की सगाई थी। दिल्ली के किसी अत्याधुनिक मारवाड़ी परिवार में ही।

प्लेन पर बैठते ही सोमा को लगा, मानो जेल से चिड़िया उड़ी हो। अगरवालजी ने गौतम के लिए भी बहुत कहा था। मगर ताईजी को उनका उत्तर था—"भाया मोहन, शाहजी से कह दो कि जंवाई का सगाई में क्या काम? ब्याह के समय चला जाएगा और गौतम इन दिनों काम में बहुत व्यस्त रहता है। बंबई में केमिकल की फैक्ट्री लगा रहा है।"

बात ठीक भी है। राजू भैया के ससुराल वालों की पार्टनरशिप में बंबई में बड़ी फैक्ट्री लगाई जा रही थी। राजू भैया हर बात में गौतम को आगे रखते। सोमा और गौतम क्या खुश। रात बारह-बारह बजे तक वे दोनों पति-पत्नी अपने सुनहरे भविष्य का सपना देखते रहते। गौतम का कहना था, "एक भाई को तो बंबई रहना ही होगा। यहां का इतना बड़ा कारबार छोड़कर राजू भैया तो जाएंगे नहीं। मोहन भैया का तो आज भी आधा समय अब भी कोलियारी के झमेलों को सलटाने में चला जाता है। स्वाभाविक है, अपने को ही रहना पड़ेगा।"

समर्थन में सोमा ने भी कहा—"हां और क्या।"

"और सोमा वह हमारी अपनी जिंदगी होगी।"

सोमा सोच रही थी कि, दिल्ली पहुंचकर पापा को सारी बातें विस्तार से बताऊंगी। शादी के समय पापा को एक ही चिंता थी कि गौतम के हाथ में अलग से कोई काम नहीं है और पापा का कहना था कि जब तक कोई पुरुष स्वतंत्र रूप से कोई व्यापार नहीं करता, वह निर्णय लेना नहीं सीखता।"

एयरपोर्ट पर भावना और उससे छोटी आराधना थी। सोमा को अपनी दोनों बहनें काफी स्मार्ट लगीं। खासकर कलकत्ते की लड़कियों की तुलना में, भावना कितनी खिली-खिली लग रही है। देखते ही वह उसके गले से लिपट गई—"हाय दीदी! कैसी है तू! अरे तू तो

बिल्कुल कलकत्ते की सेठानी लग रही है। कितनी तो मोटी हो गई है।''

सोमा से कुल दो साल ही छोटी भावना थी, मगर सोमा को लगा मानो वह भावना से उमर में दस साल बड़ी लगती है। घर में मिसेज अगरवाल ने बेटी को अलग आड़े हाथों लिया।

''सोमा, यह क्या? सब अपनी ससुराल की भारी-भारी जरी वाली साड़ियां ले आईं! जानती तो है, उन लोगों की फूहड़ च्वायस। मैंने शादी में जो फ्रेंच सिफॉन की कढ़ाई वाली साड़ियां दी थीं, वह क्यों नहीं लेकर आई?''

''मम्मी, ताईजी का कहना था कि ये भारी जरी की साड़ियां बहन की सगाई पर नहीं पहनोगी, तब कब पहनोगी?''

शाम को चाय के वक्त संजीव आया। अगरवाल परिवार का होने वाला दामाद, संजीव वाकई बहुत ही स्मार्ट और बेतकल्लुफ था। गौतम की तरह घुटा-घुटा नहीं।

रात को खाने की मेज पर सोमा के मम्मी-पापा उसे भावना की होने वाली ससुराल के बारे में बताते रहे। अगरवालजी कह रहे थे, ''अगलों में किसी बात की कमी तो है नहीं अच्छा खाता-पीता परिवार है। सबसे बड़ी बात है कि आदमी खुले दिल के हैं। रुपया बरबाद नहीं करेंगे।''

मिसेज अगरवाल ने कहा—''भावना की सास तो मुझसे पूछकर गहना बनवा रही हैं कि कहीं डुप्लीकेट गहने नहीं बन जाएं। एकदम सुधारक पार्टी है। कोई फिजूलखर्ची नहीं। कोई दिखावा नहीं। सास तो यही कहती है—''जी, आपको जो देना है अपनी बेटी को दे दीजिए। उन्होंने सगाई पर भी कुछ नहीं लिया। मुद्दे पर बस सवा रुपया। अपने तो सीधे भावना के नाम से कैश रुपया दे रहे हैं, और सॉलिड गहना, पीहर का कुछ तो दिया हुआ दिखे।''

मिस्टर और मिसेज अगरवाल के स्वर में छलकते हुए उत्साह को देखकर मीठा खाते सोमा का हाथ न जाने क्यों थरथरा गया, न जाने क्यों उसकी आंखें भर आईं। न जाने क्यों उसका मन उमड़ आया और न जाने क्यों वह एकदम से अपने बचाव में कह बैठी—

''पापा, आप लोग यह सब मुझे क्यों सुना रहे हैं? मेरे ससुरालवालों का चुनाव भी तो आप ही लोगों ने किया था।''

''अरे मैं तो उस साले गुप्ता की बातों में आ गया। रूंगटा लोग करोड़पति हैं, होंगे साले करोड़पति। तो क्या करूं? अचार डालूं उनका? अपने सर पर मारूं? इतनी भी तमीज नहीं कि भावना की सगाई पर एक बधाई का तार भी भेज देते।''

''पापा, वे सब लोग इतने दकियानूस नहीं। बस, ताईजी के सामने किसी की चलती नहीं।''

''व्हाट् नानसेंस! मोहन बाबू तो मेरी उमर के हैं। लेकिन रीढ़ की हड्डी में दम हो तब ना।''

''पापा, गौतम बंबई में केमिकल फैक्ट्री लगा रहे हैं।''

''पता है, वह भी राजू बाबू के ससुराल वाले के साझे में। वे साले सब चबा जाएंगे। गौतम को एक किनारे बैठा देंगे।''

''जी, अब आप चुप भी करिए ना। क्यों इतना बोलते हैं? जा सोमा जा बेटी। अपने कमरे

में आराम कर।''

आराम? हां.....लेकिन सोमा की आंखों में सारी रात नींद कहां? वह जब से आई, तब से उसे छोटा महसूस करवाया जा रहा था। लेकिन उसने तो पहले ही कहा था कि उसको लड़का पसंद नहीं। तब मम्मी ने क्यों नहीं सुना? तब तो सोलह कैरेट की हीरे की अंगूठी की चमक में सब लोग खो गए। वह रह-रहकर करवट बदलती रही और आंसुओं से उसका तकिया गीला होता रहा।

दस दिन बाद सोमा दिल्ली से लौट आई। मिसेज़ अगरवाल ने विदाई में बेटी को चार-पांच साड़ियां और एक सोने का कंगन दिया। और एक डिब्बा बादाम की बरफी। ग्यारह सौ रुपए नगदी।

पैर छूते ही ताईजी ने कलेजे से लगा लिया और कहने लगीं—''छोटी बीणनी, तुम्हारे बिना तो घर इतना सूना लगता था कि क्या बताऊं?''

''हां आपको इसी की याद आती है ना! मैं आपकी थोड़े ही कुछ लगती हूं'' लता भाभी ने बोल मारा।

''अब भाई तुम कुछ भी बोल लो। छोटी तो मुझे बेटी जैसी लगती है। घर में एक बेटी तो होनी चाहिए ताकि ताईजी को तंग कर सके। कुसुम करती थी, सो वह तो ससुराल क्या गई, उन्हीं की होकर रह गई। दौड़ते-भागते आती है।'' सोमा की आंखें अनजाने उमड़ आईं।

निमली बाई के पैर छूते हुए उसने पूछा, ''निमली बाई आपकी तबीयत कैसी है?''

''खा-खाकर सांडो माच रही हूं.....मेरी शरीर नहीं देखती? चलो कमरे में चलो। कपड़े बदल लो।''

स्कूल से लौटते ही बच्चे लिपट गए। ''चाचीजी आ गईं! चाची आप नहीं थीं तो कोई मेरा ''होमवर्क'' नहीं करवाता था।'' संगीता कह रही थी।

''सच चाची, आपके बिना मन नहीं लगता।'' अरुण कह रहा था।

''क्यों अरुण बाबू?'' सोमा ने पूछा।

''अब आप रहती हैं ना तो कुछ न कुछ हंसी-मजाक, खटर-पटर चलता रहता है। आप तो जानती ही हैं कि आधे से ज्यादा वक्त तो बड़ी चाची का मुंह ही फूला रहता है।''

''अरुण भैया, आप मेरी मम्मी की बुराई कर रहे हैं। हम अभी जाकर बोल देंगे।'' लता भाभी का छोटा बेटा सोनू ठुनक रहा था।

''जाओ, तुम अभी जाकर बोल दो। हमको तेरी मम्मी से डर लगता है क्या? कल लेकिन फिर हमारे पास कैरम खेलने मत आना।''

''नहीं भैया, हम नहीं बोलेंगे, सच बोलते हैं। बाई गॉड। हम कुछ नहीं बोलेंगे। प्लीज भैया, हमको कैरम खेलने देना।''

''आपने देखा चाची? इन सबकी चाभी मेरे पास है।''

बच्चों से घिरी हुई सोमा को अपनी ससुराल ममता और अपनत्व से लबालब भरी हुई लगी। भरे-पूरे घर में कितना प्यार और स्नेह। ये लोग कितने सरल हैं। ठीक है, दिल्ली वालों की तरह स्मार्ट नहीं हैं तो न सही क्या फर्क पड़ता है? कहां तो भावना की सास की

कृत्रिम बातें और कहां ताईजी की सहजता। तुलना भी किसकी किससे की जाए? और जरूरत भी है क्या? भावना अपने घर में सुखी, मैं अपने घर में।

पीहर से लाई हुई साड़ियां, कंगन और रुपए लेकर सोमा, ताईजी को दिखाने गई। लता भाभी वहां पहले से मौजूद थीं। निमली बाई भी मौजूद थीं। बड़ी भाभीजी, इस समय नीचे ठाकुरबाड़ी में संध्या पूजा करती हैं।

साड़ियों को उलटते-पलटते हुए ताईजी ने कहा—''एक बात अच्छी है। इसकी मां घर में पहनने लायक ही कपड़े देती है। नहीं तो साधारण कपड़ों के लिए बाजार दौड़ो। आखिर रोज पहनने की साड़ियां तो चाहिए ही। क्यों निमली?''

''हां बाईसा आप ठीक बोल रही हैं।''

''लेकिन चारों साड़ियां तो सोमा के लिए हैं, सास के लिए इसकी मां ने कुछ नहीं भेजा।'' लता भाभी की आवाज थी। सोमा एकदम से चौंक उठी। भयभीत हिरणी-सी उसकी आंखें ताईजी से टकराईं।

''यह ग्यारह सौ रुपए भेज दिए ना मेरे लिए। इसी में उनकी बुद्धिमानी है। तुम लोगों की माएं भी रुपया भेज दिया करें तो मेरे लिए अच्छा रहे। रुपया तो मेरे दान-पुण्य के काम आएंगे। क्या करूंगी इन साड़ियों को लेकर? बेटियां तो ब्याही गईं और आजकल पड़ा हुआ कपड़ा कोई लेना नहीं चाहता। रोज तो तुम लोगों का फैशन बदल जाता है।''

''लेकिन सोमा तो कह रही थी कि ये ग्यारह सौ रुपए इसकी मां ने इसको दिए हैं।'' लता भाभी ने बात की एक तह और खोली।

''छोटी के समझने में फेर रह गया होगा।''

''ताईजी, आप चाहें जितना इसका पक्ष लीजिए, मैं नहीं मानने की।'' पहली बार ही तो पीहर जाकर लौटी है। ऐसे कोई चार साड़ियां नहीं पकड़ाता और मिठाई की चंगेरी भी नहीं भेजी। बस एक डब्बा बादाम की बर्फी का और वह भी बाजार की। आदमी किसको तो बांटे और किसको खिलाए। इतना बड़ा तो अपना पेट-परिवार ठहरा। आपके लिए कुछ भी नहीं भेजा।''

ताईजी कुछ बोलतीं, इसके पहले लता भाभी उठ चुकी थीं। ताईजी खामोश थीं। सोमा ने डरते-डरते कहा—''ताईजी मेरी साड़ियों में से आप एक साड़ी रख लीजिए।''

''पागल हुई है क्या?''

''लेकिन ताईजी, मम्मी ने ऐसा क्यों किया? और इतनी कम मिठाई?''

''वे भूल गई होंगी। आखिर अकेली पड़ जाती हैं ना। अगल के बेटा तो है नहीं। ले यह ग्यारह सौ रुपए भी तू रख ले। तेरे काम आएंगे।''

''नहीं ताईजी, यह अपने पास ही रहने दीजिए। पीहर के रुपए से कौन-सा काम पार पड़ेगा।'' रुपए ताईजी के पास रखकर सोमा उठ खड़ी हुई। उसका मन किया कि वह अपनी ताई सास की गोद में मुंह छुपाकर रो ले। लेकिन हिम्मत नहीं हुई।

वह देर रात गौतम से इसी विषय पर बात करती रही।

''गौतम, ताईजी को कितना दुख हुआ होगा। मम्मी ने ऐसा क्यों किया? जानबूझ कर ना। यही दिखाने के लिए ना कि मेरी अपनी सास तो है नहीं। फिर ताई सास तक हम लोग क्यों

निभाएं? भावना की सास की बड़ाई सुनते-सुनते मेरे तो कान पक गए। मुझे तो वह औरत इतनी आर्टिफिशियल लगी क्या बताऊं? उसकी हर बात में बनावट है।''

''अच्छा, तुम अब पास आओगी या फिर अपना मातृ पुराण बांचती रहोगी।''

सोमा खिलखिला उठी। गौतम जैसा पति नहीं मिलने का। ताईजी जैसी सास नहीं मिलने की। उसका अपना घर, अपना परिवार, परिवार के सदस्य सब कितने अच्छे हैं।''

दूसरे दिन कपड़े पहनते समय सोमा ने शीशे में अपना कद देखा। फिर उसने सोचा--मम्मी ठीक ही कह रही थी कि मोटी हो गई हूं। लेकिन वजन घटे भी तो कैसे? इस घर का खाना-पीना ही ऐसा है। लेकिन मेरे से ज्यादा तो तली हुई चीजें गौतम खाते हैं, लेकिन फिर भी इनकी कमर में रत्ती भर मांस नहीं। लेकिन मैं बड़ी-बड़ी लगने लगी हूं। थोड़ा तो व्यायाम करना चाहिए। सोमा इससे अधिक कुछ और सोचे, इससे पहले नीचे हॉल की घड़ी टन-टन कर रही थी। अरे राम! आठ बज गए। सोमा ने मुस्कराते हुए मानो स्वयं से कहा—ओह! ताईजी पागलपन की हद तक पंक्चुअल हैं, और वैसे ही इस घर के लोग। फिर वही देरी होगी और ताईजी का रटा-रटाया वाक्य सुनना होगा—''जीवन में अनुशासन तो रहना चाहिए, जो आदमी समय से खा नहीं सके, सो नहीं सके, वह भला कोई आदमी हुआ।'' ना बाबा, आज ताईजी को नाराज नहीं करूंगी।

मेज पर मोहन भाई साहब ने छेड़ा, ''सोमा, पीहर से क्या-क्या मिठाइयां लाई हो जरा हमें भी खिलाओ तो।''

''यह रही बादाम की बरफी।'' बड़ी भाभीजी ने डब्बा आगे सरकाया।

''बाजार की है, इसमें तो मिलावट है।'' आधी बरफी मुंह में रखते ही राजू भैया ने कहा।

''नहीं भैया, मम्मी ने बंगाली मार्केट के पास से मंगवाई थी। वहां की बरफी तो एकदम शुद्ध हुआ करती है।''

''बंगाली मार्केट? वहां बरफी मिलती है? मामड़ा बादाम की?'' राजू भैया ने पूछने का भाव दिखाया।

''ओ हो! बड़ी मुश्किल की बात है। एक बादाम की बरफी को लेकर तुम लोग कितनी पंचायत करोगे?'' ताईजी की घुड़की थी।

''लेकिन बड़ी मां, बाजार की बरफी तो मैं पहली बार खा रहा हूं।'' राजू भैया ने कहा।

''ठीक है तो इसका स्वाद भी चख लीजिए।'' अबकी लता भाभी की बारी थी। सोमा ने सोचा, आखिर उनके भीतर हमेशा एक सांप क्यों फुफकारता रहता है और लाल-लाल जीभ लिए हमेशा काटने को आतुर·····कहां देखा था उसने ऐसा सांप? सोमा को लगा कि उसके मन के ख्यालों का जवाब नहीं। बरफी से शुरू होकर लता भाभी से आगे अब वह सांप के जीभ के बारे में सोच रही थी और यह भी कि ऐसे सांप को कहां देखा था?

''छोटी यह क्या खा नहीं रही हो?'' बड़ी भाभीजी थीं।

''नहीं-नहीं खा तो रही हूं।'' और वह पानी के सहारे जैसे-तैसे कौर निगलने लगी। सब खामोश हो गए थे।

ताईजी ने फिर पूछा, ''सोमा! भावना की शादी की तारीख पक्की हो गई?''

"जी ताईजी! मम्मीजी कह रही थीं कि चौबीस अप्रैल की बात हो रही है।" सोमा की आवाज पापड़ों की चरमराहट में डूब गई थी। कोई तोड़ रहा था। कोई उसको कढ़ी के साथ चूरा बनाकर खाना चाह रहा था। कोई यों ही मुंह में चबा रहा था। मारवाड़ियों के खाने में पापड़ एक ऐसी चीज है जो खाने की मेज पर शोर मचाए बिना नहीं मानता। इसी की आवाज सुनकर रामू चौकस होकर चौके के दरवाजे पर खड़ा हो जाता है। निमली बाई इलायची, सुपारी का बड़ा-सा डब्बा खोलकर ताईजी के पास आकर खड़ी हो जाती है और मेज पर से एक-एक सदस्य उठने लगता। लेकिन गौतम और मोहन भाई साहब थाली में ही हाथ धोए बिना नहीं मानते। बड़ी भाभीजी पेट पर हाथ फिराती हुई जोर से डकार लिए बिना नहीं मानतीं। और ताईजी? उनके लिए दिन का सबसे सुखद क्षण होता......उनके बहू, बेटे आज भी उनके सामने खाना खाते हैं। कोई "गोयनका हाउस" या "जालान हाउस" की तरह है क्या? सेठाणी अकेली बैठी माला जपती रहती है। शाम के सात बजे नहीं कि एक-एक करके सब घर से गायब होने लगते हैं। सबको होटलों में खाने की आदत जो पड़ती जा रही है।

लेकिन क्या हमारे यहां कोई होटल में नहीं जाता? ताईजी तो यही कहा करती हैं। सोमा का मन करता, कह दे, नहीं ताईजी, अपने यहां भी लोग होटलों में जाने लगे हैं। खासकर राजू भैया और लता भाभी, जो शाम से भूमिका लिखनी शुरू कर देते।

लता भाभी पहले निमली बाई से ग्वारपाठे का अरक या अजवायन का चूरण मांगती—"गैस हो गई है।"

निमली बाई गरम पानी के साथ अजवायन का चूरण देते हुए कहती—"यह कलकत्ते का पानी खराब है। बड़ी बीणनी कुछ खाती है क्या? उसका तो बादी से शरीर यों ही फूलता जा रहा है।"

सात बजे तक लता भाभी की आया गरम पानी की थैली लिए उनके कमरे में जाती हुई दिखाई देती। आठ बजे खाने की मेज पर ताईजी की बेचैन आंखें पूछतीं—"क्यों बिचली? पेट ज्यादा दरद कर रहा है क्या?"

"नहीं ताईजी, अब तो एकदम ठीक है बस रोटी जीमने का मन नहीं कर रहा है।"

"एक फुलका तो खा लो।" कोई न कोई बोल ही देता। और राजू भैया? वे मेज पर बैठते ही दही वाली आलू की सब्जी और पापड़ की फर्माइश करते।

"क्यों रोटी नहीं खाएगा क्या?"

"ताईजी आज वह किसी आफिसर को चाय पिलाने स्काईरूम में जाना पड़ा। वहीं नाश्ता ज्यादा कर लिया था।"

और फिर नौ बजे राजू भैया और लता भाभी सजधज कर सीढ़ियां उतरते हुए दिखाई देते। उस समय ताईजी अपने कमरे में हुआ करतीं। निमली बाई उनके तलवे में चांदी की कटोरी से बादाम रोगन रगड़ती हुई होतीं। बड़े भैया और भाभीजी अपने कमरे में......गौतम नीचे दोस्तों के साथ ताश खेलने में। नौकरों के अलावा घर के किसी सदस्य से टकराने का सवाल ही नहीं था। हां, ताईजी के कमरे के दरवाजे के बाहर हॉल में किताब के पन्ने पलटते हुए सोमा जरूर दिख जाती लेकिन देवरानी की चिंता भला लता भाभी क्यों करने लगीं। उनकी शिकायत वह करे तो भला वे बदला लिए बिना मानेंगी?"

और कभी भूले-बिसरे सोमा या अन्य कोई सदस्य उनसे पूछ भी लेता तो लता भाभी का बिल्कुल रटा-रटाया उत्तर होता—"ताईजी से कह देना, हम लोग जरा विक्टोरिया पान खाने जा रहे हैं।" जबकि वे जा रहे होते खाना खाने के लिए स्काई रूम में। साथ में होते लता भाभी के भाभी-भाई। रात को ग्यारह बजे हाथों में चप्पल लिए वे धीरे-धीरे सीढ़ियां चढ़ रहे होते। राजू भैया के इस अपराध का साक्षी गौतम भी रहता, क्योंकि यही वह वक्त होता, जब गौतम की ताश पार्टी खत्म हो चुकी होती और वह भी दबे पांव सीढ़ियां चढ़ रहा होता।

कमरे में आते ही गौतम बोलते, "आज तो लता भाभी का पेट दरद एकदम ठीक हो गया। स्काई रूम का खाना पेट को एकदम ठीक कर देता है।"

"मैं समझी नहीं? वे लोग तो विक्टोरिया पान खाने गए थे।"

"समझ जाओगी, समझ जाओगी। और जरा पुरानी हो जाओ।"

"और तुम तो रात ग्यारह-बारह के पहले कमरे में नहीं आते, यह भी समझ लूं क्या?"

"अरे मैं कोई छुपाकर कुछ करता हूं क्या? घर में नीचे स्टडी रूम में ताश ही तो खेलता हूं।"

"पढ़ते क्यों नहीं? वहां पर इतनी अच्छी-अच्छी किताबें रखी हैं।"

"अरे वह तो सजावट के लिए रखी हैं। वह जो इनसाइक्लोपीडिया ब्रिटानिका है ना, हम लोगों ने आक्शन में इतने सस्ते में खरीदी थी। और न जाने कितनी किताबें तो मैंने कॉलेज स्ट्रीट के फुटपाथ से खरीदी हैं। उस कमरे को "स्टडी रूम" का लुक तो मैंने दिया है।"

"बिना किताबों को पढ़े?" चिढ़कर सोमा पूछती।

"मुझसे किताबें नहीं पढ़ी जातीं। मेरे बदले तुम पढ़ लिया करो।"

"कोई पढ़ने दे, तब ना?"

वैसे धीरे-धीरे सोमा ने भी गौतम का रात को देर से कमरे में आना स्वीकार लिया था। रात में नौ बजे से ग्यारह-बारह बजे तक का समय सोमा का बिल्कुल अपना होता। स्टडी रूम से ही लेकर एक-एक कर जाने कितनी किताबें उसने पढ़ डाली थीं।

× × × ×

अप्रैल में भावना की शादी में सोमा दिल्ली गई थी। करीब एक महीने के लिए। उसको देखते ही उसकी मां ने कहा था—

"सोमा, तू और मोटी हो गई। कुछ तो अपने शरीर का ख्याल रखा करो।"

"रोज पूड़ियां खाने से तो कोई भी मोटा हो जाएगा। फिर न कहीं आना, ना जाना। इतना बड़ा लॉन है, लेकिन ये लोग कोई पैर भी नहीं रखेंगे। माली बगीचा सींचता रहेगा, घास काटता रहेगा और मन आए जितने फूलों को पुजारी भैया के पास मंदिर में भेज देगा।"

सिखाओ, सिखाओ, जरा इन लोगों को माडर्न करो। तुमको वेल्हम में इसलिए पढ़ाया था क्या? कि जस का तस ससुराल स्वीकार लो।"

"पापा, वहां कोई कुछ बोलता नहीं। अपनी जिठाणियों से कुछ कहती हूं तो एक ही जवाब—हम तो आए हैं, तब से ऐसा का ऐसा देख रहे हैं। लॉन का उपयोग शादी-ब्याह,

पार्टी या फिर बच्चों के खेलने के लिए ही किया जाता है।''

''दीदी! तू रोज एक घंटा बैडमिंटन खेल लिया कर। एकदम से स्लिम हो जाएगी।'' छोटी आराधना कह रही थी।

''भावना की सास तो भावना के साथ बैडमिंटन खेलती है।''

''दीदी यू नो, जब पहाड़ पर जाते हैं ना, तब माई माम इन लॉ मेरे सलवार कमीज पहन लेती है। शी इज सो स्लिम।''

''ग्रेट! छोटी आराधना अब आंखें नचाते हुए बोली—जस्ट इमेजिन पापा। बड़ी दीदी की ताईजी बैडमिंटन खेलती हुई कैसी लगेंगी?''

''फैन्टास्टिक! अवर पिंकी हैज इमैजिनेशन!''

''हूं! उनको तो बहुओं पर हंटर चलाने से फुर्सत मिले, तब ना।'' मिसेज अगरवाल कह रही थीं।

लेकिन सोमा सोच रही थी कि मम्मी को ऐसा बोलना नहीं चाहिए। ताईजी इतनी बुरी तो नहीं। लेकिन चाहकर भी वह कुछ बोल नहीं पाती। दिल्ली के इस आधुनिक माहौल में वह खुद ही न जाने क्यों मिसफिट होती जा रही है।

शादी के एक दिन पहले गौतम और मोहन भाई साहब आए थे। भाभीजी नहीं आईं। भाभीजी के बारे में मिसेज अगरवाल ने पूछा तो गौतम का रटा-रटाया उत्तर था, ''ताईजी ने कहा, बेटी के ब्याह में जाकर क्यों शाहजी के सर पर बोझ बनो।''

''क्यों?'' हम लोग इतने भी लायक नहीं क्या कि आप लोगों की खातिर कर सकें?''

''नहीं, यह बात नहीं है। बस ताईजी का मन नहीं था।''

सोमा ने भावना को अपनी ओर से एक जोड़ी एंटिक जड़ाऊं के कंगन दिए। मिसेज अगरवाल की आंखें तो खुली रह गईं।

''इतनी महंगी चीज कहां से खरीदी तुमने? कितने की है?''

''मुझे दाम नहीं पता मम्मी। ताईजी ने अपने पास से निकालकर दिया था। बस इतना कहा कि, चुपचाप इसको अपनी मम्मी को पकड़ा देना। और ज्यादा लोगों के सामने इसकी पंचायत मत करना। बेटी की सास को यह नहीं मालूम पड़े की तुमने कुछ दिया है। जो भी दिखे, वह मां-बाप का दिया हुआ ही सामने रहे।''

''लेकिन यह तो एंटिक पीस है। दो-तीन लाख से कम की क्या होगी इतनी भारी चीज तो मैं नहीं रखने की।'' इतने में अगरवालजी और भावना कमरे में आ गए। बड़े उत्साह से कंगन लिए हुए मिसेज अगरवाल पति की ओर लपकीं और कंगन दिखाते हुए बोलीं—''सोमा की तरफ से है, इसकी तायस ने भिजवाया है।''

''यह तो बहुत कीमती लगता है।''

''बिल्कुल एंटिक पीस है।'' मिसेज अगरवाल का उच्छ्वसित स्वर और फिर अगरवालजी का तीखा जवाब—

''अरे इसकी तायस खुद ही एक एंटिक पीस है। बिल्कुल हैदराबाद के सालारजंग म्युजियम में रखने लायक।'' सोमा को अच्छा नहीं लगा, ये लोग ताईजी का इतना मजाक क्यों बनाते हैं और पापा का बार-बार का दिया हुआ उलाहना, ''सोमा के ससुराल वाले तो

बिल्कुल दकियानूसी हैं। कोई सोमा को देखकर कहेगा क्या कि वेल्हम दून में पढ़ी है। मैं तो घराने के चक्कर में फंस गया। गौतम भी कितना शाई है। ठीक से अंग्रेजी तो बोल नहीं पाता।''

भावना के ससुराल वालों की प्रशंसा सुनते-सुनते सोमा बौखला उठी थी। उसका मन चीख रहा था। बौखला रहा था। वह पूछना चाह रही थी—''क्या अंग्रेजी बोलना ही सब कुछ है? फिर वे जो भी हैं, जैसे भी हैं, मेरे अपने हैं। लेकिन वह कुछ कह नहीं सकी। उसको लगा, मानो कोई उसे मिक्सी में ''चर्न'' कर रहा है। और प्रत्येक विचार ठंडे झाग की तरह फूलते चले जा रहे हैं। हल्का, सब कुछ बेहद सतही। वह खुद से पूछती और मैं? मेरा अस्तित्व? उत्तर होता—तुम.....? तुम कुछ भी नहीं सोमा, बस झाग हो, मिल्क शेक की ग्लास में तैरता हुआ झाग हो।

शादी के बाद दिल्ली से तीनों साथ ही लौटे थे। ताईजी ने सुबह नाश्ते की मेज पर बड़े चाव से पूछा, ''हां रे मोहन! कैसे लगे अपने नये शाहजी? सब कुछ ठीक-ठाक हो गया न। सुनते हैं, करोड़ों के असामी हैं। बेटे वालों ने कितने का गहना डाला?''

मोहन भाई साहब बहुत देर तक भावना के ससुराल वालों के बारे में बताते रहे थे। ''सब कुछ अच्छा है। बहुत अच्छा है।''

लेकिन गौतम भला बोले बिना माने? ''क्यों बड़े भैया आपको कहां से लड़के वालों का करोड़ों का हिसाब-किताब लगा?''

''क्यों उनकी वह वसंतविहार वाली कोठी का ही दाम जोड़ लो।''

''अरे चलिए, रहने दीजिए। वह कोठी तो भाड़े पर है। किसी रिटायर्ड मिलिट्री अफसर की है। और गहना? फुह! वह कोई हीरा डाला गया था? छोटे-छोटे राई के दाने जैसे।

''राई के दाने ही सही अपने यहां से तो अच्छे हैं।'' लता भाभी की तीखी आवाज सुनकर सब लोग हठात् खामोश हो गए। ''अब किसी को अच्छा लगे या बुरा, लेकिन आज जब इसकी चर्चा चल ही पड़ी तो मैं भला क्यों चुप रहूं।'' कहते हुए वे सोमा की ओर पलटीं—''सोमा ब्याह में तुम्हें जो हीरे का सेट पहनाया गया वह मेरा है मेरा।''

सोमा को लगा कि, यह एक अहम मसला है तथा औरों की तरह उसको भी खामोश रहना चाहिए। लता भाभी का झुनझुना चालू था—

''यह तो इस घर की रीत है, कहीं जाना हो तो ताईजी से मांग कर गहना पहनों फिर जाकर संभला आओ। मेरा अपना क्या है? क्या मिला ससुराल से? कहने को एक सोने का छल्ला तक तो अपने पास नहीं।''

''ऐ बिचली बीणनी मैं तेरे हाथ जोड़ती हूं, ऐसे मेरा कलेजा मत चूंटों।'' ताईजी का रुंआसा स्वर सुनकर भी लता भाभी चुप नहीं हुई थीं, वे कहे जा रही थीं—''छोटी तुम जो हीरे की चूड़ी और नेकलेस पहन रखी हो वह मेरी है। मेरी चीज तुमको दे दी गई। तुम्हीं बताओ ताईजी की यह सरासर ज्यादती है कि नहीं।''

सोमा को सच में बहुत बुरा लगा, भला यह भी कोई बात हुई? प्रत्यक्ष में उसने कहा—''भाभीजी मैं क्यों किसी का गहना हड़पने गई, मुझे तो ताईजी ने दिया तो मैंने पहन लिया। और हीरेवाली नेकलेस और चूड़ी तो मुझे सगाई के दिन आप ही लोगों ने पहनाई

थी।''

''हां और क्या, मेरे गले से खोलकर।'' होंठों को गोल करते हुए लता भाभी ने फिर कहा।

''तो ऐसे दिखावे की क्या जरूरत थी? क्या मेरे मां-बाप कहने आए थे कि आप हीरे की चूड़ी और नेकलेस डालिए या फिर मैंने कभी कुछ मांगा था?''

''सोमा तुम्हारी शादी में जितना गहना डाला गया था उसमें से आधा गहना मेरा है मेरा अपना।''

लता भाभी के स्वर का तीखापन सोमा को चुभ गया। भला वह भी आखिर कब तक यह प्रलाप सुनती? उसने अपनी हाथ की अंगूठी और हीरे की चूड़ियां लता भाभी के सामने पटकते हुए कहा, ''यह लीजिए आपकी चूड़ियां। नेकलेस ताईजी से मांग लीजिएगा।'' और लता भाभी ने हीरे की चूड़ियां उठाकर रख भी लिया।

मोहन बाबू और राजू बाबू दोनों ही लोग आने वाले तूफान का आसार देख, पहले ही उठ चुके थे। हां गौतम को बड़ा मजा आ रहा था। उसने कहा—''देख बड़ी मां, तुम्हारी दोनों बीणनियां तो आपस में कांजरिणों की तरह लड़ रही हैं।''

''भाभी! तुम लोग चुप नहीं करोगी क्या? हया शरम भी कोई चीज है या नहीं।''

''रे बिचली बीणनी। तू जरा चुप हो जा। मैं तेरे हाथ जोड़ती हूं, ऐसे मेरा कलेजा मत नोचो।''

''और बड़ी मां आप भी किसको समझाने बैठ गईं? लता भाभी को? तमीज-सलीका तो कोई सोमा से सीखे। इतनी देर से चक-चक हो रही है, एक शब्द भी नहीं बोली।'' रेवा बाई ने कहा।

''नहीं बोली तो बोलने लगेगी। अभी तो नयी-नयी आई है।''

''लता अब चुप भी करो।'' बड़ी भाभीजी का धीमा स्वर था।

सोमा का सर झुकता जा रहा था। लोग ऐसे कैसे बात कर लेते हैं। किसी को कोई तमीज-सलीका नहीं। किसी की मर्यादा का ख्याल नहीं। लेकिन खुद उसकी अपनी मम्मी भी कितनी बदल गई है। कैसे गंवारों की तरह पैसा-पैसा करती रहती है। और पापा? उनका अहंकार तो आकाश को छू रहा है। सोमा की अपनी वेल्हम की मिस हैरियट याद आने लगीं, वे लड़कियों को कितना कुछ सिखाया करती थीं। खाते समय आवाज नहीं करनी चाहिए, जूठा नहीं छोड़ना चाहिए, मुंह के सामने हाथ रखकर उबासी लो, चप्पल फटकारते हुए मत चलो। गुस्सा आए तो ठंडा पानी पी लो या फिर टेक ऐ शॉवर। कोई बात कर रहा है तो बीच में मत टोको। माडैस्टी पालिश जेन ऑयर की नायिकाएं कैसे चलती थीं? कैसे बैठती थीं? वदरिंग हाइट का हीथ क्लिफें, व्हाट ए ग्रेट पैशन! लेकिन अब? सोमा को लगा, मानो वह अपने पापा के लॉन में बनाया गया जापानी टी हाउस हो। सब कुछ आयातित। अपने ढांचे को भूल जाओ। अपनी संस्कृति, सभ्यता कुछ भी अच्छा नहीं, लेकिन जो कुछ उनको अच्छा सिखाया गया, वह भी तो नहीं अपनाया गया। हां, इसी की तो शिक्षा मिली थी।

''मैनर्स, यंग लेडिस यू मस्ट लर्न मैनर्स।'' मिस हैरियट कहा करतीं।

सोमा का मन किया, वापस वेल्हम लौट जाए और मिस हैरियट से पूछे—अच्छा मिस,

आपने तो सिखाया था कि किसी की बुराई मत करो। लेकिन यहां मेरे पीहर में, ससुराल में तो लोग हर समय एक-दूसरे की बुराई करते हैं। मिस आपने कहा था कि दूसरे की बात ध्यान से सुनो, बीच में बात मत काटो। मैं बात नहीं काटती, लेकिन धारा-प्रवाह बोलने वाले मुझे कुछ बोलने का मौका ही नहीं देते। पापा अच्छे लगते थे कितने हैंडसम, पॉश। लेकिन वे क्यों इतनी सतही बातें करने लगे? ताईजी को एंटिक पीस की उपाधि देना। लेकिन मैं कुछ बोल क्यों नहीं पाती। मिस हैरियट, मुझे आपने किसी को जवाब देना, मुंह पर बोलना क्यों नहीं सिखाया!

ताईजी चुपचाप उठ खड़ी हुईं। यह कहते हुए कि, "बेमौसम तो कांगला ही कांव-कांव करता है। मौसम की समझ तो कोयल को है।"

सब लोग एक-एक कर मेज पर से उठकर जा चुके थे।

"छोटी भाभी!" पास खड़ी हुई बड़ी ननद रेवा बाई कह रही थीं—"नहीं, मन छोटा मत करो। घर-गृहस्थी में तो ऐसी बातें होती ही रहती हैं।"

चाहने पर भी सोमा कुछ बोल नहीं पाई कि रेवा बाई मैं अपने लिए दुखी नहीं हूं। मेरे मन में तो ताईजी के लिए दुख होता है। लता भाभी ने उनको ऐसा क्यों जवाब दिया? लेकिन नहीं, सोमा खामोश रही। कुछ भी नहीं बोल पाई। उसको वापस मिस हैरियट की याद आने लगी। मिस प्रायः समझातीं कि, देखो लड़कियों, दूसरों की व्यक्तिगत् बातों में दखल देना असभ्यता होती है। मिस हैरियट अपने प्रत्येक वाक्य के सामने "शुड" लगा कर बात करती थीं। उनकी वह आदेशात्मक ईसाई नैतिकता? क्या इसीलिए मिस हैरियट टाइट कारसेट पहनती थीं। अंग्रेज पिता और भारतीय मां की बेटी, दुनिया में अकेली रह गई थीं। लेकिन नहीं, वे अकेली कहां थीं? उनकी गॉड मदर आस्ट्रेलिया में रहती थीं। हमेशा क्रिसमस में मिस हैरियट के लिए एक सुंदर ड्रेस भेजती थीं। पापा को मिस हैरियट बहुत पसंद थीं। पापा हमेशा मिस हैरियट के लिए स्वीस चॉकलेट और क्राफ्ट चीज भेजते। हां, एक बोतल रेमी मार्टिन ब्रांडी की भी।

उस दिन की घटना पर ताईजी बड़े ठंडे दिमाग से सोचती रही थीं और उन्होंने अपना गाना ठीक रविवार को शुरू किया, वह भी जब घर के सब लोग नाश्ते की मेज से उठने वाले थे।

"भाया मोहन!"

"जी बड़ी मां!"

"तेरी मां का जितना गहना है उसकी दो पांती कर दो।"

"बड़ी मां मैंने आपकी बात को समझा नहीं, जरा और साफ करिए।"

"देखो बड़की तो आज तक बोली नहीं। अब बिचली और छोटी की बात है।"

"हां तो?" भाई साहब के सर पर त्यौरियां बदल रही थीं।

"बिचली कहती है आधा गहना उसका है।"

"हां तो फेरे में आप लोगों ने जो गहना डाला था, वह मेरा स्त्री-धन हुआ न।" लता भाभी भी मानों फैसले के लिए तैयार थीं।

"इस घर में अब तक जैसा होता आया है, वैसा ही होगा। बड़ी मां से लेकर गहना पहनों और वापस लौटा दो।" बड़े भाई साहब का शांत स्वर था।

''तब आप लोग फेरे में क्यों डालते हैं? क्या समाज को दिखाने?''

हां! और कुछ पूछना है?'' भाई साहब का स्वर अब भी शांत था।

''अरे वाह! यह तो अच्छी चालबाजी हुई। हमारे मां-बाप सोचें की बेटी के पास बीस लाख का गहना है और यहां कुछ भी अधिकार नहीं। गहना दिखाकर उनसे आप दहेज और ऐंठते हैं।''

''देखो लता अब तुम एक भी शब्द बोली न तो जीभ टेढ़ी कर दूंगा।'' राजू भैया का बड़बड़ाता हुआ स्वर था। और उसके बाद सब खामोश हो गए। लेकिन ताईजी? उन्होंने कुछ नहीं सुना। इस बीच वे गोविंद भाई को बुलाती रही थीं.....और एक दिन लता भाभी को चार सेट गहनों का उन्होंने पकड़ा दिया। लेकिन गहने हल्के थे, बीस लाख में भी, वह पहले वाला हीरा तो नहीं आ सकता था। अब शादी-ब्याह में रूंगटा हाउस की तीनों बहुएं कहीं भी जातीं तो सोमा और बड़ी भाभीजी के बदन पर एक-सा गहना होता। वही चूड़ी, वही नेकलेस, वही कान का, लता भाभी अपने हल्के गहनों से कुढ़कर रह जातीं।

ताईजी ने ही उस दिन की घटना के बाद सोमा को बताया था, ''अपने घर में भारी वाले हीरे की दो सेट है। बिल्कुल एक जैसी। बड़े बाबू ने ही बनवाया था। एक तेरी सास के लिए और एक मेरे लिए। बिचली का मन काला है, पाती करवाने चली थी, ले करवा ले पाती।'' वे डुरिया (अंगूठा) दिखाते हुए बोलीं।

× × × ×

ताईजी के कमरे में ढलती हुई जेठ की खामोश दुपहरिया थी। बड़ी भाभीजी ओढ़ने में सच्चे जरी की सुनहली चौड़ी ''लंपी'' टांक रही थीं। उन्होंने सुई को लंपी में ही फंसाकर ओढ़ने को एक ओर रखा और जोर की उबासी लेकर उंगलियां चटकाने लगीं। लता भाभीजी का हाथ तेजी से चल रहा था और वे एक-एक सितारे को उठाकर ओढ़ने की जमीन पर टांकती जा रही थीं। उन्होंने सुघड़ता से एक चमकता हुआ तारा उठाया, ओढ़ने में टांककर सफेद उजले दांतों में सूता फंसाकर तोड़ दिया। उनकी आंखों में चमक थी.....और उनके कान ताईजी की ओर खुले हुए थे। सोमा कुछ नहीं कर रही थी, या यों कहा जाए कि कुछ कर नहीं पा रही थी। उसका धागा फिर से उलझ गया था—पिछले एक घंटे में यह चौथी बार धागा उलझा था। क्या किया जाए, क्या नहीं—इसी असमंजस में वह गोद में हाथ रखे, इसके उसके निरख रही थी। ताईजी से नजर मिलते ही सोमा के गाल सुर्ख हो गए। थूक निगलते हुए उसने वापस ओढ़ने को अपनी ओर खींचा।

''अरे! ऐसे क्यों खींच रही हो।'' लता भाभी ने कहा।

''एक ओढ़ने में दो जनी तो काम कर सकते हैं.....मान ले, जैसे तू उस ओर से तारा टांक दे और मैं इधर से गोठ किनारी कर लूं।'' बड़ी भाभी जी ने कहा।

सोमा ने ठंडी उसांसें लीं।

संगीता ने कहा—''मम्मी, चाची का धागा फिर उलझ गया।

''छोटी, तुम्हें कितनी बार समझाया कि धागा जरा छोटा लिया करो। इतना लंबा धागा उलझेगा नहीं?''

''मां, लेकिन चाची को बार-बार सुई में धागा पिरोना अच्छा नहीं लगता।''

''ब्याह को इतने दिन हो गए और अभी तक सुई में धागा पिरोना नहीं सीखा।'' बड़ी भाभीजी ने हंसते हुए व्यंग्य किया।

सोमा ने देखा—हॉल में सोफे पर बैठी हुई ताईजी और उसके सामने इस बड़े से गद्दे पर तीनों बहुएं, संगीता, चंद्रा, रेवा बाई। रेवा बाई आज टांका नहीं कर रही थीं। उनके सर में दरद था। गद्दे के एक किनारे वे लेटी हुई थीं और निमली बाई उनके सर में टाइगर बाम मल रही थी....कुल मिलाकर सात औरतें....और यदि उमा बाई या कुसुम बाई आ जाएं तो वे भी वहीं बैठेंगी। दुनिया-जहान की बातें चल रही थीं। दबी जबान से हंसी-मजाक भी और इसके बीच-बीच में ताईजी की घुड़की—

''ऐ बीणनियों, जरा हाथ जल्दी चलाओ। सात दिन से यह ओढ़ना लिए बैठी हो। खतम क्यों नहीं करती....इस तरीके से तो हो चुकी ब्याह सावे की तैयारी।''

''आज खतम हो जाएगा ताईजी।''

''हां आज खत्म करके उठना।''

''हम लोगों के तो छोटी टाबरी रह गई सोमा....तुम शाम को देर तक बैठ जाना।'' बड़ी भाभीजी ने कहा।

''कर दिया निहाल। सोमा ने तो सबेरे सौ तारे भी नहीं चेपी।'' लता भाभी का ताना था।

''अब बाई इसने तो कभी टांका-वांका किया नहीं। बोर्डिंग में रही....'' ताईजी ने बचाव में प्यार से कहा।

''तो हम लोग भी कौन-सा बंबई में टांका करते थे। वह तो अपने यहां रूंगटा हाउस में ही करना पड़ता है।''

सोमा ने देखा, ताईजी की हथेलियां सोफा के हत्थे पर कसती जा रही थीं....मगर वे खामोश थीं....एक बार फिर सोमा से निगाह मिली....क्या था वहां, उन आंखों में? सोमा सोच नहीं पाई। विचार नहीं पाई। उसको अंदाज नहीं हुआ कि, आखिर सब कुछ यथावत् क्यों स्वीकारना पड़ता है। परिवर्तन क्यों नहीं होता? उसने संगीता की ओर देखा। संगीता कितनी जल्दी पक गई है। संगीता सबको खुश रख लेती है और अपने प्रति कितनी आश्वस्त। संगीता पैसा और सुरक्षा का अर्थ समझने लगी है। उसके दहेज की तैयारी की जा रही हैं।

ताईजी का कहना था, ''संगीता को सतरहवां तो लग गया, इससे छह महीने छोटी रेवा की चंद्रा तैयार है। अभी से तैयारी नहीं करोगी तो कैसे काम पार पड़ेगा।''

संगीता ने कहा—''गर्मी लग रही है।''

''इतनी ज्यादा तो नहीं।'' चंद्रा का उत्तर था।

''मेरे को तो कोकाकोला पीना है। खूब सारा बरफ डालकर।''

''बरफ डालकर जैसे कोई आपको पीने देगा!'' चंद्रा ने उत्तर दिया।

''ऐ छोरी, ठंडा मत ना पीए। गला खराब हो जाएगा। और फिर जरा-सी बीमारी में तुरंत हजारों के नीचे आ जाएंगे। डाक्टर का रिपिया क्या फोकट में आता है?''

''क्या दादी मां, आप भी कैसी बातें करती हो। जरा-सा गला ही तो खराब होगा....''

''ताईजी पी लेने दीजिए ना। क्या फर्क पड़ता है।'' बड़ी भाभीजी ने कहा।

''ना। क़ुछ नहीं फरक पड़ता। बेटी तो बोल दी और मावड़ी नाच खड़ी हुई। अरे तुम यह भी

भूल गई क्या कि संगीता को सर्दी-जुकाम होते ही सांस बढ़ जाती है।''

''ऐ संगीता, चुपचाप बैठो।'' बड़ी भाभीजी ने कहा।

''मैं तो तुम लोगों के जावे-परजावे तक का करती-करती ''आखती'' हो गई। थकान उतरने लगी। उमर घटने लगी।''

''दादी मां, हम लोग आपको इतनी जल्दी थोड़े ही छोड़ेंगे....''

''तो क्या करेगी?''

संगीता चुप रही....ताईजी खामोश थीं....और....और सोमा को अपना अंतरद्वंद्व समझ में आ गया। कमरे में गीली धोती की तरह कोई शब्दों को पसार रहा था। अचानक भाभीजी ने कहा—''ले पांच भी बज गए।''

''सब तो चले गए एक मैं ही बच गई....'' सोमा ने किसी और ही दुनिया में लौटते हुए कहा। पता नहीं, उसने यह सब क्यों कहा? शायद ताईजी से किसी उत्तर की अपेक्षा थी। लेकिन ताईजी बिल्कुल खामोश थीं।

× × × ×

ताईजी गर्मियों में आम का मीठा और खट्टा अचार डालतीं। पंचमेल अचार डाला जाता। जिसमें आम के लच्छे में करूंदा, आंवड़ा, कैर-सांगर और भिंगोए हुए सफेद चने रहते। बच्चे अचार कम खाते, लेकिन पेट-परिवार में आए-गयों का तांता तो लगा रहता। नौकर-चाकर भी सुबह चाय के साथ रात की रखी बासी पूड़ी और अचार खाते। अब सुबह-सुबह तो रसोई चढ़ने से रही। फिर घर में सेवकों की संख्या कम नहीं। तीनों बहुओं की तीन-तीन दाइयां। बीणनी जी लोगों के कमरे में कोई नौकर नहीं जा सकता था। बीणनी लोगों के कपड़े दाई लोग ही धोती और बच्चों के भी। प्रत्येक बहू को अपनी साबुन की बट्टी संभालनी पड़ती। महीने में किसका कितना खर्च लगता है, हिसाब करके उसको उसके कमरे का तेल-साबुन पकड़ा दिया जाता। फिर बाबू लोगों का कपड़ा हरिया लेने आता जो कि बहुत पुराना नौकर था।

ताईजी ने एक दिन सोमा को हरिया का परिचय दिया, ''चालीस वर्ष तो मुझे देखते हो गए। इसका बाप बेचन महतो बड़ा बाबू की ड्यूटी में रहता। उनके स्वर्गवास के बाद महतो का काम में मन नहीं लगा। राजा के बिना कैसी तो बग्घी और कैसा घोड़ा। अनाथ साईस, महतो खड़ा-खड़ा आंसू ढलकाता रहता। आखिर एक दिन वह अपने गांव चला ही गया। पिछले साल ही उसका देहांत हुआ है। बहुत वृद्ध हो गया था। मुनीमजी से कहकर मैं उसको महीने के महीने सौ रुपया जरूर भेजती। स्यालू में स्वेटर और कंबल अलग। अपने हरिया उसी बेचन महतो का बेटा है।''

हां तो हरिया बाबू लोगों का कपड़ा एक साथ धोने ले जाता। शाम को लोहा करके सीधे हॉल में आकर गुहारता, ''ऐ निमली बाई, सब बिन्नीजी लोगों को बोल देहू, जे अपना-अपना बाबू का कपड़ा सम्हाल लेई। पीछे इ नहीं कहे जे इ कपड़ा कहां गया, उ हराय गया, अउर उ राजू बाबू क बिंदनीजी को कह दियो, हम सबका कपड़ा बराबर गिनती कर, इस्तरी करब। छोटकी बिन्नी जी का दिन में दो साड़ी अउर दो ब्लाउज, रेवा बाई तो बेचारी एक साड़ी-

ब्लाउज, अउर मंझली बिन्नी, अरे बाप रे! न मालूम दिन में कितनी बार साड़ी बदली करते हैं।''

''तो राम मारया तेरा क्या लगता है! साड़ियां तो उसकी दाई धोती है ना! इस्तरी करना है तो कर दिया कर।'' ताईजी ने कहा।

''अरे मांजी, मंझली बिन्नीजी को ऐसा-वैसा काम नाहीं पसंद उनको एकदम लांड्री जैसी इस्तरी चाही। हमसे अब इ सब काम नहीं होगा। रोज नया-नया कानून।''

''क्या नहीं होगा?'' अब तक लता भाभी कमरे से निकल चुकी होतीं, ''ऐसा कौन-सा काम आपको रहता है, खाली कपड़ा धोना और इस्तरी करना ही तो है और करते क्या हो सारे दिन·····''

''ना, हम तो कुछ नहीं करत हैं। मुफ्त का रोटी खात हई ना। अरे बिन्नीजी हमको आज तक बड़ा मांजी कुछ नहीं बोली, ई गरमी में तीन घंटा इस्तरी करत-करत हमार बांह पिराय रही। ई देखो मांजी गंजी कैसे भींग गईल।''

''जा हरिया, आराम करले।'' ताईजी उसके कंधे पर स्नेह से हाथ रखते हुए कहतीं—''बीणनी लोगों से तो बहस अच्छी नहीं है ना।''

अब तक हरिया कमीज की बांहों से आंसू पोंछते हुए कहने लगता—''मांजी, छोटकी बिन्नी सुना अंग्रेजी बोलत हैं, पढ़त हैं। पर उ कभी किसी बात की शिकायत नहीं करतीं। हमसे हमेशा आप करके बात करेंगी अउर ई राजू बाबू का बिंदनीजी का दिमाग·····''

''चुप रह, ए नाड़ी टुट्टा। अभी बिचली बीणनी के कान में बात पड़ जाएगी तो बैठे-बिठाए घर में महाभारत हो जाएगा।'' और वे अपने कमर में खोंसी हुई छोटी मखमल की कोथली से एक रुपया निकालकर देती हुई कहतीं—''जा, सिनेमा देख आ।''

''लो ई अब एक रुपिया में सिनेमा क टिकट मिली·····एक रुपया अउर दीजिए।''

''मेरे पास तो नहीं है। राम म्यारा दिन-रात तेरे रुपये की लत लगी रहती है।''

''अरे दो ना मांजी! आपके पास नहीं तो छोटकी बिन्नीजी से मांग कर दो। राजू बाबू का बिन्नी तो होली-दीवाली के दिन भी बक्खसीस नहीं देत हई।''

कमरे से बाहर आती लता भाभी ने फिर उनकी बातें सुनीं। स्वर फिर तुर्श था—''हरिया, तुम बहुत ही नमकहराम हो। अभी उस दिन तो इन्होंने तुमको रुपया उधार दिया।''

''ऐ बिन्नीजी, हम नमकहराम नहीं हैं। ई बोली हम नाही सुनब। देखिए बड़ी मांजी ई फैसला आज हो के रही·····''

''जा तेरे को जहां जाना है चला जा।'' ताईजी की मीठी झिड़की सुनकर हरिया कहीं नहीं जाता। इसी बीच सोमा धीरे से पांच का नोट ताईजी की हथेलियों में दबा देती। लता भाभी सब कुछ देखकर भी अनदेखा करती, बड़बड़ाती हुई अपने कमरे में घुसतीं—''इस घर की रीत ही न्यारी है। पुराना नौकर क्या हुआ, मरे को सर पर बैठा लें क्या। तब से चबर-चनर सबको हांड़ रहा है। लेकिन उसकी भी सुनो और बर्दाश्त करो। मेरा वश चले तो दरबान से कहकर धक्का देकर गेट से बाहर फिंकवा दूं।''

''सुना बड़ी मांजी आपने? अब हम नाही रहब। मुनीमजी से कहकर हमारा हिसाब

करवा दो। जो बात राजू बाबू नहीं कह सकत उ बात बिन्नीजी कह गई। अरे हरिया का बाप बेचन महतो बड़ा बाबू का सिकदी से बढ़कर था। हरिया को काम करते चालीस बरस हो गइल। हम मोहन बाबू अउर राजू बाबू को स्कूल ले जात रहीं....''

सोमा उकता कर उठ जाती। कमरे में जाकर खिड़की पर खड़ी हो ढलती शाम को देखकर सोचने लगती—क्या जिंदगी ऐसे ही बीतेगी? कोई धीरे से कहता—''हां बस ऐसे ही.....''

× × × ×

स्यालू में अचार-पापड़ का मौसम होता। बड़े-बड़े चीनी मिट्टी के मर्तबान में नींबू-मिर्च के अचार डाले जाते। ताईजी गद्दे पर बैठी रहतीं। निमली बाई और मिसरानी हरी मिर्चों में मसाला भरती रहतीं। हरी मिर्च का अचार ताईजी बहुओं को छूने नहीं देती। उनके अनुसार नींबू मिरचा का अचार केवल निमली बाई के हाथ का ठहरता है। फिर लाइन से लॉन में मुंह पर कपड़ा बांध-बांध कर अचार के मर्तबान धूप में दिन भर रखे जाते। शाम होते ही उठाकर वापस सामान घर में या बरामदे के कोने में।

खाने की मेज पर ताईजी कहतीं—''ऐ निमली, महाराजजी से कहो जरा मोहन के लिए हरी मिर्चा की छौंक दे।''

''बड़ी मां, आपने आलू-सेम का पानीवाला अचार नहीं बनवाया।'' राजू भैया पूछते।

''बनवाऊंगी बेटा। जरा-सी सांस आए। अभी तो पापड़ का काम बाकी है।''

पापड़ के लिए मूंग-उड़द की दाल मंगवाई जाती। पांच मन पापड़ मूंग के बनते और सवा मन के लापड़ (चने के पापड़) अलग। चुनने फटकने, साफ करवाने में सब बहुओं को लगना पड़ता। यों भी जाड़े के दिनों में कढ़ाई का काम नहीं रहता। हां स्वेटर तो रात को भी अपने-अपने कमरे में बुना जा सकता है।

पापड़ की साजी मंगवाई जाती। जीरा चुनकर धोकर सुखाया जाता। फिर उसको उबालकर उसका पानी छानते। जोत डालते समय, पापड़ उसनते समय यह ख्याल रखा जाता कि किसी को ''पीरियड'' है तो वह बिल्कुल दूर रहे। पापड़ उसनते समय यदि उस औरत की छाया भी पड़ गई तो बाद में पापड़ लाल हो जाएंगे। उनमें बूफन लग जाएगी।

बड़े-बड़े अल्युमीनियम की कुंडी में पापड़ उसन कर लोई काटी जाती। फिर पापड़ बेलने वाली आतीं.....लॉन में छाया की ओर पापड़ बेलने वालियां बैठतीं। कम से कम पच्चीस-तीस औरतें तो जरूर रहतीं। उन लोगों के बीच अलग-अलग पीढ़ों पर बहुएं बैठतीं। रेवा बाई बैठती। छुट्टी का दिन रहता तो बड़ी लड़कियां चंद्रा और संगीता भी पापड़ के लिए लोई गिनने में, टेनिया पकड़ाने में निमली बाई की मदद करतीं। सोमा देखती कि कितने सधे हुए हाथों से पापड़ बेलने वाली बस पांच बेलन मारती हैं और एक पापड़ तैयार कर डगरे में उलट देती हैं। घंटे में सौ का हिसाब। दिन में हजार पापड़। कुल पच्चीस-तीस हजार पापड़ सारे लॉन में सफेद जाजम बिछाकर उन पर फैला दिए जाते।

जिसकी सौ की गिनती जल्दी पूरी होती ताईजी को उसी पर शक हो जाता।

''ऐ बड़की बीणनी जरा ध्यान से देख तो कहीं यह पापड़ वाली दो लोई को एक तो नहीं बनाकर बेल रही।''

''नहीं ताईजी, इसका हाथ जल्दी चल रहा है।''

तब तक संगीता बोल उठती—''नहीं मम्मी, मैंने भी देखा। आपके सामने बैठी हुई पापड़ वाली है ना, उसने सौ के बदले में पचास पापड़ ही बेले हैं।''

''तुमको कैसे पता?'' बड़ी भाभीजी झिड़कतीं।

''अरे डगरे में गिन-गिनकर तो मैंने ही सुखाया था।''

''तो उस समय क्यों नहीं बोली।''

''मुझे क्या मालूम? मैंने सोचा इसको दुपड़िया बेलने के लिए कहा गया है।''

''ओह हो बड़ौरी बीणनी, तुमसे तो कोई काम नहीं होता। अब यह मोटा-मोटा दुपड़िया कौन खाएगा? दुपड़िया की तो छोटी-छोटी लोई अलग कुंडी में रखी है।''

''ठीक है, इसकी मजूरी काट लेंगे।'' भाभीजी कहतीं।

''सुनो ऐ बहूजी, हमारा एक पैसा भी आप नहीं काट सकतीं।''

''क्यों नहीं काटेंगे? यदि गलती करोगी, सौ के बदले पचास पापड़ बेलोगी·····'' ताईजी चीखतीं।

''वह हम नहीं जानते। आप पैसा नहीं काट सकतीं।''

''देख ऐ बीणनी, ई रांड की इत्ती मजाल।''

''ऐ मांजी, हमको रांड-वांड मत बोलिए तो। मालापाड़ा में रहते हैं तो क्या हम रंडी हुए। खटकर खाते हैं।'' और अब तक वह अपना बेलन-पाटा लेकर उठ खड़ी होती·····उसको उठते देख और दो-चार पापड़ वाली अपना-अपना बेलना-पाटा उठाने लगतीं·····'' अरे चल बहिना, उ जालान हाउस की मांजी कितनी भली हैं। हम लोगों को चाय-नाश्ता अलग से देती है। आज तो वहां से बुलावा था, इनके मारे न हम लोग नहीं गए।''

ताईजी का असहाय स्वर, बड़ी भाभीजी का रुंआसा चेहरा, सबके चेहरे पर खामोशी। लता भाभी धीरे से फुसफुसातीं—''इन लोगों का क्या भरोसा! अभी छोड़-छाड़कर चली जाएं तो अभी तो सुबह से मन भर ही पापड़ बिले हैं और जाड़े की शाम, अंधेरा जल्दी होता है। ऐसे भी बदली घिर रही है।''

''सारी गड़बड़ इस बड़की बीणनी के कारण हुई।'' ताईजी झुंझलातीं।

''मैं क्या करूं?'' बड़ी भाभीजी अब रोने लगतीं।

''क्या करूं·····ले अब संभाल इन लोगों को।''

ऐसे समय नत्थू महाराज और मुनीमजी या फिर हरिया और रामू काम आते। सबसे ज्यादा प्रभाव पड़ता मुनीमजी के एक वाक्य से—

''ऐ पापड़ वालियां, सौ की बिलाई में हम दस पैसा रेट का बढ़ा देंगे। नत्थू महाराज कहते—

''चलो, अभी मैं सबको चाय पिलाता हूं।''

हरिया छौंक लगाता—''ऐ म्हाराजजी, उ डबल मार्का का डबल कड़क पिलाना। समझे!''

ताईजी ठंडी सांस लेकर कहतीं—"अब मेरे से तो यह सब झमेला नहीं होता। संभालो, तुम लोग अपनी-अपनी गृहस्थी।"

"संभल चुकी बाईसा। देख तो लिया आपकी बहूरानी का नमूना।"

बड़ी भाभीजी की आंखों से आंसू की बूंदें गालों पर लुढ़क आतीं।

संगीता कहती—"क्या मम्मी, आप भी दादी मां की बात का बुरा मानती हो! इतने वर्ष में उनका स्वभाव नहीं समझ पाई।"

बड़ी भाभीजी धीरे से कहतीं—"समझ की तो लाचारी है। हम लोग दबते हैं ना, तब ही तक ताईजी दबाती हैं। छोटी को कोई कुछ क्यों नहीं कहता। कोई उससे पूछे तो? सुबह से उसने ऐसा क्या काम किया है।"

कमर सीधी कर खड़ी हुई सोमा साड़ी का पल्लू माथे पर खींचती हुई सोचती—क्या सब कुछ ऐसे ही चलेगा? बस ऐसे ही?

और इसी तरह तीन-चार दिन में पापड़ बिल कर खतम होते। फिर उनको धूप में दुबारा सुखाकर "जेटते"। यानी पच्चीस-पच्चीस की थाक लगाकर पीपे में रखा जाता।

ताईजी मुनीमजी से कहकर लिस्ट तैयार करवातीं—"दस सेर पापड़, एक मर्तबान नींबू-मिर्चा, उमा बाई की ससुराल। उनका तो परिवार बड़ा है। और उमा की सासू भोत सीधी लुगाई है मेरे अचार-पापड़ की भोत ही बड़ाई करती हैं। कुसुम बाई के यहां बस पांच सेर पापड़ और एक भांड़ नींबू-मिर्चा।

"वहां कम क्यों दादी मां····?" संगीता पूछती।

"अरे तो कुसुम की सासू तो वृंदावन रहने लगी। घर में चार तो प्राणी। आखिर कितना पापड़ खपेगा?"

"मुनीमजी राजू बाबू की ससुराल और अपने डाक्टर सेन के यहां भी अचार-पापड़ जाएगा। बाबू लोगों से ठीक से पूछ लीजिएगा, किस-किस अफसर के यहां कितना-कितना अचार-पापड़ जाएगा। मन भर पापड़ तो मोहन गांव में बंटवा देता है। मेरा तो यह पापड़ बनाने में खून पानी हो जाता है।" ताईजी सोमा से कहतीं।

सोमा पूछ नहीं पाती कि अब आप इतनी परेशानी क्यों उठाती हैं? उसने दबी जबान से एक बार कहा भी—"ताईजी बाजार में बने-बनाए पापड़ भी तो मिलने लगे। वहां दिल्ली में मेरी मां के यहां।"

"अरे, वह साजी का पापड़ थोड़े होता है। सोड़े का पापड़ खाने से आंत में घाव और हो जाएगा।"

ठीक है। मौन समर्थन में सोमा सिर हिलाते हुए फिर सोचने लगती—अपने ससुराल के बारे में, ताईजी के बारे में, सब कुछ कितना रिच्यूलाइस, क्रम से बंधा-बंधाया, कुछ भी तो नहीं बदलता इस घर में। दुनिया बदल सकती है लेकिन ताईजी···

इससे आगे वह नहीं सोच पाती। उसको वर्तमान ठहरा हुआ नजर आता। भविष्य की क्षीण उजास रेखा भी नहीं नजर आती। अंधेरा, एक गहरा अंधेरा मन के भीतर फैलता जा रहा था और ससुराल में उसका समय बीत रहा था, बस बीत रहा था····

× × × ×

"सोमा सो गई क्या? यदि नहीं तो उठो, शाम का वक्त है।" कमरे में बत्ती जलाते हुए सुजीत पूछ रहे थे।

"नहीं बस ऐसे ही लेटी हुई थी।"

"आओ चलो बाहर बैठो।"

वह उठकर बाहर आ गई। अर्जुन टीवी देख रहा था। सुजीत अखबार पढ़ने लगे और सोमा वहां होकर भी नहीं थी। पिछले चौबीस घंटे के अंदर कितनी तेजी से, कितना कुछ घट गया। सोमा सोचती थी कि वह रूंगटा हाउस को अपने उस पुराने घर को एकदम भूल चुकी है। लेकिन नहीं, सब कुछ हू-बहू वैसा का वैसा स्मृतियों की निचली परत में जा चुका था। ताईजी की मृत्यु की पीछे नहीं उससे भी अजीब घटना है उनका अपने गहने, सोमा के हाथ में देकर चले जाने के पीछे कोई तो कारण होगा। और भाई साहब का यह कहना कि, सोमा तुमको तो बैठकी में बारह दिन आना चाहिए, तुम अब भी इस घर की बहू हो।

कैसा मजाक! भाई साहब भी आखिर किस बात का हवाला दे रहे थे? कानूनी तलाक नहीं हुआ इसका? या फिर गहनों का? सोमा ने सोचा—क्यों नहीं मैं ही सबके बीच इन गहनों का बंटवारा कर दूं। लेकिन खुद ताईजी ने ही क्यों नहीं दिया? और फिर मुझसे यह कह गई कि जो तुम नहीं रखना चाहो वह निमली बाई को दे देना।

"सोमा!"

"ओह....हां!"

"इतना नहीं सोचते।" धीरे से सोमा की हथेलियों को दबाते हुए सुजीत ने कहा।

"नहीं मैं कहां सोच रही हूं।"

"सोच तो रही हो। चलो उठो चाय के साथ कुछ खा लो। फिर गरम दूध पीकर सो जाना। मैंने बेकार तुमको वहां भेजा।"

"नहीं-नहीं सुजीत तुमने तो ठीक ही किया। मैं वहां पर नहीं जाती तो बहुत बड़ा पछतावा रह जाता।"

"खैर, चलो उठो और सुनो अब वहां से बुलावा आए तो नहीं जाना।"

सोमा, सुजीत के सामने यह बोल नहीं सकी कि, भाई साहब ने फिर आने को कहा है। वह जानती है कि सुजीत ना कहेंगे। और ना कहना ही उचित है। लेकिन फिर उसका मन क्यों वहां जाना चाह रहा है? कुछ जानने की इच्छा? लेकिन क्या जानना और वह भी किन लोगों के बारे में?

गहरी नींद सोने के बाद भी सुबह तीन बजे ही नींद खुल गई। सोमा चुपचाप उठकर चौके में आ गई। उसको सर भारी लगा। शायद ज्यादा रोने के कारण। चाय का प्याला लिए वह बालकनी में रखी कुर्सी पर बैठ गई। गली शांत थी। भोर की हवा में थोड़ी ठंडक और मन के भीतर सोच का सिलसिला चालू था। संवादों की चटकन में वह खुद से कह रही थी—जिंदगी की नाव किस धार से चली और किस घाट पर रुकी, क्या कहीं कोई भी समानता है? हर घाट पर तो कोई न कोई बांहें पसारे खड़ा था। तब क्या मेरी ही गलती है कि वह कहीं ठहर नहीं पाई। क्या बहना मेरा स्वभाव है? सच कहा जाए तो अब और आगे बढ़ते जाने की हिम्मत नहीं। सुजीत की बांहों में मैंने ठहराव खोज लिया है।

ठहराव में शांति है, सुख नहीं। फिर सुख क्या है? शायद हर व्यक्ति की सुख की अलग-अलग परिभाषा है। सोमा को पाकर सुजीत परम सुखी है। शायद उनके जीवन की वह परम उपलब्धि है। सुजीत ने कभी चित्रा का जिक्र नहीं किया। पूरे अतीत से अपने को काट ही लिया। सोमा ही कभी-कभी चित्रा के बारे में बातें करने बैठ जाती है। लेकिन सुजीत हमेशा खामोश।

सुजीत के मन में अपने इस संबंध के प्रति कोई अपराध बोध नहीं और यदि है भी तो कम से कम उसने सोमा से कभी कुछ कहा नहीं। न अफसोस किया और न कोई शिकन।

लेकिन यह क्या घट गया? सोमा फिर सोचने लगी, अचानक यों रूंगटा हाउस जाना और ताईजी का, घर वालों का, सबका एक ही निनाद, सोमा, गौतम की पत्नी है। अब आपस में कोई वाद-विवाद हो गया तो क्या विवाह जैसा पवित्र बंधन टूट जाता है? सुबह का भूला शाम को घर लौटता है तब क्या घर वाले आश्रय नहीं देंगे? अब कोई गलती कर जाए, कदम लड़खड़ा जाए तो क्या करे? उठाकर पटक दें? यह तो पराई बेटी है इसलिए जितना बोलना है बोल लो, लेकिन अपने कोख का ढक्कन ढंकते हैं कि नहीं? अरे पति-पत्नी का जनम-जनम का फेरा होता है। बड़ी बीणनी यह तो अपने घर इतना उत्पात हुआ।

निमली बाई का कहना था बाईसा तो बोलते ही थे कि निमली, द्रौपदी के पांच पति थे। मंदोदरी के नियोग से संतान हुए। तारा पति के रहते हुए चंद्रमा के घर रह कर आई और अहल्या के पेट में इंद्र का भ्रूण पल रहा था। अब गौतम के जो लक्षण थे उसमें बच्चे तो होने से रहे।

"ठीक है बहू को आप नहीं मानें, लेकिन आज अपनी रेवा ऐसा करम कर ले तो क्या करे? बेटी को उठाकर फेंक दें क्या?" नागपुर वाली चाची गालों पर हाथ रखे कह रही थीं। "बहू, बेटी एक नहीं होती। पर ताईजी तो जाते-जाते सोमा को बेटी बोल कर गई हैं। ठीक है बेटी की तरह आओ-जाओ।"

बैठक में आने-जाने वालों का तांता लगा हुआ था। ये सारी बूढ़ी-बूढ़ी औरतें कहां से आ रही हैं कोई कहती हैं, "पद्मावती बाई के जाने से मैं तो एकदम अनाथ हो गई। आते-जाते दो-चार सौ भिजवा देती थी मेरा तो खर्चा-पानी चल जाता।"

"बाई मैं तो पिछले साल तीरथ गई थी, मोहन की बीणनी मैं झूठ नहीं बोलूंगी पद्मावती बाई ने दो हजार चुपचाप लिफाफे में पकड़ा दिए।" हीरा बाई गुप्ता कह रही थीं।

सोमा धीरे से निमली बाई से पूछती हैं, "निमली बाई ताईजी की ये हीरा बाई क्या लगती हैं?"

"तुम्हारी अपनी सास की चचेरी बहन हैं।"

"तो इसका ताईजी से क्या लेना-देना था?"

"था कैसे नहीं। देवरानी की बहन अपनी बहन नहीं हुई क्या?"

सोमा धीरे से अपनी दो जिठाणियों का चेहरा देखती है बड़ी जिठाणी जड़भरत लेकिन उतनी ही घुन्नी-मुन्नी। उसको ताईजी के शब्द याद आ गए, "अपन यह बड़की शीतला माई-सी बैठ जाती है, कोई बात का ही शऊर नहीं, फूहड़ है।"

"ताईजी आप ही तो ब्याह कर लाई थीं।" मोहन भैया बात को हंस कर लेते।

"वह तो बड़े घर का लालच था। लेकिन ठीक ही कहा गया—दान दायजा बहजा, छाती कूटता रह जा।

और लता भाभीजी के प्रति ताईजी की एक ही उक्ति रहती, यह बिचली तो आधी धरती में आधी बाहर। मुझे नहीं मालूम था कि यह इतनी खोटी निकलेगी।"

"लेकिन ताईजी आपसे तो वे भी डरती हैं।" घर का कोई न कोई सदस्य कह देता।

"मेरी हड्डियों में जोर है तब तक। जिस दिन खाट पकड़ूंगी ना तो मेरे प्राण तो पीछे निकलेगा, यह मुझे नीमतल्ला घाट पहले भेज देगी।"

"लेकिन ताईजी, राजू भैया तो आपका इतना सम्मान करते हैं। सोमा कभी कह बैठती, हालांकि अपनी छोटी जिठाणी यानी लता भाभी का स्वभाव वह भी समझती थी।

"ऐ छोटकी! यह करने-वरने की बात हमको मत सुनाओ तो। अपने मालिक के मकान में रहती हूं, खाती हूं तो उनका हिस्सा खाती हूं। हां···नहीं तो।"

सोमा को लगा ताईजी का यह "हा···नहीं···तो" का तकिया-कलाम सारी आवाजों के बीच जोर से उछलकर मानो अभी भी अपने कमरे के कोने में पैंतरा बदले खड़ा है। ताईजी पैंतरा भी खूब बदलती थीं? धीर-स्थिर, गंभीर, ताईजी कब झनझना कर कांच की तश्तरी-सी जमीन पर गिर कर टुकड़ा-टुकड़ा हो जाएगी यह कोई नहीं कह सकता था। बस बगल में खड़ा हुआ आदमी एकदम से अपराधी होकर सर झुका लेता और ऐसे अपराधी को सजा कौन देता था? स्वयं ताईजी ना। जब ताईजी की जबान खुलती थी। तब बेटे-बहुओं में किसी की हिम्मत नहीं हो कि उलट कर बोल दें। चाहे वह लता भाभी ही क्यों न हों।

ताईजी कहती—"राजू की बीनणी, तुम चाहे टिबरे वालों की बेटी हो मैं मानती हूं कि, तुम्हारे बाप बहुत बड़े धन्ना सेठ हैं, लेकिन इससे क्या हुआ? हमको तो उन्होंने कोई धन निकाल कर दिया नहीं, और न ही कोई हूर की परी-सा तुम्हारा रंगरूप है। अरे मेरा राजू तो सस्ते में बिक गया। हम लोग तो भोले मन के ठहरे, तुम्हारे मां-बाप की चिकनी-चुपड़ी बातों में आ गए। पर यह क्या पता था कि तुम्हारा मन इतना ओछा है।"

और ताईजी अपने मांचे पर बैठी-बैठी बार-बार धोती के पल्लू से अपनी आंखें पोंछने लगतीं।

"ताईजी क्या हुआ? बड़ी मां आप ऐसे क्यों जी नाराज कर रही हैं? तबीयत खराब हो जाएगी।" कोई बात हो गई? किसी से कुछ गलती हो गई?" मोहन बाबू पूछते। राजू भैया पूछते।

घर में उपस्थित बहुएं, बेटियां, पोते-पोती, एक-एक कर ताईजी के कमरे के सामने जमा होने लगते। हॉल के बाहर सीढ़ियों पर मुनीमजी की काली टोपी दिख जाती, ठाकराजी की पीली पगड़ी झलक जाती और थोड़ी-सी और आगे नजर जाती तो एक-एक सीढ़ी पर धीरे-धीरे एक-एक आदमी खंभे सा टिका हुआ दिखता।

और ताईजी का प्रलाप शुरू होता—"सब पुरबलै जलम का लेना-देना है। यह मेरी हिम्मत है जो मैंने अपना कलेजा नोंच-नोंच कर देवरजी के बेटे-बेटियों के मुंह में निवाला दिया।" और फिर उनका ब्रह्मास्त्र "आज बड़े सेठजी जिंदा होते, अरे मेरी पेट का जाया कोई तो होता। अपनी मां, तो आखिर अपनी मां होती है ताई कैसे मां की जगह ले लेगी?"

''बड़ी मां अब आप चुप रहिए तो।'' राजू भैया चीखते।

''नहीं! मैं नहीं चुप रहूंगी। अरे ऐ राजू ! तू पहले अपनी लुगाई को संभाल। मैं तो सांची बात बोलती हूं तो सब को खारी लगती है। तुम बोलो छोटी बीणनी।''

सोमा भय और आतंक से आपादमस्तक सहम जाती, ''अरे बाप रे! अब ताईजी मुझको क्यों घसीट रही हैं? ऐसे ही लता भाभी मेरे पीछे पड़ी रहती हैं।''

''बोलो सोमा क्या बात हुई थी?'' भाई साहब पूछते।

''भाई साहब मैं तो पूजा कर रही थी···''

''ऐ छोटी बीणनी! पूजा से उठकर झूठ मत बोलो।''

''नहीं मैंने ठीक से सुना नहीं। भाभीजी आप ही बोलिए ना।''

''हमको तो कुछ समझ में नहीं आया।'' भाभीजी का रटा-रटाया उत्तर होता।

तब तक ताईजी कमरे के बाहर खड़े हुए बेटों को आवाज देतीं—''राजू, मोहन आओ बेटा! भीतर आ जाओ। गृहस्थी है राई का परबत बनते देर नहीं लगती। राम की मारी रबड़ की जबान ही तो है फिसलेगी नहीं?''

हरी बत्ती जलते ही पहले भाई साहब कमरे में जाते, ''बड़ी मां तबीयत ठीक है ना?'' पीछे-पीछे राजू भैया, यह कहते हुए—

''ताईजी, लता की जबान दिन पर दिन खुलती जा रही है। इसको महीने दो महीने पीहर भेज देता हूं, अकल ठिकाने आ जाएगी।''

''ना बेटा ना घर की लक्ष्मी के लिए ऐसी जबान नहीं बोलते।''

तब तक लता भाभी की रुंआसी आवाज, ''हूं···सब देख लिया यहां लक्ष्मीजी का कितना आदर है।''

''लता भाभी आप भी तो चुप नहीं रहतीं।'' अबकी रेवा बाई बीच में टपक पड़ी।

''मैं क्यों चुप रहूं? कोई उठाईगिरों की लड़की हूं? खरीदकर लाए थे?'' उनकी आवाज सुनकर कमरे में मांचे पर बैठी हुई ताईजी के तन-बदन में आग लग जाती। वे डपट कर कहतीं—''देख मोहन! यह बिचली बीणनी बोले बिना नहीं मानेगी और इस बड़की बीणनी का तो मुंह मीठा और अंतर झूठा है। यह तो भीतर-भीतर पलीता सुलगा देती है और बिचली नाच खड़ी होती है।''

''बड़ी मां आप भी···''रेवा बाई कुछ कहे इससे पहले ताईजी और उगल बैठतीं, ''कितनी भी बात हो जाए, लेकिन बिचली बीणनी अपनी चाल नहीं बदलेगी।''

''नहीं बदलूंगी। बिल्कुल नहीं बदलूंगी।'' लता भाभी चीखती, पैर पटकती।

''देख इसके हया-शर्म तो है नहीं, देवर, जेठ के सामने इतनी बोली···ऐ राम जी···''

''हां···हां बोलूंगी सौ बार बोलूंगी, हजार बार बोलूंगी। मैं ही बुरी हूं ना।''

और फिर सप्तम स्वर में उनका रोना-धोना, बड़ी भाभीजी करीब-करीब उनको अपने साथ खींचते हुए कहती, ''चलो-चलो ऐसे नहीं करते। मेरे कमरे में चलो।''

''ताईजी लता को उसके पीहर भेज देते हैं।''

''ना बेटा। परिवार में कभी राजी पौ तो कभी मन मुटाव होता ही रहता है। बात आई गई करने में ही स्याणफ है।'' यवनिका पतन हो जाता ।

थोड़ी देर में ताईजी फिर हंसती हुई नजर आतीं। तुष्ट भाव से वे सोमा से कहतीं, ''बेटे वश में रहे तो बहुएं क्या कर सकती हैं? क्यूं छोटी बीणनी ठीक बोलती हूं ना।''

''हां, ताईजी ठीक है।'' सोमा का छोटा-सा प्रतिउत्तर होता। लेकिन उसके अंदर एक भूचाल उठ खड़ा होता। यह कैसे रिश्ते? कैसे लोग? फिर ताईजी? सोमा देखती कि, ताईजी दिन-प्रतिदिन और, और अधिक कमजोर होती चली जा रही हैं। कौन उनके वश में है? क्या भाई साहब का अफेयर उनसे छुपा है? आए दिन भाभीजी का रोना-धोना...सर में दरद लिए पड़े रहना और फिर भाई साहब का अफेयर भी किसके साथ? भाभीजी की सगी चचेरी बहन पुष्पा के साथ, जो भाभी से उम्र में दस साल छोटी है।

पुष्पा की शादी कॉलेज में सैकेंड ईयर में पढ़ते-पढ़ते हो गई। कहते हैं पुष्पा और दिनेश का संबंध भाई साहब ने ही करवाया था। फिर क्या पहले से ही यह सब था? हो सकता है लेकिन मुझे तो पता नहीं। किससे पूछूं? सोमा सोचती। इस घर में स्पष्ट बात कभी कोई नहीं बोलेगा। आंखों से एक दिन सोमा ने साफ-साफ देखा...पता नहीं उस रविवार की दोपहर को क्या काम था कि, वह सीधे धड़धड़ाते हुए अपनी बड़ी जिठाणी के कमरे की ओर चली गई। बाहर बच्चों वाले कमरे में नहीं दिखीं तो सोमा ने सोचा कि, वे अंदर होगीं और...अंदर कमरे में भाई साहब के साथ पलंग पर पुष्पा थी और भाभीजी खिड़की की सलाखें पकड़ बाहर खाली आंखों से सूना आकाश पी रही थीं। सोमा को देख सब लोग हड़बड़ा उठे...

''अरे सोमा...''

नहीं सोमा और नहीं रुक सकती थी। आकर कमरे में धम्म से वह सोफे पर बैठ गई। यह क्या हो रहा है? इस घर के कर्ता में शर्म-हया कुछ नहीं और भाभीजी? किसने उन्हें यह सब सहने के लिए मजबूर किया? भाई साहब ने? मगर क्यों? मन लायक पत्नी नहीं है। सभा-सोसाइटी में साथ नहीं दे पाती है...शायरी नहीं समझ पाती...बच्चों को संभालने का शऊर नहीं, झल्लो माई-सी रहती है...मोटा भद्-भद् सा शरीर है? लेकिन इसमें भाभीजी का क्या दोष? उनका चुनाव किसने किया? भाई साहब का कहना है कि, उन्होंने अपनी पत्नी का चुनाव नहीं किया। तब क्या? हां...हां ताईजी को बड़े घर की बेटी की जरूरत थी। लेकिन क्यों? इस पैसे वाले परिवार को और अधिक पैसों की क्यों जरूरत थी? नहीं घराने का संबंध जरूरी था और उस जमाने की, भाभीजी की उमर की कितनी औरतें पढ़ी-लिखी हैं? स्मार्ट हैं? ताईजी कहती हैं—सुंदरता तो भगवान की देन है। क्या आदमी अपने करमों से सुंदर नहीं होता? शायद हां, शायद नहीं।

लेकिन बड़ी भाभीजी क्यों नहीं अपने लिए अपने अधिकार के लिए कुछ कहती हैं? उनमें इतनी ठंडक क्यों है? और यह पुष्पा कौन-सी हूर की परी है? लेकिन शोख तो है। रिझाना-खिजाना तो आता है। क्या इसीलिए उस दिन भाई साहब और राजू भैया में केमिकल फैक्ट्री की एजेंसी किसको दिया जाए इस बात को लेकर बहस हो गई थी। भाई साहब एजेंसी पुष्पा के पति दिनेश को देना चाहते थे और अंत में हुआ भी वही। बस राजू भैया ने यही कहा था—

''भैया आप कह रहे हैं तो ठीक है लेकिन आपके ये दिनेश बाबू काम नहीं कर पाएंगे, डुबाएंगे एक दिन। सबको डुबाएंगे।''

और आज भाई साहब का कहना, ''सोमा तुमसे क्या छुपाना, साठ लाख की देनदारी है।

फैक्ट्री घाटा दे रही है।''

सोमा ने सोचा कि भाई साहब को ताईजी के धन का मुट्ठी भर भी मिल जाए तो उनका परिवार बच जाए। लेकिन ताईजी से भाई साहब की स्थिति छुपी थी? फिर उन्होंने भाई साहब को गहने क्यों नहीं दिए? सोमा फिर सोच के समंदर में गोते लगाने लग गई।

सबसे फिट जोड़ी तो राजू भैया और लता भाभी की है। कैसे धन दबाया जाता है इसकी कला तो उनसे अधिक और कोई नहीं जानता। राजू भैया को एक ही तो बुरी लत है—हर शाम को दो गिलास व्हिस्की की। अरे यह भी कोई चर्चा करने लायक बात हुई भला? खुद लता भाभी कहतीं, ''कौन नहीं पीता? मेरे अपने भाई भी पीते हैं। इससे क्या हुआ? किसी को मालूम नहीं पड़े इसलिए कोकाकोला में मिला लो।''

सोमा जानती थी कि, पति का साथ देने वाली लता की मुट्ठी बहुत बड़ी है, जिसमें सारे खानदान का धन समा जाए। सबको पता था कि घर की एक से एक कीमती चीजें कैसे धीरे-धीरे लता भाभी के तीनों कमरों की शोभा बनते चले गए। झाड़-फानूस, बर्मा टीक के एंटिक फर्नीचर, ईरानी गलीचे, पुरानी दीवाल घड़ी, सीढ़ियों के पास रखे हुए बड़े-बड़े चाइनीस पोर्सीलिन के आदमकद फ्लावर वॉस। हर एंटिक को राजू भैया और लता भाभी, ''पुराना है, कूड़ा है। यह भी कोई टेस्ट हुआ...हटाओ इसे।'' भैया ड्राइंगरूम को फिर से नया बनवा लेते हैं। ताईजी नये डिजाइन का फर्नीचर अच्छा लगेगा।''

सोने-चांदी का पांच सेर वाला पनडब्बा...''ताईजी यह तो उठाने में ही हाथ दरद हो जाता है...मैंने केजड़ी वालों के यहां देखा, इतना सुंदर और हल्का बना हुआ पान-सुपारी का डब्बा था कि क्या बताऊं?''

और ताईजी का उत्तर, ''देख लो बीणनी, तुम लोगों को जो बनवाना है बनवा लो।''

''अब इसी को गला कर बनवा लेते हैं। ताईजी इसमें तो एक मेवे का डब्बा और बन जाएगा।''

''ना बेटा, बाप-दादों की चीजों को गलाते नहीं।''

''ताईजी आप भी ऐसे टोक देती हैं ना तो मेरा कुछ मन नहीं करता। मैं कौन-सा गहना तुड़वा रही हूं और मेवे का डब्बा तो अपने संगीता और चंद्रा के ब्याह में देने के काम आ जाएगा।''

''ठीक है बीणनी जैसा मन हो, वैसा कर लो।'' चंद्रा, रेवा बाई की बेटी, ताईजी की सबसे बड़ी कमजोरी थी। गृहस्थी में दिन-रात खटती हुई, रेवा बाई कभी इस भाभी को खुश करने में तो कभी उस भैया को मनाने में लगी रहती। ताईजी एक ठंडी आह भर के कहती, ''मेरे से तो अपनी इस छोरी की तरफ देखा नहीं जाता। रे मेरे रामजी! इसकी चंद्रा को तो अच्छा घर-वर देना।''

खैर, उस पांच सेर की चांदी के बदले जो हल्का पनडब्बा बन कर आया वह क्या ताईजी की अनुभवी आंखों से छुपा था? या फिर क्या वे बिना बोले मानी थी? नहीं।

''ऐ बिचली बीणनी वह बाकी बची हुई चांदी कहां गई? और उस पर तो सोने की परत भी चढ़ाई हुई थी। कम से कम दो भरी सोना तो होगा।''

''क्या पता ताईजी? आपको विश्वास नहीं होता तो गोल्डसिल्वर वालों से फोन करके पूछ लीजिए। चांदी में इतनी खोट थी, इतनी मिलावट थी कि, क्या बताऊं और फूलों की

डिजाइन में तो सोने की पालिश थी, कोई असली सोने का काम थोड़े ही था।''

''बिचली बीणनी खोट तो अपने मन में है।''

''क्या मतलब?''

''तुम समझती नहीं क्या? मैं मतलब बताऊं? यह डब्बा तो देवरजी ने अपने हाथ से बनवाया था।''

''तब क्या आप कहना चाहती हैं मैंने चोरी की।''

''लो मैं कब बोल रही हूं तुमने चोरी की। दुकान वाले ने कहीं ठग न लिया हो।'' ताईजी कुछ और बोलें इससे पहले लता भाभी की ऊंची आवाज में रोना-धोना तथा रेवा बाई का बीच-बचाव करते हुए ताईजी को समझाते हुए यह कहना—''छोड़ न बड़ी मां। तू क्यों बोलती है, तेरी अपनी चीज है? इन लोगों का अपना धन है, जो इनका मन हो सो करें।''

लेकिन उस दिन ताईजी का मन दुखी हो गया था। अपनी कोठरी में घंटों बैठी वे पुरानी चीजों को उलट-पुलट कर देखती रही थीं। बार-बार उन्हें आश्चर्य हो रहा था कि डब्बे में इतनी कम चांदी कैसे निकली? खैर, पांच-सात दिन में ताईजी ने ही सोमा से कहा और वह भी इतनी ऊंची आवाज में कि घर के अन्य सदस्यों के कान में कुछ शब्द तो पड़ ही जाते—

''देखा छोटी बीणनी वह चांदी का डब्बा बिचली ने अपनी भाभी के पास रखा है।''

''ताईजी आपको कैसे पता चला?'' सोमा ने धीरे से पूछा।

''अरे! उसी का छोटा मुन्ना सोनू बोल गया, दादी मां वह डब्बा मम्मी ने मामाजी के पास रखा है। मम्मी, पापा बात कर रहे थे। मुझसे कहने लगा—''दादी मां, वह डब्बा गलाया नहीं गया है। मामाजी को फोन करके डब्बा मंगवा लो।''

''आप क्या बोल रही हैं ताईजी?'' सोमा की विस्फारित आंखें थीं।

''जो नहीं घटे सो थोड़ा है।'' ताईजी ने सरौते से छालिया सुपारी काटते हुए कहा—''अरे मैंने तो उसी दिन कहा था, ''निमली, बिचली के हायका भोत है। उसकी नीयत डोल गई, और क्या!''

''अच्छा!'' सोमा अब सच में आश्चर्य चकित थी। ''यानी आपको उसी दिन अंदाज हो गया था।''

''बिल्कुल।'' और मुंह में सुपारी रखते हुए ताईजी सोमा के और नजदीक आकर कहने लगीं—''तुम लोग देवरानी, जिठानी आपस में बात कर लो····तुम्हारा ही धन जा रहा है। मैं तो अब बीच में कुछ बोलूंगी नहीं।''

''ताईजी अब वह सेर भर की चांदी के लिए कौन उलझे लता भाभी से?''

''ठीक है मत बोलो। बड़की तो वैसे बोकी है और तुम अलग माटी की।''

''ताईजी प्रेम तो है नहीं आपस में····''

''धन से प्रेम करने वाला कभी किसी ''मिनख'' से प्रेम नहीं कर सकता।''

''हां आप ठीक कहती हैं।''

और फिर ताईजी कहने लगी थीं, ''मेरे तो सौ गुणों में एक यही अवगुण है कि, भगवान में मेरा ध्यान नहीं लगता, दिन भर बस अपनी टाबरी में रमी रहती हूं।''

× × × ×

एक ठंडी सांस भोर की हवा के साथ घुल गई।

''सोमा तुम यहां बरामदे में? इतनी सुबह? सुजीत की ठंडी हथेलियां माथे पर थीं—''अरे! यह क्या, सोमा तुम रो रही हो?''

''सुजीत! मैं क्या करूं सुजीत? अपने को इतना कमजोर तो मैंने कभी नहीं पाया। दो साल पहले जब मैंने पापा की मृत्यु के बारे में सुना था, तब भी नहीं···''

''थोड़ा धीरज रखो सोमा, रोने का मन करता है रो लो।''

''सुजीत, लेकिन ताईजी मुझे अपने गहने क्यों दे गईं?''

''ठीक है। अपन बात कर लेंगे। चलो, भीतर चलो।''

सुजीत कुछ नहीं बोलते। एक शब्द नहीं बोलते। लेकिन सोमा को पता है कि भीतर ही भीतर वे कौन-सा तूफान झेल रहे हैं। सोमा का वापस रूंगटा हाउस जाना और वह भी अब बैठने जाना। उनके पौरुष का दर्प कैसे सहन करेगा? क्या सुजीत को मारवाड़ियों से नफरत है? तब वह सोमा से इतना प्यार क्यों करते हैं?

चाय पीकर पलंग पर आंखें बंद कर लेट गई। सुजीत ने भोर के फूटते हुए उजाले को बाहर ढकेलते हुए भारी-भारी पर्दे खींच दिए। सर पर ठंडी हथेलियां दबाते हुए उन्होंने पूछा—''बात करोगी या फिर सोना चाहोगी?''

''सो लेती हूं। नींद आ रही है।''

''ठीक है। गृहस्थी की चिंता मत करना, मैं संभाल लूंगा। अर्जुन को स्कूल भी पहुंचा आऊंगा। तुम जरा नौ बजे तक सो जाओ तो।''

लेकिन नींद कहां? बंद पलकों के भीतर ढेर सारे अतीत के पन्ने खुलते हुए··· केलयाडस्कोपिक तस्वीरें····

ताईजी, निमली बाई, रेवा बाई, तीन बेटे, तीन बहुएं और बच्चे। परिवार में कुछ न कुछ घटता ही रहता था।

सोमा सोचा करती, इस तरह की निष्क्रिय जिंदगी से तो मैं और मोटी होती जा रही हूं और अपने प्रति कितनी लापरवाह। भला यह भी कोई जिंदगी है? कहीं कोई थ्रिल नहीं, कोई उत्तेजना नहीं। वही पुराने सौ-पचास घरों के बीच आपसी संबंध, खाना खिला दो, खाना खाने चले जाओ। न कोई बहुत पास, न कोई बहुत दूर। पार्टी हो तो महिलाएं सजी-धजी गुड़िया-सी अलग खड़ी नजर आतीं, लॉन में पुरुषों का माहौल एक ओर अलग। बड़े मिल जाएं तो झुककर प्रणाम कर लो। बराबर वालों से ''कैसे हो?'' पूछ लो। बस, इतना भर।

बड़ी-बूढ़ियां पूछ लेंगी, ''कैसी हो? गौतम की बहू हो ना?''

''जी हां, प्रणाम मौसीजी। ठीक हूं, आप कैसी हैं?''

''ठीक है! चलता है। बुढ़ापा आ गया और?''

''हां और?''

इसके आगे मैं बात कर नहीं पाती। और हमउम्र औरतें? किसी के घर की बहू, किसी की बेटी, लेकिन क्या बात की जाए? सोमा की तो जल्दी से किसी से दोस्ती भी नहीं होती। वह कलकत्ते में बड़ी नहीं हुई और न ही उसके पीहर वालों की कलकत्ते में कोई रिश्तेदारी है। लता भाभीजी, बाई लोग ये तो फिर भी सरलता से इन लोगों के बीच घुलमिल जाती हैं।

लेकिन सोमा को तो समझ में ही नहीं आता कि क्या बातें की जाएं? एक कटा हुआ अतीत, उसका बचपन, जो दिल्ली में पैदा होकर घुटनों के बल वेल्हम में चलता रहा और फिर मिरांडा हाउस में कट कर रह गया। वह सोचती—मुझसे अधिक भावना सुखी है। उसकी दोस्तें, उसका ससुराल सभी तो दिल्ली में है। फिर दिन-रात मम्मी-पापा, आराधना की कंपनी। कभी किसी घर की बहू से मन भी मिल जाए, दो घड़ी अच्छी बात भी हो जाए तो संबंध वहीं उसी पार्टी में खत्म हो जाता है। रूंगटा हाउस में बहुएं अपनी किसी सहेली के घर आ-जा नहीं सकतीं। क्यों इस क्यों का उत्तर ताईजी की एक चलत वाणी थी—"भायली घर खायली, खावगी घर खुआवगी।"

"इसका क्या अर्थ हुआ ताईजी?"

"लो! छोटी बीणनी तुम इतनी भी मारवाड़ी नहीं समझती?"

"नहीं, समझती क्यों नहीं ताईजी अब तो मैं मारवाड़ी बोल भी लेती हूं।"

"चाची, आप मारवाड़ी बोलते हैं ना तो आपका एक्सेंट बड़ा अजीब होता है। मां और बड़ी चाची से अलग।" भाई साहब का बेटा कहता।

"बोलिए ना ताईजी भायली माने तो सहेली हुई न! आप इसी के बारे में कह रही हैं ना? क्या कह रही हैं?"

ताईजी धीरे से मुस्कुरा कर कहतीं—"देखो, छोटी बीणनी! हंसी-मजाक बातचीत जो भी करो, अपने परिवार में देवरानी, जिठाणी, ननदों के बीच, अपने कुटुंब में रहो। लेकिन किसी दूसरे परिवार की बहू के साथ बात करोगी ना, तब बिना बात की फिजूल पंचायत होगी। ऐसी भायलियां लगा-बुझा कर घर खा जाती हैं। यानी आपस में परिवार में कलह करवा देती हैं। तुम उसका करोगी, वह तुम्हारा करेगी। क्या पड़ा है लेन-देन में, ज्यादा व्यवहार में, बस अपने काम से काम रखो।"

सोमा सन्नाटे में थी, "व्हाट ऐ सिजोफ्रेनियां।" उसने सोचा—क्या कोई परिवार इतना आत्मकेंद्रित हो सकता है कि बस अपने से बाहर कोई किसी से संबंध ही नहीं रखे।

"लेकिन ताईजी सोशल सर्कल तब कैसे बढ़े?" उसने फिर पूछा।

"क्यों? सोशल सर्कल क्यों नहीं बढ़ता? मैं तो अपनी भाभी के साथ सिनेमा देखने नहीं जाती क्या? अब छोटी तुम्हारा पीहर यहां नहीं हो तो अलग बात है।" लता भाभी बीच में कह बैठतीं।

सोमा कट कर रह जाती। उसका मन करता कि वह उठकर भाग जाए। कोई मिले, कोई तो हो अपना, जिसके सामने अपना सब कुछ कहकर जी हल्का किया जा सके। लेकिन नहीं, उसका कोई अपना नहीं है।

गौतम को इन महीन सूक्ष्म बातों से कोई सरोकार नहीं। उसके दोस्त हैं ना—बिल्लू भैया, पुजारी भैया। और परिवार के सदस्य? लेकिन मैं तो इन्हीं के बारे में किसी से बात करना चाहती हूं। यह पूछना चाहती हूं कि आखिर ताईजी इतनी सख्त क्यों हैं? इतनी निर्मम? क्या असमय के वैधव्य ने उन्हें कठोर बना दिया है? और उनकी तो सहेली निमली बाई हैं, लेकिन मेरी तो कोई सहेली भी नहीं। और फिर, सारा विरोध मेरे मन में ही क्यों उमड़ता है? परिवार के इस ढांचे में किसी और का जी क्यों नहीं घुटता?

शादी के समय बाल यू कट के थे, कंधे तक। अब कमर से नीचे झूलने लगे। लंबे रेशमी बालों की ढीली चोटी, भरी मांग, माथे पर बड़ी-सी लाल बिंदिया, आंखों में काजल। एक से एक फैशनेबल साड़ियां। लेकिन सर पर पल्ला जरूरी। और वह भी अच्छी तरह सर ढंका होना चाहिए। सोमा अब वेल्हम की लड़की नहीं थी। अपने पापा की सबसे स्मार्ट बेटी नहीं थी। वह रूंगटा हाउस की छोटी बीणनी थी। ताईजी के सख्त हाथों ने उसे पहले रौंदकर कुचलकर एक गीली माटी का लोंदा बना दिया था। नहीं! सोमा की माटी में ताईजी को पानी डालना ही नहीं पड़ा। सोमा के आंसू ही इस माटी को गीला करने के लिए काफी थे। सोमा ने सोचा यदि यही सब होना था, तो मुझे वेल्हम क्यों भेजा? और ये लोग भी तो अधबीच के हैं, परंपरा छोड़ पाते हैं, न निभा सकते हैं। आधुनिकता के प्रति ललक नहीं होती तो इस घर का हर बच्चा अंग्रेजी स्कूल में क्यों भेजा जाता है?

और उसके बाद उसकी अपनी आकृति खुद ही उभरती चली गई। शादी के समय पांच फुट पांच इंच के कद का वजन सत्तावन किलो था। अब वह पैंसठ किलो हो चुका है। कोई ज्यादा नहीं बढ़ा औसतन साल में यदि दो-ढाई किलो बढ़े तो क्या हर्ज है? क्रिस्टिन डियोर के मेकअप का सामान, बेटी पहाड़ों की सैर को जाएगी, इसके लिए बनवाए गए कैशमेयर के कोट, फैंसी ब्रा-पैंटी, सभी कुछ उसने एक दिन बड़ी भाभी को संभला दिए। कह दिया—"संगीता के दहेज में काम आ जाएंगे।" भाभीजी बहुत खुश हुईं। ताईजी की आंखों में कृतज्ञता के आंसू थे।

"बेटा सोमा, इस दुनिया में लेवाल अधिक हैं, देवाल कम। त्याग में बड़ी शांति है।"

"लेकिन ताईजी, इसमें मैंने कौन-सा त्याग किया। यों तो पड़ी हुई चीजें थीं।

"ना बेटा, पड़ी हुई चीजें कैसे थीं! तेरे मन में संगीता के लिए ख्याल आया, यह बड़ी बात है ना। मां और चाची में कोई फर्क नहीं होता कोई परिवार में दिल ऊंचा रखे तो आदमी कहां से कहां पहुंच जाए। घर में कलह हो ही नहीं।"

संगीता की शादी के लिए धीरे-धीरे सामान खरीदा जाने लगा था। ज्यादातर विलायती सामान ही रहता। आए दिन लता और बड़ी भाभीजी न्यू मार्केट का चक्कर लगाकर आतीं। लेकिन एक दिन सोमा के मुंह से निकल गया, कि, "ताईजी पहले अपने संगीता को स्मार्ट तो बनाएं।"

"माने?"

"जैसे आजकल की लड़कियां होती हैं।"

"यानी उद्दंड····उच्छृंखल?"

"ताईजी, क्या हर आधुनिक लड़की ऐसी होती है?"

"हां! ब्याह के बाद ससुराल में जैसे मन हो, करे। पर अपन क्यों सिखाकर भेजें?" ताईजी का इशारा कुसुम बाई की ओर था। कुसुम बाई ससुराल में चार ननदों में अकेली भाभी थीं। हाल ही में ससुरजी के गुजर जाने के बाद सास वृन्दावन रहने लगी। बस अब सैंया भये कोतवाल तो डर काहे का? कुसुम बाई के पास ढेरों सूचनाएं होतीं। वे तो आजकल बाल डांस भी सीख रही थीं। न जाने क्यों, सोमा को इन दिनों मिस हैरियट बहुत याद आती। मिस हैरियट! वे तो बहुत आधुनिक थीं। ब्रांडी भी कभी-कभी पी लेतीं। मगर व्यवहार में कहीं

उच्छृंखलता नहीं थी। ईसाई नैतिकता के टाइट कार्सेट में पतली दिखने वाली मिस हैरियट में उच्छृंखलता तो दूर की बात है, कभी कोई अपशब्द भी जुबान से सोमा ने नहीं सुना—''बी फ्रेंड्स माई गर्ल। बट नेवर क्रिटिसाइज योर नेबर।''

संगीता को एक-दो जगह दिखाया गया। एक संबंध की बात काफी आगे बढ़ी, लेकिन लड़के ने ना कर दिया, ''लड़की बैकवर्ड है, पुरातनपंथी घर की है।'' अतः बात पक्की होते-होते टूट गई। सोमा को पहले लगा कि, ताईजी का पारंपरिक मानस अपना मानसिक संतुलन खो रहा है, वहां एक हताशा का भाव था।

''क्या मालूम, क्या जमाना आ गया है। अपनी तो रेवा, उमा, कुसुम को कोई भी ना नहीं करके गया। अरे लोग सारी बात पता लगाकर ही आते हैं। मां-बाप हां कर दिए तो फिर बेटे से पूछने की जरूरत ही क्या है?''

''ताईजी, जमाना बदल गया है। अच्छा है वे लोग पहले नट गए। ब्याह के बाद झमेला होता तो अपन कहां मुंह दिखाते।'' मोहन भैया का स्वर भी दबा हुआ था।

ताईजी ने बार-बार आंखें पोंछते हुए कहा—देखो छोरी का भाग पता नहीं, नाव किस किनारे लगेगी?''

पांच-सात दिन बाद मोहन भैया ने भोजन की मेज पर सबके सामने ही कहा—'' सोमा, तुम तो वेल्हम में पढ़ी हो, संगीता के लिए कुछ करो भई!''

सोमा की उठी हुई उदास पलकों के पीछे स्मृतियों की परछाइयां थीं। बात रेवा बाई ने संभाली—

''बड़ी मां आप नहीं बदलेंगी, लेकिन जमाना बदल गया है। संगीता को छोटी भाभी थोड़ा संभाल दे तो ठीक है...आप अपनी चलाओगी तो काम पार नहीं पड़ेगा।''

''ठीक है। लेकिन संगीता के साथ छोटी बीणनी उछलेगी तो मेरे से बर्दाश्त नहीं होगा। मुझे अपना घर नहीं बिगाड़ना है।''

अपमान से सोमा का मुंह काला हो गया। लेकिन वह चुप रही।

यों भी उसका अपना मन टूटता जा रहा था। गौतम इन दिनों प्रायः बंबई रहते। बीस दिन वहां तो दस दिन यहां। बंबई में फ्लैट भी ले लिया गया था। लेकिन सोमा उसके साथ वहां नहीं जा सकती थी।

''गांव क्या कहेगा? बेटे-बहू अलग बंबई में रहने लगे।'' ताईजी का कहना था। और अकेली ताईजी क्या? बाकी सारे सदस्यों का भी यही मत था।

''अजीब बात है तुम्हारे ससुराल की? कल वह बंबई में बिगड़ जाएगा तब क्या करेंगे?'' अगरवालजी चीखते।

''आप क्यों माथा पचाते हैं? आपकी कभी किसी ने सुनी भी है क्या?'' मिसेज अगरवाल कहतीं।

''नहीं पापा, फैक्ट्री प्रोडक्शन में आ जाने पर...'' बचाव में सोमा कहती।

और सोमा ने अपने आपको घर के कामों में धीरे-धीरे झोंक दिया था। और फिर तब तो संगीता थी...उसके साथ बड़ी होती रेवा बाई की लड़की चंद्रा और दोनों का भार सोमा पर था। उन दोनों के साथ मानो सोमा का यौवन लौट आया था। उन्हें आधुनिक बनाना है। माडर्न!

संगीता का रंग गोरा कैसे हो? कांटा-चम्मच कैसे पकड़ना है? कैसे खाना है? बालों की स्टाइल, कपड़ों की स्टाइल सभी कुछ बदल दिया सोमा ने।

"संगीता को देखने आने वाले हैं, सोमा देखो आज काम पटना चाहिए। सौदागर लौट नहीं जाए।"

"भाई साहब, आप चिंता मत करिए। हां, शाम को पांच बजे दिखाइएगा।"

"सुबह क्यों नहीं?"

"दिन के उजाले में मेकअप समझ में आ जाएगा। कहीं खुले में किसी क्लब में दिखाइएगा। जहां ढलती हुई शाम हो। यानी थोड़ा रोमांटिक माहौल हो।"

उस दिन सोमा, संगीता को बाल बनवाने "एनिस" में ले गई। फिर घर में अपने हाथों उसका मेकअप किया। हल्के पीच कलर की प्लेन फ्रेंच शिफॉन की साड़ी, हाथ में मोती की चूड़ी, गले में मोती की माला और कान में मोती के टाप्स।

हीरा नहीं पहनाओगी? "बड़ी भांभीजी बेचारी ने डरते-डरते पूछा।

"भाभीजी, अपने लोग तो हीरा पहन कर चल ही रहे हैं।"

संगीता, ताईजी के पास गई। आपादमस्तक देखने के बाद ताईजी ने कहा—"काम हो जाए तो सवा मन का चूरमा बालाजी को चढ़ाऊंगी।"

गालों पर हाथ रखते हुए बड़ी भाभीजी ने कहा—"जी, अपनी तो संगीता पहचान में नहीं आ रही। छोटी बीणनी ने तो इसे एकदम बदल कर रख दिया।"

"अपनी छोटी बीणनी समझदार है ना, अंग्रेजी स्कूल में पढ़कर आई है।" ताईजी ने मीठे से कहा।

लड़के वाले ने "हां" कर दिया। लड़के की मां को संगीता का रंग जरा सांवला लगा पर लड़के ने कहा—"चार्मिंग है।" आधुनिक लड़का, आधुनिक परिवार। नया-नया पैसा बढ़ा है। लोहे के काम में सोना बरस रहा है। संगीता के सास-ससुर को पुराने घराने के रीत-रिवाज अच्छे लगे और रूंगटा परिवार को नए पैसे वाले परिवार का खुलापन। ताईजी ने दिल खोलकर खर्च किया और करवाया। पहली पोती का ब्याह जो ठहरा।

इसके बाद रेवा बाई की चंद्रा का नंबर था। सुंदरता के कारण चंद्रा को संबंध मिलने में देर नहीं हुई, फिर ताईजी का कहना—"मोहन, कहीं कमी नहीं होनी चाहिए। कोई यह नहीं कह दे कि आज छोरी का बाप नहीं तो मामा लोग कन्नी काट गए।"

लेकिन चंद्रा की शादी के समय रुपए को लेकर तनाव जरूर था। प्राय: ताई जी, मोहन भैया और राजू भैया की देर रात तक मीटिंगें होतीं। निमली बाई गेट पर, गालों पर हाथ रखे सुनती रहती। ताई जी अभी सोई नहीं, इसलिए बाहर हॉल में सोफे पर बैठी सोमा सर नीचा किए किसी किताब के पन्ने पलटती रहतीं। लेकिन ध्यान नहीं लगता और दूसरों की बात वह भी अपने घर के बड़ों की बात सुनने की उसकी आदत नहीं थी। संगीता की शादी तो हो चुकी थी। वह आषाढ़ का महीना था। लेकिन अब ये जाड़े के दिन और तीन महीने में दूसरी बेटी, वह भी बहन की। रेवा बाई के ससुराल वाले भी तो कम बनिए नहीं थे। सगाई के वक्त सास चार बातें और सुना गई।

"जी बड़े घर की बड़ी बात। हमारे दिल्ली में तो इतना दिखावा नहीं सादगी है। फिर

सुशील (रेवा बाई के दिवंगत पति) होता तो बात अलग थी। अब मैं विधवा लुगाई किस-किस बेटे के सामने हाथ फैलाऊं?"

ताईजी ने तमककर कहा था—"जी, हमने आपसे कुछ मांगा क्या? आप लोगों के तो खड़े होने की शोभा है।"

"लेकिन फिर भी मैं तो दादी हूं। पोती के हाथ में कुछ तो दूंगी, ऐसे कैसे हाथ सिकोड़ लूं। वैसे गहना तो सब रेवा के पास ही है।"

"जी, अपनी छोरी का गहना लेकर मैं बेटी ब्याहने खड़ी हुई हूं क्या? आप भी सायण जी कैसी टाबरपणे की बात कर रही हैं।"

"तो इतने बड़े घर में संबंध कर रहे हैं, कुछ तो सोचा होगा?" उन्होंने बात और कुरेदी।

"मेरे लिए तो संगीता और चंद्रा में कोई फर्क नहीं। बाकी मोहन जाने।"

"सुनते हैं, राजू बाबू के ससुराल वालों की पार्टनरशिप में बंबई में केमिकल की फैक्ट्री लगा रहे हैं।"

"सायणजी, यह तो मर्दों की बात है। लायक बेटे हैं तो व्यापार बढ़ाएंगे ही।" कहती हुई ताईजी तुरंत पास बैठी हुई सोमा की ओर घूम गई थीं—"छोटी बीणनी सायणजी के लिए नाश्ता लेकर आओ!"

रेवा बाई की सास के जाने के बाद ताईजी का मूड एकदम उखड़ा हुआ था। लाउड स्पीकर की तरह निमली बाई सारे घर में डोल रही थी—

"अरे मेरे रामजी! छोटी बीणनी तुमने देखा? रेवा की सासूजी कैसी चालाक लुगाई निकली। सारी जिम्मेवारी से हाथ धोकर चली गई। अरे आज सुशील बाबू नहीं रहे तो क्या हुआ? परिवार में, व्यापार में उनका हिस्सा नहीं है क्या? हमारी रेवा का उस घर से कोई संबंध नहीं? अगली दो-चार लाख का सहारा तो लगाती।"

निमली बाई चुप नहीं होती, यदि ताईजी की गरजती आवाज नहीं सुनाई पड़ती, "ऐ निमली, तुम कब स्याणी होओगी? बीणनियों के बीच पंचायती करने और बैठ गई।"

ताईजी की अनुभवी आंखों ने समस्या का प्रारूप पहले ही समझ लिया था। नहीं तो आज रात की बैठक में राजू भैया की तमतमाती हुई आवाज कमरे से बाहर नहीं आती—"लेकिन बड़ी मां, रुपया आएगा कहां से? फैक्ट्री भी तो रुपया टान रही है।"

"फैक्ट्री छह महीने देर से लगा लो।"

"क्या बोलती हैं बड़ी मां? कहीं फैक्ट्री का भी काम रुकता है? यह कोई कोलियारी की जमींदारी है क्या?"

"मोहन तुम क्या बोलते हो?"

"क्या बोलूं? बड़ी मां? रेवा के ससुराल वाले ऐसे धोखा देंगे, यह तो मालूम नहीं था। अपन तो यही सोचे थे ना कि, कुछ तो सहारा देंगे। आखिर बेटी है।"

"आज तक तो नहीं दिए तो अब आशा करना बेकार है। चंद्रा की सगाई के बाद से आज तक एक चिट्ठी भी नहीं आई। और रेवा का गहना तो मैं लूंगी नहीं। और न ही मैं तुम लोगों को उसकी चांदी की चीजें बेचने दूंगी।"

"तो किसका गहना और सामान लेंगी?" राजू भैया का वही उत्तेजित स्वर। ताईजी की

भरी आवाज हवा में तैरती हुई सोमा के कानों से टकराई—

"तुम लोगों का नहीं लूंगी बस। कम से कम तेरी लुगाई की तो मैं एक साड़ी भी नहीं छुऊंगी। तू थावस रख।"

"बड़ी मां भात में तो हम लोगों का दो लाख रुपया नगदी लग ही रहा है।" राजू भैया बोले।

"भात गिनने बैठ गया। हैं···राजू तेरी इतनी मजाल? अरे कैसा तू भाई है? चूड़ा-चुनड़ी का खर्चा जोड़ रहा है?" रेवा की सूनी मांग तुझे नहीं दिखाई देती?

"मैंने यह सब कहा क्या? आप तो बड़ी मां बहुत जल्दी गुस्सा हो जाती हैं।"

"यह नहीं कहा तो और क्या कहा? मैं तो सोचती थी कि, तेरे बेटी नहीं, दो बेटे ही हैं, कन्यादान तुझसे करवाऊंगी। बिना कन्यादान के सुरग नहीं मिलता। बहन की बेटी और वह भी विधवा बहन की बेटी का कन्यादान करना तो बहुत बड़े पुण्य का काम है।"

राजू भैया फिर भी खामोश रहे। ताईजी का ब्रह्मास्त्र खाली गया। सोमा का दिल धक-धक कर रहा था। वह पल्लू से माथे का पसीना पोंछ रही थी। घर में यह सब बातें? सोमा को लगा, अब ताईजी की आवाज बिजली की तरह रात के अंधेरे में कड़केगी। लेकिन नहीं। ताईजी का थका हुआ स्वर था—

"ठीक है! तुम लोग सोने जाओ। मुझे भी आराम करना है।"

लेकिन उस रात ताईजी साढ़े बारह बजे तक भी सो नहीं पाईं। क्योंकि निमली बाई दो बार चौके में तेल गरम करने गई थीं। सोमा चुपचाप सोफे पर ही बैठी किताब के पन्ने उलट रही थीं। लेकिन पढ़ नहीं पा रही थी। और जब तक ताईजी सो नहीं जाएं, किसी एक बहू को उनकी ड्यूटी पर रहना पड़ता। यह काम सोमा ने बहुत पहले स्वेच्छा से अपने ऊपर ले लिया था। यों भी गौतम बारह का घंटा बजने पर ही सीढ़ियां चढ़ता था। और भंडार का काम सोमा से कभी संभला नहीं। कितना घी, कितनी चीनी रामू को निकालना चाहिए, इसका अंदाज कैसे लगाया जाए! कभी स्वयं रसोई चढ़ायी हो, तब न पता चले। फिर कपड़े धोने के साबुन का हिसाब, लांड्री में गए कपड़ों का हिसाब, सब बहुओं की पॉकेट मनी, बच्चों की स्कूल फीस, टीचर्स की फीस का हिसाब, घर का हिसाब-किताब रखना यों मुनीमजी ही लिखते थे, लेकिन फिर भी इतनी बड़ी जिम्मेवारी।

अभी संगीता के ब्याह का ही इतना बड़ा खर्चा हुआ। भाई साहब लोग तो दर्जी से लेकर मेकअप वाली तक का हिसाब मिलाने बैठ गए। सोमा ने सोचा—

ना बाबा ना, यह सब उसके बूते से बाहर की बात थी। हां शॉपिंग करने वह जरूर जातीं। साड़ियों का चायस भी अच्छा कर लेती लेकिन घर आकर हिसाब मिलाना, मुनीम जी को रुपया संभलाना, यह सब काम लता भाभी ही सबसे अच्छा कर पातीं। हिसाब-किताब में लता भाभी की कोई सानी नहीं रख सकता था। एक एकाउंट क्या, दस-दस खाते अलग-अलग रख सकती थीं।

अतः लता भाभी के साथ, ब्याह के बाद ही सोमा का एक अलिखित समझौता हो गया था। रात की ड्यूटी सोमा की, दिन की उसकी। ताई जी को भी मालूम था। शायद इसीलिए अब सोमा को दोपहर में सोने की भी इजाजत मिल गई थी।

हां, तो उस रात देर तक सबके कमरे में बत्ती जलती रही। शायद सभी भीतर ही भीतर सलाह कर रहे थे। लेकिन दूसरे दिन नाश्ते की मेज पर अबूझ-सी खामोशी परोसी हुई थी। भाइयों में से किसी ने कुछ नहीं कहा। सोमा ने गौतम से रात को इस घटना का तथा कुछ अन्य और सुनी हुई बातों का जिक्र भी किया, लेकिन गौतम का सपाट उत्तर था—"तुम यार सोमा, इन सब पचड़े से दूर रहो तो। भैया लोग हैं ना माथा पचाने के लिए। बड़ी मां भी तो किसी के वश में नहीं आतीं, क्या जरूरत थी इतनी जल्दी चंद्रा की सगाई करने की। अरे एक साल रुका नहीं जा सकता था? और फिर संगीता और चंद्रा...संगीता भाई की बेटी है और चंद्रा विधवा बहन की, दोनों का स्टेट्स एक हो गया क्या? बेकार का यह सब घिसा-पिटा सेंटिमेंटालिज्म, नानसेंस!"

रेवा बाई की आंखें सूजी हुई थीं। निमली बाई माला जल्दी-जल्दी फेर रही थीं। और बेटों के घर से बाहर जाते ही ताईजी एक ठंडी सांस लेकर उठ खड़ी हुई थी। शायद सुबह नाश्ते की मेज पर उन्हें किसी उत्तर की आशा थी। कोई एक बेटा कुछ तो बोलता। कोई तो आगे बढ़कर बोलता, "ठीक है बड़ी मां आप बताइए क्या करना चाहिए?"

ऐसा तो नहीं कि, किसी के पास धन नहीं है।

बहुओं का भी अपना व्यक्तिगत रुपया, हाथ खर्च से बचाए हुए पैसे, पीहर से तीज-त्यौहार में आए हुए पैसे, आफिस के खाते में निजी एकाउंट के तहत ब्याज पर जमा रहते थे। सबसे ज्यादा पैसा तो लता भाभी का जमा रहता। सोमा बहुधा सोचती भी कि, लता भाभी इतना खर्चा करने के बाद भी रुपया कहां से बचा लेती हैं? आफिस में मुनीमजी के पास आए दिन दस हजार, बीस हजार जमा करवाती रहती हैं। सोमा के रुपए भी जमा थे। शादी में अगरवालजी ने एक लाख नगद दिए थे। और भी बीच-बीच में थोड़ा बहुत आता ही रहता था। इसी दीवाली पर तो मुनीमजी ने बताया था—"छोटी बीणनीजी आपके करीब तीन लाख रुपए आफिस में जमा हैं। मोहन बाबू ने पुछवाया है कि ब्याज की रकम लेंगी या उसको भी मूल में जोड़ दिया जाए।"

"इतना रुपया कहां से आ गया मुनीमजी? मैंने तो रुपया कभी जमा नहीं करवाया?"

"अपनी छोटी बीणनी रुपया के मामले में बहुत भोली ठहरी। बीणनी जी आपके मूल जमा रुपए पर ब्याज भी तो आता है। और आप तो रुपया कभी उठाती नहीं।" मुनीमजी ने ताईजी के सामने ही कहा। ताईजी के चेहरे पर एक स्मित मुस्कान थी।

"और राजू बाबू की बीणनी जी....."अब मुनीमजी लता भाभी की ओर मुखातिब हुए—"आपने दो बरस में पांच लाख रुपए जमा करवाया। उसका क्या करना है? पहले की तो सब ब्याज की रकम आप उठा चुकी हैं।"

"पांच लाख?" ताईजी जरा चौंकी थीं।

"हां बड़ी मांजी, सबसे ज्यादा रुपया अपने राजू बाबू की बीणनीजी जमा करती हैं। समझदार हैं। अभी छह महीने पहले लाख रुपया जमा करवाया था। दो-पांच की रकम तो कोई बात ही नहीं, आए दिन होता ही रहता है।"

"मुनीमजी मेरे पीहर से बहुत आता है ना, चलते-फिरते भाभियां पकड़ा देती हैं, भाइयों का दिल बहुत ऊंचा है। अभी गर्मी की छुट्टियों में बंबई गई तो मां ने पचास भरी की सोने की

पछेली पकड़ा दी। मैंने तो मां से कह दिया—"मां जो देना हो वह मुझे नकदी दे दिया करो। गहना-वहना लेने से ये नाराज होते हैं। डिक्लेयर करो, टैक्स भरो।" लता भाभी की आवाज में कैफियत थी।

"हां सो तो है ही।" ताईजी ने बस इतना भर कहा।

मुनीमजी औरों का जिसका जितना रुपया जमा था, ताईजी के सामने हिसाब बताने लगे। बड़ी भाभीजी के हिसाब में कुछ नहीं बचा था। संगीता की शादी के लिए उन्होंने अपना सारा रुपया निकाल लिया था और यों भी उनके पीहर वालों की गिरती हुई आर्थिक अवस्था, बच्चों का उल्टा-सीधा खर्च।

रेवा बाई का नाम लेते ही ताईजी ने टोक दिया।

"बहुओं के सामने मेरी बेटी का रुपया मत गिनिए मुनीमजी, थोड़ा तो ऊंच-नीच समझा कीजिए। ऐसे ही मेरी रेवा के कम दुख हैं क्या? बेटी की सूनी मांग देख-देखकर मेरा तो कलेजा रीसता रहता है।"

बात खतम हो गई थी। लेकिन संयुक्त परिवार में शायद बात कभी खतम होती नहीं। वह तो एक छोटी-सी लहर थी, बड़ी लहर को हिलोरा देने के लिए। बड़े हल्के से परिवर्तन हुआ और कोई समझ भी नहीं पाया। वही नाश्ते की मेज पर—"भाया मोहन!" ताईजी का मुलायम स्वर था।

"हां बड़ी मां?"

"यह घर खर्चे का हिसाब का बोझा बेचारी बिचली बीणनी पर ही क्यों रहता है? बड़की क्यों नहीं संभालती?"

"बड़ी मां तुम तो जानती हो यह एकदम बेवकूफ है।"

"देख मोहन, तुम इसे जितना बेवकूफ समझोगे, यह उतनी ही बेवकूफ होती जाएगी। दो और दो चार ही तो जोड़ना है। कोई दो और दो पांच तो लिखवाना नहीं है।"

"ठीक है बड़ी मां, लेकिन सोमा यह सब क्यों नहीं करती? वह तो पढ़ी-लिखी है।

"छोटकी टाबर है, अभी से इस पर बोझ मत डालो। खर्चा ज्यादा लगे तो यह किसी का हाथ पकड़ सकती है क्या? दो बरस में बड़की के बेटे की "भू" आएगी, हाथ में जरा भी पावर नहीं दोगे तो फिर यह हू-हू कर रोएगी, यह समझ लेना। हां, नहीं तो! मैं तो सांची बात कहूं तो खारी लगती है।"

ताईजी के भू-भू और पीछे हू-हू के तुकबंदी पर सभी लोग ठहाका मार कर हंस पड़े। घर के खर्चे का हिसाब अब बड़ी भाभीजी रखने लगी थीं और चंद्रा की शादी का हिसाब रेवा बाई लिख रही थीं। रुपया-रुपया, पैसा-पैसा, दो नंबर का हिसाब अलग, एक का अलग। ताई कहतीं, "सारा झमेला तो यह दो नंबर के हिसाब का ही है। यह राम मारी गोरमेंट खुद बेईमानी सिखाती है। देख बेटा रेवा! सारे पुर्जे ठीक से रखना, कहीं कोई इल्जाम नहीं आ जाए।"

ताईजी की सारी हिदायतें सुनकर लता भाभी, सोमा के सामने बड़बड़ाती रहतीं—"देखा छोटी? कैसा यश का टोकरा ताईजी ने मेरे सर रखा है। एक तो मैं—मर-मर कर संगीता के ब्याह की तैयारी करती रही और आज रेवा बाई के बहाने मुझे ओलमा दे रही है। तीन-तीन

बार तो शॉपिंग करने बंबई गई, मुझे क्या गरज पड़ी थी कि, मैं बंबई से सामान ला-लाकर तैयारी में रखती?''

''लेकिन भाभीजी, ताईजी ने तो आपके बारे में कुछ कहा नहीं और न ही उनका ऐसा कोई इरादा था।''

''कहा कैसे नहीं, पुर्जा ठीक से रखना। अरे ब्याह शादी में दो नंबर के रुपए का भी कहीं पुर्जा रखा जाता है। कहीं इनकम टैक्स वालों की नजर पड़ जाए तो लेना का देना पड़ जाएगा। और मैंने तो इनको दिखा-दिखा कर पुर्जे फाड़े थे।

सोमा क्या कहती, चुपचाप सुनती रही थी। लेकिन यों आज नाश्ते की मेज पर ताईजी का हताश भाव से उठना उसके मन को टीस मार गया। रेवा बाई तो उनके पेट की बेटी भी नहीं लेकिन ताईजी का दुख, उनकी गहरी ममता का पानी आज भाप के जैसे धुआं-धुआं हो रहा था।

नाश्ते के बाद ऊपर ताईजी के कमरे में भी खामोशी जमी हुई थी। ताईजी मांचे पर बैठी थीं। तीनों बहुएं और रेवा बाई गद्दे पर। पास में संगीता जो कि ससुराल से पीहर आई हुई थी। और वहीं पर चंद्रा भी बैठी हुई थी। रेवा बाई ने धीरे से फुसफुसाते हुए सोमा से कहा—''छोटी भाभी!''

''हां बाईजी!''

''बड़ी मां को समझाओ ना कि, भैया लोगों पर इतना दबाव नहीं डालें। मेरा गहना किस दिन काम आएगा? क्यों नहीं बेच देते।''

''बाईजी आप ही बोलिए। मेरी तो वे सुनेंगी नहीं।''

''यह क्या पंचायत हो रही है?''

''कुछ नहीं बड़ी मां, कुछ नहीं।'' कहते हुए रेवा बाई ने अपनी छोटी उंगली से आंसू पोंछा। बड़ी भाभीजी खामोशी से रेवा बाई की ओर देख रही थीं। फिर उनकी नजर लता भाभी से टकरा कर वापस कढ़ाई किए हुए फूलों में उलझ गई। ताईजी कह रही थीं—

''राम जी की दया है कि, वह दो पैसे की कमाई दिए जा रहा, तभी ना गांव में साख बनी हुई है। तुम लोग दाल-चुरमा जीमती हो, हाजर-हाजर करती नौकरानियां आर-बार फिरती हैं।''

''जी हां!'' लता भाभी ने कहा।

बड़ी भाभीजी ने दांतों के किनारे से धागे को तोड़ा और मुंह खोल कर उबासी ली। सोमा को उनका यों उबासी लेना और खाना खाकर डकार लेना दोनों ही अजीब लगता है।

वह फिर सोचने लगी—भगवान! तुम औरत को इतना बेसहारा क्यों बनाते हो। इन्हीं दिनों तो रेवा बाई को सबने हंसते-खिलखिलाते देखा था। सजी-धजी चंद्रा को देखकर ताईजी रोज ही निमली बाई से लुण राई करवाती। ताईजी गद्गद कंठ से कहतीं—''पहन ओढ़कर चंद्रा तो एकदम गणगौर लगती है।'' लेकिन नहीं, रेवा बाई को छोटा-सा सुख भी नहीं मिला।

घड़ी ने कब दोपहर के साढ़े बारह बजाए पता नहीं चला। बस टन की एक आवाज थी और कमरे के अंदर परसी हुई चांदी की थाली लेकर निमली बाई घुसी। साथ में भोजन का टूल उठाए-उठाए रामू था।

ताईजी दाहिने घूम कर सीधी बैठ गईं, पलंग के बगल में रामू ने टूल रख दिया, निमली बाई थाली लिए खड़ी थी। उन्होंने खड़े-खड़े ही कहा—"अरे कोई बाईसा के हाथ तो धुलवाओ।"

एक साथ सोमा, रेवा बाई और चंद्रा हड़बड़ाकर उठ गईं। बिना उस ओर देखे बड़ी भाभीजी, संगीता के होने वाले बच्चे के लिए चद्दर पर कढ़ाई करती रहीं।

चांदी की झारी से ग्लास में पानी डालते हुए सोमा का हाथ कांप गया। थोड़ा-सा पानी बाहर छलक गया। निमली बाई बोले बिना नहीं रह सकी—"बाईसा आपकी छोटी बीणनी से अब भी काम नहीं होता।"

"निमली बाई शिकायत मत करिए। ताईजी की सबसे लाडेसर बहू राणी तो यही है।" बड़ी भाभीजी ने मुस्कुरा कर कहा।

"क्यों तुम लोग क्या ऊपर से पड़ी हो? तुम लोगों का क्या नहीं किया मैंने?"

"बाईसा आप रोटी जीमिए।" कहते हुए निमली बाई ने थाली रख दी।

"अरे पहले मुझे कुल्ला तो कर लेने दो। ला रामू जरा टैणिया तो इधर दो।" रामू ने पलंग के नीचे से छोटा टैणिया निकाल कर ताईजी के सामने खड़ा हो गया।

ताईजी ने हाथ धोए, चुल्लू में पानी लेकर कुल्ला किया और फिर होंठों को पोंछते हुए रामू से कहा—"जा ले जा इसको।" रामू ने झुककर टैणिया हटा लिया। अब ताईजी ने थाली की ओर देखा। उसमें एक कटोरी दाल, एक कटोरी दही, एक कटोरी लौकी की सब्जी और परत्रल का भर्तू रखा हुआ था। दोनों तरफ घी से चुपड़ा हुआ फुलका रखा हुआ था। निमली बाई ने कहा—

"बाईसा मैं चूर दूं क्या? आपकी उंगलियों में दरद हो रहा हो तो।"

"नहीं मैं खा लूंगी।" वे फुलके को दाल में डुबाकर चूरती रहीं। फिर उन्होंने धीरे से सोमा की ओर देखा। एक असहाय भाव से…सोमा ने नजरें झुका लीं। मन ही मन सोचा—ताईजी क्या कहना चाहती हैं? चंद्रा की शादी के बारे में? चेहरे पर कितनी झुर्रियां बढ़ गई हैं। उनकी यह झुकी हुई पीठ।

"रामू ने आज फिर कांच का भांड फोड़ दिया।" निमली बाई ने कहा।

"तोड़ने दो, मेरा क्या? इन लोगों की गृहस्थी है, ये जाने और इनका रामू…"

"ताईजी रामू को आप डांटोगी नहीं? राम का मारा एकदम सर पर चढ़ गया है। जरा-सा कुछ बोलो तो सारा घर सर पर उठा लेता है। दे दीजिए हमारा हिसाब। हमसे इतना बर्तन नहीं धोया जाएगा।" लता भाभी ने बात हल्की करने के लिए कहा।

"अपने पेट पर ही भरोसा नहीं तो पराए रामू के पीछे क्यों पड़ी हो?" ताईजी ने कहा और थाली में ग्लास के पानी से ही हाथ धोने लगीं।

"यह क्या थाली परे सरका दी। अरे एक ही फुलका? जरा-सा भात तो ले लीजिए।"

बड़ी भाभी और लता भाभी की नजरें टकराईं।

रेवा बाई ने एकदम से उठते हुए कहा—"ऐ संगीता, चंद्रा चलो नीचे जीमने चलो, महाराजजी कब तक चौका लिए बैठे रहेंगे? भाभी तुम लोग भी चलो।" सब औरतें उठ खड़ी हुईं।

"जा तू भी जीम ले।" ताईजी ने पास में खड़ी सोमा से कहा।

"जाती हूं।" और लोग चले गए मगर सोमा वहीं खड़ी रही।

"छोटी! कुछ बोलना है?"

"हां ताईजी…"

"हां बेटा, बोल!"

"ताईजी… !" सोमा इससे अधिक कुछ नहीं बोल सकी।

"क्या बात है?

"ताईजी मैं चंद्रा के दायजे के बारे में कह रही थी।"

"क्या?"

सोमा की बड़ी-बड़ी आंखें ताईजी की आंखों से टकराईं, वहां ताईजी की आंखों की काली पुतलियों के बदले उसको एक कठोर चट्टान नजर आया। सोमा की गर्दन फिर झुक गई।

"अब तुम भी बोल लो जो बोलना है। आज मैं सबके सामने छोटी हो गई।

"नहीं ताईजी यह बात नहीं है। मैं कह रही थी कि, मेरा भी तो रुपया जमा है, बड़े भाई साहब से कहिए वह रुपया, ब्याह के लिए निकाल लें। मेरा हीरे-पन्नों वाला सेट भी ले लीजिए। अपने चंद्रा को फेरा में पहना देंगे।"

कहने को तो सोमा यह सब कह गई, लेकिन अब आने वाले तूफान की कल्पना से वह घबरा उठी। उसका मन कर रहा था कि वह उठकर अपने कमरे में भाग जाए। लेकिन नहीं ताईजी का स्वर कोमल था—"छोटी बीणनी तेरा मन ऊंचा है। लेकिन इसमें से आधा रुपया तो तेरे पीहर का है। कल तेरी मां को पता चलेगा तो वह क्या सोचेगी?"

"क्यों, क्या सोचेगी? यह तो मेरा रुपया है और ताईजी मम्मी-पापा को पता भी नहीं चलेगा। उन्होंने आज तक मेरे से इन रुपयों के बारे में पूछा भी नहीं।"

"मुझे जरा सोचने दो, कल रात को राजू की बात सुनकर मेरा तो हिवड़ा रो रहा है, कलेजा फटा जा रहा है। मैंने तो बेटों से यही कहा था—बेटा राजू, कुएं की गहराई नहीं नापी जाती, हमको तो यह देखना चाहिए कि, उस कुएं से पानी खींचने वाले मिनख के हाथ कितने लंबे हैं? बाबू हाथ लंबा रखो, लेकिन अपजस मत लो। जस का आखर जुगों तक नहीं मिटता।"

"हां ताईजी आप ठीक कह रही हैं।"

"ताईजी फिर कहने लगीं—"और धन का क्या? लिछमी का कोई गुमान? वह तो चलती-फिरती छाया है…"

"लेकिन राजू तो अपनी लुगाई के वश में है।" अब बीच में निमली बाई ने कहा।

"छोड़ ना निमली। एक ही बात को दल रही हो। अरे जब अपना दूध पतला हो तो पराई संतान से क्यों आ करें?"

"बाईसा सोचना क्या? छोटी बीणनी का रुपया ब्याज पर ले लीजिए पीछे लौटा दिया जाएगा।"

"अरे कल लड़कों की नीयत डोल गई और किसी ने इसका रुपया नहीं लौटाया तब? मैं

तो अपने को माफ नहीं कर सकूंगी।''

''ताईजी आप इतनी चिंता क्यों करती हैं? चंद्रा क्या केवल आप की जिम्मेवारी है? हम लोगों का कोई फर्ज नहीं?''

''अरे मेरी लाडो तू इतनी समझदार कब से हो गई?'' कहते हुए ताईजी ने सोमा को बांहों में भर लिया था। निमली बाई गालों पर हाथ रखकर मीठे स्वरों में गा उठीं—

''पिया मैमद लेज्या, भरिया बहण घर भात,
पिया कुंडल लेज्या, भरिया बहण घर भात,
गोरी कईयां जाऊं? नूतण नै आई नहीं भैण,
छोटी-सी नणदल कितनों तो करयो यों गुमान...
ताईजी ने झूमते हुए स्वर मिलाया...
पिया बानै कोई ये न जाण, आपा नै जाणे संसार।''

सोमा को आधी मारवाड़ी समझ में आई, आधे का अर्थ वह पूछती रही...निमली बाई फिर दोहरा रही थी...''पिया बानै कोई ये न जाण आपा नै जाणै संसार।''

''यानी? निमली बाई माने बोलिए ना...''

ताईजी ने कहा—''बेटा! इसमें लुगाई अपने घणी से कहती है, नणद के घर भात भरने चलो। बहन भात नूतने नहीं आई तो क्या हुआ? उनको कम लोग जानते हैं। अपने को तो सारा समाज जानता है।''

निमली बाई अब भी गा रही थी। ताईजी की आत्मा आंखों से धारा-प्रवाह बह रही थी। और सोमा? उसको लगा यह तो महज कुछ रुपयों की बात है। रुपए तो फिजूल ही पड़े थे। घर की इज्जत का सवाल है। ताईजी के मान का सवाल है और सबसे बड़ी बात रेवा बाई, रेवा बाई की रो-रोकर सूजी हुई आंखें, भरा-भरा स्वर—''भाभी मैं किससे अपना दुख कहूं? कौन मेरी सुनेगा, बड़ी मां से कहो ना मेरा गहना बिकवा दें''

सोमा कहते-कहते रुक गई थी कि, रेवा बाई क्या आप नहीं समझतीं कि, आपके लिए किसके मन की ममता उफनती है? फिर बेवजह भैया लोगों को इतना महत्व देना, उनकी तरफदारी करना। मगर वह खामोश थी। चुप थी, सोच रही थी।

रुपए के बारे में इसके बाद और कोई चर्चा नहीं हुई। सब ने ऐसा व्यवहार किया जैसे कुछ घटा ही नहीं। बस रेवा बाई ने कहा—''भाभी तुम्हारा कर्ज मैं कैसे उतारूंगी?''

''क्या बाईजी आप भी कैसी बात करती हैं?''

चंद्रा की शादी हो गई। कन्यादान मोहन भैया और बड़ी भाभीजी ने दिया। ताईजी ने सबके सामने बस इतना भर ही कहा—''बड़ा भाई तो बाप की जगह होता है।'' और उनके कहे हुए वाक्य का विश्लेषण करने का अधिकार किसी को नहीं था। राजू भैया और लता भाभी परिप्रेक्ष्य में ही रहे।

दोनों लड़कियों के ससुराल चले जाने से सोमा को घर बहुत सूना-सूना लगता। पहले लड़कियों के बहाने कुछ बाहर जाना हो ही जाता, कुछ उनकी तैयारी के लिए चीजें बनवाने-जुड़वाने में, डिजाइन पसंद करने में समय निकल जाता, कुछ उनकी हंसी-ठिठोली में। लेकिन अब? आखिर कोई किताबें पढ़े तो वह भी कितना? सिलाई-कढ़ाई की रुटीन भी

भाभीजी लोगों ने खतम कर दी थी। घर में और लड़कियां नहीं, चार बेटे ही हैं। एक बड़ी भाभीजी का, दो लता भाभी के और एक रेवा बाई का। भाई साहब का बेटा, अरुण अठारह साल का हो रहा था। बाकी तीनों उससे साल दो साल के हेर-फेर में। सोमा भी सोचती कि, ताईजी ने कैसे इन लोगों को पाला-पोसा होगा और फिर इन सब का जापा-धापा? ताईजी का उत्तर हुआ करता—यह सब तो मेरी छाती का जोर है। हर नवें महीने एक जापा तैयार रहता। नेगचार का खर्चा अलग से जुटाओ।''

और ताईजी, सोमा को कहानियां सुनाती रहतीं···अतीत के किस्से पुराने दिनों के किस्से, कोलियारी क्या थी सोने की खान थी। बोरियों में भर-भर कर रुपया रखा जाता। खजाने वाले कमरे के सामने बंदूक लिए ठाकरा बैठे रहते। दीवाल के भीतर चांदी की सिल्लियां जड़ी हुई थीं। पास में गद्दे पर बैठे-बैठे सोमा लंबी उबासी ले लेती। न जाने कितनी बार इन कहानियों को सुना है। मगर ताईजी का उत्साह, उनकी आंखों में सपनों का हिलोरा, उन्हें खामोश ही नहीं होने देता—''अरे उस समय कोई एक नंबर, दो नंबर का हिसाब रखता था। दस-दस हजार की एक थैली रहती। बड़ी थैलियां अलग। सेठजी मनेजर साहब से बोलते—सुराणाजी पांच थैलियां उधार मांगी है। सुबह कलकत्ता पहुंच जाएं।···हुकुम मालिक। ···सुराणाजी की उंगलियों पर हिसाब रहता।''

''चांदी की सिल्लियां दीवार के भीतर क्यों ताईजी?''

''डकैती बहुत होती थी ना उन दिनों। फिर अपने तो चार कोलियारी थी···चारों ओर कोयला ही कोयला दिखाई देता। मीलों तक सन्नाटा खां-खां करता। आदमी के नाम पर बस खान में काम करने वाले मजदूरों की झोपड़-पट्टियां थीं, लेकिन अपना मकान था क्या···अरे वह महल था···महल! रात को आठ-आठ कमरे तो अंग्रेज कुत्तों को खुला छोड़ा जाता।''

''अंग्रेज कुत्ते ताईजी?'' हंसते हुए सोमा पूछती।

''अरे हां···वही कुत्ते ना जो अंग्रेज हाकिमों के घर बंधे रहते हैं। एकदम शेर जैसे। क्या कहते हैं उसको? तुम जरा याद करके बताओ ना छोटी बीणनी। इतनी तो अंग्रेजी की किताबें पढ़ती रहती हो और अंग्रेज कुत्तों के बारे में नहीं मालूम।''

सोमा खिलखिला कर हंस पड़ती और कहती—''अब मेरी किताबों में कुत्ते की नस्ल तो लिखी नहीं रहती और वह भी अंग्रेज कुत्ते? लेकिन ताईजी आप लोग क्या उन कुत्तों को एलसेशियन कहते थे?''

''हां···हां···वही, एकदम बब्बर शेर जैसे। क्या मजाल कोठी में कोई घुस आए, फाड़ कर खा जाएं।''

''और क्या करते थे आप लोग?''

''क्या करते? वही गृहस्थी का धंधा। छह तो यह भाई-बहन उस पर से तेरी सास अलग बीमार रहती। देवरजी का झमेला अलग चलता। सारा कारोबार तो अपने सुराणाजी ने सम्हाल रखा था। मैंने तो कभी सुराणाजी के चेहरे पर एक शिकन नहीं देखा। क्या मजाल की, देवरजी के सामने कभी उन्होंने ऊंची आवाज में किसी से बातें की हों।''

''ताईजी! अपने सुराणाजी को मजदूर लोगों ने क्यों कोलपीट में फेंक दिया था, मगर क्यों?''

सोमा और ताईजी के बीच एक ठंडी सांस लेकर समय रुक जाता। फिर ताईजी कहने लगतीं—

"बेटा अपने सुराणाजी आदमी क्या हीरा थे हीरा। वे क्या गए अपने तो कोलियारी से जैसे लिछमी रूठ गई।"

"ताईजी रेवा बाई कह रही थी कि कोलियारी में लेबर प्राब्लम हो गया था, वह कैसा बलवा था कि सुराणाजी को मजदूरों ने जलते कोलपीट में फेंक दिया?"

ताईजी धीरे से सोमा के कानों के पास मुंह ले जाकर कहतीं…"बात यह है बेटा कि, देवरजी तो काम करते नहीं थे और सुराणाजी का बढ़ता हुआ पावर, देवरजी और सुराणाजी के आपस की अनबन का फायदा मजदूरों ने उठाया।"

ताईजी अतीत की गलियों में पीछे मुड़ जातीं। और सोमा को उन्हीं पुरानी बातों का, उसी पुराने इतिहास का बार-बार दोहराया जाना, आखिर सोमा को कब तक रुचिकर लगता? वह उकता कर उठ खड़ी होतीं।

× × × ×

रात को कमरे में गौतम पूछता—"सोमा! तुम इतनी निढाल सी क्यों लगती हो? तुमको मेरे में कोई रुचि नहीं? तुम मेरे बारे में कुछ नहीं जानना चाहती?"

"नहीं।" सोमा का बड़ा संक्षिप्त उत्तर हुआ करता।

"सच में‥?"

"हां। सच में।"

सोमा, गौतम से कुछ नहीं जानना चाहती थी। सोमा के प्रश्नों का उत्तर गौतम के पास नहीं था। सोमा सोचती क्या इस घर की हर औरत के दिल में कुछ न कुछ धुआं है? लेकिन लता भाभी कितनी खुश रहती हैं। लेकिन यथार्थ इतिहास में आराम से जुगाली कर सकता है? मगर मेरा यौवन? मेरे सपने? मैं भविष्य देखना चाहती हूं। लेकिन कौन-सा भविष्य? आखिर एक गृहस्थिन का भविष्य क्या हो सकता है? पति का सुख, संतान की प्राप्ति लेकिन शादी के इतने साल हो गए और अभी तक सोमा की गोद नहीं भरी थी।

इन दिनों सोमा को जब भी मासिक होता और वह अलग पीढ़े पर ताईजी के सामने बैठती तो असहाय होकर सोमा की ओर देखते हुए वे दूसरी बहुओं से कह बैठतीं—"ऐ बड़की, यह छोटी बीननी तो फिर नाक्क हो गई। अरे इसको किसी बड़े डाक्टर को दिखाओ ना। क्या मालूम इसके कब बच्चा होगा? मैं तो पोते का मुंह देखने को तरस गई।"

"अब क्या बच्चा होगा? गोद क्यों नहीं ले लेती?"

"किसका बच्चा गोद लेगी? कौन अपना बेटा गोद देगा?"

"ताईजी ने ही जब देवर के बेटे-बेटियों को पाला-पोसा तो सोमा भी वैसे ही अपने दोनों जेठ के बेटों को अपना कर चले‥"

"लेकिन ताईजी का जमाना गया। पराया कभी अपना नहीं हुआ है क्या?"

"होते कैसे नहीं‥राखपत की रखावत है! मैं तो कहती हूं, कोई करता है तो करवा भी

लेता है।

इस मुद्दे पर परिवार के अलग-अलग सदस्यों की अलग-अलग राय हुआ करती। सोमा सबकी राय सुनती और खामोश सर झुकाए बैठी रहती। ताईजी कभी समर्थन में सर हिलातीं, कभी कोई एक-दो वाक्यांश और कभी चिंतित नजरों से सोमा को देखती।

इन दिनों तो सोमा का दिल्ली जाने का भी मन नहीं करता। इन सात-आठ वर्षों में दिल्ली कितना बदल गया था। भावना के दो लड़के हो गए, आराधना की शादी और मिस्टर अगरवाल का व्यापार घाटा दे रहा था। लेकिन साठ वर्ष के मिस्टर अगरवाल और पचपन वर्ष की कपूर आंटी का रोमांस जोरों पर था। अब तो सब कुछ और अधिक खुल्लम-खुल्ला, सबके सामने था। सब जगह आना-जाना रहता। कपूर अंकल कुछ नहीं बोलते। वे शराब की बोतलों को घूरते रहते और मम्मी? सोमा ने सोचा—मम्मी कितनी कड़वी हो गई हैं। पास बैठते ही वे पापा की बुराई करने पर चालू हो जातीं। मम्मी कभी नहीं पूछतीं—"तू कैसी है? तेरे बच्चा क्यों नहीं होता? बस पापा की शिकायत या फिर रुपए का रोना। सोमा जितनी बार दिल्ली जाती, अपने मन में और अधिक अपराधी होकर लौटती। सोमा सोचा करती—पापा? आखिर मेरे आधुनिक पापा फिर पूरी तरह आधुनिक क्यों नहीं हुए? क्यों नहीं उन्होंने मम्मी को तलाक देकर कपूर आंटी से शादी ही कर ली?

"ऐसा कहीं होता है? क्या कोई सभ्य पुरुष, पत्नी को तलाक देने की सोच भी सकता है?" यह सोमा की मम्मी का कथन था।

"तो आप फिर शांत रहिए। दूसरे किसी काम में मन लगाइए।"

"मैं तो कब का जहर खाकर सो रहती, तुम बेटियां नहीं होतीं तो।"

सोमा तल्खी से सोचती—ओह! मेरी मां का कितना महान त्याग और वह भी कितनी स्वार्थी बेटियों के लिए। मिसेज अगरवाल का कहना था—"भावना तो अकेली बहू ठहरी, घर-गृहस्थी के कामों में उसको तो समय नहीं मिलता। और आराधना के अनुसार, "मम्मी, आप दोनों के बीच की बात है, मैं क्यों बोलूं? मुझे तो आप दोनों की जरूरत है।" सोमा तू ही जरा अपने पापा से बात करके देखना। कुछ तो तुम्हारे पापा परिवार की इज्जत का ख्याल रखें।"

एक बार मम्मी के कहने से सोमा ने अपने पापा से बातें करने की कोशिश भी की थी। लेकिन मिस्टर अगरवाल ने चीखते हुए कहा—"सोमा, तुम भी किसकी बात में आ गई। इस फूहड़, गंवार औरत के पीछे यों ही मेरी जिंदगी बरबाद हो गई। यह मर क्यों नहीं गई? अच्छा रहता। आज इस बुढ़ापे में मुझे इतना अकेला तो नहीं लगता। दिन-रात गधे की तरह खटता रहता हूं। पूछो तुम्हारी मम्मी से, उसको किसी बात की कमी है? अब यदि बेटा नहीं तो मैं क्या कर सकता हूं? बेटा होता तो आज यों मेरा व्यापार डूबता?"

नहीं, कोई तर्क नहीं चल सकता। पापा-मम्मी ही क्यों किसी के सामने सोमा का कोई तर्क नहीं चल सकता। क्या वह गौतम के बारे में भी किसी से कोई बात करने लायक है? उसको तो खुद ही डर लगा रहता है कि कहीं उसकी अपनी जिंदगी का सच सामने न आ जाए। क्या ये बातें भी किसी से कही जा सकती हैं।

सोमा को याद आया, अभी कल ही की तो घटना है। गौतम कह रहा था—"सोमा

तुम्हारे मन में यदि अपराध नहीं हो, ईर्ष्या नहीं हो, विरोध नहीं हो तब तुम्हारे में मेरी रुचि जाग्रत नहीं होती, तुम एक नियमित सेक्स चाहती हो, मासूम भरा-भरा··· मैं इसे घरेलू नुस्खा कहूंगा··· स्वादहीन··· फीका।''

सोमा को कुछ समझ में नहीं आया था। गौतम की यह अजीबो-गरीब भाषा। उसके ये विचित्र ख्यालात सोमा की समझ के परे थे। बिना किसी प्रतिक्रिया के वह नीची निगाह से अपने दाहिने पैर की उंगलियों को देखती रही थी··· उसको लगा नाखूनों में अनावश्यक मैल है, साफ करना होगा। ब्रश से रगड़-रगड़ कर साफ करना होगा और उसके बाद पौंडस क्रीम लगाऊंगी या फिर बोरोलीन। क्या करूं अपनी ओर ध्यान देने का बिल्कुल समय नहीं मिलता।

''सोमा! तुमने मेरी बात का जवाब नहीं दिया? ओह! तुम्हारी यह ठंडी प्रकृति? मैं चाहता हूं, तुम मुझसे लड़ो-झगड़ो, मेरा विरोध करो··· कुछ तो कहो, देखो सोमा यों चुप रहना···''

''मेरी समझ में नहीं आता कि क्या कहूं? आखिर··· आखिर मेरी गलती कहां पर है? घर में सबसे मिल-जुल कर ही तो रहती हूं।''

''नहीं सोमा, तुम्हारी गलती नहीं, हो सकता है गलती मेरी हो, मगर तुम बताओ तो, खुलकर कहो तो, मुझे समझाओ तो कि तुम्हें क्या खराब लगता है? आपसी जीवन में मेरी हरकतों से कौन-सी बात तुम्हें नागवार गुजरती है?''

''नहीं··· नहीं ऐसी तो कोई बात नहीं।''

गौतम ने असहाय होकर सर हिलाया और दोनों हाथों को ऊपर करते हुए कहा—''ठीक है मैंने तो अपनी तरफ से सब कुछ कह दिया। हो सकता है तुम्हें बुरा लगा हो, लेकिन मेरे लिए यह सब कहना जरूरी था, बेहद जरूरी··· मुझे माफ करना···''

और इसके बाद, सोमा को बांहों में जकड़, गौतम स्थिर निगाह से उसकी ओर देखता रहा था। काफी देर तक, बड़ी देर तक···

इतने में दरवाजे पर हल्की दस्तक हुई। कलफ लगी हुई साड़ी की सरसराहट थी··· ''छोटी बीणनी!''

''अरे ताईजी··· ? आइए ··· अंदर आ जाइए···''

''नहीं मुझे पता नहीं था कि इस समय दोपहर को गौतम कमरे में है, नहीं तो मैं जरा ठहर कर आती।''

''अरे तो क्या हुआ··· आपका बेटा ही तो है···'' कहते हुए सोमा ने दरवाजे का परदा एक ओर सरकाया। सामने ताईजी थीं। उनकी छलकती हुई आंखें और तमतमाया हुआ मुंह······ दीवार से सटकर खड़ी हुई ताईजी हांफ रही थीं—''कितने शरम की बात है और कितनी ओछी! मुझे तो सुपने में भी ख्याल नहीं आया, लेकिन मोहन ने मुझे रुपया दिए थे। दस हजार की गड्डी थी, मैं तो रेवा के कमरे में रखकर भूल गई और अब जाकर देखूं—तो एकदम खाली है। रिपिया का कहीं दूर-दूर तक पता नहीं···''

''ताईजी आपको ठीक याद है कि, आपने रुपया वहां रखा था?''

''हंबा! पूरी बात याद है। याद कैसे नहीं··· ?''

"कमरे में और कौन गया था?"

"कमरे में क्या तो रेवा थी⋯नहीं रुको छोटी बीणनी जरा रुको⋯अब मुझे ख्याल आया, रेवा अब अंदर जा रही थी ना, तब मैंने उसे हेला मारकर कहा था कि, ऐ रेवा! वहां पलंग पर रिपिया रखा है, मुनीमजी के पास जमा करना है⋯तब उसने कहा कि, बड़ी मां यहां पर तो कोई रुपया-उपिया नहीं दिखाई पड़ रहा⋯"

"बड़ी मां वहां कोई नौकर-वौकर⋯?" अबकी गौतम ने पूछा।

"नौकर तो नहीं बस बिचली बीणनी जरूर गई थी।"

सोमा को इशारा समझने में देर नहीं लगी। गौतम भी समझ गया। ताईजी को जो समझना चाहिए था वह तो कब का समझ चुकी थीं⋯फिर यहां? ताईजी यहां क्या बोलने चली आईं?

"मैंने तो बिचली से बस इतना भर पूछा था कि ऐ बीणनी तुमने रिपिया देखा था क्या? मेरा तो इतना पूछना था कि, वह तो रणचंडी की तरह विकराल हो गई, ऐसे तो कैरी-सी आंखें निकाल ली और बिजली सी कड़क कर बोली⋯ताईजी आप हमको चोर बना रही हैं? मैंने कहा--"ऐ बीरा! मेरी इतनी मजाल कि, मैं घर की बीणनी पर इल्जाम लगाऊं? मैं तो बस पूछ ही रही थी। उस समय से उसने जो तूफान मचा रखा है कि, मैं क्या बताऊं? तुम लोग चलकर देखो तो⋯"

"ना बाबा⋯ना! बड़ी मां मैं लता भाभी के बीच में नहीं⋯" गौतम ने दोनों हाथ उठा दिए।

बाहर हॉल में जाकर सोमा ने देखा—लता भाभीजी को बड़ी भाभीजी ने पकड़ रखा है और लता भाभी चीखती जा रही हैं—"मेरे पर इतना बड़ा इल्जाम, मेरी इतनी तौहीन, इतनी नीची बात! मुझे मेरे पीहर भेज दीजिए⋯मैं नहीं रहूंगी यहां पर। मैं कहे देती हूं कि मैं यह सब इल्जाम नहीं बर्दाश्त करने की।

वहां खड़े-खड़े ताईजी सब कुछ शांति से सुनती रहीं मगर वे फिर भी खामोश थीं। सोमा के पीछे-पीछे भीत हिरणी सी रेवा बाई और निमली बाई को देखकर लता भाभी का स्वर सप्तम पर था—"ताईजी ने मुझ पर चोरी का इल्जाम लगाया है। भाभीजी आप मुझे छोड़ दीजिए⋯मुझे जाने दीजिए।"

अब ताईजी अपने कमरे की ओर जाती हुई शांत स्वर में कह रही थीं—"तुमको पीहर जाना है तो चली जाओ। निमली! ठाकराजी को बोल दो कि, बिचली बीणनी को इसके पीहर "घाल" आएंगे।"

"मैं फिर कभी नहीं आऊंगी। मैं कहे देती हूं।"

"नहीं आना।" उन्होंने पलटकर लता भाभी की ओर खामोश पथराई दृष्टि से देखा।

"ताईजी आप ऐसे कैसे बोल सकती हैं? क्या यह मेरा घर नहीं? मेरा इस घर पर कोई अधिकार नहीं?"

"देखो लता, तुम जाना चाहती हो तो जाओ, रहना चाहती हो रहो, लेकिन मुझे डराओ नहीं, मुझे मोहन ने रुपये दिए और मैंने रेवा के कमरे में गद्दे पर रुपए रखे। कमरे में तुम लोग दो ही जणी तो गई थी। रेवा कुछ नहीं बोल रही, तू इतनी क्यों नाच रही है? तू भी चुपचाप रह।"

''लेकिन मेरे पर यह चोरी का इल्जाम?''

''तुम पर इल्जाम कुछ नहीं लगाया गया। फालतू बात तो करो मत। मगर रुपया खोजने की जिम्मेवारी तुम्हारी है। देखो! खोजो। रुपया कहीं गया नहीं है, यहीं पर है। घर में मोट्टियारों के आने के पहले रुपया मिल जाता तो अच्छा है।''

''रुपया किसी नौकर ने उठाया होगा या फिर निमली बाई···''

''ऐ बीरा! चीखते हुए निमली बाई ने कहा—''हुकुम बाईसा मैं तो सबेरे से मंदिर में कथा सुन रही थी, फिर बस अभी-अभी फलाहार करके ऊपर आई, मुझे क्या पता? और बाईसा, बीणनियों के कमरे में हरिया के अलावा तो दूसरा कोई नौकर जाता नहीं।''

''तो हरिया ने लिया होगा।'' लता भाभी ने ताईजी की ओर देखते हुए कहा।

''देखो लता फालतू बात तो करो मत, नौकरों से पूछना है तो वह भी पूछ लो···''

''हरिया तो बाईसा के कपड़े धो रहा है।'' निमली बाई ने फिर कहा।

''नहीं, हरिया चोरी नहीं कर सकता। हरिया की नसों में बेचन महतो का खून बहता है, उसके बाप ने बड़ा बाबू का नमक खाया है। ठीक है बिचली बीणनी रुपया खोजो, या फिर याद करो, कहीं रखा गया होगा।

लता भाभी पहले अपने कमरे में गईं फिर वापस रेवा-बाई के कमरे में जाकर चीजों को उठा-पटक करने लगी। साथ ही उनका बड़बड़ाना चालू था। इधर ताईजी ने धीमे स्वर में सोमा के कानों के पास मुंह ले जाकर कहा—

''देख ऐ छोटी···मेरे पर कितना बड़ा कलंक! मैंने दिन भर से कुछ खाया-पीया नहीं, भूखी-तीसी बैठी रही, ऐसा कलंक तो कभी किसी ने नहीं लगाया और वह भी एकादशी के दिन।'' और वे वहीं हॉल में रखे गद्दे पर अपना माथा पकड़कर बैठ गईं। और कहने लगीं—

''निमली! कहावत है ना आदमी रण जीत लेता है, लेकिन जण (अपनी संतान) को जीतना आसान नहीं।''

हिचकियां लेते हुए निमली बाई उनसे कहने लगी—''बाईसा मेरा तो अब इस घर से अन्न-जल का सीर-संस्कार ही चूक गया। मेरा अब इस घर में एक पल भी खटाव नहीं होगा। आज तक मैंने जो नहीं सुना वही सुनना पड़ा।''

पांच मिनट में लता भाभी, कमरे से वापस निकलीं।

''ताईजी आप का तो माथा सठिया गया है, रुपया उन्होंने खुद ड्रेसिंग टेबिल के दराज में रखा और सारे घर को सर पर उठा लिया। चलिए रेवा बाई आप चलकर देख लीजिए। मैंने यदि झूठ कहा हो।''

रेवा बाई, गौतम, सोमा, सबने एक-दूसरे की ओर देखा। निमली बाई पल्ले से आंखें पोंछ रही थीं। और ताईजी अब वापस अपने कमरे में जा चुकी थीं।

× × × ×

मगर वही-वही बातें, वही-वही जिंदगी। सोमा सोचती क्या करूं कैसे मन लगाऊं? वह सोचती और सोचती ही रह जाती। अंत में हार कर एक दिन उसने ताईजी से ही

कहा—"ताईजी मैं आगे पढ़ना चाहती हूं।"

"क्या करेगी पढ़कर? कौन-सा तुझे आफिस जाना है?"

"नहीं मन नहीं लगता। ऊब जाती हूं।"

"एक बच्चा हो जाता तो मन लग जाता।"

"बच्चा हो तो कहां से हो? आपका बेटा···" लेकिन नहीं, सोमा कुछ नहीं कह सकती। शब्द होंठों पर आकर बर्फ हो गए थे।

खैर, सोमा की मिन्नतों से, बहुत कहने-सुनने से, ताईजी मान गईं। सोमा ने बी० एड० करने की सोची। घर पर पढ़ाने के लिए प्रोफेसर सुजीत सेन आने लगे। वे यादवपुर विश्वविद्यालय में प्रोफेसर थे। उनकी पत्नी लेडी ब्रेबोर्न में पढ़ाती। प्रो० सुजीत सेन का परिचय भाई साहब के दोस्त व रूंगटा परिवार के फैमिली फिजीशियन डाक्टर सेन ने करवाया था, जो दूर के रिश्ते में सुजीत सेन के चचेरे भाई लगते थे। ताईजी के कहने पर निमली बाई कमरे के दरवाजे पर बैठकर पहरा दिया करतीं। फिर वे अंग्रेजी की लोरियां सुनते-सुनते वहीं कार्पेट पर सोने लगीं। और कुछ दिनों बाद तो वे भी पुजारी भैया से कथा-कहानी सुनने चली जातीं।

सुजीत ने पहले दिन ही सोमा से पूछा था—"अच्छा सोमा! जीवन में तुम्हारा उद्देश्य क्या है?"

"उद्देश्य? उद्देश्य का क्या अर्थ हुआ?"

उद्देश्य यानी महत्, हां तो यह बताओ सोमा, तुम्हारी जिंदगी में महत् क्या है?"

"सर मैं समझी नहीं, महत् किसे कहते हैं?"

"अरे बाबा, आदर्श, अब समझी?"

"ओ···आदर्श। कुछ नहीं, कुछ भी तो नहीं। कभी इसके बारे में सोचा तक नहीं।"

"कभी सोचा तक नहीं? आश्चर्य? जीवन में किसी आदर्श की रूपरेखा नहीं? बड़ी विचित्र हो।"

"सर विचित्र तो आपका प्रश्न है!"

"हो सकता है। लेकिन मैं फिर भी जानना चाहूंगा कि तुम्हारे जीवन में कुछ ऐसा है जो, तुम्हारा आदर्श हो, जो तुम्हें प्रेरित करता हो।"

"प्रेरणा? ओह हां। ऐसी बहुत-सी बातें हैं जो मुझे प्रेरित करती हैं। यानी जिनकी ओर मैं आकर्षित हूं, बिल्कुल भीतर से।"

"वह क्या?"

"कुछ नहीं। बस मुझे प्यार चाहिए। ढेर-सा। बहुत-सा और···और बच्चे चाहिए···" कहते-कहते सोमा की आंखें उमड़ आई थीं। आंख की कोरों को धीरे-से पोंछते हुए उसने फिर कहा—"मैं बस यही चाहती हूं कि मेरे आसपास के लोग सब सुखी रहें, संतुष्ट रहे।"

"सोमा, तुम्हारी जिंदगी का कोई और मकसद नहीं?"

"नहीं सर···नहीं। मकसद तो तब हो, जब मेरे अपने लोग मेरे ससुराल वाले मेरे से प्रेम करें, मेरे से ठीक से बोल-व्यवहार करें। इनके साथ तो मुझे जीना सीखना पड़ा। मैं बस इन्हें खुश रखने की चेष्टा करती हूं।"

"चेष्टा! मैंने तो सोचा था तुम इनसे प्यार करती हो।"

"नहीं···नहीं···मैं इतना अधिक नहीं सोचती। इतना सोचूंगी तो पागल हो जाऊंगी।"

"ओह! मेरी ही गलती है कि मैंने ऐसे बेकार के प्रश्न उठाए। बात यह है कि कालेज में हम लोग दिन-रात सिद्धांतों को निचोड़ते रहते हैं, जबकि बात ठीक ही है कि कोई भी स्त्री पहले सुख चाहेगी, शांति चाहेगी, प्यार तो बाद में चाहेगी।"

"स्त्री क्यों? सर, पुरुष भी तो ऐसा ही चाहता है।"

"हां···हां···पुरुष भी।"

"सर, आपके स्वर में करुणा की झलक है। यानी करुणा आपका स्वभाव है। है ना?"

"नहीं। मैं इतनी महत् भावना के काबिल नहीं। करुणा को महसूस करने के लिए भी आदमी को साबुत बचे रहना पड़ता है और हम लोग जो हैं, वह टुकड़ों में टूटते हैं, किरचों में बिखरते हैं···तुम समझी सोमा?"

"नहीं सर! मैं कुछ नहीं समझ पाई। आप मुझसे क्या समझने के लिए कह रहे हैं?"

"कुछ नहीं, मैं थोड़े समय के लिए भूल गया था कि यह कालेज का क्लास रूम नहीं। बात यह है सोमा, मैं तुम्हारी सहायता करना चाहता हूं···ताकि तुम इस तरह घुटो नहीं।"

"ओह···हां···हां सर आपने बिल्कुल ठीक कहा। मेरी ससुराल में कोई भी सुखी नहीं।"

"और तुम्हारी मां के घर?"

"वहां भी वही हाय-हाय! हम तीनों बहनों की शादी हो गई, इसलिए मम्मी को घर खाली लगता है, व्यापार में हाथ बंटाने वाला बेटा नहीं, इसके लिए पापा दुखी रहते हैं। पता नहीं, भगवान की क्या मर्जी है?"

"तो तुम भगवान में बहुत विश्वास करती हो?"

"नहीं।" बस कहने के लिए कह दिया था। भगवान में मेरा उतना ही विश्वास है जितना अपने आप पर है। जब आत्मविश्वास लड़खड़ाता है, तब भगवान पर भी विश्वास लड़खड़ाने लगता है।"

"तुम ज्यादा सोचती हो, बहुत ज्यादा। और, जितना सोचती हो, उससे अधिक बोलती हो····बिना परिणाम की चिंता किए।"

"मेरा एक ही शौक है·····"

"अब शौक की बात कर रही हो!"

"नहीं, मेरा शौक मेरी चाहत से जुड़ा हुआ है। मैं एक बच्चे को गोद में लिए चुपचाप ढलती हुई शाम को देखना चाहती हूं। बजती हुई शंख ध्वनि। आरती की घंटियां। आकाश, क्षितिज और टुकड़ा-टुकड़ा रंगीन बादल·····"

दोनों हंसने लगे थे। जोरों से खिलखिलाकर। तब तक सामने ताईजी थीं।

"ताईजी!" सोमा के मुंह से इतना भर निकला। अब वे दोनों आमने-सामने खड़ी थीं। सोमा ने सोचा आखिर क्यों ताईजी मेरे सुख के हर रंगीन धागे को खींच-खींच कर उधेड़ दिया करती हैं। क्यों वे मेरे प्रत्येक सुख के विरोध में खड़ी रहती हैं। ताईजी, सोमा की ओर देखती रही थीं। कुछ क्षण हां, उन अनंत होते क्षणों में और भी बहुत कुछ था, जो अनंत हो गया। ताईजी की कठोर दृष्टि पिघली और उन्होंने पूछा—

''कैसी पढ़ाई कर रही हो?''

''अभी तो हम लोग बात कर रहे थे।''

''क्या बात?''

सोमा ने देखा कमरे की देहरी पर, ताईजी के पीछे निमली बाई खड़ी थी। तब क्या निमली बाई छिपकर हमारी बात सुन रही थी? हो सकता है, निमली बाई सब कुछ कर सकती है। उनके लिए असंभव कुछ भी नहीं।

सोमा की आंखों में भय था और उसके गाल शर्म से लाल होते हुए कानों के हीरे की सफेदी को छू रहे थे। सुजीत खड़े हो गए और अब अपनी पैंट की क्रीज ठीक कर रहे थे, सामने झुका हुआ उनका शरीर, स्थिति की गंभीरता को समझना चाह रहा था।

सर, आप कल कितने बजे आएंगे?'' अब सोमा का सहज स्वर था।

सुजीत ने सोचा—सोमा के लिए सब कुछ संभव है, मगर मुझे नहीं आना। किन्तु अभी कैसे कहूं? सबके सामने.....'' उनका उत्तर था—''कल?'' हां.....हां कल आऊंगा।'' कहते हुए वे बाहर निकल गए। ताईजी भी कमरे से बाहर निकल गईं। और अब निमली बाई ने पूछा—

''छोटी बीणनी! आलू की चाट खाओगी? तुमको पसंद है।''

''नहीं! मुझे भूख नहीं है।'' और सोमा पुस्तकों को समेटने लगी।

इसके बाद सुजीत आते रहे थे। वैसे ही जैसे आया करते थे। बैठते, बातें करते, सोमा को पढ़ाते। वैसे ही जैसे हमेशा से हुआ करता था। इसके महीने भर बाद एक दिन ताईजी ने सोमा से कहा—''छोटी यह पढ़ाई छोड़ दो तो कैसा रहे?''

''क्यों ताईजी?''

''गौतम तो पढ़ता-लिखता नहीं है और फिर यों घंटों पराए पुरुष के साथ.....'' ताईजी सोमा से धीरे-धीरे समझाने के अंदाज में कह रही थीं.....'' सोमा! बात आगे बढ़े इससे पहले ही गांठ खोल देनी चाहिए, इच्छा की कली को तोड़ देनी चाहिए नहीं तो जीवन में ''भोभर (आग) जलने लगेगा........''

''आप यह सब क्या कह रही हैं ताईजी?'' सोमा का आहत स्वर।

''मैं ठीक ही कह रही हूं बेटा। मैं भी लुगाई हूं, लुगाई का दरद जानती हूं।'' और ताईजी चुपचाप वहां से हट गईं। दोनों के बीच संवाद की पहली कड़ी थी। ऐसा सोमा को लगा। ताईजी ने भी मानो रस्मी तौर पर अपनी फर्ज अदायगी पूरी की थी। क्योंकि घटना के बाद भी सुजीत सप्ताह में तीन दिन सोमा को पढ़ाने आते रहे।

घर में लोगों ने, खासकर अन्य स्त्रियों ने आपस में खुसुर-पुसर किया—''पढ़ाई के बदले आपस में बातें अधिक होती हैं, ताईजी तो खुद हर समय मास्टरजी की प्रशंसा करती रहती हैं, तब हम लोगों को क्या आफत पड़ी है जो बीच में बोलें।''

और निमली बाई बीच-बीच में सोमा के कमरे में किसी न किसी बहाने झांक जाती, पूछ लेतीं—''मास्टरजी, आप ठंडा पीओगे या गरम? चाय बनाकर लाऊं.....हमारी मारवाड़ी मिठाई खाकर तो देखिए। यह छेने-नारियल का संदेश हमारे घर की खासियत है......''

सोमा और सुजीत दोनों ही कुछ क्षण खामोश खुली आंखों से निमली बाई की ओर देखते.....प्रोफेसर सुजीत सेन बंगाली छेने के संदेश पर मारवाड़ी ठप्पा देखकर मन ही मन

मुस्कुराए बिना नहीं रह पाते। प्रोफेसर सेन का गोरा, पीताभ रंग, चौड़ा ललाट, बड़ी-बड़ी काली आंखों पर मोटे काले फ्रेम का चश्मा······होंठों पर थिरकती मंद मुस्कान। क्या था उनकी मुस्कुराहट में? हां, सुजीत कैसे मुस्कुराते थे? थोड़ा संयमित भाव, एक आहत पवित्रता, ईमानदारी, स्थिरता, अपना जातीय अहम।

गर्मी की छुट्टियां शुरू होने वाली थीं। अब वह पहले, पुराने दिनों की तरह बहुएं ताईजी के कमरे में, दोपहर को कढ़ाई-वढ़ाई लेकर नहीं बैठतीं। भाभीजी लोग अपने-अपने कमरे में व्यस्त रहतीं। दोपहर का सन्नाटा काटने दौड़ता। कभी-कभी सोमा और सुजीत के बीच ताईजी आकर बैठ जातीं। वे कहतीं—

"मास्टरजी! हमारी छोटी बीणनी को ठीक पढ़ाइएगा। हम लोगों का जीवन भी कोई जीवन रहा। पढ़ने-लिखने से इसका मन शांत रहेगा।

× × × ×

अकेलेपन को काटते-काटते कभी-कभी सोमा, एक साथ प्रोफेसर सुजीत और गौतम के बारे में सोचने लगती। भीतर की एक कसक रह-रह कर ऊपर आने को व्याकुल हो उठती, बच्चे का न होना उसे सालता नहीं, लेकिन कभी भीतर बहुत खालीपन और अवसाद का बोध कराता। गौतम के व्यवहार को वह पूरी तरह से आंक नहीं पाई थी। गौतम की ठंडक। लेकिन गौतम बीच-बीच में बिल्कुल बदल भी जाता। उस दिन दोपहर को एक कोमल क्षण में सोमा का माथा चूमते हुए गौतम कह रहा था—"सोमा, मैं कितना भाग्यशाली हूं, तुम्हारी जैसी पत्नी को पाकर मैं तो सोच भी नहीं सकता था कि तुम इस घर में अपने आपको इतना ढाल लोगी। सब तुम्हारी प्रशंसा करते हैं। कोई कह सकता है कि तुम कान्वेंट में पढ़ी हो! तुम ब्याह कर आई थी, तब तो ठीक से मारवाड़ी भी नहीं बोल पाती थी और अब कावा-ढीचा सब कुछ सलटाकर, बी० एड० की परीक्षा में बैठने वाली हो।"

"लेकिन गौतम, हमारी अपनी जिंदगी?"

"मैं वादा करता हूं सोमा कि मैं बिल्कुल बदल जाऊंगा। बस, जरा सा धीरज रखो! हैव सम पेशंस।"

"लेकिन कब तक गौतम? आखिर कब तक?"

"तुम्हीं बोलो पहले से मैं बदला हूं कि नहीं? मैं तुम्हारे बिना अधूरा हूं, बिल्कुल अधूरा। जरा सी अपनी केमिकल फैक्ट्री और चलने लगे, हम लोग बंबई रहेंगे सोमा! मैं तुम्हारे साथ खुले आकाश में विचरना चाहता हूं। मुझे घुटन होती है, यहां इस घर में। और, खास कर बड़ी मां से तो बहुत अधिक घुटन होती है।"

"बड़ी मां से? मगर क्यों? वे तो तुम्हारे बीच कभी कुछ बोलती नहीं, बेचारी बड़ी मां······"

"अरे उनका यह अड़ियल स्वभाव! सबको छड़ी की नोंक पर रखना। जमाना कहां से कहां बदल गया, लेकिन बड़ी मां नहीं बदलेंगी। और, न ही घर का यह पुराना ढांचा बदलेगा।"

''लेकिन गौतम इसका हमारी निजी जिंदगी से क्या संबंध? लोगों का गुस्सा तुम मुझ पर क्यों उतारते हो? महीनों हो जाते हैं, मुझे छूने को भी तुम्हारा मन नहीं करता?''

''क्या करूं? इस घर की घुटन में आई रियली फील आप्रेस्ट। मेरा मन नहीं करता।''

''चलो, मैं यह मान भी लूं लेकिन फिर भी! क्या तुम्हारा मन मुझसे बातें भी नहीं करना चाहता? वही रात को बारह-बारह बजे कमरे में आना और तुम ताश भी खेलते हो तो कैसे लोगों की कंपनी में? आदमी किन लोगों के साथ उठता-बैठता है, यह भी तो देखा जाता है। अब तुम्हारे वही बिल्लू......''

''बिल्लू? क्या खराबी है बिल्लू में? वह मेरे बचपन का दोस्त है। मैं उसे नहीं छोड़ सकता।''

''और पुजारी भैया? एक तरफ तो अपने को बालब्रह्मचारी कहते हैं और दूसरी ओर ताश पीटते हैं।''

''सोमा खबरदार! तुमने पुजारी भैया के बारे में कुछ कहा तो मुझसे बुरा कोई नहीं होगा। वे संत पुरुष हैं।''

''उंह! मुझे तो वे बिल्कुल ढोंगी लगते हैं।''

''तुम्हारी यह हिम्मत? तुमने उन्हें ढोंगी कहा?'' और गौतम सोमा की दाहिनी कलाई को अपने सख्त पंजे से मरोड़ रहा था।

''गौतम...प्लीज...गौतम...डोंट बी सो इमोशनल, और वह भी पुजारी भैया के लिए।''

''नहीं, मैं सीरियस हूं, बिल्कुल डेड सीरियस। तुम्हें पुजारी भैया से चलकर माफी मांगनी होगी।''

''नहीं मागूँगी।''

''नहीं मांगोगी? तो लो भोगो मजा।'' और सच में उसने इतनी जोर से कलाई मरोड़ी थी कि, सोमा चीख उठी। कांच की चूड़ियों के किरचों से हाथ लहूलुहान हो गए। उनकी चीख सुनकर निमली बाई दौड़ी आई थी......

''क्या हुआ? छोटी बीणनी......क्या हुआ?''

गौतम वहीं सर नीचा किए खड़ा था। आज भी सब कुछ बोलना चाहकर भी सोमा खामोश रह गई थी। क्यों? पता नहीं। संस्कार? शायद हां।

सोमा को लगा कोई किल्लियां ठोंक रहा है, एक-एक कर प्रत्येक जोड़ में......वेल्हम में मिस हैरियट के कमरे में मैंटल पीस कर रखे मरियम की मूर्ति की याद आ गई......सोमा का मन किया मरियम के पैरों से लिपट जाए और रोती रहे, खूब-खूब रोती रहे। बचपन में ऐसा ही हुआ था। भली लड़की थी सोमा। छोटी भावना शैतान थी। मगर सोमा ने हमेशा अनुशासन को माना। बस, एक ही बार तो गलती हुई थी। गलती भी क्या, बस मन ही तो है। बिना पूछे वह मिस हैरियट के कमरे में चली गई थी। और मिस हैरियट, कसी हुई कार्सेट और लेसवाली ब्रा पहने आलमारी से अपनी ड्रेस निकाल रही थी।

सोमा को देखकर मिस हैरियट चीख पड़ी थीं। उस जाड़े में भी वे पसीना-पसीना हो गईं।

''सारी मिस, वेरी......वेरी सॉरी।'' कहते हुए सोमा निकल आई थी। सजा मिली

थी······बहुत कड़ी सजा थी। उस जाड़े में······रोज सुबह सौ बार उठ-बैठ करना पड़ता। और सोमा से कहा गया था कि मरियम के सामने अपनी इस भूल की क्षमा-प्रार्थना करो। रो पड़ी थी, सोमा। बिल्कुल रो पड़ी थी। अपने लिए? मिस हैरियट के लिए? मरियम के लिए? सोमा को लगा औरतें हमेशा रोती रहती हैं, रोना उनकी आदत है।

लेकिन गौतम का भावहीन चेहरा, पलटकर सोमा अपने पलंग पर बिछी बिल्कुल झक चादर के सलवटों को ठीक करने लगी। सोमा को लगा चादर की सलवटों में उतरती हुई थकान की लहर है। उसने खींच-खींच कर चादर की सलवटों को, अपने मन के तनाव को, सीधा कर दिया।

वहां खड़ी निमली बाई ने कहा—''अजीब आदत है गौतम की, जरा सी बात बर्दाश्त नहीं कर सकता। चालू हो जाते हैं। मोहन बाबू, राजू सब लोग अपने कमरे में नौ बजे ही सोने चले जाते हैं······लेकिन गौतम?''

मगर मैं ही कहां गौतम की राह देखती हूं······मैं अपने में, गौतम अपने में।

बिना प्रतिउत्तर के निमली बाई वापस चली गई। सोमा ने देखा गौतम का वही सपाट चेहरा तकिये पर रखा हुआ सोने के उपक्रम में था।

सोमा ने खिड़की के ऊपर टंगे हुए आकाश की ओर देखा। मई की गरम रात उफन रही थी। एक पीली उजास रेखा लॉन के कोने में अटक गई थी। कोई कुछ नहीं बोलता। न कहीं कोई प्रश्न है और न ही उत्तर। न कोई सुनने वाला। आखिर मैं इतनी अकेली क्यों हूं? और वह भी इतने बड़े घर में! इतने सारे लोगों के बीच? सोमा चांदी की झारी से गिलास में पानी डालती है। ठंडा पानी······थोड़ी राहत······वह अपने ही जख्मों को टटोलती है······आह! अब भी टीसता है। अकेलापन बहुत-बहुत टीसता है।

गौतम की गहरी सांस थी, सिसकती हुई, कुछ राहत मांगती हुई। उसका सर सोमा के तकिये की ओर झुका हुआ था। सोमा का साथ चाहता हुआ।

वह फिर सोचने लगी—

एक मेरा ही अकेलापन काफी है······यही नहीं संभलता। इसके ऊपर फिर किसी दूसरे के अकेलेपन को दूर करने की चिंता। नहीं मेरे से यह सब नहीं होगा। ऐसा नहीं कि जिंदगी में वह पहले-पहल दुखी हुई थी। लेकिन मन पर कभी दुख का, पीड़ा का वजन नहीं पड़ा था। त्रासदी तो यह है कि, सब कुछ समझते-बूझते भी सोमा कुछ कह नहीं पा रही थी। वह पानी का खाली गिलास, साइड टेबल पर रख देती है।

कुछ-कुछ भयभीत सी सपनों में खोई हुई सोमा ऊपर से खामोश और भीतर से बेहद खाली हो रही थी। उसको लगा रात कैसे घुट रही है, और यह बहता हुआ पसीना। सूखे आंसू, खट्टी पीड़ा और कहीं गहरे दबे हुए दर्द की हल्की मगर खटास भरी गंध कमरे की परिचित गंध में धीरे-धीरे घुलती जा रही थी।

दूसरे दिन ताईजी ने बड़े प्यार से सोमा को धीरे से समझाकर रात के झगड़े का कारण पूछा था।

''ताईजी आपको हमारे झगड़े के बारे में किसने बताया?''

''निमली ने।''

''नहीं ऐसी कोई बात नहीं हुई थी ताईजी। मैंने ही इन्हें किसी बात के लिए छेड़ दिया था और इसीलिए गुस्से में आकर इन्होंने मेरी कलाई मरोड़ दी।''

''रे रामजी! यह भी कैसा हंसी-मजाक? कहीं हड्डी सरक जाती तो? ला, मैं निमली से कहकर आइडेक्स की मालिश करवा दूं।''

''नहीं......नहीं ताईजी मैं ही कर लूंगी आप क्यों परेशान होती हैं?''

''कैसे नहीं परेशान होऊं? तू तो मेरी सबसे लाडली बहू है।'' सोमा की आंखें छलछला उठी थीं। मम्मी ने तो कभी नहीं कहा कि, ''तू मेरी सबसे लाडली बेटी है।'' लेकिन ताईजी? निमली बाई क्या कहूं इन्हें? क्या लगती हैं ये मेरी? पापा और मम्मी का हमेशा यही कहना—''सोमा की तो अपनी सास भी नहीं, तायस है। अरे वह भी जिसने एक बच्चा तक नहीं जना। वह क्या जाने कि, जाए की कसक कैसी होती है। नहीं, ताईजी मां नहीं बन पाई थीं। उनसे पहली वाली की भी तो गोद नहीं भरी थी। किन्तु ताईजी मां से बढ़कर हैं। ताईजी का हमेशा यही कहना इन बच्चों की मां भी मैं हूं और बाप भी।

लेकिन ताईजी की अपनी संतान रही होती? क्या ताऊजी में कोई कमी थी?

× × × ×

औरतों की भीड़ में बैठे-बैठे सोमा की आंखें झपकने लगीं। पास बैठी हुई निमली बाई से कह रही थी—''नहीं......नहीं, बड़े सेठजी तो देवता थे देवता।''

''और वैसी ही देवी जैसी हमारी जिठाणीजी थी। उन्होंने तो कभी किसी से शिकायत का एक शब्द नहीं कहा।'' नागपुर वाली चाचीजी ने क्षेपक जोड़ा।

आस-पास की आवाजों को सुनकर सोमा वर्तमान में लौट आई। उसने देखा, हॉल में चारों ओर औरतें बैठी थीं। मगर बैठे-बैठे करे भी तो क्या? वही-वही पंचायत। आपस का वही घिसा-पिटा हुआ वार्तालाप।

''बाई! गृहस्थी की गाड़ी खींचना आसान काम है क्या? और वह भी देवर के छह-छह बच्चों को पालना-पोसना......'' नागपुर वाली चाचीजी किसी से कह रही थीं।

''और क्या चाचीजी। हम लोगों के लिए मां और बाप सब कुछ बड़ी मां ही थीं। मैंने तो अपनी सगी मां के हाथ से कभी एक गासिया भी नहीं खाया।'' कहते हुए रेवा बाई की आंखें टपकने लगीं।

सोमा खामोश निगाहों से देवी-देवताओं की तस्वीर से सजी दीवारों को घूरने लगी। क्या अब यहां ताईजी का भी तैल चित्र टांगा जाएगा? कुछ खुसर-पुसर हो तो रही थी। कुसुम बाई से कहती हुई लता की ही धीमी आवाज थी, ''अब आज के दिन बिल्कुल इस साइज की ऑयल पेन्टिंग यदि कोई अच्छा आर्टिस्ट करे तो पचास हजार से नीचे क्या लेगा?''

''और भाभी, आजकल तो फ्रेमिंग का दाम......अरे बाबा वह तो पेन्टिंग से भी बढ़कर है।''

''और अभी तो बारहवीं का खर्च सामने है। पता है, कितने का बजट बनकर सामने आया है?''

"कितने का भाभी?"

"चार लाख का। धर्मादे का रुपया तो अलग से लगेगा।"

"क्या?"

"और क्या?" नागपुर वाली चाची कह रही थीं—"भई, इतना तो लगेगा। हमारी जिठाणीजी तो भरा-पूरा घर छोड़कर गई हैं।"

"चाचीजी को क्या जोर आया बोलने में?"

सोमा ने चौंककर कुसुम बाई की ओर देखा। ताईजी की सबसे चहेती बेटी यही थी। ताईजी कितने प्यार से कहा करती थीं—"यह कुसुम सदा से कमजोर थी। यह सतमासिया थी ना। बित्तेभर की तो पैदा ही हुई थी। मैंने इसको रुई में लपेटकर रखा था। मां के बोबे (स्तन) में तो दूध भी नहीं उतरा। मैंने बूंद-बूंद करके ऊपर का दूध इसके गले में डालती। तेरी सास तो कहती, "छोड़िए ना जिठाणीजी मरने दीजिए। कौन-सा बेटा है।"

हां, ताईजी की वही बेटी अभी कह रही है—"आप ठीक कह रही हैं लता भाभी, खरच के रुपए तो सब भाइयों को बराबर का लगना चाहिए।"

"लगना चाहिए ना, पर लगाने वालों की शकल भी देखिए। भाई साहब ने तो अभी तक कुछ कहा नहीं मगर अरुण बाबू ने इनसे कहा—

"चाचाजी, आप तो जानते ही हैं कि हमारी फैक्ट्री घाटा दे रही है।"

"और गौतम ने क्या कहा?"

"वे? सुन लीजिए उनका भी वेद वाक्य......" यह सब पोंगापंथी बातें हैं। पंडितों का प्रपंच है। अरे गो-दान की क्या जरूरत है? क्या ताईजी उसकी पूंछ पकड़कर वैतरणी तैरेंगी? सुख शैया पर शॉल-दुशाला, गहने का सेट, चांदी के बर्तन, यह सब क्या बकवास लगा रखा है?"

भाभी, सुख शैया पर तो ये चीजें रखी जाती हैं।" धीरे से दबी आवाज में रेवा बाई ने कहा।

"तो हम कब कहते हैं कि नहीं रखी जानी चाहिए। पर वही रखे ना, जिसको अगली अपना धन देकर गई है। कोठरी में कीमती सामान रखा है क्या?"

हे भगवान्! मैं भी कहां फंस गई? सोमा ने सोचा। किसको धन चाहिए? और वह भी ताईजी की अंत्येष्टि क्रिया में कटौती करके। ताईजी तो हमेशा पितृपक्ष के पंद्रह दिनों में सारे पूर्वजों को याद करतीं, खासकर मां बाबूजी और ताऊजी को। श्राद्ध के दिन तेरह ब्राह्मणों का भोज प्रत्येक को धोती, गमछा। ब्राह्मणों को भाई साहब लोग खुद भोजन परोसते। यानी गो-ग्रास से लेकर तिलक-दक्षिणा तक सब बेटे-बहुओं को भूखे पेट काम में लगे रहना पड़ता। भोजन क्या बनेगा और क्या नहीं, यह भी ताईजी का निर्णय होता। तेरे ताऊजी को खीर-जलेबी बहुत पसंद थी, वही बनेगा। तेरी सास को पंचमेले की सब्जी और पातड़ी का दही बड़ा पसंद था, बड़ोरी बीणनी, महाराजजी से बोलना कि रसोई स्वाद उतारेंगे। कहीं गलती नहीं हो जाए।"

सोमा को याद है एक बार महाराजजी ने दही बड़े की साइज थोड़ी छोटी कर दी थी। ताईजी इतना नाराज थीं कि, सब लोगों को लगा आज तो महाराजजी की नौकरी खतम। बेचारे,

निमली बाई के पीछे-पीछे घूमते रहे थे।

"ऐ निमली बाई आज हमारी नौकरी बचा दो, आपको मैं डोबा की राबड़ी बनाकर खिलाऊंगा। मैं कान पकड़ता हूं निमली बाई, अब मैं कभी आपको जले हुए फुलके नहीं परोसूंगा।"

अच्छा भोजन और वह भी ठेठ राजस्थानी, निमली बाई की सबसे बड़ी कमजोरी थी। पतले-पतले फुलके घी में तर होने चाहिए थे। यह क्या जमाना आ गया कि टाबरी घी का छींटा भी बर्दाश्त नहीं करती। तभी ना सबके बाल पक रहे हैं।"

खैर, निमली बाई ने सोमा से सिफारिश की और सोमा ने ताईजी से कहा—

"लेकिन छोटी, तू सोच महराजजी कोई नए हैं क्या? काम करते-करते उमर हो गई। उनको मालूम नहीं क्या कि तेरी सास को कैसे दही-बड़े पसंद थे?"

"लेकिन ताईजी यह तो श्राद्ध की रसोई थी।"

"तुम भी कैसी संस्कारहीन बात करती हो? अरे इस पितृपक्ष में ही तो पितरों-देवताओं को याद किया जाता है। ब्राह्मण जो जीमते हैं ना, वह सीधा स्वरग में उनके पास पहुंचता है।"

"तो बड़ी मां, आप तो अपना मेनू बनाकर रख जाइए।" सदा के वाचाल गौतम ने कहा था।

"चल राममारा, मेरे साथ ही मजाक पर उतर आया।"

और आज उसी ताईजी के खर्च पर रुपए का सवाल? सोमा को याद आया, ऐसे ही कभी किसी परिवारिक खर्च पर लता भाभी और बड़ी भाभीजी आपस में बातें कर रही थीं, ताईजी ने उनकी बातचीत को सुन लिया। बस उनका भाषण चालू था—

"हां……हां, बोल लो बीणनियों जितना बोलना है बोल लो। क्या करूं आज मेरे मालिक नहीं रहे, तभी ना इतना सुनना पड़ रहा है।

"नहीं ताईजी, हम लोग तो कह रहे थे कि आप ज्यादा छोटी का पक्ष लेती हैं।"

"या फिर रेवा बाई पर खर्च करती हैं।" बड़ी भाभीजी ने कहा था।

"क्यों मैंने तुम लोगों को कभी कुछ नहीं दिया? बड़ी बीणनी चुप किसलिए बैठी हो? कल तुम्हारे बेटे-बेटी पर तुम पर नहीं बोलेंगे? अरे अभी से उन्हें पंचायती सिखा दोगी तो तुम लोगों की तो अर्थी भी नहीं सजाएगा। सीधे बिजली की भट्ठी में फूंककर आएगा। अरे कुछ तो शरम करो, कुछ तो मेरी ममता का ख्याल करो।"

"बाईसा आपने तो अरुण की बहू को अपनी भारी वाली पन्ने की सेट दिया था।" बीच में निमली बाई ने छौंक लगाया था।

"हंबा!"

"उस समय तो घणी राजी होकर रख ली। क्यूं पन्ने की सेट की कीमत लाखों में हैं, यह तो तुम्हीं लोगों ने "डिक्लेयर" किया था।"

लता भाभीजी ने बीच में ही कहा—"ताईजी आप तो भेद-बुद्धि करती हैं। आपके चार पोते हैं। पहले पोते की बहू की मुंह दिखाई में पन्ने का सेट दे देगी तो औरों को क्या देंगी?'

"ऐ बिचली, घबराओ नहीं! मैं तुम्हारे बेटे की बहुओं का इंतजाम करके जाऊंगी। अभी दो महीने पहले सच्चे मोतियों की तगड़ी और पछेली मैंने किसको दिया था? तब तो बड़ी

राजी होकर सेर-सेर भर की पछेली रख ली। एंटिक पीस है, ताईजी यह तो बहुत सुंदर है और आज तुम लोग घणी बाता बनाओ। तब से बैठी-बैठी रबड़ की जबान हिला रही हो, थूक बिलो रही हो।''

''ऐ बड़ी मां तुमको मेरी सौगंध तुम अब कुछ भी बोली। कोई सुनेगा तो क्या कहेगा?'' रेवा बाई ने बरजते हुए कहा। मगर ताईजी अपनी ही रौ में कहे जा रही थीं—

''क्यों नहीं बोलूं? अन्याय की बात सुनकर ऐ छोरी तेरी बड़ी मां चुप होने वाली लुगाई नहीं। मैं सारा हिसाब जानती हूं, किसने कितना धन दबाया। जरा से खर्चे पर सबका मन डोल गया। अरे! अभी तो मैं मरूंगी तो खरच का रुपया निकालना होगा। अपने सुजानगढ़ में, चुरू में, बड़े सेठजी के नाम से स्कूल चलती है, वहां रुपया भी देना होगा। मेरे लिए कुआं, बावड़ी बनवा देना, नहीं तो धर्मशाला बनवा देना, घणा धन छोड़कर जाऊंगी, कोई मैं छाती पर लेकर वैतरणी तैरूंगी?''

''अब कौन आपके मुंह लगे। एक बार बोलना शुरू करती हैं तो बोलती चली जाती हैं। राजधानी मेल भी चार स्टेशन पर रुकती है, लेकिन आप बड़ी मां......'' रेवा बाई ने एकदम से झकझोर दिया।

असाध्य पीड़ा से ताईजी का मुंह काला हो गया और उनके गोरे चेहरे पर रोष की ललाई जाड़े की ढलती शाम के साथ घुलने लगी थी। बिना कुछ कहे वे बहुत देर तक अपने मांचे पर बैठी रही थी। सोमा ने सोचा लोगों की फिजूल पंचायत सुनने के बजाय अच्छा हो कि मैं अपने घर चलूं। उसको उठते देखकर निमली बाई ने ही पूछा—''छोटी जा रही हो?''

''हां, निमली बाई।''

''कल सवेरे पांच बजे आ जाना। कल तईया है ना! तीसरा दिन बहुओं को गंगाजी जाना होगा।''

ओह! सर्द आह के साथ सोमा ने सोचा—''मैं क्या करूं? कौन मेरे को टुकड़ों में काट रहा है? उसने बस इतना ही कहा और वह भी धीरे से—

''निमली बाई, मैं तो इस घर की बहू नहीं।''

''तुम घर की कैसे नहीं हो? कोई तलाक हुआ था क्या?''

सोमा क्या कहती कि तलाक तो आप लोगों ने दिया नहीं और मेरी अर्जी कोर्ट में पड़ी है। हां, उसको अपना एक और अतीत याद आ गया। ऐसे ही एक दिन......

× × × ×

वह सुजीत के सामने खड़ी थी......पीछे वाली खुली खिड़की से धूप की तिरछी सलाखें उसके बाएं गाल पर पड़ रही थीं। सुजीत की आंखों में सीधी झांकती हुई सोमा की आंखों में कहीं कोई याचना नहीं थी। बल्कि सोमा की वे स्पष्ट पारदर्शी चमकती हुई विश्वसनीय आंखें, कच्ची उम्र और भावनाओं के कुंआरेपन के एहसास के साथ धुली शांत स्निग्ध आवाज में कहना,—''सुजीत! मैं तुमसे प्यार करती हूं। मैं जानती हूं तुम विवाहित हो, मैं भी तो विवाहिता हूं और हमारा यह अवैध संबंध, दुनिया क्या कहेगी? समाज क्या कहेगा? तुम्हारी

पत्नी मुझे धोखेबाज कहेगी? यही न, लेकिन मैं क्या करूं सुजीत? सब कुछ समझते हुए भी मैं अपने आपको रोक नहीं पा रही। इसलिए यह सब कह रही हूं। तुम्हीं ने कभी कहा था—

''विवाह एक संस्था है, रजिस्ट्री के कागजों पर सही किया हुआ नाम है। तलाक की व्यवस्था कानून ने बनाई है। कानून मनुष्य के स्वभाव को समझकर ही बनाया जाता है। यदि दो व्यक्ति एक साथ नहीं रह सकते, यदि कहीं कोई गहरी कमी हो, तब इस बंधन को तोड़ा भी जा सकता है। बल्कि तोड़ ही देना चाहिए।''

''हां, और क्या यह जरूरी है कि कोई किसी को ताउम्र प्यार करता रहे! विकास की यात्रा में जीवन के कालखंड में कभी स्त्री तो कभी पुरुष का स्वभाव, उसका मूल्यबोध, जीवनदृष्टि बदल भी तो सकता है। और जब कोई बदल जाता है, तब बची रहती है जड़ता। क्या इसी को वैवाहिक संबंध कहा जाए? शायद कह सकते हो। मगर सुजीत यह प्रेम तो नहीं।

सुजीत मैंने इस सवाल पर घंटों सोचा है। मैंने सात फेरे अग्नि के चारों तरफ लिए थे। मैं जलती हुई उस अग्नि को देख रही थी। मैं पवित्र थी सुजीत, बिल्कुल पवित्र! गठबंधन के समय मैंने यही सोचा था कि यह जो भी है, जैसा भी है, मेरा पति है। पति-पत्नी के संबंध जन्म-जन्मांतर के होते हैं, लेकिन सुजीत परंपरा भी तो वहीं ज्यादा गूंजती हैं, जहां जिंदगी खंडहर होती है। एक भरी-पूरी जिंदगी में समय कहां रहता है कि इन सारे विवादों में उलझा जाए? परंपरा पर बहस तो बस सोच है। एक स्टेट आफ माइंड। प्यार इससे ज्यादा गहरा है। मन पर वश नहीं रहता लेकिन शरीर? शरीर बहुत कुछ ऐसा चाहता है, जिसको मैं तुम्हारे सामने कहने में हिचकती हूं। नहीं, मुझे और अधिक कुछ मत समझाओ।

''मैं जानता हूं सोमा! तुम्हारी पीड़ा समझता हूं। लेकिन सब कुछ समझते हुए भी यही कहूंगा कि तुम गौतम के साथ रहो।''

मैं अनजान नहीं सुजीत। सुख-सुविधा, धन का महत्व सब कुछ समझती हूं, लेकिन इनकी जरूरत किस सीमा तक? इस बड़े घर में मुझे दो वक्त का अच्छा खाना, कुछ साड़ियां, एक एअरकंडिशंड कमरा। बस यही सब कुछ तो मिला है। मैंने अभाव नहीं जाना, लेकिन तुम भी तो कभी भूखे नहीं रहे। तब फर्क? स्टेट्स का? रूंगटा हाउस का? हां सुजीत, रूंगटा हाउस का महत्व बहुत बड़ा है। ऊंची शान है। लेकिन मेरी नहीं। मुझे किसी भी निर्णय का अधिकार नहीं। मैं यहां कुछ भी नहीं। कुछ भी नहीं। सुजीत मैं मरना नहीं चाहती। जीना चाहती हूं। जीना......तुम को डर लगता है सुजीत? तुमको मुझसे डर लगता है?''

''नहीं......'' और सुजीत का सर झुका हुआ था। लेकिन सोमा सीधी निगाहों से उसकी ओर देख रही थी।

धीरे से वापस सोमा की ओर देखते हुए सुजीत ने ठंडे स्वर में पूछा—''प्यार का अर्थ तुम समझती हो, सोमा?''

''हां! पहले नहीं समझती थी। अब समझती हूं।''

''सोमा, प्यार महज आवेग और उच्छ्वास नहीं।''

''लेकिन मंच पर, किताबों में, तुम्हारे क्लासरूम में बहस का मुद्दा भी तो नहीं।''

''हां समझता हूं सोमा। प्यार के बारे में घंटों लेक्चर दिया जा सकता है। बिना उसको

जीवन में महसूस किए……"

"मैं जानती हूं, तुम अपनी पत्नी से बेहद प्यार करते हो।"

अचानक उन दोनों के बीच एक गहरी खामोशी थी। उठती-गिरती सांसों की आवाज थी……सुजीत के होंठ सोमा के होंठों पर थे। अस्पष्ट कुछ शब्द थे।

"हां, मैं चित्रा से प्यार करता था, कभी बेहद किया था। मगर आज नहीं और अभी इस क्षण मैं बस तुम्हें चाहता हूं।" सुजीत कह रहा था। लेकिन बहुत जल्दी सुजीत ने अपने को संभाल लिया।

"क्यों? तुम मुझसे दूर क्यों हो सुजीत?"

"यहां नहीं सोमा। यह तुम्हारा घर है। इससे बाहर कहीं दूसरी जगह।"

और वह उठकर चला गया था। सोमा, सिहरन में डूबी हुई, एक अबूझ आनंद में डूबी हुई, ऊपर से नीचे तक झीनी फुहारों में भीगी हुई, यही सोच रही थी कि, ऐसा तो कभी नहीं महसूस हुआ, कभी नहीं……तब क्या? लेकिन घर से बाहर अकेले जाने की इजाजत कहां? आज तक तो वह गई नहीं।

वह उठकर बरामदे में आ गई। शाम का घिरता हुआ अंधेरा था। दूर सड़क पर भीड़ का चलता हुआ रेला। भरी हुई बसें, दौड़ती हुई गाड़ियां लैंप पोस्ट पर लगे हुए सिनेमा के पोस्टर, दूरदर्शन में, वीडियो पर दिखाई जाने वाले फिल्म, स्त्री और पुरुष, पुरुष और स्त्री, बच्चा, एक लड़का, एक लड़की, असहाय कातर होकर उसका अंतर मन चीख उठा।

आखिर गलत क्या है? ऐसा कौन-सा अपराध मैं कर रही हूं? क्या अभी इस वक्त भी दुनिया के सैकड़ों स्त्री-पुरुष, एक-दूसरे को प्यार नहीं कर रहे होंगे? क्या उनका शरीर साथ नहीं? और क्या सभी पति-पत्नी हैं? किसी पराए पुरुष को यदि मैं अपनाना चाहती हूं तो अनोखा क्या है? क्या कभी विवाहित स्त्री ने अन्य विवाहित पुरुष से प्यार नहीं किया है? फिर यह भय और ग्लानि क्यों?

गरमी की दुपहरिया सुलग रही थी। सोमा काफी देर तक बालकनी में खड़ी रही। नीचे पोर्टिको में गाड़ियां रुकती हैं। खुलते-बंद होते दरवाजों के बीच गौतम की आवाज थी—"अरे लखन! यह ब्रीफकेस मेरे कमरे में रख आओ……और हां, जूता भी……और सुनो! छोटी बिन्नीजी से कहना मेरा नया वाला कुर्ता-पाजामा निकाल कर देंगी।"

अजीब है गौतम भी। नीचे से ही चिल्ला रहे हैं, ऊपर कमरे में आने की जरूरत ही नहीं।

वह फिर तड़प उठी। आह! मैं किससे कहूं? किससे कहूं कि, मुझे बच्चा चाहिए? एक प्यारा-सा गुदाज बच्चा, सृष्टि की सबसे प्यारी महत् रचना।"

"छोटी बीणनी, शाम हो गई। कपड़े बदल लो। आज सोमोती मावस है ना! नीचे मंदिर में सती दादी का कीर्तन है। पुजारी भैया कीर्तन ठीक सात बजे शुरू कर देंगे।"

सोमा बहुत कुछ कहना चाह रही थी, लेकिन मुंह का रेतीला स्वाद और उसको लगा शब्दों के बदले वह कंकड़-पत्थरों को चबाने की निरर्थक चेष्टा को जीवन नहीं कहा जा सकता।

× × × ×

कुछ दिनों के बाद वह दिल्ली गई थी। अपने पीहर। महीने भर की छुट्टी। और जाने से पहले उसने उतने ही स्पष्ट शब्दों में सुजीत से कहा था—"सुजीत, हम लोग दिल्ली में मिल सकते हैं। तुम जहां भी ठहरोगे, मैं आ जाऊंगी। वहां मुझ पर कोई बंधन नहीं।"

"सोमा परिणाम तुम जानती हो?"

"हां। क्या होगा? गलत·····? पाप·····? तुम्हारी यह बंगाली नैतिकता·····"

"बकवास मत करो सोमा।"

और दोनों हंसने लगे थे। देर तक हंसते रहे थे। कमरे में आकर हंसते हुए निमली बाई ने कहा था—"मास्टरजी, आपके लिए नाश्ता लाऊं? आज म्हाराजजी ने मटर की कचौड़ी बहुत अच्छी बनाई है।"

और फिर दिल्ली में वही हुआ, जो एक स्त्री और पुरुष के बीच होता आया है। क्या इसीलिए दोनों इतने करीब आए? क्योंकि सोमा प्यासी थी। क्योंकि गौतम का आचरण समाज की नजरों में अवैध था। क्योंकि सुजीत विवाहित होते हुए भी सोमा को चाहने लगा था। क्योंकि वहां दिल्ली में, एक होटल के कमरे में खामोश दीवारों के बीच एक औरत का शरीर एक पुरुष की बांहों में पूरी तरह समर्पित हुआ था। और क्योंकि दिल्ली में यह केवल एक उसी दिन नहीं, बल्कि उस एक महीने भर में ऐसा कई-कई बार घटा था।

और सोमा ने किसी भी तरह का "प्रिकाशन" लेने से बिल्कुल इंकार कर दिया था। या फिर प्रोफेसर सुजीत सेन से उसने झूठ कहा था कि, वह "पिल्स" लेती है।

क्या इसीलिए सोमा गर्भवती थी? लेकिन सोमा बेहद खुश थी। कल क्या होगा, इससे बिल्कुल अनभिज्ञ थी। बाहर की दुनिया का न उसे एहसास था और न ही इस विषय पर उसने कुछ सोचने की जरूरत ही समझी।

मासूमियत के कारण भूल हो सकती है। समाज की नजरों में सोमा ने गलती की लेकिन क्या यह उसका अपराध था? घोरतम, गुरुतर अपराध? उसको स्वर्ग नहीं मिलेगा। सती स्त्री स्वर्ग जाती है, मगर कुल्टा·····?

"नहीं, स्वर्ग क्या और नरक क्या? सोमा की नजरों में सुजीत स्वर्ग था और गौतम नर्क।

हां तो सोमा गर्भवती थी। ताईजी की खुशी, आनंद, घरवालों से, उमा बाई, कुसुम बाई से फोन पर कहना—"छोटी बीणनी के दिन टले हैं।"

निमली बाई का दिन में बार-बार पूछना, "बीणनी! किसी चीज पर मन चलता है? कुछ बनाकर लाऊं?"

बड़ी भाभी का कहना, "छोटी तुम्हारे उल्टियां जल्दी शुरू हो गईं। मुझे तो तीसरे-चौथे महीने तक पता ही नहीं चलता था।"

लता भाभी की सहानुभूति।—"सोमा कुछ खाओगी? स्काईरूम का सूप मंगवा दूं?"

"भाभी मुन्ना होने पर अबकी तो भारी नेग लेंगे। तुम्हारा बक्सा खाली करवा कर मानेंगे। बहुत दिन हम लोगों से बचती रही।" बाई लोगों का मजाक।

रेवा बाई की हिदायतें—"छोटी भाभी, जरा धीरे चला करो। कहीं इधर-उधर पैर नहीं पड़ जाए। अभी से इतना हल्ला ठीक नहीं। तीन महीने तो हो जाने दो।"

बस एक रहस्य था, गौतम और सोमा के बीच जिसको कोई नहीं जानता था। कोई नहीं

समझ रहा था। एक जलती हुई खामोशी थी। समुद्र की ठंडी लहरों पर तैरता हुआ आग का दरिया बढ़ता चला जा रहा था।

गौतम अपने को तोड़ रहा था, तिलमिला कर चीख रहा था और सोमा खामोश थी। उसने कुछ नहीं पूछा, कुछ नहीं कहा। क्योंकि गौतम का उत्तर वह जानती थी। वह कह चुका था, पहले दिन ही कह चुका था, ''सोमा दवा ले लो। अभी भी कुछ नहीं बिगड़ा है। मैंने डाक्टर सेन से पूछ लिया है।''

''नहीं।'' सोमा का उत्तर था।

गौतम ने सोमा की ओर देखा। सोमा की झुकी हुई गर्दन, गहरी काली पलकें, अधखुले होंठ, कंधे पर झूलती हुई चोटी, उसके हाथों में एक खुली हुई किताब थी। गौतम ने सुबह से नहाया नहीं था। मुड़ा-तुड़ा सलवटों से भरा हुआ पाजामा-कुर्ता, बढ़ी हुई दाढ़ी, उलझे बाल और इतना दुबला-पतला शरीर।

कनखियों से गौतम की ओर देख सोमा वापस एक और किताब खोलती है। अब गौतम उसके सामने था····बिल्कुल करीब। उसके दोनों कंधों को झकझोरते हुए, गौतम ने कहा—

''सोमा! हम लोग बातें कर रहे थे।''

''क्या?''

''तुम्हें याद नहीं?''

''नहीं, सच में नहीं····कौन-सी बात?''

''अजीब औरत हो····पेट में पराया····''

''ओह····हां।''

''हां····हां माने क्या? तुम इसे इतने हल्के स्तर पर कैसे ले रही हो? तुम्हें अंजाम का डर नहीं····कल क्या होगा, इसकी चिंता नहीं?''

''देखो गौतम, ज़ब मैं छोटी थी ना, तो इस कल के लिए बेहद चिंतित रहती थी। कल क्या होगा? परीक्षा पास करूंगी, नंबर कैसे मिलेंगे? फर्स्ट आने से पापा खुश होंगे। शादी कहां पर होगी? कौन और किससे? यों अपने में डूबी हुई मैं घंटों सोचती रह जाती थी, लेकिन सोचा हुआ कुछ भी नहीं घटा। तब एक दिन मैंने सोचना ही बंद कर दिया। मैं बस आज में जीती हूं····और जो मुझे चाहिए····''

''क्या चाहिए तुम्हें?''

''मैंने कहा ना····''

''क्या हम लोग साथ मिलकर इस समस्या का सामना नहीं कर सकते?''

''समस्या? यह मेरी अपनी समस्या है। जैसे पुजारी भैया के साथ जीने की तुम्हारी मजबूरी है····''

''पति-पत्नी की बात में पुजारी भैया कहां से आ गए?''

''यानी तुमको अपना आचरण गलत नहीं लगता?''

''तुमने उस दिन पुजारी भैया पर झुके हुए देख लिया तभी ना!''

''देख लिया माने?''

''नहीं देखती तो तुम नहीं समझ सकती थी, कभी नहीं। मेरे और पुजारी भैया के बीच

सब कुछ चलता रहता वैसे ही जैसा कि आज तक अब तक चलता आया है।"

गौतम और भी बहुत कुछ कह रहा था, लेकिन सोमा, गौतम के साथ नहीं थी। वहां, उस क्षण उसे अपनी और सुजीत की बातें याद आ रही थीं। उसने सुजीत से कहा था—

"सुजीत कहीं हम एक हैं, हमारी जड़ें, हमारा जीवन स्रोत एक है, क्योंकि हम दोनों ही जीने में विश्वास करते हैं। जीवन जीने के लिए जोखम उठाने का साहस होना चाहिए। एक अद्भुत और अपार क्षमता, चाहे कहीं कुछ भी घटे, परिस्थिति कितनी भी प्रतिकूल हो, किन्तु फिर भी हम सांस लेंगे, जीएंगे, जीते चले जाएंगे, मरेंगे नहीं।"

"हां सोमा, मैंने व्यर्थ की बातों के पीछे बहुत समय गंवाया है। लंबी रहस्यों के दौरान जीवन को समझने की कोशिश की। बिना यह समझे कि, जीवन तो मैं स्वयं हूं। अपने से बाहर मैं इसे फिर कहां खोज रहा था?

सोमा समझ रही थी कि, वह सुजीत के साथ काफी दूर चली गई है। घर-आंगन की सीमा के पार और अब वापस इस बंदीगृह में लौटना संभव नहीं। सुजीत को छोड़ना या उसके बगैर जिंदगी जीना असंभव तो नहीं मगर मुश्किल जरूर है। गौतम? उसके साथ बिताए गए क्षण। क्या कहा जाए गौतम की हरकतों के बारे में? जहां न कभी कोई कोमलता मिली और न जीवन का एहसास। गौतम की अपनी भूख, जो कभी-कभी जगती थी और उस इच्छा की संतुष्टि भी केवल गौतम की अपनी संतुष्टि थी। गौतम प्रेमी नहीं मालिक था। संतुष्टि के लिए सोमा का उपयोग करने वाला। और शायद इसीलिए सोमा, गौतम को भूलना चाहती थी। जिसको उसने केवल झेला था, सहन किया था, मगर जिसको कभी जीया नहीं था।

× × × ×

शाम को कमरे में पलंग के सामने सोफे पर गौतम बैठा हुआ था। धीरे से पर्दा हटाकर सोमा भीतर आई। दोनों ने एक-दूसरे को देखकर अनदेखा किया। पता नहीं गौतम अपनी हथेलियों की लकीरों में क्या देख रहा था। अपनी तकदीर? सोमा की तकदीर? रूंगटा परिवार का भविष्य? पिछले दो सप्ताह से आपस में एक-दो शब्दों के अलावा शायद ही किसी ने किसी से बात की हो। पलंग पर दो अजनबी सो जाते। सुबह उठते, अपने-अपने नित्य कर्म से निवृत्त होते। "चाभी कहां है? मेरी कमीज नहीं मिल रही!" सोमा के अभ्यस्त हाथ सब कुछ पकड़ाते रहते। बस एक व्यवधान, सुबह की उबकाई को बहुत चाह कर भी रोक न पाना। कमरे में रहते हुए या नींद में सोए भी गौतम को लगता सोमा उल्टियां कर रही है। और सोमा के गर्भ में किसी और का बीज बड़ा हो रहा है। इस वंश का नहीं, किसी और का। एक बहुत ही साधारण आदमी का।

गौतम सोचता—न ज़ाने ऐसे-ऐसे आदमी तो कितने हैं जो रूंगटा परिवार में नौकर रहे हैं। और आज भी हैं।

लेकिन गौतम खामोश था। उसकी खामोशी, उसका कुछ नहीं कहना, समझते हुए भी सोमा नहीं समझ रही थी।

मगर यह समझती क्यों नहीं? गौतम सोच रहा था। और गौतम ने गर्दन घुमाकर उसकी

ओर देखा—एक खोजती हुई, गहरी दृष्टि से। बिना उत्तर दिए सोमा ने अपनी बड़ी-बड़ी भारी पलकों को उठाकर गौतम की ओर देखा, फिर धीरे से आलमारी खोलकर लांड्री से आई हुई साड़ियों को आलमारी में टांगने लगी। उसकी पीठ गौतम की ओर थी। मगर गौतम हंस रहा था—जोरों से, ठठाकर। उसकी वह क्रूर तीखी और कठोर हंसी पर चौंक कर सोमा ने उसकी ओर देखा तथा आश्चर्य में फैली हुई आंखों से पूछा—

"गौतम क्या हुआ?"

"क्यों तुम्हें पता नहीं?"

सोमा ने धीरे से सर हिलाया।

"तब? तुम क्या सुनना चाहती हो? क्या मैं तुम्हारे और उस बंगाली मास्टर का संबंध निनाद करूं? अखबारों में निकलवाऊं?"

"गौतम·····मैं·····"

वह उठकर सोमा के पास आ गया। दो धृष्ट अहंकारयुक्त आंखें, सोमा के ऊपर टिकी थीं और होंठों के कोने से घृणा में लिपटी हुई, व्यंग्य से फिसलती हुई हंसी चू रही थी। मगर उसके हिलते हुए होंठों से तीन ही शब्द निकले—"तुम कुतिया हो।"

सोमा सीधी और शांत खड़ी थी। बिना हिले-डुले।····· "गौतम!"

"चुप रहो! मैं कुछ नहीं सुनना चाहता। छिणाल, वेश्या, एक गिरी हुई औरत। और वह भी उस अदने से दो कौड़ी के आदमी का पाप लिये फिरती हो। उसकी तनखा और रूंगटा हाउस के किसी क्लर्क की तनखा में कोई फर्क नहीं है। समझी! मैं सहन कर लेता, चुप रह जाता यदि यह कुकर्म अपनी बराबर हैसियत वाले के साथ किया होता। लेकिन तुम शालीनता का दावा करने वाली, अपनी को तमीज-सलीके, पढ़ाई-लिखाई में सबसे अलग मानने वाली, तुम इतना नीचे गिर सकती हो? तुम·····!!"

"गौतम तुम बात·····"

"मैं कहता हूं चुप रहो।" चीखते हुए फिर अचानक गौतम ने कहा—"अच्छा बोलो, क्या बोलना चाहती हो। मुझे बस एक शब्द में उत्तर दो, क्या यह एक गलती थी? क्षणों का उन्माद था? मैं हां और ना में उत्तर चाहता हूं।"

"नहीं।"

"यानी?"

"मैंने जानबूझ कर सब कुछ सोच-समझ कर किया है।"

गौतम ने उसकी ओर देखा। उसकी सुलगती हुई आंखें ठंडी पड़ने लगी थीं। गहरी थकान के साथ गौतम ने पूछा—

"तुम उस बंगाली प्रोफेसर से प्यार करती हो?"

"हां! और कुछ?"

"अब भी करती हो? यदि बड़ी मां को, भैया लोगों को पता चल गया तो इसका परिणाम जानती हो?"

"इससे तुम्हारे व्यवहार में कोई फर्क पड़ता है? या पड़ेगा?"

"नहीं। बिल्कुल नहीं। मैं जैसा हूं, वैसा ही रहूंगा। मेरी जिंदगी जैसी चलती रही है,

वैसी चलेगी। बल्कि अब तो मैं मुक्त हूं, जो चाहे कर सकता हूं। जिसकी बीवी ऐसी गई-गुजरी हो, उस पुरुष को समाज कभी दोषी नहीं ठहरा सकता। मेरा कुछ नहीं बिगड़ेगा। लेकिन अपने भविष्य के लिए तुमने क्या सोचा सोमा·····?''

''मैं·····??''

''ओह! मैं जानता हूं, तुम मुझे ब्लैकमेल करोगी। तुम चाहोगी मैं चुप रहूं। इस दोगली संतान को अपना कहूं। क्योंकि मैं तुम्हें बच्चा नहीं दे सकता। नहीं सोमा, नहीं! मैं कभी इतना उदार नहीं था और न हो सकता हूं।''

''गौतम, मैंने तुमसे कुछ मांगा तो नहीं।''

''तब खड़ी क्यों हो? बेहया, बेशरम! मेरे सामने से निकल क्यों नहीं जाती।''

''मैं जा रही हूं।''

''चुपचाप बैठ जाओ।'' गौतम ने उसको करीब-करीब पलंग की ओर ढकेलते हुए कहा—''मूर्खा, इस भावुकता में बहने का नतीजा जानती हो?''

सोमा ने देखा, गौतम के गर्दन की नीली नसें खिंची हुई थीं। और, सांसें पशु की गुर्राहट की तरह घुर्र-घुर्र कर रही थी। फिर वह बैठ गई, बिना कुछ कहे, उसका चेहरा भावहीन था। खुली हुई निष्पलक आंखों से सामने दीवार को घूर रही थी।

गौतम ने सोमा की पलकों की ओर देखा। गहरी काली पलकें, लेकिन वे सूखी थीं। बिल्कुल सूखी। वहां आंसू की एक बूंद भी नहीं थी।

''मैं पूछता हूं तुम दवा नहीं लोगी?''

''नहीं।''

''मुझे घरवालों को बताना पड़ेगा!''

''बता दो।''

''ठीक है। परिणाम जानती हो?''

सोमा धीर-धीरे उठ खड़ी हुई। उसकी आंखों में दहशत थी। उसके होंठ खुले, लेकिन आवाज नहीं निकली। लेकिन अब·····बस, बड़ी कोशिश के बाद उसने बस इतना ही भर कहा—

''गौतम·····तुम ऐसा नहीं करोगे।''

''कुतिया कहीं की। तुम्हारा उत्तर मैं जानता था। तुम्हें मेरा पैसा चाहिए ना। इस घर का ऐशो आराम चाहिए ना? क्यों नहीं आखिर हो तो बानिए की बेटी।''

गौतम ने देखा, सोमा का सारा शरीर कांप रहा है। सोमा ने दाहिना हाथ हवा में उठाया, शायद सहारे के लिए।

''सोमा! अब तुम बेहोशी का नाटक मत करो ताकि घर के लोग·····''

''नहीं गौतम, नहीं! मैं ठीक हूं, बिल्कुल ठीक।'' और वह पलंग के पायताने बैठ गई थी। उसकी मुट्ठियां भींची हुई थीं। और उसने गौतम की आंखों में देखा। वह कुछ खोज रही थी। शायद प्यार, करुणा! ममत्व! नहीं। वहां कुछ नहीं था। गौतम की वे मृत आंखें। सोमा ने मुंह घुमा लिया। उसका मन किया कि वह गौतम से कहे·····गौतम तुम अपनी आंखें बंद कर लो मुझसे देखा नहीं जाता। ऐसी मृत आंखों को देखने से दहशत होती है। मेरा जी मिचलाने

लगता है। उबकाई आती है⋯⋯लेकिन इसके बदले उसने धीरे-धीरे कहना शुरू किया—

''गौतम! मैंने न कभी तुमसे प्यार किया था और न ही कभी कर सकूंगी।''

करीब आकर गौतम ने एक झटके से उसका कंधा अपनी ओर घुमाया और ठंडी उपेक्षा भरी हंसी के साथ कहा—''कहो⋯⋯फिर से कहो।''

''सच क्या है, यह तुम जानते हो गौतम! नैतिकता का सवाल और वह भी तुम उठा रहे हो? और चूंकि हम दोनों अपनी-अपनी जगह पर जो हो सकते हैं, वहीं हैं, अतः तुम्हारा आरोप और लांछन कहां तक जायज है?''

''यानी तुम पति और प्रेमी दोनों रखना चाहती हो?''

सोमा उठकर सीधी खड़ी हो गई। भय नहीं, कातरता नहीं। उसने बस स्पष्ट शब्दों में कहा—''मैं तलाक चाहती हूं, गौतम!''

''और मैं यदि किसी से कुछ नहीं कहूं, तुम्हारे इस पाप को अपना लूं, तब भी तुम तलाक चाहोगी?''

''हां गौतम तब भी, मैं तलाक चाहूंगी।''

''वह तुम्हारा यार विवाहित है। एक बच्ची का बाप है।''

''मैं सब कुछ जानती हूं गौतम!''

और सब कुछ जानते हुए भी?''

''हां गौतम! मैं अपने पैरों पर खड़ी हो सकती हूं। शायद इस घर से बाहर गौतम तुमको एक हजार रुपए की नौकरी नहीं मिले, लेकिन मुझे मिल जाएगी।''

''सोमा तुम चुप करो। नहीं तो मेरा हाथ उठ जाएगा।''

''हाथ ही तो उठा सकते हो, गौतम। और क्या कर सकते हो?'' मेरे एक प्रश्न का ईमानदारी से उत्तर दोगे गौतम? बस तुमसे मेरा यह एक आखिरी प्रश्न है, फिर मैं कभी तुमसे कुछ नहीं पूछूंगी। गौतम मैं पूछना चाहती हूं—क्या मैं शुरू से ऐसी ही थी? क्या मेरा तुमसे कभी कोई लगाव नहीं था? क्या मैंने अपनी पत्नी की भूमिका में कभी कोई कोताही की? लेकिन पुजारी भैया के साथ तुम्हारा आचरण, फिर इन दिनों नंए वाले ड्राइवर के साथ, और भैया लोगों का सब कुछ देखकर भी अनदेखा करना, ताकि व्यापार में, घर की हिस्सेदारी में तुम हमेशा कमजोर रहो, कुछ मांग न सको। गौतम, बादशाह भी तो अपने बेटों को शराब और वेश्याओं के साथ भुलाए रखता था ताकि वे कहीं उसकी राजगद्दी न मांग बैठें।''

''मैं समझा नहीं। तुम कहना क्या चाहती हो?''

सोमा ने अपना चेहरा ऊपर किया, सीधे गौतम की आंखों में देखते हुए कहा—''कुछ नहीं गौतम!''

गौतम वापस सोफे पर बैठ गया। हवा में हाथ हिलाते हुए उसने मानो धुंध की परत हटाई। ''बड़ी अजीब औरत हो, एक बूंद आंसू के नहीं, कोई घबराहट नहीं। मैंने तो सोचा था कि, तुम रोओगी, सर पटकोगी, माफी मांगोगी और मैं शायद⋯⋯''

''नहीं, मुझे तुम्हारी दया नहीं चाहिए। दयनीय तो तुम हो गौतम! तुमको न अपने अधिकार का पता है और न अपने पौरुष का ख्याल। तुमको जिससे जो कहना है कह लो। मैं सबका सामना कर लूंगी। बोलो और कुछ कहना है?''

गौतम ने उठकर अचानक सोमा के कंधे पकड़ लिए—"सोमा, तुम मेरी पत्नी हो, तुमने कभी तो मुझसे प्यार किया था। क्या यह सच नहीं है? बोलो, सोमा एक बार...... !"

"नहीं गौतम मैं तुम्हारी पत्नी जरूर थी। मेरा तुमसे संबंध जरूर था, लेकिन मैंने तुमसे कभी प्यार नहीं किया।"

"यानी तुम बार-बार एक ही बात दोहरा रही हो। अपनी जिद पर अड़ी हो।"

"यह मेरा निजी सच है। इसको न मैं छुपाना चाहती हूं और न ही किसी से कोई फरियाद करना चाहूंगी।"

"तब कहना क्या चाहती हो?"

"तुम्हारी नजर में एक गिरी हुई औरत हूं, कुलटा हूं। चलो, मैं यह सब कुछ स्वीकारती हूं। लेकिन तुम? क्या तुम भाइयों के टुकड़े पर नहीं पल रहे?"

गौतम कमरे से बाहर निकल गया। सोमा ने खिड़की के बाहर लैंप-पोस्ट की धुंधली रोशनी को देखा। मटमैला आकाश। शांत सड़क सो रही थी और साइड टेबल पर रखी हुई घड़ी रात के दस बजा रही थी। वह सीधे लेट गई। उसको अचानक बड़ा हल्का लगा, भीतर एक खामोशी थी, विचारों की कोई हलचल नहीं। कल, पता नहीं कल क्या होगा?"

दूसरे दिन सुबह सोमा के कमरे में रेवा बाई थी। "छोटी भाभी यह क्या किया तुमने?"

"बाईजी? आप.....आपको......"

"सुबह गौतम मेरे कमरे में आया था। फूट-फूट कर रो रहा था। छोटी भाभी, चलो डाक्टर के पास चलो। मेरे साथ चलो। घर में किसी को पता नहीं चलेगा।"

"नहीं बाईजी, मुझे मेरा बच्चा चाहिए और आपका भाई..... वह मुझे कभी किसी दिन कुछ भी देने के काबिल नहीं। उसका आचरण आप भी जानती हैं।"

"पागल मत बनो। होश में आओ, छोटी भाभी! दुनिया, समाज का कुछ तो लिहाज करो।"

"नहीं। मुझे किसी का लिहाज नहीं करना।"

"और वह आदमी? छोटी भाभी, उसके पास तो पैसा भी नहीं।"

"है! उनके पास पेट भरने लायक, इज्जत से रहने लायक पैसा है, रेवा बाई!"

"लेकिन छोटी भाभी, तुम्हारा क्या होगा? और बड़ी मां को पता चलेगा तो कहर टूट पड़ेगा। भाभी तुम नहीं जानती, भैया लोग उस आदमी को जान से मरवा देंगे।"

"रेवा बाई, क्या किसी को मरवाना इतना आसान है? और क्या पैसे से सब कुछ संभव हो जाता है?"

"तुम्हारा क्या होगा?"

"मुझे परवाह नहीं।"

"लेकिन तुमने ऐसा कदम क्यों उठाया?"

"मैं अपने प्यार के सामने विवश थी।"

"तुम्हें परिवार का, अपनी इज्जत का ख्याल नहीं आया?"

"आया था। शुरू में बहुत बार हम लोगों ने सोचा भी। ऐसा नहीं कि, सुजीत ने मुझे नहीं समझाया। लेकिन रेवा बाई यह मेरी कमजोरी हो सकती है, लेकिन मैं अपने प्यार को पाप

नहीं कह सकती।''

''तुम्हारा दिमाग खराब हो गया है? उस आदमी ने एकदम तुम्हारा दिमाग खराब कर दिया है।''

''मैं तलाक चाहती हूं। इस घर से चले जाना चाहती हूं।''

''कहां जाओगी? अपने पीहर?''

''नहीं, वहां का दरवाजा मेरे लिए बंद है।''

''फिर कलकत्ते में अपना कहने को तुम्हारी एक भी सहेली नहीं। बिना किसी उद्देश्य के, बिना भविष्य के यों आवेग में·····''

और सोमा बिना कुछ उत्तर दिए उठकर खिड़की से बाहर झांकने लगी थी।

शाम को गौतम फिर एक बार कमरे में आया—''मैंने सोचा, भैया लोगों और बड़ी मां से कुछ कहने के पहले एक बार फिर तुमसे आखिरी बार बात कर लूं, या तुम मुझसे कोई बात भी नहीं करना चाहती।''

''नहीं, अच्छा किया कि तुम आए!''

''सोमा! मैंने जो कुछ भी उल्टा-सीधा कहा, उसके लिए मुझे माफ कर दो। वास्तव में मैं तुम्हें दोष देने का अधिकारी नहीं।''

''नहीं, इसमें माफी की क्या बात है? गौतम, सबकी नजर में मैं ही गलत हूं। लेकिन सब कुछ जानते हुए भी मैं तुम्हें स्वीकार नहीं पा रही।''

''क्या हम पति-पत्नी नहीं? क्या हमारी अपनी स्मृतियां नहीं?''

''हां, है गौतम!''

''तब क्या मेरे बिना, इस परिवार के बिना तुम ज्यादा सुखी रहोगी?''

''मेरी चिंता मत करो।''

''तुमको बाद में पता चलेगा। सोमा, अपनी इस भावुकता के लिए एक दिन, एक दिन तुमको बहुत पछताना पड़ेगा।''

''जैसे मैं इतने वर्षों से नहीं पछता रही थी।''

और गौतम एक आहत पशु की तरह गुर्रा उठा था। केवल शब्द ही नहीं, अब तो हाथ भी उठ चुका था। खामोश सोमा पिट रही थी। बात शायद और आगे बढ़ जाती, यदि उसी समय कमरे में रेवा बाई नहीं आ जाती।

''यह क्या गौतम, पागल हुए हो? चलो, चलो यहां से।''

''छोड़ दो·····मेरा हाथ छोड़ दो·····मैं इस छिणाल की जान लेकर छोड़ूंगा।''

लेकिन फिर गौतम खामोश होकर कमरे से बाहर निकल गया था।

सोमा शांत थी। उसका भावहीन शांत चेहरा, खाली दिमाग, सूना हृदय, बस एक ही ख्याल—नहीं, अब मुझे किसी का डर नहीं, मैं सबका सामना कर लूंगी।

लेकिन उसी दिन, रात को, गौतम का शरीर उसके शरीर से सटा हुआ था। उसकी ठंडे पसीने में भींगी हुई हथेलियों का स्पर्श, उसका सर सोमा के कंधों पर था। उसकी बांहें असहाय बच्चे की तरह सोमा के गले से लिपटी हुई थीं। और उठती-गिरती उसकी भारी सांस, मानो कह रही थी—सोमा मत जाओ, मुझे छोड़कर मत जाओ!''

लेकिन सुबह उठकर सोमा खामोश बैठी हुई मानो अपने-आप से कह रही थी—"सोमा, तुम्हारे बिना गौतम का क्या होगा? लेकिन मैं ही क्यों घुटती रहूं? रोती रहूं? क्या गौतम ने आज तक कभी भी मेरे भीतर समर्पण किया है, ताकि मैं मां बन सकती? समझौता? किस बात का समझौता? उसको संतान नहीं चाहिए, लेकिन मुझे चाहिए। यदि वह गलत नहीं तो मैं भी नहीं। सुख भी तो अर्जित करना पड़ता है। भाग्यशाली होंगे वे, जिन्हें बिना कुछ किए प्रेम मिल जाता है। जीवन में सब कुछ मिल जाता है। मगर तुम्हें आसानी से एक छोटा-सा सुख भी नहीं मिलने का।

शाम को गौतम ने कहा—"सोमा, जरा शांति से सोचो। चलो मैं तुम्हारे बच्चे को भी अपना लूं, तब भी क्या तुम मुझसे प्यार करोगी?"

"गौतम! तुम्हारी नजर में मैं छिणाल हूं। ठीक है, मुझे फेंक दो गटर में। इससे अधिक तुम और क्या कर सकते हो? और, तुम प्यार की बात करते हो? मैंने तुमसे कभी प्यार नहीं किया, नहीं तुम्हारी कोई स्मृति नहीं। हां मैं सुजीत से प्यार करती हूं। गौतम, मैं जीना चाहती हूं। मैं जीना चाहती हूं। यहां इस घर में लोग सांस लेते हैं लेकिन जीते नहीं। वे जीना जानते नहीं। तुम्हारे ये हीरे? इनकी चमक से मेरी आंख दुखती है। और, जिंदगी की राह पर हीरे बिछाकर तो नहीं चल सकते। पैरों के नीचे माटी होनी चाहिए। तुम और तुम्हारे जैसे और न जाने ऐसे कितने लोग, क्या समाज को, कुछ भी देकर जाते हैं? तुम्हारे लिए मेरी जिंदगी की कोई कीमत है?"

सोमा की ऊंची होती आवाज, गौतम की पीठ पर सड़ाक-सड़ाक पड़ रही थी।

"और फिर यह ऐसी कौन-सी बड़ी समस्या है?" सोमा कहे जा रही थी—"समाज को, तुम्हारे इस समाज को, हमारे बारे में सोचने की फुर्सत भी है? यह तो निजी जीवन का व्यक्तिगत मामला है। गौतम, तुम किस समाज की बात कर रहे हो? वह जिनसे तुम पार्टियों में मिलते हो? वह जो कला मंदिर में बैठकर तालियां बजाता है? वह जो न्यू मार्केट में शापिंग करता है? वह समाज नहीं गौतम। वह तो बस पैसे वालों का समूह है, एक जत्था। हवा में उड़ता हुआ पेड़। अपने आस-पास के माहौल से कटा हुआ, जमीन खोजता हुआ······लेकिन इस समूह को जमीन नहीं मिल सकती। बात यह है गौतम, कि तुम लोगों ने कभी जमीन की तलाश ही नहीं की, खैर, मुझे मेरी अदना जिंदगी से प्यार है। बस! और कुछ?

गौतम ने मुंह छुपा लिया। उसके कंधों को झकझोरते हुए सोमा का उत्तेजित स्वर था—

"मेरी ओर देखो! मैं जानती हूं कि मुझे क्या चाहिए और इसलिए मैं जीने की ललक रखती हूं। लेकिन तुम नहीं जानते, तुमने उन्हीं जड़ों पर आघात किया जो तुम्हारे जीवन को सींचती हैं।"

"बहुत बोलने लगी हो, हिस्टिरिकल होती जा रही हो। होश में आओ। कहीं ताईजी और भैया लोगों को पता चल गया ना तो तुम्हारी खाल उधेड़ दी जाएगी।"

सोमा की आंखें दीवारों के पार कुछ देखती हुई कह रही थीं—"गौतम यह घर लोहे की दीवारों से बना है। बहुत मजबूत है यह घर। यहां धूप नहीं आती, कहीं कोई सुराख नहीं। हवा नहीं घुस सकती।"

और सोमा की घुटी हुई रुलाई थी। अब वह पलंग के पायताने पर अपना सर पटकने लगी कमरे में रेवा बाई थी—

''अरे क्या हुआ इसको?''

''पागल हो गई है!'' कहते हुए गौतम कमरे से बाहर निकल गया।

''हां जब औरत अपने लिए रोती है, कुछ मांगती है तब पागल ही कहलाती है।''

तब तक कमरे में निमली बाई आ चुकी थी।

''हे रामजी। यह कैसा दिन दिखाया। रेवा, छोटी बीणनी को बाईसा के कमरे में भेजो। मोहन बाबू बुला रहे हैं।''

सोमा ने देखा, ताईजी के पास गद्दे पर तीनों भाई बैठे हुए थे। कमरे के एक कोने में बड़ी भाभीजी और लता भाभी खड़ी थीं।

मोहन भैया ने कहा—''सोमा! जरा समझ से काम लो, पागल मत बनो।''

ताईजी ने सोमा को गोद में खींचते हुए कहा—''बेटा, मैं तुझे ऐसा नहीं करने दूंगी। मेरे जीते जी नहीं।''

और सोमा का वही प्रलाप—''ताईजी, मैं जीना चाहती हूं. मेरी अपनी जिंदगी.....मेरा बच्चा.....''

''कोर्ट में लड़कर तुम कुछ नहीं ले सकती, उस रंडुए को तुमसे प्यार नहीं है, उसको तुम्हारा धन चाहिए।'' तीनों भाइयों में से ही किसी ने कहा था।

''लेकिन मैंने कब कहा कि मुझे आप लोगों का धन चाहिए? मुझे मेरा बच्चा चाहिए.....आंसू भरी आंखों से सोमा ने सबके सामने ममता की आखिरी अपील की थी।

''वह तुम जानो! एक नाजायज संतान की समाज में क्या दुर्गति होगी इससे तुम अपरिचित नहीं।'' राजू बाबू का कठोर स्वर था।

सोमा भय से सिहर उठी थी। लेकिन ताईजी ने ही बात संभाली—

''तब भी वह बच्चा ''रूंगटा'' रहेगा। अपने खानदान का बच्चा होगा। गलती गोतमिए की है। बात को गांव में मत उछालो, बनी-बनाई इज्जत माटी में मिल जाएगी।''

''बड़ी मां, आपका भी सोमा के साथ दिमाग खराब हो गया है। एक दोगली संतान को हम अपना कहें?''

''जब तलाक नहीं दोगे तो अपना कहना पड़ेगा और फिर सोचकर देखो, गौतम से तो इसको संतान हो नहीं सकती।''

''इसका फैसला तो कोर्ट करेगा ना?'' सोमा ने कहा।

''फिर लड़ती रहना तुम कोर्ट में!'' राजू भैया क्रोध में भड़के।

''कोर्ट में कभी यह सब फैसला हुआ करता है। मैं तो कहती हूं, समझदारी से काम लो, उस मास्टर को रुपिया-उपिया दे दिलाकर उसका मुंह बंद रखो।''

''ताईजी, आप सब कुछ रुपये से नहीं खरीद सकतीं।''

''हां बेटा! यह तो मैं भी जानती हूं कि, मिनख का प्यार रुपये से नहीं मिलता।''

''बड़ी मां, आप क्या कह रही हैं? होश में आइए बड़ी मां। एक तो ऐसे ही गांव में हमारी पगड़ी उछल रही है।''

"पगड़ी उछालने की बात तुम लोग कर रहे हो। राजू ने कैसे कहा, हम लोग तलाक नहीं देंगे। नहीं, मैं ठीक जानती हूं कोर्ट की बात तो राजू ने उठाई!" ताईजी ने फिर सोमा का पक्ष लिया।

"हां, मैंने ठीक कहा! गौतम की बहू दुश्चरित्रा है। इसके पेट में हमारा खून नहीं....." राजू भैया फिर चीखे।

"देखो, राजू तुम लोग कीचड़ उछालोगे, चरित्तर मांडोगे तो तुम्हारे भाई का भी चरित्तर सामने आएगा।"

"मेरा क्या चरित्तर फूटेगा? मेरी क्या गलती है? जिसकी पत्नी गई-गुजरी हो, वह पुरुष कुछ भी कर सकता है।" गौतम चीख रहा था।

"नहीं सोमा गई-गुजरी नहीं। तू राममारया नालायक है। हीये की फूटी थी? तुझे सूझता नहीं था, रात बारह-बारह बजे तो कमरे में आता था। थोड़ी बहुत भी अपनी लुगाई की सार-संभाल करता तो यह नौबत आती.....?" फिर वे सोमा की ओर पलटीं—"ना.....ना! रो मत बेटा थावस राख। लोग, लुगाई में कभी लड़ाई तो कभी राजी पो चलता ही रहता है, ठीक हो जाएगा सब ठीक हो जाएगा....."

"क्या ठीक हो जाएगा बड़ी मां?" सोमा ने हिचकियों में टूटते हुए पूछा।

"मैं कहती हूं ना ठीक हो जाएगा।"

"बड़ी मां आप क्या कहती हैं? आप ही को इस घर में कौन-सा सुख मिला?"

"बेटा! लुगाई की जात को सुख नहीं खोजना चाहिए। त्याग में शांति है।"

"मैं नहीं ऐसे त्याग में विश्वास करती।" और ताईजी के कलेजे से लगी सोमा बिलख रही थी—

"बड़ी मां मुझे कुछ नहीं चाहिए। कुछ नहीं, बस मुझे इस घर से जाने दीजिए।"

ताईजी, सोमा को बांहों में भरकर बुक्का फाड़कर रो पड़ीं, और कहने लगीं—

"छोटी तुम समझदार नहीं हो। घर की नींव में ईंट नहीं होती, बेटा! हम स्त्रियों का त्याग होता है। अपनी बड़ी मां की ओर देख बेटा, ऐसे घर की ड्योढ़ी नहीं लांघते! गलती किससे नहीं होती? तुम मास्टरजी से मिलना-जुलना छोड़ दो। बस बाकी सारी लाइन पर आ जाएगी।"

"और पेट में पलते हुए इस पाप की सफाई कराओ।" गौतम ने सोमा के पेट पर हलकी चपत लगाते हुए कहा।

ठंडी होती लकड़ी चिट-पिट करके जल उठी थी।—"नहीं, मैं नहीं मानूंगी, मुझे मेरा बच्चा चाहिए। यह तेरा बच्चा होगा.....मेरा।"

"तुम्हारी इतनी हिम्मत? अभी झोंटा पकड़कर घर से बाहर कर दूंगा, कुलटा कहीं की।" गौतम गरज रहा था।

"तुम बाहर करने वाले कौन होते हो, मैं खुद ही जाती हूं।"

मैं कहता हूं तू ऐसे नहीं जा सकती। अपनी मां से फोन पर बात कर और फिर उसके पास रहने चली जा।"

"क्या करना है फोन करके? मां ने तो कभी ऐसा आश्वासन नहीं दिया कि उनका घर

कभी मेरा भी हो सकता है।''

''तब क्या होगा? तू अकेले कहां जाएगी?'' ताईजी का चिंता से विह्वल स्वर था।

माथे पर झुकी हुई लटों को पीछे ढकेलते हुए सोमा ने मानो स्वयं से कहा⋯कहीं भी रह जाऊंगी। पेट भरने के लिए दो रोटी ही तो चाहिए, क्या वह नहीं जुटेगी?

उसके चेहरे का धृष्ट भाव देखकर ताईजी सहम गई थीं। और सोमा सीढ़ियां उतर रही थी, दोपहर के बारह बज चुके थे। भाइयों में से किसी ने नाश्ता भी नहीं किया। घर में अजीब सी मुर्दनी छायी हुई थी। पीछे से ताईजी का स्वर सुनाई पड़ रहा था—''अरे, कोई इसको रोको तो! यह आवेश में कुछ का कुछ कर लेगी।''

''अच्छा है, मर जाए तो कलंक मिटेगा।'' राजू भैया का स्वर था।

''रे मोहन! तू भी कुछ नहीं बोलता। अरे निमली! रोक उसको, रोक! अरे मेरी बहू गंगा में कूद जाएगी रे⋯!''

और ताईजी का रोना, हाय-हाय यह क्या हो रहा है? कहते हुए निमली बाई का दौड़ना। मोहन भैया का गंभीर स्वर, ''ताईजी, यह पति-पत्नी के बीच का मामला है, कोई भी तो झुकने को तैयार नहीं। अपन क्या कर सकते हैं।''

''जाने दीजिए भैया। वह मरेगी नहीं, वहां मोड़ पर इसका यार खड़ा होगा।''

''चुप रह गोतमिया! फालतू बात मत कर!''

सोमा का मन किया कि पूछे—और तुम्हारा यार? लेकिन नहीं, उसके पैर सड़क पर चल रहे थे। सब कुछ कैसा तो नाटकीय लग रहा था। वह चौराहे पर पहुंची ही थी कि ठाकराजी गाड़ी लिए पहुंचे—

''बड़ी मांजी का हुकुम है कि आप जहां जाना चाहें, वहां आपको पहुंचा कर आएं। और बीणनीजी, हम लोग गरीब आदमी ठहरे, आप पढ़ी-लिखी हैं, कुछ बड़ी मांजी का ख्याल कीजिए, बहुत रो रही हैं। चलिए⋯वापस चलिए बीणनीजी!''

''नहीं ठाकराजी, मैं अब उस घर में वापस नहीं जाऊंगी।''

''तब क्या दिल्ली जाएंगी?''

''नहीं ठाकराजी, मेरे लिए तो वहां भी जगह नहीं।''

''फिर?''

हां फिर, क्या सुजीत के घर! वहां पर उसकी पत्नी और बेटी होगी। उस औरत की भी क्या गलती? सोमा के किए की सजा उसको मिले। नहीं⋯नहीं⋯लेकिन कहां जाऊं?

गाड़ी में बैठिए बीणनीजी।'' ठाकराजी गेट खोले खड़े थे। गाड़ी में बैठते हुए सोमा ने फिर सोचा, कहां जाऊं? अनजाने ही मुंह से बाइस नंबर हाजरा रोड निकल गया।

सोमा को यों अचानक देखकर सुजीत चौंक गए थे। लेकिन उनकी पत्नी ने आदर से बैठाया।

वे चाय बनाकर लाईं। पता नहीं, सोमा के आंसू भरे चेहरे को देखकर उन्होंने क्या समझा, क्या नहीं? लेकिन जोरों से उठी हुई उबकाई को दबाकर जब वह बाथरूम की ओर दौड़ी तब सुजीत की पत्नी चित्रा के लिए समझने को और कुछ बाकी नहीं रहा। वह गीले तौलिए से सोमा का माथा पोंछती हुई उसके सिरहाने बैठी रही थी। बगल में लेटी हुई चार

साल की सोई हुई बच्ची के लाल होंठों पर खेलती हुई हल्की मुस्कान थी। अनायास सोमा का हाथ अपने पेट पर चला गया। उसने फिर दोहराया—नहीं, मुझे बच्चा चाहिए। और कुछ नहीं। बस, मेरा बच्चा। ऐसा नहीं कि, सुजीत परिणाम से वाकिफ नहीं थे, कि उन्होंने सोमा को समझाने की कोशिश नहीं की थी। लेकिन नहीं सोमा ही नहीं मानी थी।

सुजीत बाहर चले गए थे क्योंकि वे कमरे में दिखे नहीं। सोमा की आंखों में आंसू देखकर चित्रा ने कहा—"रोओ मत, सोमा! यह तुम्हारा घर है।"

मेरा घर? क्या चित्रा को मालूम नहीं कि मेरे पेट में सुजीत की संतान है? सोमा कुछ कहे, इससे पहले ही चित्रा ने कहा था—

"सोमा, कुछ कहने की जरूरत नहीं। पिछले रविवार को मुझे सुजीत ने बता दिया था, लेकिन फिर भी सब कुछ नहीं बताया। यह नहीं कहा था कि तुम उनकी संतान की मां बनने वाली हो। कैसी अजीब बात है कि उन्होंने मुझे इतना कमजोर समझा। सच का सामना करना कोई इतना कठिन काम तो नहीं।"

"और सब कुछ जानकर भी तुम इतनी शांत हो?"

"आज हूं ना। उस दिन तो तूफान मेरे घर में भी उठा था। लेकिन जब प्यार नहीं, तब इस व्यवस्था को ढोने से फायदा? क्या इससे अच्छा नहीं कि मैं ही हट जाऊं?"

"लेकिन तुम्हारा यह घर·····?"

"घर क्या चार दीवारों से बनता है? सोमा तुम दोनों को एक-दूसरे की जरूरत है। तुम लोग एक-दूसरे से प्यार करते हो। मेरी भूमिका समाप्त हुई समझो।"

"चित्रा मैं अपने को इतना अपराधी पा रही हूं। तुम दोनों के बीच·····?"

"चुप! अपराधबोध से ग्रसित होकर बच्चे को मत बड़ा करना। जो कुछ भी घटा, वह कोई नया तो नहीं। मैं भी तो किसी अन्य पुरुष के प्रेम में पड़ सकती थी। इसमें तुम्हारा क्या दोष है?"

"तब क्या सुजीत का दोष है?"

"नहीं। सुजीत ने भी मुझसे कुछ नहीं छिपाया। यह बस एक घटना है—जस्ट इन एक्सिडेंट। एक मानवीय कमजोरी।"

"चित्रा, वे लोग मुझे कभी तलाक भी नहीं देंगे। ताकि बच्चे का नाम·····"

"सोमा, बच्चे को हम अपना नाम देंगे। नहीं तो वह नाजायज कहलाएगा।"

"चित्रा, तुम महान हो!"

"अच्छा सोमा, तुम इतनी भावुक क्यों हो, बोलो तो? पढ़-लिखकर भी इतनी कच्ची सोच? क्या अत्यधिक वैभव का दलदल, व्यक्ति के सोच और चिंतन की जड़ को मजबूत नहीं होने देता। देखो बुरां मत मानो, लेकिन बिना किसी कन्विक्शन के केवल आवेग में बहना·····कदम उठाने से पहले तुम्हें परिणाम के बारे में सोचना चाहिए था।"

"मैं समझी नहीं।"

"अच्छा, बाद में समझा दूंगी। अभी तुम जरा आराम करो तो।"

उसके सधे हुए कदम, शब्दों की अभिव्यक्ति, उसकी आत्मशक्ति, अपने विचारों के प्रति उसकी वह आस्था। सोमा के साथ वह आठ महीने तक रही। एक दोस्त की तरह नहीं, बड़ी

बहन की तरह! नहीं, मां की तरह! नहीं, शायद उन महीनों में एक-एक कर चित्रा ने स्वयं अपने को आरोपित भूमिकाओं से मुक्त किया था। एक-एक कर सोमा को वह जितना प्रेम देती जाती थी, उतना ही चित्रा निखरती जाती थी। कभी वह कहती—

"देखो, तुम्हारे पेट में बढ़ते हुए बच्चे की तरह मेरा भी मानस पकता जा रहा है।"

"लेकिन क्या यह संभव है? चित्रा कहीं तुम खुद को सजा तो नहीं दे रही हो?"

"क्यों, खुद को किसलिए सताऊंगी? स्वयं से बहुत अधिक आशक्ति है इसलिए तो तुम्हारी भी पीड़ा मैं समझ पा रही हूं।"

"सुजीत को छोड़ने का तुम्हें दुख नहीं?"

"हां, दुख तो हुआ था। मैंने कहा ना जब सुजीत ने पहले-पहल इस संबंध की चर्चा की थी तो मैं भी रोई थी। खूब-खूब रोई थी। सुजीत को धोखेबाज कहा था। फिर बाद में लगा कि यह धोखा तो मैं स्वयं को दे रही हूं। जब प्रेम ही नहीं, तब किस बात की जलालत? प्रेम की भीख नहीं मांगी जाती। मेरा अपना कोई आत्म-सम्मान नहीं? और फिर यह किस शास्त्र में लिखा है कि किसी से प्रेम करो तो ताउम्र करते जाओ।"

"सच्चा प्रेम तो बदलता नहीं।"

"बकवास! प्रेम की भी उम्र हुआ करती है। किसी का प्रेम जीवित रहता है घंटे भर के लिए तो किसी का कुछ दिन, कुछ महीने तो किसी का कुछ वर्ष। यह जरूरी तो नहीं कि दोनों का विकास एक साथ एक ही दिशा में हो? दोनों दो भिन्न दिशाओं में जा सकते हैं। रुचियां, परिवेश सभी कुछ तो बदल जाता है।"

"लेकिन जो लोग शाश्वत् प्रेम का जिक्र करते हैं?"

वे! अरे वे आत्म-सम्मोहन में जीते हैं या फिर यों कहो कि एक-दूसरे की आदत बन जाते हैं। हो सकता है, मैं और सुजीत भी एक-दूसरे की आदत बन चुके थे। नहीं तो उसका मन तुम्हारी ओर खिंचता ही क्यों?

हां दिन बीत रहे थे। पता नहीं, चित्रा ने अपनी बच्ची को क्या समझाया पर वह नन्हीं-सी गुड़िया दिन भर सोमा के आस-पास ही खेलती रहती। तुतलाई हुई आवाज में पूछती, मासी, भैया होगा ना।"

नहीं, चित्रा ने सोमा को जितना सिखाया, उतना शायद ही कोई सिखा सकता था। नर्सिंग होम भी वही लेकर गई थी और बच्चे को सोमा की बगल में लिटाते हुए उसने कहा था—

"इसका नाम अर्जुन रखेंगे। देखो, इसके हाथ कितने लंबे-लंबे हैं।"

चित्रा ने ही सोमा को बी० एड० की परीक्षा दिलवाई और फिर कालेज की नौकरी।

"जो तुम्हारे साथ घटा, वह तुम्हारे साथ या किसी और भी औरत के साथ घट सकता है। कम से कम अपने पैर पर खड़ी औरत भीख तो नहीं मांगती।"

"लेकिन क्या, आर्थिक स्वतंत्रता ही सब कुछ है?"

"नहीं, इसके बाद ही असल संघर्ष है। आरोपित भूमिकाओं से मुक्ति की।"

"ये आरोपित भूमिकाएं क्या हैं?"

"यही तुम्हारी निष्क्रियता, अपनी नियति को दूसरों के हवाले कर दूसरे को दोष देना। चुनाव तुम्हारा है तो कीमत भी तुम चुकाओ।"

"आरोप लगा रही हो?"

"आरोप नहीं। तुम्हारे स्वभाव में निहित कमजोरी का विश्लेषण कर रही थी और फिर चुनाव न करना भी स्वयं को चुनाव करने में अक्षम समझना या साबित करना भी तो एक तरह का चुनाव है।"

"मैं नहीं समझ पा रही। तुम बंगाली समाज की हो ना। हमारे समाज को नहीं जानती।"

"फर्क समाज का नहीं, फर्क शिक्षा का है। मेरी नानी ने बेथून कालेज से बी० ए० पास किया था। शायद नानी की छाप मुझ पर अधिक है, क्योंकि उस जमाने में बंगाल में बहु विवाह प्रचलित था। खासकर हम ब्राह्मणों में तो बहुत अधिक। जानती हो सुजीत कायस्थ है। सेन के घर में मुकर्जी कन्या जाएगी, यह कैसे हो सकता है? मेरे पिता का शिक्षित परिवार आज तक हमारे घर नहीं आए। मैं ब्राह्मण जाति से बहिष्कृता थी।

"और सुजीत के माता-पिता?"

"वे भी नहीं आए। हमारे बंगाल में कायस्थ और ब्राह्मणों का झगड़ा अब तक चला आ रहा है।"

"क्या बोल रही हो?"

"हां, ठीक बोल रही हूं।"

"लेकिन तब तुम? तुम कहां जाओगी?"

"कहीं भी। लेकिन तुम लोगों को बता कर नहीं।"

"यानी?"

"ना·····ना मरने-वरने की बात मत सोचो। मैंने तुमसे पहले ही कहा था न कि, मुझे जिंदगी से बेहद प्रेम है।"

और एक दिन वह चली गई। सुबह मेज पर चिट्ठी रखी हुई मिली थी·····

सुजीत और सोमा, मुझे खोजने की व्यर्थ चेष्टा मत करना। तुम लोगों को छोड़कर जाते हुए मुझे दुख हो रहा है। मुझे मालूम है कि, दुख तुम्हें भी होगा। लेकिन अर्जुन मेरा बेटा है। वह सेन है। कानूनी तौर पर हम लोगों ने उसे गोद लिया है। सोमा का कुल-गोत्र अब तुम्हारा कुल-गोत्र है। सोमा वह नहीं है जो केवल समर्पण की भाषा जानती है। इस पत्र को सुरक्षित रखना और इन कागजों को भी। ताकि अर्जुन पर किसी की छाया न पड़े।

·····चित्रा।"

और इसके बाद कभी चित्रा नहीं दिखी, न सुजीत ने कभी उसका नाम लिया। तब क्या चित्रा ने सुजीत से भी कोई अलग बात की थी? ठीक वैसे ही जैसी बातें सोमा से किया करती थी। पता नहीं, लेकिन चित्रा के बारे में जब भी सोचती, उसकी आंखें भर आतीं।

× × × ×

"अरे·····क्या अंधेरे में बैठी हो?"

"ओह·····सुजीत! तुम कब आए?"

"फिर वही रोना।"

"सुजीत, मुझे चित्रा की याद आ रही थी। मैं उसी के बारे में सोच रही थी।"

"क्यों? क्या अब मुझे छोड़कर "रूंगटा हाउस" जाना चाहती हो? सच कहूं सोमा, तुम्हारे इस नाटक से मैं स्वयं दुखी हो गया। यह क्या सुबह-शाम का चक्कर? खतम करो ये सब।"

"सुजीत, मैं जानती हूं तुम्हारी पीड़ा। लेकिन भगवान् के वास्ते मुझे इतना गलत नहीं समझो। चित्रा को मैं इसलिए नहीं याद कर रही थी।"

"तब क्या बात थी? कौन-सा ख्याल था?"

"बस यही कि आज चित्रा जैसी दोस्त मेरे पास होती तो वह मुझे बता सकती कि मुझे क्या करना चाहिए? मैं अपने मन की तहों को तो किसी के सामने नहीं खोल पा रही।"

"आखिर द्वंद्व क्या है? देखो सोमा, जो चला गया, वह लौटकर नहीं आएगा। वह यह तो कहने नहीं आएगा कि तुम यह करो या वह करो। मैंने तुमसे पहले भी कहा कि उस घर का एक पैसा भी हमें नहीं चाहिए। उनको लौटा दो।"

"सुजीत बात धन की नहीं है। कुछ मेरे अपने उत्तरदायित्व की भी है।"

"जरा सुनूं तो सही कि उस परिवार के प्रति तुम्हारा क्या उत्तरदायित्व है? उन्होंने कौन-सा उत्तरदायित्व तुम्हारे प्रति निभाया?"

"सुजीत, परिवार नहीं। मैं बस ताई के बारे में सोचती रहती हूं। वे मेरी ताई सास नहीं थीं, सुजीत, वे मेरी मां थीं। उन्होंने मरते समय वचन मांगा था, वह तो मैं निभाऊंगी।" कहते-कहते सोमा की आंखें बरसने लगीं।

"ठीक है, जो तुम्हारे मन में आए करो। मुझे दुख है कि मैंने तुम्हारा हृदय दुखाया।"

"नहीं, यह बात नहीं। सुजीत, अजीब तरह का ताना-बाना है। कौन-सी बुनावट उभरेगी, मैं खुद ही नहीं जानती?"

"ठीक है। चलो, खाना-वाना खाया जाए। तुम भी थकी होगी।"

"मन-प्राण सब थक गए। कल सुबह फिर जाना होगा।"

"तुमको जब जहां जितने दिन जाना हो, जाओ। मैं कैफियत नहीं मांग रहा।"

"नाराज हो ना।"

"नहीं, दुखी हूं।"

"कारण?"

"तुम जानती हो। हम फिर उलझ गए। अच्छा चलो, उठो।"

दूसरे दिन सुबह जल्दी उठना था। गाड़ी ठीक वक्त से आ गई थी। निमली बाई को इस बात से बड़ा दुख था कि उनकी छोटी बीणनी बस में या टैक्सी में बैठकर कालेज पढ़ाने जाती है और वह भी महज कितने रुपए महीने के लिए। और मास्टरजी को, सोमा से दो हजार रुपए ही ज्यादा मिलते हैं।"

"बस, इतने में घर का खर्चा कैसे चलता है? इससे ज्यादा रुपया तो अपने आफिस के आदमी लोग कमाते हैं। छोटी तुम्हारे यहां तो महाराजजी भी नहीं, आया और दाई-नौकर कितने हैं?"

"एक नौकर है। वही सब काम कर लेता है।"

"मुन्ने की अलग आया नहीं?"

"नहीं, अब वह तो बड़ा हो गया। स्कूल जाता है, अपना काम खुद ही कर लेता है।"

गालों पर हाथ रखे हुए निमली बाई ने कहा—"ए थारा यह बात तो ठीक नहीं लगी। छोटी बीणनी इतनी गरीबी? बाईसा तो जिस दिन ठाकराजी से तुम्हारे घर का हालचाल सुनी, बहुत रोई। कहती रही, "निमली मेरा कलेजा चीर कर देख, मेरी ममता बिलखती है।"

"मैं बाईसा से क्या कहती? हां-हंबा करती रही।" वे फिर वापस सोमा की ओर पलटी, अलग-बगल बैठी हुई महिलाओं के कान खड़े थे। खासकर लता भाभी और उनकी चहेती ननद कुसुम बाई के कि, आखिर इन दोनों में क्या खुसर-पुसर हो रही है? मगर निमली बाई को होश कहां? वे मानो सोमा को समझा रही थीं। कहने लगीं—"छोटी बीणनी, हाथ भी पकड़ती तो किसी पैसे वाले का।"

"ओह·····निमली बाई, मैं आपको कैसे समझाऊं कि हम लोगों के पास किसी बात की कमी नहीं। हम लोग अच्छे खाते-पीते लोग हैं।"

"तब फिर मोटरगाड़ी क्यों नहीं? बस की लाइन में खड़ी होती हो या टैक्सी में आती-जाती हो।"

निमली बाई के इस शाश्वत् बालिका मानस से सोमा के लिए कोई भी संवाद असंभव था। लेकिन शायद इसीलिए निमली बाई रोज सोमा को गाड़ी भेज देती हैं। गाड़ी में बैठी हुई सोमा स्वयं पर सोचकर मुस्कुराए बिना नहीं रह सकी। सामने "रूंगटा हाउस" का गेट दिख रहा था।

तैय्या स्नान करके सब बहुएं वापस आ गई थीं। नागपुर वाली चाचीजी ने कहा—"आज बाहर के लोग नहीं आएंगे। घर, घर के ही रहेंगे।"

सोमा ने सोचा, क्यों नहीं मोहन भाई साहब से बात कर ली जाए। वह असमंजस में थी। आखिर क्या बात करे? उसका अधिकार? खैर, सकुचाते हुए उसने बड़ी भाभीजी से कहा—

"भाभीजी, आप एक बार भाई साहब को बुला दें।"

"हां, अभी बुलाए देती हूं। तुम चलो, मेरे कमरे में बैठो।" बड़ी तत्परता से सोमा की बड़ी जिठाणी उठी।

लता भाभी के कान चौकन्ने हो गए। निमली बाई ने आंखें तरेरी। धीरे से सोमा को डपटते हुए कहा—

"ऐ छोटी बीणनी, उफान में आकर इन लोगों को अपना धन मत पकड़ा देना। इस धन पर तुम्हारा अधिकार है। इससे तुम एक मकान खरीद लेना और एक मोटरगाड़ी भी।"

उस गंभीर माहौल में भी सोमा को हंसी आ गई। यों भी अब वातावरण सहज हो आया था। खाना-पीना और बतियाना, इसके अलावा काम भी क्या था? बड़ी भाभीजी आकर सोमा को अपने कमरे में ले गईं। जिंदगी में यह शायद पहली बार था कि सोमा अपने जेठ से अकेले में बात कर रही थी।

"भाई साहब मैं सोच रही थी कि ताईजी का जो सामान है, वह मैं एक बार देख लेती। शायद उसमें से बहुत सारा सामान सुख शैया पर रखा जा सकता है।"

"देखो सोमा, ताईजी का सामान तो पुराना सामान है। तूस के शॉल-दुशाले जामेवार बेहद कीमती होंगे। उनका एक-एक दुशाला ही आज के दिन लाख-डेढ़ लाख से कम में नहीं

आएंगे। चीजों को यदि तुम चाहो तो घर की बहू-बेटियों को दे सकती हो।''

''नहीं, यह सब तो ताईजी का अपना सामान है और उनकी आस्था को क्यों ठेस पहुंचाया जाए। उनके खरच पर रुपए की बातें उठे।''

''लगता है लता ने कुछ कहा है ना? देखो खरच पर तो हम लोग कुछ भी कटौती करेंगे तो अपनी नाक कटाएंगे। चाहे रुपया उधार ही क्यों न मांगना हो, मांग लेंगे, क्योंकि खरचा तो ठीक से करेंगे। सामान तो तुम बाद में ही देना।''

''ठीक है!'' सोमा इससे अधिक और कुछ नहीं कह पाई। चौथे दिन उसने रूंगटा हाउस की गाड़ी लौटा दी और कॉलेज चली गई। उसने सोचा अब कौन सारा-सारा दिन बैठे और वही-वही पंचोल सुने। पांचवें दिन भी वह नहीं गई। छठे दिन सुबह-सुबह निमली बाई हाजिर। दरवाजा सुजीत ने ही खोला था।

''मास्टरजी, छोटी बीणनी कहां पर है?''

''चौके में।''

''सोमा बाहर निकले, तब तक वे भीतर थीं·····

''छोटी बीणनी, तुम आई क्यों नहीं?''

''क्या करती आकर?''

''क्यों बैठकी में लोग आते हैं। तुम्हारे बारे में पूछते हैं तो क्या कहूं?''

''कह दीजिए, जो आप देख रही हैं।''

''मेरे से तो ऐसे जांघ उघाड़ी नहीं जाती। कुछ तो ताईजी की मर्यादा का, ममता का ख्याल किया होता।''

''निमली बाई, मैं आप लोगों की पंचायत में नहीं। और न ही मुझे वहां का धन चाहिए।''

''अरे तू नहीं जाएगी ना तो ताईजी की आत्मा सुरग में बैठकर रोएगी। फिर बाईसा को वचन क्यों दिया था। बाणिए की बेटी होकर जबान नहीं गेरनी चाहिए।''

''निमली बाई, मैं नहीं जाऊंगी।''

''मास्टरजी, आप समझाइए इसको। यह आपका कहा मानती है। हमारे घर की इज्जत आपके हाथ में है। आप चाहें तो हमें बचा सकते हैं।'' और निमली बाई बार-बार अपने सफेद पल्लू से आंखें पोंछने लगी।

''ठीक है भाई जाओ! कम से कम निमली बाई की भावना का ख्याल तो करना पड़ेगा।'' सुजीत ने सोमा से अंग्रेजी में कहा।

''तुम आ रही हो। मैं ग्यारह बजे तक गाड़ी भेज दूंगी। अभी तो सबसे छुपकर आई हूं।''

''और किसी को मालूम पड़ जाएगा तो कि आप छुपकर आई थीं।''

''पड़ने दो। मैंने कोई उनका करज ले रखा है? बासते लगे उनकी झूठी इज्जत को।''

''सोमा! निमली बाई जाते-जाते क्या कह गई मारवाड़ी में?''

''माने आग लगे, उनकी इज्जत को।''

"अरे बाप रे! निमली बाई के शब्द बड़े जानलेवा हैं।" कहते हुए सुजीत ने कानों पर हाथ रख लिया।

× × × ×

खरच का काम धूमधाम से हो गया। सुख शैया पर घर के जोशी को सुलाया गया। फिर पलंग को उठाते हुए तीनों बेटे और नागपुर वाले चाचाजी ने कहा—"अरे गोविंदा, आराम से सो और पेट भरकर खा।"

बहन-बेटियों के घर चांदी के बड़े-बड़े कटोरों में पांच-पांच हजार रुपए रखकर भेज दिए गए। तेरहवीं की शाम चार बजे तक सब काम सलट गया। बहन-बेटियां, अपने-अपने घर जा चुकी थीं और अब भाई साहब ने आकर निमली बाई से कहा—

"निमली बाई, सोमा को उसका सामान दिखा दो।"

"मोहन बाबू! एक बात, जब छोटी बीणनी सामान देखेगी, तब कमरे में कोई नहीं जाएगा।"

"क्यों, क्या मिला क्या नहीं, वह हम नहीं देख सकते क्या?"

"सोमा कितने का धन बटोर कर ले जा रही है, यह तो मालूम पड़े।" लता भाभी धनुष टंकार रही थीं।

छि:....छि:! यह कैसी भाषा? सोमा का सर नीचा हो गया। "चलो छोटी बीणनी, फालतू बातों में समय मत बिताओ।"

उन्होंने कोठरी का दरवाजा सबके सामने बंद किया। फिर आलमारी की चाभी खोलने लगीं।

"इस कोठरी में तुम पहले भी आई होगी?"

"याद नहीं पड़ता निमली बाई। वैसे शादी-ब्याह में कभी काम पड़ा हो तो कह नहीं सकती।"

कोठरी में लाइन से पांच गोदरेज की आलमारियां थीं। एक ओर बड़े-बड़े काले बक्से करीने से रखे हुए थे। एक कोने में टोकरी में कोयले रखे थे।

"यह कोयला क्यों निमली बाई?"

"तेरी ताईजी ने तो कोलियारी का जमाना ही देखा था ना। बस, उसी की याद में ये कोयले रख छोड़े थे।"

"ले, अब तू एक-एक कर सामान देखती जा।"

"निमली बाई, मुझे इन सामानों में कोई रुचि नहीं। मैंने बार-बार आपसे कहा न। जिस दिन इस घर से गई थी, तब भी अपनी लौंग, अंगूठी आप लोगों को संभलाकर गई थी।"

"अरे इसी का तो बाईसा को दुख रहा। तेरा गहना भी तुझे नहीं मिला। सब बेटे मिलकर दबा लिए। बाईसा जब भी पूछते तो गौतम कहता, "मोहन भैया से पूछो।" और मोहन बाबू बोलते—"मैं क्या करूं बड़ी मां, सारा गहना तो गोतमिए ने बेच दिया।" राजू बाबू और उनकी बीणनी अलग झक-झक करते। तुम्हारा गहना कहां गया, किसने दबा लिया यह

किसी को पता ही नहीं चला। बाईसा तो भीतर ही भीतर रोती रहती। मुझसे कहती— "निमली, मैं छोटी बिणनी का करज कैसे चुकाऊंगी? चंद्रा के ब्याह में उसने अपना तीन लाख रुपया दिया था। करजदार मिनख तो वैतरणी के इसी पार खड़ा रहता है। उसका प्राण अटका रह जाता है, भगवान दर्शन नहीं देते।"

"निमली बाई अब इस संदर्भहीन बातों को उठाने का वक्त है क्या?"

"है कैसे नहीं? अच्छा देख, इस आलमारी में बाईसा के कपड़े रखे हैं। यह देखो, ब्याह कर आई न! तब का घाघरा-ओढ़ना, सच्चे माल का काम है। आज यदि तुम इसको गलाओ तो एक-एक घाघरे में पंद्रह सेर से कम चांदी नहीं निकलेगी। यह देखो छोटी बीणनी, उनकी चुनड़ी, यह चुनड़ी बहुत चाव से बनवाई गई थी। ईश्वरदास जरी वाले के यहां से। कितनी भारी बेल-बूटे का काम है। और इस पोमचे को देखो, जरी को कितने महीन उकेरा गया है। उन दिनों तो चुनड़ी, पीलिया, पोमचा, इसी का रिवाज था। ओढ़ना ओढ़कर ही बाहर निकलते थे। यह देखो, कितने सुंदर-सुंदर लहरिए हैं। बाईसा हमेशा कसुमल रंग पहनते। यह काला, बुल्लू, बैगणी तो अब प्रचलन में चल गए ना!

सोमा फिर भी खामोश रही। नीची नजर किए खड़ी रही। निमली बाई अपनी रौ में कहे जा रही थी—"देखो छोटी बीणनी देखो पहले जमाने की आंगी आज ऐसे गोटे का काम कोई बनाकर निहाल करे क्या? खास सूरत से बनकर आता था। तू इसकी साइज तो देख। बाईसा कितनी नाजुक थीं, चौदह वर्ष की उमर में तो ब्याह ही हो गया, कमर हमेशा उनकी पतली ही थी।"

निमली बाई एक-एक चीजें निकालती जा रही थीं, स्मृतियों की उमंग में वे किसी और दुनिया में थीं, अचानक उनको लगा कि कहीं कोई आवाज नहीं, उत्तर-प्रतिउत्तर का कोई सिलसिला नहीं, वे थमक कर पीछे घूमीं। सोमा दीवार से सटी खामोश खड़ी, कोठरी के झरोखे से बाहर न जाने कौन-सा आकाश देख रही थी।

"यह छोटी बीणनी तुम रो रही हो?"

"नहीं निमली बाई। बस ऐसे ही आंखें भर आईं। निमली बाई मैंने देख लिया अब आप यह सामान......"

"अरे इसको तो देखो। चांदी के ये बर्तन? ये सारे बक्सा चांदी के बर्तनों से भरे हैं और फिर तुमने अभी तो बाईसा का रखा हुआ गहना तो देखा ही नहीं।"

"निमली बाई, मुझे कितनी बार कहना पड़ेगा कि मुझे इस धन में कोई रुचि नहीं। जिनको जरूरत है उन्हें दे दीजिए। कमरे से बाहर लाइन खड़ी है।"

"हां लुटा दो, सब लुटा दो चील-कागलों को।"

"यह उनका घर है, उनके बेटे हैं। डेलिरियम में यदि ताईजी ने कुछ कह भी दिया......"

"नहीं बाईसा वायु में नहीं थीं। मेरे पास डाक्टर सेन का सर्टिफिकेट है। और यह देख यह उनकी दलील भी है, मैं इतनी बेवकूफ हूं क्या? मुझे बाईसा ने वकील बाबू के सामने सब कागज संभलाए थे। हम तो तुम्हारा कर्ज चुका रहे हैं।"

"ठीक है। लेकिन आप उसी पुरानी बात को क्यों दल रही हैं? उनको याद करने से

फायदा? लेकिन मुझे यह अधिकार नहीं चाहिए।''

तब तक बाहर दरवाजे पर खट-खट हुई। लता भाभी की तीखी आवाज थी—''अरे निमली बाई! आप इतनी पंचायती क्यों कर रही हैं? हम लोग सब सुन रहे हैं।'' निमली बाई आगे बढ़कर कोठरी का दरवाजा खोलकर खड़ी हो गई।

''हां बोलो बिचली बीणनी क्या बोलती हो? यही ना कि मैं बीच में पड़ने वाली कौन हूं, मेरा अधिकार क्या है? मैं एक नौकरानी हूं ना, ठीक है नमक का करज तो चुकाऊंगी, तुम लोग मां का दूध भूल गए तो क्या हुआ?''

''लता तुम चुप नहीं रह सकती?'' राजू भैया की आवाज थी। इसी बीच गौतम ने पान खाए हुए लाल दांतों को चियारते हुए कहा—''लेकिन लता भाभी ठीक कह रही हैं भैया। ताईजी वाज मैड एंड दीस वन इज क्रूकेट। ऐसे दिन-दहाड़े अपना घर लुटा दें क्या?''

''अरे ऐ गौतम बाबू। कुछ तो शरम करो। अपनी लुगाई का तो हक मार कर बैठे हो, इसका अपना धन तो डकार गए।''

''शरम किस बात की? शरम वह कुल्टा करे। पूछो उस रांड से कि, भीतर खड़ी-खड़ी वह क्या सुनना चाह रही है?''

''कुछ नहीं। निमली बाई मुझे जाने दीजिए।'' सोमा ने निकलने की चेष्टा की।

''नहीं। आज नहीं जाने दूंगी। एक दिन तुम बिना कुछ लिए चली गई थी। उस दिन तुम इस घर की बहू थी। आज तुम बाईसा की बेटी हो। हां, हां सगी पेट की बेटी हो। अपना दायजा लेकर विदा होना।'' वे दोनों हाथों से चौखट रोके खंभे सी स्थिर खड़ी थीं।

''ऐ निमली बाई.....बहू.....बेटी यह सब क्या बकवास लगा रखी है। मैं अभी आप दोनों को चक्कू से चीर कर रख दूंगा।'' गौतम चीखा।

''हाथ तो उठाकर देखो, वकील साहब के पास दलील की कापी पड़ी है, सारा पावर मेरे हाथ में है। पुलिस में डायरी अलग से कर रखी हूं।''

''अच्छा तो यह बात है।'' राजू बाबू ने कहा।

''मुझे जाने दीजिए, प्लीज मुझे जाने दीजिए।'' सोमा रुंआसी हो रही थी।

''नहीं जाने दूंगी।''

''मैं यहां एक पल भी नहीं रुक सकती।''

''तो देवीजी यहां पंद्रह वर्ष बाद क्या करने चली आई थी?''

''ओह यह गौतम है। कभी उसका पति था। आज सोमा ने अपने सामने एक कृशकाय वृद्ध पुरुष को देखा। और जर्दा से लाल दांत और आंखों में वही आदिम घृणा, हिंसक पशु वृत्ति से तरबतर, उसके भीतर के इसी पशु को देखकर कभी सोमा सहम गई थी। ताईजी की गोद में फूट-फूट कर रोते-रोते इसी कमरे में सोमा ने पंद्रह वर्ष पहले कहा था—

''ताईजी, गौतम जानवर है। इसमें कोई मानवीयता नहीं।''

''बेटा, अपने घर के पुरुष सुभाव के कठोर बहुत हैं। उनके हिरदय दया-माया नहीं।''

''मुझे जाने दीजिए ताईजी मुझे मत रोकिए।''

''कहां जाएगी बेटा? कौन है तेरा? सब ठीक हो जाएगा। सहन कर छोटी बीणनी..... सहन करना ही औरत का धरम है।''

''और पुरुषों का धर्म क्या है? उनका कोई धर्म नहीं? सब कुछ जानते हुए भी आप मुझे सहन करने के लिए कह रही हैं? आपने भी तो इतना सहन किया, आपको क्या मिला?''

''और क्या कहूं छोटी बिणनी? राजू के मुन्ने को गोद ले लो। मुझे देखो, मेरे अपने नहीं हुए तो इन्हीं लोगों को अपना समझकर चली ना।

''तो कौन से ये लोग आपके अपने हो गए?''

''हुए कैसे नहीं? बावड़ी बात तो करो मत।''

''नहीं मुझे बच्चा चाहिए। अपना बच्चा।''

क्षणों में कितनी बातें आंखों के सामने घूम गईं। लेकिन अभी? और इस समय निमली बाई की सख्त भुजाओं के पीछे सोमा एक कैदी-सी खड़ी थी और सामने मानों खौलती हुई कड़ाही में दर्जनों आंखें खदबदा रही थीं, कौन दोषी कौन निर्दोष इसका प्रश्न नहीं था। वहां किसी को भी झोंका जा सकता था। निर्लोभ हूं या दूसरे लोभी हैं? सोमा के मन में इसका कहीं कोई अभिमान नहीं था। कहीं कोई द्वंद्व नहीं, बस एक ही इच्छा, एक ही आवेग किसी तरह निकल भागने की। लेकिन दो कदम पीछे हटकर खटाक से दरवाजा बंद कर निमली बाई ने सबको बाहर फेंक दिया और अब वे वापस सोमा की ओर मुखातिब थीं—

''तुम्हें कुछ नहीं चाहिए ना छोटी बीणनी?''

''अब और कितनी बार कहूंगी?''

''बाईसा की कोई स्मृति भी नहीं?'' उनका स्वर उत्तेजित था। इसमें कोई संदेह नहीं कि दरवाजे के बाहर खड़े लोग उन्हें भली-भांति सुन रहे थे। सोमा चुप थी, शांत थी या फिर प्रति क्षण पथरा रही थी।

''कुल्टा.....आज इतने वर्षों बाद.....!'' फिर वही शब्द उसके लिए उच्चारित किया गया था और आज फिर वह वैसी ही निष्क्रिय जड़-हतप्रभ बनी खड़ी हुई थी। वही भय, वही खौफ। आखिर मैंने जवाब क्यों नहीं दिया? सोमा स्वयं से पूछ रही थी। क्यों नहीं कहा—''गौतम तुम अपनी ओर देखो तुम जो कभी पुजारी भैया के साथ कमरे में घुसे रहते थे। आजकल अपने सुलेमान ड्राइवर के साथ या फिर कल कोई और होगा। क्या मैं नहीं जानती? क्या और कोई नहीं समझता? तुम टुकड़ों पर चलने वाले कीड़े हो। ब्याज की कमाई खाने वाले.....तुम.....तुम्हें क्या कहा जाए गौतम? शराबी? कबाबी? हिजड़ा? नहीं मेरे पास तुम्हारे उपयुक्त कोई विश्लेषण नहीं।''

''छोटी बीणनी! चुप क्यों हो? मेरी बात का तुमने कोई उत्तर नहीं दिया?'' निमली बाई का पंचम स्वर सुन सोमा अचानक लड़खड़ा गई।

''किस बात का?''

''ठीक है तुमको धन नहीं चाहिए ना। मत लो, यह अपनी ताईजी के हाथों की सुमरनी और गीता की पोथी ले जाओ। मुझे क्या? मैं ही क्यों बैर मोल लूं, अरे मेरी बाईसा चली गई तो निमली की आत्मा का सूनापन कौन समझ सकता है?'' उनका स्वर सप्तम पर था। उन्होंने झटके से एक और आलमारी खोली, जल्दी-जल्दी कपड़ों को उलटने-पलटने लगी।

''..... कहां गई वह भागवत गीता? बाईसा बनारस गई थीं, तब वह पोथी खरीदकर लाई थीं। पढ़ना तो उनको आता नहीं था, लेकिन गोद में रखे, माला फेरती रहतीं। बाईसा बीमार

हुईं तो मैंने लाल कपड़े में लपेटी हुई उस पोथी को सहेज कर इसी आलमारी में रख दिया था।''

सोमा ने फिर वापस इधर-उधर नजर दौड़ाई। कोठरी में चारों ओर सामान बिखरा पड़ा था। रंग-बिरंगे घाघरा, ओढ़ने का ढेर लगा हुआ था। भारी जरी की साड़ियां, जरदोज के काम किए हुए कमख्वाब के अंगिया चोली, ब्लाउज, निमली बाई अब गहनों के डब्बे खोल-खोलकर जमीन पर पटक रही थी।

''ठीक है मत लो, कुछ मत लो। मूरख कहीं की। तुम तो सदा से जोगण हो। बाईसा कहते, ''निमली अपनी यह छोटकी एकदम मीरा बाई है।''

बाहर एक जोरों का ठहाका लगा। यह गौतम था। साथ में सोमा की जिठाणियों की खिलखिलाहट। गौतम कह रहा था—''ओ राजू भैया अब नाटक का आखिरी संवाद सुनिए·····'' और फिर जोरों की हंसी, वापस फिर गौतम के जलते हुए अंगारे—

''अब इस छिणाल को मीरा बाई की उपाधि से विभूषित किया जा रहा है।'' सोमा का सर्वांग जल रहा था। अपनी इस क्षणिक भावुकता पर पछता रही थी। जहां आदमियत नहीं वहां वह क्या खोजने चली आई? क्यों चली आई थी? सुजीत ठीक कहते थे—सोमा तुम मत जाओ उस रूंगटा हाउस में, वहां प्रेत बसते हैं, न जाने कितने का खून पीया होगा।''

लेकिन नहीं सोमा ने नहीं सुना था। ''निमली बाई·····सोमा ने चीखने की कोशिश की, मगर बस उसके मुंह से एक यही शब्द निकल कर पथरा गया।

''यह लो मिल गई बाईसा की पोथी। सामने पड़ी थी। अरे मेरी भी मति मारी गई थी। खोज-खोज कर सारी आलमारी उलट डाली।''

सोमा ने देखा—बड़े जतन से लाल कपड़े में लिपटी हुई किताब थी। और उसके ऊपर ताईजी की सुमरनी थी। सोमा ने हाथ आगे बढ़ा दिया।

''रुको। इन लड़कों को सोना-हीरा चाहिए ना।'' कहती हुई निमली बाई ने कोठरी का दरवाजा अचानक से खोल दिया। सटकर खड़ी हुई लता भाभी एकदम से लड़खड़ा गईं—''अरे बाप रे! निमली बाई मैं तो गिरते-गिरते बची।''

''गिरा हुआ आदमी और क्या गिरेगा? स्त्री होकर कभी किसी स्त्री का दर्द समझा? धन के मद में उन्मत्त हथिनी-सी डोल रही हो, लो संभालो अपना धन! नहीं तुम नहीं·····मोहन बाबू आप खड़े हैं आप संभालिए। ये रही सब चाभियां। मेरा क्या दो रोटी खाकर कहीं भी पड़ी रहूंगी।''

''अच्छा निमली बाई अब मैं चली।'' लाल कपड़े में लिपटी पोथी और सुमरनी को माथे से लगाते हुए सोमा ने कहा। निमली बाई कुछ बोले इससे पहले सोमा के कदम उठ चुके थे।

''रुको छोटी बीणनी, एक और स्मृति है अपने पुरखों की, लेकिन पुरखों की सारी इज्जत बेटों ने पानी में मिला दिया, तो इसकी क्या जरूरत? यह कोयले की टोकरी भी ले जाओ, बाईसा इसको जब देखते रो पड़ते। कहते, ''निमली बाई, अब गया वह जमाना, अब कोई कोलियारी हाथ में आने से रही।'' कहते हुए निमली बाई ने लपककर कोयले से भरी हुई वह टोकरी उठा ली—''लो यह गीताजी भी उसी पर रखो, देख लो मोहन बाबू अपनो आंख से देख लो, बाईसा का सारा धन यहीं का यहीं है, वकील साहब के पास लिस्ट है। मिलाण कर

लीजिएगा। चलो छोटी बीणनी मैं तुमको नीचे मोटर में बैठाकर आती हूं। कभी तुम खुद इस घर से गई थी, ऐसी ही अंधेरी रात थी, ऐसा ही पारिवारिक कलह था, उस दिन बाईसा ने रोका था, लेकिन आज सुरग में बैठी उनकी आत्मा तुमको आशीष दे रही है।''

घर के लोग रास्ता छोड़कर शांत खड़े थे। निमली बाई कंधे पर टोकरी रखे सोमा के सामने सीढ़ियां उतर रही थी। पीछे-पीछे सोमा थी। गाड़ी का दरवाजा खोल उन्होंने बड़ी श्रद्धा से सीट पर ही कोयले की टोकरी रखी, उसमें लाल कपड़े में लिपटी हुई पोथी और ताईजी की सुमरनी चमक रही थी। फिर सोमा को कलेजे से लगाकर हिचकियों में फूट पड़ी—''रे····मेरी लाडो तू बाईसा की पुरबले जनम की बेटी थी। वही तुमको विदा कर रही हैं, उन्हीं की आत्मा आशीष दे रही है। मैं तो बस निमित्त मात्र हूं, बुढ़ सुहागन होवो, सात बेटों की मां होवो, दूधो नहाओ, पूतों फलो।''

नहीं, आंसू सोमा के भी नहीं रुक रहे थे। आस-पास सभी खड़े थे, लेकिन सोमा का शिक्षित मानस, परिशोधित मानस सोमा से ही कह रहा था—''ओह शिट्! व्हाट ऐ मेलोड्रामा? निकलो, जल्दी निकलो इस प्रेत महल के अहाते से।'' सोमा ने जल्दी-जल्दी निमली बाई के पैर छुए और गाड़ी में बैठते हुए कहा—

''ड्राइवर जी, मुझे जल्दी मेरे घर पहुंचा दीजिए।''

''जी बीणनीजी।'' ठाकराजी की वही सधी आवाज। उनके लिए अब भी सोमा रूंगटा हाउस की छोटी बीणनी थी। गाड़ी स्टार्ट हो चुकी थी। पीछे से निमली बाई की आवाज आई, ''ठाकराजी, ठीक से पहुंचा कर आइएगा।''

''चलो पाप कटा, नहीं तो सच कहता हूं राजू भैया इन दोनों को मैं ऊपर पहुंचा आता, उसी बुढ़िया के पास।''

''गौतम तुम चुप नहीं रह सकते?''

''भैया, गौतम की बेहूदगी की भी हद होती है?'' रेवा बाई का स्वर था।

''क्यों? मैंने बहुत गलत बात कही?'' और गौतम का ठहाका रात के सन्नाटे से टकरा रहा था।

घर पहुंचने में दस बज गए। लैंप पोस्ट की रोशनी में बरामदे में खड़े सुजीत, सोमा को दूर से दिखाई दिए। सोमा ने सोचा पता नहीं अपने प्रारब्ध के किन दुष्कर्मों के परिणाम स्वरूप मैंने इतने अच्छे व्यक्ति को इतना दुख दिया।

ठाकराजी ने कोयले की टोकरी को कमरे के कोने में रखते हुए कहा—''मैं चलूं छोटी बीणनी जी?''

''हां ठाकराजी।''

फ्लैट का दरवाजा बंद होते ही सोमा, सुजीत के कंधों पर अपना सर रखकर बिलख पड़ी।

''ठीक है सोमा चलो खाना खा लो, देरी होते देख मैं खुद चिंतित हो रहा था। धन का मामला बड़ा बुरा होता है।''

''सुजीत मुझे वहां जाना ही नहीं चाहिए था।''

''गए बिना भी उपाय नहीं था। चलो हाथ-मुंह धोकर खाना खा लो, फिर बातें करेंगे।''

सुजीत के साथ खाना खाते हुए सोमा को महसूस हुआ कि, सच में वह कितनी भूखी थी। उसकी गर्म हथेलियों के स्पर्श से सोमा को समझ में आया, आदमी को प्यार और रोटी की कितनी जरूरत होती है। सोफे पर बैठकर सिगरेट सुलगाते हुए सुजीत ने कहा—"हां, अब बताओ क्या हुआ?"

"कुछ नहीं सुजीत, ताईजी की स्मृति के रूप में यह कोयले की टोकरी और उनकी भागवत गीता तथा सुमरनी लेकर चली आई हूं। बाकी उनका धन उनके घर में छोड़ आई।"

"अच्छा किया, बहुत अच्छा किया। लेकिन इस पवित्र पुस्तक को तुमने कोयले की टोकरी में क्यों रखा हुआ है? विद्या दान करने वाले को इतना अज्ञानी तो नहीं होना चाहिए?" कहते हुए सुजीत ने पोथी और सुमरनी को उठाकर सोमा के हाथ में दिया।

"सुजीत सोने चलें?"

"हां, वास्तव में मैं बहुत थक गया हूं। लेकिन भागवत् गीता है, जब घर में लाई हो तो ताईजी की याद में दो-चार श्लोक इससे पढ़ लो। आज उनकी तेरहवीं थी ना।"

सोमा ने लाल कपड़े की गांठें खोली, धीरे-धीरे बड़ी श्रद्धा से कपड़े की तहों को खोलने लगी। उसकी आंखों के सामने ताईजी की सीधी तनी हुई काया घूम गई। ताईजी दीवार की ओर मुंह घुमाकर बैठ जातीं। गोद में लाल कपड़े में लिपटी यही पोथी पड़ी रहती। हाथ में माला और मुंह पर सफेद पट्टी। रोज घंटे दो घंटे का यही नियम था। इसके अलावा न उन्होंने कभी कोई व्रत किया न नीचे मंदिर में उतरीं। सोमा ने उनसे पूछा था—"ताईजी आप गीता पढ़ती क्यों नहीं?"

"मुझे क्या पढ़ना आता है?"

"पुजारी भैया को बोलिए आप को पढ़कर सुना दें। गीता का अर्थ समझा दें।"

"उस पुजारिए से ज्यादा मेरी समझ गहरी है। वह क्या मुझे समझाएगा?"

लाल कपड़े की तीन-चार तह खुल चुकी थी, और अब उन दोनों के सामने भागवत् गीता के बदले एक लाल रंग की डायरी थी। उस पर काली स्याही से लिखा हुआ था—"व्यक्तिगत्"

"अरे यह क्या? सुजीत, गीता के बदले यह किसकी डायरी?"

"खोलकर देखो तो।" सोमा ने डायरी खोली.....

नाम	-	पन्नालाल सुराणा,	वर्ष - 1958.
उम्र	-	चालीस साल।	
स्थान	-	धनबाद।	
व्यवसाय	-	सेठ माधो दासजी रूंगटा की कोलियारी के मैनेजर।	

सोमा ने जल्दी-जल्दी कुछ पन्ने उलटे। अरे! सुजीत यह तो सुराणाजी की व्यक्तिगत् डायरी है। यह क्या कहीं निमली बाई से गलती तो नहीं हो गई? लेकिन नहीं यह लाल लिपटी हुई डायरी हमेशा ताईजी की गोद में रहती, ताईजी जब ध्यान करती तब भी उनकी गोद में इस लिपटे हुए लाल कपड़े को मैंने अक्सर देखा था, इसमें कोई संदेह नहीं।

सोमा ने पृष्ठ पलटे तो····· "मैं पन्नालाल सुराणा, यह मेरी निजी डायरी है, इसे मेरी पत्नी या फिर बड़ी सेठाणीजी के पास पहुंचा दें।"

× × × ×

डायरी के पन्नों को सोमा उलट रही थी·····

·····कई दिनों से बड़ी बहूजी बारजे में नहीं दिखीं। बगीचे में नहीं आईं और न ही मोटरगाड़ी में सैर करने निकलीं। मन छटपटाता रहा, लेकिन उनके बारे में किससे पूछूं?

आज सुबह मंदिर जाते समय वे अचानक मेरे सामने थीं। उन्होंने पूछा—"सुराणाजी आप?" उनकी बड़ी-बड़ी चमकती हुई आंखें। शर्मीली आंखें, हंसी और सहज विश्वास। मानो एक बच्चा अपने से बड़े की उंगली पकड़कर चलना चाहता है, मार्ग निर्देशन चाहता है।

बड़े बाबू के स्वर्गवास के बाद वह कितनी अकेली हो गई हैं। पढ़ी-लिखी भी नहीं कि, किताबों में मन लगाएं। घर से बाहर उसकी कोई दुनिया नहीं, उसकी अपनी संतान नहीं, देवर के बच्चों को हृदय से लगाकर बड़ा करना ही मानो उसका जीवन उद्देश्य है। यही उसकी आंतरिक कामना है।

× × × ×

छोटे बाबू दिन पर दिन और अधिक कलकत्ता रहने लगे हैं। कलकत्ते में उनकी ऐयाशी·····फिरपो और ग्रेट ईस्टर्न के कैबरे। शनिवार की रेस, पार्क स्ट्रीट का गेस्ट हाउस और छोटी बहूजी·····? उनको तो मानो किसी बात का होश नहीं। वे गहने कपड़े में खुश हैं। जब भी कलकत्ता जाती हैं, बक्सा भर-भर सामान ले आती हैं।

मैंने बड़ी बहूजी से पूछा—कैसी हैं?

एक सलज्ज मुस्कान थी। कृतज्ञता भरी आंखों से मानो उसने कहा—

"आप इतने दिनों कहां थे सुराणाजी?"

मैं चाह कर भी कुछ नहीं कह सका। यह नहीं कह सका कि, दिन में पचास बार बड़ी कोठी की ओर आंख उठ जाती है। यह नहीं कह सका कि मोहन बाबू को घुमाने के बहाने नीचे ड्राइंगरूम तक गया था। मैंने खुद को बरजते हुए कहा—"नहीं वह मेरी मालकिन हैं, मर्यादा में रहो।"

वह फिर कह रही थीं—"सुराणाजी मुझे बुखार हो गया था। मैं तो आपकी बाट जोहती रही कि, डाक्टर लेकर आओगे।"

"लेकिन·····लेकिन बड़ी बहूजी मुझसे तो आपके बुखार के बारे में किसी ने कुछ कहा नहीं।"

"कहता कौन? कहने वाला तो चला गया।" और उसकी वे भींगी पलकें।

"मेरी गलती हुई, मुझे माफ कीजिएगा। मुझे नहीं पता था कि, आप बीमार हैं।"

"सांवर बाबू का हाल तो आप जानते ही हैं। मोहन की मां·····! खैर छोड़िए, बड़े बाबू

तो हम लोगों को आपको संभलाकर गए हैं ना? सुराणाजी नमक का करज मत भूलिएगा।''

आह! वह यह सब क्यों कह रही हैं? और वह भी इतना खुलकर। लगता है कहीं गहरी चोट लगी है। लेकिन किससे? उसको किसने दुखी किया?

''मेरी गलती हुई। हुकुमसा माफी चाहता हूं। कोलियारी के काम में व्यस्त था।''

''बीच-बीच में बड़ी कोठी आ जाया करिए। बुलावे की बाट मत जोहिएगा।''

मैं कुछ नहीं कह सका। नहीं कह सका कि, मैं बिना इजाजत के बड़ी कोठी नहीं जा सकता कि, छोटे बाबू के साथ मेरा भाई का रिश्ता नहीं, मालिक और नौकर का रिश्ता है। उस दिन उन्होंने इतनी बड़ी रकम तिजोरी से निकलवाई और बिना कुछ हिसाब लिखवाए कलकत्ता चले गए। मैंने बस इतना ही कहा, ''बाबू यह रकम किस खाते में लिखूं?''

''जहां मन आए। और सुराणाजी मुझे ज्यादा टोका-टाकी पसंद नहीं।''

निगाहें नीची करते हुए बहूजी से मैंने फिर पूछा—''हुकुमसा! अब तो आपकी तबीयत ठीक है ना।''

''मेरी क्या ठीक और क्या बेठीक?'' और वह चली गई थीं। नीची निगाह किए। मैं उनकी गुलाबी एड़ियों को देखता रहा। सफेद साड़ी में लिपटी हुई काया। कितनी उमर होगी? तीस-बत्तीस से अधिक नहीं। और बड़े बाबू की नसीहतें, सीख-पन्नालाल, तुम अपनी बहूजी का ख्याल रखना। मैं इसको तुम्हारे हाथ में सौंपकर जा रहा हूं। कोई इसका हक न दबा ले।

मैंने पूछा—''लेकिन बाबू, आपके इस अविश्वास का कारण?''

''मैं भविष्य देख रहा हूं पन्नालाल, कल क्या होगा मैं जानता हूं और यों भी लिछमी सात पीढ़ी तो धर्म राज युधिष्ठिर की नहीं टिकी। कृष्ण की द्वारिका में नहीं टिकी। तब हमारी तो बिसात ही क्या?''

× × × ×

यह हमारी नियति है, हमारी गति। कभी तेज तो कभी धीमी। लेकिन नियति का दिशा—निर्देश एक ही होता है। पिछले सात वर्षों में लगता था मानो जिंदगी कितनी तेज रफ्तार से दौड़ रही है। औन इन दिनों, पिछले एक साल में, बाबू के बिना इंच-इंच कर सरकती हुई जिंदगी है। दुख की निशानी है समय का बोध गहरा होना, गति का धीमा होना। बीवी-बच्चों से मिले लंबा समय गुजर गया है। बीच में वह आई थी। महीने भर रहकर वापस जाना पड़ा। मां को बंगाल का पानी रास नहीं आया, हाजमा ठीक नहीं रहता था।

एक सीमा है जिसको मैं तोड़ना चाहता हूं, एक सीमा है, जिसके भीतर वह बंधी रहना चाहती है।

× × × ×

आज बड़े बाबू का श्राद्ध है। ब्राह्मणों को भोजन करवाया गया। धोती गमछा और सवा रुपया दक्षिणा दिया गया। अन्नदान, वस्त्रदान, गोदान सब कुछ किया गया। चुरू में धर्मादे का

रुपया भेजा गया। लेकिन ये कोलियारी के मजदूर? मैंने छोटे बाबू से कहा—"बाबू कुछ तो इनके लिए भी सोचना चाहिए। छोटे बाबू ने कहा—

"सुराणाजी आप क्या बात कर रहे हैं? खजाना लुटाएंगे क्या?"

"लेकिन बड़े बाबू के नाम से एक अस्पताल जरूर बनना चाहिए।"

"अपने रिलीफ सोसाइटी में चंदा भेज देंगे।"

"बाबू रुपया तो अपन लोगों ने यहीं कमाया है। अत: मेरी समझ में तो अस्पताल का निर्माण तो इसी अंचल में होना चाहिए।" आज पहली बार मेरे स्वर की दृढ़ता से छोटे बाबू चौंक गए थे। उन्होंने बस इतना ही कहा--"जैसी आपकी मर्जी।"

× × × ×

एक सपना था जो मैंने बड़े बाबू के साथ देखा था। कोलियारी बेल्ट का, फिर स्टील मिल का। हम लोगों ने यहां एक नगर बसाने की सोची थी, यहां इसी अंचल में। बड़े बाबू का तर्क था, सुराणाजी अपने जब तक स्वयं को प्रवासी मानते रहेंगे और यहां की जमीन से नहीं जुड़ेंगे तब तक कुछ नहीं कर सकते। उन्नति नहीं होगी। व्यापार की जड़, आम आदमी में उसकी साख में है।"

बड़ी बहूजी तीरथ पर जाएंगी। केदारनाथ, बद्रीनाथ की दुर्गम यात्रा। छोटे बाबू और बहूजी साथ जाने वाले थे। लेकिन छोटे बाबू का मन नहीं। कलकत्ता ज्यादा अच्छा लगता है। और घर के अन्य सदस्य? मोहन छोटा है वह तो साथ नहीं जा सकता।

"सुराणाजी आप चले जाइए, मेरे और आपमें क्या फर्क है? साथ नौकर, दाई और ठाकुर तो रहेंगे ही।" छोटे बाबू का आदेश था।

× × × ×

एक लंबी यात्रा के बाद काशी, वृंदावन होते हुए हम लोग दिल्ली रुके फिर देहरादून होकर हरिद्वार आ गए हैं। बिना कहे तिजूरी की चाभी मैं ले आया हूं। घर से चलते वक्त छोटे बाबू ने पूछा—"सुराणाजी तिजूरी की चाभी?"

"बाबू, बड़ी वाली गोदरेज की आलमारी के कोने में रखी हुई है।"

"ठीक से है ना?"

"जी बिल्कुल ठीक। सारे कागज-पत्तर भी एक जगह ही रखे हैं। मैंने झूठ कहा। मगर क्यों? मुझे उनकी नियत में खोट नजर आता है।

आगे की यह दुर्गम यात्रा। हम लोगों के साथ और भी कई मारवाड़ी परिवार हैं। लेकिन मेरा मन पीछे लौट रहा है। बड़े बाबू का दर्द शायद केवल मैं जानता था। और बड़े बाबू का मुझसे यह कहना—

"नहीं मैं इतनी जल्दी इस दुनिया से नहीं जाना चाहता। अभी हमने चार पैसे कमाए हैं, इन बच्चों का क्या होगा? और मेरी पत्नी का? यह हमारा पुरातन पंथी समाज बड़ा निर्मम है,

विधवा का धन हड़प जाएगा।

"बाबू आप ऐसा क्यों बोल रहे हैं?"

"तुम जानते नहीं? क्या तुम अनजान हो? सांवर कलकत्ते में क्या करता है, कैसे बिगड़ता जा रहा है इसकी तुम्हें खबर नहीं?" दर्द से वे हांफने लगे थे। "पन्नालाल मैं तो और महीने दो महीने का मेहमान हूं।"

"बाबू····!" मेरी आंखें बरस रही थीं।

"भावुक मत बनो। बैरिस्टर राय से सारे कागज बदली करवाओ। सब चीजों में आधी पाती तुम्हारी बड़ी बहूजी की है। और तुम हमेशा ख्याल रखना कोई इसे भुला-फुसलाकर सही नहीं करवा ले।"

और उन्होंने बड़ी बहूजी को बुलाया था। मेरे सामने ही कहा था—पद्मावती, कभी हाथ पकड़ना हो, सहारा लेना हो तो सुराणाजी का लेना। इनके परिवार को अपना समझना।"

"बाबू यह क्या बोल रहे हैं? मैं चौंक उठा था। वह खामोश खड़ी थीं। आंखों से झरती हुई अविरल अश्रुधारा।

"पन्नालाल मैं ठीक हो जाऊंगा ना····" बाबू का स्वर रो रहा था।

"सुराणाजी बाबू ठीक हो जाएंगे ना।" बहूजी पूछ रही थीं।

× × × ×

आह! इस सरल विश्वास का क्या करूं? इसकी उमर कम है। बत्तीस की उमर कोई उमर नहीं होती। किसके सहारे जिंदगी काटेगी?

पहाड़ी पगडंडियों पर चलते हुए यात्रा के दौरान मैं यदि उससे पूछता हूं कि, आप थक तो नहीं गईं, वह हंस कर यह कहती हैं—

"आपको मैं इतनी कमजोर लगी क्या?"

लक्ष्मण झूला से आगे मोटर नहीं जाएगी। दुर्गम यात्रा, घोड़े पर या पैदल। घोड़े की सवारी ठीक रहेगी। रास्ते में बहूजी ने पूछवाया—आज आपने खाना नहीं खाया? रोटी कम क्यों खाई? तबीयत ठीक नहीं?"

× × × ×

सुबह जल्दी आंख खुली और खिड़की पर आकर नीचे बहती गंगा को देखने लगा। इस ठिठुरती हुई ठंड में वह गंगा नहा रही थीं। सफेद साड़ी में लिपटी हुई काया से भाप निकल रही थी। ठंड के कारण दांत किटकिटा रहे थे, मगर फिर भी भींगे कपड़ों में, जाड़े की इस ठिठुरन में उसका सूरज को अर्घ्य देना, सुबह पांच बजे से यह जो कर्मकांड शुरू हुआ है वह दोपहर ग्यारह बजे तक चलेगा। मुस्कराते हुए सब कुछ सहना और अपने को यह विश्वास दिलाते रहना कि, चलो पुण्य कमाया। किन्तु जिस अनुशासन में वह स्वयं को बांधना चाह रही हैं क्या वह रह जाएगी? लेकिन किसी और तरह की जिंदगी जीने का न उसे कोई

एहसास है और न ही हमारे समाज में इसकी कोई सुविधा है।

दोपहर को मैंने कहा, "बहूजी आप इतनी सुबह-सुबह जाड़े में स्नान मत कीजिए, कहीं निमोनिया हो गया तो?"

"लेकिन यह तो जरूरी है सुराणाजी। नेम-नियम तो रखना चाहिए।"

"शरीर को तो मत तोड़िए।"

"मेरा क्या तो जीना और क्या शरीर? मर-मुरा जाऊं तो अच्छा है।"

"यह क्या बोल रही हैं बहूजी। अपने लिए आप नहीं जीना चाहतीं लेकिन किसी और के लिए, वहां घर में बच्चों को आपकी जरूरत है।"

उसने कुछ कहा नहीं बस एक बार मेरी ओर देखा। क्या था उन आंखों में? आंखों की उस गहराई में उतरकर क्या कोई पुरुष कभी किसी नारी के अंतरमन की थाह ले पाया है?

लेकिन दूसरे दिन वह सूरज निकलने पर नहाने लगीं।

× × × ×

जब वह पूजा करती हैं तब उनकी सीधी पीठ उनकी लंबी बरोनियों के नीचे भारी पलकों की छाया, शांत गुलाबी गालों पर, उठती-गिरती सांसों के साथ उनके होंठ कुछ-कुछ खुले रहते, होंठों के कोने पर हंसी फिर थोड़ी डरी-डरी सी, छलकने को आतुर, कुछ मांगती हुई सी। वह भगवान से क्या मांगती हैं? आखिर क्यों? मैं इसके आगे नहीं सोच पा रहा।

मैं जंगल में चल रहा था, अपने ही पैरों की आवाज सुनते हुए। इस सन्नाटे में दूर-दूर तक कहीं कोई नहीं। लेकिन मन के अंदर तूफान उठ खड़ा हुआ है। मैं उनके बारे में सोचना नहीं चाहता, किसी भी कीमत पर, चाहे कुछ भी हो, मुझे इन ख्यालों से दूर रहना होगा। अपनी चाहना से मैं कहीं उनका अनिष्ट न कर बैठूं। मैं बस स्वयं को इतना भर ही समझ पा रहा हूं। मेरे सधे हुए कदम एक अकेली पगडंडी पर मुड़ गए हैं। मेरे पैरों से उठती हुई आवाज, हृदय की धड़कन के साथ मिलकर कनपट्टियों की नसें उभर आई हैं।

लेकिन इतनी छोटी-सी बात के लिए इतनी भारी चेष्टा और उत्ताल उन्मत्त अलकनंदा की तरह यह मन किसी भी आशा के बंधन को मानने से इंकार करता हुआ। पतझड़ की सांय-सांय करती हुई हवा, सूखे पत्तों के सुराख के बीच हलचल मचाती हुई। एक उसी का ख्याल आखिर क्यों इतनी तेजी से मुझे घेरता जा रहा है। पिछले दस साल की उस जिंदगी को जैसा जितना भी मैंने देखा है बस वही-वही चेहरा। बाकी कुछ सोचना चाहकर भी मैं सोच नहीं पा रहा।

जंगल में मैं चलता जा रहा था। घंटों। सधे हुए कदमों से, कभी जल्दी, कभी रुक-रुक कर, उस समय जब तक पोर-पोर में थकान नहीं उतर आती। नीला साफ चमकता हुआ आकाश, उतरती हुई शाम के साथ संवलाने लगा।

धर्मशाला लौटने पर कमरे की देहरी पर वह खड़ी हुई थीं। उनका सफेद आंचल तुरंत वापस लौट गया, वह कह रही थीं—

''ठाकराजी, सुराणाजी से पूछो इतनी देरी कैसे हुई?'' कहो बहूजी चिंता कर रही थीं।''

अचानक हम लोगों के बीच, अनचाहे एक गहरी आत्मीयता उभर आई। और इसे मैं क्या कहूं? एक बड़ा कोमल एहसास? नहीं इससे अधिक····इससे अधिक कुछ सोचने की मेरी हिम्मत नहीं। मर्यादा का उल्लंघन नहीं किया जा सकता। मगर कैसी मर्यादा? क्या एहसासों और ख्यालों को आप मर्यादा के ढांचे में बंद कर सकते हैं?''

मैं अपने मन में बार-बार और कई बार एक ही बात दोहरा रहा हूं—प्रेम जैसे शब्द की व्यर्थता समझते हुए भी। लेकिन क्या यह सच नहीं कि वह मुझे पसंद करती हैं, मुझ पर गहरा विश्वास करती हैं। मेरा सहारा चाहती हैं·····लेकिन इसका अर्थ प्यार तो नहीं? क्या उसको बहलाना-फुसलाना उचित है? मैं अपनी इस भावना पर स्वयं लज्जित हूं।

और मैंने कहा—''बस यों ही देर हो गई।''

उसने कुछ नहीं कहा बस देखती रही थी·····मुझे उससे और कुछ जानना बाकी नहीं था। वह क्या कहना चाहती है इसको मैं जानता था। मैं हमेशा से जानता था·····मैंने जब पहले-पहल उसको देखा तब से·····क्या वह भी मेरे लिए करवट बदल रही है? इस आवेग को कौन सी वृत्ति कहूं? नहीं यह मेरी पशु-वृति नहीं, वासना नहीं, मेरा यह प्यार, इसकी यह चाहत, इसकी अपनी कोई परंपरा नहीं। यह तो बस एक सहज स्वत: स्फूर्त चाहत है, प्यार है।

रात को मुझे उत्तर मिल गया। मैं समझ गया हूं कि, वह जगी हुई है। मेरे बारे में सोच रही है। चाहती है। वह भी मुझे चाहती है·····नहीं वह सोई नहीं·····वह जगी हुई है·····

× × × ×

सुबह मैंने उसको देखा पूजा से उठ चुकी थी·····आंगन में खड़ी-खड़ी नौकर से बात कर रही थी·····माथे का सरका हुआ पल्ला·····उसकी खुली हुई धृष्ट आंखें मानो कहती हुई····· बिना किसी कारण के मुझे तुम्हारी प्रशंसा नहीं चाहिए। प्यार, प्यार है। इसका प्रत्येक विश्लेषण व्यर्थ है। चाहे वह किसी भी स्तर का क्यों न हो। तुम प्यार करते हो, मैं भी तुमसे प्यार करती हूं·····भावनात्मक रूप में·····अपने अंतरमन से, भीतरी समझ के साथ। मानती हूं प्यार अंधा होता है।

मैं कुछ नहीं देख पा रहा था, मेरी आंखों के सामने बस केवल तुम हो पद्मावती, केवल तुम । पिछले दो वर्षों से दिन-रात, हर वक्त, मैंने बस केवल तुम्हारे बारे में सोचा है। उस क्षण के बारे में सोचा है। जब पहले-पहल देखा था।

हां पद्मावती, जो कुछ कभी भीतर घुमड़कर रह गए थे, उनको शब्दों में आकृत करता। उस उमड़ती हुई आग को नदी के तटों में बांधे रखता·····और वह भी इतने लंबे समय तक, यह कैसी साधना थी? विधि की कौन सी परीक्षा? और विस्फोट का यह क्षण जब हजार किरचों में टूटता हुआ मन केवल परछाईं मात्र बनकर रह गया है। तुम्हारी आवाज, केवल तुम्हें बस तुम्हें चाहता हुआ। क्षणों का हर पहलू जीवन का प्रत्येक टुकड़ा शीशा-सा चमकता है·····और उसमें तुम्हारी प्रतिछाया है।

जब पहले-पहल तुम्हें देखा था। तुम्हारा गोरा चंपई रंग, तुम्हारे सुंदर नाक-नक्श और बड़ी-बड़ी आंखें, घनी उठती हुई, उठकर ठहरती हुई और फिर लज्जावश वापस झुकती हुई। हां, आज मैं इन शब्दों को लिख पा रहा हूं जिन्हें मैंने कभी अपने अचेतन से भी भूल से भी जगह नहीं दी थी। शब्दों को महसूस किया था मगर सपने में भी उनका उच्चारण नहीं किया था और अब यों औचक इतना बड़ा विस्फोट, तुमसे औचक ही यह कह बैठना कि, मुझे और कुछ नहीं बस तुम्हारी जरूरत है······मेरे लिए और किसी बात का नहीं बस तुम्हारा महत्व है······कि, बड़े बाबू के जाने के बाद तुम्हारे और मेरे बीच जितनी बातें होती रहीं, घर-परिवार की, बच्चों की, छोटे बाबू की, मेरा ध्यान कहीं नहीं था बस तुम्हारे ऊपर था······ आह! मैं इस वक्त कितना लज्जित हूं······अपनी ही कामनाओं से, नहीं यह मेरी वासना नहीं, कोरी भावुकता नहीं, संवेदना और लगाव कभी गलत नहीं हुआ करते पद्मावती लेकिन इसके बाद भी मैं जानता हूं कि मैं कहीं गलत हूं······क्योंकि तुम मेरी मालकिन हो, बड़े बाबू की पत्नी हो। तुमने मुझ पर विश्वास किया था करती हो। नहीं······?

× × × ×

तुमने तो यही चाहा था कि, मैं वैसे ही तुम्हारी देखभाल करता रहूं जैसे बड़े बाबू करते थे······तुम इसी तरह घर की साम्राज्ञी बनी रहो जैसे पहले थी। मैं क्या कहूं पद्मावती? नहीं मैं किसी से कुछ नहीं पूछना चाहता, सही गलत का सवाल नहीं। बात तो यह है कि, तुम्हारा ख्याल आते ही, तुम्हारा सामना होते ही मैं बेबस हो जाता हूं। तुम मेरा अकेला सपना हो पद्मावती मेरी पहली और आखिरी चाहत, विश्वास और जीने की योजना, लेकिन यह कैसा अंतर्द्वंद्व······भीतर का यह घोरतम युद्ध और हर पल अपने महत्व का, अपनी ओछी कामनाओं के सामने हारते चले जाने की मजबूरी। कामनाओं के सामने झुकना नहीं, झुकने से मैं नहीं घबराता, मगर यों दलदल में घसीटे जाने का एहसास, खाई में पड़ी घायल भैंस की गति······ और स्वयं को धिक्कारता हुआ भी अपने को रोक नहीं पा रहा। मैंने वर्षों तुम्हारे बारे में सोचा है। बहुत-बहुत देर, बिना किसी राहत के मैंने और कुछ भी नहीं चाहा एक तुम्हारे सिवाय, किसी के बारे में कुछ भी सोचने में मैं असमर्थ था। मेरी पूरी दुनिया तो तुम्हारे ही इर्द-गिर्द घूम रही थी, मुझे पता नहीं था कि, किसी को चाहना कितना कष्टकर है, आवेग कैसे अंग-प्रत्यंग को शिथिल कर देते हैं। क्या तुम समझ पाओगी? पद्मावती? कि दिन-रात हर पल किसी के बारे में सोचना उसकी चाहत से घिरे रहना कैसा लगता है? मैं कह पाऊंगा? उस पीड़ा को समझ पाऊंगा जब रातों मैं जागता रहा था······जब पहले-पहल तुमने कहा था—सुराणाजी कहीं कुछ मुझसे गलत हो गया है······मैं······मैं दिन-रात आपके बारे में सोचती रहती हूं। ऐसा नहीं सोचना चाहिए ना? और प्रश्न करती हुई तुम? मैं तुम्हें क्या समझाता? क्या तुम मेरी भाषा मेरे शब्दों को समझ भी पाती। और मैं तुम्हें किस पथ पर ले जा रहा हूं······आह! पद्मावती, मैं अपनी ही कामना के सामने निरस्त्र हूं, चाहत के सामने परास्त हूं, इच्छा के सामने वशीभूत हूं और तुम्हें ऐसे पथ पर ले जाना चाहता हूं जहां कभी भूले भटके तुमने कदम रखने का नहीं सोचा होगा।

पाप और पुण्य मैं नहीं जानता। सही और गलत का अब कोई एहसास मेरे पास नहीं बचा है। मैं बस इतना भर चाहता हूं कि, तुम्हें······काश! तुम्हें पा सकता, तो मैं जी जाता, खुश हो जाता। मुझे लगता कि मैंने सारी दुनिया को जीत लिया है। तुम जो मेरी शक्ति हो, तुम्हीं बताओ पद्मावती, क्या मैं स्वयं को इस शक्ति से दूर रखूं?

× × × ×

और आज सुबह तुम मुझसे पूछ रही थी······सुराणाजी आपकी तबीयत ठीक है ना, आपको रात को नींद आई? आंखें लाल क्यों हो रही हैं? मैं क्या कहता? कह नहीं पाया, पुरुष हूं ना इसलिए कह नहीं पाया कि, मैं सारी रात रोता रहा था। सारी रात मेरी आंखों के सामने तुम्हारा अतीत था। ऐसा अतीत जो भरा-पूरा था, फूल की तरह खिला हुआ था और आज मेरे सामने तुम्हारा वर्तमान है, बिल्कुल खाली इतना खाली कि, किसी भी टहनी पर कहीं कोई पत्ता नजर नहीं आता। लेकिन मैं कुछ नहीं कह पाया, मैंने बस इतना ही कहा कि, बहूजी अपन कल चलें तो ठीक है आज भर यहां विश्राम कर लेते हैं। हमारे साथ के यात्री आगे बढ़ गए थे। हम पीछे रह गए थे।

उस दिन गुप्त काशी में आग तापती हुई तुम तुम्हारी हथेलियों से सुलगती हुई आंच तुम्हारे चेहरे को छूती हुई घनी बरौनियों के बीच ठहर गई थी। क्या तुम्हें पता है कि, उस समय मैं क्या सोच रहा था······तुम जो नित नये कसूमल रंग पहना करती थी। लाल, पीला, हरा, केशरिया, गुलाबी वह आज केवल सफेद साड़ी की पहचान बनकर रह गई है। तुम्हारी सुडौल कलाइयों में बस चार-चार मीने की चूड़ियां। किसने यह वेष तुम्हारा बनाया?

तुमने बस क्षण-भर को मेरी ओर देखा था······आस-पास का तमाम खालीपन उभर आया था, जिसको अलकनंदा का शोर भी नहीं भर पा रहा था।

मैं बातें कर रहा था। तुम ड्राइवर को, नौकर को, मिसरानीजी को आदेश दे रही थी और शाम को उस झुटपुटे में मैं निश्चल तुम्हारी ओर देख रहा था। मैंने सोचा—तुम्हारा चेहरा, अलाव की आंच के साथ कैसा दहक रहा है। तुम्हारी आवाज, तुम्हारा उद्देश्य सब कुछ एकोन्मुखी अग्नि की तरह······सारा वृत्तचित्र सीधी सपाट रेखाओं में सिमटता हुआ रंग विहीन नक्शे······वैधव्य एक बेरहम ब्रह्मचर्य है।

दिन शुरू हुआ, मगर खबर अच्छी नहीं थी। रात तूफान और बारिश। गुप्त काशी से आगे चट्टानें टूट-टूटकर बिखर गई थीं, आगे के रास्ते को बांहों में जकड़े हुई थीं, ऊपर चढ़ाई पर जाने वाले लोगों से कह रही थीं नहीं वहां नहीं ऊपर नहीं जाओ। कब तक रास्ता खुलेगा पता नहीं······इन चूने के शिलाओं का कोई भरोसा नहीं और कोई एक जगह गिरी नहीं······रास्ते में रुकावटें कई जगह हैं······जोशी मठ से लोग आ नहीं पा रहे हैं······रशद और भोजन का सामान पहुंचाया जा रहा है······कोई कह रहा था कि इस भयंकर तूफान ने घाटी को झकझोर कर रख दिया। लेकिन अब क्या किया जाए?

मिलिट्री वालों से मैंने पूछा भी······कितना समय लगेगा? उत्तर था—क्या मालूम? और पहाड़ अब भी भींगे हुए हैं······कहीं कोई बड़ी चट्टान धसक गई तो गजब हो जाएगा।

अलकनंदा को भला कौन रोक सकता है? वह भला किसकी सुनने वाली है, दाहिने-बाएं चाहे जिधर से·····नदी की तेज गति, स्त्री का चरित्र और पुरुष के भाग्य के बारे में देवता भी नहीं जानते फिर आपकी मेरी क्या बिसात? मेरा भाग्य अनजाने ही उसकी रहस्यमयता के साथ जुड़ गया था।

''दो दिन और लगेंगे?''

''असंभव सुराणाजी, मैं यहां नहीं रह सकती, मेरा तो जी घुट रहा है।''

''लेकिन विधि की लीला पर किसका वश चले।''

''मेरी समझ में तो अपने को वापस लौट जाना चाहिए।''

''बिना भगवान बद्रीनाथ के दर्शन के·····?''

''भगवान तो सब जगह हैं।''

''लेकिन फिर भी स्थान का महत्व तो है।''

''ठीक है, आपकी मर्जी।'' वह खामोश थी।

''मगर आपने·····'' और मैंने कुछ नहीं कहा था।

शाम को जब वह मेरे कमरे में आई तो मैंने सोचा उससे कुछ कह दूं कि, आप अकेले यों मत आया करें। लेकिन मैं यह भी जानता हूं, कि यदि वह लौट जाती तो मैं उसकी राह रोक खड़ा हो जाता।

× × × ×

आज मैंने उससे कह दिया, अंततः अपने मन की सारी बात कह दी। उसने कुछ नहीं कहा। वह खामोश सर झुकाए दीवार का सहारा लिए खड़ी थी। ऊपर की ओर मेरी ओर धीरे-धीरे उठती बोझिल पलकें, गहरी आंखों का धीरे से यों कहना—''मैं जानती हूं। बहुत पहले से जानती हूं।''

''लेकिन यह सब कब और कैसे शुरू हुआ?''

''मालूम नहीं।'' वह कह रही थी।

''क्यों?'' मैं पूछ रहा था। फिर मानो मैं अपने-आप से कहने लगा—उस दिन जब मैंने पहले-पहल आपको·····''

बीच में ही उसने मुझे टोकते हुए पूछा—''सुराणाजी मुझे अनाथ समझ आप मुझ पर तो दया नहीं कर रहे?''

''यह क्या कह रही हैं आप?'' और उसको मैंने अपने में समेट लिया था, पागलों की तरह, आह! पुरुष कितना लाचार होता है।

''सुराणाजी आप मुझे इतना प्यार नहीं दीजिए कि, मैं बड़ा बाबू को भूल जाऊं।''

''मेरा अपने पर वश नहीं, मैं सोच-समझकर कुछ नहीं कर रहा।

''अच्छा अभी मैं जाती हूं।'' और वह चली गई थी।

मैं उससे फिर कब मिलूंगा? क्या अभी उसके साथ खिलखिलाकर हंस सकता हूं? क्या वह फिर कभी हंसेगी? पहले कितना हंसती रहती थी।

शाम तक मैं कुछ कहूं इससे पहले उसने कहा—"सुराणाजी रास्ता नहीं खुलेगा, अपन वापस लौट चलते हैं।"

"लेकिन क्यों?"

"सुराणाजी यहां ज्यादा रहना ठीक नहीं, इतना सुख अच्छा नहीं।"

"तुम यह क्या कह रही हो?" आज पहली बार मैंने उसे तुम कहा। तुम का संबोधन कितना मीठा था।

"मैं आपसे दूर रहना चाहती हूं, दूर रहने की चेष्टा करती हूं। लेकिन रह नहीं पाती।" और उसकी आंखें छलछला आई थीं—"मेरे पास आपको देने के लिए कुछ नहीं है, मैं कभी आपकी नहीं हो सकती।"

× × × ×

विधवा विवाह! बंगाल में ईश्वरचंद्र विद्यासागर, राजा राममोहन राय और क्या खुद हमारे मारवाड़ी समाज में ऐसा नहीं हो रहा? लेकिन क्या इन नामों से पद्मावती परिचित भी है? और वहां राजस्थान में मेरा परिवार, मेरे बच्चे····! नहीं यह मजबूर नहीं मैं ही दयनीय हूं।

मैंने उससे कहा—क्या हम कहीं भाग चलें, दूर कहीं हम वापस नहीं लौटें। परिवार समझ लेगा कि, किसी पहाड़ से लुढ़ककर मर गए।"

वह मानो खुली आंखों से गहरी सांस ले रही थी। फिर उसने पूछा—"आपने क्या कहा सुराणाजी?"

"यही कि यदि अभी इस जंगल से कहीं और निकल जाएं, पीछे सब कुछ छोड़कर····"

"और मेरा परिवार? मेरे बच्चे?"

"वे तुम्हारे बच्चे तो नहीं।"

"हां मेरे हैं। देवरजी बिगड़ते जा रहे, देवरानी भोली ठहरी। सुराणाजी मेरा घर बिखर जाएगा। बच्चे रूल जाएंगे। बड़े बाबू की इज्जत मिट जाएगी।"

वह मेरे लिए नहीं सोच रही थी। वह अपने परिवार के बारे में चिंतित थी। और मेरा गरीब परिवार? मैं यदि नहीं रहूं तो वह तो भूखे दम तोड़ देगा। मैं रुपए भी भेज दूं, जमीन-जायदाद भी खरीद दूं तब भी। लेकिन फिर भी, एक कदम और बढ़कर उसकी आंखों में कुछ खोजते हुए मैंने पूछा—"क्या तुम मेरे बारे में, कुछ नहीं सोच सकती?" मेरी आवाज में छुपी आशा और प्रत्याशा। मेरी आंखों में उभरते हुए रेशमी डोरे····और मेरा हाथ पकड़कर धीरे से उसका कहना, "अच्छा आप जो बोलेंगे मैं वही करूंगी। क्योंकि मैं आपसे प्यार करती हूं।" और तुरंत घबराकर पूछ बैठना—"सुराणाजी मैं विधवा हूं। किसी पराए पुरुष का ख्याल भी गलत है। है ना····"

खामोश होकर उसने मेरी ओर देखा····उसकी दृष्टि में जलते हुए रेशमी डोरे थे। सर को धीरे-धीरे हिलाते हुए उसने कहा—"ऐसा नहीं कि, मैं कहीं बहुत-बहुत गलत हूं, गलत हो चुकी हूं। लेकिन क्या करूं सुराणाजी मेरा अपने पर वश नहीं रहा।"

"मैं तुम्हारी निराशा समझता हूं, अपने आपसे तुम्हारा यह संघर्ष।

"मुझे बोल लेने दीजिए, अपनी बात कह लेने दीजिए, मैंने अपने बारे में, इन बच्चों के

बारे में सोचा, बहुत बार सोचा। लेकिन किसी निर्णय पर नहीं पहुंच सकी..... ओह क्या करूं? कैसे अपने मन को समझाऊं? मैं तो शांत थी सुराणाजी, अपनी गृहस्थी में, रमी हुई थी..... यह सब क्यों हो गया? किसलिए..... क्यों?''

''सुनो मेरी बात सुनो......'' मेरे स्वर की ठंडक, संवेदनाविहीन तेज चाकू से तीखे शब्द केवल तथ्य को काट-काटकर परोस रहे थे, ''मैं तुमसे सब कुछ कहना चाहता हूं पद्मावती, मेरी बात ध्यान से सुनो।''

''क्या?''

''हमने कोई अनोखा काम किया है क्या? कुछ ऐसा काम, जो अब तक किसी ने कभी नहीं किया? पद्मावती! इस समय जब मैं तुमसे बात कर रहा हूं..... जब तुम्हारे मन में अपने संबंध के प्रति इतनी ग्लानि है उस समय भी दुनिया में न जाने हजारों-लाखों स्त्री-पुरुष एक-दूसरे से जुड़े होंगे। आपस में प्यार कर रहे होंगे।''

''लेकिन मैं विधवा हूं ना!''

''क्या तुम पहली विधवा हो, जिसने किसी से प्यार किया है?''

''मगर समाज की दृष्टि? सुराणाजी समाज तो गंगाजल को नाले का पानी कहे बिना नहीं रहता।''

''पानी तो पानी है, पद्मावती..... वह चाहे नाले में बहे या गंगा में।''

''नहीं..... नहीं..... सुराणाजी, नाले में बहता हुआ पानी पवित्र नहीं।''

''पवित्रता, अपवित्रता सब कुछ हमारे द्वारा आरोपित हैं..... अपने-आप में तथ्य, तथ्य हैं..... जैसे तुम्हारा मेरा प्यार एक तथ्य है..... गलत और सही की उपाधि तो बाद में हमने इस पर चिपका दिया है।''

''मैं क्या उत्तर दूं? कैसे कहूं?''

''पद्मावती! तुम अभी कुछ मत कहो, कुछ भी नहीं..... समय है सारी जिंदगी पड़ी है। कहती रहना..... अच्छा यहां आओ एक बार.....''

''आह!'' वह भरी हुई डाल सी झुक आई थी..... मेंह बनकर प्यासे होंठों पर बरस रही थी..... मेरी बांहों में उसका पिघलना..... सब कुछ कितना मोहक..... ''क्या मैं इसे पाप कहूं?''

गलत? उस दिन के बाद से मैंने बार-बार अपने भीतर टटोला है। मुझे तो कहीं कुछ गलत नहीं लगता, हमारे इस संबंध से किसी को क्या हानि? हम किसी का क्या बिगाड़ रहे।

मेरी आंखों में निर्णय की स्थिरता देख वह चौंक उठी थी, कहने लगी थी—''सुराणाजी लोग क्या कहेंगे? परिवार मुझे अपनाएगा? मुझे छोड़ दीजिए सुराणाजी, भूल जाइए।''

''तुम्हारे इस व्यर्थ के आत्मदान से किसी को क्या फर्क पड़ेगा? लेकिन.....'' कहते-कहते रुक गया। कह नहीं पाया..... पद्मावती सिर्फ तुम्हें मेरी जरूरत है और मुझे तुम्हारी। लेकिन कह नहीं पाया। अपने ही उत्तर को मन ही मन तौलता रहा था। फिर मैंने कहा था—

''तुम कहो तो मैं चला जाता हूं..... लेकिन मेरे बिना तुम रह पाओगी?''

''नहीं, जाने को मत कहिए, आपके बिना कुछ नहीं संभलेगा, घर-बच्चे, मैं स्वार्थी हूं ना? बहुत..... बहुत.....''

''तुम सब कुछ ही ऐसे बनाए रखना चाहती हो? यही ना? ठीक है मैं रहूंगा.....

हमेशा·····हमेशा तुम्हारे पास।''

वह हल्की हो आई थी।

नहीं! अब मैं अपने को रोक नहीं सका। पागलों की तरह उसको चूमते हुए मैंने कहा, ''नहीं·····कुछ भी गलत नहीं। अपराध नहीं·····मैं एक लंबे अरसे से इस क्षण की प्रतीक्षा कर रहा था। क्या तुम भी?''

''हां मैं भी।'' और अपने को मुझसे अलग करते हुए उसने सरल विश्वास से कहा था—''मुझे आपका सहारा चाहिए।''

''क्या प्यार नहीं? मैं फिर पूछता हूं क्या हम शादी नहीं कर सकते?''

''सुराणाजी·····मैं यह सोच भी नहीं सकती।''

''क्यों पद्मावती?''

पद्मावती! उसका नाम भी लेना मुझे कैसी अबूझ सिहरन से भर जाता है। घूमते हुए हम लोग काफी दूर निकल आए थे।

''सुराणाजी आप समझदार होकर कैसी बातें कर रहे हो? देवरजी आपको जान से मार डालेंगे।''

''लेकिन तुम्हारी इच्छा?''

''मेरी इच्छा-अनिच्छा का सवाल कहां? सुराणाजी?

''हां पद्मावती!''

''मैं जो कहूंगी आप करोगे?''

''हां।''

''कुछ भी?''

''हां कुछ भी।''

''मैं बस एक चीज चाहती हूं, बिल्कुल गोपनीयता। आप प्रतिज्ञा कीजिए।''

''हां मैं प्रतिज्ञा करता हूं।''

''देखिए हम दोनों का परिवार है। हम इतना बड़ा जोखम कैसे उठा सकते हैं कि हमारी जान चली जाए।''

''जान चली जाएगी? पागल हुई हो? पन्नालाल सुराणा की जान चली जाएगी, मेरे रहते तुम पर कोई लांछन लगा देगा·····'' और मैं हंस पड़ा था। उसको अपनी ओर खींचते हुए जोरों से हंस पड़ा था।

''आप हंस रहे हैं?'' उसका आहत स्वर था।

''नहीं पद्मावती, मैं प्रण करता हूं यह एक रहस्य रहेगा, तुम्हारे और मेरे बीच।''

''अब मुझे जाने दीजिए।''

''पद्मावती थोड़ी देर और नहीं रुक सकती?''

''नहीं, दाई-नौकर क्या सोंचेगे कि, बहूजी इतनी देर कहां रह गईं?''

× × × ×

वह चली गई। मैं नहीं कह सका·····तुम सो जाओ, मेरे पास सो जाओ, सुबह जब आंख खुले तो मैं सबसे पहले तुमको देखूं। नहीं वह वहां नहीं थी। जंगल में हवा सीटी बजा रही

थी। और सांवला आकाश काला पड़ता जा रहा था। बारिश होगी, यही सोचकर मैं भी वापस अपने कमरे में लौट पड़ा। दूर उसका सफेद पल्लू नजर आया। कंधे पर से दुशाला सरक गया था। वह तेज चाल से चली जा रही थी। वह किससे दूर भाग रही है? मुझसे? या अपने आप से? मेरे चलते हुए कदम थम गए थे। उसके पैरों की प्रतिध्वनि सूने जंगल में गूंजती हुई कुछ कह रही थी।

अचानक बारिश की मोटी-मोटी बूंदें और दौड़ते हुए उसका घर के अंदर चले जाना। वह कितनी छोटी है।

उसका युवा शरीर और अपनी भूख पर मैं स्वयं लज्जित हूं। महाप्रस्थान की इस यात्रा में हम लोग सारा दूरत्व भूल गए हैं। कल पहली बार⋯⋯हम लोग दो अलग-अलग शिलाओं पर बैठे थे। नीचे हर-हर करती अलकनंदा बह रही थी। मैं अपने को रोक नहीं सका, कहे बिना नहीं रह सका, "पद्मावती इस यात्रा में एक महीना लग जाएगा। पीछे कोलियारी कौन संभाल रहा होगा? छोटे बाबू⋯⋯"

हां, सुराणाजी मुझे सब पता है। पढ़ी-लिखी नहीं हूं, लेकिन बाणिए की बेटी हूं। मेरी एक बात मानिएगा?" वह अनजाने में मेरे काफी पास सरक आई थी और घुटनों के बल मेरे पास बैठी हुई कह रही थी—"मैं फिर कहती हूं कि हम लोग वापस चलें। बीमारी का बहाना लगा देंगे। मुझे मेरी चिंता नहीं, लेकिन मेरे लिए सुराणाजी, मेरे लिए आपको जो तकलीफ⋯⋯"

मैंने धीरे से उसकी नरम हथेलियों को अपने हाथों में ले लिया और बस इतना ही कह पाया, "फिर ऐसा कभी नहीं कहना।"

घिरती हुई सांझ की बेला में दूर बैठे लोग छाया से नजर आ रहे थे। "आओ चलो।" मैं उससे पूछना चाह रहा था क्या हुआ रात को? छी, मैं अपनी भूख पर स्वयं लज्जित हूं।

× × × ×

हम लोग सकुशल रानीगंज लौट आए बिना तीरथ किए, बिना केदार, बद्रीनाथ के दर्शन के। लेकिन यह बात सब लोग नहीं जानते। धूमधाम से प्रसाद किया गया। दूर-दूर तक, कलकत्ते में भी प्रसाद वितरण हुआ। जीवन वापस अपनी धुरी पर घूमने लगा। बिना किसी बाह्य परिवर्तन के एक भीतरी विस्फोट को झेलना कितना कठिन है, मैं किससे कहूं अपने मन की बात?

दरवाजे पर हल्की दस्तक थी। "कौन?" भीतर आ जाओ।"

"मैं!" कहती हुई दरवाजा ठेलकर वह भीतर आ गई थी। मेरे सामने बड़ी बहूजी खड़ी थीं।

मुझे उठकर खड़ा होना चाहिए था। लेकिन मुझे होश नहीं था। अवाक् मैं बस उनको देख रहा था। फिर धीरे-धीरे उठते हुए मैंने पूछा—"आप यहां पर? मुझे बुला भेजा होता। आइए बैठिए।"

वह मेरे पलंग की पाटी पर बैठ गई। कमरे में हम दोनों अकेले थे। मंदिर में शाम की आरती चल रही थी। समझ गया। मंदिर जाते हुए कदम इस ओर मुड़ गए थे।

अचानक वह बहुत डर गई। अनिश्चितता की स्थिति में उसने कहा, ''मैं चलूं सुराणाजी! और यह कैसा कमरा? इतना कम सामान? खाली किताबें और किताबें! अब तो परिवार को बुला लीजिए।''

''जी हां बहूजी।'' लोगों के सामने बहूजी का संबोधन। ''हां, मर्यादा को ओढ़े रहना जरूरी है। आज ठंड काफी है और आपने दुशाला नहीं ओढ़ रखा?'' अपने को रोक नहीं सका और फिर तुरंत कह बैठा—''थोड़ी देर रुकिए ना!''

मैं स्वयं सामने रखी कुर्सी पर बैठ गया, चाहता था कि उसकी ओर यों सीधी निगाहों से नहीं देखूं, समझ रहा था कि उसको असुविधा हो रही है, लेकिन अपने-आप से नियंत्रण हटता जा रहा है। फिर भी किसी तरह संभलते हुए मैंने कहा—''आप थकी लग रही हैं और थोड़ी दुर्बल भी।''

''क्या करूं सुराणाजी? बाबू इतनी जल्दी चले जाएंगे पता नहीं था। मन को समझाती भी हूं कि ऐसे अनोखा मेरे जीवन में क्या घटा लेकिन क्या बताऊं····इतना अकेला लगता है इतना अकेला किसको समझूं? किसके सामने मन खोलूं?''

''हुकुम सा! आप जो कहें।''

''देवरजी कलकत्ता ज्यादा रहने लगे हैं।''

''जी बहू जी।''

''ठीक है चलूं।'' और वह उठकर चली गई थी। मेरा मन चीख-चीखकर कह रहा था—तुम यहां से उठकर अभी नहीं जाओ। रहो, कुछ देर और रहो। तुम्हारी पीड़ा मैं बांटना चाहता हूं। लेकिन चुप था। यहां इतने लोगों में मर्यादा का उल्लंघन नहीं करना चाहता था। मेरा मन मुझसे कह रहा था—नहीं पन्नालाल सुराणा तुम कायर हो। तुम्हारी यह दासवृत्ति।

× × × ×

आज मोहन बाबू के टीचर से बात करने के लिए बड़ी कोठी जाना पड़ा। वे नीचे हॉल में ही थीं। मुझे देखते ही उठ खड़ी हुईं—''आप आ गए सुराणाजी, अच्छा हुआ। टाबरी जरा भी पढ़ाई में मन नहीं लगाती। गीगो (मोहन) तों बिगड़कर बारह-बाट हो गया। ब्याह सगाई कैसे होगा और राजूड़ा तो क्या मजाल कुछ सुन ले या शांति से एक मिनट बैठ जाए।''

''बाई लोग ठीक पढ़ रही हैं ना?''

''छोरियों को क्या तो पढ़ना, क्या नहीं! रेवा चौदह वर्ष की तो होने को आई, सोलह वर्ष में मैं तो ब्याह कर दूंगी।''

वह जिस उत्साह से और उमंग से बात कर रही थी मुझे आश्चर्य हुआ। देवर के बच्चे····नहीं ये तो इसके हैं। वह फिर कह रही थी—

''गीगे को तो आप अपने नियंत्रण में रखिए सराणाजी। देवरजी बच्चों को क्या संभालेंगे?

उनका तो अपना जी नहीं संभलता।"

आज पहली बार वे इतना खुलकर बोल रही हैं। और वह भी छोटे बाबू के लिए। लेकिन छोटे बाबू का तो रंग-ढंग छुपा नहीं है। जब भी काम से कलकत्ता जाता हूं कोई न कोई नयी कहानी। सुबह नौ-नौ बजे सोकर उठना, घंटे भर भी तो आफिस में नहीं टिकते। काम हो तो कैसे हो? लंच के बाद, दोपहर की नींद। घंटे भर आफिस, फिर शाम की तैयारी। रात दो-दो बजे शराब के नशे में धुत्त घर लौटना। पहले गौहर जान का नशा आजकल ग्रेट इस्टर्न मिस रोजी। थैलियों की जरूरत बढ़ती जा रही है।

"बहूजी बच्चों को बोर्डिंग में भेज दें, तो अच्छा होगा। या फिर कलकत्ते में रखकर किसी अच्छे स्कूल में पढ़ाया जाए। वैसे मोहन बाबू तो आफिस जाने लायक हो गए। ये लोग कम से कम मैट्रिक तो पास कर लेते, चाहे प्राइवेट परीक्षा ही दे देते।"

"ठीक है। आप जैसा ठीक समझो। मोहन को कल से कोलियारी आप अपने साथ ले जाइए।

"हुकुम सा!"

विलासी छोटे बाबू और भविष्य?

मैंने फिर कहा—"बच्चों को देखे बहुत दिन हो गए थे, इसलिए चला आया था।" झूठ कितना मधुर होता है। वह भी तो कह सकती थी कि, दो दिन पहले ही तो आप बच्चों के गार्जियन मिस्टर ब्रूक से मिलने यहां आए थे। मैं भी नहीं कह सका कि मैं आया हूं, इसलिए आया हूं कि, मैंने सोचा शायद तुमको मेरी जरूरत है। इसके बदले मैंने कहा—"अच्छा चलूं! बच्चे शायद बगीचे में हैं।"

मैं उससे कहना चाहता हूं, चाहे वह समझे या नहीं, "मैं.....मैं उससे बेहद प्यार करने लगा हूं।"

× × × ×

उस दिन मैं स्वयं को रोक नहीं सका। वह मेरी बांहों में पिघलती रही थी, वह कह रही थी—"मुझे पता है आप क्या कहना चाहते हैं, लेकिन चुप रहिए मैं सब समझती हूं।"

और उस दिन वह चली गई थी।

लेकिन यह सब तो कल ही घटा था, हम लोग मिले थे, फिर आज? आज मैं क्यों बड़ी कोठी चला आया? मैं जल्दी-जल्दी सीढ़ियां चढ़ रहा था। लंबे-लंबे कदमों से बरामदा पार किया, मेरे हृदय की बढ़ती हुई धड़कन, माथे पर पसीना, कनपटी के पास से टपकता हुआ और मैं अचानक रुक गया। एकटक उसके कमरे के दरवाजे की ओर देखता हुआ। क्या दस्तक दूं? क्या भीतर जाने का अधिकार है? नहीं मैं चाहे उसे जितना भी प्यार करूं, लेकिन मैं अपने शरीर को उसके कमरे में उसके पलंग तक नहीं ले जा सकता। मेरी उंगलियां धीरे से मेरे अपने चेहरे को टटोलती हुई मेरे होंठों पर रुक जाती हैं। मुझे लगा मेरे होंठों को अब भी उसके अधखुले नरम भरे-भरे होंठों की याद आती है, उस एक अनुभव की, प्रेम के पहले

अनुभव की स्मृति बची है।

शायद मैं सर झुकाए बहुत देर तक खड़ा रहा था। क्योंकि उधर से बेचन आता हुआ दिखा, मुझे वहां चुपचाप खड़े देख वह भी चौंक गया—

''मैनेजर बाबू आप? का बात है? कहीं कोलियारी में कोई बलवा हो गया?''

''नहीं बेचन, बड़ी सेठानी से कुछ जरूरी बात करनी है।''

''हम अभी कहे देते हैं.....'' और ऊंचे गले से दरवाजे पर दस्तक देते हुए रामधन ने कहा—''सुरसतिया, अरी ऐ सुरसतिया! जरा बड़ी बहूजी से कहो मनेजर बाबू आए हैं।''

नौकरानी ने कमरे का दरवाजा खोला। सामने वह गद्दे पर बैठी थी। मुझे देखकर सर पर पल्ला खींचते हुए हड़बड़ाकर उठ खड़ी हुई—''आइए भीतर आइए सुराणाजी। क्या बात है?''

सुरसतिया धीरे से निकल गई।

''क्या बात है?'' उसने फिर पूछा और मैं खामोश खड़ा था। अपने इस असंयमित आचरण पर क्षुब्ध था। मेरा मन जो कुछ भी चाह रहा था उसके लिए मेरा विवेक मुझे धिक्कार रहा था। वह फिर कह रही थी—

''सुराणाजी क्या कोई बात हो गई, कोई बुरी खबर? सुनते हैं आजकल क्रांतिकारी के वेश में डकैत घूमते हैं, जरा सावधान रहिएगा। देवरजी तो मेरी बात नहीं सुनते।''

मेरी आंखें उसकी आंखों में गहरे डूबते-उतरते हुए पूछ रही थीं—क्या तुम बिल्कुल नहीं समझ पा रही हो कि मैं यहां क्यों आया हूं? मैं कहना चाहता था.....बहुत कुछ कहना चाहता था कि पद्मावती तुम्हें देखे बिन.....एक पल.....लेकिन नहीं। मैं केवल इतना भर कह सका—''ऐसे ही आ गया था। अच्छा चलूं।''

''सुराणाजी।''

मैंने पलटकर उसकी ओर देखा—''आपने प्रण किया था, याद है ना कि, हमारा प्रेम एक रहस्य ही रहेगा।''

''तुम बगीचे में क्यों नहीं आई?'' मेरा आहत स्वर और उसका उत्तर—''क्या एक दिन भी मुझे देखे बिना नहीं रह सकते? ऐसे जी उठा लोगे तो कैसे चलेगा? आज सबेरे ही तो नहीं आई थी।''

''लेकिन क्यों?''

अब वह संयत नहीं रह सकी—''ऐसे ही घर में कोई बात हो गई थी, मोहन की मां कहने लगी थी—''जिठाणीजी मैं जहर खाकर मर जाऊंगी। आपको अपने देवर के बारे में क्या कुछ भी पता नहीं?'' क्या होगा सुराणाजी? ऐसे कैसे घर चलेगा? आप जरा कड़े पड़िए।''

पास में राजू और मोहन कब आकर खड़े हो गए पता नहीं चला और उनके पीछे सर झुकाए छोटी बहूजी थी।

''हुकुम सा!''

''सुराणाजी राजा कमजोर हो तो मंत्री को लगाम टाननी पड़ती है। सुराणाजी यह घर तो आप ही बचा सकते हैं। बेटे-बेटी कैसे ब्याहे जाएंगे?''

"बहूजी आज आप इतना उद्विग्न क्यों हैं?"

"ओह! तो आपको कुछ नहीं पता? मालूम नहीं क्या कि, कलकत्ते में देवरजी ने उस वेश्या रांड के लिए मकान खरीदा है।"

"मैंने बहुत सहन किया, लेकिन अब नहीं कर सकती। जिठाणजी मैं ऊपर से कूदकर मर जाऊंगी। जहर खा लूंगी, लेकिन इतना अपमान? मुझ पर सारा गांव हंसता है।"

"ठीक है हुकुम सा, आप परेशान मत होइए। मैं कल ही कलकत्ते जाता हूं।" अपनी गाफलियत पर मैं सच में शर्मिन्दा हूं।"

× × × ×

कलकत्ते में मिस रोज को कौन नहीं जानता था। लेकिन यह १९६५ का साल है। कोलियारी दिन-दूना, रात चौगुना पैसा दे रही है। मगर छोटे बाबू का यों पैसा लुटाना। कुबेर का खजाना खाली हो जाए, हमारी तो बात ही क्या। ये नए सेठ मुजरा नहीं सुनते, ग्रेट इस्टर्न में डांसे करते हैं। कैबरे देखने जाते हैं। इस एंग्लो इंडियन औरत को मैंने पहले कभी नहीं देखा। आज पहली बार पार्क स्ट्रीट में उसके फ्लैट में गया। छोटे बाबू और उनकी मित्र मंडली, ड्राइंगरूम में शराब की बोतलें खोल रखी थीं। दो-एक और भी बैठी थीं। इस मित्रमंडली को पहचानता हूं। एक-एक सेठ को। काले धन के इस अपव्यय को भी समझता हूं।

मुझे देखते ही छोटे बाबू उठ खड़े हुए—"सुराणाजी आप! और यहां? इस समय?"

"छोटे बाबू घर चलिए, अभी इसी वक्त। छोटी बहूजी के माथे पर चोट आ गई है।"

"मरने दो साली को। मेरी भी जान छूटे।"

मेरी आंखों में चिनगारियां निकल रही थीं। जेब से माचिस की डिब्बी निकालकर उनको पकड़ाते हुए मैंने कहा—"यह लीजिए घर जलाने के काम में आएगा। घर फूंकने में कितनी देर लगती है। मैं तो देस जाता हूं। लुगाई-टाबरों को देखे हुए बरस हो गए।"

"मैं अभी आता हूं।" और उनको मेरे साथ नीचे उतरना पड़ा, उसी गाड़ी में उसी वक्त हम लोग कोलियारी के लिए रवाना हुए। छोटे बाबू सारे रास्ते एक ही बात कहते जा रहे थे—"मैं रोज के बिना नहीं रह सकता। सुराणाजी आप मेरे बीच में मत बोलिए।"

मैं खामोश था। एकदम चुप! अपने पर लज्जित था कि, बात इतनी दूर तक बढ़ गई है और इसका मुझे पता कैसे नहीं चला। और मेरा ही मन मुझे चाबुक मारते हुए कह रहा था—क्या इन दिनों तुम स्वयं भी होश में हो? तुमको जब बड़ी कोठी बुलाया गया तो तुमने क्या सोचा था? कि तुमको वह अपने कमरे में किसी और ही बात के लिए....और क्या हिसाब-किताब का पड़ता तैयार करते समय तुमको घाटे की बात समझ में नहीं आई थी....क्या तुम्हारे मन ने यह नहीं चाहा था कि अच्छा है छोटे बाबू यदि कलकत्ते में ही रहें, मौज-शौक में व्यस्त रहें।

पन्नालाल प्रेम और वासना में फर्क है। तुम उससे प्रेम करते हो ना? तब वह जो चाहती है वही करो।

× × × ×

दो-तीन दिन तक घर में बहुत विवाद हुआ। छोटे बाबू को मैं समझाता रहा। अंत में हम लोग एक ही निर्णय पर आए। शनिवार, रविवार वे कलकत्ते में मिस रोज के पास रहेंगे। वे गरज रहे थे—"हां उसी के पास और उसको खर्चा भी दूंगा, महीने में पचास हजार रुपया। बोलो मंजूर है?"

"ठीक है बाबू। आज तो शांत रहिए।" मैं समझा रहा था। लेकिन बड़ी बहूजी ने बीच ही में छोटे बाबू से कहा—

"देवरजी मेरी पांती अलग है। और मेरे रुपयों का हिसाब सुराणाजी के पास रहेगा। सुराणाजी सारा हिसाब अब से मेरे पास आ जाना चाहिए।" उसके स्वर की दृढ़ता से मैं चौंक गया। अच्छा भी लगा।

"भाभी तेरी इत्ती हिम्मत? तुम पांती मांग बैठी?"

"कोई घर फूंकने को तैयार हो जाए तो क्या किया जाए? कोई करज तो मांगने निकल नहीं सकते।"

"मैं एक पैसा नहीं देने का। सुराणाजी तिजूरी की चाभी मुझे दीजिए।"

"चाभी नहीं मिलेगी। आपके भाईजी, तिजूरी की चाभी सुराणाजी को संभालकर गए थे। मेरे स्टेट के सुराणाजी ट्रस्टी हैं।"

"भाभी तुम मेरे ऊपर बोल रही हो……!"

"बाबू आप यहां से अभी उठिए, अपन पीछे बात कर लेंगे।" मैंने बीच-बचाव किया।

खैर, छोटे बाबू का नशा उतर गया था। स्थिति समझ में आ गई। उनको मानना पड़ा कि, पचास हजार रुपए से अधिक उनको और कुछ नहीं मिलेगा, लेकिन मैं उनकी नजर का कांटा बन चुका हूं। मैं नहीं रहता तो उनका जो मन हो, वह कर सकते थे। दूसरे दिन छोटे बाबू ने ऐलान किया कि वे महीने भर के लिए शिमला घूमने जा रहे हैं। उनका बक्सा पैक हो रहा था। टिकट खरीद ली गई थी। साथ कौन जा रहा है यह सब लोग समझ रहे थे।

बड़ी बहूजी अपनी रोती हुई देवरानी को समझा रही थीं, "देवरजी का करम तो तुम्हें बेरा था। नयी बात क्या हो गयी?"

"जिठाणीजी रात को तो मेरे पास सोते थे लेकिन अब तो……"

"ठीक है चुप रहो। घर की इज्जत का ख्याल रखो। टाबरी की मां हो। बेटे-बेटी ब्याहने हैं। देवरजी को जाने दीजिए। कम से कम महीने भर तो शांति रहेगी।"

और वे धीरे-धीरे मुझसे कह रही थीं—"मेरा धन हो या देवरजी का धन, धन की जरूरत तो परिवार को चलाने के लिए है। हम लोग तो ढलती हुई छाया हैं। सुराणाजी, आने वाली पीढ़ी को संभालना है।"

× × × ×

छह महीने बीत गए हैं। छोटे बाबू छह महीने से घर नहीं लौटे। रुपया हर महीने भेज दिया जाता है। बच्चों से कह दिया गया कि वे बीमार हैं। टीबी हो गई है। पेट-परिवार वालों के सामने भी यही बात कही गई है। छोटी बहूजी महीने भर के दूध-पीते गौतम को छोड़कर कैसे जातीं?

पिछले छह महीने में बहुत कुछ घट गया। पत्नी और बच्चों को यहां बुला लिया। रुपया बरस रहा है। पैसे-पैसे का हिसाब रखता हूं कि कहीं कोई इल्जाम नहीं आ जाए। और वह कोलियारी का नफा-नुकसान समझने लगी है। कल कहने लगी थी—"सुराणाजी अपने कोयला यदि ब्लैक में नहीं बेंचे तो?"

"बहूजी! काम नहीं चलेगा। दूसरी कोलियारी वाले गर्दन पकड़ लेंगे। सारे बेईमानों के बीच एक ईमानदार आदमी जिंदा नहीं रह सकता।"

"पाप की कमाई ठहरती नहीं है। क्या मालूम क्यों हर समय घबराई हुई रहती हूं।"

"चिंता मत कीजिए। अंग्रेज हाकिम के सामने बात और थी। लेकिन अब तो अपना देश स्वतंत्र है।"

मैं उससे पूछना चाहता हूं, पद्मावती परिवार से अलग तुम अपने बारे में अपनी जरूरत के बारे में क्या कभी नहीं सोचती? क्या तुम्हारा कोई अस्तित्व नहीं।

उसकी, मेरी पत्नी से बहुत पटती है। मेरी पत्नी रात-दिन अपनी बाईसा की प्रशंसा करती नहीं अघाती। आजकल वह प्रायः शाम को हमारे घर आ जाती है। वह धीरे-धीरे खुलने लगी है। पर्त-दर-पर्त।

मैं उसे ढेरों बातें समझाता हूं, बताता हूं, गजब की मेधा है। पढ़ी-लिखी नहीं। काश! वह थोड़ी पढ़ी-लिखी होती। लेकिन उसके पारंपरिक संस्कार नहीं छूटते। कल वह कहने लगी—"परंपरा छोड़ूं भी कैसे? घर टिकेगा? उनकी इज्जत·····"

कल कह रही थी—"शाम को मंदिर जाना और यह कर्म-कांड अच्छा नहीं लगता। सुराणाजी आप मुझे जैन धर्म समझाइए। गांधीजी की अहिंसा की नीति क्या है? धन की जरूरत आदमी को क्यों नहीं? तप किसे कहते हैं?

मैं खिड़की पर बैठा था, बगल में वह खड़ी हुई मेरी बांहों के घेरे में कैद वह शांत थी, बिल्कुल शांत। चेहरे पर कोई भाव नहीं, किन्तु उसकी वे निःशब्द हंसती हुई आंखें, हां, केवल उसकी वे दोनों आंखें हंस रही थीं। कुछ ऐसा कह रही थीं, जो शब्दातीत है।

मैं अपने को रोक नहीं सका। उसके आंचल में सर छुपाते हुए कह रहा था—"मैं क्या करूं पद्मावती? तुम बोलो क्या करूं? घंटों हाथ में किताब लिए बैठा रहता हूं, पर एक लाइन भी नहीं पढ़ पाता। तुम जानती हो कि मैं तुम्हें कितना चाहता हूं। आह! दिन-रात की यह वेदना मुझसे नहीं झेली जाती, मेरा····मेरा काम में मन नहीं लगता।"

उसकी पिघलती हुई कोमल दृष्टि, याचना करती हुई आंखें कुछ-कुछ घबरा गई थीं—"सुराणाजी एक काम करें, आफिस में रहें तब तो कम से कम मेरे बारे में नहीं सोचा करिए।"

मैंने धीरे से कहा था—"पद्मावती, मेरे काम की प्रेरणा भी तो तुम्हीं हो। इतना कुछ बस तुम्हारे कारण ही झेल पाता हूं।"

"सुराणाजी क्या बात है?"

"पद्मावती! छोटे बाबू ने अब गांव में उधार लेना शुरू कर दिया है। खर्चा अब पचास हजार में सीमित नहीं है।"

"क्या?"

लेकिन मैं हंस रहा था। उससे पूछ रहा था—"अच्छा तुम अपने बारे में मुझे क्यों नहीं

सोचने देती। मुझे तुम्हारी चिंता है और तुम केवल अपने परिवार के लिए। क्या कभी मेरे बारे में भी सोचती हो?''

''हां, बहुत अधिक। बहुत बार।''

''यह तुम कह रही हो पद्मावती····तुम····!''

''क्या मैं आपसे मिलने आपको देखने यहां आती नहीं?''

''नहीं यह बात नहीं। कभी-कभी मैं चाहता हूं कि बस तुम्हें देखता रहूं····तुम्हारे उस रूप को जब पहले-पहल देखा था और····बड़े बाबू ने कहा था—सुराणाजी मेरी लक्ष्मी तो बड़ी सेठानीजी हैं। इस सफेद साड़ी में लिपटी हुई तुम्हारी देह····नहीं मैं हमेशा इसके पार कहीं अतीत में झांकता रहता हूं। तुम आती हो, तुम चली जाती हो, तुम्हारे पीछे तुम्हारी कही हुई बातें, तुम्हारे शब्दों की स्मृतियां गूंजती रहती हैं।''

''आपको अपनी पत्नी का ख्याल रखना चाहिए····उसकी भी आत्मा है।''

मैं चुप हो गया था। मैं कुछ कह नहीं सका····पति-पत्नी का एक दायरा होता है, ताउम्र उस दायरे में घूमते हुए भी किसी और के बारे में सोच ही नहीं पाता।

''आप ज्यादा दिन ऐसा नहीं सोच पाओगे।''

''क्यों····?'' मेरा आतुर आकंठित स्वर।

''इसलिए कि मैं आपको कुछ दे नहीं पाती। आपकी सेवा नहीं कर पाती। आपको मुझसे क्या मिल सकता है? सुराणाजी इस परिवार ने तो आपको कभी कुछ भी नहीं दिया। हम लोग खाली आपसे मांगते ही रहते हैं····।'' थोड़ा रुककर वह फिर कहने लगी—

''बड़े बाबू ठीक ही कहा करते थे—इस दुनिया में दो तरह की मिणख हैं—एक तो लेवाल और दूसरा देवाल। अपने सुराणाजी खाली देना जानते हैं, ऐसा करणिया आदमी भाग्य से मिलते हैं।''

''तुम आज इतना क्यों बोल रही हो पद्मावती? ऐसा तो मैंने कुछ नहीं किया। फिर बड़े बाबू की तो बात ही अलग थी।''

वह मुझसे अलग होकर कुर्सी पर बैठ चुकी थी। उसने धीरे-धीरे कहना शुरू किया, ''मैं रोज शाम को आपके पास घंटे-दो घंटे के लिए आती हूं, यह बात तो किसी से छुपी नहीं····''

''लेकिन इसमें कौन-सा अपराध है? और हम लोग कमरा बंद करके तो नहीं बैठते। यहां मेरी पत्नी रहती हैं, मेरे बच्चे।''

''लेकिन सुराणाजी दुनिया की नजर अलग है। देवरजी कह रहे थे—भाभी आपका रोज-रोज सुराणाजी के घर जाना ठीक नहीं, आखिरकार वे हमारे नौकर हैं। आपने देखा सुराणाजी, देवरजी का मन कितना छोटा है। बड़े बाबू तो आपको छोटे भाई की तरह मानते थे। आप मेरा इतना कार्य करते हैं।''

''नहीं पद्मावती, मैंने तुम्हारा कुछ नहीं किया, कुछ भी नहीं। तुम निःस्वार्थ भाव से यदि कुछ भी मांगती हो, मुझसे कुछ भी करने के लिए कहती हो तो अपने देवर के परिवार के लिए, अपने लिए तो तुमने कभी कुछ नहीं चाहा।''

''देवरजी का परिवार मुझसे अलग कैसे सुराणाजी? उनके बच्चे मेरे बच्चे हैं। मैं तो इन बच्चों के सहारे, इनका मुंह देखकर जीती हूं।''

और वह चली गई थी। मैं सोच रहा हूं कि मैं छोटे बाबू की आंख का कांटा बनता जा रहा हूं। कैसे छोटे बाबू ने गलत नहीं बल्कि ठीक ही तो कहा है कि, आखिर मैं हूं तो नौकर ही और मालिक की आज्ञा मानना मेरा फर्ज है।

× × × ×

ओह! आज इस क्षण मैं अपने आपसे नफरत कर रहा हूं। मैं भीतर ही भीतर बिल्कुल टूट चुका हूं, इस नौकरी को छोड़ना चाह रहा हूं, लेकिन छोड़ नहीं पाता। मेरी आंखों के सामने वह आकर खड़ी हो जाती है। और मैं कृतज्ञ हूं, हमेशा-हमेशा उसके प्रति कृतज्ञ रहूंगा। क्योंकि वह निश्छल है। ईमानदार है और·····और मेरी तरह परिस्थितियों में जकड़ी हुई है। कितनी बार अपने आपको मैंने समझाया है, समझाता रहता हूं। घबराओ मत सब ठीक हो जाएगा। वह आएगी, जरूर तुम्हारे पास आएगी। रात जब रोती है, तब फूलों पर, घास पर, ओस की बूंदें चुपचाप गिरती हैं। लेकिन धूप चढ़ते ही ये बूंदें क्यों सूखने लगती हैं? धूप प्यार है। मेरी आंखों के सामने उसका उदास चेहरा तैर जाता है। मुझे पता है, इस समय वह निःशब्द, बड़ी कोठी के किसी एकांत कोने में आंखें पोंछ रही होगी।

छोटे बाबू का फरमान, ''मैं कलकत्ता में ही रहूंगा, रानीगंज आने में असमर्थ हूं।'' यानी फिर वही मिस रोज का झमेला। मैंने कई बार इस तार को पढ़ा। क्या कहूं और किससे कहूं? पिछले छह महीने में कम से कम हर दिन उसके सामने दोहराता हूं कि, छोटे बाबू आ जाएंगे, आखिर एंग्लो इंडियन औरत के चक्कर में, कितने दिन रहेंगे? कहना कितना आसान है। काश! जिंदगी यदि ऐसे ही सांत्वना के कुछ शब्दों में सिमटकर रह जाती तो सब कुछ सहन करना कितना आसान हो जाता। लेकिन एक यही इच्छा तो नहीं, न जाने और भी कितनी चाहते हैं, कामनाएं हैं, भावनाएं हैं। मगर बड़ी बहूजी को और किसी का ख्याल नहीं बस एक ही बात वे बार-बार पूछती रहती हैं—''सुराणाजी ध्यान रखिएगा, कहीं देवरजी उस रांड के वश में होकर उससे ब्याह-व्याह नहीं कर लें। मोहन की मां तो जिंदा नहीं रहेगी। सुराणाजी आप ही कोई उपाय कीजिए, अपने छोटे बाबू को·····''

और वह जिसको मैं बेहद चाहता हूं, वह अब केवल ठंडी बर्फ की डली सी, पारदर्शी व्यथा की मुस्कान लिए हुए, दिन-रात अपने परिवार की इज्जत बचाने में पिघलती हुई।

× × × ×

मेरा अपना कमरा अचानक कितना खाली लगने लगा है। मैं आश्चर्य चकित सोच रहा हूं, इन चार दीवारों ने मेरी जिंदगी के इस विराट सूनेपन को कैसे थाम रखा है। सुबह आंख खुलती है, मैं बरामदे में उठकर आ जाता हूं, शायद वह मंदिर की ओर जाती हुई या फिर बगीचे में माली से बात करती हुई दिख जाए। कोई-कोई दिन ऐसा भी होता है जब क्षणों को जीने के लिए, समय किसी तरह बीते इसके लिए, काम किसी तरह खतम हो इसके लिए, मेरा अपना दृढ़ संकल्प, मानस बल, संयम शक्ति खतम होने लगता है। अपने को समझाता

हूं,बार-बार समझाता हूं, मगर इस खालीपन के दबोच से मुझे मुक्ति तो नहीं मिलती।

ऐसी शामों का अंधेरा? जब दूर अंधेरे में जलते हुए कोलपीट नजर आते हैं और मैं इस आग को बुझाना चाहता हूं। बस किसी तरह...... किसी तरह.....मन शांत हो जाए।

ऐसी रातें जब कंबल के भीतर मुंह छुपाए मैं अपनी ही चाहत से, अपने शरीर की मांगों से किसी तरह भाग निकलने की कोशिश करता हूं, मेरा अपना शरीर एक पुराना परिचित स्पर्श चाहता है, जबकि पास में पत्नी का शरीर, दिन भर की थकान के बाद शांत और शिथिल गहरी सांसों में जीवित रहता है। किन्तु वह? क्या उसको मेरे बिना नींद आती है? क्या वह केवल अपने परिवार के बारे में ही सोचती है? परेशान होती है? कभी मेरे लिए नहीं?

बचपन में जिंदगी ने मुझसे प्रतिज्ञा की थी, एक सुनहले भविष्य की। और मैंने अपनी ओर देखकर बड़े विश्वास से कहा था—"हां मैं एक खूबसूरत जिंदगी हासिल करके रहूंगा। लेकिन आज? मुझे लगता है क्या यह सब यों ही घटने वाला था? मैंने तो कभी नहीं सोचा था कि, मेरी जिंदगी इतनी बेतुकी, इतनी अजीबो-गरीब और इतनी उदास हो जाएगी। हमारे चुरु में, या उसके आस-पास शायद कभी सरस्वती नदी बहती थी। और फिर वह सूख गई। क्या मेरी जिंदगी भी वही विलुप्त सरस्वती है?

मैं उसको देखते रहना चाहता हूं, उसके बाएं गाल पर पड़ती हुई धूप की तिरछी किरणें, उसके चौड़े ललाट की वैष्णवी तिलक, गले में तुलसी माला, बिना पाड़ की सफेद साड़ी, उसके वैधव्य के पीछे झांकता हुआ यौवन, ऐसा यौवन जो स्वयं में एक भरा-पूरा अतीत लिए हुए है। समाज एक विधवा स्त्री के छोटे-छोटे सुखों को भी क्यों छीन लेता है? लेकिन इन बातों का कोई अर्थ नहीं, किसी के लिए नहीं। इन बातों का उद्देश्य केवल मेरे जीवन में है और मैं अकेला बिल्कुल निहत्था समाज के सामने खड़ा हूं। मैं जानता हूं कि मेरे इस लगाव के पीछे कोई तर्क नहीं कि मैं कभी किसी दिन भी पा नहीं सकता। तब? इस संबंध का महज होना ही अपने आप में एक सतत आनंद है।

और मैंने उससे कहा भी था। मैं नहीं जानता कि वह कुछ समझ सकी या नहीं, लेकिन मेरी भींगी हुई आंखों को देख उसने धीरे-धीरे कहा था। मानो खुद से ही बातें कर रही थी—

"सुराणाजी आप ऐसी बातें मत किया कीजिए। मुझे घबराहट होती है, मुझे लगता है मैं आपसे आपकी जिंदगी आपका सुख-चैन, आपका......सब कुछ छीन रही हूं।"

"पद्मावती! मेरे जीवन में इस समर्पण के अलावा अब और कोई चुनाव नहीं बचा है।"

उसके चेहरे पर एक व्याकुल छाया थी, लेकिन हथेलियों से मानो सब कुछ पीछे ढकेलते हुए बड़े संयत स्वर में मैंने कहा था—"पद्मावती, तुम बिना वजह डरती हो। और यह तो सोचो कोई अहम मसला नहीं, हम दो के बीच की बात है। व्यक्ति अपना प्रश्न अपने आप खड़ा करता है, यदि कोई द्वंद्व है तो वह मैंने पैदा किया है। फिर समस्या का सीधा सामना मुझे ही करना चाहिए।"

क्या मेरी बातों को वह समझ जाती है। शायद नहीं। तब फिर मैंने उससे जो कहा—"जानती हो पद्मावती व्यक्ति यहीं पर आकर गलत हो जाता है। जब ऐसे क्षण में वह अगल-बगल झांकने लगे, कोई रास्ता खोजने लगे। नहीं मेरे मन में कोई द्वंद्व नहीं, संशय नहीं, मैं पश्चाताप की अग्नि में नहीं जल रहा......सच बात तो यह है कि, तुम्हारे प्रति और अपने काम

के प्रति मेरा पूर्ण समर्पण है। वास्तव में पद्मावती तुम ही मेरा कार्य हो। तुमसे अलग मेरा अपना कोई निजी जगत नहीं। तुम मेरी जिंदगी हो, अकेली जिंदगी।''

''और यदि यह जीवन आपसे खो जाए?'' उसकी वह स्थिर हंसी।

''नहीं ऐसा नहीं होगा।''

''क्यों? क्यों नहीं होगा?'' एक ढीठ मुस्कान के साथ उसने कहा—''कितना कुछ तो घटता रहता है, और यों आपको अपने लिए केवल अपने लिए सहेज कर रखना, सुराणाजी! मैं बहुत स्वार्थी हूं ना।''

''हां मेरा उद्देश्य बस तुम हो।''

''सुराणाजी कुछ सोचिए, कभी एक क्षण के लिए यह भी तो हो सकता है कि, देवरजी को शक हो जाए और......आपकी......''

''कभी तुम जिंदगी जाने की बात करती हो, कभी नौकरी की, अच्छा पद्मावती, क्या मेरा अस्तित्व तुम्हारे देवरजी पर निर्भर करता है?''

''आप नाराज हो गए सुराणाजी? लेकिन जरा सोचिए कहीं आपको नौकरी छोड़नी पड़ी तब?''

''हां तो क्या होगा?''

''हम फिर कैसे मिलेंगे? मैंने तो कभी घर से बाहर पैर नहीं रखा।''

''चिंता मत करो। नौकरी नहीं जाएगी।

''नौकरी नहीं जाएगी, मैं जानती हूं। नौकरी नहीं......कहीं कुछ और घटेगा, कुछ और मालूम नहीं क्यों, लेकिन आजकल मेरा जी बहुत घबराता है, दाहिनी आंख फड़कती है। रात को बिल्ली रो रही थी।

''ओह! यह सब कौन से कुसंस्कारों की बात कर रही हो? मुझे इन पर जरा भी विश्वास नहीं और मृत्यु? मैं मर जाऊंगा या मार दिया जाऊंगा......यही ना......तब क्या इसकी तैयारी आज से शुरू कर दूं......''

''क्या बोल रहे हैं....?'' उसने मेरे होंठों पर अपनी हथेलियां रखते हुए कहा—''आपको मेरी सौगंध, यदि फिर कभी आपने ऐसी बात उठाई।''

× × × ×

कोयले की दलाली में हाथ काला। लेकिन यह कैसी दलाली? यह कैसी कालाबाजारी? वजन में गीला कोयला तौल देना, वैगन की वैगन में रद्दी माल भरना, वह भी अपने देश के लिए। बड़े बाबू ने कभी मुझे कहा था—''अपने को अंग्रेज सरकार को धोखा देना है। उनके कहने पर मैंने लुटेरों को लूटा, संपर्क में आने वाली हर अंग्रेज कंपनी को लूटा। एंड्रू यूल के अंग्रेज साहब से कल बाता-बाती हो गई। साहब कह रहे थे, ''तुम मारवाड़ी बनिए हमें लूट रहे हो।'' मैंने बस इतना भर कहा—''सर यह लूटना तो हमने अंग्रेजों से सीखा है। हमको व्यापार करना कहां आता था। कभी राजस्थान गए हैं? भूख और गरीबी देखी है? मेरे डूंगरगढ़ में साल में एक फसल होती है—ज्वार, बाजरा, ग्वार की और वह भी बारिश हुई तो फसल

होगी, नहीं तो अकाल। महामारी और भूख है, नंगी जलती हुई भूख। हम राजस्थानी स्वभाव से बहुत भावुक और सीधे होते हैं। जबान के पक्के। यह तो आपके बनाए टेढ़े-मेढ़े रास्ते पर चलने के लिए हमें टेढ़ी-बांकी चाल सीखनी पड़ी है।''

बड़ा साहब हंसता रहा था, लाल लंगूर-सा उसका चेहरा और लाल हो गया—''अच्छा अभी हम कलकत्ता क्लब जा रहे हैं। तुम चलेगा?''

''साहब हम ठहरे देहाती आदमी, धोती-कुर्ता पहनकर कहां आपके क्लब में जाएंगे?''

''तुम्हारा सेठ, वह मेंबर नहीं? उसको मेंबर बनाओ।''

मैं मन ही मन सोच रहा था—तू आप तो शराब में डूबा ही रहता है, अब दूसरों को भी डुबाएगा। ऊपर से कहा, ''सर, क्लब में जाकर हमारा सेठ क्या करेगा? बड़े बाबू तो गांधीजी के भक्त थे, उन्होंने कभी शराब चखी भी नहीं।''

''तब तुम्हारे छोटे बाबू को भेजो, हम उसको अंग्रेजी तहजीब सिखाएंगे। तुम मारवाड़ी लोग बहुत पुराने ख्यालों के हो। वहीं बंगाली लोगों को देखो, उनकी रईसी देखो, कितनी ऊंची पढ़ाई-लिखाई, कितने लोग तो लंदन में बस गए, अंग्रेज लड़की से शादी की है।''

पुर्जी को आगे करते हुए मैंने कहा—''सर इसका भुगतान कर देते तो अच्छा था। काफी रुपए बाकी हो गए हैं।''

''ठीक है पैसा दे देते हैं, दो पर्सेंट हमारे घर भिजवा देना।''

''जरूर सर। और नया आर्डर सर? कोयले का दाम बढ़ने वाला है।''

''ठीक है।'' वह उठ गया था। कालाबाजारी, घूस, बेईमानी क्या इसी के लिए व्यापार किया था?

मालूम नहीं लेकिन मैं कभी-कभी दहशत में पसीना-पसीना हो जाता हूं, क्या होगा हम लोगों का? इन लोगों की कोलियारी का क्या होगा? मैंने सपना देखा था कि, कोल बेल्ट में हम लोग स्कूल, कालेज बनाएंगे। मजदूरों के लिए अस्पताल होगा, लेकिन कहां? धर्मादे का कुछ भी तो काम नहीं हुआ। और मैं किससे यह प्रश्न करूं कि, आखिर हम लोगों ने क्यों और किस अधिकार से इन मूल्यों की इतनी घोर अवज्ञा की।

व्यापारियों की मीटिंग में उस दिन मैंने यह प्रश्न पूछा भी था कि आखिर कोयला उद्योग का भविष्य क्या है? और मैंने वहां उपस्थित लोगों की आंखों में देखा......भयभीत वे भी हैं। मगर उनके जीवन में कोई उद्देश्य नहीं, कल क्या होगा इसका कोई विजन नहीं, अतः आज जितना लूटा जा सके लूट लो।

हम लोग शायद सभी लोग यही चेष्टा कर रहे हैं कि ऐसे अप्रिय मुद्दों पर बात नहीं उठाई जाए, हम आने वाले कल के बारे में सोचना नहीं चाहते, यहां तक कि सुबह से शाम के बारे में नहीं सोचते।

मुझे लगता है कि वे लोग ऐसा जानकर कर रहे हैं। सरकार नहीं चाहती कि, हम व्यापारी अपने भविष्य के बारे में सोचें। हमारे बड़े सेठ-साहूकारों की भी सरकार के साथ मिलीभगत है।

मेरी खिड़की से दूर कहीं जलता हुआ कोलपीट नजर आ रहा है। यहां इस काली पहाड़ी इलाके में हमेशा कोई न कोई आग जलती रहती है। कभी-कभी कोई धमाका, लाल

शोलों का छितराना, चिनगारियों का हवा में उड़ना और हवा के रुख के साथ नारंगी नीली लपटों का इधर-उधर जीभ लपलपाना।

× × × ×

वह कुर्सी पर बैठी हुई थी। मैं उसके घुटनों के पास नीचे बैठा था। उसकी गोद में अपना मुंह छुपाए। मेरे बालों में उलझी हुई उसकी उंगलियां। धीरे से झुककर वह मेरा माथा चूम लेती है। उसको इतना भावुक मैंने कभी नहीं देखा। अपने को रोक नहीं सका। भींगी आंखों से कह बैठा—

''पद्मावती, तुम जब मिल जाती हो तो मैं अपनी सारी पीड़ा, प्रतीक्षा और लंबी प्रतीक्षा की उकताहट, त्रासदी सब कुछ भूल जाता हूं।''

मैंने स्थिर उसकी ओर देखते हुए ऐसा कुछ कहा जो आज तक मैंने कभी नहीं कहा था—''पद्मावती! मैं थकने लगा हूं...... अब और......''

मेरे चेहरे को दोनों हाथों में थामते हुए चौंककर पूछा—''क्या बात है, सुराणाजी?''

''यह व्यवसाय, कोलियारी, कालाबाजार, शायद तुमको मालूम नहीं, सब कुछ शुरू से ही घटता रहा था। लेकिन जब अंग्रेज सरकार थी और उसको ठगने में मुझे आनंद आता था। लेकिन अब अपने ही देश को दगा देने या भूखे मजदूर, इनका शोषण......''

''बड़े बाबू यदि जिंदा रहते, तब वे क्या करते?''

''कम से कम यह तो नहीं करते, जो मैं करता हूं। या फिर छोटे बाबू के कारण मुझे करना पड़ता है।''

''आप क्यों करते हैं? आप वही कीजिए, जो बड़े बाबू जिंदा रहते तो करते।''

''तुम बहुत भोली हो, पद्मावती! परिवार का खर्चा कितना बढ़ रहा है, तुमको पता है? और छोटे बाबू का यों बहकना, सोच रहा हूं कि, अलीपुर में एक और कोठी तो बनवा दूं। कच्चा रुपया ब्लाक हो जाएगा। कभी तुम्हारे और बच्चों के काम आएगा।''

''मुझे क्या करना है? अपने नाम से कोठी लेकर?''

''नहीं जरूरत पड़ेगी। पड़ सकती है। छोटे बाबू का खर्चा तुम जानती हो, कभी तुमने सोचा कि यह रुपया कहां से आता है?''

''लेकिन सुराणाजी, फिर ये गहने नहीं बनवाने चाहिए थे। आपने अभी हाल ही में मुझे हजार भरी सोना क्यों खरीदवाया?''

''अच्छा है, कुछ धन तुम्हारे पास रहे। सारा रुपया व्यापार में लगा हुआ ठीक नहीं। भगवान न करे, यदि कभी तुम्हें अकेला रहना पड़ा।''

''आप यह सब क्या कह रहे हैं?''

''ठीक कह रहा हूं। पद्मावती, कहने को हम बड़े आदमी हैं, लेकिन हमारा फैलाव नहीं हो रहा। हम सिकुड़ते जा रहे हैं। हम इतना नीचे गिर गए हैं, इतना नीचे कि हमें अपना अतीत, अपना गौरव, कुछ भी याद नहीं। पुरानी दीवार की तरह, नदी के ढहते कगार की तरह यह कोलियारी भी ढह जाएगी। मैं जिंदगी में कभी भयभीत नहीं हुआ, लेकिन अब हो

रहा हूं। मैं, अपने आदर्शों के बारे में सोचने से भी घबराता हूं।''

''मुझे क्या करना चाहिए? मैं आपके किस काम आ सकती हूं?''

''पद्मावती! एक तुम्हीं तो हो जिसके सामने मैं इतना कुछ कह तो लेता हूं। और चाहे कुछ भी हो जाए, मेरे सारे आदर्श छिन्न-भिन्न हो जाएं लेकिन फिर भी तुम मेरे साथ रहोगी, ऐसा मेरा विश्वास है। मैं फिर नए आदर्श गढ़ लूंगा।''

''सुराणाजी, आज आप कैसी बातें कर रहे हैं? मुझे तो कुछ नहीं समझ में आया। बस इतना समझती हूं कि आप बेहद परेशान हैं और मैं भगवान से यही प्रार्थना......''

''सुनो पद्मावती! भगवान से तुम क्या समझती हो?''

''पहले बहुत कुछ समझती थी, लेकिन आजकल......''

''पद्मावती, भगवान बड़ा नहीं होता, आदमी की निष्ठा बड़ी होती है। और उसकी यह निष्ठा ही उसे जिलाए रखती है, जीने की क्षमता देती है। पद्मावती, तुम मेरी निष्ठा हो।''

वह चली गई। और मैं सब कुछ अपनी डायरी में लिख रहा हूं। बहुत साल पहले मैं अपने सोच और चिंतन के बारे में बिल्कुल आश्वस्त रहता था। मेरे मन में कोई द्वंद्व नहीं था। मैं सही और गलत का फर्क समझता था। लेकिन आज इस परिवार में अपने इर्द-गिर्द मैं किसको सही कहूं और किसको गलत? दोषी कौन? बड़े बाबू, जो इतना बड़ा व्यापार खड़ा कर गए! छोटे बाबू,, जो केवल भोगना जानते हैं। और मैं? क्या मैं पद्मावती से सच में प्यार करता हूं या अपने-आप से पलायन?

× × × ×

छोटे बाबू की धन की लिप्सा बढ़ती जा रही है। नहीं तो इतने गलत कांट्रेक्ट पर मुझसे बिना वे सही नहीं कर सकते थे।

जानता हूं मेरी और पद्मावती की अपनी-अपनी जिंदगी है, लेकिन मैं जीता हूं इस प्यार को अपनी जिंदगी का सबसे अधिक कीमती उपलब्धि मानकर। लेकिन अंत में क्या मिला? कैसे नहीं मिला? कहीं कुछ ऐसा तो जरूर है जो हमें एक-दूसरे से जोड़ता है। लेकिन वह क्या है? महसूस करते हुए भी आखिर उस भावना को कौन-सा नाम दिया जाए? प्यार? तब मैं सुखी क्यों नहीं? यह धंधा, मैं खुद से नफरत कर रहा हूं। सरकार से मशीनें उधार पर ली गई हैं और उनको बेचा जा रहा है।

जितना कोयला काटना चाहिए उससे अधिक काटना पड़ रहा है, लेकिन क्यों? धरती से हम किसलिए सब कुछ छीन रहे हैं? क्या यह हमारी धरती नहीं। मैंने भूख और गरीबी देखी है, फिर मजदूरों को क्यों रेट कम दिया जा रहा है? क्यों सहता हूं सब कुछ? सारे कोलियारी वाले यही कर रहे हैं, लेकिन मैं क्यों कर रहा हूं? मेरी कौन सी मजबूरी? क्या पद्मावती का प्यार? नहीं वह निष्पाप है, मेरी सबसे पवित्र भावना।

आखिर क्यों मैंने इज्जत, ईमानदारी, सत्य और आदर्श को चुना? अपने प्रति, समाज के प्रति, अपने देश के प्रति बड़ी-बड़ी बातें करता रहा? क्यों, आखिर क्यों? मुझे जब यही

काला धंधा करना था, दो पैसे कमाने थे!

× × × ×

आज बहुत दिनों बाद उसको अपने यहां बुलाया है। धन तेरस का दिन है। दीयों की जगमगाहट शुरू हो गई है। आज मुझे उससे बात करनी है।

वह आई। घर में सन्नाटा देख चौंक उठी। फिर उसने झिझकते हुए पूछा—"सुराणाजी, परिवार कहीं बाहर गया है क्या?"

"हां, वह मंदिर गई है। फिर रतजगा है, कीर्तन है।"

"कैसी अजीब बात है सुराणाजी! आपकी पत्नी को हमारे देवी-देवता इतने भाते हैं। और मेरा मन तो घबराने लगता है, किसकी पूजा करूं और किसकी नहीं। दुनिया भर के कर्मकांड का जंजाल। मुझे तो आपका धर्म अच्छा लगता है, आप जितनी बातें बताते हो, शांति से कम से कम मुंह पर पट्टी बांधकर बैठ तो सकती हूं। आप धरम में विश्वास नहीं रखते?" अब वह सहज हो आई थी।

"यह किसने कहा……"

"आप ही का परिवार कह रहा था।"

"और क्या कह रहा था? अच्छा सुनो, आज मेरी एक बात मानोगी?"

"क्या?"

"पद्मावती, मैं जो कहूंगा वह करोगी?"

"लेकिन क्या?"

"पहले सौगंध खाओ, मेरी सौगंध!"

"बिना जाने इतनी बड़ी सौगंध!"

"क्यों, तुमको मुझ पर विश्वास नहीं?"

"मेरी तो श्रद्धा है आप पर। ठीक है, मैं सौगंध खाती हूं।"

"नहीं, तुम यह कहो कि मैं आपकी सौगंध खाती हूं कि आप जैसा कहेंगे, वैसा करूंगी।"

"इतनी जिद अच्छी नहीं सुराणाजी। लेकिन आपने तो कभी किसी बात की जिद की नहीं। ठीक है आपकी सौगंध, जैसा कहोगे वैसा करूंगी।"

और मैंने उसको लाल गत्ते की पेटी पकड़ाई।

"यह क्या है? यह तो ईश्वरदास जरीवाला की पेटी है।"

"खोलकर देखो।"

उसने धीरे-धीरे खोला और भीत हिरणी सी उसकी आंखें, कांपते हुए होंठ, रुंधे कंठ से कह रहे थे—"यह? इतनी भरी चुनड़ी……"

"हां, यह मेरी तरफ से। और यह गहने का सेट, यह मोतियों की लड़ी। यह देखो, यह रहा आंखों का काजल, माथे की टिक्की और……और यह रहा तुम्हारा नथ……!"

"……मैं विधवा लुगाई……आप……आप!!"

"इसीलिए तो कह रहा था, तुमको मेरी सौगंध। आज तुमको मेरी बात माननी पड़ेगी, आज एक बार, बस एक बार यह चुनड़ी ओढ़ लो, यह श्रृंगार कर लो, नथ पहन लो, मैं तुम्हारा वही रूप देखना चाहता हूं पद्मावती! वही रूप जो मैंने पहले-पहल देखा था।"

"आप कैसी बात करते हो?"

"क्यों, तुम मेरी नहीं? क्या विधवा का फिर विवाह नहीं होता? अपने समाज में भी हो रहा है।"

"लेकिन मैं……"

"मैं तुम्हारी मजबूरी जानता हूं। मैं जानता हूं, तुम दुनिया से डरती हो।"

"नहीं सुराणाजी।"

"तब?"

"अपने आप से डर लगता है। मिलने वाले सुख से डर लगता है।"

"अच्छा अब बहस नहीं। यह चुनड़ी ओढ़कर दिखाओ तो।"

"आप बाहर जाइए!"

"लो, मैं मुंह फेरकर खड़ा हूं, बस।"

मैं सफेद दीवार के परे अतीत में झांक रहा था। जब मेंहदी लगी हथेलियों से वह घूंघट खींच रही थी और बड़े बाबू ने मीठी झिड़की देते हुए कहा था—यह क्या फिर वही पर्दा? और सुराणाजी तो घर के व्यक्ति हैं और बड़ी बहूजीने कहा था—"म्हानै लाज आवै!"

गहरी सांस लेते हुए उसने कहा—"लो, देख लो सुराणाजी, आपकी बात तो रखनी पड़ेगी।"

मैंने देखा……और देखता ही रहा……वही रूप, आज भी इतने वर्षों बाद भी, लेकिन आंखों में गहरी पीड़ा, भय से थरथराता हुआ शरीर।

मैंने उसे पास खींचते हुए कहा—"पद्मावती चलो, यहां से दूर कहीं अपने किसी गांव में चले चलते हैं……तुम इसे पागलपन कहोगी……लेकिन मेरे दिमाग से यह बात निकलती नहीं। हिंदू कोड बिल पास हो गया है। मैं पत्नी को तलाक देकर तुमसे शादी करना चाहता हूं……तुम समझ रही हो पद्मावती……मैं……मैं हमेशा के लिए तुम्हें पाना चाहता हूं।"

"सुराणाजी, आपका माथा फिर गया है?"

"नहीं! मैं होश में हूं। राजस्थान के किसी गांव में रहेंगे, जहां कोई हमें पहचानेगा नहीं। मैं यह नहीं जानता, वहां क्या करूंगा? लेकिन तुम साथ रहोगी तो जिंदगी फिर से शुरू कर सकता हूं।"

"सुराणाजी……!" और वह हथेलियों में मुंह छुपाकर सिसक पड़ी थी। माथे से चुनड़ी खिसककर कंधे पर आ गई थी, सफेद आंचल से मुंह पोछते हुए उसने कहा—"सुराणाजी आपने मुझे नंगा कर दिया। सबके सामने आप मेरे प्यार की परीक्षा ले रहे हो?"

"पद्मावती, लेकिन यह लुका-छुपी का खेल? और यों घंटों तुम्हारी याद में, तुम्हारी बड़ी कोठी की ओर देखते हुए चुपचाप बरामदे में बैठे रहना। घंटे, दिन, सप्ताह गुजर जाते हैं, कभी तुम बगल से निकल जाती हो……मुझे लगता है, मैं पागल हो जाऊंगा……आखिर मैं कब तक चुप रहूं? मैं क्यों नहीं सबसे, तुम्हारे-मेरे परिवार से, दुनिया से कह सकूं कि तुम

मेरी हो······कि······तुम मेरी पत्नी हो······''

अब वह शांत थी। चुनड़ी उतारकर पलंग पर रख चुकी थी, नाक का नथ खोल चुकी थी। गले से मोतियों की लड़ी निकालते हुए बोली, ''सुराणाजी मैं ऐसा नहीं कर सकती।''

''क्या?''

''आपकी बात मैंने मान ली। अब आप मेरी बात मानोगे, मैं कुछ भी करने को कहूं।''

''पद्मावती, मैंने हमेशा तुम्हारा ही कहा हुआ किया है।''

''आप मुझे थोड़ा कम प्यार करते, थोड़ी भावुकता कम होती······''

''ठीक है कोई बात नहीं। मैंने जो कुछ भी कहा, सब भूल जाओ।''

''भूल तो मैं कैसे सकती हूं। रेगिस्तान में पहली बारिश हो तो मन का मोरिया नाचने लगता है।''

उसको करीब खींचते हुए मैंने कहा—''मैं कुछ नहीं मानूंगा तुमसे, कभी कुछ नहीं लेकिन आज······मैं खुश हूं, बहुत खुश। इससे अधिक मैं कुछ नहीं कह सकता।''

लेकिन मेरे होंठ, मेरे स्पर्श, मेरा शरीर······और उसकी सिसकती हुई, डूबती हुई आवाज······मेरा तो और कोई नहीं सुराणाजी······एक आपके अलावा और कोई नहीं।

वह चली गई है। अंधेरी रात कितनी अकेली और उदास है। मैं बरामदे में, कुर्सी पर बैठा हुआ सोच रहा हूं। सोचना चाहता हूं, लेकिन कुछ भी सोच नहीं पा रहा। सूना दिमाग और व्यथित हृदय। मैं धीरे-से आंखों की कोर पोंछता हूं। पुरुष हूं······क्या इसीलिए मैं सबके सामने रो नहीं सकता······जी हल्का हो तो कैसे?

× × × ×

आज वह रुक नहीं सकी। अपने देवर के सामने कह बैठी—

''सांवर बाबूजी, मैं शिकायत नहीं कर रही। मैं आपको दोष भी नहीं देती। मैं जानती हूं, आप क्या कर रहे हैं। लेकिन मेरी बात सुनिए। अभी भी कुछ नहीं बिगड़ा है। यह कालाबाजारी छोड़ दीजिए। एक बार देवरजी एक बार अपनी जरूरत कम करके औरों की ओर देखिए। पाप की कमाई फलेगी नहीं। लिछमी ठहरेगी नहीं।''

कुछ मरता है, धीरे-से मर जाता है। बिन धूप के उजाले के अंधेरे में उगने वाला पेड़। क्या छोटे बाबू वही है, वही होकर रह गए?

''मैं सुराणाजी की वकालत नहीं कर रही, लेकिन आज खुलकर बोल देने दीजिए और मैं बोलूंगी। मैं आपसे बहुत कुछ बोलना चाहती हूं। मैं चुप रही, बहुत दिनों तक चुप रही और भीतर ही भीतर चिथड़ा होती रही। क्यों देवरजी! लुगाई की जात को आप जैसा मिनख तो बहुत नीची निगाह से देखता है ना!''

मगर सांवर बाबू ने कुछ नहीं कहा। बस चुपचाप उठकर चले गए।

एक ठंडी सांस अकबका कर निकल गई। उसने कहा—''आप ही बताइए सुराणाजी, क्या किया जा सकता है?''

मैं खामोश निःशब्द उठ गया था।

× × × ×

प्रश्न हैं। मेरे मन में केवल उमड़ते-घुमड़ते बादलों के प्रश्न हैं। इनका कोई उत्तर नहीं। किन्तु उत्तर नहीं है, इस बात को स्वीकारने में भी क्यों मुझे घबराहट होती है। क्या मैं जो कुछ भी कर रहा हूं उसके प्रति पूरी तरह आश्वस्त हूं? मुझे कोई कुछ कहने तो आएगा नहीं, मैं पूरी ईमानदारी से और निशंक होकर अपने भीतर झांकता हूं और पूछता हूं मैं किसके लिए जी रहा हूं, हर आदमी तो केवल अपने लिए जीता है—वह चाहे अपने जीवन का कोई भी उद्देश्य बताए। मैं कह सकता हूं, मैं प्यार के लिए जीवित हूं, छोटे बाबू धन के लिए हैं, कोई अपने परिवार पर न्यौछावर है। लेकिन फिर भी वह उसके जीने का कारण हुआ यानी उसका चुनाव, उसकी जिंदगी और जो यह नहीं स्वीकारता, वह झूठ बोलता है। वह जिंदगी नहीं जीता।

आदमी अपने में पूर्ण है, अकेला है और जन्म से मृत्यु तक उसकी क्या एक अकेली यात्रा है। उसका अपना संघर्ष है। पड़ाव, संगी-साथी सब केवल कुछ दिनों के लिए साथ चलते हुए फिर स्मृति होते चले जाते हैं।''

मैं अपनी इच्छा-अनिच्छा को, अपने मानस को नकार नहीं सकता। दमन नहीं कर सकता। इसका विनाश चाहे कर दूं। जो मेरी सबसे कोमल अनुभूति, मेरा सबसे सुखद पक्ष उसी से वंचित हूं। फिर मेरे पास क्या बचा? एक घिसटता हुआ, पंगु मानव। मेरे जैसे और भी तो कितने हैं, जो इसी तरह यहां प्रवास में घिसट रहे हैं, दो रोटी की तलाश में यहां आए, धन लिया, धन बिखेरा, लेकिन यह जमीन? क्या हमने अपना ही सर काटकर अपनी आने वाली पीढ़ी के हाथ में नहीं रख दिया? वाह! नैरंतर्य की कैसी बेजोड़ मिसाल है। इसका उत्तर इतिहास नहीं दे सकता। इतिहास हमेशा झूठा हुआ करता है। क्या कोलियारी के इतिहास में कभी यह लिखा जाएगा कि एक आदमी मजबूरी में घूस देता था, चोरी करता था, शोषण करता था और फिर दीवारों से घंटों अकेले बात करता था, हथेलियों में मुंह छुपा बच्चों की तरह फूट-फूट कर रोता था। आह, यह क्या हुआ? क्या यही मेरी जिंदगी का सपना था?

× × × ×

आज छोटे बाबू से जोरों की बहस हो गई। वह भी उन्हें समझा रही थी। उसका कहना—''देवरजी......!''

''भाभी, तुम बीच में मत बोलो। जाओ, अपने कमरे में, भीतर जाओ।''

''मैं नहीं उठूंगी। आप यह कालाबाजारी, यह अनर्थ मत कीजिए।''

''चुप रहो रांड। नहीं तो तुम्हारा झोंटा पकड़कर घर से बाहर कर दूंगा।''

कुछ ऐसे शब्द जो उन्हें नहीं कहने चाहिए थे। कुछ ऐसे जो मुझे नहीं सुनने चाहिए थे। वह आई थी मेरे पीछे-पीछे, मेरे घर में सबके सामने वह खड़ी हुई थी और उसकी

वह स्थिर दृष्टि, मुझसे वह फिर पूछ रही थी……अब क्या करूं? मैंने बस इतना भर कहा—''पद्मावती, क्या अच्छा नहीं होगा……हम लोग……अब इस मसले पर और कुछ बात नहीं करें। बस खामोश रहें। जो जहां भी है, जैसा भी है, उसको वहीं रहने दें। हम दोनों समझते हैं पद्मावती कि कहां क्या गलत हो रहा है……लेकिन हम दोनों पिस रहे हैं……एक ही चक्के में घिसट रहे हैं……तुम स्त्री हो इसलिए और मैं……पुरुष होकर भी नौकर हूं……हां पद्मावती, दो टके का नौकर हूं। मेरी क्या मजाल कि मैं बाबू का हाथ पकड़ लूं। कह दूं कि बाबू ऐसे गलत काम मत करिए। मैं कह नहीं सकता कि बाबू सारी विलायती मशीनों को एक-एक करके बेचते जा रहे हैं। खान धंसने वाली है मगर आपको चिंता नहीं। मजदूर भूखे हैं। ठेकेदार उनका खून चूसता है मगर बाबू आपको फर्क नहीं पड़ता? क्यों बाबू? क्या आपने भूख और गरीबी नहीं देखी? बाबू मैं अपना अतीत नहीं भूल पाता। यह हिंसा है, शोषण है। पाप की कमाई ठहरेगी नहीं।''

मैं जानता हूं कि अब पढ़े-लिखे लोगों की एक और नयी जमात सामने आएगी। आ रही है, जो अपने स्वार्थ में मुट्ठी भर पैसे के लिए कुछ भी करने से नहीं हिचकेगी। मैं प्राचीन हूं……बिल्कुल प्राचीन……छोटे बाबू तो मेरे जैसे मलबे को रास्ते से हटाना चाहेंगे ना? जाओ पद्मावती, अब अपने घर जाओ।''

कुछ पुराने कागजात हैं जिनको मैं जला देना चाहता हूं। जला रहा हूं। बड़े बाबू की वसीयत, कंपनी के जरूरी कागज और बही-खाते को बड़ी कोठी में उसके पास भेज दिया है।

छोटे बाबू कलकत्ता गए हैं। यहां वे कौन-सा हुकुमनामा किसको देकर गए हैं, यह भी मेरे कान में सारी बातें आ चुकी हैं। बस एक बार उसको देख लेता, एक बार……लेकिन नहीं……उसकी व्यथा मुझसे कई गुना ज्यादा है, उसको कुछ भी नहीं मालूम होना चाहिए।''

भीखन आकर बोल भी गया—''मनेजर बाबू, आप भाग जाइए या अपने देश चले जाइए।''

''क्यों भीखन?''

''का बोलें मनेजर बाबू? गुंडों को रुपया दिया गया है। आज मजदूरों में बलवा होगा, अउर आपको उ लोग जलती हुई कोलपीट में फेंक देंगे।''

''अच्छा ठीक है। तुम जाओ भीखन!

वह गरीब आंखें पोंछता हुआ चला गया। नहीं मैं भागूंगा नहीं और न यह कायर की मौत होगी। सब कुछ जानते हुए मरना यदि कायरता है तो समझौता करते चले जाना आखिर कौन सी बहादुरी है? आग से तो हम राजस्थानी कभी डरे नहीं। फिर आज कैसा डरना! लेकिन एक और आग जो आज तो महज गीले कोयले से धुंधुआ रही है, एक दिन जोर पकड़ेगी। ये सेठ, ये घराने समझ नहीं रहे कि एक दिन सारा का सारा कोल बेल्ट इनके हाथों से निकल जाएगा। हां, वह एक बड़ी आग होगी, बुझाए नहीं बुझेगी।

मैं धीरे-से अपनी आलमारी खोलता हूं……इसकी चाभी हमेशा मेरे पास रही, मेरे बाद ताला तोड़ा जाएगा……यह चुनड़ी……यह चुनड़ी है……मैंने ओढ़ाई थी। और फिर वह इसे यहीं रख गई थी……यह चुनड़ी और यह डायरी……पत्नी को संभला देना है……निर्दोष

मासूम, मूक-बधिर सी मेरी पत्नी, सरल समर्पण के अलावा जिसने कुछ नहीं जाना, हम लोग कब तक ऐसी सतियों की प्रथा को जिंदा रखेंगे। और वह, जो सफेद साड़ी में लिपटी हुई······आंसू भरी आंखों से कह रही थी······सुराणाजी आपके कहने से चुनड़ी तो मैंने ओढ़ ली लेकिन मांग कैसे भरूं? सुराणाजी सिंदूर का दाग इतनी जल्दी तो मिटेगा नहीं। साबुन से धोने पर रगड़-रगड़ कर पोंछने पर भी दो-चार दिन तो ललाट पर ललाई रह ही जाती है······जानते हैं सुराणाजी, जब बड़े बाबू का स्वर्गवास हुआ, तब मैं शीशे में अपनी सूनी सफेद मांग देखा करती और धीरे-धीरे मांग से रगड़-रगड़ कर हिंगलू का दाग मिटाती रहती······मैं उस समय बहुत रोती थी सुराणाजी, उस समय बहुत रोती थी।

❑❑❑